압살롬, 압살롬!

Absalom, Absalom!

세계문학전집 299

압살롬, 압살롬!

Absalom, Absalom!

윌리엄 포크너

이태동 옮김

민음사

차례

압살롬, 압살롬!　7

제1장

무덥고 죽은 듯이 멈춰 있는 길고 지루한 9월 오후, 그들 두 사람은 2시가 조금 지나서부터 거의 해 질 무렵까지, 미스 콜드필드가 아직도 사무실이라고 부르는 방에 앉아 있었다. 그녀의 아버지가 그 방을 그렇게 불렀기 때문이다. 그녀가 아직 어린아이였을 때, 누군가가 햇빛과 움직이는 공기는 더운 열을 끌어들이고 어두운 편이 항상 더 시원하다고 믿었기 때문에 그 어둠침침한 방은 사십삼 년 동안이나 여름이면 블라인드가 내려진 채로 닫혀 있었다. 그리고 창문을 통해 들어오는 햇빛이(햇빛은 이 집의 그쪽 면만 더욱 심하게 비쳤다.) 먼지 가루로 가득 찬 노란색 창틀에 격자무늬를 만들고 있었다. 퀜틴은 그 먼지가 삭은 페인트의 작은 부스러기들이 블라인드에서 벗겨져 떨어질 때 바람에 날려 방 안으로 들어온 것이라고 생각했다. 한쪽 창문 앞에 있는 나무로 된 격자 울타리에는 그해 여름 등나무 꽃이 두 번째 피어 있었다. 이따금씩 그곳으로 참새들이 뜻하지 않게 한바탕 몰려왔다가는 메마르고 무미건조하지만 생기 넘치는 소리를 내며 날아가 버렸다. 퀜틴과 마주 앉은 미스 콜드필드는 사십삼 년 동안 변함없이 늘 입어 온 검은 옷을 입고 ─ 그 옷이 언니나 아버지를 위한 상복인지, 아니면 실제로 결혼식은 올리지 않았던 어떤 남자를 위한 상복인지는 아무도 몰랐다. ─ 너무나 높이 수직으로 선 참나무 의자에 꼿꼿이 앉아 있었기 때문에, 두 다리는 마치 정강이와 발목이 쇠틀에 끼인 것처럼 무력하고 분노로 경직된 느낌을 준 채 마루에서 완전히 떨어져, 어린아이의 발처럼 뻣뻣이 매달려 있었다. 그녀는 단호하면서도 피곤한 듯 거친 목소리로 말을 이어 가고 있어서, 마침내 그녀의 이야기를 듣는 것이 점점 짜증 나고 청각이 혼란해져, 무력했지만 좌절하는 일이 없었던, 죽은 지 오래된 그녀의 대상이 나타나곤 했다. 그것은 마치 격노함이 끊임없이 되풀이되는 행위로 말미암아 조금도 주의를 끌거나 해를 입히지 않은 상태에서 영원히 소멸하지 않고 승리하는 환상적인 먼지로부터 조용히 불러일으켜지는 것 같았다.

그녀의 목소리는 끊기는 것이 아니라 다만 사라져 갈 뿐이었다. 흐릿한 관(棺) 냄새가 나는 어둠 속에는, 무섭도록 조용한 9월의 햇살이 바깥벽에 부딪쳐 증류해서 걸러 낸, 두 번째 핀 등나무 꽃의 달콤한 향기가 숨 막히게 풍겨 오고, 때때로 참새들이 날개를 퍼덕이는 둔탁하고 커다란 소리가, 마치 게으른 소년이 채찍으로 판판하고 나긋나긋한 나뭇가지를 후

려치는 소리처럼 울려 왔다. 그녀는 처녀로서 오랜 세월 동안 몸부림치며 괴로움을 견디어 온 나이 많은 여자에게서 나오는 코를 찌르는 퀴퀴한 체취 속에서 슬프게 야위어 버린 얼굴을 하고, 마치 십자가에 못 박힌 어린아이처럼 보이게 하는 너무나 높은 의자에 앉아, 손목과 목에 단 가냘픈 세모꼴 모양의 레이스 장식 위에서 그를 내려다보았다. 그리고 그 목소리는 끊기는 것이 아니라, 마른 모래톱 속에서 그 속을 가로질러 졸졸 흐르는 시냇물처럼 오랜 시간의 간격을 두고 사라졌다가 다시 또 이어지고 있었다. 그리고 그 망령은 그 목소리 속에 자기가 깃들어 있기라도 하듯 어둑한 그림자 속에서 순순히 명상에 잠겨 있는 것이었다. 운이 좋은 망령이었더라면 그 같은 목소리 정도가 아니라 커다란 저택을 가졌을 수도 있었을 것이다. 조용히 울리는 천둥 소리 속에서 그 망령(말을 탄 사람인 그 악령)은 학교에서 상을 받은 수채화처럼 평온하고 품격 있는 장면 속으로 돌연히 나타났는데, 머리칼이나 옷이나 턱수염에서는 아직도 희미한 유황 냄새가 풍겼고, 그 뒤에는 그 망령이 이끄는, 인간처럼 두 발로 걷도록 반쯤 길들여진 야수 같은 흑인들이 거칠고 평온한 태도로 무리지어 있었고, 그 무리 속에 수갑을 찬, 야위고 파리한 지칠 대로 지친 모습을 한 프랑스인 건축가가 있었다. 턱수염을 기른 그 망령은 손바닥을 위로 젖힌 채 움직이지도 않고 말 위에 앉아 있었다. 그 뒤에는 야만인과도 같은 흑인의 무리와 납치되어 온 그 건축가가 조용히 함께 모여 있었다. 무혈(無血) 패러독스라고나 할까. 그들은 손에 평화적인 정복의 무기인 삽과 곡괭이 그리고 도끼를 들고 있었다. 그래서 퀜틴은 그들이 100평방마일에 달하는 조용한 땅을 갑자기 파헤치고 천지를 뒤흔들며, 소리 없는 '무(無)'에서 집과 모양이 갖추어진 정연한 정원을 거칠게 이끌어 내고, 트럼프 카드를 테이블 위에 마구 동댕이치듯이 망령의 사제처럼 움직이지 않는 손바닥 아래로 그것들을 던져서, 태초에 빛이 있으라 했듯이 그가 서트펜 농원이 있으라 하고 명령하고 창조해 가는 모습을 한참 동안 멍한 상태에서 바라보고 있는 것 같았다. 그때 퀜틴은 다시 청력이 되살아나서, 지금 두 사람의 다른 퀜틴에게 귀를 기울이고 있는 것 같다고 생각했다. — 말하자면 1865년 이래 끝장나 버린 남부에서, 좌절해서 분노한 수다스러운 망령들이 살고 있던 그 깊숙한 남부에서 하버드 대학교 진학 준비를 하면서 대부분의 다른 망령들과는 달리 그곳에 조용히 오래 머물러 있기를 거부하고 옛날 자신들의 시대 이야기를 들려주려는 망령에게 귀를 기울여 경청하지 않으면 안 되는 퀜틴 컴프슨과, 나이가 너무 어려서 아직 망령이 될 자격은 없으나, 그럼에도 불구하고 그녀처럼 깊숙한 남부에서 태어나서 성장했기 때문에 오래지 않아 망령의 한 사람이 될 운명을 타고난 퀜틴 컴프슨. — 이 두 사람의 퀜틴이 환상적인 사람들의 오랜 침묵 속에서 환상적인 말을 쓰면서, 다음과 같이 서로 이야기하고 있었다. 이 악귀는 — 그의 이름은 서트펜 — (서트펜 대령) — 서트펜 대령인 것 같다. 그는 한 무리의 기괴한 흑인들을 거느리고 어디에서인가 아무런 경고도 없이 이 땅에 나타나서 농원을 건설했던 것이다. — (폭력으로 토지를 수탈하여 거기에 농원을 건설했다고 미스 로자 콜드필드는 말한다.)──폭력으로 빼앗아 가진 것이다. 그리고 그녀의 언니 엘런과 결혼하여 아들과 딸을 하나씩 두었는데──(친절함이라곤 전혀 없이 낳게 했다고 미스 로자 콜드필드는 말한다.)──친절함이란 전혀 없이 아이를 낳게 했던 것이다. 그런데 그 두 아이는 다만 그의 자존심을 나타내는 보석이었고, 그의 노후의 방패였고, 위안이 되어야 했다. 그렇지만 그들은──(그렇지만 그들이 그를 파멸시켰는지, 아니면 그가 그들을 파멸시켰는지, 하여간 그들은 죽었다.)──죽었다. 슬퍼하는 사람 하나 없었다고 미스 로자 콜드필드는 말한다.──(그녀 이외에는 아무도) 그래, 그녀 이외엔 아무도.(그리고 퀜틴 컴프슨 이외에는 아무도.) 그렇다. 퀜틴 컴프슨 이외에는 아무도 없이.

"너는 하버드 대학교에 입학하기 위해 이곳을 떠나게 된다지?" 미스 콜드필드가 말했다. "그런데 내 생각으로는, 네가 다시 여기에 돌아와서 이 제퍼슨 같은 작은 읍에 정착해서 시골 변호사로 개업할 것 같지는 않구나. 북부 사람들이 벌써 손을 써서 한 젊은이가 남부에서 일할 만한 여지를 남겨놓지 않았거든. 그래서 많은 남부의 명사들이나 상류층 부인들이 지금 하고 있는 것처럼 너도 아마 글 쓰는 일을 하게 되겠지. 그래서 아마 언젠가는 이 이야기를 기억하고 이 일에 관해 글을 쓰게 될 거야. 그때쯤이면 너도 가정을 갖게 되고, 네 아내는 새 겉옷이나 혹은 새 의자를 집으로 사들이고 싶게 되겠지. 그때 너는 이 이야기를 써서 잡지사에 보내면 좋을 거야. 아마도 그때 너는 네가 네 또래의 젊은 친구들과 밖에 나가 놀고 싶을 때 너를 오후 내내 이 방 안에 앉혀 놓고, 너와는 아무 관련이 없는 사람들과 사건들에 관한 이야기를 들려주던 이 노파를 기억하고 고마워할 거야.”

“네.” 퀜틴이 대답했다. 그러나 그녀의 본심이 그렇지만은 않다고 그는 생각했다. 사실 그녀는 그 이야기가 널리 전해지기를 원하기 때문이다. 그런데 아직 시간이 일렀다. 그의 호주머니 속에는, 정오 조금 전에 흑인 소년의 손으로 전달받은, 그녀를 방문해 달라는 쪽지가 아직도 있었다. 그것은 세심하게 격식을 갖춘 초대장이었지만 실제로는 다른 세계에서 날아온 소환장과도 같았다. 이상하고 고색창연한 옛날의 양질 편지지에는 퇴색되고 난해한 서체로 쓴 문자가 정연하게 나열되어 있었는데, 자신보다 세 배나 나이가 많고, 전부터 잘 알고는 있었으나 말을 건네 본 적이 없는 여성으로부터 방문 요청을 받았다는 놀라움 때문만이 아니라, 그 자신이 아직 스무 살밖에 되지 않았기 때문에, 그는 그 초대장이 냉정하고 한 맺힌 잔혹한 성격까지 지니고 있다는 것을 알아채지는 못했다. 퀜틴은 점심 식사를 끝마친 후 바로 그녀의 요청에 따라, 9월 초의 건조하고 먼지 낀 열기 속에 자기 집에서 그녀의 집까지 반 마일 거리의 길을 걸어서 그녀의 집으로 들어섰던 것이다.(그 집 역시 실제 크기보다는 조금 작아 보였다. — 2층집이었다. — 그 집은 페인트칠도 하지 않았고 다소 초라했지만 그런대로 냉엄한 불굴의 모습을 지니고 있어서, 주인인 그녀처럼 모든 면에서 실제로 보기보다는 조금 작은 하나의 세계에 꼭 알맞게 나무랄 데 없이 지어진 것 같았다.) 그리고 지난 사십삼 년 동안 되풀이되어 온, 열기에 찌든 느린 시간의 탄식, 그 모든 것이 무덤 속처럼 유폐되어 있고 외부보다 더욱 심한 열기가 들어찬, 블라인드를 꼭 닫아 버린 현관의 어둠 속에서, 검은 옷을 입은 작은 몸집의 여자가 옷을 스치는 소리조차 내지 않고, 두 손목과 목둘레에 세모꼴 모양의 창백한 레이스 장식을 하고, 희미하게 보이는 그 얼굴에 명상에 잠겨 있는 듯 초조하고 간절한 표정을 띤 채 이쪽을 바라보면서 그가 들어오는 것을 기다리고 있었던 것이다.

왜냐하면 그녀는 그 이야기를 내가 모두에게 전해 주기를 바라기 때문이라고 그는 생각했다. 그것은 이 여인이 결코 보지도 못하고 그 이름을 들을 수도 없는 사람들과, 또 그녀의 이름을 들은 일조차 없고 그녀의 얼굴조차 본 적이 없는 사람들이 그 이야기를 읽고, 왜 하느님이 우리로 하여금 남북전쟁에서 패배하도록 했는지, 즉 우리 남부 남성들의 피와 남부 여성들의 눈물에 의해서만 하느님은 이 악귀를 땅 위에서 멀리 쫓아버림은 물론 그놈의 이름과 혈통을 지워 버릴 수 있었다는 것을 마침내 깨닫게 하고 싶은 것이었다. 그런데 곧바로 퀜틴은, 그녀가 방문 초대장을 자기에게 보낸 이유가 이것이 아닐 것이라는 생각이 들었고, 왜 자기에게 그것을 보냈는지 이상하게 여겼다. 왜냐하면 만약 그녀가 단지 이 이야기를 누구에게 들려주고, 그 이야기를 글로 쓰게 해서 책으로 나오기를 바랐다면, 다만 그것뿐이라면 구태여 남을 불러들일 필요가 없었던 것이다. — 퀜틴의 아버지가 아직 젊었을 때 그녀는 벌써 (단언하지는 못하더라도) 예약 독자밖에 없는 가혹할 정도로 빈약한 부수를 가진 지방 신문에 비통한 불굴의 집념으로 서정시, 송덕문(頌德文), 비문(碑文) 등을 발표해서 이 읍과 군에서 여류 계관 시인으로 이름을 떨쳤던 것이다. 그녀가 쓴 이런 글 속에는 그녀 가족의 병역에 관한 배경이 담겨 있었는데, 모든 읍과 군이 알고 있듯이 그녀의 아버지와 조카의 일로 구성되어 있었다. 그녀의 아버지는 종교적인 이유로 양심적 병역 거부자가 되어 남군 헌병 사령관의 부하들에게 붙잡히지 않기 위해 자기 집 다락방에 숨어(어떤 사람들은 그가 벽 속에 갇혀 있었다고 했다.) 지내며 딸이 밤에 몰래 가져다주는 음식을 먹고 지내다가 굶어 죽었다. 그녀는 바로 이때 목적을 상실하고 재기 불능에 있는 피정복자들의 이름을 하나하나 잊지 않도록 기록해서 첫 폴리오*를 만들고 있었다. 그리고 조카는 사 년 동안 같은 중대에서 누이동생의 약혼자와 함께 복무를 했고, 그의 누이동생이 웨딩드레스를 입고 기다리는 결혼 전날 밤 집 대문 앞에서 누이동생의 약혼자를 쏘아 죽이고 도망을 가서 어디로 사라졌는지 아무도 몰랐다.

그녀가 그를 왜 불렀는지 알기 위해서는 아직 세 시간은 더 있어야 할 것이다. 왜냐하면 이 이야기의 일부, 즉 첫 부분은 퀜틴이 벌써 알고 있었기 때문이다. 그것은 지난 이십 년간 유산처럼 같은 공기를 마시며 아버지에게서 늘 들었던 서트펜이라는 남자에 관한 이야기의 일부였고, 이 고장, 이 제퍼슨에서 1833년 6월 그 일요일 아침부터 1909년 9월 바로 오늘 오후에 이르기까지 서트펜 자신이 호흡했던 것과 같은 공기가 팔십 년간이나 유산처럼 이 거리에 전해져 온 결과의 일부였던 것이다. 1833년 6월의 그 일요일 아침, 서트펜이 그 어디에선가 말을 타고 이 거리에 처음 나타났고, 아무도 모르는 방법

* 보통의 신문지를 펼친 크기의 두 배나 되는 종이를 반으로 접어 만든 책.

으로 토지를 수탈해서 분명히 아무것도 없던 곳에 그의 집으로 대저택을 짓고, 엘런 콜드필드와 결혼해서 두 아이 ─ 그의 아들은, 아직 신부도 아니었던 그의 딸을 미망인으로 만든 장본인이 되었다. ─ 를 얻었고, 그에게 할당된 생애를 비참하게(미스 콜드필드는 적어도 정당했다고 말했을 것이다.) 마쳤다. 퀜틴은 그러한 공기와 더불어 성장했다. 한낱 이름에 불과한 것들은 아무렇게나 바뀔 수 있었고, 사실 수없이 바뀌었다. 그의 유년 시절은 그 이름들로 채워졌고, 그의 몸은 패배자의 이름들이 낭랑하게 메아리치는 텅 빈 홀과도 같았다. 그는 하나의 존재, 하나의 실체가 아니라, 하나의 통합체였다. 그는 뒤를 돌아다보는 완고한 망령들로 가득 찬 큰 막사와도 같았다. 그 망령들은 사십삼 년이 지난 지금에 와서도 병을 낫게 해 주었던 그 열에서 아직 완전히 벗어나지 못하고, 그들이 맞붙어 싸웠던 것은 열 그 자체이지 병이 아니라는 것을 전혀 눈치 채지 못한 채 열에서 깨어나면서도 완고한 고집으로 눈을 뒤로 돌려 열 건너편에 있는 병을 응시하며, 실제로 후회하며 열 때문에 신음하면서도 병에서 해방된 것을 좋아했지만, 그 해방이 무력한 해방인 것을 모르기까지 했다.

[“그런데 어째서 저에게 이 이야기를 해 주는 걸까요?” 퀜틴은 그날 저녁 집에 돌아왔을 때 아버지에게 물었다. 그녀는 퀜틴이 마차로 다시 오겠다는 약속을 한 후에야 겨우 그를 집으로 보내 주었다. “왜 그것에 대해 저에게 이야기하지요? 땅이니 또는 무엇이니 하는 것들이 드디어 그에게 싫증이 나서 그를 등지게 하거나 또는 그를 파멸시킨 거라면, 저와 무슨 관

계가 있다는 걸까요? 또한 비록 그것이 그녀의 일가를 파멸시켰다고 하더라도, 그것이 저와 무슨 상관이 있다는 거죠? 우리의 이름이 서트펜 혹은 콜드필드이든 아니든 우리 모두는 언젠가는 망할 텐데 말예요."

"그건 그렇지." 아버지 컴프슨 씨가 대답했다. "옛날 남부에서 우리는 여자들을 모두 숙녀로 대접했지. 그런데 전쟁이 일어나고 그 전쟁 때문에 숙녀들은 모두 망령이 돼 버렸어. 우리는 신사들이기 때문에 망령이 돼 버린 여자들의 이야기를 듣고 있을 수밖에 무슨 다른 도리가 없었단 말이야." 그러고 나서 아버지는 "그녀가 너를 선택한 진짜 이유를 알고 싶으냐?" 하고 물었다. 두 사람은 저녁 식사 후 베란다에 앉아서 미스 콜드필드가 퀜틴에게 정한 약속 시간이 오기를 기다리고 있었다. "그녀는 자기 상대가 되어 줄 누군가가 필요하기 때문에 그런 거야. 남자이고, 신사이며, 게다가 젊은이라야 하지. 그래야 그녀가 원하는 일을 그녀가 원하는 방법으로 틀림없이 해 줄 테니까. 그래서 네가 선택된 거야. 물론 여러 가지 이유를 생각할 수 있겠지. 첫째, 너의 할아버지는 서트펜이 이 거리에서 사귀었던 단 하나뿐인 친구라고 해도 좋을 분이었고, 그런 까닭으로 그녀는 아마, 서트펜이 네 할아버지에게 자신과 그녀에 대하여, 지켜지지 않고 끝나 버린 그 약혼에 대하여, 또 이행하지 못한 부부의 약속에 대하여 뭔가 말한 것이 있을지도 모른다고 믿고 있을 거야. 그녀가 결국에는 서트펜과의 결혼을 거절한 이유를 할아버지가 서트펜에게 들었을 거고, 그 이야기가 나에게로 전해지고, 그것이 다시 너에게 전해졌을 것으로 짐작하고 있겠지. 그렇기 때문에 어떤 의미에서 그 사건은, 오늘 밤 그녀의 집에서 어떤 이야기가 오가든지 간에 아직도 그 집 안에 머물고 있어서, 세상에 알려지게 되면 곤란한 가정 비밀(만일 수치스러운 비밀이라면)로 오늘에 이르고 있다고 해도 좋을 거야. 만약 서트펜이 네 할아버지와의 우정이 없었다면 이곳에 확고한 기반을 닦지 못했을 것이고, 그런 기반이 없었더라면 엘런과의 결혼도 불가능했을 것이라고 생각하고 있을 거야. 그렇기 때문에 그녀는, 서트펜으로 인해 그녀나 그녀의 가족이 겪은 일에 대하여 너에게도 일부분의 책임이 있다고 생각하고 있을 테지. 너의 몸에는 할아버지의 피가 유전되고 있으니 말이다."]

자신을 선택한 이유가 무엇이든, 그 이유가 그것이든 아니든, 이야기의 핵심에 도달하려면 오랜 시간이 걸리겠다고 퀜틴은 생각했다. 한편, 끊어져 가는 그녀의 목소리에 반비례라도 하듯이, 그녀가 용서할 수도 없고, 원수를 갚을 수도 없는 남자의 되살아난 망령이 거의 뚜렷한 실체를 갖춘 불변의 모습으로 나타나 보이기 시작했다. 그 망령은 지옥의 악취라고나 할까, 뉘우침이 없는 죄악의 아우라에 둘러싸여 있으면서도 평화스럽고, 지금은 악의도 없으며, 그렇다고 특별히 마음을 쓰는 데도 없는 그런 모습으로 조용히 명상에 잠겨 있었다.(그 망령은 마치 명상하고, 생각에 잠기고, 지각하는 능력을 가지고 있는 것 같고, 그녀가 가져다주기를 거부하고 있는 평화 — 그것은 어쨌든 피로를 모르는 존재였다. — 가 없다고 해도 어디까지나 그녀의 보복이 미치지 못하는 곳에 존재하고 있는 것 같았다.) 그 망령은 악귀의 모습을 지니고 있었으나, 미스 콜드필드의 이야기가 계속됨에 따라 퀜틴의 눈앞에서 반(半) 악귀인 두 아이를 나오게 하고, 그 셋이 어두운 배경을 형성하여 네 번째를 등장시켰다. 이것이 아이들의 어머니, 즉 그녀의 죽은 언니 엘런이었다. 이 눈물이 없는 나이오비,* 그녀는 일종의 악몽 속에서 악귀의 자식을 잉태하여, 이 세상에 있을 때에도 몸은 움직였으나 죽은 것이나 다름없었고, 슬퍼하였으나 울지 않았다. 그런데 지금 그녀는 조용하고, 자신도 의식하지 못하는 쓸쓸한 모습을 하고 있었다. 그것은 그녀가 남들보다 오래 살았다든지 먼저 죽었다든지 하는 그런 모습이 아니라 전혀 이 세상에 살지 않은 것 같은 모습을 하고 있었다. 퀜틴의 눈에는 그들 일가족 넷이, 형식적이고 생기 없는 품위를 유지한 채 그 시대의 전통적인 가족들처럼 한 줄로 정렬해서 서 있는 것 같았다. 그리고 지금 그것은, 확대해서 벽에 걸어 놓은 빛바랜 옛날 사진처럼 보였으나, 그 사진을 배경으로 그 아래에서 지금 이야기하고 있는 목소리의 주인공인 그녀(미스 콜드필드)는 지금까지 이 방을 본 적이 없는 것처럼 그 사진, 그 가족사진에 대하여는 아무것도 알고 있지 못했다. 이 사진, 가족사진은 퀜틴에게도 낯설고 모순되며 무시무시한 성질의 것이었다. 그것은 (스무 살인 그에게도) 전혀 이해할 수 없는, 잘못된 뭔가가 있어 보였다. ── 이 집의 마지막 주인은 이십오 년 전에 죽었고, 최

---

* 그리스 신화 속의 탄탈로스의 딸로, 예쁜 아기를 가진 것을 너무 자랑하다 아이들을 모두 잃고 비탄에 빠져 돌이 된 뒤에도 울음이 끊이지 않았다고 한다.

초의 주인은 오십 년 전에 죽었으나, 그들은 지금 공기도 통하지 않는 죽음과 같은 이 집의 어둠으로부터 잠에서 깨어나, 용서할 줄 모르는 냉혹하고 무서운 늙은 여인과, 초조해하면서도 수동적으로 묵묵히 귀를 기울이고 있는 스무 살의 청년 사이에 나타나 있는 것이었다. 그 청년은 늙은 여인의 목소리가 들리고 있는 중에도 자신에게 혼잣말을 하고 있었다. 사람을 제대로 잘 알지 못하고는 사랑할 수도 없겠지만, 사십삼 년간이나 누구를 증오해야 했다면, 그들을 너무나 잘 알게 될 테지. 아마 그것이 더 나을지 몰라. 아마 그것이 더 좋을지도 모르지. 왜냐하면 사십삼 년이나 세월이 지나고 보면, 그들도 더 이상 사람을 놀라게 한다거나, 몹시 만족하게 한다거나, 미치게 할 수 없을 테니까. 그리고 아마 그것(이 늙은 여인의 목소리, 이야기, 믿을 수 없고 참을 수 없는 그녀의 놀라움)은, 지난날 그녀가 아직 후회 없이 꿋꿋이 살아가던 처녀 시절이었더라면, 막다른 상황이나 잔인한 사건을 고발할 줄 아는 처녀 시절이었더라면, 소리 높여 부르짖는 한 번의 외침과도 같았을 것이라고 퀜틴은 생각했다. 그러나 지금은 그렇지 않았다. 지금의 그녀는 지난날의 치욕 때문에 사십삼 년간이나 싸움을 준비해 왔으나 뜻을 이루지 못하고 좌절한 외롭고 늙은 몸뚱이에 지나지 않았고, 서트펜의 죽음이라는 최후의 완전한 치욕 때문에 분노하고 배신감으로 가득 찬 냉혹한 늙은이였다.

"그는 신사가 아니었어. 전혀, 신사 같은 건 아니었지. 그는 한 마리의 말과 두 자루의 권총 그리고 말이나 권총과 마찬가지로 그 자신의 것인지 아닌지 확실히 모르는, 아무도 전에 들어 본 적이 없는 이름을 가지고 여기에 나타나서 어딘가 몸을 숨길 곳을 찾고 있었어. 그래서 요크나파토파 군(郡)이 그에게 숨을 곳을 제공했지. 그는 뒷날 자신을 찾아올지도 모르는 낯선 사람들로부터 자신을 지켜 줄 저명인사들의 보증을 찾았어. 그래서 제퍼슨 읍이 그에게 그것을 제공해 주었지. 그 뒤, 자신을 보호해 주었던 사람들마저도 경멸과 공포와 격심한 분노 속에서 그에게 반기를 들 수밖에 없었던 그 피할 수 없는 운명적인 날에도 절대로 자신의 지위가 흔들리지 않도록 확실하게 만들기 위해 존경받을 만한 덕망과 정숙한 여성의 방패를 필요로 했는데, 그것을 가능하게 해 준 것이 우리 아버지였지. 그래, 나는 엘런을 변호하지 않겠어. 비록 그렇다 하더라도 엘런은 젊음과 세상 경험이 없다는 것만을 변명의 구실로 삼은 맹목적이고 로맨틱한 바보였지. 로맨틱하고 맹목적인 바보가 나중에는 젊음을 잃은 데다가 자신을 변명하던 미숙함마저 통하지 않는 상태에 놓이게 되니까 맹목적인 여자가 되고 바보 같은 어머니가 되었는데, 그때 그녀는 자존심과 평온함을 내주고 대신 받은 그 집에 누워 죽어 가고 있었지. 거기에는 딸 말고는 아무도 없었어. 딸은 그때 이미 신부가 된 적도 없으면서 미망인과 마찬가지였고, 그로부터 삼 년 후에는 전혀 결혼한 일도 없이 미망인이 되어 버렸지. 그리고 자기가 태어난 집을 등지고 떠나 버렸던 아들은 단 한 번 집에 돌아온 뒤로는 영원히 사라져 버렸어. 그는 사람을 죽였어. 더욱이 근친 살해죄를 저질렀지. 그 뒤 불한당 같은 악귀 서트펜은 버지니아 전투에 나갔어. 그 전쟁터는 이 세상에서 그를 없애 버릴 수 있는 가장 좋은 곳이었어. 그러나 엘런과 나는 우리 남군이 단 한 사람도 살아남지 못하고 모두 총탄에 쓰러지지 않는 한, 그가 살아 돌아올 것이란 것을 알았지. 그리고 엘런은 아직 어리고 어린, 조카보다도 네 살이나 아래인 나에게 딸의 일을 부탁할 수밖에 없었어. '저 애를 지켜 줘. 적어도 주디스만은 지켜 줘.' 하고 엘런은 나에게 말했지. 그래, 엘런은 맹목적이고 로맨틱한 바보였어. 우리 아버지의 마음을 움직이게 한 것이 분명한 저 100평방마일의 농원도, 그 큰 저택도 자기 것으로 만들지도 못하고, 고모의 마음을 움직였다고까지는 할 수 없어도 양보하게 했던, 밤낮없이 시중을 드는 노예들에 대한 생각도 접고 죽어 버렸던 거야. 아니야. 그는 그 따위 말을 타고도 어떻게든 으스대려고 했던 남자일 뿐이었어. ── 모든 사람들(딸을 그에게 시집보냈던 아버지를 포함해서)이 알고 있는 한, 과거를 전혀 가지고 있지 않거나, 혹은 그것을 감히 남에게 알리고 싶어 하지 않았던 남자 ── 말 한 마리와 권총 두 자루와 야수 같은 검둥이들 한 무리를 거느리고 아무도 모르는 어딘가로부터 읍내로 들어왔던 그 남자일 뿐이었던 거지. 그 남자가 어떤 야만스러운 미개지에서 도망쳐 온 것인지는 모르지만, 그곳에서 더 큰 두려움에 더욱 담대했던 그 남자는 혼자 힘으로 그 야수의 무리들을 잡아 가지고 왔지. 그런데 그들과 함께 온 그 프랑스 인 건축가는 그 야수의 무리인 검둥이들에게 잡혀 온 것 같았어. ── 이 읍으로 도망쳐 와서, 높은 신분의 사회적 지위를 가진 사람이라는 가면을 쓰고 무지한 인디언 종족으로부터 저 100평방마일의 땅을 아무도 모르는 방법으로 빼앗아 거기에 법원 청사와도 같은 커다란 저택을 짓고는, 창문도 출입문도 침구도 없이 삼 년간이나 거기서 살면서, 아직도 그것을 마치 증조부 때 국왕에게서 하사받아 끊이지 않고 내려오는 영원한 재산인 것처럼 서트펜 농원이라고 부르던 그 남자 ─ 가정과 지위, 아내와 가족 따위가 모두 자신의 은신에 필요한 것이었기 때문에, 그 남자는 자기가 찾았던 보호막을 제공하면 그것이 가시밭과도 같은 불편과 고통이 뒤엉킨 것이라고 해도 필요하면 얼마든지 받아들인다는 그런 기분으로 그것들을 받아들였던 거야.

아니지. 그는 신사와는 정말 거리가 멀었어. 엘런과 결혼을 하거나 혹은 엘런 같은 여자들 만 명과 결혼을 했더라도 그는 신사가 될 수 없었을 거야. 그는 신사가 되기를 원치 않았고, 타인으로부터 신사로 대접을 받으려고도 하지 않았지. 그런 것들은 그에게 불필요한 일이었어. 왜냐하면 그가 필요로 했던 것은 남이 보거나 읽을 수 있는 결혼 증서(혹은 보증이 될 만한 다른 증서)에 적힌 엘런과 우리 아버지의 이름이었기 때문이야. 그는 약속 어음에도 우리 아버지(혹은 다른 저명인사)의 서명을 받고 싶어 했지. 왜냐하면 우리 아버지는 조부가 테네시 주에서 무엇을 하고 또 증조부가 버지니아 주에서 무엇을 하고 있었는지를 너무 잘 알고 있었고, 우리의 이웃과 거리의 사람들은 우리가 누구이며 어디서 왔는가에 대해서 우리가 거짓말을 하더라도 믿을 것이란 것을, 그대로 믿을 것이라는 것을 그가 잘 알고 있었기 때문이지. 그렇지만 그를 한번 본 사람이라면 그 누구 할 것 없이, 그가 아무것도 분명히 말해 주지 않는 것으로 봐서 그가 누구이며 그가 어디서, 왜 이 거리로 왔는가에 대해 거짓말을 하는 것을 쉽게 알 수 있었을 거야. 그가 자신의 과거를 숨길 목적으로 명문가와의 관계를 선택해야만 했다는 바로 그 사실이 그가 도망쳐 온 과거가 말하기에도 너무나 어둡고 비천한 것이었다는 충분한 증거(더 이상 이야기하지 않아도 알겠지만)였지. 그는 아직 너무나 젊었어. 겨우 스물다섯 살의 청년이었어. 스물다섯 살의 청년이 다만 돈 때문에 처녀지를 개간해서 농장을 일구는 고되고 힘든 약탈 행위를 자발적으로 떠맡지는 않겠지. 아무래도 그건, 분명히 말하기를 꺼려하는 과거를 지닌 청년이 아니라면 1833년의 미시시피 주에서는 있을 수 없는 일이었지. 당시, 강에는 뉴올리언스로 향하는 증기선들이 가득 차 있었고, 그 배에는 다이아몬드를 많이 가진 얼빠진 주정뱅이들이 가득 타고 있었는데, 그들은 목적지에 닿기 전에 배에 실은 목화나 노예들을 내버리는 데 정신이 없었지. 하룻밤만 배에서 일을 하고 탈출하면 이 모든 것에서 벗어날 수 있었고, 유일한 문제나 혹은 장애는 다른 악당들에게 습격을 받는다든지 아니면, 모래톱에 좌초해서 자칫 밧줄에 묶이는 신세가 되어 아주 먼 곳에서 교수형에 처해지는 것이었지. 그리고 그는 또한, 버지니아 주나 캐롤라이나 주보다 더 오래된 깊고 조용한 지방에 남아도는 흑인들을 데리고 새로운 땅을 사서 개간하기 위해 파견된 청년도 아니었어. 왜냐하면 그가 데리고 온 흑인들을 보면, 그들이 버지니아 주나 캐롤라이나 주보다 더 오래된 지방에서 왔을지도 모르지만, 그곳이 결코 조용한 지방은 아니었다는 것을 금방 알 수 있었어. 그리고 누구든 그의 얼굴을 한번 보기만 해도, 자신이 사들인 그 토지에 묻혀 있는 금이 그를 기다리고 있다는 것을 알고 있었다고 해도 그 강과 밧줄의 위험을 택할 사나이라는 걸 알 수 있었지.

아니야. 나는 엘런을 변호할 생각은 없지만, 나 자신에 대해서도 마찬가지야. 아니, 나 자신에 대해서는 더더욱 변명할 생각이 없다네. 왜냐하면 내게는 그를 관찰할 시간이 이십 년이나 있었지만, 엘런에게는 단 오 년밖에 없었기 때문이지. 게다가 그 오 년 동안에도 그가 무슨 짓을 하고 있었는지 직접 본것이 아니라, 다른 사람을 통해서 들었을 뿐이지. 그리고 더욱이 이야기를 들었다고 해도 그것의 반 이상은 듣지 못했어. 왜냐하면 그가 그 오 년 동안에 실제로 무슨 일을 했는지 절반이라도 아는 사람이 없었고, 나머지의 절반은 아무래도 어린 딸은 고사하고 아내에게 되풀이해서 말해 줄 수 있는 그런 것이 못 되었기 때문이지. 그는 이 읍에 와서 오 년간 저속한 쇼를 보여 주는 사업을 했고, 제퍼슨 읍은 적어도 그가 하고 있던 일을 여자들에게는 말하지 않을 정도로 그를 보호함으로써 그 흥행에 대한 대가를 그에게 지불했어. 그러나 나는 평생 동안 그를 지켜볼 수 있었지. 평생 동안이라고 말하는 것은, 내 생애가, 틀림없이 그리고 하늘이 누설하기에 적절치 않다고 보는 이유로 해서, 사십삼 년 전 4월 어느 오후에 종말을 고할 운명에 놓여 있었기 때문이지. 내가 그때까지 살고 있었던 삶을 사는 것이라고 부를 수는 없었어도, 그 이후의 것은 전혀 산다는 것이라고 할 수 없는 형편이었기 때문이야. 나는 나의 언니 엘런에게 일어난 일을 실제 이 눈으로 보았어. 엘런은 거의 세상을 등진 은둔자와 같은 상태에서, 자기의 힘으로는 구해 줄 힘이 없는 저주받은 두 아이가 성장해 가는 것을 바라만보고 있을 뿐이었지. 나는 그 집과 그 자존심에 대한 보상으로 그녀가 치른 값을 똑똑히 보았어. 그녀가 그날 밤 교회로 걸어 들어갔을 때에 서명한 자존심과 만족, 평화 그리고 모든 것에 관한 약속 어음들이 연속해서 만기가 되기 시작하는 것을 보았지. 나는 주디스의 결혼이 전혀 까닭도 모르고 핑곗거리도 없이 금지되는 것도 보았어. 엘런이 남은 아이들을 지켜 달라고 부탁할 수 있는 상대가 아직 어린아이에 불과한 나 혼자밖에 없는 쓸쓸한 상황 속에서 그녀가 죽어 가는 것을 나는 보았지. 아들 헨리가 상속권을 버리고 집을 뛰쳐나갔다가 다시돌아와서는, 누이동생의 애인을 피투성이 시체로 만들어 그녀의 웨딩드레스 위에 던져 버리는 것도 보았어. 그리고 또 나는, 그 남자 ― 자신에게 희생된 어느 인간보다도 오래 산 그악귀의 근원이자 두목 ― 가 두 아이를 낳아서 차례로 파멸케하였고, 자기 자신의 혈통뿐만 아니라 우리 쪽의 혈통까지도끊어지게 만든 그 남자가 전쟁에서 돌아오는 것도 보았지. 그래도 나는 그와의 결혼에 동의했던 거야.

아니, 나는 나 자신을 변호할 생각은 조금도 없어. 내 나이가 젊을 때였다고 주장할 생각도 없고. 왜냐하면 1861년 이후남부에서는 남자, 여자, 흑인, 또는 노새에 이르기까지 젊음을 알 시간이나 기회가 없었을 뿐 아니라, 젊음을 경험했던 전시대의 사람들로부터 그것이 어떤 것인가를 들을 수도 없었기 때문이지. 젊은 여인이고, 결혼할 나이에 있고, 또 내가 보편적으로 알려고 했던 대부분의 젊은이들이 패전한 전쟁터에서 죽었던 그 시절에 내가 그와 같은 집에서 이 년 동안이나 살았다는 사실, 즉 그와 가깝게 지냈다는 사실을 변명의 자료로 주장할 생각도 없어. 그리고 고아인 데다 여자이고 거지였던 내가, 보호를 받기 위해서가 아니라 현실적인 하루 세 끼의 밥을 단 하나뿐인 혈육인 죽은 언니의 남편에게서 구하지 않으면 안 되었던 사실을 변명거리로 내세울 생각도 없어. 의지할 곳 없는 스무 살 나이의 고아 처녀였던 나는 자신의 상황을 정당화하기 위해서뿐만 아니라 더럽혀진 일이 없는 우리 가문의 명예를 옹호하기 위해서, 또 목숨을 이어가기 위해 도움을 받아야 하는 사람의 정식 결혼 신청을 받아들인 것이니까 누구에게서도 비난을 받을 수 없다고 생각해. 그리고 무엇보다도 그렇다고 해도 나는 그것을 변명할 생각은 없어. 한 젊은 여자가 부모와의 안정된 생활과 모든 것을 빼앗아 간 대학살로부터 살아남아서, 그때까지 그녀에게 산다는 의미를 가져다주었던 모든 것이 남자의 모습을 가진, 영웅이라는 이름과 형상을 가진 몇 안 되는 남성들의 발아래에 짓밟혀서 파괴되는 것을 보았지. ― 내가 말하는 한 젊은 여자는 한때 그가 무엇이었든, 그가 무슨 짓을 했다고 믿거나 혹은 그에 대해 무엇을 알고 있다고 하더라도, 어쨌든 그녀가 태어났던 남부의 땅이나 영광스러운 전통을 위하여 사 년 동안이나 훌륭히 싸운 그들 남성 중 한 사람과 날마다 시간마다 접촉하지 않을 수 없게 던져졌어.(그래서 그 사나이는 눈으로만 서로 알았지만, 비록 그가 악에 물들었다고 해도 그녀의 눈에는 그가 한 사람의 훌륭한 영웅으로 보였어.) 그녀가 그토록 고통을 겪었던 대학살에서 그 또한 목숨을 건졌고, 게다가 남부의 장래를 위해서 대처할 것이라고는 아무것도 없었으며, 남은 것은 다만 그의 빈손과 최후까지 적에게 넘겨주지 않았던 칼과 패배한 지휘관에게서 받은 용맹에 대한 표창장이었지. 그는 용감했어. 나는 결코 그것을 부정하지 않았어. 그러나 우리의 명분, 우리의 삶, 미래에 대한 희망, 과거의 자존심은 그 명맥을 유지하기 위해 그와 같은 사람들 — 용기와 힘은 있지만 연민이나 명예심이 없는 사람들 — 에게 의지한다는 것이 아무리 보아도 슬픈 일이었지. 하느님이 우리를 싸움에서 패배하게 한 것도 당연한 일이 아니겠어?"

"그렇습니다." 퀜틴은 대꾸했다.

"그러나 그가 알고 있었던 많은 사람들 — 그들 가운데 거기 가서 그와 술을 마시거나 도박을 하고, 그가 저 야만인과 같은 흑인들과 격투하는 것을 구경하고, 트럼프 놀이에서 딸들을 잃기조차 했을지도 모르는 사람들이 상당히 많았는데 — 그 사람들 가운데 우리 아버지가 그의 눈에 들었어. 어처구니없는 일이었지. 우리 아버지가 그렇게 되다니. 그가 어떻게 아버지에게 접근할 수 있었는지 모르겠어. 어떤 문제로 그렇게 되었는지 말이야. 어디에서 왔는지 아무도 모르고, 아니면 어디서 왔는지를 말하려 하지 않는 그 사람과 우리 아버지 사이에 무슨 일이 있을 수 있었을까. 그런 사람과 아버지 사이에 무슨 일이 있었을 리가 없어. 길거리에서 마주친 두 남자가 흔히 인사를 교환하는 것 이외에는 말이야. 아버지는 감리 교회 집사였지. 상인이라고는 하지만 그리 부유하지도 않았고, 자기 재산을 늘리거나 혹은 그 가능성을 높이기 위해서이 세상에서 할 수 있는 일은 아무것도 없었을 뿐만 아니라, 또 비록 가지고 싶은 어떤 것을 길거리에서 주웠다 해도 자기 호주머니에 넣는 일은 생각조차 하지 못하는 그런 성품으로 — 땅도 없었고, 노예도 갖지 않았으며, 집에 하인이 둘 있었지만 아버지는 그들을 노예로 사들이자마자 곧 자유의 몸이 되게 풀어 주었어. — 술도 마시지 않았고, 사냥도 하지 않았으며, 도박도 모르는 분이었어. 그런 사람과 우리 아버지 사이에 무슨 일이 있었을 리 없어. 내가 확실히 알기로는 제퍼슨 교회에 단 세 번밖에 간 일이 없는 — 한 번은 그가 엘런을 만났을 때이고, 한 번은 결혼식 예행연습 때 그리고 또 한 번은 결혼식 날, 그렇게 세 번뿐이었어. — 누가 보아도 분명히 그는 지금 무일푼이지만 예전에는 돈을 많이 가져 보았기 때문에 다시 돈을 갖고 싶어 했고, 돈을 버는 방법에 대해서는 양심을 버린 그런 사람이라는 것을 쉽게 알 수 있었어. — 그런 사람이 교회 안에서 엘런을 만나게 되다니. 교회 안에서 말이야. 마치 우리 가문에 저주받은 운명이 내려져 있어서 하느님이 그 숙명을 마지막까지 철저히 수행하고 있는 듯했어. 그래, 이 남부에 그리고 우리 가족에게 운명적인 저주가 내려졌던 거야. 우리 조상들 중 누군가가 선택되어 이미 저주받은 운명의 땅에 자기 자손들을 정착시키도록 했던 것 같았어. 하느님이 강제로 이미 저주받은 땅과 시대에 저주받은 자손들을 정착시키지 않았더라도 우리 가족이나 아버지의 조상들이 오랜 세월 전에 그러한 저주를 받게 했기 때문에 말이야. 그 이상 알기에는 아직 너무나 어린아이였던 나까지도 — 엘런은 나의 언니였고, 헨리와 주디스는 조카들이었는데 — 아버지나 고모와 함께하지 않으면 거기에 갈 수 없었고, 또 집 안이 아니면 헨리와 주디스는 나와 함께 절대로 놀 수 없었어.(그것은 주디스가 나보다 네 살, 헨리가 여섯 살 위이기 때문에 그랬던 것은 아니었어. 엘런이 죽기 전에 나를 돌아보고 '아이들을 보살펴 줘.' 하고 부탁했다고 아까 말했잖아?) — 엘런과 내가 속죄를 해야만 하고 또 우리 둘만으로는 아직 부족하다니, 아버지는 도대체(혹은 할아버지는) 어머니와 결혼하기 전에 무슨 나쁜 일을 저지른 것일까 하고 의아하게 생각하기도 했지. 우리 가문이 저주를 받아서 그 사람의 파멸뿐만 아니라 우리 자신을 파멸시키는 도구가 되다니, 예전에 도대체 무슨 죄를 지었을까."

"그렇게 된 거군요." 퀜틴은 말했다.

"그래." 그녀는 움직이지 않는 세모꼴 모양의 흐릿한 레이스 장식 너머에서 차갑고 조용한 목소리로 말했다. 퀜틴은 명상에 잠긴 품위 있는 망령들 사이에서 그 옛날 단정한 치마와 판탈레츠*를 입고 매끄럽고 단정한 단발머리를 한 작은 소녀의 모습이 그의 마음속에 떠오르는 것을 보았다. 그 소녀는 암울한 중산층에 속하는 자그마한 집 뜰에 깨끗하게 가지런히 세워 놓은 말뚝 울타리 뒤에 숨듯이 서서, 조용한 마을 거리

---

* 19세기 전반에 유행했던 헐렁한 여성용 긴 속바지.

에 있는 굉장히 잔인한 어떤 세계를 넘겨다보고 있었으나, 그 태도에는 너무 늦게 부모 사이에서 태어났기 때문에 모든 인간 행동을 어른들의 잘못된, 불필요하고 어리석은 행동을 통해서 관조해야 할 운명에 처해 있는 — 즉, 카산드라* 같고, 유머가 없으며, 대단히 생각이 깊고 무서울 정도로 엄격한 예언자적인 데가 있고, 실제의 나이에는 전혀 어울리지 않는, 결코 어렸던 일이 없는 어린아이 같은 데가 있었다. "왜냐하면 나는 너무 늦게 태어났기 때문이야. 이십이 년이나 늦게 태어났던 거지. — 언니나 언니의 아이들과 노는 것이 허락될 만큼 크지 않았을 때부터 나는 어른들이 하는 이야기를 주워들어서, 언니나 언니의 아이들의 얼굴이, 밤에 자기 전에 들었던 사람을 잡아먹는 도깨비 이야기에 나오는 그런 얼굴과 같을 거라고 상상하기도 했어. 그런데 그런 나를 향해 언니는 죽는 자리에서 돌아누워 '저 애를 지켜 줘. 적어도 주디스만은 지켜 줘.' 하고 부탁할 수밖에 없었어. — 아이들 중의 사내는 집을 나가 버린 뒤 살인자가 될 운명이었고, 딸아이는 신부가 되기도 전에 미망인이 되지 않으면 안 될 운명이었어. 그래서 나는 어린아이였다고는 하지만 어른들의 성숙한 지혜를 가지고도 쉽지 않을 이런 대답을 할 수 있는 정도의 허락받은 본능은 갖추고 있었어. 나는 대답했지. '주디스를 지켜 달라고요? 누구로부터? 무엇으로부터? 그는 벌써 아이들에게 생명을 주었어요. 그는 더 이상 그 애들을 해칠 필요가 없을 거예요. 그들 자

---

* 호메로스의 시에 나오는 트로이의 여자 예언자.

신으로부터 스스로를 지켜야 하는 거죠.'"

실제로 느끼는 것보다 훨씬 늦은 시각이 되었어야 했다. 늦었어야 했다. 그러나 먼지 가루가 요동치는 햇빛이 만들어 내는 노란 사선 무늬는 두 사람을 갈라놓고 있는 만져 볼 수 없는 어둠의 벽 위로 조금도 높이 올라가 있지 않았다. 태양은 거의 움직이지 않는 것 같았다. 그것(그 늙은 여인의 계속되는 이야기)은 (퀜틴에게) 논리와 이성을 경멸하는 꿈의 특징 ─ 잠자는 자가 그 꿈은 사산(死産)이긴 해도 완전한 형태로 한순간에 일어났을 게 틀림없다는 것을 알았지만, 그 꿈꾸는 자(잠자는 자와 같음)가 공포였건 기쁨이었건 놀라움이었건 간에 그것을 쉽게 믿도록 하기 위해서는, 음악 혹은 책 속의 이야기처럼 지나갔고 또 아직 지나가고 있는 시간을 형식적으로 인정하고 받아들이지 않으면 안 된다는 ─ 을 지니고 있는 것 같았다. "그래. 나는 너무 늦게 태어났지. 나는 그 세 사람의 얼굴(그의 얼굴 또한)을 처음 보았을 때의 일을 지금도 기억하고 있어. 그때 나는 아직 어린아이였어. 내가 그들을 처음 본 것은 그가 서트펜 농원에서 교회에 이르는 길을 드디어 경마장 길로 만들어 버린 것을 알게 된 그 첫 일요일 아침, 마차를 타고 나타났을 때였어. 나는 그때 세 살이었지. 그리고 그 전에도 아마 확실히 그들을 보았고 또 보았음에 틀림이 없어. 그러나 기억이 나지 않아. 그 일요일 이전에는 엘런의 얼굴을 본 기억도 없단 말이야. 그렇기 때문에 그것은 마치, 내가 그때까지 한 번도 본 일이 없는 언니가 ─ 내가 태어나기 전에 잔인한 악귀의 요새에 들어 앉아 버렸던 언니가 단 하루 허락을 받아, 버리고 떠났던 세계로 다시 돌아오는 것 같았어. 세 살짜리 어린아이였던 나는 그 때문에 아침 일찍 일어나서 크리스마스 때처럼 옷을 차려입고 머리를 곱게 감아 올렸지. 크리스마스보다 훨씬 더 뜻 깊은 날이었어. 그것은 악귀인 그가 드디어 아내와 아이들을 위하여 교회에 가는 것에 동의하고, 적어도 그들에게 구원의 영역에 접근하는 것을 허락하여, 엘런이 하느님뿐만 아니라 우리 가족들이나 훌륭한 마을 사람들의 응원을 받으며 어떤 전쟁터에서 아이들의 혼을 위하여 싸울 기회를 적어도 한 번은 얻었기 때문이지. 그래, 그때뿐이었기는 하지만, 그는 어쨌든 속죄하는 일에 몸을 내맡겼어. 아니면 그것에 미치지는 못해도 아직 회개하지 않은 사람일지라도 그때만은 적어도 기사(騎士)처럼 여자에게 정중했지. 나는 그것을 기대했어. 이것은 내가 교회 앞에서 아버지와 고모 사이에 서서, 마차가 12마일이나 되는 길을 달려오는 것을 기다리고 있을 때 보았던 것이었어. 그리고 그 이전에 엘런이나 아이들을 틀림없이 본 적이 있었겠지만, 그때 나는 처음으로 그들을 보았는데, 내가 그들을 본 환영(幻影)은 무덤까지 가져갈 것 같았어. 그것은 마치 거대한 토네이도가 앞으로 불어오는 것을 순간적으로 보는 듯했지. 마차와 마차에 탄 엘런의 고귀한 하얀 얼굴, 그 양쪽에 보이는 그 남자를 축소한 것 같은 두 개의 복사판 얼굴, 앞자리의 마부석에 앉은 야만적인 흑인의 얼굴, 치아를 제외하고는 그 흑인과 똑같이 생긴 그의 얼굴('치아를 제외하고'라는 말은 틀림없이 그의 턱수염 때문이겠지만), 광폭한 눈빛을 가진 말들이 분노해서 먼지를 일으키며 질주하는 굉음 속에 그런 모든 것들이 잠깐 보였던 것 같았어.

그랬지. 그를 부추기고 응원해서 마차 경주나 벌였으면 하는 사람들도 많이 있었어. 일요일 아침 10시의 일이었지. 두 바퀴로 된 마차가 교회 문 바로 앞까지 질주해 왔어. 리넨으로 만든 긴 외투에 실크해트를 쓴 서커스의 호랑이와 똑같아 보이는, 기독교인처럼 차려 입은 그 거친 흑인과 함께 말이야. 얼굴에 핏기가 조금도 없는 엘런은 두 아이를 붙잡고 있었어. 그러나 그 아이들은 울지도 않았고 손을 잡아 줄 필요도 없다는 듯 엘런의 양 옆에서 움직이지 않고 가만히 앉아 있었지. 그런데 그때 우리가 전혀 이해하지 못했지만, 그들의 얼굴에는 유아들에게서 더러 볼 수 있는 소름끼치는 흉악한 표정이 나타나 있었어. 정말 그를 도와 부추기는 사람들이 많았어. 그러나 그와 경주를 할 만한 상대가 없으니 그로서도 경마를 할 수가 없었지. 그에게 경마를 그만두게 한 것은 마을의 여론도 아니었고, 아내와 아이들이 탄 마차를 도랑으로 밀어 처넣을지도 모를 마을 남자들도 아니었고, 다름 아닌 목사 그분이었어. 목사 자신이 제퍼슨 읍과 요크나파토파 군의 전 여성을 대신해서 말을 했지. 그래서 그는 교회에 오는 것을 그만두게 되었고, 엘런과 아이들만 일요일 아침에 마차를 타고 왔어. 그래서 우리는 적어도 내기하는 일만은 없어진 것을 알았지. 왜냐하면 그의 얼굴이 보이지 않고, 흰 이를 약간 번쩍이며 알 수 없는 표정을 짓는 그 야만적인 흑인의 얼굴만으로는 아무리 마차가 질주해 와도, 그것이 실제로 마차 경주인지 아닌지 누구도 알 수 없었어. 그리고 비록 그 경주가 승리했다 하더라도

12마일 저쪽에 있으면서 여기 나와 그것을 보지 않은, 서트펜 농원에 있는 사람의 승리이지 그 흑인의 승리는 아니었기 때문이지. 따라서 다른 마차를 추월하는 행동을 하며 자신의 말에게 하듯 상대편 말에게도 소리를 지르는 사람은 이제 그 흑인뿐이었어. ― 소리를 지른다고 해도 그것은 언어가 아닌 것이었어. 아마도 말 같은 것은 필요하지 않았기 때문일 거야. 그것은 흑인들이 어떤 어두운 늪지대의 진흙탕 속에서 잠을 자며 배워 여기로 가져온 그들만의 언어였어. ― 마차가 먼지를 일으키고 굉장한 소리를 내며 교회 문 앞까지 달려오자, 그 앞에 서 있던 부인들과 아이들이 비명을 지르며 흩어졌고, 남자들은 상대편의 말고삐를 움켜쥐었어. 그리하여 그 흑인은 엘런과 아이들을 현관에 내려주고는, 말을 매 놓을 숲으로 마차를 끌고 가서는 채찍으로 말을 때리고 마차에서 풀어 주었어. 한번은 어떤 바보가 그런 짓을 못하게 방해하려 했는데, 그 때문에 그 흑인은 채찍을 치켜들고 그 녀석 쪽을 향해 이를 약간 드러내 보이면서 '나는 주인의 분부대로 하고 있는 거야. 주인에게 말해 봐.' 하고 말하는 것이었어.

그런데 그들이 두려워하지 않으면 안 될 것은 다름 아닌 자기 자신이었어. 그리고 이번엔 목사님도 아니었지. 엘런이었어. 고모와 아버지가 이야기를 하고 있을 때 내가 들어갔더니, 고모는 '밖에 나가서 놀아.' 하고 말씀하셨어. 나는 문틈을 통해서 두 분의 말소리를 전혀 들을 수 없었지만, 그들의 대화 내용은 환히 알 수 있었어. ― '당신의 딸, 당신의 피를 나눈 딸이란 말이에요.' 하고 고모가 말하니까, 아버지는 이렇게 대답했어. '그래, 내 딸이야. 그 애는 내가 관여해 주기를 바랄 때에는 스스로 내게 그렇게 말할 거야.' 그 이야기의 시작은 이렇게 되었지. 그 일요일, 엘런과 아이들이 현관으로 나왔을 때, 그들을 기다리고 있는 것은 여느 때의 마차가 아니라 엘런이 몰았던 늙은 말이 매인 엘런의 페이튼*이었고, 그 사람이 새로 사들인 마부가 그 야만스러운 흑인 대신에 그 마차와 함께 있었어. 그런데 주디스는 그 페이튼을 보자마자 그것이 무엇을 의미하는가를 알아차리고 비명을 지르기 시작했어. 그래서 여러 사람이 비명을 지르고 저항을 하는 주디스를 집으로 안고 들어와서 침대에 눕혔어. 그런데 그는 없었어. 창문 커튼 뒤에 몸을 숨기고 남 몰래 승리감에 젖어 있었다고 주장하진 않겠어. 아마 그 자신도 우리처럼 놀랐을 거야. 왜냐하면 아마 우리 모두가 직면하고 있는 문제가, 단순한 어린아이의 갑작스러운 울음이나 또는 히스테리 이상의 것이라는 것을 알았기 때문이지. 그의 얼굴은 언제나 그 마차 안에 있었던 거야. 그리고 그 흑인을 부추겨서 마차를 끄는 말을 달리도록 했던 것은 여섯 살 소녀에 지나지 않았던 주디스였어. 헨리는 아니었지. 사내아이가 그랬더라도 그것은 화를 낼 만한 일인데, 그렇게 한 것은 여자아이인 주디스였어. 그날 오후, 아버지와 나는 마차를 타고 그 농원의 문을 들어서서 저택으로 향한 진입로를 지나면서 그것을 금방 느낄 수 있었어. 마치 조용하고 평화로운 그 일요일 오후에 어디에선가 아직 그 아이의

---

* 사륜 쌍두 마차.

울부짖는 비명이 소리로서가 아니라 피부가 들을 수 있는, 머리칼이 들을 수 있는 어떤 것으로 남아 그 주변에 머물고 있는 듯했지. 그러나 나는 바로 묻지 않았어. 나는 그때 아직 네 살짜리 어린아이였거든. 그 최초의 일요일, 언니와 두 조카의 모습을 처음 보게 된다는 그 일 때문에 좋은 옷을 입고 교회 마당에서 아버지와 고모 사이에 서 있었던 그때처럼, 나는 마차를 타고 아버지 옆에 앉아서 그 저택을 바라보고 있었어.(물론 나는 그 이전에도 저택 안에 들어간 일이 있었지. 그러나 내 기억에 의하면 내가 그 저택을 처음 보았을 때에도 이미 그것이 어떤 모양을 하고 있는지 잘 알고 있었던 것 같았어. 내가 처음이었다고 늘 기억하고 있던 그때에도 엘런과 주디스와 헨리의 모습을 미리 알고 있었던 것처럼.) 어쨌든 나는 그때도 전혀 묻지 않고 다만 그 거대하고 조용한 저택을 바라보면서, 알 수 없는 어떤 것이라도 얌전히 받아들이는 순종하는 어린아이의 태도로 '아빠, 주디스가 아파서 누워 있는 방이 어디예요?' 하고 물었지. 지금 생각해 보면 나는 그때 이미 마음속으로 주디스가 문밖에 나와서 마차 대신에 페이튼을, 야만스러운 흑인 대신에 얌전한 마부의 모습을 발견하고, 그녀가 거기서 보았던 것이 무엇이었는지 궁금하게 생각하고 있었지. 나머지 우리에게는 전혀 아무렇지도 않게 보였던 그 페이튼 속에서 그녀는 도대체 무엇을 보았던 것일까, 아니면 그 반대로 무엇인가 잃어버린 것에 대한 그리움 때문에 그 페이튼을 보자마자 비명을 지르기 시작한 것일까. 그래, 오늘처럼 조용하고 무더운 일요일 오후였어. 나는 지금까지도 우리가 저택 안으로 들어갔을 때 그곳이 죽은 듯 조용했다는 것을 생생하게 기억하고 있지. 그가 집 안에 없다는 것을 금방 알 수 있었어. 어쨌든 나는 그가 황록색의 포도가 열리는 덩굴로 뒤덮인 정자(亭子)에서 워시 존스와 한 잔하고 있으리라고는 생각하지 못했어. 아버지와 내가 그 저택의 문턱을 넘어서자마자 그가 없다는 것을 알았을 뿐이었어. 그것은 마치 그가 거의 전지적인 확신을 갖고, 집 안에 남아서 자신의 승리를 목격할 필요는 없다는 것을 — 앞으로 일어날 일에 비하면, 이만한 일은 아무것도 아니고 우리의 주목을 받지도 못할 사소하고 단순한 일이란 것을 알고 있었던 것 같았어. 조금 있다가 우리는 그 조용한 방으로 들어갔지. 블라인드가 내려져 있어 어두웠고, 흑인 여자 하나가 부채를 가지고 침대 옆에 앉아 있었으며, 주디스는 창백한 얼굴을 장뇌포(樟腦布) 아래의 베개에 묻고 잠이 들어 있었어. 그때 나는 그녀가 잠들어 있다고 생각했어. 아무래도 그것은 잠이었지. 잠이라고 불러도 좋을 그런 것이었어. 엘런의 얼굴은 창백하고 조용했어. 그래서 아버지가 나에게 '밖에 나가 헨리를 찾아서 같이 놀아라, 로자.' 하고 말씀하셨어. 그래서 밖으로 나와 그 조용한 2층 홀에 있는 문 곁에 서 있었지. 안식일 오후 같은 그 저택의 정적이 우레 소리보다도, 승리의 웃음소리보다도 더 크게 들렸기 때문이야.

'아이들 생각을 해야지.' 아버지가 말씀하셨어.

'생각하라고요?' 엘런이 말했어. '내가 아이들을 생각하고 있지 않다는 말씀이신가요? 내가 아이들을 생각하느라고 뜬 눈으로 밤을 새운다는 것을 아버지는 모르세요?' 아버지도 엘런도, 집으로 돌아오너라! 싫어요 하는 말은 나누지 않았지. 이 일은 자신의 잘못에 등을 돌리고 도망치는 것이 유행이 되기 전에 일어났어. 다만 두 사람의 목소리가 그 널따란 문 저쪽에서 조용히 들려오고 있어서 마치 잡지의 기사 이야기라도 나누고 있는 것 같았지. 어린 나는 문 옆 가까이 서 있었어. 거기에 있는 것도 무서웠지만 그곳을 떠나는 것이 더 무서웠기 때문이야. 나는 그 저택의 살아 있는 영신(靈神), 영적 존재에 귀를 기울이며, 마치 카멜레온처럼 내 몸을 문의 검은 나무판과 하나로 만들어 눈에 보이지 않게 하려고 애썼지. 그의 숨결과 마찬가지로 엘런의 생명과 숨결이 벌써 얼마만큼 집 안에 스며 있어서 승리와 절망, 정복과 공포를 나타내는 길고 분명치 않은 소리를 내며 호흡하고 있었기 때문이야.

'너는 사랑하고 있는 거냐? 이⋯⋯.' 아버지가 말했어.

'아버지.' 엘런이 말했지. 그것이 전부였어. 그러나 나는 그때, 아버지의 얼굴과 마찬가지로 언니의 얼굴을 똑똑히 볼 수 있었어. 그 최초의 일요일과 그 이후의 여러 일요일에 마차 안에서 짓던 것과 똑같은 표정을 짓고 있을 것이라고 생각했어. 그리고 하인이 와서 우리의 마차가 준비되었다고 말했지.

그래, 아무도, 그 사람조차도 그들을 구해 줄 수 없었던 것처럼, 그들은 그 사람으로부터가 아니라, 다른 어떤 사람으로부터가 아니라, 그들 자신으로부터 스스로를 지킬 필요가 있었던 거야. 그것은 그가 얼마 있지 않아서 우리에게 그 승리가 주목할 만한 가치가 없다는 이유를 가르쳐 주었기 때문이지. 그는 엘런에게 그것을 가르쳐 주었어. 내가 아니었지. 나는 거기에 없었어. 그 후 육 년이란 세월이 흘렀고, 나는 그동안 그를 거의 만나지 않았어. 고모는 이미 나가 버렸고, 내가 아버지를 위해 집안일을 하고 있었지. 일 년에 한 번쯤 아버지와 나는 거기 가서 식사를 하고, 일 년에 네 번쯤 엘런과 아이들이 여기에 와서 우리와 같이 하루를 보내곤 했지. 그러나 그는 오지 않았어. 나는 알고 있지. 그는 엘런과 결혼한 뒤에는 두 번 다시 이 집에 오지 않았어. 그 무렵 나는 어렸어. 나는 그것이 후회는 아니더라도 그의 마음속에, 그에게도 약간의 양심이 남아 있기 때문이라고 믿을 만큼 어렸던 거지. 그러나 이제 나는 더 잘 알아. 아버지가 엘런을 그와 결혼시킴으로써 그에게 존경받는 사회적인 지위를 부여해 주었기 때문에, 그는 이미 아버지에게 기대할 것이 아무것도 없다는 것을 알고, 겉으로라도 아내의 친정 식구들과 식사를 같이 할 정도로 아버지에 대한 감사의 마음 같은 것은 눈곱만큼도 없었다는 것을 잘 알고 있지. 그래서 나는 그들을 거의 만나지 못했어. 그 무렵 나는 비록 놀고 싶은 마음이 있었다고 해도 거의 놀 시간이 없었어. 나는 그때까지 어떻게 노는가를 배울 시간이 전혀 없었지. 시간이 있었다고 해도 나는 왜 노는 것을 배워야 하는지 그 이유를 몰랐어.

아무튼 육 년이 흘렀고, 그 일은 실제로 엘런에게 아무 비밀도 아니었는데, 왜냐하면 그것은 그가 그 저택에 마지막 못을 박아 넣은 이래로 분명히 오래 계속되었던 일이었으니까. 다만 지금과 그가 독신일 때의 차이는, 마차를 끄는 말과 승마용 말 그리고 노새를 집에서는 보이지 않게 마구간 저쪽 너머 숲 속에 매어 두고, 목장을 가로질러 걸어온다는 것뿐이었어. 여전히 그곳에 많은 사람들이 모여들었기 때문이지. 마치 하느님이나 악귀가 그의 악덕을 이용해서 우리에게 걸려 있던 저주를 실현시키기 위한 증인들을 우리 같은 양갓집 사람들뿐만 아니라, 어떤 다른 상황에서는 뒷문으로도 그 저택에 가까이 갈 수 없었을 천하고 하잘것없는 하층계급 가운데서도 상당히 많이 선택한 것 같았어. 그래, 엘런과 두 아이들은 읍내에서 12마일이나 떨어져 있는 그 저택에서 외롭게 살고 있었고, 그 저택 아래에 있는 마구간에는 칸델라 불빛 아래 사람들이 중공방진(中空方陣), 즉 빈 공간을 두고 네모지게 진을 친 모양으로 둘러서 있었어. 세 방향에는 백인 얼굴들이 서 있었고, 네 번째 방향에는 흑인 얼굴들이 보였지. 그리고 그 가운데에서 그가 부리고 있는 사나운 흑인 두 명이 벌거벗고 싸우고 있었어. 백인들의 싸움처럼 규칙이나 무기가 있지도 않았고, 과연 흑인답게, 되도록이면 빨리 상대에게 심한 상처를 입히려고 하는 싸움이었어. 엘런은 그것을 알고 있었어. 그녀가 알고 있었다고 나는 생각했어. 아니, 그렇지 않았어. 그녀는 그것을 기꺼이 받아들였어. 어쩔 수 없이 묵인하고 받아들인 것이 아니라, 기꺼이 그랬지. 이것뿐이어서 정말 다행이야. 적어도 나는 지금 그 모든 것을 알고 있어 하고 스스로에게 말할 수 있었어. 사람이 분노한 가운데도 숨을 쉬어야 할 지점에서는 거의 감사하는 마음으로 그것을 받아들일 수 있는 것처럼 말이야. 엘런은 아직 그러한 사고방식에 매달리면서 그날 밤 마구간 안으로 뛰어 들어갔지. 뒤로 숨어 들어온 패거리들도 역시 약간의 예절이라는 것을 알고 있었던지, 그녀에게 길을 비켜주고 뒤로 물러나 있었어. 그러나 엘런이 본 것은 그녀가 기대했던 것과는 달리 검은 야수가 아니고 백인과 흑인 두 사람이 허리까지 옷을 벗어 붙이고 서로 상대의 눈을 후벼 빼려고 싸우고 있는 모습이었어. 싸우고 있는 그들은 마치 같은 색깔의 털가죽을 뒤집어쓴 야수 그것이었어. 그래, 아마도 저녁이 끝날 무렵 하룻밤의 처절한 결투가 있은 뒤 화려한 피날레로, 아니면 지배자로서 자신의 우월성과 지배력을 견지하려는 대단히 깊은 사려에서인지는 몰라도, 그는 이따금씩 흑인 한 사람을 데리고 링으로 들어왔던 것 같았어. 맞아. 엘런이 그것을 보았지. 자기 남편이며 아이들의 아버지인 그가 허리까지 벌거벗은 채 헐떡거리면서 피투성이가 된 채 거기에 버티고 서 있었고, 그 흑인은 틀림없이 그때에 주먹으로 맞아 쓰러져서 역시 피투성이가 된 채 그의 발아래 길게 누워 있었지. 같은 피투성이라고는 해도 그 흑인에게는 그것이 단순히 기름이나 땀 정도로밖에는 보이지 않았지만. ── 엘런은 머리에 아무것도 쓰지 않은 채 집에서 뛰쳐나와 언덕을 내려갔고, 그때 그 목소리, 그 외치는 소리를 들었어. ── 그녀가 아직 어둠 속을 뛰어 내려갈 동안, 관중들은 그녀가 거기에 와 있다는 것을 아직 몰랐지만 그때 벌써 관중 가운데 한 사람이 갑자기 '말[馬]이잖아.', '여자야.', '아니, 아이잖아.' 하고 말하는 소리를 들었어. ── 그녀가 안으로 뛰어 들어가자, 관중이 뒤로 물러서게 되어, 흑인들에게 잡혀 있던 헨리가 고함을 지르고 헐떡거리며 뛰쳐나오는 것을 보았는데 ── 그녀는 멈추지도 않고, 뒤로 물러선 관중의 얼굴을 쳐다보지도 않고 더러운 마구간 바닥에 무릎을 꿇고 헨리를 안아 일으켰지. 그리고 그녀는 다른 흑인 하나를 시켜 마대(麻袋)로 몸에 묻은 피를 닦게 하며 수염 아래로 흰 이까지 보이며 서 있는 그를 똑바로 쳐다보았지. '여러분, 대단히 실례했어요.' 엘런이 말했지. 그러나 이미 흑인, 백인, 할 것 없이 들어올 때와 마찬가지로, 몰래 떠나가고 있었어. 무릎을 꿇고 앉아 있는 엘런은 그들을 쳐다보지도 않았고, 헨리는 울면서 그녀에게 매달렸지. 그는 아직 그곳에 버티고 서 있었는데 또 다른 제3의 흑인이 그의 셔츠인지 윗옷인지를 그에게 내밀고 있었어. 마치 그 윗옷은 몽둥이 같았고, 그는 우리에 갇힌 뱀 같았어. '토머스, 주디스는 어디에 있나요?' 엘런이 물었지.

'주디스?' 그는 대꾸했어. 오, 그가 거짓말을 하고 있는 것은 아니었지. 그는 자신의 승리에 취해 있었던 거야. 그는 자신이 생각할 수 있었던 것 이상으로 사악한 행위를 할 수 있었던 거지. '주디스? 자고 있지 않나?'

'거짓말하지 말아요, 토머스.' 엘런은 말했어. '당신이 헨리에게 이 광경을 보여 주려고 여기에 데리고 온 것은 이해할 수 있어요. 이해하도록 노력해 보겠어요. 네, 힘껏 노력해 보겠어요. 하지만 주디스는 안 돼요, 토머스. 내 귀여운 딸애는 안 돼요, 토머스.'

'당신이 그것을 이해해 주기를 바라지는 않아. 당신은 여자니까. 하지만 나는 주디스를 여기에 데리고 오지는 않았어. 난 그 아이를 여기에 데려오려고 하지 않았어. 당신이 내 말을 믿

지 않아도 좋아. 그러나 난 맹세할 수 있어.'

　'당신 말을 그대로 믿을 수 있다면 좋겠네요.' 엘런은 말했어. '당신의 말을 믿고 싶어요.' 그러고 나서 엘런은 '주디스!' 하고 부르기 시작했어. 엘런은 조용하고 아름답지만, 절망에 가득 찬 목소리로 불렀어. '주디스, 애야! 잠잘 시간이야.'

　그러나 나는 그 장소에 있지 않았어. 나는 서트펜 집안의 두 얼굴 — 주디스의 얼굴과, 그 옆에 나란히 함께 있는 흑인 계집아이의 얼굴 — 이 다락방으로 들어가는 장방형 입구에서 아래를 내려다보고 있는 것을 보지 못했어."

제2장

　등나무 꽃이 피는 여름이었다. 땅거미가 지는 그곳에는 등나무 꽃이 만개해 있었다. 저녁 식사를 마치고, 퀜틴이 떠날 때까지 그들은 바깥 베란다에 앉아 있었다. 아버지가 피우는 시가 냄새가 저물어 가는 어둠 속에서 짙게 풍겨 왔고, 베란다 아래 짙은 색채를 띠고 무성하게 자란 잔디밭에는 반딧불이들이 이리저리 움직이며 조용히 날아다니고 있었다. ── 다섯 달 뒤에는 컴프슨 씨의 편지가 그 향기, 그 냄새를 미시시피 주에서부터 뉴잉글랜드의 만년설을 넘어 하버드 대학교에 있는 퀜틴의 거실에까지 실어 갈 것이다. 1909년의 그날은 퀜틴이 이미 알고 있는 것에 대해 귀를 기울여 듣는 하루이기도 했다. ── 그는 태어나서부터 줄곧 1833년 그 일요일 아침에 그 교회 첨탑의 종소리가 울려 퍼지는 그 공기를 호흡하고 있기 때문이다.(그리고 일요일마다 그 옛날 비둘기들의 자손들이 걸어 다니며 낮은 목소리로 구구구 하고 노래 부르거나, 아니면 부드러운 여름 하늘에 흘리는 연한 그림물감의 얼룩들처럼 작은 원을 그리며 날고 있던 바로 그 교회 첨탑에서 울리는, 원래 있던 세 개의 종 가운데 하나가 내는 종소리까지 들으면서 자랐기 때문이다.) ── 1833년 6월의 그 일요일 아침, 평화롭고 지엄하며 약간은 귀에 거슬리는 종소리가 울려 퍼졌고 ── 가락에 있어서는 아니지만, 그 소리 하나하나는 화음을 이루고 있었다. ── 숙녀들과 아이들, 파라솔이나 파리채를 든 흑인 노예들 그리고 남자들의 모습도 몇몇 보였다.(숙녀들은 버팀 테가 든 당시의 후프 스커트를 입고서 작은 고급 모직 양복을 입은 사내아이들과 판탈레츠를 입은 계집아이들 사이를 떠다니듯 움직이고 있었다.) 홀스턴 하우스의 베란다 난간에 다리를 걸치고 앉아 있던 남자들이 무심코 얼굴을 들었을 때, 거기에 한 번도 본 적이 없는 남자가 있었다. 그들이 밤색 털에 흰색 털이 섞인 크고 지친 말을 탄 그 남자를 보았을 때 그는 벌써 광장을 가로질러 반쯤 들어와 있었다. 그 남자도 짐승도 희박한 공기 속에서 창조되어, 찬란한 여름 안식일의 햇빛 속에 지치고 바쁜 걸음을 잠시 느리게 하고 있는 듯 보였다. ── 그들 가운데 아무도 그 사람의 얼굴이나 말을 본 적이 없었고, 이름도 들은 적이 없었으며, 그들 중의 일부는 그가 어디에서 무슨 목적으로 이곳에 온 것인지 영원히 알지 못했다. 그 후 사 주 동안, 그 낯선 사람의 이름이 일을 하는 장소나 일을 하지 않는 장소나 주택가에서(그 당시 제퍼슨은 조그마한 마을이었다. 홀스턴 하우스, 법원 청사, 여섯 채의 상점, 대장간 겸 마차 임대업소, 가축 상인이나 행상인들이 출입하는 술집, 교회 세 개 그리고 삼십 여 가구 정도의 주택이 있을 뿐이었다.) '서트펜, 서트펜, 서트펜, 서스펜' 하고 계속해서 이렇게 저렇게 사람들의 입에 오르내렸다.

거의 한 달이 지나도록 마을 사람들이 그에 대해 알고 있는 것은 그것이 전부였다. 그는 분명히 남부에서 이 거리에 온 것 같았다. ─ 그가 스물다섯 살이라는 것이 알려진 것은 나중의 일이었다. 그때 그는 앓고 난 사람처럼 보였으므로, 나이를 가늠하기가 어려웠다. 그는 병상에 평화롭게 조용히 누워 있다가 회복이 되어 스스로 포기해야 할 상태에 이르렀다고 믿었던 세상으로 조심스럽기도 하고 놀라서 머뭇거리며 들어가는 사람 같지가 않고, 단순한 열병 그 이상의 어떤 외롭고 불타는 용광로 같은 생활을 경험했던 사람 같았다. 어떤 탐험가의 말처럼 자신이 선택한 것에 따르는 고통을 이겨 내야 했을 뿐만 아니라, 여기에 덧붙여 열병이라는 뜻하지 않던 장애에 부딪혀 육체적으로보다는 오히려 정신적으로 엄청난 대가를 치르면서도 그것을 누구의 도움도 없이 혼자서 이겨 내고, 살아남겠다는 본능적 의지로서가 아니라 그것을 쟁취해서 계속 즐길 수 있는 것을, 그가 원래 시작하기로 했던 모험적인 행동에 대한 실질적인 보상으로 생각하는 사람 같았다. 그는 몸집이 컸으나 지금은 수척해서 거의 초췌해 보였다. 붉은빛이 도는 짧은 턱수염은 가짜 수염 같았고, 거슴츠레한 눈은 환상에 잠겨 있으면서도 빈틈이 없고, 냉혹해 보이면서도 침착한 빛을 띠고 있었으며, 얼굴은 도자기와 같은 모양을 하고 있었다. 그 얼굴빛은 영혼 혹은 환경의 가마솥 열기로 물들어 있었고,

살갗은 유약을 바른 진흙처럼 아무것도 받아들이지 않을 것 같은 표면 아래로 햇볕에 탔다고만은 볼 수 없을 정도로 속속들이 그을려 있는 것 같았다. 뼈대는 굵지만 늙어 빠진 말, 그가 입고 있는 옷, 갈아입을 속옷과 면도칼이 겨우 들어갈 작은 안장 주머니, 권총 두 자루 — 이런 것들이 그 당시 그가 가졌던 전 재산이라는 것을 마을 사람들이 알게 된 것은 몇 년 뒤의 일이었지만, 그것이 그들이 보았던 전부였다. 미스 콜드필드가 퀜틴에게 이야기했던 그 두 자루의 권총은 손잡이 부분이 곡괭이 자루처럼 부드럽게 닳아 있어서, 그는 뜨개질바늘을 움직이듯이 정확하게 총을 다루었다. 뒷날 퀜틴의 할아버지는 그가 20피트 거리에서 말을 타고 어린 나무 주위를 천천히 달리면서 두 자루의 권총으로 나무에 매달아 놓은 트럼프 카드를 명중시키는 것을 보았다. 그는 홀스턴 하우스에 방을 잡고 있었는데 열쇠를 언제나 몸에 지니고 다녔고, 매일 아침 먼동이 트기 전에 말을 먹이고 안장을 얹고 어디론가 갔지만, 마을 사람들은 그가 어디로 가는지 알지 못했다. 그것은 아마도, 그가 도착한 지 사흘째 되던 날 보여 주었던 권총 솜씨와 관련이 있을지도 몰랐다. 그래서 마을 사람들이 그에 대해 알기 위해서는 그에게 직접 물어보는 수밖에 없었다. 그것은 불가피하게 밤이어야 했고, 홀스턴 하우스 식당, 혹은 그가 자기 방으로 가는 길목에 있는 라운지에서나 가능했지만, 그는 식사가 끝나면 곧장 자기 방에 가서 문을 채우고 들어앉았다. 라운지는 바와 통해 있어서 말을 걸거나 물어보기에 적당한 장소이기는 했지만 그가 바에 오지 않으면 어쩔 수 없었다. 그는 술을 전혀 마시지 않는다고 그들에게 말했다. 예전에는 마셨는데 지금은 끊었다거나, 술은 아예 마신 적이 없다거나, 이런 말은 하지 않았다. 단지, 술을 싫어한다고 말했을 뿐이었다. 퀜틴의 할아버지까지도(그때 그 역시 청년이었다. 그가 컴프슨 장군이 된 것은 몇 년 후였다.) 서트펜이 술을 마시지 않는 이유가 제 술값을 내거나 신세를 갚을 돈이 없었기 때문임을 안 것은 한참 뒤의 일이었다. 당시 서트펜에게는 술 마시고 떠들고 놀 돈이 없었을 뿐 아니라, 마실 틈도, 마시고 싶은 생각도 없다는 것을 맨 처음 안 것도 컴프슨 장군이었다. 당시 그는 철저하게 자신의 비밀 노예였고 대단히 초조해 있었다. 그리고 무엇 때문인지는 몰라도 이 마을에 오기 이전의 경험 — 정신적 혹은 육체적 열병 — 에서 얻은, 일을 서둘 필요성과 자기도 모르게 쏜살같이 지나가는 시간을 아끼지 않으면 안 된다는 확신의 포로가 되어 있었다. 그리하여 그는 오 년 동안을 정신없이 지냈다. 컴프슨 장군의 계산에 따르면, 그것은 서트펜의 아들이 태어나기 구 개월 전까지 계속되었다.

그래서 마을 사람들은, 저녁 식사를 마치고 그가 자기 방문을 잠가 버리기 전에 라운지에서 그를 붙들고, 그가 누구이며, 어디에서 왔으며, 무엇을 하고 있는가를 말하게 하려고 기둥이나 벽으로 몰아 세웠으나, 그는 거기에 서서도 호텔 직원처럼 기분을 상하지 않게 예절을 갖추면서도 어떤 것에 대해서도 그들에게 말하지 않았다. 그가 거래를 하고 있던 상대는 치카소 족 인디언 대리인이었다. 그래서 그 토요일 밤, 그가 공유지의 양도 증서와 한 닢의 에스파냐 금화를 가지고 군 등기

소 기록관을 두들겨 깨울 때까지, 마을 사람들은 그가 100평 방마일에 달하는, 이 지방에서 제일 좋고 누구도 손 댄 일이 없는 강기슭 저지대 땅의 소유자가 된 것을 알지 못했다. 사람들이 그것을 알았을 때 이번에도 그는 어디론가 가 버리고 없었으며, 그가 어디로 갔는지 이것 역시 아무도 알 수 없었다. 그러나 그는 이미 지주가 되어 있었다. 그리고 컴프슨 장군이 무엇인가 분명히 알고 있던 사실, 다시 말해, 서트펜이 등기 비용으로 지불한 그 에스파냐 금화가 그가 지니고 있던 마지막 금화였다는 사실을 눈치 채기 시작한 사람도 있었다. 그래서 그가 돈을 더 마련하기 위하여 떠난 것이라고 그들은 믿고 있었다. 그들 중에는, 당시엔 아직 태어나지 않았던, 서트펜의 장래 처제가 팔십 년이 지난 후 퀜틴에게 이야기할 것까지를 벌써 똑똑히 예감하는(서트펜이 부재중인 것을 알고 그것을 떠들어 대기까지 하면서) 사람들도 있었다. 말하자면, 서트펜은 약탈품을 감추는 독특하고 실제적인 방법을 알고 있었으며, 이번에는 도박사와 목화 상인과 노예 상인들을 가득 실은 증기선을 털기 위하여 두 자루의 권총을 차고 강으로 되돌아간 것이 아니라, 빈 호주머니를 채우기 위하여 그것을 숨겨 둔 곳으로 되돌아갔다는 것이었다. 마침내 두 달 후 그가 다시 아무 예고도 없이 이번에는 흑인이 모는 포장마차를 이끌고 돌아왔을 때, 쑥덕거리는 사람들도 얼마 없었다. 그 포장마차에는, 파리의 큰 거리에서는 전혀 격분을 불러일으키지 못할 프록코트와 꽃무늬 조끼에 모자를 쓴 무섭고 야윈 라틴계의 얼굴을 가진 몸집이 작은 한 사람이 주위를 빈틈없이 경계하면서도 체념한 듯한 모습으로 흑인과 나란히 앉아 있었다. 이 사람은 그 후 이 년 동안, 음산할 정도로 과장된 복장과, 운명론적으로 놀랄 만한 결의가 담긴 표정을 결코 바꾸지 않았다. 반면에, 그가 지시는 하지 않지만 조언을 해 주게 돼 있는 흑인 일꾼들과 그의 백인 고객은 항상 벗어 붙인 채로 온몸에 마른 진흙을 바르고 있었다. 그 사람은 프랑스 건축가였다. 몇 년이 지난 뒤에야 마을 사람들이 안 일이지만, 그는 서트펜과 실속도 없는 계약을 하고 멀리 서인도제도의 마르티니크 섬으로부터 와서, 약간이나마 보수다운 보수를 받을 때까지 이 년간을 모닥불에 요리한 사슴 고기를 먹고, 포장마차의 덮개로 만든 마룻바닥도 없는 텐트 속에서 잠을 잤던 것이다. 그리고 뉴올리언스로 돌아가는 길에 읍내를 통과할 때까지 그는 제퍼슨 읍에 두 번 다시 나타나지 않았다. 그 자신도 나올 생각이 없었지만, 서트펜도 가끔 마을에 올 때 그를 데리고 나올 생각을 하지 않았다. 첫날에도 마차가 멈추지 않았기 때문에 그는 제퍼슨 거리를 제대로 훑어볼 기회가 없었다. 아무튼 서트펜이 마을을 지나는 길에, 누군가(컴프슨 장군은 아니었지만) 캄캄한 포장 속에서 움직이지 않는 많은 눈동자를 발견하고 늑대굴 같은 고약한 냄새를 겨우 맡아 볼 수 있을 정도로 잠시 동안 정지한 것은 전적으로 지리적인 우연 때문이었다.

그러나 서트펜이 데리고 온 야만스러운 흑인들의 이야기도 금방 퍼졌던 것은 아니다. 왜냐하면 마차를 끄는 노새는 말할 것도 없고 심지어 마차에 달린 나무나 쇠붙이조차도 서트펜과 완전히 연관 지어져 물들어 있었기 때문에 여위었지만 지칠 줄 모르는 힘으로, 시간은 화살이다, 서둘러야 한다는 확신을 가지고 마을을 지나 달렸기 때문이다. 뒷날 서트펜이 퀜틴의 할아버지에게 이야기한 것이지만, 마차가 제퍼슨 읍을 지나간 그 오후, 그도 건축가도 흑인들도 전날 밤부터 굶고 있었기 때문에 또 하룻밤 더 굶지 않기 위해 어둡기 전에 사슴을 잡으려고 서둘러 강변 저지대에 있는 서트펜 농원으로 갔다는 것이었다. 그래서 야만스러운 흑인들의 이야기는, 말을 타고 농원으로 구경 갔던 사람들에 의해 서서히 마을에 전해졌다. 서트펜이 권총을 빼들고 짐승이 지나다니는 길 옆에 서서 흑인들을 사냥개 무리처럼 늪지대로 몰아넣는다는 이야기였다. 첫해의 여름부터 가을까지는, 흑인들은 덮을 담요도 없었다고(아니면, 사용하지 않았다고) 한다. 너구리 사냥꾼 에이커즈는, 온통 흙탕 속에 잠긴 채 악어처럼 잠자고 있는 흑인 하나를 밟았는데, 그가 비명을 질렀기 때문에 겨우 죽음을 면할 수 있었다. 그 흑인들은 아직 영어를 할 줄 몰랐다. 그들과 서트펜이 주고받는 말은 일종의 프랑스어이고, 그들 본래의 알기 어려운 운명적인 언어가 아니라는 것을 모르고 있는 사람은 분명히 에이커즈뿐만이 아니었다.

에이커즈 이외에도 여러 사람이 있었지만 그들은 모두 책임 있는 시민이었고 지주였으므로 밤에 천막 주변에서 남몰래 서성거릴 필요가 없었다. 사실, 미스 콜드필드가 퀜틴에게 말한 바와 같이, 그들은 무리지어 홀스턴 하우스에서 만나 모임을 가졌고, 가끔 점심 도시락을 가지고 말을 타고 야외로 나갔다. 서트펜은 벽돌을 굽는 가마를 만들고, 마차로 운반해 온

톱이 달린 전동 대패를 설치했다. 그것은 긴 어린 나무로 만든 움직이는 캡스턴인데, 마차를 모는 말과 흑인들이 교대로 그 것을 움직였고, 기계의 움직임이 느려져서 독촉할 필요가 생기면 서트펜 자신도 그것에 매달리는 것이었다. 흑인들은 아주 미개한 야만인이었다. 컴프슨 장군이 그의 아들, 즉 퀜틴의 아버지에게 말한 바에 의하면, 흑인들이 일하고 있을 때 서트펜은 그들에게 결코 소리를 지르지 않았으며, 무자비한 공포심에 의존하는 것이 아니라 시범과 관용의 힘을 통해 심리적으로 그들을 움직여 이끌어 나갔다. 마을에서 온 사람들은 모두 말에서 내리지도 않고 서로를 보호하기 위한 것처럼 입을 다문 채 한 덩어리가 되어, 습지의 진흙과 재목으로 만든 토대 위에 널빤지와 벽돌이 착착 쌓여 저택이 지어져 올라가는 것을 지켜보았고, 또한 턱수염이 함부로 자란 백인과 흑인 스무 명이, 가득히 밀려오는 흙탕 속에서 완전히 알몸으로 일하고 있는 것을 지켜봤다.(서트펜은 마을에서 구경 온 패거리들을 마치 나태한 그림자인 것처럼 무시했으며, 그들에게 고개도 끄덕이지 않았다.) 이 구경꾼들은 남자들이었기 때문에, 서트펜이 처음 제퍼슨에 나타났을 때 입었던 옷이 아직까지 입고 있는 유일한 옷이라는 사실을 알지 못했다. 이 마을의 여자들 중에도 그의 모습을 본 사람은 거의 없었다. 만약 그를 본 여자들이 있었다면, 그들은 미스 콜드필드와 마찬가지로 이렇게 생각하였을 것이다. 즉, 서트펜이 미스 콜드필드와 그 밖의 다른 여자들의 이른바 품위에 도전할 수 있는 유일한 무기(라고 말하기보다는 사다리)는 외모의 우아함은 아니더라도 단정함을 보여 주는 것이어야 하기 때문에, 그가 자기 양복을 잘 보관하고 있는 것이라고 믿는 것이다. ─ 컴프슨 장군에 의하면, 서트펜의 비밀스러운 마음 깊은 곳에서는 저택에 아내를 맞아들이는 것보다 바로 그 품위가 더 큰 관심사로 자리 잡고 있었던 것이다. 어쨌든, 그와 흑인 스무 명은 모기에 물리지 않으려고 진흙을 온몸에 바르고 함께 일했다. 미스 콜드필드가 퀜틴에게 이야기한 것과 같이, 그의 모습은 수염과 눈으로만 구별할 수 있었고, 그 프랑스 건축가만이 사람과 닮은 모습을 하고 있었다. 그 건축가는, 그들의 손으로 만들 수 없는 창문의 유리와 철제품을 제외하고는 저택이 준공되어서 떠나갈 때까지, 어쩔 수 없는 숙명처럼 변함없이 그 프랑스 옷을 입고 있었기 때문이다. 이렇게 그들은 여름의 뙤약볕 아래서도 겨울의 얼어붙은 진흙 구덩이 속에서처럼 조용히 지치지 않고 맹렬하게 일을 계속했던 것이다.

이 년의 세월이 흘렀다. 그와 그가 동료로 받아들인 수입된 노예들은 여전히 그가 그 나라에서 잡아다가 죽일 수도 있었을 그 어떤 짐승보다도 더욱 광폭한 존재로 보였다. 그들은 새벽부터 해 질 때까지 일했는데, 읍내에서 구경 나온 많은 사람들은 말을 탄 채 가만히 그것을 지켜보곤 했다. 단정하게 정장을 하고 프랑스 파리제(製) 모자를 쓴 건축가는 준엄한 혐오감에 가득 차, 놀라면서 지나가는 구경꾼인지 저주받은 양심의 망령인지 잘 모를 태도로 자기는 아무런 관계도 없다는 듯이 현장 부근을 어슬렁거리고 있었다. 그가 경악하는 것은 타인이나 타인이 하고 있는 일에 대한 놀라움이라기보다는 자기 자신에 대한, 자신이 거기 존재하고 있다는, 설명할 수도 없고 믿을 수도 없는 사실에 대한 놀라움이었다고 컴프슨 장군은 말했다. 그러나 그는 훌륭한 건축가였다. 퀜틴은 제퍼슨 읍에서 12마일 떨어진 곳에 향나무와 느티나무로 둘러싸인 그 저택을(세운 지 칠십오 년이 되었지만) 잘 알고 있었다. 컴프슨 장군의 말처럼, 그는 건축가였을 뿐만 아니라 예술가였다. 그가 예술가가 아니라면, 두 번 다시 볼 기회가 없을, 또한 보지 않으리라고 굳게 결심하고 있던 그 저택을 세우기 위해 이 년간을 참고 견딜 수 없었기 때문이다. 그 이 년의 세월을 머무는 동안 그는 자신의 감각에 대한 자애와 감수성에 대한 모욕뿐만 아니라, 서트펜 그 인물을 참지 않으면 안 되었다고 컴프슨 장군이 말했다. 그는 예술가였으니까 서트펜의 그 비정함과 성급함을 참을 수 있었던 것이고, 또한 분명히 어마어마한 성채 같은 호화로움을 겨냥하고 있었던 서트펜의 야망을 억제할 수 있었던 것이다. 왜냐하면 서트펜이 처음에 계획하고 있었던 장소가 당시의 제퍼슨 읍과 같을 정도로 컸을 것이기 때문이다. 몸집이 작고 지칠 대로 지친 음울한 모습을 한 그 외국인이 혼자 힘으로 웅장함인지 정당성에 대한 입증인지 아무튼 무엇(컴프슨 장군마저도 그가 구하는 것이 무엇인지 아직 알지 못했다.)인지를 구하는 서트펜의 분수에 넘치는 엄청난 허영심 내지는 야망과 싸워서 이긴 것이다. 그래서 그는 서트펜을 단연코 패배시킴으로써 승리를 이끌어 냈던 것이다. 정복이라는 점에서 볼 때 서트펜 스스로는 결코 얻을 수 없는 그런 승리 말이다.

그들은 직접 만들 수 있는 것이면 널빤지, 벽돌, 나무못에 이르기까지 하나하나 스스로 만들어서 그렇게 저택을 완성시켰다. 페인트도 칠하지 않고, 가구도 없으며, 유리 한 장도, 출입문의 손잡이도, 경첩도 없이, 그 저택은 마을에서 12마일이나 떨어진 곳에, 이웃과도 거의 그 정도로 떨어진 채, 격조 있는 정원과 산책길, 노예들의 거주지와 마구간, 훈제장 등에 둘러싸여 삼 년 동안 서 있었다. 야생 칠면조가 집에서 1마일까지 접근해 오기도 했고, 연기 빛으로 보이는 사슴이 내려와서 격식을 갖춘 화단에 연약한 발자국을 남기기도 했다. 그 화단에는 그로부터 사 년 동안 꽃이 피지 않았다. 그리고 이제 그 읍과 군의 사람들이 더욱 심한 당혹감을 가지고 그를 지켜보았던 한 시기, 한 국면이 벌어지기 시작했다. 그것은 컴프슨 장군은 알고 있었다고 주장하고 있으나, 읍이나 군의 사람들이 아마도 어렴풋이밖엔 몰랐거나 혹은 전혀 몰랐던 그 비밀스러운 목적을 향하여 그다음 단계로 가기 위해서는 지금까지 한 것처럼 맹렬히 밀고 나가는 것이 아니라 인내심을 가지고 기다리는 시간이 필요했기 때문이다. 그때 그가 무엇을 원했고, 그다음 단계가 무엇이었는지, 그것을 먼저 알아챈 사람은 여자들이었다. 그의 이름을 부를 수 있을 만큼 그를 아는 남자들은 그가 아내를 원한다는 생각을 해 본 적이 없었다. 그런 생각을 가지는 것을 기혼자든 독신자든 어느 누구도 거부했을 뿐만 아니라 그것에 항의하는 사람도 분명히 있었다. 그것은 삼 년 동안을 그들이 보기에는 그가 흠잡을 데 없는 생활을 했기 때문이다. 이웃과도 8마일이나 떨어져 있는, 총기고(銃器庫)라고 해도 좋을 만큼 안전하고 귀족적이며 반 에이커나 되는 호화로운 저택에서 그는 고독한 독신 생활을 하고 있었다. 그는 그 군에서 가장 큰 군청보다도 더 큰 저택에서 스파르타적인 껍데기 안에 틀어박혀서 생활하고 있었다. 그곳에는 유리창이나 문, 메트리스라든가 하는 등의 여성적인 상냥함이란 조금도 없었고, 여자들이 그 집 문턱에 가 본 일도 없었다. 거기에서는 비록 그가 자신의 너절한 침대에서 개들과 함께 잔다고 하더라도 반대할 여자는 없었다. 그리고 그는 부엌문에서 보이는 곳에 발자국을 남긴 짐승을 잡기 위한 사냥개조차 필요하지도 않았다. 사냥개 대신에 그에게는 자기 소유의 흑인들이 있었고, 그 흑인들은 자고 있는 수사슴에게 몰래 다가가서 사슴이 움직이기도 전에 목을 잘라 낼 수 있는 것으로 믿어졌다.(혹은 그렇다고 말해져 왔다.)

미스 콜드필드가 퀜틴에게 말한 많은 남자들을 서트펜 농원에 초대해서, 지금은 초기 단계이지만 격식을 갖춘 부유함을 예상하게 하는 텅 빈 방에서 담요를 덮고 잠시 머물 수 있게 해 주기 시작한 것은 이 무렵이었다. 그들은 사냥을 하고, 밤에는 트럼프를 하면서 술도 마셨다. 그리고 가끔 서트펜은 어김없이 흑인들에게 격투를 시켰다. 아마 이때에도 그는 이따금씩 자기 자신도 참가했다. ─ 미스 콜드필드에 의하면, 그 광경을 그의 아들은 똑바로 구경할 수 없었지만 딸아이는 움직이지 않고 지켜보았다. 그 무렵에는 서트펜 자신도 술을 마시게 되었으나, 퀜틴의 할아버지 이외에도 그가 자신이 술을 조금이라도 내놓을 수 있을 때를 제외하고는 아주 조금씩밖에 마시지 않았다고 말하는 사람들이 더러 있었던 것 같다. 그의 손님들은 위스키를 가져오기도 했는데, 그는 이것을 조금밖에 마시지 않았다. 컴프슨 장군의 말에 따르면, 이것은 그가 마신 위스키의 양과 그가 손님들에게 제공한 고기의 양 사이에 물심양면으로 지불 능력의 균형을 맞추려는 계산된 의도였다.

그는 삼 년 동안을 그렇게 살았다. 이제 그는 농원을 가지고 있었다. 불과 이 년 동안에 그는 아직 개척되지 않은 습지대에 저택과 정원을 힘들여 지었고, 토지를 갈아서 컴프슨 장군이 그에게 빌려 준 목화씨를 심었다. 그러나 그는 그것을 포기하는 것 같았다. 그는 거의 완성한 저택에 틀어박혀 꼼짝 않고 앉아서, 삼 년 동안 어떤 일을 하려는 것도 아니고 그것을 원하지도 않는 것 같았다. 당시의 그의 생활이야말로 그가 늘 바라던 소망이었다고 이 군의 남자들이 믿게 된 것도 아마 당연한 일이었을 것이다. 그가 농장을 시작할 때에 기꺼이 목화씨를 빌려 주겠다고 할 만큼 그를 잘 알고 있는 것으로 보이던 사람은 컴프슨 장군이었다. 서트펜이 자신의 과거에 대해 어느 정도 말해 준 사람도 컴프슨 장군뿐이었다. 그의 마지막 남은 에스파냐 동전 한 닢에 대해 처음으로 알았던 사람도 컴프슨 장군이었고, 서트펜에게 저택을 완성하고 가구를 갖추는 데 필요한 돈을 빌려 주겠다고 했다가 거절당한 것도 컴프슨이었다.(마을 사람들은 나중에야 그 사실을 알았다.) 그래서 의심의 여지 없이 컴프슨 장군은 이 군에서, 서트펜이 저택을 완성하고 부족한 부분을 보충하기 위하여 돈을 빌릴 필요가 없다는 사실을 알아챈 첫 번째 남자였다. 그는 돈과 결혼할 작정이었기 때문이다. 첫 번째 사람이 아니라 첫 번째 남자였던 것이다. 왜냐하면 미스 콜드필드가 칠십오 년 후에 퀜틴에게 말한 바에 의하면, 그군의 여자들은 서로 이야기할 때나 남편들에게 서트펜이 이대로 그만두지는 않을 것이라고 말해 왔기 때문이다. 그가 지금까지 상당히 많은 고생을 하면서 궁핍과 고난을 견디어 왔으므로, 비록 마루도 없는 포장마차의 포대 속을 대신해서 지금은 집을 짓고 있는 동안이라 지붕 밑에서 잘 수 있는 것 말고는 그대로 주저앉아 예전과 같은 생활을 하지는 않을 것이라는 생각을 했던 것이다. 아마 여자들은 이미, 지금은 서트펜의 친구라고 불러도 될 남자들의 가족 중에서 미래의 신붓감을 찾아 정해 놓고 있을지도 몰랐다. 그 신붓감이란 어쨌든 미스 콜드필드가 서트펜의 목표라고 믿고 있던 기품 있는 가문의 모양과 내용을 완성시켜 줄 지참금이 딸린 여자였다. 그리하여 제2의 국면이 끝나는 시점에, 즉 저택이 완성되어 건축가가 떠나고 삼 년이 지나 또다시 일요일 아침에, 그가 아무 예고도 없이 이번에는 걸어서 광장을 가로질러 오는 것을 마을 사람들이 보았다. 그는 오 년 전에 말을 타고 마을에 들어왔을 때 말고는 아무도 본 일이 없는 그 양복(컴프슨 장군이 퀜틴의 아버지에게 이야기한 바에 의하면, 그 아니면 흑인 중의 한 사람이 뜨겁게 달군 벽돌로 양복을 다렸다고 한다.)을 입고 감리 교회에 들어섰는데, 남자들 몇 명 말고는 그를 보고 놀라는 사람이 없었다. 여자들은 그저 그가 사냥이나 도박을 하는 친구의 가족들 중에서는 전혀 가능성이 고갈되어, 이제 가축이나 노예를 사러 멤피스*의 시장에

* 미국 테네시 주 남서부 미시시피 강가의 공업 도시.

가듯 아내를 구하러 읍내로 온 것이라고 말할 뿐이었다. 그러나 그들이 보아하니 그가 읍내로 와서 교회에 들어가 선택해서 만나려던 사람이 누구인지 알게 되었을 때, 여자들의 확신은 남자들의 놀람과 하나가 되었고, 그다음에는 그 이상의 것, 즉 경악이 되고 말았다.

왜냐하면 마을 사람들은 이제 그를 잘 알고 있다고 믿었기 때문이다. 이 년 동안 마을 사람들은 그 냉엄하고 단호한 불굴의 열성으로 그가 저택의 뼈대를 세우고 논밭을 경작하는 것을 지켜보아 왔고, 그로부터 삼 년간, 마치 전기로 가동되던 것 같은 그를 누군가가 나타나 전선 혹은 발전기를 해체하여 없애 버린 것처럼 그가 완전히 정지된 듯한 모습을 보았다. 그래서 그 일요일 아침에 그가 다리미질한 옷을 입고 감리 교회에 들어섰을 때, 여자들뿐만 아니라 남자들까지도 그의 발길이 어느 쪽으로 향할 것인지를 예측하기 위해서는 거기에 있는 신자들을 죽 둘러보기만 하면 된다고 믿었다. 결국 그들은 그가 프랑스 건축가를 눈여겨보았던 때와 같을지도 모를 냉혹함과 신중함으로 눈길을 주고 있는 사람이 미스 콜드필드의 아버지라는 걸 알게 되었다. 마을 사람들은 그가 이 마을에서 자기와는 아무런 공통점도 있을 것 같지 않은, 특히 금전적인 면에서 더욱 그러한 한 남자에게 신중하게 다가가는 것을 보고 충격적인 놀라움에 빠졌다. 그 남자는, 마을 사거리의 작은 잡화점에서 그에게 외상을 주거나 혹은 그가 감리 교회의 목사에 임명되고 싶어 한다면 그에게 한 표를 던져 주는 것 이외에는 분명히 그를 위하여 아무것도 해 줄 수 없는 사람 — 십 년 전에 한 대의 마차를 타고 제퍼슨 읍에 와서 장사를 계속하면서 어머니와 누이동생을 부양하며 이미 아내와 가족이 있는 상인이자 감리 교회의 집사이며 신분이나 처지가 대수롭잖은 사람 — 술도 안 마시고 도박도 하지 않으며 사냥마저 하지 않는, 무법의 나라와 무법의 시대에 살면서도 절대로 굽힐 줄 모르는 청교도적 강직함까지 지니고 있는 사람이었다. 사람들은 너무 놀라서 콜드필드 씨에게 결혼 적령기의 딸이 있다는 것도 잊어버리고 있었다. 그들은 전혀 딸을 고려해 보지 못했다. 아무도 서트펜과 연관 지어 사랑을 생각하지 않았다. 그들은 정의라기보다는 냉혹함, 존경보다는 공포를 생각했지, 연민이라든가 사랑을 생각하지 않았다. 그 밖에 그들은 서트펜이 아직도 가지고 있는 은밀한 목적을 추진하기 위해 콜드필드 씨를 어떻게 이용하려는 계획일까, 아니면 어떻게 이용할 수 있을까 하는 생각에 너무나 놀라 정신을 잃을 지경이었다. 그것은 아무도 알 수 없었으며, 미스 로자 콜드필드조차 몰랐다. 왜냐하면 그날 이후로 서트펜 농원에서의 사냥 모임은 없어졌으며, 사람들은 이제 읍내에서만 그를 볼 수 있었기 때문이다. 그러나 한가하게 어슬렁거리고 있는 것은 아니었다. 그의 집에서 자고 그와 잔을 서로 부딪치던 사람들은(그들 가운데는 격식을 갖추어 그에게 미스터를 붙이지 않고 친밀하게 서트펜이라고 부르는 사람도 있었다.) 그가 홀스턴 하우스 앞 거리를 지나가다가 형식적으로 잠시 모자에 손을 대고는 계속 걸어가 콜드필드의 점포 안으로 들어가는 것을 바라보았다. 그런데 그것이 전부였다.

"그러던 어느 날, 그는 두 번째로 제퍼슨 읍을 떠났지." 컴프슨 씨가 퀜틴에게 말했다. "마을 사람들도 이제는 그런 일에 익숙해질 법했지. 그럼에도 불구하고 그가 두 번째로 다시 돌아왔을 때 그에 대한 마을 사람들의 반응에서 알 수 있듯이 그의 처지는 미묘하게 변해 있었어. 이번에 그가 다시 돌아왔을 때 그는 어떤 의미에서는 공공의 적이었기 때문이야. 아마도 그것은 이번에 그가 가지고 온 것 때문이었어. 이번에 그가 가져온 물건들은 그가 처음 올 때 단순히 마차 가득히 싣고 온 거친 흑인들과 비교되는 것이기 때문인 듯했어. 그러나 나는 그렇게 생각하지 않아. 그가 가지고 돌아온 샹들리에와 마호가니 그리고 융단 등이 지닌 실제 가치 이상의 약간 복잡한 문제가 게재되었다고 생각해. 다시 말하자면, 그것을 얻는 데 그가 관련되어 있다는 것을 마을 사람들이 알고 모욕감을 느꼈다고 생각해. 그는 자신이 마호가니와 크리스털을 손에 넣기 위하여 흉악 범죄를 저질렀다는 것을 마을 사람들이 눈감아 주기를 강요했지. 지금까지는, 그가 처음 교회에 나타났던 그 일요일까지는, 그에게 학대받았거나 상처를 받은 사람을 말하라고 한다면, 그에게 토지를 수탈당한 이케모투베 노인뿐이었지. ― 그것은 그의 양심과 아메리카 정부와 하느님 사이의 문제였지. 그러나 이제는 그의 입장이 달라졌어. 왜냐하면 그가 떠난 뒤 석 달 무렵 네 대의 짐차가 그를 맞이하려고 제퍼슨 읍을 떠나 강으로 갔는데, 그때 짐차들을 세 내어 보낸 사람이 콜드필드 씨라는 것이 알려졌기 때문이지. 그것들은 큰 황소가 끄는 수레였어. 그리고 수레들이 돌아왔을 때 마을 사람들은 그것들을 보고, 비록 거기에 무엇이 실려 있든 간에, 콜드필드 씨가 수레들을 가득 채우기 위해 자신이 소유하고 있는 것을 전부 저당 잡혔을 거라고 생각했지. 틀림없이 이번에는 여자들보다도 오히려 남자들이, 서트펜이 이번에 읍에서 떠나 있는 동안, 증기선 휴게실의 많은 가지가 달린 큰 촛대 아래에서 손수건으로 얼굴을 가린 채 두 자루 권총의 총신을 번쩍이며 서 있는 장면을 상상했지. 진흙 투성이의 나루터에서 밤의 어둠을 틈타 잠복해 있다가 누군가의 등에 칼을 들이대고 더 나쁜 짓을 한 정도는 아니라 해도 말이야. 마을 사람들은 수레 네 대 옆에서 흰색 털이 섞인 밤색 말을 타고 지나가는 그를 보았지. 그의 음식을 먹고, 총으로 그의 사냥감들을 사냥하며, 미스터를 붙이지 않고 그를 서트펜이라고 부르고 있던 사람들까지도 이제는 그에게 다가가 말을 걸지 않는 것 같았어. 그들은 그저 마을에 보고나 소문들이 떠돌기를 기다리고 있을 뿐이었어. 그와 지금은 어느 정도 길이 든 그의 흑인들이 저택에 창문이나 문을 달고, 부엌에 조리용 쇠꼬챙이나 냄비들을 놓고, 응접실에 수정 샹들리에를 매달고, 가구나 커튼이나 융단을 설치하는 것에 관한 내용이었지. 어느 날 밤, 홀스턴 하우스의 바에 들어와서 다소 눈을 부릅뜨고 상당히 굼뜬 입으로 '여보게들, 이번엔 그가 그 빌어먹을 증기선을 통째로 훔쳤다는 거야.'라고 말한 사람은 오 년 전에 진흙 투성이의 흑인에게 실수를 했던 바로 그 에이커즈였어.

그래서 드디어 도덕성 문제로 마을이 들끓게 되었지. 어느 날 군의 보안관을 포함해서 여덟 아니면 열 명으로 이루어진 일단의 사람들이 서트펜 농원으로 가기 위해 길을 나섰어. 그러나 그들은 중도에 멈췄어. 읍에서 6마일쯤 떨어진 데서 서트펜을 만났기 때문이야. 그는 낮익은 프록코트에다 낮익은 비버 가죽 모자를 쓰고, 방수포로 발을 싸고, 늘 타고 다니는 흰색 털이 섞인 밤색 말을 타고 있었지. 그는 안장 위에 여행 가방을 올려놓고, 팔에는 직물로 짠 작은 바구니를 걸치고 있었어. 그는 말을 세우고(그때는 4월이었고, 길은 아직 진흙탕이었어.) 얼룩진 방수포를 입은 채 그대로 말에 앉아 사람들의 얼굴을 차례로 둘러봤지. 네 할아버지가 말하기를, 그의 눈은 깨진 접시 조각 같았고 수염은 말빗처럼 억세어 보였다고 하더군. 바로 말빗처럼 억세어 보였다고 말이야. '안녕하십니까, 여러분. 나를 찾고 있습니까?' 그는 말했지.

내가 아는 한, 자경단(自警團) 사람들은 아무 말도 하지 않았으나, 그때 그 이상의 어떤 일이 일어났던 것이 틀림없어. 내가 들은 모든 것은, 마을 사람들, 즉 홀스턴 하우스의 회랑에 있던 남자들이 서트펜과 자경단 사람들이 함께 광장으로 말을 타고 가는 모습을 보았다는 것이었어. 서트펜이 약간 앞서 가고, 나머지 사람들은 그의 뒤에서 무리지어 따라갔지. 서트펜은 다리와 발을 방수포로 단단히 싸고, 광택이 나는 브로드 옷감으로 만든 코트를 걸친 어깨를 각지게 세우고, 손질이 잘된 비버 털모자를 약간 뒤로 젖힌 채 어깨 너머로 사람들에게 말을 걸고 있었지. 그의 눈은 냉정하고 차가웠으며, 무모하고, 아마 놀라기도 했으며, 어쩌면 경멸적인 빛마저 띠고 있었지. 그가 입구에서 멈춰 서자, 흑인 마부가 허리를 굽히고 뛰어나와 그 밤색 말의 머리를 잡았지. 서트펜은 말에서 내려 여행 가방과 바구니를 들고 계단을 올라갔는데, 내가 듣기로는 그가 거기에서 돌아서서, 정확히 무엇을 해야 할 줄 모르고 말 위에 웅크리고 앉아 있는 사람들을 다시 한 번 바라보았다고 하더군. 그런데 그가 수염을 기르고 있어서 그들이 그의 입을 볼 수 없었던 것은 다행한 일이었지. 그런 다음 그는 몸을 돌려, 발을 난간에 올려놓고 앉아 역시 그를 지켜보고 있는 다른 남자들을 쳐다보았지. 그들은 그의 집에 와서 그와 함께 마룻바닥에서 자며 사냥을 같이 하곤 했던 남자들이었어. 그는 그들에게 화려하게 으스대는 몸짓으로 모자에 손을 대고 인사를 했지.(정말, 그는 교양이 없었어. 너의 할아버지가 말했던 것처럼, 그는 사람들과 접촉할 때 항상 이렇게 보였지. 그는 마치 남몰래 애써 연습에 연습을 거듭하여 음악의 박자를 세는 것이 더 이상 필요하지 않다고 믿을 때까지 쇼티셰*를 추도록 고통스러우면서도 지긋지긋하게 훈련을 받는 존 설리번**과 비슷했어. 그는 너의 할아버지나 벤바우 판사라면 자기보다는 어느 정도 더 쉽게 그 일을 해치웠을 거라고 믿고 있었을지도 몰라. 그러나 그는 그 일을 언제 그리고 어떻게 할 것을 안다는 점에 있어서는 어느 누구에게도 뒤떨어지지 않는다고 믿고 있었는지도 모르지. 게다가 그것이 그의 얼굴에 나타나 있었어. 할아버지가 말했던 것처럼 그의 얼굴에는 그가 가진 힘이 서려 있었지. 그래서 그의 얼굴을 본 사람은 누구든지, 이 사람은 기회와

---

* 스코틀랜드의 민속춤.
** 서커스에서 활동하던 코끼리의 이름. 권투 흉내를 잘 내서, 당시의 유명 권투 선수였던 존 설리번(1858~1918)의 이름을 붙였다.

필요가 생기면 무엇이든지 할 수 있고 또 할 것이라고 말할 정도였지.) 그리고 그는 홀스턴 하우스에 들어가 방을 하나 요구했어.

그래서 사람들은 말 위에 앉아 그를 기다렸어. 그들은 그가 언젠가는 나올 거라고 생각한 거겠지. 그들은 거기에 앉아 그 두 자루의 권총에 대하여 생각했겠지. 왜냐하면 너도 알다시피 그에 대하여 아직 체포 영장이 발부되지 않았으니까. 다만, 마을의 여론이 급성 소화 불량 상태에 있다는 것뿐이었어. 그런데 마침 다른 말 탄 사람들이 광장에 들어와서 그 상황을 알게 되었지. 그래서 마침내 서트펜이 회랑으로 걸어 나왔을 때는 상당히 많은 사람들이 그를 기다리고 있었어. 그는 새 모자를 쓰고, 브로드 천으로 만든 새 코트를 입고 있었어. 그래서 사람들은 그 여행 가방 안에 무엇이 들어 있었는지를 알았지. 그리고 바구니도 가지고 나오지 않는 것을 보고, 그 속에 무엇이 들어 있었는지도 알았지. 그때 그러한 사실이 지금까지보다도 그들을 더욱 당혹하게 만든 것은 의심의 여지가 없었어. 사람들은 서트펜이 콜드필드 씨를 어떻게 이용할 계획을 세우고 있는가에 대해 생각하기에 여념이 없었고, 그가 돌아온 뒤에도, 그 수단은 여전히 수수께끼라고 하더라도 이제 그 결과를 그들이 알고 너무나 격분해 있었기 때문에 미스 엘런에 대한 일은 잊어버리고 있었어.

그래서 그는 다시 멈춰 새로운 얼굴을 기억하면서 얼굴을 하나씩 하나씩 천천히 훑어본 것이 틀림없지만, 여전히 수염이 그의 입이 보여 주고 있는 어떤 표정은 가리고 있었지. 그러나 그는 이번에는 아무 말도 하지 않은 것 같았어. 그는 그

저 계단을 내려와서 광장을 가로질러 걸어갔지. 그래서 자경단(너의 할아버지의 말에 따르면, 자경단 인원수는 그때쯤엔 오십 명 가까이 늘어났어.) 사람들도 광장을 가로질러 그의 뒤를 따라 움직였지. 그들은 그가 뒤돌아보지도 않았다고 말했어. 새 모자를 젖혀 쓰고, 사람들이 보기에는 방해물이 될 게 뻔해 보이고 모욕이라고밖에 생각되지 않는 짐을 손에 들고 등을 곧게 펴고 걸어갔지. 자경단 사람들은 그의 옆에서 뒤로 약간 떨어져서 말을 타고 거리를 따라갔어. 그때 말을 타지 않은 사람들도 더러 거기에 합세해서 뒤를 따라갔어. 숙녀들이나 아이들, 여자 노예들은 대문이나 창문가에 나와 무서운 장면을 재현하고 있기나 하듯 그들이 지나가는 모습을 보려고 했어. 서트펜은 여전히 한 번도 뒤를 돌아보지 않고 콜드필드 씨의 집 대문으로 들어가, 신문지에 싼 꽃다발을 손에 들고 벽돌이 깔린 길을 따라 현관으로 성큼성큼 걸어갔지.

사람들은 그가 다시 나오기를 기다렸지. 군중은 더욱 불어났어. ― 서트펜이 나올 때까지 말에 탄 채 콜드필드 씨의 현관을 지켜보고 있던 최초 여덟 사람의 자경단원들 뒤로는 다른 남자들과 몇 명의 사내아이들 그리고 가까운 집에서 나온 흑인들까지 한 덩이가 되어 모여 있었어. 한참 시간이 흘렀지. 그는 이제 꽃다발을 들고 있지 않았어. 그리고 그가 문으로 돌아왔을 때 그는 결혼하기 위해 약혼한 상태였어. 그러나 사람들은 그 사실을 몰랐지. 그가 문에 나타나자마자 그들이 그를 체포했기 때문이야. 그들은 그를 마을로 다시 데려왔지. 수녀들이나 아이들, 흑인 노예들은 커튼 뒤, 혹은 마당과 집 모퉁이에 우거진 덤불 뒤에서, 틀림없이 음식이 타고 있을 부엌 뒤에서 그 광경을 보고 있었지. 그래서 그들이 광장으로 돌아왔을 때 거기에는 뒤에 남았던 건장한 사나이들도 작업장이나 가게를 내버려 두고 나와 있었기 때문에, 서트펜이 재판소에 도착했을 때에는 실제로 그가 도망친 노예였다고 가정할 때보다도 더 많은 사람들이 그의 뒤를 쫓아오고 있었어. 사람들은 재판관 앞에서 그를 심문했지. 그러나 그때 너의 할아버지와 콜드필드 씨가 그곳에 왔어. 그들은 그의 보석 증서에 서명했지. 그리하여 서트펜은 그날 오후 늦게 콜드필드 씨와 함께 오전에 걸었던 그 길을 걸어서 집으로 돌아갔어. 틀림없이 오전의 그 얼굴들이 창문의 커튼 뒤에서 그 광경을 보고 있었겠지. 예식을 전후해서 포도주도 위스키도 없는 약혼 만찬회에 참석하기 위해 돌아간 거야. 그날 서트펜은 세 번 그 길을 지나갔는데 그 태도는 조금도 변하지 않았어. ── 여전히 서둘지 않고 성큼성큼 걸었고, 그 걸음에 맞추어 새로 만든 프록코트가 흔들렸고, 새 모자를 그전과 똑같은 각도로 눈과 턱수염 위로 젖혀 쓰고 있었어. 오 년 전 그가 마을을 찾아왔을 때는 얼굴의 살결이 유약을 바른 장식 도자기같이 보였으나 지금은 그것이 완전히 없어졌고, 순전히 햇볕에 그을린 얼굴이었다고 네 할아버지가 말했지. 그런데 서트펜이 살이 더 붙었다는 것은 아니야. 할아버지의 말에 의하면 그렇지 않았어. 그는 처음 도착했을 때와 같았어. 그러나 조금 달랐지. 그는 살이 더 찌지는 않았으나 스스로 안정을 찾은 것처럼 보였고, 마치 운동을 하고 난 후처럼 긴장이 다소 풀렸지. 그래서 지금의 그는 양복이 몸에 잘 맞아서 허풍스럽거나 공격적이지는 않았지만, 여전히 으스대는 티를 내고 있었지. 그렇다고는 하지만, 할아버지 말로는 원래 그것은 공격적인 것이 아니라, 다만 몸조심 때문이라더군. 그것이 이제 없어진 거지. 삼 년이란 세월이 흘렀으니 파수병처럼 경계하느라고 얼굴살까지 굳어져 있을 필요가 없고 눈만으로도 충분히 신뢰감을 준다는 것을 깨달은 듯했어. 그로부터 두 달 후, 그는 미스 엘런과 결혼했지.

그것은 1838년 6월의 일이었어. 그가 흰 털이 섞인 밤색 말을 타고 마을에 들어왔던 그 일요일 아침부터 거의 오 년이 지났지. 미스 로자의 말에 의하면, 그것(결혼식)은 그가 처음 엘런을 보았던 그 감리 교회에서 이루어졌어. 식을 올릴 때 고모가 콜드필드 씨를 (듣기 좋은 말로 구슬려도 듣지 않았을 테니까) 집요하게 괴롭히고 강요하기까지 해서 엘런이 얼굴에 분을 바르도록 했지. 분으로 눈물 자국을 감추려고 했어. 그러나 결혼식이 끝나기도 전에 분이 눈물에 줄무늬로 얼룩져 말라붙어 골을 이루었어. 그날 밤 엘런은 비를 맞은 것처럼 울면서 교회에 들어가 식을 마쳤고, 또 교회에서 나올 때도 다시 흐느끼며 같은 눈물에 젖었고, 같은 비에 젖었어. 그녀는 마차를 타고 그(비) 속에서 서트펜 농원으로 출발했어.

결혼이 눈물의 원인이었어. 그러나 서트펜과 결혼했기 때문이 아니야. 그 일로 눈물을 흘렸다고 인정하더라도 그것은 훨씬 나중의 일이었지. 결혼식을 성대하게 치르려고 하지는 않았어. 콜드필드 씨가 결혼식을 그렇게 할 생각은 전혀 없었던 것 같아. 두 남자 가운데(물론, 나는 엘런에 대해서 이야기하는 것은 아니야. 사실, 시골 법정에서 씹는담배를 씹고 있는 치안 판사나 자정이 지난 한밤중에 잠에서 깨어나 윗옷의 뒷자락 아래 멜빵을 보이며 컬러도 끼지 않은 목사가 주례를 하고, 머리를 곱슬지게 만드는 도구를 머리에서 떼지 않고 나온 어떤 아내나 노처녀 자매를 증인으로 세워서 하는 결혼은 여자들에게서 대부분의 이혼이 발생하는 경우가 많아. 그런 여자들이 불완전함 때문이 아니라 실제적인 좌절과 배신감 때문에 이혼을 원한다고 믿는 것이 지나치다고 생각하나? 어린아이들과 다른 모든 살아 있는 증거가 있음에도 불구하고, 그 여자들이 아직까지 마음속에, 그들이 더 이상 갖지 못하는 것을 바치는 결혼식 때의 상징적인 의상으로 격식을 차리고, 들어찬 사람들이 지켜보는 가운데 음악에 맞춰 걸어가는 자신의 이미지를 간직하고 있다고 믿는 것이 너무하다고 생각하나? 이런 여자들에게는 처녀성을 실제로 확실히 바친다는 것이 결국 저금통장을 헐어서 기차표를 사는 것 같은 그런 의식이 될 수 있기(되어 왔기) 때문에 그것도 당연하다고 해야 할 거야.) ── 격식을 차리고 교회가 꽉 찰 정도로 성대한 결혼식을 올리기를 열망(혹은 희망)한 사람은 서트펜이었어.(이 사실은 너의 할아버지가 언젠가 이야기를 흘리는 것을 들었어. 할아버지도 똑같이 서트펜이 우연히 그것을 흘리는 것을 들었을 게 틀림없어. 왜냐하면 서트펜이 엘런에게도 자신이 그것을 원한다고 말하지 않았고, 또 그가 어디까지나 성대한 결혼식을 올리고 싶었던 엘런의 욕망과 주장을 최후의 순간에 지지하지 않은 것이 부분적으로 그녀가 눈물을 흘리게 된 원인이었기 때문이야.) 분명히 콜드필드 씨는 추상적이거나 혹은 구체적인 어떤 다른 대상을 사용하거나 사용하기를 원하는 것처럼 어떤 심각한 정신적인 의미를 떠나서 그가 일정한 양의 시간을 투자했던 교회를 단순히 이용하려 했던 것 같았어. 그는 이른바 절실히 요구되는 마음의 평화를 얻기 위한 방법으로 많은 희생과 확고한 자제심, 실제 노동과 돈을 투자하고 있던 교회를 이용하려는 것 같았지. 그것은 자신이나 혈연이 아니면 결혼 관계로 맺어진 가족들과 관련해서 자기 자신이 이익을 올리거나 책임을 지거나 할 권리가 있다고 생각하여 조면기(繰綿機)를 이용하는 것과 똑같았지. ─ 그뿐이지 그 이상은 아니었어. 그가 식을 간소하게 치르고 싶어 했던 이유는, 아마 십 년 전만 해도 마차 한 대로 적절히 가게를 운영해서 어머니와 누이동생을 부양하고, 가족을 결혼시키거나 보살펴 주었던 그 지루하고 끝이 없는 근검절약한 생활 때문이었어. 아니면, 그는 세심하게 주의하고 적절히 일을 처리하는 데 있어서 타고난 감각을 지니고 있기 때문에(그의 누이동생이나 딸은 그렇지 않은 것 같았으나) 불과 이 개월 전에 감옥에서 나오도록 자기가 역할을 한, 장래의 사위를 생각했기 때문인지도 모르지. 그러나 사위가 여전히 마을에서 이례적인 위치에 있다는 것에 대해 용기가 없었던 것은 아니야. 그때까지의 두 사람과의 관계 그리고 앞으로의 두 사람 사이의 관계와는 상관없이, 콜드필드 씨는 그 어떤 범죄가 발생했을 때 서트펜을 유죄라고 믿었다면 서트펜을 구해 내기 위하여 손가락 하나 까딱하지 않았을 거야. 서트펜을 감옥에 묶어 두기 위해 허튼짓을 하지 않았으나, 그 당시 마을 사람들이 보고 있는 데서 콜드필드 씨가 서트펜의 보석 증서에 서명한 사실은 서트펜이 받을 수 있는 최상의 도덕적인 향기였지. ─ 콜드필드 씨는 자신의 명예를 지키기 위한 일이었다면, 비록 서트펜의 체포가 자신과 서트펜 사이에 일어난 거래의 직접적인 결과였다고 해도 그와 같은 일은 하지 않았겠지. ─ 양심이 그것을 받아들이기를 거부하는 지점에 이르렀을 때 거기에서 물러나 서트펜 혼자 이익을 가지게 하고, 서트펜이 그가 입은 손해를 배상하려 해도 거부했을 거야. 비록 자신의 양심이 용서하지 않는 행동을 하는 이 남자와 딸이 결혼하는 것을 허락했다고 하더라도 말이야. 그가 그와 같은 일을 한 것은 이것이 두 번째였어.

두 사람이 결혼식을 올릴 때 교회에 있던 사람들은 백 명의 초대객 가운데서 결혼하는 두 사람을 포함해 열 명뿐이었어. 하지만 두 사람이 교회에서 나왔을 때(그때는 밤이었어. 서트펜은 여섯 사람의 야만스러운 흑인들을 데려와서, 불타는 관솔을 손에 들고 입구에서 기다리게 했지.) 초대된 백 명 중의 나머지 사람들이 거기에 서 있었지만, 그들은 소년이나 젊은이들 그리고 마을 변두리에 있는 선술집에서 온 ─ 가축 상인들이나 마부들과 같이 초대받지 않은 사람들과 섞여 있었지. 그것이 엘런이 눈물을 흘린 또다른 이유 중의 절반이야. 콜드필드 씨에게 성대한 결혼식을 올리도록 설득 또는 부추긴 사람은 엘런의 고모였어. 서트펜은 그것을 직접 표현하지는 않았어. 그러나 그는 그것을 원했어. 사실, 미스 로자는 자신이 알고 있었던 것보다 더 옳았어. 그러나 서트펜이 바랐던 것은 이름도 없는 아내나 아이들이 아니라, 결혼 허가증에 기록되는 두 개의 이름, 즉 흠이 없는 아내와 의심할 여지가 없는 장인의 이름이었지. 그래,

서트펜은 그것이 실현 가능한 일이라면 허가증에 금 도장을 누르고 빨간 리본까지 달고 싶어 했을 거야. 그러나 그것은 자신을 위해서는 아니었지. 그녀(미스 로자)라면 금도장과 리본을 허영심이라고 했을 거야. 그러나 바로 그 허영심이 그 대저택에 대한 계획을 품게 했고, 낯선 장소에 거의 맨손으로, 더욱이 읍내 사람들이 상황을 제대로 이해하지 못하기 때문에 모든 남자들의 반감으로부터 생기는 참견과 방해에 대한 가능성을 안고서도 그 집을 세웠던 거야. 그리고 자존심이기도 했지. 미스 로자는 서트펜이 용감하다는 것을 인정했어. 그녀는 그가 자존심도 있다는 것을 인정하고 있었던 것 같아. 저런 저택을 짓기를 원했고, 그 이하의 것은 절대 받아들이지 않았고, 어떤 대가를 치르더라도 그 일을 밀고 나가게 한 바로 그 자존심 말이야. 그리고 그 저택에 어울리는 가구를 들여놓기까지 삼 년 동안 그는 그곳에서 혼자 살면서 마룻바닥에 깔아 놓은 화물 운반대에서 잠을 잤어. ─ 그리고 그 가구 중에서 가장 중요한 것이 그 결혼 허가증이었지. 미스 로자의 말이 옳았어. 그가 원했던 것은 집도 아니고, 이름 없는 아내나 아이들도 아니었어. 그는 결혼식 그 자체는 아무래도 좋았지. 그러나 여자들이 위기에 처했을 때, 즉 엘런과 고모가 서트펜에게 자기들 편이 돼서 성대한 결혼식을 올리도록 콜드필드 씨를 설득해 달라고 부탁했을 때, 그는 그들에 대한 지지를 거절했어. 분명히 그는 두 달 전에 자신이 감옥에 있었던 것을 콜드필드 씨보다 잘 기억하고 있었던 거야. 어쨌든 지난 오 년의 세월 속에서 상당 기간 동안 그를 삼켜 버린 여론이, 비록 그가 결코 그 여론의 위 속에서 조금도 조용히 머물러 있지는 않았다 해도, 인간의 자연스럽고 격렬하고 불가해한 방향 전환 중의 하나를 수행하여 그를 토해 냈다는 것을 잘 기억하고 있었어. 적어도 격노한 턱 안의 두 개의 이가 되었어야 할 두 사람의 읍민만이 그를 깨물지 않고 오히려 그 턱을 꼼짝 못하게 벌려 놓는 지렛대가 되어 그를 무사히 구출해 낸 것이 그에게는 아무런 도움이 되지 않았어.

엘런과 고모 역시 그 일을 기억하고 있었지. 특히 고모는 그랬어. 여자라는 존재로서 고모는 틀림없이 제퍼슨 여성 단체의 일원이었어. 이 단체는 오 년 전에 그가 처음 읍에 나타났던 그 이튿날부터 그의 과거에 대해 조금도 알지 못하는 상태에서는 그를 허락하지 말자는 데 동의를 했으며, 이것을 일관되게 유지했지. 그러나 결혼은 비밀스러운 사건이 아니었기 때문에, 고모는 아마도 그 결혼식을 결국 그를 거부하려고 했던 여론의 식도 속으로 그를 밀쳐 넣으려는 하나의 기회로 여겼으며, 또한 서트펜의 아내로서 조카의 장래를 보장할 뿐만 아니라, 서트펜을 감옥에서 빼내 준 오빠의 행위를 정당화하고, 그녀로서는 방해할 수도 없는 현실에서 그 결혼을 축복하여 인정함으로써 자기의 입장을 합리화하는 하나의 기회로 보았겠지. 미스 로자가 네게 말했듯이, 여자들이 남자들보다 훨씬 먼저 서트펜이 목표로 하고 쟁취하려고 했던 것이 그 큰 저택과 명망 있는 위치였다는 것을 깨달았을지도 모르지. 아니면 여자들이란 그렇게 복잡하지 않아서, 그녀들에게는 어떤 결혼식이라도 결혼식을 하지 않는 것보다는 낫고, 또 악당과 성대한 결혼식을 올리는 편이 성인(聖人)과 조촐한 결혼식을 올리는 것보다 더 좋다고 여길지도 모르지.

그래서 고모는 엘런의 눈물을 이용하기까지 했지. 그리고 서트펜은 장차 어떤 일이 일어날 것인지를 대체로 알고 있었기 때문에 결혼식 시간이 가까워짐에 따라 점점 더 신중해졌어. 걱정하게 된 것이 아니라 다만 경계심을 갖게 된 거지. 아마도 그는 자기가 알고 있는 모든 것 ─ 사람들의 얼굴이나 습관 등 ─ 에 등을 돌렸던 그날부터 그리고(너의 할아버지가 그에게서 들은 바에 의하면, 그가 아직 열네 살 때였다는데, 미스 로자가 너에게 말한, 헨리가 도저히 감당해 낼 수 없었던 마구간에서의 그날 밤의 헨리와 같은 나이였지.) 대개의 사람들은 서른 살 무렵에나 겨우 혈기가 가라앉고 평온하고 안일한 생활이나 적어도 허영심의 만족을 약속하여 줄 것 같은 생각을 겨우 품기 시작하는데, 열네 살의 평범한 아이로서 이론적으로나 보통의 지리적인 상황으로 보아도 전혀 교육을 받지 못한 채 아무것도 모르는 어떤 세계로 뛰어든 날부터 그런 확고한 목표를 마음에 품고 그런 태도를 취하고 있었던 것이 틀림없어. 그때에도 그는, 자나 깨나 입고 있던 그 양복처럼, 후일에 말이 통하지 않는 고장에서 밤낮 없이 늘 몸에 걸치게 될 그런 경계적인 태도를 지니고 있었지. 그것은 잘못이 단 한 번밖에 용서될 수 없다는 것을 알고 있는 데서 오는, 잠도 이룰 수 없는 그러한 경계심이었음이 분명했지. 그것은 만일의 사태와 인간성을 거스르는 환경에 대해 측정해 보거나 가늠해 보고, 자칫 오류에 빠져들기 쉬운 자신의 판단력과 육신을 인간적인 힘뿐만 아니라 대자연의 힘과 대립시켜 취사선택을 거듭해 가며, 자

신의 꿈과 야망에 합치시켜 나가는 그런 경계심이었지. 그것
은 마치 말을 끌고 들판과 숲을 지나갈 때, 자기로서는 그 말
을 제어할 수가 없고 오히려 자신보다 강하다는 사실을 말이
눈치채지 못하게 하는 능력이 이쪽에 있어야만 비로소 그 말
을 제어할 수 있는 것과 같은 거야.

　이제 그는 호기심을 불러일으키는 위치에 있게 되었어. 그
는 고독했어. 엘런은 그렇지 않았지. 그녀는 고모를 자기편에
두고 있었지. 여자란, 꿰뚫고 나갈 수 없고 극복할 수 없는 환
경적인 힘에 의해 그들이 원하는 순간에 특정의 싸구려 보석
을 구하려는 모든 희망을 포기할 수밖에 없게 되기까지는 자
신이 고독하단 말을 절대로 꺼내지 않는 법이지. 그리고 콜드
필드 씨도 고립되어 있지는 않았어. 그에게는 여론이 자기편
에 있었을 뿐만 아니라 성대한 결혼식을 하고 싶지 않다는 생
각이 부조화스럽다든가 역설적이지 않았던 거야. 마찬가지로
엘런과 그녀의 고모도 부조화스럽다든가 역설적이지 않게 그
의 입장을 지지해 줄 성대한 결혼식을 거행하려는 그녀 자신
의 욕망을 그만큼 갖고 싶었던 거야. 서트펜은 엘런이 원했던
혹은 그녀가 원했던 것보다 더 깊은 어떤 이유 때문에 더 성대
한 결혼식을 원했지. 그러나 그의 판단은 콜드필드 씨가 판단
했던 것보다는 오히려 더 마을 사람들이 그것을 어떻게 받아
들일 것인가를 예견했던 거지. 그래서 엘런이 눈물로 아버지
를 강요했을 뿐 아니라 서트펜을 설득해서 자기편에 그의 무
게를 실어 균형을 맞추려고 하는 동안, 서트펜은 적을 한 사람
갖게 된거야. 바로 콜드필드 씨 말이야. 그러나 그가 엘런의

청을 거절하여 중립을 지키게 되면서 고모까지 합쳐서 적이 셋이 되었지. 그러고 나서(눈물이 이겼지. 엘런과 고모는 백 장의 청첩장을 썼어. — 서트펜은 자신이 직접 야만스러운 흑인을 한 사람 데리고 와서 그것을 집집마다 배달시켰다. — 그리고 다시 개인적으로 열두 장의 드레스 리허설 초대장을 보내기까지 했어.) 두 사람이 결혼식 전날 밤 드레스 리허설을 하려고 교회에 와 보니 교회 안은 텅 비어 있었고, (이케모투베 추장의 부하인 두 사람의 치카소 족 인디언을 포함해서) 변두리에서 온 몇몇 사람들만이 문밖 후미진 곳에 서 있는 것을 보았을 때, 엘런의 눈에서는 또 눈물이 쏟아졌지. 엘런은 그런대로 드레스 리허설을 마쳤지만, 그 뒤에 고모가 그녀를 집으로 데리고 돌아갈 때에는 히스테리에 가까운 상태였어. 하지만 다음 날까지는 그것을 조용히 가라앉히고 이따금씩 눈물만 흘릴 뿐이었지. 결혼식을 연기하면 어떻겠느냐는 의견도 있었어. 누가 그런 말을 꺼냈는지 모르지만, 아마도 서트펜이었을 거야. 그러나 누가 그것을 반대했는지 나는 알고 있지. 그것은 엘런의 고모였어. 엘런의 고모는 서트펜을 그냥 마을 사람들에게 억지로 밀어 붙이려고 결심하고 있었을 뿐만 아니라, 결혼식 그 자체도 막무가내로 강행해 버리려고 결심하고 있었던 것 같았어. 그녀는 다음 날 하루 종일, 초대 손님의 명부를 손에 들고서 콜드필드 가(家)의 흑인들(둘 다 여자였지.) 중에서 하나를 뒤에 거느리고 평상복 차림에 숄을 걸치고 집집마다 찾아다녔던 거야. 흑인 여자는 호위 삼아서 따르게 했을 테지만, 그것은 마치 모욕당한 성질 사나운 여자의 무서운 노여움의 폭발에 뒤이어 빨려 들어가는 나뭇잎 같았지. 그래, 그녀가 우리 집에도 찾아왔어. 너의 할아버지는 결혼식에만 참석할 생각이었고, 그 이상은 다른 생각이 없었지. 할아버지는 서트펜을 출옥시켜 주는 데 힘쓴 사람이니까 그녀는 할아버지에 대해서 잘 알고 있었을 텐데도, 아마 우리 집에 왔을 때 완전히 이성을 잃었던 모양이야. 그때 할아버지와 할머니는 막 결혼을 했기 때문에, 할머니는 제퍼슨에서는 낯선 사람이었어. 그래서 할머니가 불시에 일어난 일에 대해서 아무 말을 하지 않았다는 것 이외에 무슨 생각을 했는지는 모르겠어. 한 번도 본 적도 없는 여자가 미친 듯이 집 안으로 뛰어 들어와서, 결혼식에 초대하는 것이 아니라, 감히 오지 않을 거냐는 투로 말하고 다시 뛰쳐나간 데 대해서 말이야. 할머니는 처음에 그 여자가 무슨 결혼식 이야기를 하고 있는지조차 몰랐어. 할아버지가 집에 돌아와 보니 할머니도 엘런의 고모처럼 히스테리에 가까운 상태가 되어 있었지. 그리고 이십 년이 지난 뒤에도 할머니는 그것이 대체 무슨 일인지 잘 몰랐어. 할머니에게는 그 사건이 조금도 희극이 아니었던 거야. 할아버지는 이 일을 가지고 할머니를 놀려 댔지. 이십 년 후인데도, 할아버지가 그 일로 놀려 대려고 하면 그때마다 할머니는 질색이란 듯이 손을(아마도 반지 낀 손을) 흔들어 대면서, 분명히 엘런의 고모가 나간 다음에 보였을 그런 표정을 짓곤 했지.

엘런의 고모는 그날 아침나절에 읍내를 전부 돌았어. 그렇게 오랜 시간이 걸리지는 않았으나 아주 철저히 했지. 그래서 해 질 무렵까지 그 일에 대한 소문이 읍내 바깥뿐만 아니라 읍내에까지 파다하게 퍼져, 통보에 의해서뿐만 아니라 전면적인 협박과 위협 속에서 결혼식에 가는 손님들에게 필요한 것을 제공하는 선술집이나 마차 대여상까지 전해졌지. 물론 엘런은 고모 자신보다 더 이런 사실을 알아차리지 못했어. 때가되어 일이 드러나기 전에 실제로 미리 사건의 전말을 볼 수 있는 천리안을 그녀가 가졌다 해도 그러한 일이 일어나리라는 것을 도저히 믿을 수는 없었을 거야. 그것은 고모가 그런 치욕을 당했다는 사실로부터 스스로를 격리시켰다는 말이 아니라, 그녀가 이날 모든 콜드필드가의 위엄뿐만 아니라 여성의 온순함까지도 내동댕이쳐 가며 한 행동이, 자신이 기대를 걸었던 것과는 다른 결과를 초래한 것이 아무래도 믿어지지 않았던 거야. 내 생각으로는, 서트펜은 그녀에게 말을 할 수도 있었지만, 고모가 그의 말을 믿지 않으리라는 것을 잘 알고 있었지. 아마도 서트펜은 말을 해 보려고도 하지 않았을 거야. 그는 자신이 할 수 있는 일만 했을 뿐이었어. 그는 농원에 사람을 보내어, 자신이 신뢰할 수 있는 예닐곱 명의 흑인(그가 신뢰할 수 있는 사람은 그들뿐이었지.)을 데려오게 해서, 마차가 도착하여 신랑 신부가 내리는 교회 문 앞에 관솔에 불을 붙여 들고 서 있도록 했던 거야. 그리고 엘런의 눈물이 그친 것도 바로 그 교회 문 앞이었어. 왜냐하면 교회 앞 거리에 마차들과 사륜마차들이 줄지어 서 있었기 때문이지. 다만 서트펜과 아마 콜드필드 씨가 문 앞에 주차를 하는 대신에 그곳을 텅 비게 했지만 말이야. 그때 사람들은 모두 교회 입구에 마차를 대고 내리는 대신 도로 저쪽에 멈추고 마차에 앉아 있었고, 교회 문 앞 보도는 흑인들이 머리 위로 들고 있는 횃불에 비쳐 일종의 투기장 같았고, 모락모락 연기를 뿜는 그 횃불이 양쪽에 두 줄로 서 있는 사람들의 얼굴에 흔들리며 빛나고 있었는데, 그 사이를 지나서 교회에 들어가지 않으면 안 되었지. 야유하는 사람도 품위 없는 말을 하는 사람도 아직 없었고 욕설을 퍼붓는 사람도 없었어. 엘런도 고모도 분명히 무엇인가 잘못되었다는 것을 전혀 눈치 채지 못했지.

엘런은 울음을 멈추고 눈물을 닦은 후 얼마 동안 걸었어. 그리고 교회로 들어갔어. 교회 안은 아직 텅 비어 있었고, 너의 할아버지와 할머니, 그 밖에 대여섯 사람이 있을 뿐이었지. 그 사람들은 콜드필드가에 대한 의리 때문에 온 것이었는지도 몰라. 아니면, 가까운 사이여서 밖에 많은 마차가 기다리고 있는 것으로도 알 수 있는 것처럼, 서트펜과 마찬가지로 마을 사람들이 기대하고 있는 것을 하나도 놓치지 않으려고 와 있었는지도 모르지. 식이 시작되고 끝났는데도, 교회 안은 여전히 텅 비어 있었지. 엘런에게도 자존심 같은 것은 있었고, 아니면 적어도 자존심과 강한 정신력 구실을 하는 허영심이 있었기 때문에 그때까지는 아무 일도 일어나지 않았지. 바깥의 군중은 아직 조용했어. 그것은 아마 교회에 대한 존경심 때문이었고, 또 하느님에게 제물로 바친 교회의 건물을 무조건 신비한 것으로 받아들이는 앵글로색슨의 습성과 진지함 때문이었을 거야. 얼핏 보기에 그녀는 교회에서 나와 어떠한 주의도 없이 군중 속을 걸어갔던 것 같아. 아마 그녀는 아직 교회 안에 있는 사람들에게 자신의 우는 얼굴을 보이지 않으려고 걸어갔을 거야. 그녀는 태연하게 군중 속을 걸어갔지만, 아마도 마음속으로는 마음 놓고 울 수 있는 격리된 장소인 마차 속으로 달려가고 싶었을 거야. 그때 그녀가 맨 처음 들은 것은, '조심해. 그녀에게 던지면 안 돼.'라는 고함 소리였어. 그러고는 뭔가가 — 흙덩이와 오물이, 그것은 변화하는 빛의 조화에 지나지 않았는지도 모르지만 — 그녀를 스쳐갔어. 그녀가 뒤돌아보니, 흑인 한 사람이 횃불을 치켜들고 군중들, 그 군중들의 얼굴을 향해서 뛰어들려고 하고 있었지. 그때 서트펜은, 지금까지도 대부분의 그 군(郡) 사람들이 문명국 언어라고는 생각하지 않는 말로 그 흑인에게 소리 질렀지. 이 광경을 그녀가 본 거야. 길의 맞은편에 세운 마차 안의 다른 사람들도 보았지. 서트펜은 자신의 등 뒤에 신부를 끌어당겨서 뒷걸음질 치는 신부를 팔로 감쌌지. 그리고 거기서 또 무언가가(군중은 실제로 상대를 다치게 할 만한 것은 아무것도 던지지 않았어. 진흙이나 채소 쓰레기뿐이었으니까.) 그의 모자를 떨어뜨리고, 다시 세 번째 것이 가슴을 쿵하고 때렸을 때도 조금도 움직이지 않았지. 수염 사이로 이를 보이며 웃고 있는 듯한 표정을 지으며, 그는 한마디로 흑인을 제지하면서(군중들은 틀림없이 권총이나 나이프를 가지고 있었을 테니까 뛰어들었다면 흑인은 그 자리에서 목숨을 잃었을 거야.) 가만히 서 있었어. 그러는 사이에 결혼식 일행 부근에는 횃불에 반사되어 눈이 번쩍이고 입을 벌린 얼굴들이 둥글게 진을 치더니, 타오르는 횃불의 연기 불빛 속에서 느닷없이 몰려와 파도가 치듯 술렁이다가 방향을 바꿔 사라졌지. 서트펜은 흑인에게 또 무엇인가 다른 말을 해서 따라

오도록 명령하고는, 두 여자를 자신의 몸으로 감싸면서 마차로 피신했지. 그러나 군중은 이제 아무것도 던지지 않았어. 군중은 던질 것을 미리 준비해 두었다가 던진 것이었지만, 그것은 부지불식간에 일어난 최초의 감정 폭발이었어. 사실, 두 달 전에 자경단원들이 서트펜을 따라서 콜드필드가의 문 앞에 갔을 때가 절정이었던 이 사건은 이것으로 마지막을 고한 것 같았어. 왜냐하면 이번 행사에 쥐들처럼 무리지어 모여들었던 상인들과 마부들은 다시 제 낡은 처소로 돌아가 버렸고, 이리저리 흩어져 버렸기 때문이지. 뒷날, 피해자 엘런의 기억에도 남아 있지 않는 그런 사람들의 얼굴들은, 20마일도, 50마일도, 아니 100마일도 더 떨어진 이름 없는 어느 거리의 선술집에서 묵으면서 먹고 마시고 하다가 거기에서도 보이지 않게 되어 버렸던 거야. 그리고 마차를 타고 로마의 휴일*을 보러 왔던 사람들은, 다시 마차를 달려서 서트펜 농원을 방문하고, (남자들은) 사냥을 하고, 그에게 대접을 받고, 때로는 밤에 외양간에 모여서 그가 사나운 흑인 두 사람을 투계처럼 싸우게 하거나 또는 그 자신도 링에 오르는 것을 구경하게 되었지. 이렇게 해서 이 결혼식은, 잊힌 것은 아니었지만 어쨌든 끝이 났지. 그러나 서트펜은 그날 밤의 일을 잊지 않았어. 엘런은 눈물로 그 생각을 씻어 버렸으니 잊어버렸을 거야. 그러나 그때 그녀는 분명히 다시 울고 있었지. 정말로 비에 젖은 결혼식이었어.”

---

* 주최자 측에 손해나 괴로움을 주는 초대연이나 대접.

제3장

　만약 그가 미스 로자를 버렸다면, 미스 로자는 그 이야기를 아무에게도 하고 싶어 하지 않았을 거라고 생각해요. 퀜틴이 말했다.

　응. 컴프슨 씨는 다시 입을 열었다. 1864년 콜드필드 씨가 죽은 뒤, 미스 로자는 주디스와 함께 살기 위하여 서트펜 농원으로 옮겼지. 당시 그녀는 조카인 주디스보다 네 살 아래인 스무 살이었으나, 서트펜과 결혼함으로써 언니의 유언에 따라 그가 성취하려고 열심히 노력한 그 일가의 비운에서 그 조카를 구해 내려고 했던 게 분명해. 그녀(미스 로자)가 태어난 것은 1845년이었는데, 그때 언니인 엘런은 이미 결혼한 지 칠 년, 두 아이의 어머니가 되어 있었어. 미스 로자는 양친이 이미 중년이 되었을 때 태어났는데(어머니는 그때 마흔 살이었을 게 분명했는데 해산 때 죽었어. 미스 로자는 그 일에 대해 아버지를 결코 용서하려 하지 않았지.) 그때 ─ 미스 로자의 탄생은 그 무렵 사위 서트펜에 대한 양친의 태도를 반영한 것에 불과했지. ─ 콜드필드 가족이 바라고 있었던 것은 다만 조용한 평화뿐이었으며, 아마 새로 아이가 태어나리라고 생각하지 않았고 또한 바라지도 않았던 일 같았어. 그러나 어머니의 생명을 희생으로 해서 태어난 그녀로서는 평생 그 일을 잊을 수가 없게 되었어. 그녀를 양육한 사람은, 언니 엘런의 신랑에 대한 일뿐만 아니라 읍내 사람들이 위협하며 원하지 않던 두 사람의 결혼식까지도 밀어 붙였던 노처녀 고모였어. 그래서 미스 로자는 돌로 된 여자의 감옥 속에 갇혀 자신이 이 세상에 살아 있다는 사실을 보기 위해, 어머니의 생명이 희생된 것에 대한 단 하나의 합리적인 이유뿐만 아니라 그리고 아버지에 대한 살아 움직이는 질책일 뿐만 아니라, 어딜 가나 찾아볼 수 있고 모든 남자에게 적용될 수 있는 남성의 원칙(고모를 서른다섯의 처녀가 되도록 만든 한 남자의 그 원칙)에 대한 살아 있는 고발까지도 눈앞에 보면서 성장했어. 이렇게 해서 그녀는 일생 중 십육 년 동안 그녀가 알지도 못하고 증오했던 아버지와 더불어 그 무섭고 궁색한 작은 집에서 살았지. 아버지는 기묘하고 말이 없는 사람이었어. 그의 유일한 친구는 자신의 양심이었고, 유일한 관심사는 자신을 따르는 사람들 사이에서 청렴하다는 평판을 얻는 것이었지. ─ 나중에는 자기 집 다락의 골방에 틀어박혀, 불의의 침략군 격퇴에 고전하는 고향땅 남부의 참상을 보기보다는 굶어 죽는 쪽을 택한 아버지였지. ─ 그녀는 그런 아버지와, 그로부터 십 년 뒤에도 엘런의 결혼식 실패에 대해 복수를 하기 위해 읍을, 인간을 ─ 오빠도, 조카들도, 사위도, 자기 자신도 ─ 누구든 닥치는 대로 허물 벗는 뱀과 같이 맹목적이고 비이성적인 분노를 가지고 공격함으로써 아직까지 복수하고 있는 고모와 함께 살았어. 고모가 미스 로자에게 가르친 것은, 언니인 엘런을 가족과 집뿐만 아니라 삶 그 자체마저 등지고 '푸른 턱수염'*의 집 같은 대저택에 들어가, 하나의 가면으로 변모하여 수동적이고 절망적인 비탄에 빠져 돌이킬 수 없는 세계를 뒤돌아보는 여인 ─ 로자가 태어나기 전에 그녀와 그녀 가족의 생활 속에 갑작스러운 태풍을 몰고 들어와서, 헤아릴 수도 없는 치명적인 피해를 주고 지나가 버린 한 사나이(그의 얼굴은 콜드필드 씨가 지금 보는 것과 똑같은 얼굴이고, 표면적인 배우자를 위한 장래의 사위이지만 실제적으로 채찍 때문에 콜드필드 씨의 양심이 제동을 걸고, 짐 가운데 자기 몫의 반을 내어 주고, 그와 사위가 헤어졌던 그날 이후로 보아 왔던 그 얼굴이었어.)에 의해, 감금되어 있지는 않았지만 산송장처럼 우롱당하는 정지 상태에 놓이게 버린 여인 ─ 으로 바라보도록 한 것이지. 그렇기 때문에 미스 로자는 유년 시절을 청교도적 정의감과 분노한 여자의 복수심으로 가득 찬 웅장한 무덤과도 같은 무서운 분위기 속에서 지냈지.(언제부터 이어져 온 것인지 알 수 없는, 젊음이라고는 영원히 찾아볼 수 없는 낡고 오래된 분위기 속에서의 카산드라처럼 닫힌 문 저쪽에 귀를 기울이거나, 슬프고도 복수심에 가득 찬 예견 속에서 일어

---

* 여섯 번이나 아내를 맞아서는 죽이고 그 시체를 밀실에 숨겨 놓았는데 일곱 번째의 아내에게 그것이 발견되어 그녀의 형제에 의해서 죽음을 당했다는 15세기 이래의 전기(傳奇) 소설의 주인공의 별명.

나는 그 장로교적인 취기가 충만한 어둑어둑한 홀에 가만히 숨어 있기도 하면서 말이야. 결국 그녀는, 유년기는 물론 소녀 시절에 들어서도 자신도 모르는 사이에 모든 남성, 그중에서도 자기 아버지를 통해서 그 벽을 뚫고 들어오는 모든 영향력을 혐오하는 그러한 성격을 갖게 되었지. 이것은 그녀가 태어나서 유아복을 입을 때부터 계속해서 고모가 그녀에게 주입시켜 온 결과로 나타난 것 같았어.)

아마도 그녀는 아버지의 죽음과, 그 결과 의지할 곳 없는 고아가 되었기 때문에 가장 가까운 친척에게서 생활의 보호를 구할 수밖에 없었던 자신의 신세를 — 그런데 이 가까운 친척이라는 것이 다름 아닌, 그녀가 구해 줄 것을 의뢰받은 조카였는데 — 아마도 그녀는 그런 일들 가운데서 언니의 유언을 따를 기회를 자신에게 부여해 준 운명 그 자체를 발견했을 거야. 아마 그녀는 자신을 보복의 수단으로까지 보았을지도 몰라. 예를 들면, 그와 대적할 만한 힘을 가진 적극적인 수단은 아니더라도 적어도 결혼 침상이라는 희생의 묘석(墓石)에서 일어나는 핏기도 형체도 없는 원한 품은 혼령을 불가피하게 생각나게 하는 소극적인 상징으로 보았던 거지. 왜냐하면 그가 1866년에 버지니아에서 돌아올 때까지 그녀가 주디스와 클라이티와 함께 생활하고 있는 것을 보았기 때문이지.

참, 클라이티도 역시 그의 딸이지. 정식 이름은 클리타임네스트라*인데, 그 이름은 서트펜 자신이 지었지. 그는 자기가 낳게 한

---

* 원래 그리스 전설에 나오는 여성의 이름으로 아가멤논의 부정한 아내이다. 남편을 죽였다가 뒤에 그 자식에 의해 죽임을 당했다.

아이들이나 이 나라에 동화되기 시작한 그의 야만스러운 흑인들의 아이들 이름을 모두 직접 지었어. 그날 마차를 타고 왔던 흑인 가운데 둘은 여자였다고 미스 로자가 너에게 말하지 않았니?

아니요, 듣지 못했어요. 퀜틴이 대답했다.

그랬어. 두 사람은 여자였어. 결코 우연이나 실수에 의해서 여기 데려온 것이 아니었어. 그는 일부러 그렇게 계획했던 거야. 자신의 저택을 완성하고 인근 사람들에게 좋은 의도를 보여서, 자신이 데리고 온 야만스러운 흑인들을 이곳 사람들이 데리고 있는 잘 길들여진 얌전한 흑인들과 짝지어 줄 수 있게 될 날 — 그것은 물론 일 년이나 이 년 정도의 짧은 시일이 아니라 그것보다 훨씬 오랜 시일이 걸리는 이야기였지만 — 까지도 계산하고 있었던 거야. 그의 흑인과 이곳 흑인 사이의 언어 장애 등은 몇 주일, 아니 며칠간의 시간만 있으면 해결되는 문제였지. 어쨌든 그는 그 두 여자를 일부러 여기에 데리고 왔어. 아마도 그는 그 둘을, 뒷날 구입한 말이나 노새나 소 같은 가축을 고를 때와 마찬가지로 세심한 주의를 기울여 골랐을 거야. 그리고 그가 이 군의 백인 여자들과 겨우 말을 주고받을 정도가 되기까지 거의 오 년 동안 거기에서 쓸쓸하게 살았지. 그때까지는 자기 집이 가구 하나 없는 쓸쓸한 곳이었는데, 마찬가지 이유로 당시의 그에게는 그 두 사람을 대신할 만한 것은 아무것도 없었던 거야. 그래, 그는 클라이티는 물론, 용의 이빨*처럼 계속해

---

* 죽은 용의 이빨을 밭에 뿌렸더니 계속해서 인간이 태어나 그들이 서로 싸웠다는 그리스의 전설이 있다.

서 태어나는 자기 아이들의 이름을 모두 —— 클라이티 이전에 태어난 아이나, 헨리나 주디스까지도 모두 똑같이 거칠고 냉소적인 무모함을 보이면서 직접 자기 입으로 이름을 지어 준 것이었어. 다만 내가 늘 생각해 온 것은, 그가 자신의 불운을 점치는 예언자를 낳는 데 그치지 않고 그것을 확실하게 지명해 놓는다는 어떤 순수하고 극적인 섭리에 따라 클라이티를 카산드라로 이름 지으려고 했다는 것이야. 하지만 이름을 틀리게 지어 버린 것은 독학으로 글을 익힌 게 틀림없는 그에게는 자연스러운 일이라고 생각해.

그가 1866년에 집에 돌아왔을 때, 그때까지 미스 로자는 그의 얼굴을 본 것이 백 번도 되지 않았지. 그리고 그때 그녀가 본 것은, 유년 시절에 한 번 본 적이 있고 그 이후에도 몇 번이나 보았는지도 모르겠고 생각해 낼 수도 없지만 간헐적으로 무슨 일이 있을 때마다 보았던 그 악귀 같은 얼굴이었는데, 그것은 마치 장면과 장면에서 바뀔 수 있을 뿐만 아니라 배우 상호 간에도 교체할 수 있고, 또 그 배후에 숨어서 연대순이나 일련의 연속적인 행동들의 앞뒤 순서도 무시한 채 여러 가지 사건이 일어나는 저 그리스 비극의 가면과도 같아서, 자나 깨나 고모가 그녀에게 다른 아무것도 보아서는 안 된다고 가르쳤던 그 이유 때문에, 그녀는 대체 그의 얼굴을 그때까지 몇 번이나 보았는지 실제로 말할 수 없었지. 그녀와 고모는 서트펜 농원에 몇 번인가 가서 하루를 보냈는데, 그때마다 고모는 그녀에게 피아노를 한 곡 치라고 명하는 것과 똑같은 투로 서로의 우의를 위하여 조카들과 함께 놀다 오라고 명령하는 것이었으나, 그것은 신중함을 요구함은 물론 기분을 우울하게 하는 형식적인 방문이었지. 식사 자리에서조차도 그녀는 그의 얼굴을 보는 일은 없었어. 고모가 미리 알아서, 그가 집에 없는 날을 방문하는 날로 정해 놓았던 거야. 또 비록 그가 집에 있었다고 해도, 미스 로자는 그와 만나는 것을 피하려고 했을 거야. 또 일 년에 네댓 번 엘런이 아이들을 데리고 친정을 방문했지만, 그때에도 고모(콜드필드 씨보다 두 배 정도 기가 세고, 실제로 미스 로자의 어머니 역할뿐만 아니라 아버지 역할까지 겸하고 있던 억세고 집념이 강한 철저한 여자)는 이들이 방문했을 때 두 사람의 적에 대해 냉엄하고 전투적인 연합 공동 전선을 펴는 분위기를 나타내어 보였지. 그러나 적들 가운데 하나 ── 콜드필드 씨 ── 는 그가 대척할 힘이 있든 없든 간에, 이미 오래전에 최전선에서 물러나 무장을 해제한 채 무저항적인 정직성이라는 난공불락의 성채에 틀어 박혀 있었고, 나머지 하나의 적 ── 서트펜 ── 은 싸움에 응하여 상대를 패주시킬 만한 힘을 가지고 있었겠지만 자신이 적으로 간주되고 있다는 사실을 알지 못하고 있었어. 그는 점심을 먹으러 장인 집에 오지도 않았다는 거야. 그것은 장인인 콜드필드 씨에 대한 어떤 미묘한 감정 때문이었을지도 몰라. 콜드필드 씨와 그와의 그런 관계의 시작과 진짜 이유에 대해서는 고모도, 엘런도, 미스 로자도 전혀 알지 못했어. 서트펜은 콜드필드 씨가 조심스럽게 쟁취한 청렴결백이라는 명성을 더럽히지 않기 위하여, 다만 한 사람에게밖에는 ── 게다가 콜드필드 씨의 생존 중에는 극비에 붙인다는 맹서 하에 그렇게 했어. ── 그 일을 털어놓지 않았고, 콜드필드 씨도, 너의 할아버지가 말한 것처럼, 같은 이유 때문에 결코 남에게 말하려고 하지 않았던 거야. 혹은 그가 집에 오려고 하지 않았던 이유는, 서트펜이 장인인 콜드필드 씨가 소유하고 있던 것 가운데 자기가 이용할 수 있거나 원했던 것을 이미 모두 자기 손에 넣어 버렸기 때문에, 그(서트펜)는 장인과 얼굴을 마주할 용기가 없었거나 아니면 비록 일 년에 네 번이라도 가족 전원이 정식으로 서로 만나는 자리에 출석할 만한 품격이나 예의를 몰랐기 때문인지도 몰라. 아니면, 서트펜은 매일 읍에 나오는 것도 아니었고, 모처럼 나왔을 때는 홀스턴 하우스에 한낮이 되면 흔히 모여드는 사나이들과 시간을 보내는 것을 더 좋아했기 때문에(그는 그 술집에 출입하고 있었어.) 그것이 그 이유였을지라도, 아무튼 고모는 그러한 사실을 믿으려고 하지 않았어.

그것은 그의 저택의 식탁 너머로 미스 로자가 보았을 때 본 얼굴이었어. ── 자기가 싸움의 적이 되어 있다고는 털끝만큼도 모르는 사람의 얼굴이었지. 그녀는 그때 열 살이었는데, 고모가 없어진 후로는(고모가 창문을 기어올라 밖으로 사라져 버린 그날 밤 이후 고모가 했던 것과 같이 미스 로자가 지금은 아버지 집의 집안일을 돌보고 있었어.) 형식적인 행사나 장례식이 있는 날의 방문일 때도 그녀에게 조카들과 놀라고 말해 줄 사람이 없어졌을 뿐 아니라, 일부러 다니러 가서 그가 호흡하는 것과 똑같은 공기를 호흡하고, 그가 없다고 하더라도, 냉소적이고 경계심을 잃지 않는 승리감(그녀에겐 그렇게 생각됐어.) 같은 것에 젖어 그가 부근에 숨어 있는 그곳으로 갈 필요가 없어졌어. 그녀는 이제 일 년에 한 번밖에 서트펜 농원에 가지 않았어. ─ 그녀와 아버지는 그곳에서 하루를 보내기 위해 나들이 옷을 차려 입고, 낡았지만 튼튼한 마차를 타고서, 볼품은 없지만 튼튼한 말에 끌려 12마일의 길을 가는 것이었어. 고모가 있을 동안에는 결코 동행하려고 하지 않았던 콜드필드 씨가 이제는 오히려 그 방문을 고집하고 나서게 되었지. 아마도 의무감 때문에 그랬을 것이야. 그는 그것을 방문 이유로 삼고 있었어. 이 경우라면 고모라 해도 그것을 믿었을 거야. 그것은 어쩌면 진짜 이유가 아니었기 때문이지. 진짜 이유를 알면 틀림없이 미스 로자조차도 믿을 수 없었을 거야. 그 진짜 이유는 콜드필드 씨가 외손주들을 만나고 싶어 했다는 거야. 콜드필드 씨는 서트펜이 적어도 자기 아들인 헨리에게만은 자기들 사이에 이루어졌던 그 옛날의 거래에 관해서 말하지 않았을까 하는 불안이 커져 가고 있었지. 콜드필드 씨는 옛날의 그 비밀을 사위가 아무에게도 말하지 않았다는 확신을 가질 수 없었어. 그런데 비록 고모는 없어져 버렸지만, 그녀는 아직도, 자신이 싸움에서 적이 되어 있다는 것을 전혀 모르는 사람에게 이전보다 더욱 심한 어떤 엄숙한 분위기를 그 짧은 방문에 부여하고 환기시키고 있는 듯했어. 왜냐하면 고모가 없어진 지금, 그 3인조에서 미스 로자가 무의식 중에 두 사람으로 만들려고 애쓰던 가운데 엘런마저 탈퇴해 버렸기 때문이지. 그래서 미스 로자는 엘런에게서조차도 지원을 받지 못하고(이 무렵 엘런은 완전한 변모를 거쳐서, 사실상의 재생이라는 결정적인 신앙적 단계에 들어가려고 하고 있어서) 완전히 외톨이가 되어 식탁을 사이에 두고 그와 마주 앉아 있었어. ─ 주인이나 형부로서가 아니라 휴전 협상의 상대로 자신이 거기 앉아 있다는 사실을 전혀 모르는 적과 식탁을 사이에 두고 마주 앉아 있었지. 그에게는 그녀가 ─ 커서 자기 의자에 앉아도 결코 마루에 닿지 않을 것 같은 다리를 가진 작고 마른 그녀가 ─ 엘런이나 주디스나 헨리 등 그 자신의 가족에 비해 실제보다 몇 배나 큰 무게를 가졌다고는 보이지 않았을 거야. 그 의자는 그녀가 물려주기를 원하는 의자이지만, 사람들이 하는 것과 같은 찬사와 개인적인 성격의 표현을 축적해서 담고 있는 대상(對象)은 아니었지. 엘런도 역시 작은 몸집이기는 했으나 이른바 풍만한 형이었고(만약 그녀의 생명이 식량이 극히 모자라는 시대에 꺼져 가지 않았더라면 그리고 그녀가 만년에 아무런 걱정이 없이 살았었다면 정말 풍만했을 거야. 뚱뚱한 게 아니라 세련되고 원숙해 보였으며, 머리칼은 하얗고, 눈은 아직 젊고, 뺨은 처져서 볼품없기는 해도 희미한 장밋빛 홍조까지 띠고, 반지 낀 작고 통통하고 매끄러운 손은 촛대 아래 무늬가 있는 다마스크 직물로 짠 식탁보 위에 놓인 해빌런드제(製)의 식기 앞에서 조용히 음식을 기다리고 있었을 테지. 그것은 그가 여러 해 전에 마차에 싣고 와서 군민들을 놀라게 하고 모욕적인 분노를 샀던 그릇들이지.) 주디스는 벌써 엘런보다도 키가 컸고, 열여섯 살의 헨리는 열네 살의 주디스만큼은 성장 속도가 빠르지 않았으나 곧 아버지만큼 클 것 같았어. 그는 아마도 식사하는 동안 거의 입을 열려고도 하지 않는 그녀의 얼굴을 보지도 않았을 거야. ─ 부드러운 밀가루 반죽 속에 박아 놓은 석탄 조각 같은 눈과, 색조가 좀 별스러운 쥐색을 띤 고운 머리칼과, 별로 햇볕을 받은 적이 없는 그녀의 얼굴은 바깥 공기를 마신 주디스나 헨리의 얼굴과 좋은 대조를 이루고 있었어. ── 주디스는 어머니의 머리칼과 아버지의 눈을 물려받았고, 헨리의 머리칼은 아버지의 빨간색과 어머니의 검은색의 중간색이고, 그 눈은 맑고 어두운 적갈색이었지. 미스 로자의 그 작은 몸집은 참석하고 싶지도 않은 가장 무도회를 위하여 마지막 순간에 필요에 의해 빌려 온 의상같이 이상하고 역설적인 어색함을 지니고 있었어. ── 고의적으로 세상에서 격리되어 지금도 자발적으로 혹은 말없이 참여하기보다는 아직도 강제적으로 호흡하는 것을 배워서 괴로워하고 있는 인간에게서 나타나는 아우라 말이야. ── 살과 피로 묶여 있는 시녀라고 할 미스 로자는 이즈음에도 역시 함께 죽은 이에 대해 학창 시절의 문학소녀같이 하잘것없는 시라도 써서 거기에서 벗어나려고 노력하고 있었지. 미스 로자의 얼굴, 모인 사람들 가운데 제일 작은 그녀의 얼굴은 조용하면서도 호기심 어리고 격렬함을 깊이 지닌 눈으로 식탁 너머에 있는 그를 가만히 보고 있었으나, 그것은 마치 그녀가 유동하는 사건(시간)의 요람과 친밀한 관계에서 어떤 암시를 실제로 받았던 것 같았어. 그것은 닫혀 있는 문의 이쪽에서 귀를 기울여 습득하거나 또는 구축한 것이었지만, 그렇다 하더라도 그녀는 거기에서 들려온 말에 귀를 기울인 것이 아니라, 오히려 무관심하고 수동적이 되어 식별력이나 의견, 또는 회의심도 잃어버린 상태에서 재앙의 전조에 귀를 기울인 것이었고(이것이야말로 예언자의 바탕이 되는 것으로서 때로는 바른 예언의 근본이 되지.) 이렇게 함으로써 장래의 파국을 미리 알고 있었던 거야. 그 파국에서, 그녀가 어렸을 때 보았던 악귀의 얼굴은 일견 완전히 소멸되어 버려, 그녀는 그 얼굴의 주인이었던 사람과의 결혼에 동의하게 되는 것이야.

그것이 그녀가 그를 본 마지막이었는지도 몰라. 왜냐하면 그들은 서트펜 농원을 찾는 일을 그만두었기 때문이지. 콜드필드 씨가 그만두었던 거야. 처음부터 방문일이 분명하게 결정된 적은 한 번도 없었어. 방문할 생각이 있는 날이면 아침에 콜드필드 씨는 단순히 점잖고 두툼한 검은색 상의를 입고 아침 식사 자리에 나타나는 것이었어. ─ 그 옷은 그가 결혼식 때 입었던 것으로, 그때 이후로 엘런이 결혼할 때까지 매년 52회(매주 일요일) 정도 입었으나 고모가 그들을 버리고 떠난 뒤 그것이 53회(매주 일요일과 방문일)가 되었고, 그 후 지붕 밑 다락방에 올라가 안에서 문에 못질을 하고 망치를 창밖으로 던지고 그 안에서 죽는 날까지 영원히 그 옷을 입고 있었어. 그러면 미스 로자는 자리를 떴고, 무서울 만큼 짙은 검은색이나 갈색 명주옷으로 갈아 입고 다시 나타났지. ─ 그 옷은 몇 년 전에 고모가 골라 준 것으로, 많이 낡았는데도 일요일이나 축제일에는 계속 입었고, 고모가 애인과 도망쳐 버린 날 밤, 고모는 이제 돌아오지 않을 것이 분명하니 고모가 집에 남기고 간 옷은 그녀가 입어도 좋다고 아버지가 허락한 뒤부터 그 옷을 입지 않게 되었지. 그런 다음 두 사람은 마차를 타고 출발하는 것이었어. 출발하기 전에 콜드필드 씨는 집에서 일하는 두 흑인에게 일부러 점심 준비를 할 필요는 없다는 이유로 급료를 삭감하고, 그 두 사람이 먹어 치워야 할 남은 밥값을 오히려 청구하는 것이었지.(읍내 사람들은 그렇게 믿고 있었어.) 그런데 어느 해, 그 두 사람은 가지 않게 됐어. 콜드필드 씨는 검은 상의를 입고 아침 식사 자리에 나타나지 않게 되었고, 그로부터 며칠이 지나도 여전히 같은 상태가 계속되다가 그만 끝나 버리고 만 거야. 아마도 그는 이제 외손주들이 컸으니까 무거운 양심의 짐이 떨어져 나간 것처럼 느꼈을 거야. 어쨌든 헨리는 멀리 떨어진 옥스퍼드 주립 대학에 입학해 있었고, 주디스는 그보다도 더 멀리 있었지. ── 그녀는 유년 시절에서 처녀 시절로 성장하는 과도기에 있었는데, 그녀가 그때까지 보기는 보았으나 거의 만난 적도 없고 아마도 별로 마음에 둔 일도 없는 할아버지였기 때문에 점점 가까이하기 어려운 생각이 들었을 것이 틀림없었지. ── 젊은 처녀들이 눈에 여전히 보이긴 해도 마치 유리를 통해서 보는 것처럼 보이고, 목소리조차 그들에게 도달하지 않는 그런 상태, 그들이 그림자 하나 없는 진주처럼 부드러운 빛 속에 살고 있어서 자신들도 그 일부가 되어 버린(주디스의 경우, 달리고 기어오르고 말을 타든지 싸움을 하든지 간에 온갖 난폭한 행동에 있어서는 오빠인 헨리와 맞상대를 할 수 있고, 또 그렇게 했을 정도로 말괄량이 처녀였지만) 그런 상태, 그 형체가 유동적이고 섬세하며 중심이 없는, 예측할 수 없고 불가사의하게 성운 같은 안개 속에 떠돌아다니고 있는 상태, 그렇다고 해서 그들 스스로 공연히 흘러 다니면서 무엇인가 구하고 있는 것이 아니라, 기생물처럼 내부에 힘을 간직하고 조용하고 침착하게 별로 힘도 들이지 않고 기다리면서,

등이나 가슴이나 허리나 허벅지 등 여성적인 풍만함을 형성하는 힘을 자신이 몸으로 끌어당기고 있는 그런 상태에 있었던 거야.

이리하여 드디어 파국으로 결말이 날 시기가 닥쳐 왔지. 미스 로자가 180도 회전해서, 그때까지 악귀라고만 생각해 왔던 사나이와 결혼할 것을 동의하게 했던 바로 그 파국 말이야. 그것은 성격의 급변은 아니었어. 성격은 변화하지 않았어. 그녀의 행동도 조금도 변하지 않았지. 가령, 찰스 본이 죽지 않았더라도, 그녀는 결국 아버지가 돌아가신 뒤 얼마 있지 않아 서트펜 농원으로 갔을 개연성이 컸고, 일단 그녀가 그렇게 했을 때에는 애초에 그곳으로 들어갈 때 바라던 대로 아마 여생의 전부를 거기에서 보냈을 거야. 그러나 만약 본이 살아 있어서 그와 주디스가 결혼하고, 헨리가 행방불명되지 않았더라면, 그녀는 준비가 되었을 때 비로소 그 집으로 옮겨 갔을 것이고 (만약 그녀가 옮겼다면.) 죽은 언니의 가족 속에서 사실상의 이모로서 살았겠지.(만약 그녀가 살았다면.) 변화한 것은 그녀의 성격이 아니었어. ── 그녀가 실제로 그를 만난 뒤 육 년이 넘는 세월이 흘렀어도 그녀의 성격은 변하지 않았고, 남군(南軍) 헌병의 눈을 피해 지붕 밑 골방에 숨어 있던 아버지에게 매일 밤 몰래 식사를 갖다 주던 사 년간의 세월을 통해서도 변하지 않았던 거야. 그 무렵 그녀는, 숨어 있는 아버지를 발견하면 재판도 하지 않고 즉석에서 사살하든가 교수형에 처했을 게 분명한 남군을 주제로 한 영웅시를 쓰고 있었어. 그리고 그녀의 유년 시절에 악귀였던 서트펜도 어쩌다 그 남군의 한 사람이 되어 있었고, 게다가 훌륭한 군인이었지.(그는 리 장군이 직접 서명한 무공 표창장을 가지고 집에 돌아왔어.) 미스 로자가 여생을 보내기 위해 그 집으로 갔을 때 그녀의 얼굴은 식탁 너머로 그를 바라보았던 것과 같은 얼굴이었어. 그러나 그는 그녀의 얼굴을 언제 어디에서 몇 번이나 보았는지 분명히 말할 수는 없었어. 그것은 그가 그 얼굴을 잊어버릴 수 없었기 때문이 아니라, 그 얼굴에서 눈을 돌리고 십 분만 지나면 그 얼굴 모습을 묘사할 만큼의 기억도 그의 뇌리에서 사라져 버렸기 때문일 거야. 바로 그 얼굴 뒤에 옛날 어린아이였던 한 여자가 똑같이 무섭고 차갑고 강렬한 눈길로 그를 가만히 쏘아보고 있었던 거지.

그로부터 몇 년 동안 그녀는 서트펜의 얼굴을 다시 보지 못했지만, 언니와 조카들은 전보다 더 자주 만나게 되었지. 엘런은 고모가 배신이라고 불렀을 상황의 절정에 있었어. 자신의 생활과 결혼에 순종해서 만족하고 있었을 뿐만 아니라 실제로 그것을 자랑하고 있는 듯했어. 꽃이 일시에 피어난 듯했고, 보통 육 년이나 팔 년의 세월 동안 천천히 꽃피워서 우아하고 아름답게 빛이 바래 가는 인디언 서머*를 운명이 압축해서 삼 년이나 사 년의 세월 속에 밀어 넣어 다가올 미래의 사태를 보상하게 하든지, 아니면 지금까지의 부채를 청산하여 운명의 아내인 자연이 서명한 수표를 지불하려는 것 같았어. 삼십 대 후반이었지만 엘런은 풍만한 몸이었고, 얼굴은 아직

---

* 미국과 캐나다에서 늦가을과 초겨울에 걸쳐 볼 수 있는 화창한 날씨.

도 흠잡을 데가 없었어. 고모가 사라질 때까지 얼굴에 남아 있던 이 세상의 모든 흔적이 뼈와 피부 사이에서, 경험의 총화와 그것을 둘러싸고 있는 외피 사이에서, 담금질을 하면서 평정심을 잃지 않은 육체가 함께하는 세월 동안 제거되거나 적어도 뿌리 뽑힌 것 같았지. 엘런의 몸가짐과 태도에는 이제 다소 당당하고 사치스러운 모습이 나타나 보였어. ─ 주디스를 데리고 가끔 읍내까지 가서, 고모가 이십 년 전에 결혼식 참석을 강요하려고 했던 그 부인들(그중에는 벌써 손자가 있는 사람도 있었어.)을 방문하거나 읍내에 있는 대수롭잖은 물건들을 쇼핑하곤 했지. ─ 그녀는 드디어 청교도적인 유산뿐만 아니라 현실 그 자체로부터 벗어날 수 있게 되었고, 극악한 남편과 이해할 수 없는 아이들을 보이지 않는 곳에 묻어 버리고, 드디어 순수한 환상의 세계로 도피하여, 어디에서도 어떠한 위해(危害)도 받을 염려 없이 대저택의 여주인으로서, 부유한 사나이의 아내로서, 게다가 행복한 아이들의 어머니로서 여러 가지로 모습을 바꾸어 가며 살았지. 물건을 살 때(이즈음 제퍼슨 읍엔 점포가 스무 개쯤 있었어.) 그녀는 마차에서 내리지도 않은 채 우아하고 자신감이 넘치는 얼굴로, 틀에 박힌 화려하고 무의미한 대사를 매우 허황된 어조로 늘어놓으면서 그녀가 자신을 위해 적어 놓은 역할, 즉 소도구인 수프나 약을 가지고 땅도 없는 게으른 농부의 사회를 돌아다니는 공작부인의 역할을 연기하곤 했지. ─ 슬픔과 고난을 견딜 만한 불굴의 정신이 있었더라면 가장(家長)의 역할로 실제 스타의 지위에 오르게 되어, 끝내는 집안에서 가장 나이 어린 사람을 돌아보고 다른 사람을 보호하여 줄 것을 간청하는 대신에, 노변(爐邊)의 늙은 할머니로서 가문의 긍지와 운명을 중재해 나갈 수 있었을지도 모르는 여인이었는데 말이야.

종종 매주 두 번, 때로는 세 번, 그들 두 여인은 읍내에 와서 집을 방문했지. 그 한 여자인 엘런은, 지금은 육 년이나 현실세계에서 멀어져 있는 어리석고 비현실적이며 말솜씨가 좋고 늙은 티가 나지 않은 여인 — 눈물의 홍수 속에 집을 떠나 무서운 스틱스 강* 주변과 같이 어둡고 독기가 있는 지역에서 두 아이를 낳고, 늪에서 부화한 나비처럼 날아오르고, 고통의 경험을 가진 무거운 모든 기관(器官)과 위(胃)의 무게에 방해됨이 없이, 정지된 태양처럼 영원히 밝은 진공 상태에 들어간 여인. — 또 한 사람 주디스는, 신체적으로 거의 귀머거리인 것처럼 실제적인 현실과 완전히 동떨어져 무감각한 상태에서 살고 있는 것이 아니라, 꿈을 꾸고 있는 젊은 처녀였어. 이 두 여자에게 미스 로자는 전혀 의미가 없는 존재였음에 틀림없어. — 그녀는 이제 사라진 고모가 복수심에 차서 지칠 줄 모르게 보살펴 왔던 대상이나 희생물로서의 아이도 아니었고, 그녀의 직무를 주부로 표현할 만한 그런 여자도 아니었으며, 실제로 고모와 피를 나눈 그런 존재는 더욱 아니었지. 그리고 또 한편 미스 로자에게도 언니와 조카 둘 중 어느 편이 더 비현실적인가를 판단하기란 대단히 어려운 일이었어. — 어른인 언니 쪽은 현실 세계를 피해서 인형들이 사는 온화한 영역

---

* 그리스 신화에 나오는 저승의 강.

으로 도피해 버렸고, 젊은 처녀인 조카 쪽은 출생 전의 상태처럼 몸 전체가 완전히 깨어 있는 상태에서 잠을 자고 꿈과 현실 사이를 헤매고 있어서, 어머니인 엘런과 마찬가지로 현실에서 완전히 유리되어 있었다 하더라도 그 정반대 쪽에 있었지. 그 두 여자가 일주일에 두세 번 방문해 주었는데, 한번은 주디스가 열일곱 살 되던 여름 어느 날, 주디스의 의상, 아니 분명하게 말하자면 그녀의 혼숫감을 사려고 일부러 멤피스 시까지 가는 도중에 잠깐 들렀을 때였어. 그것은 헨리가 대학에 들어간 지 일 년이 되던 여름의 일이었는데, 헨리는 그 전 해 크리스마스에 이어 그해 여름휴가에 찰스 본을 데리고 집으로 돌아왔고, 그때 본은 일주일쯤 묵은 뒤 미시시피 강에 가서 증기선을 타고 뉴올리언스의 집으로 돌아갔지. 그해 여름 서트펜은 집을 비우고 없었는데, 엘런은 그가 사업상 집을 비우고 있는 거라고 말했지만, 사실은 남편이 어디로 갔는지에 대해서 아무것도 모르고 있었지. ─ 당시의 그녀 생활은 모두 그런 식이었어. ─ 게다가 그런 자신을 조금도 의식하고 있지 않았어. 서트펜이 그때 뉴올리언스에 가 있었다는 것을 뒤에 안 사람은 너의 할아버지와 클라이티 정도였을 거야. 그런데 고모가 없어진 지 벌써 사 년이 지났는데도 고모가 아직 집 안에 있는 것 같은 그 음울하고 어두컴컴한, 통풍이 잘되지 않는 미스 로자의 집에 들어서면, 엘런은 십 분이나 십오 분 동안 큰 소리로 지껄여 대다가는 한마디도 하지 않고 환상에 젖어 삶의 의욕이 없는 딸을 데리고 서둘러 돌아가는 것이었어. 그리고 실제로 그 아가씨의 이모이고 나이로 보아 마치 여동생

같으며, 실제 경험이나 소망 그리고 기회에서 조카였어야 했을 미스 로자는, 접근할 수 없을 정도로 멀어져 가는 딸의 뒤를 근시안적이고 제대로 표현할 수 없는 갈망을 갖고 쫓아가는 엄마는 무시해 버리고, 질투심 같은 기분은 조금도 없이 다만 자신에게 운명처럼 다가와 좌절된 청춘의 모든 여물지 못한 꿈과 망상을 모두 주디스에게 투사하여, 자신이 가지고 있는 유일한 재능을 가능하면 그녀에게 모두 전하려고 했어.(그녀가 필요에 의해 전했던 재능은, 신부 그 자신을 위해서가 아니라, 신부로서의 역할을 하는 데 도움이 되는 살림살이하는 방법을 가르치기 위함이었어. 이 일에 대해 한 번도 아니고 몇 번이나 소리쳐 이야기하며 그것을 즐긴 것은 엘런이었지.) ── 미스 로자는 주디스에게 식단을 짜는 것이라든지 세탁이라든지 집안 살림을 하는 방법을 가르쳐 주려고 했지만, 주디스는 그것에 대해 깊이를 알 수 없는 공허한 눈으로 그녀를 돌아보고 귀에는 들리지 않았지만 '뭐라고요? 뭐라고 말한 거예요?'라는 반응을 나타낼 뿐이었어. 반면에 엘런은 이번에도 큰 소리로 깜짝 놀란 듯이 감사의 말을 토해 냈어. 그러고 나서 둘은 가 버렸지. ── 마차도, 구입한 물건 보따리들도, 뽐내는 엘런의 우스꽝스러운 태도도, 알 길이 없는 꿈에 취해 있는 조카 주디스도. 그리고 두 사람이 그다음에 읍에 나와 마차를 콜드필드 씨 집 앞에 세웠을 때 흑인 가정부 중 하나가 나와서 미스 로자가 집에 없다고 말했던 거야.

그해 여름, 그녀는 또다시 헨리를 보았지. 그녀는 지난해 여름 이후 그를 보지 못했어. ── 지난해 크리스마스에는 대학 친구를 데리고 집에 돌아왔고, 그 휴가 중에 서트펜 농원에 있었던 여러 가지 댄스파티에 관해서 그녀는 듣고 있었으나, 그때는 이미 그녀와 부친은 거기 가지 않았던 거야. 그리고 새해 둘째 날에 헨리가 귀교하는 도중에 본과 함께 이모인 그녀와 이야기하려고 들렀을 때, 그녀는 집에 없었어. 그래서 그녀는 다음 해 여름까지 꼭 일 년 동안 그의 모습을 볼 수 없었던 거야. 그녀는 쇼핑을 하려고 시내에 나갔지. 그녀가 길거리에 서서 너의 할머니와 이야기하고 있었는데, 그가 말을 타고 그 옆을 지나쳤어. 그는 그녀를 보지 못했지. 그는 아버지에게서 받은 새 말을 타고, 어른 코트에 모자를 쓰고 있었어. 너의 할머니 말에 의하면, 그는 그 무렵 벌써 자기 아버지만큼 키가 커서, 비록 몸집은 서트펜보다 가벼웠지만, 마치 자기도 으쓱거리는 것을 보여 줄 수 있다는 듯이 말을 타고 아버지처럼 뽐내는 태도를 보였지. 그러나 그의 모습이 너무나 가볍고 생기에 넘쳐 아버지처럼 압도적인 태도를 보이진 못했다더군. 이렇게 말하는 것은, 서트펜이 또 그 무렵 자신의 배역을 연출하고 있었기 때문이야. 그는 여러 방법으로 엘런을 타락시켜 버렸어. 저택을 짓던 때와 똑같은 술책을 써서, 그는 지금 군내에서 유일한 최대 토지 소유자, 최대 면화 재배자가 되어 있었어. — 저택을 세웠을 때와 마찬가지로 한결같이 쉴 새 없이 노력했고, 읍내 사람들이 볼 수 있는 그의 행동과 또 볼 수 없는 그의 행동이 그들에게 어떻게 나타나야만 되는가 하는 문제에 대해서는 완전히 무관심했어. 읍내 사람들 중에는, 어딘가에 뭔가 숨기는 것이 있어서 농장이 실제적으로 그의 어둡고 비밀스러운 일을 숨기기 위한 방편에 지나지 않는다고 생각하거나, 혹은 그가 면화 시장을 주무르는 재주를 알고 있어서 정직한 사람들이 할 수 있는 것보다 많은 수익을 올리고 있다고 생각하거나, 또 그가 데리고 온 흑인들은 온순하게 길들여진 어떤 흑인들보다 땅에서 에이커당 훨씬 더 많은 목화를 실제적으로 수확할 수 있는 마력을 가지고 있다고 확신하는 사람들도 있었지. 그는 읍내 사람들로부터 호의적인(그는 어쨌든 그런 것을 바라지도 않았지만) 반응을 받지 못했을 뿐만 아니라, 두렵게 여겨졌지. 그런데 그것이 실제적으로 그를 즐겁게 하지는 않더라도 재미있게 하는 것 같았어. 그러나 그는 마을 사람들에게 받아들여졌고, 배척을 당하거나 혹은 그것 때문에 더 이상 심각하게 고민을 하기에는 분명히 너무나 돈이 많았어. 그는 자신의 손으로 이 일을 성취해 낸 것이지. — 결혼한 지 십 년도 안 되어 그의 농장은 원활하게 돌아갔고(그는 이제는 관리인을 두어 농장일을 감독시키고 있었는데, 그 관리인은 콜드필드 씨의 현관 앞에서 약혼식 날 그를 체포한 그 보안관의 아들이었지.) 그는 자신의 배역 또한 연출해 내었어. — 그것도 거만하고 안일한 여가를 가진 배역, 안일과 여가 생활 때문에 살이 찌고 풍채가 좋아짐에 따라 약간 호화로운 사치의 성향까지 갖추게 되는 배역 말이야. 맞아, 그는 엘런을 타락시켜 변절하는 것 이상으로 타락시켰어. 하지만 엘런처럼 그도 역시 그의 번영이 너무나 강압적으로 꽃피었기 때문에 그가 화려한 무대를 관중 앞에 펴 보이고 있는 중에도 그 배후에서는 운명이, 숙명이, 응보가, 아이러니가 — 그를 무대 감독이라고 부르던 뭐라고 부르던 상관없으나 — 이미 그 막의 무대 장치를 무너뜨리기 시작했고 다음 막을 위해 합성한 허위적인 그림자나 형상들을 천천히 준비하고 있다는 사실을 알지 못했어. "어머, 저 애는……." 하고 너의 할머니가 말했어. 그러나 미스 로자는 이미 헨리의 모습을 보고 있었지. 그녀는 할머니와 나란히 서 있었어. 그녀는 머리가 할머니의 어깨에도 닿지 않을 정도로 키가 작았고, 야위었고, 고모가 남기고 간 옷을 자기 몸에 맞게 줄인 드레스를 입고 있었는데, 그녀는 애당초 누구에게서도 바느질하는 것을 배운 바가 없었어. 닫혀 있는 문밖에서 귀를 기울인다든지 하는 것 이외에는 요리법도 무엇도 뭐 하나 배운 것이 없었던 그녀가 집안일을 떠맡고 주디스에게 그와 똑같은 일을 가르칠 때처럼 말이야. 열다섯 살의 그녀가 쉰 살 정도의 여자처럼 머리에 솔을 쓰고 서서 조카의 뒷모습을 바라보며 "어머, 수염을 깎았네." 하고 말했어.

그리고 나서 그녀는 엘런도 만나 보는 일이 없어졌어. 엘런도 역시 친정에 오지 않았지. 매주 마차를 타고 의례적으로 상점에서 상점으로 나들이를 하다 말고 집에 들르던 일을 이제 중단해 버렸다는 말이지. 엘런이 상점 앞에 와서 마차에서 내리지도 않고 상점 주인이나 점원에게 옷감이나 보잘것없는 야하고 값싼 장신구나 싸구려 장식품들을 가져오도록 명하면, 그들은 그것을 가지고 와서 그녀에게 보여 주었지만, 그녀가 그것을 사지도 않고 손가락으로 만지작거려 흩뜨려 놓고 한바탕 쌀쌀맞은 수다를 늘어놓고서는 거절해 버린다는 것을 그들이 그녀 자신보다도 더 잘 알고 있었지. 그렇다고 해서 그녀의 태도가 경멸적이거나 억지로 선심을 쓰는 체하는 것도 아니었고, 상점 주인이나 점원들의 참을성이나 친절, 혹은 어쩔 수 없는 무력함에 대해 온화하고 어린아이 같은 억지를 부리는 짓이었어. 그러고 나서 집에 와서도, 역시 허영심이 담긴 무의미한 말로 집안을 소란스럽게 만들면서 미스 로자나 아버지나 친정에 대하여, 또 미스 로자의 의복이나 가구 배치나 요리법이나 음식을 먹는 시간에 관한 것까지, 근거도 없이 되지도 않는 충고를 늘어놓는 것이었어. 그러나 이제는 이십 년 동안 조용한 샘에서 솟아나 조용한 계곡으로 흘러 퍼져 미세할 정도로 수위가 높아지고, 또 그 가운데서 가족 네 사람이 햇볕을 받으면서 정지 상태에 떠 있는 호수와도 같은 서트펜 일가의 운명이 배출구를 향한 비밀스런 움직임에 처음으로 생각이 미칠 때가 가까워졌던 거야.(그것은 1860년의 일로, 콜드필드 씨조차도 전쟁은 피할 수 없다는 것을 인정하고 있었을 거야.) ── 그 배출구인 협곡이야말로 장차 국토의 파국이 되는 곳이었으나, 평화롭게 수영을 하는 네 사람은 불안이나 불신 따위가 아니라 다만 본능적인 경계심에서 갑자기 서로서로 얼굴을 마주치며 그 어두운 상황을 감지했을 뿐이야. 그들 가운데 아무도 재앙에 빠진 친구들을 돌아보며, 내가 그들을 구하려 하지 않고 나 자신만 구하려고 할 때인가?라고 생각하는 시점에까지는 아직 도달하지 못했고, 또 그런 시점이 가까워지고 있다는 것조차 알지 못하고 있었어.

이리하여 미스 로자는 그들 아무와도 만나지 않게 되었지. 그녀는 찰스 본을 만나 본 적도 없었는데(그 이후로도 살아서는 만나지 못할 운명이었지.) 헨리의 친구인 뉴올리언스의 찰스 본은 헨리보다 두세 살 나이가 많았을 뿐만 아니라 대학생으로서도 조금 나이가 많은 편이었지. 게다가 다니고 있는 대학 ─ 그의 고향인 그 세속적이며 이국풍의 도시 뉴올리언스에서 300마일이나 떨어진 미시시피 주의 내륙 지역인 황야에 위치한 작은 신설 대학 ─ 에서는 다소 생소한 느낌은 어쩔 수 없었으나, 나이를 뛰어넘은 세속적인 우아함과 확신을 몸에 지닌 그 청년은 풍채가 좋고 부유해 보이며, 그 배후에는 어버이라기보다는 오히려 법률상의 후견인 같은 희미한 모습이 대기하고 있어서, 당시의 미시시피 주의 구석진 시골에서는, 유년기도 없이 완전하게 자랐고, 여자의 몸에서 태어나지도 않았고, 시간을 일체 받아들이지 않고, 소멸할 때에는 어디에도 뼈도 재도 남기지 않는 불사조(不死鳥)처럼 보였을 것이 틀림이 없는 인물이었어. ─ 서트펜의 으스대는 거만함도 그에 비해 얼빠진 허세에 지나지 않았고, 헨리가 풋내기였음에 비해 그는 여유 있는 태도와 당당한 풍모를 지닌 사나이였지. 미스 로자는 그를 만난 일이 없었어. 그래서 이것은 그녀가 상상력으로 만들어 낸 이미지였어. 그것은 엘런이 그녀에게 이야기해 준 것이 아니었지. 엘런은 나비의 여름철처럼 짧은 인생에서 꽃이 만발한 가장 행복한 젊은 시기에 있었고, 거기에 더하여, 자기의 혈육인 딸에게 청춘을 자발적으로 부드럽고 우아하게 물려주려는 어머니의 매력 ─ 딸의 결혼식에서 신부라도 될 것 같은 세상 어머니들의 태도와 행동 ─ 을 아울러 갖추고 있었어. 그들을 모르는 사람이 엘런이 말하는 것을 들으면, 그 뒤의 사건으로 보아 어버이와 젊은이들 사이에서는 언급조차 되지 않았던 결혼이 실제로 이루어진 것으로 믿어 버렸을 거야. 엘런은 주디스와 본 사이의 애정을 한 번도 입에 올린 적이 없었어. 넌지시 암시한 적도 없었지. 그들에 관해서 말하면, 사랑이라는 것은 첫 손자가 태어난 후에 처녀성 문제를 따지는 것처럼 이미 끝나 버린, 완전히 죽은 문제에 지나지 않았어. 그녀는 본을 마치 세 개의 무생물이 하나가 된 존재, 아니면 그녀나 그녀의 일가가 세 개가 조화되는 용도를 발견해 낸 하나의 무생물체인 것같이 이야기했어. — 즉, 승마복이나 무도회용 가운과 마찬가지로 주디스가 입을 수 있는 옷이고, 집안의 장식과 그녀의 신분을 완전한 것으로 보안해 주는 한 벌의 가구이며, 헨리의 촌스러운 태도와 언어와 의복을 교정해 주는 모범적인 스승이었던 거야. 그녀는 시간을 움켜쥐고 있는 것같이 보였어. 신혼여행은커녕 아무런 변화도 일어나지 않고 지나가 버린 세월을 그녀는 자명한 것으로 인정하고 있었던 것 같아. — 그 가운데 (현재) 다섯 사람의 얼굴이, 진공 속에 드리워진 초상화처럼 일종의 생명 없는 영원한 젊음의 광채를 띠고 있었고, 그 얼굴 하나하나 모두 다 온갖 사고나 경험이 제거된 채 그들의 어느 것도 미리 알고 있었던 전성기의 모습으로 잡혀 있었지만, 처음부터 본인들은 너무나 오래전에 살다 죽었기 때문에 그들의 기쁨이나 슬픔은 그들이 뽐내며 걷고 으스대며 웃고 울고 하던 바로 그 무대에서도 이제 완전히 잊힌 것이 틀림없었어. 아마 찰스 본이라는 이름에서, 그 첫 번째 단어에서 오는 이미지를 마음속에 그렸던 미스 로자는 이 이야기에 귀를 기울이지도 않은 채, 열여섯 살 때 이미 일생을 노처녀로 지낼 운명에 놓여 카바레의 채색 전등 불빛 중의 하나인 것처럼 환상적으로 번쩍이는 불빛 속에 앉아 있었어. ── 그곳은 그녀가 생전 처음 보는 곳이었고, 그 불빛은 갑자기 그녀에게 쏟아져서 한순간 머물다가 다시 사라져 가는 화려한 미진으로 이루어진 실체 없는 광휘로 넘쳐 있었어. 그녀는 주디스를 질투하고 있지는 않았어. 또한 그것은 자기 연민도 아니었지. 엘런이 이야기하는 동안, 말 장수와 도망을 친 고모가 아마도 두 번 다시 입을 일이 없을, 아니 절대로 다시 입지 않을 거라고 생각하고 버리고 간, 잇거나 짜서 기운 데가 많은 옷(엘런이 그녀에게 주었던 옷은 때로는 쓸모없게 되어 버려진 것이었지만 대개는 새것이었는데 항상 실크였다.)을 입은 그녀는, 이야기하는 엘런을 향해 눈을 계속해서 깜박거리면서 가만히 거기에 앉아 있었어. 아마도 조용히 절망하며 마침내는 안도하고 완전히 거부하는 것이었겠지. 이제는 주디스가 좌절된 욕망의 대리 보상을 살아 있는 요정 이야기에서 구하려고 하고 있었지. 훗날 엘런이 그것을 너의 할머니에게 이야기했을 때 마치 요정의 이야기처럼 들렸던 모양이지만, 다만 요정의 이야기라고는 해도 어딘가 상류 숙녀 클럽을 위하여 쓰이고, 그 클럽 회원에 의하여 연출된 이야기에 지나지 않았어. 그러나 미스 로자에게는 그것이 그럴듯할 뿐만 아니라 정당한 근거가 있는 믿을 만한 진정한 이야기였음에 틀림없어. 그래서 그 말은 엘런으로 하여금 또다시(이것도 유치한 농담 정도로 그녀가 말한 것이었다.) 우스꽝스럽고 초조한 경악의 외마디 비명을 지르게 한 거야. "우리는 그를 받아들일 만한 자격이 있어요." 미스 로자가 말했지. 거기에 대해서 엘런 역시 고함을 지르듯 말했어. "받아들일 만한 자격? 그를? 물론 우리에게는 그럴 자격이 있어. ─ 네가 그런 식으로 말하고 싶어 한다면 말이야. 나는 우리 콜드필드가 사람들이 어느 누구와 결혼하든 그들에게 부여될지도 모르는 특별히 귀중한 명예가 어떤 것이든지 간에, 그것에 화답할 만한 자격을 충분히 갖추고 있다는 것을 네가 잘 알아쳤으면 해."

물론 그 말에 대하여 어떤 대답이 있었는지는 아무도 모르지. 적어도 엘런이 말한 바에 따르면, 미스 로자는 아무 말도 하려고 하지 않았던 것 같아. 그녀는 다만 엘런이 떠나가는 것을 바라보았고 그리고 주디스를 위하여 자신이 가지고 있는 유일한 두 번째 재능을 사용할 일을 시작했어. 그녀에게는 그 무렵 두 가지 재능이 있었는데, 두 번째의 것도 첫 번째의 것과 마찬가지로 어느 날 밤 창문을 넘어서 사라져 버린 고모에게서 물려받은 것이었어. 고모는 그녀에게 집안 살림을 하는 법과 옷을 만드는 법을 가르쳤던 거야. 고모가 없어졌을 때 미스 로자는 아직 너무 어려서, 버려진 옷가지를 재단해서 이용할 수 없었기 때문에 두 번째 재능의 발달이 늦었지만(혹은 반응을 보이기 시작했다고 해도 좋겠으나) 말이야. 그녀는 남몰래 주디스 혼수를 위해 옷을 만들기 시작했어. 옷감은 아버지의 상점에서 가져왔지. 그녀는 그것을 다른 어디에서도 가져올 수 없었어. 너의 할머니가 나에게 말했던 바에 의하면, 그 당시 미스 로자는 실제로 돈을 계산할 수 없었고, 이론적으로는 화폐의 단위를 알고는 있었지만 현금을 보거나 만지거나 그것으로 무엇을 산다든지 하는 것은 전혀 해 보지 않았던 모양이야. 매주 정해진 날 장바구니를 들고 거리에 나가 아버지 콜드필드 씨가 지정해 놓은 상점에서 물건을 살 때도 돈을 주고받는 일은 일절 하지 않았고, 뒤에 콜드필드 씨가 그녀가 다녀간 길을 따라 돌면서 종이나 벽이나 카운터 위에 갈겨 써 놓은 글씨를 찾아 외상값을 갚았다고 하더군. 그래서 그녀는 옷감을 아버지의 상점에서 입수하지 않으면 안 되었어. 그런데 그는 마차 한 대를 타고 제퍼슨으로 와서 그 장사를 했었지. 어머니와 누이동생, 아내 그리고 여러 아이들을 부양했을 그때는 아이 하나를 부양하는 지금과는 달랐지. 그래서 그는 물질적인 축적에 큰 관심을 보이지 않는 것에 무게를 두고 지냈어. 그 결과 그는 양심 때문에 그의 사위가 그로 하여금 그의 정당한 이익금을 포기할 뿐만 아니라 투자한 원금을 잃게 만든 옛 사건에서 발을 뺐지. 생활에 없어서는 안 될 최저한의 하급품으로 시작했기 때문에, 그것을 팔아서 그 자신과 딸의 생계를 유지할 수도 없었던 그의 상점에서 재고품 가짓수는 물론 늘어나지도 않았지만 말이야. 그러나 어쨌든 그녀는 거기서 옷감을 손에 넣어 그녀 자신을 대신할 결혼식에서 입게 될, 혈육인 그 젊은 아가씨의 의상을 만들기 시작했던 거지. 그녀가 그것을 혼자 힘으로 만들었을 때 어떤 것이 만들어졌는지는 그만두고라도 신부 의상에 대한 그녀의 생각이 어떤 것이었는지는 너도 쉽게 상상할 수 있을 거야. 그녀가 아버지의 상점에서 어떻게 옷감을 손에 넣었는지는 아무도 모르지. 아버지가 그녀에게 그것을 주지는 않았어. 그는 외손녀가 점잖치 못한 차림을 하고 있다든지 헤어진 옷을 입고 있거나 추위에 떨고 있었다면 적당한 옷을 주어야 할 의무를 느꼈겠지만, 신부 의상까지 책임이 있다고는 생각하지 않았을 거야. 그래서 나는 그녀가 그 옷감을 훔쳤을 거라고 생각하는 거야. 그랬을 게 틀림없어. 그녀는 거의 그의 코밑으로부터(워낙 작은 상점이었고 그가 점원도 겸하고 있어서 한 장소에서 어떤 일이든 해야 했으니까) 도덕 관념이 없는 대담함과 여자의 약탈 벽에 의해 옷감을 슬쩍했을 것이 틀림없어. 그러나 나는 약간의 속임수가 있었을 것이라고 생각하고 싶어. 대담하면서도 절실한, 어찌 보면 속이 빤히 들여다보이는 속임수였는데, 아버지를 바보로 만든 그녀의 천진난만한 순진함에 의해 꾸며진 거지.

그래서 그녀는 더 이상 엘런을 만나는 일이 없어졌어. 엘런은 분명히 자기의 목적에 부합되고 나비의 여름과 같은 찬란하고 무의미한 대낮과 하오의 세월을 끝마친 다음, 제퍼슨 읍에서는 아니더라도 어쨌든 동생의 생활에서는 이제 소멸해 버렸던 거야. 자매가 얼굴을 마주친 적은 그 후 한 번뿐이었어. ─ 그것은 운명적인 불행이 이미 손을 뻗쳐 그 저택의 기초였던 불길한 토대를 허물고 그 큰 기둥이었던 두 남자, 즉 남편과 아들을 ─ 전자는 위험한 전쟁에, 후자는 분명하게 망각 속으로 묻어 버렸던 그 저택의 어두운 방에서 임종을 할 때였어. 헨리가 모습을 감춘 직후였지. 그녀는 밤낮(밤에는 아버지가 잠이 들 때까지 기다리지 않으면 안 되었어.) 아무 기술도 없이 지루하게 조카의 혼수를 위해서 만들고 있는 신부 의상을 바느질하면서 그 이야기를 들었어. 그녀는 아버지뿐만 아니라 집에 있는 두 흑인 여자에게도 그 바느질감을 숨기지 않으면 안 되었지. 그녀들이 그것을 알면 콜드필드 씨에게 그 일을 일러바칠지 몰랐기 때문이지. 헝클어진 실을 풀어서 레이스를 짜고 그것을 의상에 달고 있는 사이에 링컨 대통령의 당선 소식이라든지, 섬프터*가 함락되었다는 소식이 전해졌으나, 그녀는 그런 일에는 거의 귀를 기울이지 않았고, 고향땅이 죽어 가는 종소리를 들으면서, 살아서 만날 수도 없는 사람을 위해, 자신이 입거나 벗거나 하는 일은 결코 없을 의상을 지루하도록 계속 두 손을 서툴게 움직여 만들고 있었어. 헨리는 자취를 감추어 버렸으나 그녀의 귀에 들려온 것은 읍내 사람들이 들었던 그 이상의 것은 아니었어. ─ 지난 크리스마스 때와 마찬가지로 헨리와 본은 집으로 와서 이번 크리스마스 휴가를 보냈지. 잘생기고 부유한 뉴올리언스의 청년 본과 딸의 결혼에 대하여 그 어머니는 벌써 반 년쯤 전부터 마을에 말을 퍼뜨려 놓았었어. 그들이 다시 왔기 때문에 마을 사람들도 이제는 실제적인 결혼 날짜가 발표될 것이라고 기대하고 있었지. 그런데 어떤 사건이 일어났어. 아무도 그 사건의 진상은 몰랐어. ─ 한편으로는 헨리와 본, 다른 한편으로는 주디스 사이에, 아니면 세 젊은이와 양친 사이에 무슨 일이 일어났는지 아무도 알지 못했지. 그러나 어쨌든 크리스마스 날이 되자 헨리

---

* 미국 사우스 캐롤라이나 주의 찰스턴 항구의 요새로, 이곳에 남군이 포격을 가하면서 남북전쟁의 실마리가 되었다.

와 본은 어디론가 사라져 버렸어. 그리고 엘런도 보이지 않았지.(그녀는 그로부터 이 년 뒤의 죽는 날까지 나오지 않았던 그 어둡고 음산한 방으로 들어간 것 같았어.) 누구도 서트펜과 주디스의 표정이나 행동 그리고 태도에서 아무런 변화도 볼 수 없었어. 흑인들의 입을 통해서 다음과 같은 이야기가 전해졌을 뿐이었지. 크리스마스 전날 밤에 말다툼이 일어났는데, 그것은 본과 헨리, 혹은 본과 서트펜 사이의 논쟁이 아니라 아들인 헨리와 아버지 서트펜 사이에 일어났던 것으로, 그 자리에서 헨리는 아버지를 부인하였으며, 자신의 생득권, 다시 말해 생가를 버린다고 공언하고는 그날 밤 안으로 본과 함께 말을 타고 어디론지 떠나 버려서 그의 어머니가 몸져누웠다는 것이었어. 어머니가 낙담을 해서 쓰러진 것은 딸의 결혼이 파혼된 때문이 아니고, 그녀의 삶에 들어온 현실에 대한 충격 때문이었는데, 그것은 목이 잘리기 전에 동물에게 가해지는 도끼의 자비스러운 일격과 같은 것이었다고 마을 사람들은 생각했어.

이것이 미스 로자가 들은 이야기의 내용이었어. 그녀가 무엇을 생각했는지는 아무도 몰랐지. 읍내 사람들은 헨리의 행동이 그저 청년기에 있을 수 있는 불 같은 성격을 나타낸 것이고, 서트펜을 그대로 두면 시간이 그 문제를 해결할 것으로 믿었지. 서트펜과 주디스가 서로 대하는 태도와 마을 사람들에게 대하는 태도는 모두 분명히 이 문제와 무슨 관계가 있었어. 그들은 이따금씩 함께 마차를 타고 마을에 모습을 나타냈지. 그래서 이것은 적어도 그들 두 사람 사이에 아무 일도 없었다는 것을 보여 주는 것 같았어. 만약 본과 아버지 서트펜 사이에 다툼이 있었다면, 그런 일은 절대로 있을 수 없었을 거야. 그리고 헨리와 아버지 사이에 다툼이 있었다면, 그런 경우는 아마도 없었겠지. 왜냐하면 마을 사람들이 잘 알고 있는 것처럼 헨리와 주디스 사이에는 남매 간의 전통적인 애정보다 더욱 친밀한 관계가 있었어. 그것은 미묘한 관계였지. 같은 접시에서 음식을 먹고, 같은 모포 밑에서 잠자고, 생사를 함께하고, 상대를 위해서가 아니라 연대의 명예를 위하여 서로 생명을 거는 정예부대의 두 사관후보생 사이에 생기는 저 격렬한 비개인적인 경쟁심과 같은 것이었지. 그것이 미스 로자가 아는 전부였어. 그녀는 그것에 대해 마을 사람들보다 더 많이 알고 있지 못했지. 왜냐하면 진상을 알고 있는 사람들은(서트펜 아니면 주디스였지, 엘런은 아니었어. 엘런은 처음부터 아무것도 듣지 못했고, 비록 들었다고 해도 그것을 이해할 수가 없어서 곧 잊어버렸을 거야. ─ 참으로 갑자기 영화가 허물어져 버렸고, 엘런은 이제 어둠침침한 방의 이불 위에 깍지를 낀 두 손을 올려놓고, 아파할 정도까지는 아니지만 다만 이해할 수 없어 좌절한 표정이 가득한 눈을 하고 있었어.) 제퍼슨 읍내 사람들이나 그 밖의 다른 사람들과 마찬가지로 그녀에게도 아무것도 말하려 하지 않았기 때문이야. 미스 로자는 아마 서트펜의 저택에 가 보았을 거야. 아마 한 번 가고, 그 이상 더 가지는 않았어. 그리고 틀림없이 그녀는 주디스에게도 묻지 않았어. 아마 주디스가 듣지 못했을 것이라는 것을 그녀가 알았거나 혹은 아마 그녀가 기다리고 있었기 때문이지. 그리고 아무 이상이 없다고 콜드필드 씨에게 말했을 게 틀림없어. 그녀 자신도 그렇게 믿고 있었던 게 확실했어. 왜냐하면 그녀는 주디스의 신부 옷을 바느질하는 일을 계속했기 때문이야. 그녀가 계속 옷을 만들고 있는 동안 미시시피 주가 분리되었고,* 남군 군복을 입은 최초의 병사가 제퍼슨 읍에 나타나게 되었지. 사토리스 대령과 서트펜은 제퍼슨 읍에서 연대를 조직하고 1861년에 읍에서 출정했어. 부사령관인 서트펜은 사토리스 대령의 왼쪽에 자리 잡고, 스콧 장군**의 이름을 딴 검은 말을 타고, 그와 사토리스가 디자인하고 사토리스가(家)의 여자들이 비단옷을 잘라 만든 연대기(聯隊旗)의 깃발 아래 읍을 떠나갔지. 그의 몸은 1833년 그 일요일에 처음 말을 타고 제퍼슨 읍에 들어왔을 때보다, 또 엘런과 결혼했을 때보다 살이 쪄 있었어. 그러나 벌써 쉰다섯 살에 가까웠는데도 아직 위엄 있는 모습은 아니었어. 기름기가 끼어 배가 불룩하게 나온 것은 그 뒤의 일이었지. 그와 미스 로자와의 결혼 약속이 이상하게 틀어진 뒤 그해에 갑자기 그렇게 되었던 거야. 미스 로자는 그의 집을 나와 읍내로 돌아와서 아버지의 집에서 혼자 쓸쓸하게 생활하게 되면서부터 두 번 다시 그에게 말을 하지 않았어. 그가 죽었다는 말을 들었을 때, 그의 이름을 단 한 번 말했던 것을 제외하고는 말이야. 그의 몸에 군살이 갑자기 붙어, 그것은 마치 흑인들이나 워시 존스가 당당한 남자의 몸집이라고 부른 기반이 허물어진 뒤 그 정점에 도

---

* 1859~1861년에 남부 11개 주가 분리, 독립하려 했고, 이것이 남북전쟁의 요인이 되었다.
** 윈필드 스콧(1786~1866)은 미국의 군인. 1841년~1861년에 미국 육군 총사령관으로 멕시코 전쟁을 지휘하였다.

달하여, 사람들이 알고 있는 그의 모습과 타협을 용서하지 않는 그의 실체 사이에 있는 무엇인가가 변질하여 지상에 묶여 풍선처럼 불안정하게, 생기도 없이, 그것이 무심코 드러냈던 육체의 껍데기 때문에 냉대를 받고 억눌려 있는 것 같았어.

그녀는 연대가 출정하는 것을 보지 못했어. 연대가 읍을 완전히 빠져나갈 때까지 그녀가 집 밖으로 나가는 것을 아버지가 허락하지 않았기 때문이지. 그는 딸이 다른 집 여자나 딸들과 함께 출정식에 참여하는 것을 금했어. 그러나 자기 사위가 거기에 있었기 때문에 그런 것은 아니었어. 그는 그 이전에 성급하게 화를 잘 내는 사람이 아니었지. 전쟁이 실제로 선포되어 미시시피 주가 분리되기 이전에는 그의 저항적인 행동과 언어는 차분했을 뿐만 아니라 논리적이었고 분별이 있었어. 그러나 주사위가 던져진 후, 그는 하룻밤 사이에 사람이 변한 것 같았어. —마치 그의 딸인 엘런의 성격이 몇 년 전에 변한 것처럼. 군인들이 제퍼슨 읍에 나타나자마자 그는 상점 문을 닫아 버린 뒤, 병사들이 동원되어 훈련을 받는 동안 계속 문을 열 생각을 하지 않았고, 그 연대가 떠난 후 가끔 다른 부대가 지나는 길에 읍에서 하룻밤을 야영하게 될 때도, 군인들이 어떤 값을 지불한다고 해도 물건 팔기를 완전히 거부하였으며, 또 병사들의 가족뿐만 아니라 비록 말과 의견만으로라도 주의 분리나 전쟁을 지지하는 남자나 여자들에게 물건 파는 것을 거절했다고 했어. 그는, 말장수인 남편이 군에 가 있는 동안 집에 돌아와 지내고 싶다는 누이동생의 청도 거절했으며, 미스 로자가 지나가는 병사들을 창문을 통해 내다보는 것마저도 금지시켰어. 그는 상점 문을 아주 닫아 버리고 온종일 집 안에 틀어박혀 있었어. 상점의 바깥문을 닫고 덧문까지 내려 버린 채 그와 미스 로자는 집 안에서만 지냈지. 이웃 사람들이 말하기를, 낮에 부대가 마을을 통과할 때, 그는 조금 연 덧문 뒤에서 파수병처럼 서서 총이 아니라 큰 패밀리 바이블*을 손에 들고 있었어. 그 바이블에는 그와 그의 누이동생의 탄생, 그의 결혼, 엘런의 탄생과 결혼, 두 손자와 미스 로자의 탄생, 그의 아내의 사망 등이 서기와 같은 그의 깨끗한 필치로 기록되어 있었어.(그러나 고모의 결혼에 대해서는 아직 아무것도 기입되어 있지 않았어. 엘런이 죽은 후 그것을 기록한 것은 미스 로자였고, 미스 로자는 콜드필드 씨의 사망, 찰스 본의 사망, 서트펜의 사망까지 기입하였던 거야.) 그리고 부대가 지나가 버리면 콜드필드 씨는 손에 들고 있던 패밀리 바이블을 펼쳐 들고, 행군을 하는 병사들의 군화 소리보다도 더 거친 목소리로, 실제 경계병이 유리창 턱에 탄약통을 일렬로 가지런히 놓아두는 것처럼, 미리 표식을 해 놓은 폭력적이고 복수의 집념이 강한 신비주의자 신앙에 관한 옛이야기가 담긴 성경 구절을 읽는 것이었어. 그러던 어느 날 아침, 그는 자기 상점이 약탈당한 것을 알게 되었어. 범인은 틀림없이 읍 변두리에 야영하고 있던 처음 보는 부대의 군인들로, 비록 말로 한 것이지만 그의 친구인 읍내 사람들이 그것을 교사한 것이 틀림없었지. 그는 그날 밤 망치와 한줌의 못을 손에 쥐고 다락방으로 올라가 문에 못

* 집안사람들의 탄생, 사망 등을 기록하는 백지가 들어 있는 가정용 대형 성경.

질을 한 뒤에 망치를 창문 밖으로 내던졌어. 그는 비겁한 사람은 아니었지. 그는 자신의 신념을 굽히지 않는 도덕적인 힘을 가진 사람이었어. 그는 얼마 안 되는 물건을 가지고 낯선 나라에 이주해 와 그것을 밑천으로 장사를 시작해서 다섯 식구를 부양했고 어느 정도 안락한 생활을 하게 되었지. 틀림없이 그는 암거래도 했어. 부정직한 밀거래를 하지 않았으면 도저히 그렇게 할 수 없었을 거야. 너의 할아버지 말대로, 당시의 미시시피 주 같은 곳에서는 부정한 암거래를 하지 않고서는 장사만으로 생활해 나가기는 정말 어려웠고, 그것도 밀짚모자나 마구의 끈이나 소금에 절인 고기를 부정직하게 파는 것밖에 못하는 사람도 병적인 도벽자로서 가족들에게 감금되곤 했어. 그러나 그는 비겁하지는 않았어. 비록 그의 양심이 꺼려했던 게 할아버지가 말한 것처럼 인간의 피와 생명을 쏟아 버리는 행위는 아니었고, 다만 낭비한다는 생각 정도였어. 그것이 어떠한 명분에서건 재물을 천천히 소비하고 탕진해서 날려 버리는 낭비 그 자체였다고는 해도 말이야.

그래서 미스 로자는 자신과 아버지의 생명을 유지하는 데 급급하게 되었어. 상점이 약탈당했던 그날 밤까지 그들은 가게에서 떨어져 살았지. 그래서 그녀는 어두워지면 바구니를 들고 가게에 가서 하루 이틀 먹을 식료품을 가져오곤 했어. 상점의 재고는 한참 동안 보충을 하지 않았기 때문에 줄어들 뿐이었고, 약탈당했을 때는 벌써 얼마 남아 있지 않았지. 그리고 비록 자신이 연약할 뿐만 아니라 실제로는 귀중한 존재라는 것을 믿도록 고모가 그녀를 키웠기 때문에 실제적인 일에 관하여 아무것도 배운 바가 없었지만, 그녀는 시간이 지날수록 점점 구하기가 어려워지고 내용이 빈약해지는 음식을 손수 조리해서, 밤에 다락방 창문에 매단 우물의 도르래와 밧줄을 이용해서 아버지에게 식사를 날라다 주게 되었지. 그녀는 비밀리에 아버지에게 음식을 공급하는 일을 삼 년간이나 계속했어. 식사라는 것도 그녀가 증오하고 있는 사나이, 그녀의 아버지에게 충분하다고 할 수 없었지. 그러나 그녀는 자신이 아버지를 전에 증오했다는 것을 알지 못하고 있을지도 모르고, 현재도 그럴지 모르지. 하지만 아무튼 1885년에 네 할아버지가 보았을 때, 그 손가방 속에 들어 있던 남군 병사를 찬양하는 천 편 이상의 시를 쓴 최초의 날짜는 그녀의 아버지가 다락방으로 스스로 몸을 감춘 지 얼마 되지 않았을 때로, 시간은 오전 2시로 되어 있었지.

그런 다음 그는 죽었어. 어느 날 아침 바구니를 끌어 올리던 그의 손이 나오지 않았던 거야. 낡은 못이 아직도 문에 박혀 있었기 때문에 이웃 사람들이 그녀를 도와 도끼로 문을 부수고 들어가서 그를 발견하게 되었어. 비록 말년에는 그의 대의(大義)와 그것의 옹호자들을 거부했다고 할지라도, 자신의 유일한 생활의 기반이 자신의 대의를 옹호하는 자들에 의해 약탈당하는 것을 본 그는, 임시로 만든 침대 옆에 삼 일분의 식사를 먹지 않고 그대로 둔 채 죽어 있었던 거야. 그는 마치 이승에서의 자기의 삶에 대해 정신적인 균형을 유지하는 데 최후의 삼 일을 보내고, 결론을 얻어 그것을 검증하고, 어리석음과 불의 그리고 불법으로 가득 찬 당시의 세상 풍경에 대해 차갑고 굴하지 않는 거부 자세를 죽음이라는 지속적인 냉담으로 나타낸 것 같았어. 그리하여 미스 로자는 고아가 되었을 뿐만 아니라 거지가 되었어. 상점은 형체만 남아 있었고, 황폐해진 집에는 아무것도 없었기 때문에 쥐들마저 보이지 않았지. 아버지가 이웃 사람들이나 마을뿐만 아니라 전쟁을 치른 조국에 돌이킬 수 없을 정도로 완전히 등을 돌린 행동을 하였기 때문에 호의를 베푸는 사람은 하나도 없었어. 두 사람의 흑인 여자들조차 도망가 버렸어. ― 그 두 흑인 여자는 그의 소유가 되자(그것은 매매에 의한 것이 아니었고 빚 때문에 그랬었지만) 곧 자유의 몸이 되었지. 그는 그녀들을 노예에서 해방한다는 내용의 서류를 만들어 주었고(그녀들은 그것을 읽을 수 없었지만) 그들의 노동에 대하여 주급을 지불할 것을 약속했지.(실은 노예로서의 두 사람의 시장 가격이 종료될 때까지 그는 임금 지불을 일절 하지 않았지만.) 두 사람은 그 답례로서 제퍼슨 거리의 흑인들 중에서도 맨 먼저 탈주하여 북군(北軍)을 따라갔지. 그러니 그가 죽었을 때 아무런 저축도 재산도 남아 있지 않았지. 분명히 그가 가지고 있던 유일한 기쁨은 그가 생의 교차로에서 장래의 사위 서트펜을 만나기 이전에 가지고 있었던 보잘것없는 실질적인 저축 ― 금전에 있었던 것이 아니고, 그것이 상징하고 자기 부정과 불굴의 정신에 대한 약속 어음의 지불을 언젠가는 꼭 해 주리라는 정신적인 회계 사무소에서의 결산이라는 것에 있었어. 그리고 서트펜과의 관계에서 그가 가장 큰 상처를 입은 것은 분명히 금전의 손실이 아니라, 이미 확실한 것으로 만들었다고 확신하고 있었던 정신적인 변제 능력을 손상하지 않고 유지하기 위해 불굴의 정신과 자기 부정의 상징인 그 얼마 되지 않는 저축을 희생하지 않으면 안 되었다는 사실이었지. 그것은 마치 날짜나 서명을 부주의하게 약간 잘못해서 동일한 어음의 지불을 두 번씩이나 하지 않으면 안 되었던 것과 같았어.

그래서 미스 로자는 고아가 되었고, 거지가 되었고, 혈연이라고는 주디스와 고모밖엔 없었어. 그 고모의 소식이 마지막으로 있었던 것은 이 년 전이었는데, 그때 고모는 일리노이 주에 가서, 남군의 기마 보충대에 말과 노새를 입수하는 자신의 재능을 제공하려다 포로가 된 남편이 구금되어 있던 록 아일랜드* 포로수용소에 가까이 가기 위하여 북군의 전선을 통과하려고 애쓰고 있었던 것 같았어. 엘런은 죽은 지 이 년이 되었지. —죽기 직전에 그녀는 질풍에 휘말려 벽에 내동댕이쳐져서 거기에 매달려서 팔딱거리는 나비 아니면 나방 같았어. 유난히 완강하게 삶에 집착하는 것도 아니었고, 몸이 가벼워서 지나치게 강하게 벽에 부딪치지도 않아서 그다지 큰 고통도 없이, 질풍 직전의 밝은 진공 상태마저도 기억에 남아 있지 않았으며, 다만 멍하고 까닭 모를 경악에 빠져 있을 뿐이었어. 흉년임에도 불구하고 조가비처럼 빛을 발하는 평범한 모습이 그리 많이 변하지는 않았어. 흉년이었던 이유는, 서트펜가의 흑인들이 모두 북군을 따르기 위하여 탈주해 버렸기 때문이야. 서트펜이 이 군에 데리고 와서 마치 종마와 자

* 미국 일리노이 주 북서부의 도시.

기 말을 교배시킨 것처럼 이미 전부터 그 야만스러운 흑인들을 이 군에 있었던 온순한 흑인들과 교배시키려 했지. 그래서 말의 경우와 똑같은 성공적인 결과를 얻게 되었던 거야. 마치 그의 존재만이 그 저택에 인간을 받아들여서 보호하고 유지하게 하는 강제력을 지니고 있는 것 같았어. 그 집에는 그 안에서 호흡하고 있는, 또는 호흡하고 있었던 사람들로부터 얻어진 것이 아닌, 그 재목이나 벽돌이 본래부터 가지고 있는, 아니면 그 집을 설계해서 지은 사람이 목재나 벽돌 위에 심은 고유의 개성과 성격 그리고 감각이 실제로 있는 것 같았어. ─ 이론의 여지없이 이 저택에는 공허하고 황폐한 분위기가 확실히 나타나 있었어. 비정한 자와 강자에 의해서 용인되고 보호되고 있을 때를 제외하고는 단호하게 끝까지 거주를 거부하는 분위기가 있었어. 엘런은 물론 다소 야위어 있었으나, 그것은 마치 나방이 실제로 해체됨으로써 사멸하는 과정을 밟게 되는 것과 마찬가지였지. 날개와 몸은 약간 작아졌고 저승꽃 무늬는 다소 촘촘해졌으나 주름 같은 것은 아무것도 보이지 않았고 ─ 베개 위에는 옛날과 다름없는, 처녀나 다름없는 매끄러운 얼굴을 눕히고(더욱이 미스 로자는 엘런이 벌써 몇 년 전부터 분명히 흰머리를 염색하는 것을 보았지만) 이불 위에는 통통함을 잃지 않은 부드러운 손을 얹어 놓고(이젠 반지를 끼고 있지 않았으나) 다만 검고 공허한 눈에 어리는 좌절의 빛만이 현재의 삶 속으로 다가오는 죽음의 징조를 나타내고 있었어. 그런 상태로 그녀는 열일곱 살이 되는 여동생에게 자신의 아이를 지켜 주도록 부탁한 거지.(헨리는 생득권을 스스로 거부한 채 사라져 버렸어. 그는 그 가문의 파멸에 마지막 부분을 담당하는 역할을 하기 위해 아직은 돌아와 있지 않았어. ── 할아버지의 말로는, 이것 역시 엘런에게 어떤 고통을 주는 것은 아니었어. 왜냐하면 그것이 그녀에게 견딜 수 없는 결정적 타격이 될 수는 없었고, 벽에 매달려 있는 나방은 아무리 살아 있다고 해도 벌써 바람도 폭력도 느낄 수 없듯이 그녀에게는 낭비에 지나지 않을 정도로 전혀 무의미한 일이었으니까.) 그래서 미스 로자가 주디스에게로 옮겨 가산다는 것이 자연스러운 일이 되었어. 그것은 그녀에게뿐만 아니라 다른 남부의 여자들에게도 당연한 일이었을 거야. 아무도 그것을 요청할 필요가 없었지. 아무도 그녀가 요청받기를 기다리고 있었다고 생각하지도 않았을 거야. 그것이 남부의 숙녀라는 거지. 그러나 돈 한 푼 없이, 그렇다고 부유하게 될 가능성이 있는 것도 아닌데, 자기를 알고 있는 사람들은 모두 그것을 알고 있다는 것을 알면서도 파라솔 한 개와 개인용 변기와 세 개의 트렁크를 들고 남의 집에 가서, 손으로 자수를 놓은 리넨을 사용하는 그 집 주부의 내실에 들어앉아 그 집의 하인들을(그들도 또한 그녀가 팁을 줄 만한 여자가 아니라는 것을 알고 있었지. 왜냐하면 그녀가 팁 줄 돈을 가지고 있지 않다는 것을 백인들과 마찬가지로 그들도 잘 알고 있었으니까.) 모두 자기 휘하에 둘 뿐만 아니라, 부엌에 들어가 요리사를 쫓아 버리고 그 집 사람들이 먹는 식사를 자기 입에 맞게 조리하는 그러한 일을 하지는 않았어. 남부의 숙녀가 자신의 몸과 마음을 유지하기 위하여 의존하려는 그런 것도 아니었지. 그것은 마치 흡혈귀처럼 실제적인 피 그 자체를 생명의 밧줄로 삼는 것이었지. 그러나 결코 지칠 줄 모르는 탐욕은 보이지 않았고, 꽃이 지닌 조용하고 정지 상태에 있는 화려한 빛이 그녀에게서 차츰 없어져 가는 모양이 엿보이는 데 지나지 않았어. 그 피는 그녀의 혈관도 채우지만, 그야말로 해도(海圖)나 지도(地圖)에도 없는 대양이나 대륙을 횡단하여, 여러 광야의 고난과 생각지도 않았던 환경이나 재앙과 싸운 옛날의 피에서 이어져 오는 자양분이었어.

그것은 여러 사람들이 미스 로자에게 기대한 것이었지. 그러나 그녀는 그렇게 하지 않았어. 그러나 주디스 역시 고아였고, 주디스에게는 아직 버려진 밭들이 남아 있었으며, 게다가 그녀를 도와서 그녀의 상대가 되어 주는 클라이티나 엘런이 죽기 전에 식사를 날라다 주었던 워시 존스가 여전히 그녀에게 식사를 날라다 주고 있었어. 그러나 미스 로자는 즉시 거기에 가지는 않았어. 아마도 끝까지 갈 생각이 없었을 거야. 엘런이 그녀에게 주디스를 보호해 달라고 부탁했다고 해도, 그녀는 아마 주디스가 아직 보호를 필요로 하지 않는다고 느끼고 있었던 거야. 왜냐하면 비록 불타오르지 않는 애정이기는 해도 그것이 주디스에게 지금껏 살아오면서 참고 견딜 정도의 의지를 부여하고 있다면, 그것과 똑같은 애정이 틀림없이 본을 지켜 주고 또 그럴 것이라고 믿었기 때문이지. 그래서 남자들의 어리석은 행위가 완전히 지쳐 정지 상태에 있게 되면, 본이 어디에 있든지 그가 헨리를 데리고 돌아올 것이 틀림없었지. ─ 헨리 역시 똑같은 어리석은 행동과 불운의 희생물이었던 거야. 그녀는 이따금씩 주디스를 보았음에 틀림없어. 그래서 아마 주디스는 그녀에게 서트펜 농원에 와서 함께 살 것을 권했을 거야. 그러나 앞에서 말한 것과 같은 이유 때문에 그녀는 가지 않았다고 나는 믿고 있어. 비록 그녀는 본과 헨리가 어디에 있는지 몰랐으며, 주디스가 그녀에게 그것을 알려 줄 생각을 하지 않았다는 것을 몰랐지만 말이야. 주디스는 알고 있었던 거야. 주디스는 벌써 오래전부터 알고 있던 게 분명했어. 엘런도 알고 있었을지도 모르지. 그때 다만 엘런에게만은 아마 없어진다는 것의 의미가 명확하지 않은 것 같았어. 그녀는 없어진다는 것이 사회적인 불명예로 인해 생기는 것과 죽음으로 인해 생기는 것 사이에 아무런 차이가 없다고 보았어. 그래서 엘런은 동생에게 삶의 투쟁에서 성공하거나 혹은 불명예스럽게 될 가능성과 확실한 종말인 죽음 사이에 어떤 차이가 있을지도 모른다는 것을 말하지 않았지. 아니면 주디스가 어머니에게도 알려 주지 않았거나. 엘런은 헨리와 본이 대학 동급생들이 조직한 중대의 사병이 되었다는 것을 전혀 모르고 죽었을 거야. 미스 로자는 그것을 아예 몰랐지. 조카인 헨리가 아직 살아 있다는 소식을 미스 로자가 처음 들은 것은 그로부터 사 년 후의 어느 날 오후야. 워시 존스가 서트펜가에 남아 있는 노새를 타고 그녀의 집 앞에 와서 큰 소리로 그녀를 불러 댔지. 그녀는 전에 그를 만난 일은 있었지만 그가 누군지 금방 알아보지 못했어. ── 그는 말라리아에 걸려 수척했고, 흉할 정도로 비쩍 마른 키에 눈이 흐리멍덩하고, 얼굴은 스물다섯 살인지 예순 살인지도 짐작이 가지 않았어. 그는 안장 없는 노새를 타고 길거리의 대문 앞에 서서, 그녀가 문밖으로 나올 때까지 몇 번이고 외쳤어. "여보세요, 여보세요." 그러고는 아주 많이는 아니지만 목소리를 조금 낮추어 물었지. "당신이 로자 콜드필드지요?"

제4장

퀜틴이 출발하기에는 아직 충분히 어둡지 않았다. 가는 데 12마일, 돌아오는 데 12마일의 거리를 고려하지 않는다고 하더라도 적어도 미스 콜드필드에게 가도 좋을 만큼 아직 어둡지 않았던 것이다. 퀜틴은 그것을 알고 있었다. 그는 난공불락의 고독 속에 있는 그 음울한 집의 어둡고 통풍이 되지 않는 방 안에서 기다리고 있을 그녀의 모습을 보는 듯했다. 얼마 있지 않아 그를 따라 집을 나설 것이므로 불은 켜져 있지 않을 것이다. 그녀는 아마 빛과 움직이는 공기가 열기를 불러들인다고 옛날에 그녀에게 말해 준 친척 또는 지식이 풍부한 후손이, 전기 요금은 불이 들어온 실제 시간에 비례하는 것이 아니라 스위치를 넣었을 때의 급격한 전류의 증가에 따르는 문제인데, 그것이 계량기에 나타나는 것이라고 말해 주었기 때문인지도 모른다. 그녀는 흑옥(黑玉)의 장식이 달린 검은 보닛을 쓰고 있을 것이다. 그는 그것을 알고 있었다. 그리고 숄을 두르고 황혼이 짙었다가 꺼져 가는 방 안에 앉아 있을 것이다. 그리고 그녀가 여섯 시간 동안 떠나 있어야 할 자기 집의 출입문, 창고, 벽장 등의 모든 열쇠가 들어 있는 손주머니를 손이나 무릎 위에 올려놓고 있을 것이다. 그리고 자신이 날씨나 계절에 휘둘리지 않는다고 생각하면서 파라솔과 우산도 준비하고 있을 것이라고 그는 생각했다. 그는 오늘 오후 이전에는 그녀와 거의 말해 본 적이 없었지만, 그녀는 오늘 밤 이전에, 지금까지 사십삼 년 동안 일요일과 수요일의 기도회 이외에는 해가 진 후 외출한 일이 한 번도 없었다는 것을 그는 알고 있었다. 그렇다, 그녀는 우산을 준비하고 있을 것이다. 그리고 그가 가서 그녀를 부르면 그녀는 결연히 우산을 들고 이슬도 내리지 않고 탄식도 끝난 밤의 공기 속으로 걸어 나올 것이다. 어두워지기 시작하여 변화한 것이 있다면 베란다 아래에서 조용히 날아다니는 반딧불이의 수가 많이 불어났다는 것이었다. 컴프슨 씨가 그 편지를 쥐고 집에서 나타나자, 그는 베란다 의자에서 일어났다. 컴프슨 씨가 베란다의 전등을 켰다. "이 편지를 읽으려면 안으로 들어가지 않으면 안 되겠지?" 컴프슨 씨가 말했다.

"여기서도 충분히 읽을 수 있을 겁니다." 퀜틴이 말했다.

"응, 그럴지도 모르겠다." 컴프슨 씨가 말했다. "아직 햇빛이 남아 있으니까, 이것이 없다 하더라도……." 그는 긴 여름 동안 먼지와 벌레들로 더러워진, 더럽혀지지 않았을 때에도 얼마 안 되는 빛밖에 내지 못하던 오직 하나뿐인 전구를 가리

켰다. "살기 위해서 땀을 흘려야 하는 책임에서 벗어나 어쩌면 야행성 동물로 되돌아가기(혹은 변하기) 위해 인간이 자기의 필요성에 때문에 발명해야 했던 것이, 그것을 위해서는 너무 많은 것이지. 그럼, 그들에게는 그래. 지나간 옛날, 그날 그때 이야기를 써 놓은 편지에 대해서는 말이야. 그 무렵의 사람들도 지금의 우리와 별로 다를 것이 없는 희생자들이었으나 지금과는 다른 환경의 희생자였어. 그때의 환경은 오늘날보다 단순했어. 그래서 보다 더 긴요하고 크고 영웅적이었지. 그렇기 때문에 등장하는 인물 또한 영웅적이었으며, 왜소하고 뒤얽혀 있지 않고, 명확하고 순박해서, 사랑하는 것도 죽는 것도 오직 한 번뿐이었지. 그들은 보물 뽑기 주머니 속에서 하나씩 마구 끄집어 내어 조립한 것 같은, 요즘 도처에서 발견되는 인물들 ── 무수한 살인과 무수한 성교와 무수한 이혼의 장본인이며 희생자인 사람들과는 달랐지. 그러니까 아마 네 말이 맞을지도 모르지. 이만한 밝기라면 그것을 위해서는 충분하고도 남겠어." 그러나 그는 바로 퀜틴에게 그 편지를 건네주지 않았다. 그는 다시 의자에 앉았다. 퀜틴 역시 의자에 앉았다. 그는 베란다 난간에서 시가를 집어 들었다. 타고 있던 석탄의 불빛이 다시 밝게 빛났다. 등나무 꽃 색깔 같은 연기가 일직선으로 퀜틴의 얼굴 앞을 가로질러 서서히 흘러갔다. 컴프슨 씨는 베란다 난간에 발을 올려놓고 편지를 손에 들고 있었으나, 그 손은 리넨 바지의 다리 쪽 색깔 때문에 거의 흑인 손처럼 검게 보였다.

"헨리가 본을 사랑했기 때문이었지. 그는 본 때문에 혈연적인 생득권(生得權)과 안정된 생활에 필요한 재산도 포기했어. 비록 완전한 악당은 아니더라도 적어도 이중 결혼을 계획하고 있었던 그를 위해서 말이야. 사 년 후 주디스가 그의 시체에서 다른 여자와 어린아이 사진을 발견했거든. 그토록 본을 사랑했기 때문에, 헨리는 근거도 증거도 없이 아버지가 그런 말을 했을 리가 없다는 것을 충분히 알고 있으면서도 거짓말이라고 비난할 수 있었던 거야. 그는 본의 여자와 아들에 대해서 아버지가 한 말이 진실임에 틀림없다는 것을 알고 있으면서도, 그 자신의 손으로 아버지에게 타격을 가하고 있었던 거지. 그래서 그는 그 크리스마스이브에 마지막으로 서재의 문을 닫으면서, 또 크리스마스 당일 새벽에 칠흑 같은 어둠 속을 본과 나란히 말을 타고 자신이 태어난 집에서(그 집을 그는 나중에 한 번밖에 볼 수 없었는데, 그때 그는 옆에서 말을 타고 달리던 사람의 피로 자신의 손을 피투성이로 만들었던 거야.) 멀어져 가면서, 나는 믿는다, 믿는다. 설사 그렇다고 해도, 아버지가 내게 이야기한 것이 진실이라고 해도, 게다가 그것이 진실이라는 것을 어렴풋이 나도 알고는 있지만, 그래도 나는 믿는다 하고 마음속에서 되풀이하고 있었을 거야. 왜냐하면 그의 아버지가 그에게 말했던 것이 진실이 아니라면 그리고 자기 자신도 모르게 이미 믿었음에 틀림이 없다고 하더라도 그 말을 부정하고 받아들이기를 거부했던 것이 사실이 아니라면, 그는 뉴올리언스에서 달리 무엇을 발견할 수 있기를 기대했을까? 그러나 어떤 사람이 고통스럽지만 자기의 팔이나 다리가 절단되지 않으면 안 된다는 것을 알 때, 다른 건강한 부분의 어디보다도 그 팔이나 다리에 집착하게 되는 이유를 누가 알까? 그는 본을 사랑하고 있었어. 그와 서트펜이 그 크리스마스이브에 서재에 마주 앉아 있는 모습을 나는 상상할 수 있지. 천둥 소리와 그것의 되울림처럼 타격과 반격, 숨도 쉴 수 없을 정도의 격렬한 언쟁이 아버지와 오빠 사이에 있었겠지. 아버지와 친구 사이에서, 명예와 애정을 내려놓은 저쪽과 혈연과 수익이 연결되는 이쪽 사이에서(헨리는 그렇게 믿었을 것이지만) 한쪽이 이렇다고 몰아세우면, 다른 쪽은 그 순간 상대의 말이 진실이라는 것을 알고 있으면서도 즉각적으로 단호하게 거짓말이라고 비난했겠지. 그러한 긴박한 장면이 전개되었던 거야. 그것이 사 년간의 시험 기간이 있었던 이유지. 그는 그 크리스마스이브에도, 자기가 뉴올리언스에서 알아 낸 일과 자기 눈으로 본 것을 입밖에 내지 않으려고 해도 소용없다는 사실을 알고 있었던 것이 틀림없어. 그는 그때 벌써 본을 그토록 잘 알고 있었을 거야. 본은 그때까지 전과 조금도 달라지지 않았고, 그 이후로도 전혀 변할 것 같은 사람이 아니었어. 그 본에 대해서 그(헨리)는 나는 너를 사랑하기 때문에 그렇게 했다. 너도 나를 사랑하면 이렇게 해 다오 하고 말할 수 없었어. 그는 그것을 말할 수 없었어. 알겠어? ― 그는 아직 나이 스무 살인 청년이었지만, 단 하나뿐인 친구와 운명을 같이 하기 위하여 자기가 알고 있는 모든 것에 등을 돌려 버렸어. 더욱이 그는 아버지가 그에게 말했던 것이 사실이라는 것을 알았던 것처럼, 자기 친구를 죽이지 않으면 안 될 운명에 있다는 것을 그날 밤 두 사람이 말을 달리고 있을 때 이미 알고 있었음에 틀림없지. 그래, 틀림없이 알고 있었을 거야. 마치 자신의 입으로는 말하지 못하는 희망이 — 본 자신에게서든지, 혹은 정세에 무엇인가 변화가 일어나 주지 않을까 하고 바라는 꿈이 — 어느 날 아침 깨어 보니 모두 하나의 꿈인 것처럼 말이야. 이렇게 되기를 바란다고 생각하는 꿈 — 부상자가 열에 들떠서 꾸는 꿈속에서는 부상당한 팔이나 다리는 강하고 튼튼한데 튼튼한 쪽이 아픈 것처럼 생각되지. — 이 어디까지나 쓸데없는 것임을 그 자신이 잘 알고 있었던 거야.

그것은 헨리의 시험 기간이었어. 그가 그들 세 사람 모두를, 주디스조차도 어느 정도까지는 묵인하였던 일종의 구금 상태에 두었던 것 말이야. 주디스는 그날 밤 서재에서 무슨 일이 일어났는지 알지 못했어. 내 생각에는 아마 그녀가 사 년 후의 그날 오후에 그들의 모습을 다시 보았을 때, 본의 시체가 집 안에 업혀 들어와서 그의 윗저고리 속에서 자기 얼굴도 아니고 자기 아이의 얼굴도 아닌 사진을 찾아낼 때까지는, 그녀는 그날 밤의 일을 의심도 하지 않았어. 이튿날 아침 눈을 떠 보니 그들 두 사람이 없어졌고, 편지 한 장만이 그녀에게 남겨져 있었던 거야. 본이 편지 쓰는 것을 헨리가 허락하지 않았을 테니까 그 편지는 헨리 자신이 쓴 게 틀림없었어. — 그 휴전 선언, 그 시험 기간을 주디스는 어느 정도까지는 묵인하였고, 헨리가 아버지에게 반항한 것처럼 그녀도 아버지의 어떠한 금지 명령에도 복종하려고 하지 않았으나, 이 일에 관해서는 헨리의 뜻에 따랐던 거야. 그것은 헨리가 오빠이기 때문은 아니고 두 사람 사이의 그 관계, 일심동체 같은 관계 때문이었지. — 그녀도 그도 거의 동시에, 그녀가 그때까지 결코 본 일조차 없는 한 남자에게 유혹되고 있었던 거지. ─ 그녀가 그 시험 기간을 관찰하고 그(헨리)에게 유리한 사 년간의 유예를 주었다고 해도, 그것은 어디까지나 서로 인정하고는 있지만 입으로 분명히 말하지 않았던 것에 지나지 않는다는 것을 그녀도 헨리도 알고 있었고, 그 점에 도달했을 때 그녀는 여성 특유의 전통적인 허약함에서 오는, 받는 것도 주는 것도 거부하는 그 침착한 태도로 휴전을 철회하여 그를 적으로서 대하게 되고, 그때는 본이 나와서 자기를 응원해 주기를 원하지 않을 뿐만 아니라 본이 개입하려고 하면 그것을 거절하여, 자신이 여자, 즉 남자의 애인, 신부가 되기 전에 먼저 헨리와 그 일에 관하여 철저하게, 마치 남자끼리의 싸움 같은 것을 하게 될 것이라는 사실을 그녀도 헨리도 분명히 알고 있었지. 그리고 본에 관해서 말한다면, 헨리는 아버지에게서 들은 이야기를 본에게 말하려고 하지 않았어. 그것은 그가 아버지에게 되돌아가서 본이 그것을 부인했다고 말하려 하지 않았던 것과 마찬가지야. 왜냐하면 그 어느 편이든지 한쪽을 하기 위해서는 다른 쪽도 하지 않으면 안 되었을 것이고, 헨리는 설사 본이 부정해도 그것이 거짓말이라는 것을 알고 있었으니, 비록 그 자신은 본의 거짓말을 참을 수 있었다고 해도 주디스나 아버지가 그 거짓말을 듣는 것은 견딜 수 없었던 거야. 게다가 서재에서 아버지에게서 들은 일에 대하여 헨리는 아무것도 본에게 말할 필요는 없었을 거야. 본은 그 첫 번째 여름 귀향하자마자 곧 서트펜이 뉴올리언스를 방문한 것을 틀림없이 알았을 거야. 그래서 서트펜이 이제는 자기의 비밀을 알고 있다는 것을 깨달았음에 틀림없지. ― 거기에 대한 서트펜의 반응을 볼 때까지 본은 그것을 비밀의 원인으로 보았다고 하더라도, 백인 여자와 결혼하는 데 정당한 반대 이유가 된다고는 확실히 보지 않았어. ― 아마도 그런 일은 그와 동시대의 젊은이로서 여유 있는 집안사람들은 대체로 안고 있는 문제였고, 결혼 전에 그가 가입한 친목회의 비밀처럼 그는 그것을 자기 신부나 아내 혹은 가족에게 말하지 않으면 안 된다고는 꿈에도 생각하지 않았던 일이었지. 사실, 서트펜 일가가 그를 놀라게 한 처음이자 마지막 일은 그의 장래의 신부 가족이 그것을 알았을 때 나타낸 반응이었지. 나는 본이 이상한 사람으로 보였어. 그는 서트펜 자신이 제퍼슨 읍에 왔을 때와 거의 같은 모습으로 고립된 청교도 지방의 토호 가족들 앞에 나타났던 거야. 분명히 배경도, 과거도, 소년 시절도 없는 완전히 성인인 그는 ― 실제 나이보다 다소 늙어 보였으며 스키타이인과 같은 야만적인 유랑민이 가지는 일종의 화려함에 싸여 있었어. 그는 힘들이지 않고 또한 각별한 욕구도 없이 시골뜨기 남매를 유혹하여 타락시키려는 것 같았고, 모든 소동의 원인이 되었지만, 서트펜이 할 수만 있다면 그 결혼을 저지하려는 것을 알게 된 때부터 수동적이고 약간 냉소적이며 완전히 수수께끼 같은 단순한 방관자가 되어 버린 것 같았지. 그리하여 (그 자신에게는) 이해되지 않는 것이었지만, 최후통첩, 모든 단도직입적이고 논리적인 단언, 반항, 도전, 혈연의 단절 등과 약간 떨어져 마치 실체가 없는 그림자처럼 배회하고 있었던 것 같고, 냉소적이고 나태하고 초연한 태도가 엿

보였어. ─ 그것은 마치, 유럽 대륙 순회 여행을 하는 한 젊은
로마 집정관이 조부가 정복한 미개인 사이를 걸어가다가 날이
저물어, 독기가 감돌고 유령이 출몰하는 숲 속의 그 어떤 시끄
럽고 유치하기 짝이 없는 끔찍한 혈거인(穴居人)의 동굴에 묵
고 있는 것과 같은 태도였어. 그는 이 사건 전체를 물론 설명할
수 없는 것은 아니었지만 그렇게 할 필요가 없는 것으로 생각
하는 것 같았지. 그는 서트펜이 자기의 정부(情婦)와 아이를 찾
아냈다는 것을 곧 알았지만, 거기에 대한 서트펜의 행동이나
헨리의 반응은, 생각할 가치조차 없었던 자식에 대한 맹목적
인 사랑에 지배된 도덕적 실수라고 생각했고, 마취된 개구리
의 근육을 바라보고 있는 과학자와 같은 객관성을 가지고 주
의 깊게 보고 있었던 거야. ─ 그는 헨리와 서트펜은 혈거인이
고, 이쪽은 그들과 분명히 비교되는 인텔리라고 생각하는 것
같았어. 그의 걷는 모양, 말하는 방법, 몸가짐, 엘런을 식당에
안내하거나 마차에 태우거나 (아마도) 그녀의 손에 키스하거
나 할 때의 에티켓 등 엘런이 아들 헨리에 대해 그토록 부럽게
생각하고 있었던 외면적인 것뿐만 아니라, 그는 내면적으로도
참으로 운명적이고 헤아릴 수 없는 침착함을 가지고 있어서,
그 일이 무엇이든지 그들이 하려고 하는 일을 시작하도록 가
만히 기다리면서 ─ 마치 그는 기다리지 않으면 안 될 시기가
도래하여, 그때 자신이 해야 할 일은 오로지 기다리는 것뿐이
라는 것을 미리부터 잘 알고 있었던 것처럼 ─ 그들을 관찰하
고 있었던 거야. 자기가 헨리와 주디스 두 사람을 완전히 손아
귀에 넣어 버렸기 때문에, 자신이 원할 때 주디스와 결혼하지

못할 것이라는 어떤 두려움도 없었지. 자신의 눈앞에 있는 것으로부터 되도록 많은 것을 빼낼 수 있는 기회가 오기를 기다리고 있는 도박사의, 일부는 본능적이고 일부는 행운에 대한 신념이고, 일부는 감각이나 신경 근육의 습관인 그 우둔한 기민함이 아니라, 아직 미개의 세계에서 완전히 빠져나오지 못한 그리고 지금부터 이천 년 뒤에도 여전히 자랑스럽게 자기들과는 원래부터 어떤 영속적인 큰 위험한 관계에 있지 않았던 라틴계 문화나 교양의 속박을 떨쳐 버리려고 애쓰고 있을 사람들(서트펜이나 헨리나 콜드필드 같은 사람들)의 온갖 하잘것 없는 일과 허튼 말을 이미 몇 세대 전에 깨끗이 떨쳐 버린 어떤 신중하고 경직된 염세주의를 그는 가지고 있었던 거야.

그가 주디스를 사랑하고 있었기 때문이야. 틀림없이 그는 '자기 방식대로' 사랑하고 있었다고 덧붙여 말하고 싶었을 거야. 왜냐하면 그의 장래 장인인 서트펜이 곧 알게 된 것처럼, 그가 주디스에게 사랑을 맹세한 것과 같은 이러한 맹세를 한 것이 처음은 아니었으니까. 처음이란 문제를 별개로 하고 그는 그 사랑의 맹세를 기념하고 이 백인 여자와의 결혼과 다른 여자와의 결혼 사이에 어떤 구분(그는 알다가도 모를 가톨릭 신자였지.)을 짓기 위해 식을 올리고 싶어 했어. 이 편지는 그가 주디스에게 쓴 최초의 편지는 아닐지 몰라도, 너의 할머니가 알고 있던 것처럼, 적어도 그녀가 보여 준 최초의 그리고 유일한 편지였기 때문이지. 그리고 그녀가 죽은 지금, 미스 로자나 클라이티가 그녀의 다른 편지들을 소각해 버리지 않았다면 물론 이것이 그녀가 가지고 있던 유일한 편지라고 믿어도 좋을 거야. 이 편지가 지금 남아 있는 것은 주디스가 일부러 언제까지나 보관하려고 숨겨 두었기 때문이 아니고, 본이 죽은 뒤 — 아마 그녀가 그로부터 온 다른 편지들을 모두 소각해 버린(물론 소각한 것은 그녀 자신이 아니면 안 되겠지만) 날, 즉 그녀가 본의 윗옷에서 혼혈 정부(情婦)와 어린아이의 사진을 발견해 낸 날 그것을 너의 할머니에게 가지고 와서 건네주었기 때문이었어. 그는 그녀의 처음이자 마지막 애인이었지. 사실 그녀는 헨리가 본을 쳐다보던 눈과 똑같은 눈으로 그를 쳐다보았음에 틀림없어. 그리고 헨리와 주디스 중에서 누구의 눈에 그가 더 좋게 보였다고 말하기는 어려웠을 거야. — 그녀는 설사 무의식적이었다고 하더라도, 그를 소유함으로써 그의 이미지를 자기 것으로 할 수 있다는 희망을 가지고 있었고, 헨리는 동성(同性)이기 때문에 자기들 사이에는 어쩔 수 없는 장벽이 있다는 것을 충분히 알고 있었지. — 헨리가 본을 처음 만난 것은, 본이 가지고 있던 두 마리의 말 가운데 하나를 타고 대학의 숲 속을 달리고 있던 때였든지, 아니면 본이 약간 프랑스풍(風)의 망토에 모자를 쓰고 대학 교정을 가로질러 걸어가고 있을 때였든지, 아니면 (나는 이렇게 생각하고 싶지만) 여자들이나 입는 꽃무늬가 있는 가운을 입고 햇빛이 맑게 비치는 창가에 기대고 있는 본에게 정식으로 소개되었을 때가 아닌가 생각해. 본은 우아한 미남이었고, 고양이같이 민첩했으며, 대학에 다니기에는 약간 어른스러워서(나이 들었다는 것이 아니라 세상 경험에 있어서 그렇다는 의미에서이지만) 약간 유식한 티를 내기도 했지. 이때까지 해 온 여러 가지 행동이나 느꼈던 만족 그리고 쾌락은 모두 싫증이 나서 이미 잊어버리기까지 했다는 태도였어. 그래서 본은, 헨리에게는 말할 것도 없고 그 작고 새로운 시골 대학 학생 전체에게 선망의 대상이 아니라 절망의 대상으로 보였던 거야. 도대체 선망이라는 것은 우연히 그렇게 된 것 외에는 자기보다 특별히 뛰어날 것도 없는 인간에 대하여 느끼는 것으로, 만약 무엇인가 행운을 타고 났다면 자기도 그런 인간이 되었을 거라고 믿을 때 일어나는 감정이지만, 본의 경우는 다른 청년들에 대하여 희망은커녕 날카롭고 충격적이며 무서운 절망을 느끼게 했던 거야. 그리고 그 절망은 때로는 절망을 느끼게 하는 인간적인 주체에 대한 모욕의 형태로 나타나서 육체적인 공격까지 가하고 싶은 충동을 느끼게 하거나, 아니면 헨리의 경우처럼 극단적인 경우에는, 그 주체를 중상하는 모든 사람들을 경멸하고 공격하고 싶은 기분이 들게 하는 거야. 아버지 서트펜이 결혼을 금지시켰을 때, 헨리가 자신의 상속권과 아버지 자체를 철저하게 거부한 것이 명백한 증거지. 그렇지. 주디스를 타락시킨 것처럼 어김없이 자기도 타락시킨 본을 그는 사랑하고 있었어. 시골에서 태어나고 자란 헨리는, 다른 농부의 아들로 구성된 그 작은 대학의 학생들 가운데서 본이 친하게 된 오륙 명의 학생들과 함께 본의 의상이나 태도나 생활양식을 될 수 있는 한 흉내 내려고 했으며(그들이 할 수 있는 정도까지) 본을 청춘의 아라비안나이트 영웅 ─ 예지나 권력 또는 부(富)를 부여하는 것이 아니라 거의 상상할 수도 없는 쾌락을 쉴 사이 없이 계속적으로 즐기는 기회와 능력을 부여하는 부적이나 시금석을 우연히 발견한(혹은 차라리, 억지로 떠맡은) 영웅이라고 생각하고 있었어. 그리고 본은 기괴하고 쾌락적인 비밀을 담고 있는 여자들의 옷이나 다름없는 옷을 입고 그들 앞에서 빈둥대면서, 쾌락의 포만이 놀라움뿐만이 아니라 쓰라린 절망적인 격분을 증가시킨다는 사실을 나타내어 주었지. 거기에 비하면 헨리는 흙냄새 나는 시골뜨기로서, 생각하는 것보다는 본능적이고 격렬한 행동을 좋아하는 사람이었고, 누이동생의 처녀성에 대한 흙냄새 나는 자신의 열렬한 자랑은 허위적인 성격을 지녔기 때문에, 그것이 귀한 것이 되기 위해서는 참을 수 없음과 스스로 협력을 해야 하고, 살아남아 존재하기 위해서는 처녀성을 상실하지 않으면 안 된다고 의식하고 있었는지도 몰라. 사실, 이것은 아마 순수하고 완전한 근친상간이었어. 오빠인 헨리는 어떻게 해서라도 존재하기 위해서 누이동생의 처녀성을 파괴되지 않으면 안 되는 것으로 생각하여, 자기가 이상으로 생각하는 인물인 본, 애인이며 남편인 본이 그 처녀성을 빼앗아야 하며, 만약 강탈당하게 되어 그 자신이 누이동생이나 정부(情婦)나 신부(新婦)로 변신할 수가 있다면, 그는 기꺼이 본에게 처녀성을 바치리라 생각하고 있었던 거야. 아마 그런 생각은 헨리의 마음속에서가 아니라 영혼 속에서 일어난 것이 분명했어. 왜냐하면 그는 생각하지 않기 때문이었어. 그는 느끼면 즉시 행동에 옮기는 사람이었지. 그는 의리를 알고 있었으며 그것을 실천했고, 자존심과 질투심을 알고 있었어. 그는 사랑했고, 슬퍼했고, 죽였지. 아직도 슬퍼하고 있고, 나는 그가 아직 본을 사랑한다고 믿고 있어. 그는 사 년 동안의 시험 기간을, 본이 그 전의 결혼을 파기하고 취소시키기 위한 사 년간의 유예 — 그 대망의 사 년간의 시간이 쓸모없는 것인 줄 알면서도 — 를 주었어.

그래. 주디스를 유혹한 것은 헨리였어. 본은 아니었어. 본과 주디스의 약혼 기간이 불가사의할 정도로 침착하게 지나가게 된 것이 그 무엇보다도 강력한 증거였어. — 그것이 약혼이 될는지 어떨지 모르겠으나, 비록 약혼이었다고 해도 만일 년이나 계속되는 그 기간 동안 본과 주디스가 실제로 만난 것은 본이 손님으로 헨리를 두 번 방문한 휴가 때뿐이었어. 더욱이 그때 본은 헨리와 말을 타거나 사냥을 하면서 시간을 보냈거나 아니면 온실에 핀 우아하고 나태한 비밀스러운 꽃처럼 행동하는 것 같았지. — 그는 도시에서 태어나 도시에서 자랐다는 과거를 가졌을 뿐인데, 엘런은 그것에 대해 좋아하고 인디언 서머같이 화창한 날 자기에게 날아온 나비와 같은 그를 무척 흥분하게 만들었지. 본은 살아 있는 사람이었지만 완전히 엘런에게 강탈당한 셈이었어. 본이 서트펜가에 머물고 있는 동안 매일 아침부터 밤까지 소란스러웠고, 본이 주디스에게 구애(求愛)할 시간도, 여유도, 장소도 없었어. 본과 주디스 둘만의 시간은 상상조차 할 수 없었지. 둘만 있으려 해도 그들에게 나타나는 것은 그들의 투영체인 그림자였어. 그래서 그 두 사람이 여름의 정원을 나란히 거닌다 해도 그들의 마음은 완전히 서로 각각이었기 때문에, 육체적으로 아무런 접촉이 없는 그림자가 되어 조용하고 침착하게 걸음을 옮기고 있을 뿐이었어. 그 두 조용한 화신(化身)은 바위 같은 서트펜과 변덕스럽고 성미가 격한 헨리가 서로 부딪쳐 섬광처럼 번쩍 빛을 내고 꺼지게 하는 연속적인 공격과 반항과 그리고 거절로써 이루어진 설명할 수 없는 소나기구름 속에서 초연하게 그 어느 쪽에도 기울지 않고 일의 진행을 관찰하고 있었던 거야. 헨리는 그 무렵까지 멤피스에 간 일도 없었고, 그해 9월에 시골뜨기 복장을 하고 승용마차와 흑인 마부를 데리고 대학에 갈 때까지는 집 밖으로 나간 일이 거의 없었는데, 그런 그가 다른 예닐곱 사람들과 함께 본의 주변에 모여들어 본의 숭배자가 되었던 거야. 그들은 하나같이 비슷한 부류의 시골뜨기들이었고, 나이나 배경도 비슷비슷했고, 식사라든가 의복이라든가 매일 하는 일이든가 그런 표면적인 것에 한해서만 그들이 부리고 있는 흑인 노예들과 다를 뿐이었지. 그들 역시 흑인들과 마찬가지로 땀을 흘리고 있었으나, 다만 양자의 땀의 유일한 차이는, 흑인들의 땀은 논밭에서 노동을 하고 흘리는 것이지만, 백인들의 땀은 스파르타식의 검소하고 빈약한 쾌락, 즉 맹렬한 사냥이나 승마 같은 것의 대가로 흘린다는 것뿐이었고, 그 쾌락도 그들이 밭에서 땀을 흘릴 필요가 없기 때문에 얻어지는 것에 지나지 않았던 거야. 백인과 흑인의 쾌락에도 아무런 본질적 차이는 없었지. 흑인들의 쾌락은 칼날이 닳은 나이프라든가, 싸구려 장식품이라든가, 담배라든가, 버터나 의류를 거는 도박이었고, 백인들의 것은 돈이나 말이나 권총이나 시계 등을 거는 도박으로, 이느 경우에도 늘 손 가까이에 있는 가장 쉽고 빨리 얻을 수 있다는 점에서 별로 본질적인 차이는 없었던 거야. 똑같은 이유로 파티도 마찬가지였지. 같은 악기, 허름하기로도 비슷한 바이올린이나 기타에서 비슷한 음악이 흘러나오는 가운데 한쪽은 양초와 비단옷 그리고 샴페인이 있는 커다란 저택에서 열리고, 다른 한쪽은 더러운 마루로 된 토방만 있는 통나무 오두막에서, 연기 나는 관솔을 태우고 옥양목 옷을 입고 당밀을 녹인 물을 마신다는 그런 차이뿐이었어. ― 그런데 먼저 말한 것처럼, 주디스를 타락시킨 것은 헨리였어. 그 당시 본은 아직 주디스를 보지도 못했어. 아마 본은 자기 가문의 짧고 진부한 역사적 배경에 대해 헨리가 알아들을 수 없이 늘어놓는 이야기에 별로 관심을 보이지 않았기 때문에, 헨리에게 누이동생이 있다는 것도 기억하지 못했어. ― 이 나태한 사내는 이미 너무 조숙해서 지금 함께 어울리고 있는 어린애들 같은 청년들과 어떤 친교도 맺지 못했어. 본은 얼마 동안은 자기의 위치에 대해 당황했지. 그는 그것을 스스로 의식하면서도 할 수 없이 받아들인 거야. 그가 견디어 내게끔 하는 충분한 이유와 분명히 너무나 중대하거나, 아니면 너무나 사적인 것이어서 대학 친구들에게 털어놓을 수 없다는 이유 때문에 그렇게 한 거야. 본은 나중에도 제퍼슨 읍내 사람들이 알고 있는 한 결코 정식으로 거행된 일이 없는 그 약혼으로 소동이 일어났을 때처럼 나태하고 무관심하고 초연한 태도를 보였어. 그리고 그 약혼에 대하여 긍정하거나 부정하지도 않았어. 자신은 마치 그 약혼에 관계가 없거나, 혹은 누군가 거기에 없는 친구를 위하여 행동하고 있는 것처럼 배후에서 공정하게 어느 쪽을 편들거나 감정을 표현하는 태도를 전혀 보이지 않았지. 그 소동에 직접 관계가 있는 인간은 자기가 들은 일도 없고 마음에 둔 일도 없는, 전혀 알지 못하는 타인인 것 같은 태도를 취하고 있었단 말이야. 나는 본과 주디스 사이에 구혼이 있었다고는 생각하지 않아. 서트펜에 의하여 그 결혼이 금지되기 이전이나 이후에도 그는 주디스와 꼭 결혼하고야 말겠다는 노력을 보이지 않았어. 주디스의 정조를 빼앗으려고도 하지 않았지. 애매하기 짝이 없는 태도를 취하고 있었던 거야. 어때? 이 사람이 그랬어. 서트펜이 실제로 증거를 발견해 내기 이전부터 이미 대학 재학 중 여자들 사이에서 대단한 기량으로 이름을 떨치고 있던 이 사람이 말이야. 약혼도 구혼도 없었어. 그와 주디스가 서로 얼굴을 마주친 것은 이 년 사이에 오직 세 번, 합해 보아야 십이 일에 지나지 않아. 그것도 물론 엘런이 방해한 시간까지 합쳐서 말이야. 그와 주디스는 안녕이라는 말 한마디 없이 헤어졌어. 그런데도 사 년 후 헨리는 두 사람의 결혼을 방해하기 위하여 본을 죽이지 않으면 안 되었던 거야. 그렇다면 주디스를 타락시킨 것은 본이 아니고 헨리임에 틀림없어. 헨리는 옥스퍼드와 서트펜 농원 사이에서, 주디스가 아직 본 일도 없는 그 남자 사이에서 그녀를 자기 자신과 함께 타락의 길로 끌어넣었던 거야. 그것은 마치 아이들이, 때때로 두 마리의 새가 같은 순간에 가지에서 날아오르듯 서로의 행동을 통일시키는 그 정신 감응 —— 쌍둥이들에게서 흔히 볼 수 있는 망상 같은 정신 감응이 아니라 성(性)이나 연령이나 종족이나 언어, 그런 것과는 관계없이 태어나자마자 아무도 살지 않는 섬에 버려진 두 사람 사이에 존재하는 것 같은 감응이었어. 여기에서 섬이란 서트펜 농원을 의미하지. 제퍼슨 읍 사람들은 물론이고 콜드필드가 사람들이 받아들여 동화(同化)하기보다는 단순히 휴전 상태에 있는 서트펜의 그림자가 어른거리는 고립된 곳이었지.

알겠어? 그들은 그런 상황에 놓여 있었던 거야. 시골 처녀인 젊은 주디스는 하루에 한 시간씩 십이 일간, 그것도 일 년 반이라는 기간 중에서, 어쨌든 겨우 그 정도밖엔 만난 일이 없으나 그 사람과의 결혼에 마음을 단단히 굳혀서, 드디어 오빠로 하여금 그것을 저지하기 위하여 학살은 아닐지라도 살인자의 마지막 수단을 행사하도록 강요했던 거야. 그래서 그 후 그녀는 사 년이란 세월 동안 항상 그가 아직 살아 있을 것이라고 확신할 수 없었지. 아버지인 서트펜은 그 이유 때문에 그를 한 번밖에 보지 않았는데도 그의 행적을 알아보기 위하여 뉴올리언스까지 600마일을 여행해 갔어. 이미 그리고 분명히 예리한 통찰력으로 수상하다고 생각하고 있던 것을 확인하기 위해서, 아니면 적어도 결혼을 금지시킬 이유가 될 만한 것을 찾아내기 위해서였겠지. 그리고 헨리는 누이동생과는 기묘하고 이상한 관계에 있었다는 것을 받아들인다 하더라도, 그의 눈에 처녀로서의 그녀의 명예나 행복이 아버지인 서트펜에게보다도 더 신경이 쓰이고 소중한 것이었으나, 사 년 동안 거절당한 구혼자의 추종자이자 부하가 되기 위해 부자 간의 혈연과 집을 버릴 정도로 누이동생의 결혼을 옹호해야만 했어. 사 년 전에 집을 나가 본을 죽인 것도 분명히 똑같은 이유 때문이었어. 그리고 본은 원하거나 피한 일이 없는 약혼 문제에 분명히 자기 의지와 욕망과는 상관없이 말려들어서, 여전히 수동적이고 냉소적으로 결혼을 묵살하는 태도를 취했어. 그러나 사 년 뒤, 그때까지는 오히려 무관심했던 그 결혼에 이번에는 열을 올렸어. 그래서 사 년 전에 결혼을 옹호해 주던 처남에게 죽임을 당하게 되었던 거야. 세상 물정을 잘 아는 아버지 서트펜은 말할 것도 없고 그렇지 못한 헨리에게조차, 흑인의 피가 팔분의 일쯤 섞인 정부(情婦)와 십육분의 일쯤 섞인 아들의 존재는 비록 당시에 귀천 상혼(貴賤相婚)의 의식(儀式) — 그것은 당시의 부유한 뉴올리언스의 젊은이들 사이에 사회적 액세서리의 하나인 댄스화(靴)와 마찬가지로 유행하고 있던 풍조였지. — 이것이 있었다고 하더라도 본을 죽일 충분한 이유가 되었던 거지. 남부에 태어나 1860년이나 1861년에 열여덟 살로 남녀 성인이 된 우리의 선조인 모범 인물들은 그 일로 해서 현재에도 우리로부터 약간의 존경을 받고 있다고 할 수 있어. 그것은 참으로 믿을 수 없는 일이었지. 설명될 일이 아니었어. 아마 이럴지도 모르지. 그것은 아무런 설명도 없고, 우리도 알지 못하는 일로 되어 있는 거야. 우리에게는 입에서 입으로 전해진 두서너 개의 옛날이야기가 있지. 낡은 트렁크나 상자나 서랍 속에서 인사말도, 서명도, 아무것도 없는 편지가 나올 때가 더러 있잖아. 그런 편지 속에는, 일찍이 살아서 호흡하고 있던 남녀가, 지금의 우리에게는 산스크리트나 촉터*의 말과도 같이 이해할 수

---

* 촉터는 미국 동남부의 미시시피, 플로리다, 앨라배마 등지에 퍼져 살던 인디언 종족이다.

없는 머리글자나 별명이 되어 있지. 지금의 우리에게는 이해되지 않는 애정이 그와 같은 머리글자나 별명을 낳게 했던 거야. 그리고 우리의 눈에는, 단순한 정열과 격정의 행위를, 시간과는 무관하고 또 설명할 수 없는 행동을 연출하고 있는 영웅적인 사람들(그 사람들의 피가 현재도 살아 있어. 우리는 그 피 속에서 살아 기다리고 있는 거지.)의 모습이 희미하게 희석되어 나타나는 거야. 맞아, 주디스와 본과 헨리와 서트펜, 그 네 사람의 모습도 모두 그래. 그러나 무엇인가 빠져 있어. 그것은 마치 편지와 함께 상자 속에서 조심스럽게 끄집어 낸 화학 방정식 같은 것으로서 종이는 낡고 찌들어 당장 조각조각 부서질 것 같고, 그 글자도 색이 바래서 거의 해독할 수 없지만 그런대로 무엇인가 의미가 담겨 있을 것 같고, 희박한 감각 능력의 힘이 존재하고 있다는 것을 나타내 주고 있었어. 그리하여 우리는 그것들을 지시한 대로 끌어 모아 보지만 그래도 무슨 말인지 알 수 없어. 그래서 우리는, 틀린 계산을 한 것도 아니며 무엇 하나 놓쳐 버린 것도 없다는 것을 확인하면서, 뚫어지도록 열심히 오래오래 그것을 다시 읽어 보는 거야. 그렇게 하여 몇 번이고 다시 읽어 보아도 결국 아무것도 알 수 없고, 다만 말들과 상징들 그리고 환영들 그 자체만이 무섭고 피비린내 나는 불행한 인간 사건을 흐릿한 배경으로 신비스럽고 조용하게 버티고 있는 거야.

본과 헨리는 그 최초의 크리스마스 휴가를 집에서 보내기 위해 대학에서 함께 돌아왔어. 주디스와 엘런과 서트펜은 그때 본을 처음 보았지. 주디스는 본과 겨우 십이 일밖에 함께

할 수 없었는데도 잊지 않고 기억하고 있었기 때문에, 그로부터 사 년 뒤(그동안 그는 그녀에게 한 번도 편지를 쓴 일이 없었어. 헨리가 쓰지 못하게 했던 거야. 시험 기간이었지.) 그에게서 우리는 이제 충분히 기다렸습니다 하는 편지를 받았을 때, 그녀와 클라이티는 집 안에 있는 자투리 옷감을 끌어 모아 웨딩드레스와 베일을 만들기 시작한 거야. 엘런은 아이들 같은 집착으로 비전(祕傳)적이고 거의 바로크적이며 거의 양성(兩性)적인 예술품을 자기 집 장식에 포함시키려고 시도했지. 서트펜은 한 번밖에 본 적이 없고, 약혼 같은 것은 아내의 마음속 이외에 아무데도 존재하지 않는데도, 본을 자기 자신이 겪었던 옛 고생과 야심이 담긴 (지금이 마지막인) 승리의 대관식을 위협하는 존재로 보았지. 그래서 그는 그것을 확인하기 위한 충분한 이유를 갖고 600마일을 여행했던 거야. 그러나 이 서트펜이라는 사람은 원래, 자신이 싫어하거나 무서워하는 인간에 대해서는 그 자리에서 도전하여 사살해 버리는 일은 쉽게 할 수 있을지 모르지만, 그런 상대의 행적을 조사하기 위하여 단 10마일의 여행도 일부러 할 사람이 아니었어. 알겠어? 서트펜의 뉴올리언스 여행은 정말 순전히 우연한 것이라고 믿어도 좋아. 다만 그 지역의 많은 가정 가운데서 — 마치 어떤 어린아이가 자기도 그 이유를 모르면서 다른 것보다 우선적으로 하나의 개미굴을 선택해서 그 속에 끓는 물을 쏟아붓는 것과 마찬가지로 — 서트펜 일가를 택한 것은 좀 더 운명의 비논리적인 책동과 같은 것이지. 본과 헨리는 이 주일 정도 그곳에 머물고 다시 말을 타고 학교로 돌아갔어. 도중에 미스 로자를 만나려고 들렀으나 그녀는 집에 없었어. 그들은 여름 방학이 되기 전까지 긴 기간 동안 함께 이야기를 나누거나, 말을 타거나, 독서하면서 지냈고(본은 법학서를 읽고 있었어. 그는 법학을 공부하려 했고 또 해야만 된다고 생각했어. 어떤 다른 이유에서 그 대학에 머물고 있다고 해도 법학만이 그를 대학에 머무는 것을 견딜 수 있게 했던 거야. — 이것은 그의 느리고 태만한 성격에 아주 잘 맞는 배경이 되었지. 곰팡내 나는 블랙스톤*이나 코크** 같은 법률 서적을 헤집는 법학과 말이야. 아직 백 명도 안 되는 전교 학부생 중에서 법학을 공부하는 학생은 헨리와 여섯 명밖에 없었어. 그래, 그는 헨리를 법학 공부에 끌어들였던 거야. 헨리는 학기 중간에 법학과로 전과했거든.) 그동안 헨리는 본의 옷차림이나 말투를 흉내 내고 있었다기보다는 희화화(戱畵化)하고 있었어. 그리고 본은 주디스를 만난 시점에서도 변함없이 나태하고 고양이 같은 사람이었지만, 헨리는 그에게 누이동생의 약혼자로서의 역할을 하도록 기대했어. 마치 가을 학기 동안 헨리와 그 친구들이 그에게 바람둥이의 역할을 해 내도록 한 것처럼 말이야. 엘런과 주디스는 일주일에 두세 번 거리에 나가 물건을 사들였고, 마차로 멤피스에 가는 도중 한 번은 미스 로자에게 들른 일이 있었지. 그때 사들인 물건을 실어 오기 위한 짐마차를 앞세우고 마부 옆자리에는 흑인 한 사람을 더 앉혀 가지고는, 2~3마일마다 마차를 멈추게 하여 불을 피우고 엘런과 주디스의 발밑에

---

* 윌리엄 블랙스톤(1723~1780)은 영국의 판사이며 법률학자.
** 에드워드 코크(1552~1634)는 영국의 판사이며 정치가.

놓여 있는 벽돌을 다시 데우곤 했지. 두 사람은 이렇게 쇼핑을 하고 물건을 사러 다녔어. 엘런의 마음속 이외에는 어디에도 존재하지 않던 결혼의 혼숫감을 사 모으고 있었던 거야. 본을 한 번밖에 보지 않은 서트펜은 본이 다시 방문했을 때는 뉴올리언스에 가서 그의 행적을 조사하고 있었어. 그가 마음속으로 무엇을 생각하고 무엇을 기대하고 있었는지, 어느 순간, 어느 날, 뉴올리언스로 가서 그가 줄곧 찾으려고 했고, 그가 이미 알고 있었던 것 같은 그 무엇을 발견하게 되리란 것을 아무도 알 길이 없었어. 그에게는 자신의 두려움과 의구심을 털어놓고 말할 친구가 없었지. 그는 어떤 남자도 여자도 신용하지 않았어. 또 어떤 남자로부터도 여자로부터도 사랑받은 일도 없었고. 아내인 엘런은 남을 사랑할 수 없는 여자였으며, 딸 주디스는 너무나 자기와 같았고, 아들 헨리는 이미 본에 의해 타락해 버렸다는 것을 본을 만났을 때 한눈에 알았음에 틀림없었지. 비록 딸은 아직 본에게서 벗어날 수 있을 거라고 해도 말이야. 알다시피 그는 지나치게 성공했어. 그저 행운 때문이 아니라 강했기 때문에 거둔 성공이어서, 그 성공은 그에게 경멸과 불신이 넘치는 고독을 가져다주었지.

그런데 6월이 오고 학년 말이 되어 헨리와 본이 서트펜 농원에 돌아왔어. 본은 하루나 이틀 머물고 미시시피 강으로 가서, 아무도 알지 못하게 서트펜이 이미 가 있는, 고향인 뉴올리언스로 가는 증기선을 타려고 했지. 그는 서트펜 농원에 단 이틀밖엔 묵지 않았어. 그때야말로 그에게는 주디스와 마음을 서로 통해서 사랑하게 될 기회였지. 그것은 정말로 유일한

기회였고 또한 최후의 기회였던 거야. 물론 그와 주디스는 그
것을 알지 못했지만 말이야. 왜냐하면 서트펜은 집을 비운 지
이 주일밖에 되지 않았으나 본의 혼혈인 처와 아이에 관한 사
실을 벌써 확실히 발견했기 때문이지. 그래서 본과 주디스에
게는 이때가 마음껏 자유롭게 지낼 수 있는 처음이자 마지막
기회였다고 해도 좋을 거야. 그때 엘런이 정말 마음껏 자유롭
게 행동할 수 있었기 때문이지. 나는 그때의 상황을 충분히 상
상할 수 있어. 나는 엘런이 주디스와 본에게 밀회나 사랑의 서
약을 나눌 기회를 주어 그들을 맺어 주려고 애쓰는 것을 상상
할 수 있어. 그런데 그때 엘런은 부끄럽게도 지치지 않고 모든
곳에 눈을 번득이는 태도를 보여서, 두 사람은 그것을 피해야
만 했지만 그렇게 하지 못했어. 주디스는 난처해하면서도 조
용히 걱정하는 태도를 보였지만, 본은 냉소적이고 놀랍고 어
이없는 불유쾌한 표정을 하고 있었지. 본의 그와 같은 표정이
야말로 그의 이해할 수 없는 애매한 성격을 있는 그대로 표현
하는 것이었어. 그래, 그것은 애매하고 유령과 같은 신화적인
것이었어. 그것들이 스스로를 전부 빚어 창조해 낸 그 어떤 것
이었지. 즉, 그는 마치 한 사람의 인간으로서는 존재하지 못하
는 것처럼 서트펜의 피와 성격에서 발산하는 악취 같은 것이
었어. 그러나 미스 로자는 본의 시체를 실제로 보았고, 주디스
는 그 시체를 가족 묘지의 자기 어머니 무덤 곁에 묻었어. 그
리고 주디스가 본을 묻었다는 것은 설사 입으로 분명히 말하
지는 않았지만 두 사람이 서로 사랑했다는 가정을 증명하는
사실로, 그 이틀 동안의 단순한 로맨스는 완전한 감미로움과

사랑의 기회를 누리다가 그대로 사멸해 버린 거야. 아무튼 그
때 본은 미시시피 강에 가서 증기선을 탔지. 그런데 이렇게 될
줄 누가 알았겠어. 만약 헨리가 다음 여름까지 기다리지 않고
그해 여름에 본과 함께 떠났다면, 본은 그와 같은 죽음을 당하
지 않았을지도 모르지. 만약 그때 헨리가 다만 뉴올리언스로
가서 그의 처와 그의 아들에 대해 알았더라면, 질투심 많은 오
빠가 그렇게 하리라고 기대했던 것처럼 헨리도 너무 늦기 전
에 그 사실에 대해 서트펜과 똑같은 반응을 보였을지도 모르
는 일이었어. 왜냐하면 헨리가 거짓말을 했다고 본을 비난한
것은 그에게 정부가 있고 이중 결혼의 우려가 있다는 사실에
대해서가 아니라 그 사실을 말해 준 사람이 아버지였다는 데
있었어. 그는 아버지에게 선수를 빼앗겼던 거야. 자식이나 사
위는 어머니와 동맹자가 되면 아버지에 대하여는 자연히 적
이 되게 마련이지. 마치 결혼식이 끝난 뒤에 사위가 장모를 용
서할 수 없는 적이라고 생각한다면 장인이 그 사위와 동맹자
가 되는 것처럼. 어쨌든 헨리는 그때 뉴올리언스에 가지 않았
어. 그는 본을 미시시피 강까지 바래다주고는 돌아왔어. 얼마
있다가 서트펜도 돌아왔는데 어디에서 돌아왔는지, 무슨 목
적의 여행이었는지, 다음 크리스마스까지는 아무도 알 수 없
었지. 그리고 그해 여름은 지나갔지. 헨리에게는 마지막 여름
이었고, 평화롭고 만족스러운 마지막 여름이었어. 헨리는 아
무런 고의적인 뜻 없이 본이 주디스에게 구혼을 하도록 애를
썼지. 그 나태한 운명론자인 본 스스로는 생각지도 못할 정도
로 말이야. 그래서 주디스는 오빠의 권고에, 일 년이나 이 년

전 같았으면 젊은 처녀의 막연한 꿈같이 냉담한 태도로 대했을 것이지만, 지금은 어엿하게 성숙한 여인 — 연애를 하고 있는 성숙한 여인 — 의 조용함이라고밖엔 생각할 수 없는 침착한 태도로 귀를 기울이고 있었어. 편지들이 온 것은 그 무렵의 일이었어. 헨리는 그 편지를, 아무런 질투심 없이, 누이동생의 남편 될 본의 입장으로 완전히 거부감 없는 마음으로 변신해서 편지를 읽었어. 그리고 서트펜은 자신이 뉴올리언스에서 알게 된 사실에 대해서는 아직 아무 말도 하지 않았어. 다만 기다리고 있었지. 헨리와 주디스에게도 아무 의심도 받지 않고 아무도 모르게 기다리면서, 아마 본이 머지않아 자기의 비밀이 드러났다는 것을 알게 되면 당연히 그래야만 하듯이 게임이 끝났다는 것을 명백히 깨달아, 다음 학년에는 다시 대학에 돌아오는 일이 없을 것이라고 마음속으로 바라고 있었을 거야. 그러나 본은 대학에 돌아왔어. 그와 헨리는 다시 대학에서 만났지. 그리하여 헨리와 본, 그 두 사람이 쓴 편지들이 헨리의 마부의 손에 의하여 매주 서트펜 농원의 주디스에게 보내지게 되었어. 그런데도 서트펜은 아직 기다리고 있었지. 아무도 그가 무엇을 기다리고 있는지 알 수 없었으나, 그에게 위기가 될 크리스마스를 기다린다는 것은 도저히 믿을 수 없는 일이었어. 서트펜이라는 사람은 어려운 문제가 일어났을 경우에는 자신이 나서서 그것에 직접 대처했을 뿐만 아니라, 자신이 일부러 그런 어려운 문제를 만들어 내는 일도 가끔 있었다고 사람들이 말한 것으로 알려져 있었어. 그러나 이번에는 그가 기다렸고, 마침내 기다리던 순간이 왔어. 크리스마스가 온 거야. 헨리와 본은 다시 서트펜 농원으로 돌아왔어. 마을 사람들도 벌써 엘런의 말에 의하여 실제로 약혼이 성립된 것으로 믿고 있었지. 1860년 12월 24일, 흑인 아이들이 겨우살이나무나 호랑가시나무의 가지를 구실 삼아 손에 들고 서트펜 저택의 뒷문 근처에 숨어들어 백인들로부터 크리스마스 선물을 받으려고 대기하고 있었고, 원래 부유한 도시 사람인 본이 주디스에게 구혼하기 위하여 방문했는데도 서트펜은 아직 아무 말도 없었어. 그때 누군가 서트펜을 이상하게 생각한 사람이 있었다면, 그는 그날 밤 사건을 위기에 몰아넣은 헨리였을 거야. 엘런은 그녀의 꿈처럼 부푼 생활의 최고조에 있었고 — 그것이 이튿날 아침에는 그녀의 발아래에서 무너져 내렸고, 이유도 모른 채 망연자실하고 있던 그녀는 덧문이 닫혀 있는 방 안에 갇혀 버렸고, 그로부터 이 년 후 그 방에서 죽었던 거야. — 그 크리스마스이브에 결국 헨리와 그의 아버지 사이에 대폭발이 일어났고, 그 이유나 진상은 누구도 모르는 것이지만, 다만 헨리와 본이 밤중에 말을 타고 떠났으며, 헨리는 정식으로 그의 고향집과 생득권을 과감하게 버렸다는 소문이 흑인들의 입을 통해서 오두막에서 오두막으로 전해졌던 거야.

두 사람은 뉴올리언스로 갔어. 그들은 공기가 맑고 차가운 크리스마스 날에 말을 달려 미시시피 강으로 가서 증기선에 올랐어. 헨리가 항상 그랬던 것처럼 마지막까지 함께하는 데에 앞장서는 일을 했지. 그러나 마지막 순간 그들이 알고 지낸 이후 처음으로 본이 앞장을 서고 헨리가 뒤따랐어. 헨리는 갈 필요가 없었어. 헨리는 자진해서 거지 신세가 되었으나, 할아버지에게 갈 수는 있었을 거야. 왜냐하면 헨리는 그 자신을 포함해서 대학에서 다른 어떤 학생보다 좋은 말을 갖고 있었지만, 그가 본과 함께 말을 타고 멀리 떠날 때 현금이 없어 그의 말과 다른 귀중품을 모두 팔아 버려 대단히 궁핍했기 때문이었어. 그래, 그는 갈 필요가 없었던 거야. 본은 그와 나란히 말을 달리면서 무슨 일이 일어났었는지를 그에게서 들으려고 했어. 본은 물론 서트펜이 뉴올리언스에서 무엇을 알아냈는지 알고 있었어. 그러나 그는 서트펜이 헨리에게 무엇을 어느 정도까지 말했는지 알 필요가 있었던 거야. 하지만 헨리는 말하려 하지 않았어. 아마 틀림없이 헨리는 자기가 타고 있는 새 말도 자기 생활의 전부와 함께 희생되지 않으면 안 될 것이라고 생각하면서 앞길을 재촉했을 거야. 고집스럽고 단호하게, 지금까지의 자신의 집, 자신이 태어난 장소, 유년기와 젊은 시절에 친숙했던 모든 풍경에 등을 돌리고 있었어. 그는 친구 본에 대한 애정과 충성 때문에 그러한 희생을 치렀음에도 불구하고 본에 대해 아직도 완전히 솔직해질 수는 없었어. 왜냐하면 그는 아버지 서트펜이 말한 바가 진실이라는 것을 알았기 때문이지. 아버지에게 그것은 거짓말이라고 비난한 순간에 그는 그것이 진실임을 알아차렸던 것이 틀림없어. 그렇기 때문에 본에게 그것을 부정해 달라고 말할 용기가 나지 않았던 거야. 그에게는 그렇게 할 용기가 없었던 거야. 가난이나 혈연 관계의 단절은 감당할 수 있어도 본에게서 거짓말을 듣는 것은 참을 수 없었던 거야. 그러나 그는 뉴올리언스에 갔어. 그

가 거짓말이라고 비난한 아버지의 말이 실은 진실이라는 것
을 스스로 증명할 수 있는 유일한 장소인 뉴올리언스로 곧장
갔어. 그는 그런 목적으로 거기에 갔어. 그것을 증명하기 위하
여 거기에 갔던 거야. 그리고 본은 그와 나란히 말을 달리면
서 서트펜이 이야기한 것을 들으려고 애썼던 거고. 헨리가 자
기의 복장이나 말투를 닮으려고 하는 것을 일 년 반이나 가만
히 보고 있었던 본, 결코 여자가 아닌, 청년만이 다른 청년이
나 남자에게 줄 수 있는 완전한 헌신의 대상이 되어 있는 자신
을 일 년 반이나 보아 왔던 본, 꼭 일 년 동안 주디스가 헨리와
마찬가지로 자기의 매력에 굴복하고 있는 것을 보아 온 본이
었지. 더욱이 본은 아무런 자유 의지 없이 손가락 하나 움직인
것도 아닌데 주디스로 하여금 그를 그토록 매력 있게 보게 하
고, 본과 함께 걸으며 호흡하는 자신을 보여 줌으로써 대리 만
족의 이미지로 그녀를 현혹되게 한 것이 오빠 헨리였다고 해
도 말이야. 그런데 여기에 그로부터 사 년 뒤에 보내 온 편지
가 있어. 캐롤라이나의 어느 약탈당한 집에서 나온 종이에 쓰
인 것으로, 포획한 북군의 물품 안에 있던 난로를 닦는 광택제
로 글씨를 쓴 거야. 본이 아직 살아 있다는 소식을 헨리에게
서 들은 것을 제외하고는 사 년 만에 그로부터 받은 메시지였
어. 그래서 헨리는 그 다른 여자에 대해 알고 있었든 혹은 아
니었든 간에, 그는 그때 사실을 알아야만 될 상태에 도달한 거
야. 본은 그것을 깨달았어. 나는 그들이 말을 타고 갈 때의 모
습을 상상할 수가 있어. 헨리는 본에 대한 우정을 어디까지나
지켜 나가기 위하여 아버지와 격렬하게 언쟁을 벌인 흥분이

아직 가시지 않아서 뺨이 붉었고, 본은 헨리보다 폭 넓은 경험을 갖고 있고 나이가 몇 살 위라는 사실만으로도 헨리보다 현명하고 빈틈없는 사람이었는데, 헨리 자신도 모르게 헨리에게서 서트펜이 그에게 이야기한 것을 캐내고 있었어. 왜냐하면 헨리가 이제 알려고 했기 때문이지. 그런데 나는 그것이 위급한 장래에 대한 필요성 때문에 헨리를 자기의 동맹자로 지키기 위한 것만은 아니었다고 생각해. 그것은 본이 그의 방식대로 주디스를 사랑하고 있었을 뿐만 아니라 헨리도 사랑하고 있었기 때문이야. 내 생각으로는 그것은 단순한 그의 방식이라고 하기에는 더욱 깊은 의미를 지니고 있었어. 아마 그의 운명론 때문에 본은 헨리와 주디스 중에서 청년 헨리 쪽을 더 사랑하고 있었다고 생각돼. 그는 누이동생 주디스를 실제 대상인 헨리와의 사랑을 완전하게 만드는 환영(幻影), 즉 여성적인 그릇으로 보았을 거야. 이 이지적인 돈 주앙은 일반적인 통례와는 달리 자기가 상처 입힌 것을 사랑할 줄 알고 있었던 거야. 그가 사랑하고 있었던 것은 아마 단순히 주디스나 헨리라는 개인이 아니고 그들이 대표하는 삶, 그 존재였을지도 몰라. 단조롭고 고립된 곳인 시골에서 그가 어떤 평화스러운 모습을 즐기고 있었는지, 또 너무나 젊은 시절부터 너무나 많은 고장을 여행하여 메말라 버린 여행자인 그가 그 화강암으로 에워싸인 소박한 시골 우물에서 얼마만큼의 안도감과 도피처를 발견했는지 아무도 모르기 때문이야.

또한 본이 헨리에게 그 비밀을 어떻게 말하고 털어놓을 것인가를 나는 충분히 상상할 수 있어. 뉴올리언스에 간 헨리는

그때까지 멤피스에도 간 적이 없고, 세상을 경험한 것이라고
는 자기 집과 거의 다를 게 없는 다른 집이나 농장에 가 잠시
머물렀을 정도일 뿐이고, 거기서 한 일은 자신이 집에서 하는
것과 똑같은 일상적인 것이었어. ─ 똑같은 사냥과 투계, 직
접 만든 거친 트랙에서 똑같은 아마추어 경마를 했는데, 이 말
들도 혈통은 확실하지만 경마용으로 기른 말이 아니라 경주
가 시작되기 반 시간도 남지 않았을 때 장식 마구(馬具)의 굴
대나 혹은 마차에서 풀어 온 그런 말들이었지. 또 서로 알아
볼 수 있고 서로 교환할 수 있는 시골 처녀들과 똑같은 스퀘
어 댄스를 추었어. 음악도 집에서 듣던 음악과 똑같았고, 샴페
인도 마찬가지였어. 그 샴페인은 고급품임에 틀림없지만, 그
것을 레몬수를 다루듯 아무렇게나 나누어 주고 다니는 흑인
급사의 태도는(화려하고 떠들썩한 축배 사이에서 마치 생 위스키
처럼 샴페인을 마시는 손님과 마찬가지로) 풍자극으로 만들어진
팬터마임 같은 우아함을 지니고 있었지. 그런 시골에서 한 발
도 밖에 나간 일이 없는 헨리가 뉴올리언스에 갔던 거야. 엄격
하고 맹렬한 긍지를 가진 신비주의 그리고 무지와 무경험을
치욕으로 아는 청교도적인 전통 ─ 그 앵글로 색슨의 특유한
전통 ─ 을 계승한 그가, 운명적이며 권태롭기도 하고 여성
적이면서도 동시에 강철같이 굳은 분위기를 지닌 그 도시에
서 ─ 의복이나 행위는 물론이고 집들마저도 질투가 심한 사
디스트적인 전능한 신의 이미지를 모방하여 세워진 그런 화
강암같이 굳은 전통을 갖고 태어난, 진지한 유머라고는 없는
시골뜨기인 그가 이국적이고 역설적인 그 도시에서 어떤 모

습을 했을 것인가는 상상할 수 있어. 이 같은 헨리가 자기들의 집이나 장식품이나 사치하고 방탕한 생활의 이미지로서 아름다운 성자들과 수려한 천사들로 이루어진, 그들의 전지전능한 신이 후원하는 천사 코러스를 창조한 주민들이 사는 장소에 갑자기 내려 놓은 거야. 그래, 본이 헨리가 충격을 받도록 어떻게 자기 비밀을 헨리 앞에 점점 밝혀 나갔는가를 상상할 수 있어. 그가 좁아터지고 바위뿐인 들을 경작할 수 있게 갈아 씨를 뿌려 그가 원하는 수확을 거두어들이는 것과 같이, 헨리의 청교도적인 마음에 대한 준비를 하면서 보여 준 계산과 수법 말이야. 헨리가 제일 큰 문제로 삼은 것은 무슨 종류이든 상관없이 본이 결혼식을 올렸다는 사실이었을 거야. 본은 그것을 잘 알고 있었지. 헨리에겐 본의 정부나 아들까지도 문제가 아니었어. 까짓것 혼혈 정부나 아들이 있다고 해도 그 사실 때문에 문제될 것은 없었어. 헨리와 주디스는 그들의 아버지와 흑인 노예 사이에서 태어난 혼혈 누이와 함께 자랐기 때문에 말이야. 헨리에게, 그와 같은 배경을 가진 젊은이에게 혼혈 처 같은 건 아무것도 아니었어. 헨리가 살고 있는 환경에서 여자들은 분명히 세 종류로 구분되어 있었어. 그 구분 선은 (그것들 중 두 경우인데) 한 번만, 한 방향으로밖에 넘을 수 없는 것이었어. ― 그 세 가지 구분이란 숙녀와 여자와 암컷인데 ― 언젠가는 신사와 결혼하는 숙녀와, 신사들이 안식일 때 도시로 찾아가서 사는 고급 창녀와, 상류층 숙녀들이 의지하고 때로는 숙녀들이 처녀성을 지키는 데에 공헌하고 있는 것이 확실한 노예 처녀와 노예 부녀자들, 세 종류였던 거야. 그래서 젊고 왕성한 혈기를 가지고 청춘의 피를 끓이면서 승마나 사냥으로 나날을 보내는 어려운 독신 생활의 희생자인 헨리에게는 정부가 있다는 것 따위는 문제가 되지 않았던 거야. 그와 같은 청년들이 자기들과 같은 계급의 숙녀들에게 접근하는 것은 금지되어 있었어. 다음 계급의 여자들도 돈과 거리 때문에 역시 접근할 수 없었어. 따라서 노예 여자 아이들, 백인 여주인에 의하여 닦여진 흑인 하녀들, 아니면 들일로 땀을 흘리고 있는 흑인 처녀들이 대상이 되었던 것인데, 그들은 밭으로 말을 달려 농장 감독을 불러, 주노이건, 미실리나이건, 클로리이건, 마음에 드는 노예 처녀들을 지명하여 보내라고 부탁한 다음 먼저 숲 속에 들어가 말에서 내려 여자가 오는 것을 기다렸지. 그래, 헨리에게 문제가 되었던 것은 결혼 의식(儀式)이 행해졌다는 것이었어. 흑인과 한 의식이라고는 하지만 의식은 어디까지나 의식인 거지. 틀림없이 이것이 본이 생각했던 것이었어. 나는 본이 조금씩 헨리에게 자기의 비밀을 털어놓는 모습을 충분히 상상할 수 있어. 본은 헨리의 시골뜨기 같은 정신과 지성의 깨끗한 감광판(感光板)에 서서히 비전(秘傳)적인 도시의 분위기를 노출시켜 그가 생각한 대로의 사진을 만들려고 했지. 본은 사전에 아무 말도 없이, 경고도 없이 그 이후에 오게 될 아무런 가정도 하지 않고 헨리를 우아한 도시 주변으로 끌어들여 타락시키면서 그 도시의 외관에 노출시켰어. ── 그 도시의 표면적인 모습은 다소 기이하고 여성적인 화려함을 지녔지만, 헨리에게는 부유하고, 감각적이며, 죄 많은 건축물로 보였던 거야. 목화밭에서 땀 흘려 일하는 인간들의 지루한 움직임 대신에 증기선에 실은 하물의 중량으로 측정하는, 안이하게 얻어진 거대한 재산, 수없이 많은 바퀴가 반짝이는 마차를 타고 옥좌에 앉아 있는 듯이 꼼짝도 않은 채 재빨리 지나가는 여자들, 그녀들은 헨리가 아직 본 일도 없는 훌륭한 아마(亞麻) 블라우스를 입고 번쩍번쩍 빛나는 다이아몬드로 장식했거나, 날씬한 드레스 차림에 모자를 약간 기울여 쓰고 남자 곁에 앉은, 마치 그려진 초상화처럼 보였어. 그리고 그가 본받으려고 하는 본은 ─ 그를 위해 헨리는 혈연뿐만 아니라 의식주 등 모든 것을 거부하고 그의 의복이나 걸음걸이나 말투까지, 그의 여성을 대하는 태도나 명예나 긍지에 대한 생각까지도 모방하려고 했던 것인데 ─ 냉정하고 약삭빠르고 헤아릴 수 없는 속셈으로 헨리를 가만히 바라보면서 자신이 만들려고 하는 사진이 점차 명확한 영상으로 정착되어 가는 것을 확인했고, 헨리에게 '그렇지만 이건 아니야. 이것은 다만 기초이고 기반에 지나지 않아. 특정 인물의 것이 아니라 모두의 것이야.'라고 하면, 헨리는 '그럼 이것은 그것이 아니란 말이군? 그게 이것보다 더 위이고 더 고급스럽고 정선된 것이란 말이야?' 하고 다시 물으면, 본이 '그래, 이것은 다만 기초에 지나지 않아. 이것은 누구에게나 속해 있는 것이야.'라고 말하지. 말도 연설도 없는 대화는 드디어 고정이 되어, 영상의 한 줄기 선도 손상됨이 없이, 이 배경을 치우고, 감광판은 배경 없이 다시 깨끗해지고, 그것은 또 유순해져서 논리와 사실, 인간보다도 감각의 문제인 그 무엇에 대해서도 청교도적인 겸손을 나타내면서, 그 깊은 곳에서는 마음이 몸부림치며 괴로워 숨 막혀 하면서도 나는 믿을 거야! 믿을 거야! 믿을 거야! 진실이건 아니건 나는 믿을 거야! 하고 외치며 그를 타락시키는 스승인 본이 의도하고 있는 다음의 영상을 기다리지. 다음번의 영상이 완전히 고정되면, 본은 또다시, 이번에는 아마 말로써 진지하고 사려 깊은 헨리의 얼굴(전과 다를 바 없는 자기의 지식에 자신을 가지고 경악이라든가 절망으로 해석되는 부인이 아니고, 부정 그 자체를 뚜렷이 얼굴에 나타내어야만 한다는 저 청교도적 전통에 신뢰를 두고 있는 얼굴)을 바라보면서 '하지만 이것은 아니야.'라고 하면, 헨리가 '그렇다면 저것은 이것보다 더 위쪽에 있다는 건가?' 하고 물었지. 본은 그저 감광판 위에 자기가 원하는 영상을 손으로 만져 넣으면서 늘어지게, 거의 수수께끼 같은 말투로 이야기하고 있었어. 나는 그가 그것을 어떻게 하는지 상상할 수 있어. 정확하게 계산하고, 외과 의사 같은 기민함과 객관적 냉정함을 잃지 않고, 노출은 짧은 시간에 끝내고(너무 짧은 시간이라서 수수께끼 같았고, 거의 스타카토 같았어.) 감광판의 완전한 영상이 어떤 것인가를 의식하지 못하여 거의 그것을 보여 주지 않으나, 그렇다고 해서 그 인상을 씻어 버릴 수 없는 것이었어. —— 한 대의 이륜 경(輕)마차를 타고 약간은 퇴폐적이고 약간은 불길한 그림자가 드리워진 부근의 닫혀 있는 이상한 수도원 같은 문 앞에 말을 세우고, 마음 내키는 대로 그 집의 주인 이름을 말하는 본 —— 종잡을 수 없는 말 한마디로서도 본이 무엇에 대해서 말하고 있다는 것을 헨리가 알 것이라고 본이 믿는다는 것을 헨리가 알고 있다고 말할 것 같은, 즉 한 사람의 생각을 다른 사람에게 전하는,

세상 물정에 밝은 태도를 본이 이렇게 보여 주어서, 헨리는 또 새로운 타락에 미묘하게 끌려 들어갔던 거야. 청교도인 헨리는 놀라움이라든지 이해할 수 없다든지 하는 표정은 결코 나타내서는 안 되었던 거야. 그 집의 정면은 덧문이 닫혀져서 텅 빈 벽처럼 보였고, 증기가 피어나는 아침 햇살 속에서 졸고 있는 듯했고, 은밀하고 이상한, 상상할 수도 없는 쾌락의 냄새가 나는, 온화하고 애매한 소리에 싸여 있었어. 자신의 눈에 보이는 것이 무엇인지 헨리는 알 수 없었으나, 텅 비고 페인트 껍질이 벗겨져 내리는 그 벽은, 결국 허물어져서 사물을 평가해 버리는 마음과 지성에 이해의 빛을 부여하는 것이 아니라 모든 남성이라는 동물의 살아 있는 꿈과 희망이 갖는 어떤 맹목적이고 비지성적이고 근원적인 바탕에 단도직입적으로 호소하고 있는 같았어. ── 꽃 바자(시장)처럼 한 줄로 서 있는 얼굴들 그리고 팔기 위해 흑백 양 종족 사이에서 양육한 인육의 신격화(神格化), 냉엄한 포주 노파와 옷을 말쑥하게 입고 약탈을 자행하는(그 순간) 호색한으로 생긴 청년들의 우아한 모습들 사이에 세워진 벽 속에 갇혀 있는, 비극적인 운명을 짊어진 꽃 같은 얼굴들이 줄지어 서 있는 복도 ── 헨리는 그것을 힐끗 보았어. 힐끗 보고 물러났지. 본의 목소리는 여전히 따뜻하고 유쾌하며 수수께끼 같았고, 두 사람 모두 잘 이해하고 있는 것에 대하여 세상 물정에 밝은 도박꾼들이 이야기하고 있는 듯한 태도를 허물지 않고, 시골뜨기 청교도인 헨리가 경악이나 무지를 드러내는 두려움을 아직 계산해서 이용하면서 이야기를 계속하고 있었어. 본은 헨리가 그를 알고 있는 것보다 헨리를 훨씬 더 잘 알고 있었던 거야. 그래서 헨리는 경악이나 무지를 밖에 드러내지 않고 나는 믿을 거야! 믿을 거야! 믿을 거야! 하는 저 최초의 공포와 비탄의 외침 소리를 아직 억누르고 있었어. 그래, 그렇게 짧은 시간이었던 거야. 이전에 헨리는 자신이 본 것을 식별할 만큼의 시간을 갖지 못했어. 그러나 차츰 속도는 늦춰졌어. 본이 의도했던 순간이 찾아오려 하고 있었던 거야. — 오를 수 없는 벽, 무겁게 닫혀 있는 문. 냉정하고 사려 깊은 시골뜨기인 헨리는 그것들을 보고 기다리고 있을 뿐, 무엇을? 왜? 하고 아직 묻지는 않았어. 레이스 같은 금속 격자문이 아니라 위에 튼튼한 들보가 있는 문을 지나 두 사람은 안으로 들어갔지. 본이 옆에 붙은 작은 문을 두드리니까, 프랑스 혁명 폭발의 낡은 목판화 속에서 나온 사람처럼 피부가 가무잡잡한 사나이가 걱정스러운 얼굴에 다소 어이없다는 표정을 하고 나와서 먼저 햇빛을, 다음에는 헨리를 쳐다보고 나서, 헨리가 모르는 프랑스어로 말을 걸었는데, 본이 한순간 번쩍 이를 드러내더니 프랑스어로 대답했어, '그와 함께? 그는 미국인이야. 손님이란 말이야. 그러니까 그에게 무기를 선택하도록 하지 않으면 안 되겠고 나는 도끼로 결투하는 것은 거절하겠어. 아니, 아니야. 그런 게 아니야. 열쇠만 있으면 되는 것이지.' 열쇠만 있으면 되는 것이었지. 그리고 그들 뒤로 튼튼한 문이 닫히고, 전과는 달리 낮은 도시의 높고 두꺼운 벽 위의 어떤 광경이나 징후도 없고 소음도 거의 들리지 않았지. 협죽도(夾竹挑)와 재스민, 란타나와 미모사 등이 미로처럼 얽혀 벽을 쌓고 있지만, 총탄의 세례를 받은 헐벗은 좁은 땅이 있고, 거기는 지금 깨끗하게 경작되어 아주 최근의 갈색 얼룩 이외에는 한 점의 얼룩도 없었어. 그의 말소리 ─ 지금 옆에 서서 엄숙한 시골뜨기의 얼굴을 지켜보고 있는 인생 안내자이자 멘토 ─ 는 아무렇게나 하는 우스운 일화 같았어. '관례적인 방식은 이래. 먼저 각각 오른손에 권총을 쥐고 왼손은 상대의 망토 자락을 잡고 서로 등을 마주 대고 서지. 그리고 신호가 떨어지면 각각 앞으로 걷기 시작해. 그리고 왼손에 잡고 있던 서로의 망토 자락이 팽팽해졌다고 느낀 순간 확 돌아서서 발사하면 되는 거야. 이따금 혈기 넘치는 작자들이나 시골뜨기들 중에는 망토 하나를 둘이서 뒤집어쓰고 단검으로 싸우는 사람들도 있긴 하지만 말이야. 그런 때에는 그 망토 속에서 서로 마주보고 서서 왼쪽으로 상대의 손목을 잡고 하는데 말이지. 하지만 그것은 내 방식이 아니었어.' 아무렇지도 않은 듯 술술 지껄이면서 그는 시골뜨기 헨리의 느린 질문을 기다리고 있었지. 그러나 헨리는 '자네는, 아니 그들은 무엇 때문에 결투하는 거지?' 하고 묻기 전에 벌써 자신도 알고 있었던 거야.

그래, 헨리는 이미 알고 있었어. 아니면, 알고 있다고 생각했는지도 모르지. 그런데 그는 아마 그것이 실망스러운 결말 그 이상은 아니라고 생각하는 것 같았어. 그러나 그렇지 않았어. 결정적인 일격, 타격, 접촉이라고 하는 것은 외과 의사가 날카롭게 뼛속을 찌르는 처치와 마찬가지여서, 충격을 받은 환자의 신경은 그것을 느끼지 못하고, 최초의 강렬한 충격은 마구잡이식이고 거칠다는 것을 모르고 있었어. 그것은 그

의식(儀式) 때문이었지. 헨리가 여자를 경험하는 의식에 저항을 느껴 그것을 좀처럼 참고 받아들이기가 어려우리라는 것을 본은 알고 있었던 거야. 정말로 그는 빈틈없는 사람이었어. 헨리는 지난 몇 주일 동안에 더욱더 그를 알 수 없게 됐어. 이이상한 사내는 그들의 방문을 위해 형식을 갖추어 거의 의식적인 준비에 몰두해서 지금은 망각 상태에 빠져 있었어. 마치헨리를 위하여 새 코트를 주문해서, 헨리가 그것을 억지로 받아들이게 하고, 그것으로 해서 헨리가 그 방문에서 받을 인상이, 그들 두 사람이 집을 나가기 전부터, 헨리가 그 여자의 얼굴을 보기 전부터, 이미 알려진 것과 같도록 해두고 싶은 마음에서, 그 옷이 헨리에게 잘 맞도록 하는 일에 대해 여자처럼 지나치게 까다로운 태도를 취하고 있었어. 그래서 어리둥절한 시골뜨기 헨리의 발아래서는 이미 미묘한 조류가 흐르고 있었는데, 그것은 이미 그 자신이 그때까지 알고 있는 모든교육이나 사고를 배신하든가, 아니면 모든 혈연과 가족을 거부하고 떠나 버린 것은 본을 위해서였지만, 그러한 친구 본을부정하지 않으면 안 되는 양자택일의 기로에 서야 할 지점을향해 가기 시작했어. 믿고 싶다고 생각하면서도 믿는 방법을몰랐으며, (그때는) 어쩔 줄 몰라 하면서 헨리는 그의 친구이자 멘토인 본에게 끌려 나와서, 전에 말인가 마차인가가 그 앞에 서 있던 그 불가사의하고 이상할 정도로 생기 없는 출입구를 지나서, 시골뜨기 청교도인 그의 마음의 모든 도덕이 뒤집어지고, 모든 명예가 소멸되는 장소로 들어갔던 거야. ── 관능적 쾌락과 부끄러움이 없고 부끄러워할 줄 모르는 감각이 그것 자체를 위해서 만들어 낸 장소로 말이야. 그래서 여자는 숙녀와 창부 그리고 노예 세 가지 구분밖에 없다는 단순하기 짝이 없는 옛날의 낡은 코드를 가지고 있는 시골 청년 헨리는, 그 코드 자체의 희생자에 의해 지배되고 있는 운명적인 두 종족의 육체로 이루어진 이상적인 극치를 바라보았어. ─ 비극적인 목련 같은 얼굴을 가진 여자 말이야. 그녀야말로 영원의 여자, 영원한 고난의 여자이지. 그리고 레이스가 달린 비단옷을 입고 잠자고 있는 사내아이는, 아무리 행복한 것처럼 보여도, 그를 낳은 아버지의 완전한 소유물이 되어 몸이나 영혼을 마치 송아지나 개 또는 양처럼 누구에게 팔아넘겨지지. 두 사람이 거기서 나와 본의 방으로 돌아왔을 때, 멘토인 본은 다시 헨리를 지켜보며 자신이 한 도박에서, 내가 이긴 것이냐, 진 것이냐? 하고 생각하고 있었어. 그때는 본은, 빈틈없는 성격과 말하는 데조차 무력해져서, 경악이나 절망을 나타내지 말아야만 하는 헨리의 청교도적 성격에도 벌써 의존할 수 없게 되어 타락 그 자체나 애정에 의존하지 않으면 안 되었지. 그는 '어때? 그것에 대해 자넨 무엇이라 말하겠나?' 하고 물어볼 수도 없었고, 다만 이성이 아니라 본능에 의하여 살고 있는 남자의 절대 예측할 수 없는 행위에 편승해서 가만히 헨리가 입을 열 때까지 기다리고 있을 뿐이었어. 드디어 헨리가 '돈으로 산 여자, 매춘부가 아닌가?' 하고 말했어. 그러자 본은 점잖게 '매춘부가 아니야. 그렇게 말하는 게 아니야. 정말이지, 이 뉴올리언스에서는 그 여자들을 그런 이름으로 부르면 안 돼. 그런 말을 했다가는 천 명 가량의 백인 남자들에게 피를 흘리는 봉변을 당하게 돼.' 하고 말했어. 그리고 그는 다시 전처럼 부드럽게, 이번엔 연민의 정까지 보이며 — 인도주의상의 부정이나 어리석은 행동이나 고난에 대해서 인텔리들이 머리만으로 느끼는, 그 염세주의적이고 냉소적인 연민의 정을 나타내며 말했어. — '창부들이 아니야. 우리 천 명의 백인 남자들이 그녀들을 만들어 낸 것이니까, 창부가 아니란 말이야. 우리는 어떤 특수한 피의 팔분의 일은 다른 종족 피의 팔분의 칠보다 낫다는 법률까지 만들어 놓았어. 그것은 나도 인정해. 그러나 만약 똑같은 수의 우리 백인 남자가 없었다면, 백인들은 그들을 노예, 노동자, 요리사, 심지어는 밭일꾼으로 전락시켜 버렸을 거야. 자네는 나와 같은 그 천 명의 백인 남자들을 가리켜 원리 원칙도 명예심도 없는 인간이라고 말할 거야. 그렇게 했다면 우리는 그녀들을 전락으로부터 구할 수 없었을 거야. 아마 우리는 그들 모두를 구하기를 원하지도 않았을 거야. 아마 그천 명은, 전체로 보면 천분의 일도 안 되는 수야. 그러나 어쨌든 우리는 그중 천 명만은 구해 준 셈이야. 하느님은 모든 참새들을 눈여겨볼지도 모르겠지만, 우리는 자신을 하느님이 되는 척하지 않고 있어. 또한 하느님이 되고 싶지도 않고 말이야. 인간은 하느님이 지켜보는 참새 하나하나에 신경 쓰기를 원치 않기 때문이지. 아마 자네가 오늘 밤 본 시설물들 가운데 하나를 하느님이 보셨더라면 우리 가운데 누구를 골라서 신이 되게 하려는 생각은 않으실 거야. 이제 하느님은 늙으셨으니까 말이야. 그야 하느님도 한때는 젊으셨음에 틀림이 없었고, 확실히 한때는 젊으셨지만, 하느님처럼 오래 산 누군가 존재한다면, 그 사람은 우아함이나 절제 혹은 품격 같은 것이 전혀 없이, 거칠고 난잡한 죄를 하느님처럼 많이 보아 온 사람이겠고, 그 사람도 결국 이런 사례는 그렇게 드문 것이 아니지만, 자네들 앵글로색슨족이 색욕이라고 부르기를 주장하고 그것을 만족시키는 과정에서 안식일에 원초적인 동굴로 돌아가는, 완전히 정상적인 인간 본능에 적용된 명예, 단정, 우아함 등의 원칙에 대한 명상을 새롭게 할 거야. 그리고 그 인간들은 정상 참작을 설명하며 그 원초적인 동굴로 돌아가는 일을 아무렇지도 않다고 하늘에 도전하는 말을 함으로써 판단을 흐리게 하고, 은총이라고 부르는 것으로부터 추락하며, 가득 채워진 굴욕감과 채찍질에 하늘을 회유하는 고함을 지르다가 또다시 은총으로 돌아가는 것이지만, 그럴 때 하늘은 벌써 ─ 도전이나 혹은 회유 ─ 그 어느 것에도 아무런 흥미도 발견하지 못하는 거야. 처음의 두서너 번은 그렇지도 않겠지만, 그런 이유에서 하느님은 이미 나이가 드셨으니까, 우리가 소위 말하는 색욕을 어떻게 섬기든 이미 아무런 흥미도 갖고 있지 않으며, 또한 우리에게 어떤 특정한 참새를 구하라고 요구하는 일도 없어. 우리도 하느님으로부터 받은 추천 때문에 그 참새 한 마리를 구하고 있는 것은 아니야. 우리가 그 참새를 구하는 것은, 만약 우리가 없었더라면 그들은 돈을 가진 짐승 같은 사람에게 팔리기 때문이지. 백인 매춘부처럼 하룻밤 그에게 팔리는 것이 아니라, 몸과 영혼 그리고 온 생애까지 그 사람에게 팔려서, 그는 그녀를 어린 암소나 어미 말과 같은 동물을 함부로 다룰 때보다 더 벌을 받지 않고 마음대로 만질 수 있고, 여자가 지쳐 버리거나, 여자를 데리고 있는 비용과 그 대가가 균형이 맞지 않으면 버리든가 전매하든가 아니면 죽이기까지 했어. 그래, 그런 여자는 하느님 자신이 눈여겨보기를 잊어버렸던 참새야. 왜냐하면 그녀는 우리 백인에 의하여 만들어졌지만 하느님은 그것을 말리지 않았으니까. 하느님은 씨를 뿌려서 그녀를 꽃 피게 했어. ── 백인의 피가, 백인이 원하는 여성미의 물감과 형체를 부여했던 거야. 그러한 특징을 지닌 여체는, 우리 백인 남성이 나무에서 내려와 털을 잃고 피부가 하얗게 표백되어지기 전부터, 세계의 뜨거운 적도(赤道) 부근의 사타구니에서 여왕처럼 완전한 모습으로 존재하고 있었던 것인데 ── 기민하고 온순하고 이상한 옛날의 육체적 쾌락에 넘쳐 있었어. (그것이 전부이고 그 밖에 아무것도 없었지만) 어제 갑자기 자란 가냘픈 백인 여자 같으면 그런 쾌락에는 도덕적인 분노를 일으키는 공포 때문에 도망칠 거야. ── 그 근원적 특성을 지닌 여체는, 백인 여자가 가게 안에 카운터나 저울이나 금고를 비치하고 어느 정도의 이윤이 있는 장사를 하는 등 만사를 경제에 결부시켜 일을 해 나가려고 할 때, 자신의 옥좌인 햇볕이 들지 않는 비단 침대 위에서 반듯하게 누운 채로 강력한 힘을 발휘하여 남자들을 지배하는 거야. 아니야, 매춘부가 아니야. 고급 매춘부도 아니야. 그들은 어릴 때 선발되어 어떤 백인 여자보다도, 어떤 수녀보다도, 어떤 순종의 말보다도 더욱 조심스럽게 키워지는 거야. 키우는 인간들은 밤잠도 자지 않고 끊임없이 마음을 써서, 어떤 친어머니도 따르지 못할 정도로 정성을 쏟지. 물론, 그녀들에게는 보수가 따르지만, 백인 여자들이 매매되는 것보다도 훨씬 엄격한 방식에 의하여 그 보수는 결정되는 거야. 왜냐하면 그녀들은 백인 여자들보다 훨씬 상품 가치가 크고, 여자의 유일한 목표인 사랑과 아름다움과 즐거움을 주도록 키워지고 교육받아 왔기 때문이지. 무도회 날까지는 남자의 얼굴을 보는 것이 거의 허락되지 않으며, 그 무도회 때 처음 상품으로 제시되어 어떤 남자에게 선택되어 팔리는 거지. 여자를 산 남자는, 능력이 없고 의향이 없다고 하더라도, 사랑하고 아름답게 즐길 수 있는 적당한 환경을 그녀에게 부여해야만 하는 거야. 그래서 특권을 누리기 위해서는 적어도 생명과 피를 흘려야 할 위험을 무릅쓸 만한 각오가 되어 있지 않으면 안 되지. 아니야, 그녀들은 결코 매춘부가 아니야. 가끔 나는, 처녀는 빼놓고, 미국에서 가장 성실하고 정숙한 여자는 그녀들이 아닌가 하고 생각할 정도야. 그녀들은 자기를 산 남자에 대하여, 그 남자가 죽든가 혹은 그녀들을 해방시켜 주든가 할 때까지, 아니면 그녀들 자신이 죽을 때까지 어디까지나 성실하게 정조를 지키는 거야. 그렇게까지 하는 창부가 세상에 어디 있겠어. 숙녀라고 불리는 이들도 그렇게는 안 해.' 그래서 헨리는 말했어. '그러나 너는 그녀와 결혼했어. 그녀와 결혼했단 말이야.' 그러자 본은 — 별다른 기색 없이 온화하고 참을성 있고 쇠처럼 단단하게, 그래도 어조는 약간 빠르고 날카로워져 있었어. — 도박사로서 아직 마지막 트럼프 카드를 내놓을 만큼 막다른 데까지 와 있지는 않았지. '아, 그 의식(儀式) 말이군. 알았어. 그래, 그것이지. 그러나 그건 아이들의 장난과 마찬가지로 암호같이 아무 의미도 없는 형식으로 하나의 풍속일 뿐, 그때그때의 사정에 따라서 적당하게 이루어지는 그런 거란 말이야. 한 줌의 머리카락을 불태워 등불로 삼은 지하실에서, 늙어 꼬부라진 노파가 처녀들조차도 무슨 말인지 알아들을 수도 없는, 아마 그 노파 자신도 알지 못하는 말로 중얼중얼하고 있는데, 그것은 그녀 자신이나 자손들의 경제적 이익을 생각하는 데 근거를 둔 것은 아니야. 왜냐하면 우리가 그 촌극을 묵종하고 참아내며 받아들이는 것은 그 의식이 다른 방법으로는 결코 만들어 낼 수 없는 안도와 보증을 그녀에게 주기 때문이지. 그무슨 새로운 권리를 부여한다든지 낡은 권리를 부인한다든지 하는 것이 아니야. 그 의식은 대학생들이 밤중에 은밀한 방에서 그 낡아빠지고 잊어버린 심볼들을 향해 올리는 의식과 같이 전혀 아무 의미도 없어. 신혼 초야(新婚初夜)에 하는 행위와 창부를 상대로 한 거래 행위가 같은 순서로 옷을 벗고 싱글 침대에서 몸과 몸을 섞어 합친다고 해서, 돈을 주고 고용한 매춘부와의 일상적인 관계를 자네는 결혼이라고 하겠는가? 왜 그것을 결혼이라고 하지 않지?' 그러자 헨리가 말했어. '아아, 알았어. 자네는 나에게 둘 더하기 둘은 얼마냐고 묻고, 그것은 다섯이라고 했어. 그리고 실제로 다섯이 됐어. 그러나 역시 결혼이란 문제는 남아 있어. 예를 들면, 내가 내 언어를 말할 수 없는 어떤 사람에게 의무감을 가졌다고 생각해 봐. 그 사람 자신의 말로 그 사람에게 말할 그 의무감 말이야. 나도 그것에 동의했다고 해. 그럴 경우, 때때로 나를 진심으로 신뢰하고 있는 그 사람의 말을 내가 모른다고 해서 그만큼 의무가 가벼워

지는 것일까? 천만의 말씀, 의무는 점점 더 무거워질 뿐이네.'
본은 마지막 카드를 꺼내어 목소리도 다정하게 말했어. '자네
는 이 여자와 이 아이가 혼혈이라는 것을 잊고 있는 건 아니겠
지? 자네는 미시시피 주 서트펜 농원의 헨리 서트펜이잖아?
그런 자네가 이 뉴올리언스에서 결혼이 어쩌고 의식이 어쩌
고 그럴 수 있는가?' 그러자 헨리는 — 이제 절망해서, 패배했
음을 확인하며 마지막으로 비통하게 외쳤지. '그래, 알아. 알
고 있어. 그러나 아직 문제는 그대로 남아 있어. 옳은 일은 아
니거든. 설사 자네가 그것이 옳다고 한 일이라고 해도 말이야.
자네가 했다고 해도 말이네.'

　그것이 전부였어. 그 정도로 끝났어야 했지. 그리고 사 년
후의 그 오후가 그 다음 날에 일어났어야 했던 거야. 사 년이
란 간격은 다만 실망스러운 기간이었어. 즉 이미 무르익은 결
론이 희석되고 연장되었던 기간이었어. 그것은 남북전쟁이라
는 미합중국의 중대한 (그리고 도저히 믿어지지 않는) 운명이 어
리석고 피비린내 나게 궤도를 벗어난 것이 원인이었던 거야.
그 희석과 연장이라는 것은 모든 측면에서 원인과 결과의 논
리적인 법칙이 이상하게 결여되어 있는 가족적인 운명에 의
해 야기되었다고 할 수 있겠지만, 그것은 항상 인간을 도구나
물질로 사용할 만큼 타락했을 때의 운명의 특징인 거야. 어쨌
든 헨리는 사 년간 기다렸어. 그는 그 기간 동안 그들 세 사람
전부를 정지 상태에 묶어 놓고, 본이 그 여자를 거부하고 결혼
을 취소하는 것을 기다리고 있었지. 그러나 그(헨리)가 생각
했던 그 결혼은 결혼이 아니었어. 그리고 헨리는 그 여자와 아

이의 모습을 보자마자 본이 결코 그들을 버리지 않을 것이라는 확신이 들었지. 사실, 시간이 흘러 헨리가 아직 결혼이 아닌 그 의식에 대한 생각이 점점 누그러지자 헨리의 마음을 괴롭힌 것은 두 개의 의식이 아니라 두 여자라는 것, 본의 의도가 이 이중 결혼이 아니라 분명히 자기 누이동생을 하렘에서 일종의 어린 정부로 만들려고 했다는 사실이었어. 아무튼 그는 사 년 동안 한 줄기 희망을 가슴에 품고 기다렸지. 그해 봄 그들은 미시시피 주로 돌아갔어. 불런 전투*가 터지고, 대학에서도 학생들 사이에서 중대가 조직되었지. 헨리와 본은 거기 참가했어. 아마 헨리가 주디스에게 편지를 써서 자신들이 어디에 있고 무엇을 하려고 하는지를 알렸을 거야. 두 사람은 함께 자원입대했던 거야. 헨리는 본을 감시했고, 본은 자신이 감시당하게 내버려 뒀어. 헨리가 본에게서 눈을 떼지 않은 것은 자기가 없는 사이에 본이 주디스와 결혼할까 봐 겁낸 것이 아니라, 본이 주디스와 결혼하면 자기는 일평생 그렇게 기꺼이 배신당해, 정복되기 전에 항복한 겁쟁이의 기쁨을 맛보지 않으면 안 된다는 것을 두려워했던 거야. 본이 헨리에게 감시당하는 대로 자신을 내맡기고 있었던 것도 그와 똑같은 이유에서였어. 본은 비록 헨리나 서트펜이 반대하더라도 자기가 원하면 언제든지 주디스와 결혼할 수 있다고 믿고 있었기 때문에, 헨리 모르게 주디스를 차지하려 하지 않았던 거야. 앞에서도 말한 것처

---

* 미국의 남북전쟁 때, 1861~1862년 여름에 두 차례에 걸쳐 버지니아 주의 불런 강 근처에서 일어난 전투.

럼, 본의 사랑의 대상, 혹은 헨리의 염려의 대상은 주디스가 아니었어. 주디스는 다만 공허한 형상, 텅 빈 그릇에 지나지 않았고, 두 사람은 그 그릇 안에 자기 자신이나 상대의 환영이 아니라 상대편이 자신을 그러리라 믿을 것으로 생각하는 모습을 담아 두려고 애쓰고 있었던 거야. 세상 물정을 아는 한 사나이와 순진한 청년, 유혹자와 피유혹자, 서로 잘 알고 있었으며, 유혹하고 유혹당하고, 서로가 서로를 희생시키고, 자기 자신의 힘으로 정복하는 정복자, 자기 자신의 유약함 때문에 정복된 피정복자, 주디스가 두 사람의 생활 속으로 뛰어 들어오기 이전부터 두 사람은 그런 관계에 있었던 거야. 그리고 지금은 전쟁이 시작되고 있었어. 운명의 사나이와 운명에 희생된 사나이, 그 두 사람은 전쟁이 모든 것을 해결하여, 융화할 수 없는 두 사람의 관계를 해방시켜 줄 것을 희망하고 있었다고 해도 이상할 것이 없었어. 젊은 사람들이, 뭔가 전쟁 같은 파국이 찾아오면 스스로는 해결할 수 없는 개인적인 문제를 해결하는 유일한 목적을 위해 신의 섭리가 직접적으로 움직이는 것이라고 생각한 것은 처음이 아니었을 것이야.

그리고 주디스에 관한 일인데, 그녀의 일은 다음과 같은 방법으로밖에 설명할 수 없다고 생각해. 본이 십이 일 동안에 그녀를 타락시켜 운명론적인 생각을 품게 할 수는 없었던 것이 분명해. 본은 그녀의 정조를 유린할 정도로 타락시키려고 하지 않았을 뿐만 아니라 그녀의 아버지에게 도전하려고도 하지 않았어. 아니야. 그녀는 결코 운명론자는 아니었어. 헨리는 도덕과 옳고 그른 것의 법칙에 대해 유난히 소란을 떠는 다분히 콜드필드계였지만, 그녀는 충분히 강한 힘이 있다면 자신이 바라는 것은 무자비하게 쟁취하는 서트펜의 방식을 그대로 물려받은 순수한 서트펜계였지. 그날 밤, 반나체의 서트펜이 똑같이 옷을 벗은 흑인과 격투하고 있는 광경을 지붕 밑 다락방에서 내려다보았을 때, 헨리는 비명을 지르며 구토를 했는 데 반해, 그녀는 냉정하고 주의 깊은 관심을 갖고 그것을 바라보고 있었어. 그 태도는, 헨리가 그와 같은 크기의 동년배 흑인 소년과 격투하고 있는 모양을 보는 서트펜의 태도를 방불하게 하는 것이었지. 아버지가 본과의 결혼을 반대하는 이유를 그녀로서는 알 수 없었기 때문이야. 헨리는 그녀에게 아무 말도 하지 않았고, 그녀는 아버지에게 물어볼 생각도 안 했어. 왜냐하면 비록 그 이유를 알았다고 해도 그것은 그녀에게 그리 큰 차이가 없었기 때문이지. 그녀는 그를 반대하려는 사람에 대해서는 아버지 서트펜과 똑같은 방법으로 행동하려고 했어. 아무튼 그녀는 할 수 있었다면 본을 자기 것으로 만들었기를 원했어. 필요하다면 본의 그 여자를 죽이는 것까지 나는 상상할 수 있어. 그러나 그녀는 본의 신변에 대하여 아무것도 알아보려고 하지 않았고, 자신이 바라는 일과 자신이 옳다고 생각하는 일, 그 두 가지 사이에서 도덕적으로 깊이 생각하고 있었어. 그리고 그녀는 기다렸지. 사년 동안 기다렸어. 그사이 본에게서는 아무 소식도 없었고, 다만 헨리에게서 그가 아직 살아 있음을 들을 뿐이었어. 헨리가 본에게 그녀에게 편지를 쓰게 하지 않았기 때문이야. 그리고 본은 하려고도 안 했지. 그것은 시련의 기간이었고 감금 상태에 있는 시간이었지. 그러나 그들 셋 모두는 그것을 받아들였어. 나는 헨리와 본 사이에 주고받은 어떤 약속이 있었다고는 믿지 않아. 그러나 주디스는 무슨 일이 왜 일어났는지, 아무것도 알지 못했어. ── 너는 우리 남녀의 가지가지 행동의 원인을 해명하기 위해 재구성하려고 할 때, 그것들이 예전부터의 낡은 도덕에서 파생된 것이라고 간단히 믿어 버릴 수밖에 없어서 종종 놀랄 때가 많다는 것을 주목했을 거야. 도둑놈이 탐욕 때문에 도둑질한 것이 아니라 애정 때문에 그랬다든가, 살인자가 욕망보다는 오히려 연민 때문에 사람을 죽였다든가 하는 일들 말이야. 주디스는 자신이 애정을 준 것에 절대적인 신뢰를 두고, 생명과 긍지를 얻은 곳에 절대적인 애정을 주고 있었어. 그 긍지라는 것은, 자신이 이해할 수 없는 것이면 그 순간 그것을 경멸과 격노로 변형시켜서 분개하고 마음에 심한 상처를 내는 행위에서 그 배출구를 찾는 식의 잘못된 긍지가 아니라, 아무런 비하도 느끼지 않고서, 나는 사랑하고 있다. 나는 그 대용품은 아무것도 받아들이지 않는다. 그와 아버지 사이에 무슨 일이 일어났다. 만약 아버지가 옳았다면 나는 두 번 다시 그와 만나는 일은 없을 것이다. 만약 아버지가 잘못했다면 나는 기꺼이 그의 말에 따를 것이다. 만약 행복해질 수 있다면 나는 기꺼이 행복해질 것이고, 괴로워해야 한다면 기꺼이 괴로워할 것이다 하고 공언할 수 있는 진실한 긍지였어. 그녀는 기다렸어. 기다리는 이외의 일은 아무것도 하려고 하지 않았어. 그녀와 아버지의 관계는 조금도 변하지 않았어. 언제나 함께하고 있었어. 두 사람 사이에 본의 일 같은 건 존재하지 않은 것 같았지. 엘런이 병상에 있는 그 몇 달 동안, 크리스마스부터 서트펜이 사토리스 연대를 인솔하여 출정했던 날까지, 마차를 타고 거리를 지나는 두 사람은 똑같이 알 수 없는 침착한 표정을 하고 있었어. 두 사람은 어떤 것도 서로에게 말하지 않았어. ── 서트펜은 본에 대하여 자신이 알았던 것을 말하지 않았고, 주디스는 본과 헨리가 어디에 있다는 것을 말하지 않았어. 두 사람은 말할 필요가 없었던 거야. 두 사람은 서로 너무 닮았어. 서로 너무 잘 알고 있든가 혹은 너무 많이 닮았든가 할 경우, 말로 의사소통을 하는 힘과 필요성이 말을 사용하지 않는 것이 원인이 되어 퇴화된 나머지, 귀나 지성의 매체를 필요로 하지 않고 상대편에 뜻을 전달하는 사람들은 실제적인 말을 서로 이해하지 못하는 경우가 가끔 있는 법인데, 두 사람의 관계가 바로 그랬어. 그래서 그녀는 아버지에게 헨리와 본의 소재를 말하려 하지 않았고, 그는 학도병 중대가 출발할 때까지 두 사람의 소재를 몰랐지. 본과 헨리가 입대하고 얼마 동안 어딘가에 몸을 숨기고 있었기 때문이야. 그들이 그렇게 했던 것이 틀림없었어. 두 사람이 말을 타고 가기 전 입대 수속을 할 동안만 옥스퍼드에 머물렀던 거야. 옥스퍼드나 제퍼슨에서 그들을 아는 사람은 누구나 그들이 그 당시 학도병이라는 것을 몰랐기 때문에 그렇게 할 수 있었지. 그렇지 않았다면 몸을 숨긴다는 것이 거의 불가능했을 거야. 왜냐하면 그때 사람들이 ── 젊은 학도병들의 아버지나 어머니나 친척들이나 여인들이 제퍼슨보다는 훨씬 먼 곳에서 속속 옥스퍼드 거리로 들어오고 있었기 때문이야. 식량과 침구를 가지고 하인들까지 한집안 식구들이 모두 몰려와 옥스퍼드 주민들의 집 마당에서 야영을 하며 아들이나 형제들의 용맹한 행진 연습을 보려 했던 거지. 빈부귀천을 가릴 것 없이 온갖 계층의 사람들이, 모든 집단 경험 중에서 가장 감동적인 광경 —— 단정한 군복으로 용맹이 약동하는 청춘의 피와 몸을 감싸고, 기만당하여 전쟁으로 내몰린 기라성 같은 청년들의 모습을 바라보려고 모여들었던 거야. 그것은 이교의 프리아포스 신(神)*의 산 제물이 되기 위하여 행진해 가는 처녀들보다 더 눈부신 광경이었어. 그리고 밤마다 댄스 파티가 열렸지. 촛대의 양초가 빨갛게 타오르는 가운데 바이올린이나 트라이앵글이 울리고, 높다란 창문의 커튼이 4월의 어둠 속에 흔들리는 가운데 크리놀린**으로 부풀린 여자들의 긴 치마가 회색 정복을 입은 사병이나 황금색 계급장을 단 대령들 사이에서 기분 내키는 대로 흔들리고, 서로 성(姓) 대신에 이름을 부르며 이야기하곤 했는데, 그것도 농부들이 들판에서 일을 하는 사이 쟁기를 멈추거나 서로 나누거나 혹은 옥양목이나 치즈나 피혁유(油)가 가득히 쌓여 있는 가게의 카운터 너머로 마주 서서 하는 그런 이야기가 아니라, 곱게 화장한 여자의 어깨 너머로 포도주나 샴페인 잔을 들고서 하는 이야기였어. 시간이 지나 부대가 출정하기를 기다리면서 밤마다 계속해서 왈츠를 추었지. 그것은 어두운 밤하늘을 비극적이 아니라 단순한 배경으로 삼아

---

* 그리스 로마 신화에 나오는 남성 생식력의 신.
** 19세기에 서양 여자들이 치마 안에 입어 부풀어 보이게 한 버팀대.

용감한 자들이 발하는 작은 빛이었고, 향기로운 청춘의 봄을 영원히 계속 구가하는 모습이었어. 그런데 주디스는 그 속에 없었지. 낭만주의자인 헨리도, 운명론자인 본도 — 감시자도, 피감시자도 — 그 속에는 없었고 어딘가에 숨어 있었어. 나팔 소리가 울려 퍼지는 가운데 꽃향기 가득한 4월과 5월과 6월의 새벽빛이, 여전히 미혼인 수많은 미망인들이 검은색 아니면, 갈색, 혹은 노란색 머리를 늘어뜨린 채 깊은 생각 없이 처녀의 꿈을 좇고 있는 수많은 방의 창문으로 쏟아져 들어오고 있었어. 그러나 주디스는 거기에 없었어. 새로 지은 회색 군복을 입고 말을 탄 학도병 다섯 사람이 식량 보급 차에 탄 마부들과 하인들과 함께 명주 천을 적당한 크기로 잘라, 아직 꿰매지 않은 군기를 가지고 집집마다 방문하면서 학도병의 여인들에게 각자 몇 바늘씩 꿰매 받았지만, 헨리와 본은 그중에도 없었어. 두 사람이 부대에 합류한 것은 부대가 마을을 출발한 뒤였기 때문이야. 두 사람은 길가의 덤불이나 숲 속에 아무도 모르게 숨어 있다가 나온 것처럼 어떤 곳에 숨어 있다가 부대가 통과할 때 합류한 것이 틀림없어. 그들 두 사람, 아직 젊은이와 이미 어른이 된 두 사람이 말이야. 이제 자신의 생득권을 두 번이나 박탈당한 청년 헨리는 촛불과 바이올린의 댄스 음악 속에서 왈츠를 추고 키스를 하고 이별의 눈물에 젖었어야 했고, 또 군기를 가지고 주내를 돌았던 군기병의 한 사람이었어야 했지. 반대로 본은 원래 거기 있을 인간은 아니었어. 그는 연령도 인생 경험도 이미 지나칠 정도로 풍부했고, 자신의 육체가 존재하는 장소와, 마음과 이성이 희망하는 장소의 중간 어딘가 지옥 변두리에나 있을 운명의 정신적 고아였던 거야. 이때까지 대학생으로서는 너무나 다채로운 그의 경력 때문에 여섯 사람밖에 없는 법학과의 이단자가 되었고, 전쟁에 나가서는 고립된 장교의 자리를 얻게 되었어. 그는 학도병 중대가 최초의 전투에 참가하기 전부터 이미 장교가 되어 있었어. 내 생각에는 그가 스스로 그것을 바랐던 것은 아닌 것 같아. 오히려 그는 그것을 피하고 거부하려 했을 것이라고 상상할 수 있어. 그러나 어떻게 할 수 없었어. 그의 운명이 또다시 그를 고아로 만든 거야. 이리하여 본과 헨리는 장교와 사병 사이가 되었으나 아직 감시자와 피감시자의 관계는 이전과 같았고, 무엇인가 일이 일어나기를 기다리고 있었어. 그것이 무엇인지, 운명이나 숙명에 어떤 행위가 이루어질 것인지, 하느님의 어떠한 결정적 선고가 내려질 것인지(그것은 결정적인 것이 아니면 안 되었어. 어정쩡한 것으로는 어쩔 도리가 없었어.) 두 사람은 모르고 있었지만. 장교는 가라! 하고 부하에게 명령하거나 적어도 때로는 휘하의 소대를 전진시키고는 자신은 뒤에 남는 변변치 않은 권한을 가지고 있었으나, 그런 그가 피츠버그 랜딩*의 전투에서 부대가 후퇴하였을 때 북군의 포화를 맞고 어깨에 부상을 입었어. 그때 그를 등에 업어 안전한 장소까지 대피시킨 것은 사병인 헨리였는데, 그 목적은 앞으로 다시 이 년 동안 감시를 계속하는 것이었고, 그사이에 두 사람이 살아 있다는 것을 주디스에게 알려

---

* 미국 테네시 주 서남부의 지명. 남북전쟁의 격전지.

주었어.

그리고 주디스. 그녀는 이제 혼자서 살고 있었어. 아마 그녀는 지난해 크리스마스 이래, 아니 그 전해, 삼 년 전, 아니 사년 전 이래 계속 혼자 살아왔지. 서트펜은 자기 부대와 사토리스 부대를 이끌고 출정하였고, 흑인들 — 서트펜 농원을 건설하는 데 이용한 그 야만적인 흑인들 — 은 제퍼슨 읍을 최초로 통과한 북군 부대를 따라가 버렸어도, 그녀는 고독하게 살지는 않았어. 멍하니 아무것도 모른 채 가만히 죽음을 기다리고 있던 엘런은 덧문이 닫힌 방 안에 누워 마치 어린아이를 보살펴야 하는 것 같은 끊임없는 주의를 필요로 했고, 그녀(주디스)와 클라이티는 살아가기 위하여 잡다한 종류의 채소를 가꾸지 않으면 안 되었지. 워시 존스는 힘든 정원일을 하면서 엘런과 주디스에게, 엘런이 죽은 뒤에는 주디스에게 가끔 생선이나 사냥에서 얻은 것들을 가져다주고 있었어. 워시 존스는, 서트펜이 최초의 여자(엘런)가 그의 집에 들어오고 사슴과 곰 사냥을 하던 최후의 사냥꾼이 거기서 나간 뒤에 강의 저지대에 지어 놓았던, 허물어져 가는 고기잡이 오두막에 살고 있었어. 워시와 워시의 딸, 손녀딸인 갓난아이 셋이 거기서 사는 것을 서트펜이 허락했던 거야. 워시는 지금 집 안에까지 들어올 수 있으나 서트펜이 출정할 때까지는 부엌 뒤에 있는 포도나무 정자 앞까지도 와 본 일이 없었어. 일요일 오후가 되면 그 포도나무 정자가 있는 데서 그와 서트펜은 술을 마시거나 그가 거의 1마일이나 떨어진 곳에서 들통 가득히 길어 온 샘물을 마시거나 했지. 서트펜은 통나무 가로대가 있는 그물 침대에 앉아 이야기하고, 워시는 기둥에 기댄 채 웅크리고 앉아 큰 소리로 기뻐하며 멍청하게 너털웃음을 웃곤 했어. 주디스에게 그것은 결코 고독이 아니었고 한가한 생활도 아니었어. 지금은 약간 나이가 들어서 다소 야위긴 했어도 그녀의 얼굴 표정은 전과 다름없이 침착하고, 알 수 없는 것이었어. 약혼자인 본과 오빠인 헨리가 밤중에 집을 빠져나가 어디론가 자취를 감춰 버렸다는 소문이 거리에 퍼진 지 일주일도 되지 않아 아버지와 함께 마차를 타고 마을로 나왔을 때와 같은 얼굴 표정이었지. 이제 그녀가 마을에 나타날 때는 그 무렵 남부 여자들이 모두 입고 있던 고쳐 만든 옷을 입고, 마차에 타고 있다고는 해도 말이 끄는 것이 아니라 밭을 가는 노새 한 필이 끌고, 그 노새를 몰거나 그 노새에게 마구를 얹거나 풀거나 하는 마부도 없는 그런 마차를 타고 임시 야전 병원에 가서 ─ 그 당시 제퍼슨 읍에도 부상자가 와 있었지. ─ 다른 여자들과 함께(전통적으로 지극히 게으른, 양육된 처녀들) 스스로 자기 몸에 이상한 상처를 내고 죽은 자의 시신을 깨끗이 닦아 낸 뒤 붕대를 감거나 집에서 가져온 창문 커튼이나 시트나 리넨 등으로 붕대를 만들었어. 그녀들은 서로 자식이나 형제나 남편들의 일을 눈물과 슬픔으로 이야기하곤 했으나(그리고 적어도 그들은 확실한 정보를 알고 있었으나) 주디스에게 헨리와 본의 일을 물어보는 사람은 없었어. 주디스도 헨리나 본과 마찬가지로 무엇인지를 알지 못한 채 한결같이 기다리고 있었지만, 헨리나 본과는 달리, 기다리고 있는 이유마저 알지 못했어. 그리고 엘런이 죽었어. 엘런은 이 년 전에 죽어 지금은 잊

흰 여름의 나비가 되었지. ── 이 년 전부터 이미 알맹이가 없
는 껍데기였고, 너무나 가벼워서 죽었어도 변화할 수조차 없
는 그림자 같은 존재로서, 매장되었다고는 하지만 다만 육체
가 없는 추억만이, 어느 평화로운 오후에 종소리나 영구차도
없이 저 삼나무 숲 속에 묻혔던 거야. 그리고 약간 역설적이지
만, 엘런은 서트펜(지난해 장교 선거 때 사토리스가 사퇴했기 때
문에 그는 지금 연대장인 대령이 되어 있었지.)이 사우스 캐롤라
이나의 찰스턴에서 보급차로 실어 와, 주디스가 그에게 엘런
의 무덤이라고 말한 풀이 약간 나 있는 움푹 들어간 땅에 세운
몇 천 파운드나 되는 대리석 묘비 아래 잠들었던 거야. 그리고
주디스의 할아버지가 죽었어. 못질을 한 지붕 밑 다락방에 틀
어박혀 굶어 죽었던 거야. 주디스는 미스 로자에게 농원에 와
서 함께 살자고 했지만, 미스 로자는 거절했어. 그리고 또한
그녀는 분명히 편지를 기다리고 있었어. 드디어 사 년 만에 본
에게서 직접 온 첫 편지를 받았어. 그리고 어머니의 묘비 옆에
본을 묻고 일주일이 지난 뒤, 그녀는 그동안 클라이티와 함께
노새에 마구를 매는 법을 배운 솜씨로 마차를 몰고 읍내로 왔
어. 그리고 너의 할머니에게 자발적으로 그 편지를 넘겨 주었
던 거야. 그 무렵엔 누구도 찾아오는 사람도 없고 친구도 없었
던 주디스가 왜 그 편지를 넘겨 줄 상대로 너의 할머니를 택했
는지를 네 할머니와 마찬가지로 자신도 잘 모르고 있었어. 그
녀는 이제 마른 정도가 아니라 몹시 수척해 있었고, 지쳐 버린
콜드필드 계의 살 속으로 서트펜 계의 골격이 내다보고 있어
서, 오랜 옛날의 젊음을 잊어버린 얼굴을 하고 있었으나, 아직

도 그 침착하고 헤아릴 길 없는 냉정함을 지니고 있어서 슬픈 빛도 탄식의 빛도 찾아볼 수 없었지. 너의 할머니는 말했어. '나에게? 나에게 이 편지를 맡기고 싶어?'

주디스가 말했어. '그래요, 아니면 없애 버리세요. 아무래도 좋아요. 읽으셔도 괜찮고요. 할머니가 별다른 영향을 끼치지 못하실 것이기 때문이에요. 아시죠. 우리는 태어나서 어떤 일을 하려고 생각하지요. 이유도 모른 채 그 일을 계속해요. 그런데 동시에 태어난 많은 사람들과 뒤엉켜, 팔이나 다리를 움직이려고 해도 다른 사람들의 팔이나 다리와 끈으로 묶여 있기 때문에 마음대로 움직일 수가 없어요. 그래도 모두들 이유도 모르면서 열심히 움직이려고 하지요. 마치 오륙 명이 한 대의 방적 기계로 양탄자를 짜면서 각각 자기의 무늬를 짜 넣으려고 하는 것과 마찬가지예요. 그런데 어떻게 해 봐도 어쩔 수 없다는 것을 잘 아시죠. 그 방적기를 그곳에 설치한 이들(신) 같으면 어떻게 좀 더 잘 해낼 수 있겠지만, 어쨌든 살아 있는 인간은 계속해서 그것을 지켜보는 도리밖에 없기 때문에 그것만 신경 쓰며 살다 보면 갑자기 끝나 버려서, 뒤에 남는 것은 뭐라고 글자가 새겨진 한 덩어리의 돌뿐이에요.(그것도 기억해 줘서 대리석에 비문을 새겨 세워 줄 만한 어떤 누가 있는 경우의 이야기지만요.) 그러는 사이에 비가 내리고 햇살이 비치고, 묘지에 누워 있는 이가 누구인지, 묘비에 무엇이라고 새겨져 있는지 아무도 모르게 되어 버리는 것이지요. 그러니 만약 될 수 있으면 누구에겐가 가서 ─ 낯선 사람이면 더욱 좋지요. ─ 무엇인가 ─ 한 조각의 종이에라도 뭔가 남겨 놓으면,

그 종이 자체에는 무슨 의미가 없고, 또한 읽히든 보관되든 버려지든 불태워지든 간에, 어쨌든 적어도 넘겨 주었다는 행위가 있고, 혼자의 마음에서 다른 마음으로 무엇인가가 전해졌다는 사실만으로도 그것이 비록 한 장의 종이에 갈겨 쓴 글씨에 불과하더라도, 언젠가는 삭아서 없어진다는 이유 때문에 과거 한때 존재했던 것에 표식을 남길 수 있는 것이 되지만, 묘비는 닳아 없어질 수조차 없으니 결코 과거의 것이 될 수도 없고 따라서 현재에 존재할 수도 없는 거예요…….'

그래서 너의 할머니가 그 알 수 없고 침착하며 절대적으로 조용한 그녀의 얼굴을 바라보면서 외쳤지. '안 돼! 안 돼! 생각해 봐, 너의…….'

그러니까 주디스는 여전히 침착하게, 비통한 표정도 보이지 않고, 할머니의 기분을 이해한다는 듯 바라보며 말했어. '아, 저요? 아니, 그것은 아니에요. 누군가는 클라이티를 돌보지 않으면 안 되겠고 그리고 아버지는 자기편끼리 서로 총질을 시작했으니까 이제 전쟁도 오래가지는 않을 것이라 곧 돌아오시겠는데, 아버지 역시 시중드는 어떤 사람을 원하실 거예요. 그렇기 때문에 할머니가 말씀하실 것은 없어요. 여자는 애정 때문에 그런 일을 하는 것은 아니에요. 남자들도 마찬가지라고 생각해요. 아무튼 지금은 그래요. 어디에 가더라도, 지금은 여기도 저기도 가득 차 있어요. 가득한 거예요. 모든 것을 잊어버리고 즐기려고 해도 극장이 만원이라서 어쩔 수 없고, 조용히 누워서 잠을 자려고, 잠을 좀 자려고 해도 침대가 가득해서 어쩔 도리가 없어요.'"

컴프슨 씨가 몸을 움직였다. 퀜틴은 몸을 반쯤 일으켜 세워 그 편지를 그에게서 받아들고, 모기 때문에 더러워진 흐릿한 전등 아래로 가져가 조심스럽게 그것을 펼쳤다. 그것이 마치 바삭바삭 메마르고 네모난 종이가 아니라 본래의 모양과 내용을 그대로 간직하고 있는 재[灰]인 것처럼 말이다. 그러는 동안 퀜틴이 귀를 기울이고 있지 않는데도 컴프슨 씨가 말하는 소리가 계속 들렸다. " ─ 어째서 그가 그녀를 사랑하고 있었다고 내가 말했는지 너도 그 이유를 알겠지. 그 밖에도 다른 편지들이 있었던 거야. 그중에 많은 편지들은 정중하고 화려했지만 가끔은 게으르고 불성실한 것들이었는데, 옥스퍼드와 제퍼슨 사이 그 40마일의 길을 그 최초의 크리스마스 이후 몇 번이고 몇 번이고 그녀에게 손으로 전달되었던 거야. 그것은 시골에서 자란 처녀에 대한 도시 남자의 세련된 아첨(그 자신에게는 틀림없이 의미가 없는)의 제스처였지만, 시골 처녀인 주디스는 그 심원하고 절대로 설명할 수 없는, 조용하고 참을성 있는 여자의 투시력을 가지고 있어서(거기에 비하면 도시 남자인 본의 멋부린 제스처 같은 것은 버릇없는 아이들의 익살맞은 장난에 지나지 않았지만) 그런 편지를 이해도 없이 받고, 화려하게, 품위 있게, 우아하게 그리고 형식과 은유를 지루하게 짜내어 쓴 것들이라도 다음 편지가 올 때까지 보관하지 않았던 거야. 그러나 이 편지만을 보관하고 있었다는 것은 ─ 사 년간의 세월이 지난 뒤에 뜻하지 않게 그녀의 손에 도착한 이 편지를 보관하였다가 이 값진 것을 누군가 낯선 사람에게 넘겨 주려고 생각한 것은 ─ 보관되건 보관되지 않건, 읽히건 읽히지 않건 간에, 어쨌든 그것을 알지 못하는 사람의 손에 넘겨서, 우리 인간의 운명인 망각이라는 공백 위에 무엇인가 생채기나 지워지지 않는 표식을 남기려고 한 것……." 퀜틴은 아버지의 말을 듣는 둥 마는 둥 하면서 그 편지의 흐린 거미줄 같은 글씨를 읽고 있었다. 그것은 이미 이 세상에 살고 있었던 사람이 종이 위에 쓴 글씨가 아니라 종이 위에 새겨진 그림자 같은 것으로서, 그가 그것을 본 바로 직전에 분해 작용을 일으켜 그가 읽고 있는 순간에 언제든지 당장 색이 바래 소멸되어 버릴 것 같았다. 본의 편지는 사 년 뒤에 이야기된 그리고 거의 오십 년 후인 현재에 또 이야기되고 있는, 온화하고 냉소적이며 변덕스럽고 구제 불능일만큼 염세적인 사자(死者)의 소리로서 날짜도, 인사말도, 서명도, 아무것도 없었다.

이 편지는 사자로부터의 소리인 것은 그만두고, 패자로부터의 소리라고 해도 우리 두 사람 어느 쪽에도 모욕이 되지 않는다는 것을 알 것입니다. 사실, 만약 내가 철학자였다면 당신이 지금 손에 들고 있는 이 편지에서 시대에 대한 호기심을 자극하는 적절한 비판과 미래에 대한 길흉에 대한 예언을 할 수 있을 것입니다. 이 편지지는 보다시피 칠십 년 전의 날짜가 있는 최상급 프랑스풍의 투명 무늬가 들어 있는 종이로, 멸망한 어느 귀족의 파괴된 저택에서 주워 온(아니면 훔쳐 왔다고 해도 상관없습니다만) 것이며, 글씨는 뉴잉글랜드의 공장에서 제조된 지 일 년도 채 되지 않은 최고급 난로 닦는 광택제로 쓴 것입니다. 그렇습니다. 난로 닦는 약으로 쓴 것이에요. 우리가 그 약을 노획했던 것입니다. 이것만 가지고도 하나의 이야기가 될 것입니다. 우리를 상상해 주십시오. 우리의 지금 모습은 비슷비슷한 허수아비들을 한데 모아 놓은 것 같습니다. 굶주리고 있다고는 말하지 않겠습니다. 1865년의 오늘 메이슨 딕슨 경계선* 밑에 있는 숙녀나 여자 들에게 그 말은 마치 호흡을 하고 있다는 것과 마찬가지로 순전히 불필요한 군말로 생각될 것이기 때문입니다. 또 군복은 누더기가 됐고, 군화마저 신지 않았다고는 말하지 않겠습니다. 왜냐하면 우리는 그와 같은 상태에 이제는 익숙해졌기 때문입니다. 다만, 고맙게도(이것은 나에게, 인간성은 아니더라도 적어도 인간이라는 것에 대한 나의 믿음을 회복시켜 주는 것입니다.) 인간은 실제로 고난과 궁핍에 익숙해지는 것은 아닙니다. 익숙해지는 것은 닥치는 대로 썩은 고기라도 먹고 살이 찐 천한 영혼이나 정신뿐으로서, 고맙게도 육체그 자체는 비누와 깨끗한 리넨에서 느끼는 그리고 발바닥과 흙사이에서 짐승의 발과 구별하게 하는 무엇인가를 느끼는 그 옛날의 부드러운 감촉을 결코 잊지 못하는 것입니다. 그리고 우리허수아비는 일을 하지 않으면 안 될 뿐만 아니라, 하는 것 이외에는 어찌할 수 없는 절망적인 허수아비의 운명을 짊어지고 있는 것을 생각해 보세요. 사람 앞이나 하늘 아래 대안을 위한 절대적인 공간이 없고 땅 위에나 혹은 땅 아래 패배한 자들이 쉬거나 호흡하거나 아니면 무덤에 묻힐 공간을 발견할 알맞은 장

---

* 미국 펜실베이니아, 메릴랜드, 델라웨어, 웨스트버지니아 주에 그어진 경계선. 노예 제도 폐지가 문제가 되었을 때, 이 선을 경계로 북부와 남부로 갈라져 자유주의와 노예주의의 분계선이 되었다.

소가 없기 때문이지요. 그래서 우리(허수아비)들은 실패했다고 해서 마음대로 살 수도 죽을 수도 없기 때문에 기꺼이(떠들썩한 것은 물론 아니지만) 앞을 향해 한바탕 돌진하며 허수아비의 일에만 전념하고 있습니다. 내가 말하는 것을 상상해 보세요. 무방비의 살찐 주보(酒保) 상인들의 짐차를 열 대쯤 빼앗았는데, 우리 허수아비들은 한꺼번에 거기로 몰려가 식량이 들어 있는 합중국(그 글자는 사 년 동안 우리 피정복자에게 있어서는 전리품, 양식의 상징이었고, 한때는 눈부시게 빛나는 눈썹, 가시관의 주변에서 빛나는 구름과도 같은 것이었습니다.)이라고 쓰인 아름다운 상자를 차례차례 던져 내어, 돌과 총검 그리고 맨손으로까지 그 상자에 덤벼들어 간신히 열어 보니, 놀랍게도 그것은 난로 닦는 가루약이었습니다. 몇 갤런인지도 알 수 없는 다량의 난로 닦는 가루약, 게다가 그것들은 제조 된 지 일 년도 채 지나지 않은 것뿐이었고, 우리는 이것을 아마 가옥을 방화하기 전에 먼저 난로를 잘 닦으라는, 뒤늦게 보내진 수정된 야전 명령과 함께 셔먼 장군*의 뒤를 따라오고 있었던 것이라고 추측하고, 배를 움켜잡고 웃었던 것입니다. 나는 정말 웃었습니다. 나는 웃는 것을, 적어도 이 사 년 동안에 배웠습니다. 웃는 것은 공복을 요구하는 것으로서, 굶거나 무서워하거나 할 때에 마치 텅 빈 위주머니가 알코올의 정수를 추출하는 것처럼, 웃음의 정수를 우리는 추출해 낼 수 있습니다. 그러나 어쨌든 우리는 이렇게 해서 난로 닦는 약을 듬뿍 입수했습니다. 많은

* 윌리엄 셔먼(1820~1891). 미국의 군인으로, 남북전쟁 당시 북군의 장군.

편입니다. 너무나 많아요. 보는 바와 같이 내가 말하고 싶은 것을 모두 쓴다고 해도 그렇게 많이 필요한 것은 아니니까요. 그런 까닭으로 철학자는 아니지만 내가 끌어낸 결론과 징후는 다음과 같습니다.

우리는 충분히 오랫동안 기다려 왔습니다. 내가 퍽 오래 기다렸다고 말하는 것으로 당신을 모욕하려 하지 않는다는 것을 알 것입니다. 그래서 나는 더 이상 나를 기다려 달라고 말하고 싶지 않습니다. 왜냐하면 나는 언제쯤 당신에게 돌아갈 수 있을지 전혀 모르기 때문입니다. 과거는 과거이고, 1861년에 사멸해 버린 것이니까 지금은 이미 있지도 않으며, 그것은 현재 — (이것 봐요, 또 포격이 다시 시작됐군요. 물론 포격 이야기를 하는 것은 호흡이나 탄약의 결핍을 말하는 것과 마찬가지로 너무나 장황한 것입니다. 왜냐하면 나는 포성이 결코 멈추지 않는다고 때때로 생각하기 때문입니다. 물론 포성은 한 번도 중단된 적이 없습니다. 나는 그것을 말하고 있는 것이 아닙니다. 내가 말하는 것은 그러한 것은 더 이상 없고, 사 년 전에 천지를 진동할 것 같은 일제 사격이 이따금씩 있었지만, 그때 그 일제 사격은 포구(砲口)를 들어올린 채 최면술에 걸린 듯 무서울 만큼 놀랄 정도로 얼어붙은 상태에 묶여 있어서, 반복되지 않고, 다만 사격하는 대포 소리의 시끄러운 되울림이 그것의 소리가 처음 울렸던 땅을 덮고 있는 하늘에서 울렸습니다. 그 속에서 가끔 지쳐 빠진 보초병이 총을 떨어뜨리는 소리나 힘이 다해서 쓰러지는 사체(死體)의 소리가 귀에 거슬렸습니다. 왜냐하면 하늘 아래 어떤 다른 공간도 그 포성을 듣지 못할 것이기 때문입니다. 그래서 포성이 들려 왔다는 것은 곧 날이 밝는다는 뜻입니다. 그렇기 때문에 나는 이만 멈춰야 합니다. 무엇을 멈추느냐고 당신은 말할지 모르겠습니다만, 그것을 생각하는 것, 생각해 내는 것을 멈춘다는 것입니다. 그러나 희망하는 것을 그만둔다는 뜻은 아님을 알아주십시오. 그리고 또 얼마 동안은 시간의 구분이나 소재도 잊어버리고 사 년이란 세월이 흐른 지금에 와서도 나에게 일종의 을씨년스러운 불굴의 신념 때문에, 그것은 내게 있어서는 믿어지지 않을 만큼 멋진 일입니다만, 옛날의 평화와 만족의 추억에 이것저것 다 잊어버리고 몰두하고 있는, 군대라는 일단의 어리석고 비이성적인 일원이 또 한 번 되었습니다. 옛날의 평화나 만족이 어떤 냄새와 어떤 울림을 가지고 있었는지 이제 잊어버린 것 같습니다만 그것들은 마치 불사(不死)를 은밀하고 절대적인 약속으로 믿고 있는 것처럼 팔과 다리가 잘리든 찢어지든 그런 위협은 아무렇지도 않게 생각하고 있는 것 같습니다. 그러나 어쨌든 이제는 끝마치지 않으면 안 됩니다.) 나는 언제 당신에게로 돌아갈 수 있을지 모릅니다. 현재는 과거와는 별개의 일입니다. 과거는 살아 있기조차 하지 않기 때문입니다. 그리고 당신이 지금 손에 들고 있는 이 종이에는 현재 사멸해 버린 남부의 최상의 부분이 있고, 그 종이 위의 문자에는 우리를 정복하고 따라서 좋아하든 좋아하지 않든 간에 살아가지 않으면 안 되는 새로운 북부 최상의 것(각 상자마다 최상품이라고 쓰여 있었습니다.)이 포함되어 있는 것이니까 나와 당신은 불가사의하게도 살아갈 운명을 짊어진 사람들 속에 들어 있다고 나는 지금 믿고 있습니다.

컴프슨 씨가 말했다. "이것이 전부야. 그녀는 그의 편지를 받은 후 클라이티와 함께 웨딩드레스와 면사포를 만들었지. 아마 그 천 조각은 본래 붕대를 만들게 되어 있었는데 그렇게 하지 않았던 거야. 그녀는 그가 언제 돌아올지 몰랐어. 그 자신도 알지 못했기 때문이지. 아마 그는 헨리에게 그 편지에 대하여 말하고, 편지를 부치기 전에 헨리에게 보였을 거야. 아마 보이지 않았을지도 모르지. 두 사람의 관계는 예나 다름없었고, 다만 감시하고 있는 자와 기다리고 있는 자 사이의 관계로서, 본이 헨리에게 나는 벌써 상당히 오랫동안 기다렸다 하고 말하면, 헨리는 본에게 그럼 자네는 포기하는 건가? 하고 묻고, 본은 거기에 대답했지. 나는 포기 같은 것은 안 해. 지난 사 년간, 나는 포기할 수 있는 기회가 오지 않을까 하고 항상 기다리고 있었지만, 아무래도 나는 살아남아야 할 운명인 것 같아. 그녀도 나도 살아가야 할 운명인 것 같아. ── 이런 도전과 최후통첩을 야영지 모닥불 가에서 서로 말했고, 그 최후통첩은 두 사람이 나란히 말을 타고 갔음에 틀림이 없는 그 문 앞에서 행해졌던 거야. 본은 최후까지 침착하고, 조금도 벗어나지 않는 아마 저항도 하지 않는 운명론자였고, 헨리는 달랠 수 없고 변경할 수 없는 비탄과 절망 때문에 냉혹한⋯⋯."

퀜틴은 문에서 두 사람이 마주 보고 있는 것을 실제로 볼 수 있는 것 같았다. 문 안쪽에는 한때 넓은 정원이 있었는데 지금은 손질을 하지 않아 풀들이 무성하게 자라 황량해져서, 마취에서 막 깨어난 사람의 면도를 하지 않은 얼굴처럼 꿈꾸는 듯 격리되고 서늘한 분위기를 지니고 있었고, 커다란 저택 안에서는 젊은 처녀가 훔친 천 조각으로 만든 웨딩드레스를 입고 기다리고 있었는데, 저택 그 자체에도 허물어져 황폐해 가는 분위기가 감돌고 있었다. 그것은 침략 때문이 아니라 대재난이라는 역류 속에서 고립되어 잊혀 버린 뼈대만 남은 폐가가 되었기 때문이다. ─ 해골 같은 골조는 가구, 융단, 리넨, 은식기 등을 천천히 조금씩 쏟아 내며 스스로 허물어져 버려서, 지금까지 오랫동안의 희생도 고뇌도 무익했다는 사실을 죽어 가면서까지 깨달은 사람들이 무참한 고통 속에서 죽어 가는 것을 돕고 있었다. 두 사람은 말라서 뼈가 앙상한 말을 탄 채 서로 마주 섰다. 두 사람 다 같이 나이 들었다고 하기에는 아직 세파에 충분히 시달리지 않았으나 나이 든 눈을 하였고, 머리는 흐트러지고, 얼굴은 엄격하고 인색하기까지 한 조각가의 손에 의해 주조된 청동 조각상처럼 비바람에 시달려서 마르고 앙상했고, 해져서 기운 회색 군복도 지금은 가랑잎처럼 바래 버렸고, 본의 장교 계급장도 빛이 바래서 더럽혀져 있었으나, 헨리 쪽은 사병이었기 때문에 소매에 계급장이 없었다. 권총은 아직 안장 앞쪽에 있었다. 두 사람은 침착한 표정을 하고 목소리를 죽여, 찰스, 이 기둥이나 이 가지의 그림자를 밟고 넘어가선 안 돼 하고 한쪽이 말하면, 다른 쪽이 나는 밟고 넘어갈 거야, 헨리 하고 말하는 듯했다.

"……그러고는 워시 존스가 미스 로자의 문 앞에서 안장 없는 노새를 타고 햇빛 쏟아지는 평화롭고 조용한 거리에서 그녀의 이름을 외쳤지. '당신이 로자 콜드필드인가요? 그럼, 잠깐 나와 주셔야겠군요. 헨리가 그 프랑스 녀석을 쏘아 죽였어요. 그를 소처럼 죽였단 말입니다.'"

제5장

틀림없이 사람들이 벌써 네게 그렇게 말했을 것으로 생각하지만, 나는 존스에게 그의 소유가 아닌 노새를 마구간으로 끌고 가서 마차에 매라고 말하고, 나는 그사이에 모자를 쓰고 숄을 두르고 집의 문들을 잠갔지. 그것이 내가 하지 않으면 안 될 일의 전부였어. 이것도 이미 들어서 알고 있겠지만, 트렁크나 백을 준비할 필요는 없었기 때문이지. 그때 내가 가지고 있던 옷이라고는, 고모가 친절한 마음에서 아니면 서둘렀거나 혹은 부주의해서 못 보았기 때문에 운 좋게 내 것이된 것인데, 그 옷가지가 오래전에 못쓰게 되어, 벌써 죽은 지 이 년이나 되는 언니 엘런이 살아 있을 때 가끔 내게 주었던 것들밖에 없었어. 아무튼 나는 집의 문만 잠그고 마차에 올라, 언니 생전에는 그 집 앞에 가까이 할 수 없었던 그 짐승 같은 사나이 존스 옆에 앉아서, 언니 엘런이 세상을 떠난 뒤에는 한 번도 가 본 일이 없는 그 12마일의 길을 달렸지. 짐승 가운데 짐승인 그의 외손녀는 언니 엘런의 집에서는 아니더라도 내가 그렇게 갈망했던 엘런의 침대(사람들이 그렇게 말한다.)에서 나를 밀어냈던 거지. 그 짐승(그는 인간의 일을 지배하고 있는 그 인과관계——개인에게 점잖게 시작할 때는 아무런 복잡한 일도 일으키지 않고 순조롭게 진행시키지만, 남자고 여자고 간에 누구에게 한번 모욕을 당하면 빨갛게 단 강철같이 되어, 허약한 정의도, 부정한 권력도, 정복자도, 죄 없는 희생자도 가리지 않고 유린하여 정해진 권리와 진실을 향해 돌진하는 정의의 광폭한 도구였던 거지.)은 토머스 서트펜이 지닌 악령 같은 운명의 여러 가지 형태와 구체화를 주도하였을 뿐만 아니라, 마침내는 그의 명성과 혈통을 매장시킬 것이 틀림없는 자기 외손녀의 몸까지 제공한 거야. 그 짐승은 나의 집 앞 한길에서 나에게 피비린내 나는 권총 살인 사건을 외쳐 댐으로써 자신의 역할은 충분히 다했다고 생각했고, 그 이상 내게 주려고 했던 정보는 너무나 빈약하고 미적지근한 쓸데 없는 것들뿐이어서, 입 밖으로 뱉어 버린 씹는담배만큼도 못하다고 여겼던 거야. 그는 나와 같이 마차를 타고 간 그 12마일 내내 어떤 일이 일어났는지 더 이상 한마디도 하지 않았으니까 말이야.

그리고 나는 엘런이 죽은 지 이 년 후 다시 한 번 그 똑같은 12마일의 길을 횡단했던 거야.(혹은 헨리가 사라진 지 사 년째 되는, 아니면 내가 이 세상의 빛을 보고 숨을 쉬기 시작해서 십구 년이 되는 해가 아니었을까?) 다음과 같은 사실 이외에는 아무것도 모르고 아무것도 알 수 없었지. 벌써 이 년째 남자의 발소리가 들리지 않는 허물어져 가는 집에서 두 여자, 두 젊은 여자인 주디스와 클라이티가 외로이 바느질을 하고 있는데, 방향도 출처도 분명하지 않은 한 방의 총소리가 아득히 먼 데서 들려왔던 거야. 두 여자는 바느질하던 손을 멈추고, 멍하니 무슨 일일까 하고 숨을 죽이고 있는데, 급히 달려오는 남자의 발소리가 현관에서 들리더니 곧이어 급하게 계단을 뛰어 올라왔어. 주디스가 깜짝 놀라 미완성의 드레스를 잡아채 몸의 앞을 가리는 순간 문이 홱 열리고, 사 년 동안이나 만난 일이 없는 그리고 살아 있다면 천 마일 밖에 멀리 떨어진 곳에 있으리라고 생각했던(만일 그가 아직 살아 있고 숨 쉬고 있다면) 그녀의 오빠 헨리가 뛰어 들어왔어. 헨리는 사람을 죽이고 미쳐 있었어. 그 순간 악귀의 유산으로 최초의 일격을 입은 저주받은 두 오누이는 미완성의 웨딩드레스 위로 서로의 얼굴을 쳐다보았지. 그 현장을 향해서, 나는 12마일의 길을 그 짐승과 함께 갔던 거야. 나의 집 앞 거리에 서서 마을 사람들이 귀를 기울이고 조용히 듣고 있는 가운데, 침착하게 내 조카 헨리가 누이동생의 약혼자를 죽였다고 큰 소리로 외쳤던 그 짐승 같은 사나이는, 마차를 끄는 노새를 총총 걸음 이상으로는 달리지 못하게 하면서 "이 노새는 내 것도 아니고, 그 사람 것도 아니고, 게다가 2월에 식량이 떨어지고부터는 제대로 된 먹이를 먹지도 못했거든요."라고 그럴듯한 이유를 붙였어. 그는 드디어 문 안으로 들어서더니 노새를 세우고 먼저 침을 뱉었어. 그리고 채찍으로 가리키면서 "저기요." 했지. 그래서 내가 "무엇이 저기란 거예요?" 하고 언성을 높여 물었지. 그는 다만 "저기요."라고 말할 뿐이었어. 나는 그에게서 채찍을 빼앗아 노새의 엉덩이를 쳤어.

그리고 나는 마차를 몰아 허물어져 잡초로 뒤덮인 엘런의 화단을 지나 껍데기나 다름없는 저택(나는 그 저택을 청춘과 슬픔의 누에고치 관(棺) 같은 결혼 침대라고 생각하고 있었어.), 그 저택에 생각했던 것보다 너무 늦기보다 너무 일찍 왔다는 것을 알았어. 그 집의 주랑(柱廊)은 썩어 있었고 벽은 허물어진 상태였으나 약탈당하거나 짓밟히지도 않고, 또는 총탄과 군화의 쇠 발굽 자국은 나 있지 않았으나, 그것 이상의 것, 즉 파괴보다도 더 심각하게 황폐해져 있었어. 그 집은 마치 쇠를 달구는 불꽃과, 그것보다 덜 격렬하고 덜 냉혹한 대참사와 병치해서, 그 불꽃이 그 마지막 위기의 공격 순간에 태우지 못한 침투할 수 없고 꺾이지 않은 잔해(殘骸) 앞에 던져진 것이 아니라 굴복한 상태로서 있었어. 한 발자국만 밟아도 발밑이 허물어질 뻔했는데(만약 내가 가볍고 빠른 걸음으로 올라가지 않았으면 허물어졌을 거야.) 나는 급히 계단을 뛰어 올라가서, 침대 시트나 식탁보 같은 것과 함께 벌써 오래전에 붕대가 되어 버려 융단 같은 것은 아무것도 없는 현관에 들어섰는데, 거기에 분명히 서트펜 얼굴을 한 인간이 버티고 서 있었어. 나는 "헨리! 헨리! 너 무슨 짓을 했니? 저 바보 같은 사람이 내게 알려 주려고 한 것이 대관절 뭐니?" 하고 외쳤을 때, 내가 걱정했던 것처럼 너무 늦은 것이 아니라 오히려 너무 일렀다는 것을 깨달았어. 서트펜 얼굴이라고 한 것은 그것이 헨리의 얼굴이 아니었기 때문이야. 약간 어둠침침한 빛 속에서 계단을 막고 서 있는 것은 서트펜 혈통의 커피색 얼굴이었던 거야. 나는 밝은 오후의 햇빛으로부터 그 어두운 집 안의 엄청난 침묵 속으로 뛰어 들어왔기 때문에 처음에는 아무것도 보이지 않았지. 그런 다음 점점 눈에 비쳐 온 것이 그 얼굴, 서트펜를 닮은 그 얼굴이었던 거야. 그 얼굴은 나에게 다가오는 것도 아니고, 어둠 속에서 헤엄치듯 떠올라 오는 것도 아니고, 바위처럼 확고하게, 시간과 집과 운명과 그 모든 것이 시작되기 전부터 거기 있었던 것처럼 보였어. 기다리고 있었던 거야.(그래, 서트펜은 실로 선택할 줄 아는 사람이었어. 그는 개인 소유의 지옥을 지키는 냉혹한 케르베로스*가 자신의 이미지를 갖

---

* 그리스 신화에서 저승의 문을 지키는 귀가 세 개 달린 개.

도록 만들어 놓았던 거야.) 성(性)도 연령도 없는 얼굴이었어. 왜냐하면 그 얼굴은 결코 성도 연령도 갖지 않았기 때문이야. 그 얼굴은 태어날 때부터 스핑크스와 같은 얼굴이었고, 그날 밤 주디스의 얼굴과 나란히 지붕 밑 다락방에서 내려다보던 얼굴이었고, 지금 일흔네 살로 나를 가만히 바라보고 있는 얼굴도 그 얼굴이었어. 지금도 그 얼굴에는 어떠한 변화나 바뀐 것도 전혀 없어. 그 얼굴은 마치 내가 집에 들어오는 순간을 알고 있는 듯했어. 내가 느릿느릿 걷는 노새 뒤에서 12마일의 길을 오는 중에도 그 자리에 가만히 버티고 서서, 내가 점점 가까이 오는 것도, 드디어 집 안으로 들어오는 것도 모두 지켜보며 기다리고 있었던 것 같았어.(아, 그 얼굴이 내가 집 안으로 들어오도록 명령했는지도 몰라. 왜냐하면 몰록*의 식욕은 연한 뼈건 연한 살코기건 가리지 않는다는 법칙이 있으니까 말이야.) 그 얼굴은 나를 꼼짝 못하게 그 자리에 세웠어.(내 몸을 세운 것이 아니야. 몸은 아직 앞으로 나아가고 있었어. 달려가고 있었으니까. 그러나 마음속 깊은 곳에 있는 나 자신은 멈춰 서 있었던 거야. 마음속 깊은 곳의 존재에 비하면, 손발의 움직임 같은 건 마치 선율 그 자체와는 무관하게 아마추어들이 마구잡이로 연주하는 악기처럼 어색하고 뒤늦은 반주였어.) 나는 황량한 현관에 멈춰 서서, 벗겨진 계단(융단도 깔리지 않은)이 어둑한 2층 복도 위로 통해 있는 것을 보았어. 그 2층 복도에서는 무슨 소리가 메아리처럼 울려 왔는데, 그것은 내 발소리가 아니라 사람들의 손으로 세워진 벽마다에 깃들어 있는, 돌이킬 수 없이 흘러가 버린 과거의 메아리였어. 그 집은 비바람을 막고 보온을 위해서라기보다는 세상 사람들의 호기심에 넘치는 눈으

---

* 셈 족의 신. 신자들은 자식을 제물로 바쳤다.

로부터 그리고 자만과 희망과 야심(아, 그렇지, 사랑도 말이야.)에 관한 그 옛날 젊은 시절의 망상이 가져온 암울한 변천을 감추기 위한 것이었어. "주디스! 주디스!" 하고 나는 외쳤어.

대답은 없었어. 처음부터 나는 대답을 기대하고 있지 않았어. 그때 나는 주디스가 대답을 하리라고는 생각하고 있지 않았으니까. 아이들은 무엇인가 공포가 다가왔다고 느끼는 순간 그것을 들어줄 부모가 없다는 것을 알면서도(이것은 공포가 무엇이든 모든 판단력이 파괴되기 이전의 일이지만) 부모를 부르는 것과 마찬가지야. 나는 누군가를 향해서, 무엇인가를 향해서 외치고 있었던 것이 아니라, 나를 정지시켰던 그 무엇인가를, 그 힘을 꿰뚫으며 외치려고 하였지. 저 광폭하기는 해도 바위처럼 절대로 움직이지 않는 적대감──저 존재, 저 눈에 익은 커피색의 얼굴, 저 몸(벗겨진 계단 위에 움직이지 않고 서 있는 커피색 맨발, 그녀 너머로 올라간 계단의 구부러진 부분)──그 몸은 내 몸 정도의 크기밖에 되지 않았지만, 미동도 없이, 시야의 이동도 보이지 않고(그녀는 나를 보고 있는 것이 아니라 나를 꿰뚫어 보고 있었기 때문에 시선을 피할 필요도 없었어. 내가 밀고 들어오느라고 열어 놓은 조용한 장방형의 문을 아직도 분명히 유심히 바라보고 있다는 이유로 해서) 무엇인가를 향해 길게 늘어져 솟아오르는 것 같았지.──영혼이나 정신이 아니라 전신의 주의력을 집중시켜 귀를 기울였으나 산만해서 잘 들을 수 없거나 아니면 나 자신이 들을 수도 없고 또 들으려고 하지 않는 그 무엇을 향해 우뚝 솟아오르는 것 같았어. 나 같은 사람보다 훨씬 오래고 순수한 종족으로부터 이어받아 온, 설명할 수도 없고 보이지도 않지만 지각하고 깊이 생각해서 인식한 그 무엇──그것이야말로 내가 알려고 하였던(아니, 알지 않으면 안 되었던 거야. 그렇지 않았다면 그 자리에 서서 숨 쉬고 있고, 또 그것 때문에 내가 이 세상에 태어났다는 것을 부정하지 않았지.) 것으로, 우리 사이의 빈 공간에서 창조하고 요구하며 형상을 부여했던 거야. ──오랫동안 닫혀 있어서 곰팡내 나는 침실, 시트도 없는 그 침대(사랑과 비탄이 어린 부부 침상) 위에, 누덕누덕 기웠고 변색이 된 회색 군복을 입은 채 매트리스를 붉게 물들이고 누워 있는 창백하고 피투성이의 시체, 그 옆에 무릎을 꿇고 고개를 떨어뜨리고 있는 처녀 미망인 주디스──그리고 나는(내 몸은) 아직 멈추어 서지 않았어.(그래, 내 몸을 멈추게 하려면 손으로 잡을 것이 필요했어.) 있어야 할 일은 당연히 있어야 하며 그럴 수밖에 없고, 호흡과 마찬가지로 내 바른 정신도 부정하지 않으면 안 된다고 믿고 있던 나는, 자기 최면에 걸린 바보인 나는, 미련하고 불가해한 커피색 그녀의 얼굴에 몸을 던졌어. 그 차갑고 무정하며 생각이 없는(아니, 아니야. 생각이 없는 것이 아니었어. 결코 생각이 없는 것은 아니었어. 그가 그것으로 십자가를 그렸던 검은 의지의 피 때문에 도덕 관념이 없는 악귀의 길에서 벗어나지 않는 절대성과 조화를 이룬 그 자신의 직관적인 의지가 거기에 숨어 있는 것이었어.) 그가 창조해서 자신이 없는 동안 집의 주인 역할을 하도록 명령했던 그의 복제를 향해서, 미칠 지경으로 정신이 어지러웠던 밤의 새가 청동으로 만든 운명적인 램프에 날아드는 것을 보았듯이 그렇게 부딪쳤던 거야. "기다려요. 거기 올라가서는 안 돼요." 그녀가 말했어. 그래도 나는 멈추지 않았어. 누가 저지하지 않으면 도저히 멈출 수 없었어. 나는 계속 달렸어. 그리고 두 사람이, 두 개의 얼굴로서가 아니라 두 개의 서로 모순된 추상체(抽象體)로(실제로 그랬어.) 서로 노려보며, 서로 말하고 듣는 한계와 제한에서 벗어나서 자유롭게 이야기하고 있는 것처럼, 어느 편도 소리를 내려고 하지 않는 두 사람 사이의 그 최후의 몇 피트의 간격을 나는 달려서 줄여 버렸던 거야. "뭐라고?" 나는 물었어.

"거기 올라가면 안 돼요, 로자." 그녀가 말했어. 그 말소리는 그렇게 조용하고 가라앉아 있었기 때문에 그것은 다시 그녀가 그 말을 하는 것 같지 않고 저택 그 자체가 말하는 것 같았어. 그가 세운 저택은, 엘런이 그 속에서 살다가 타인으로 죽고, 헨리와 주디스가 희생자이자 수인(囚人)으로 살아야만 하거나 죽게 되는 어떤 (비록 보이지 않지만) 누에고치 같은 보족적인 껍질을 만들어 내는 것과 같이, 그 자신의 몸에서 나오는 고름이 그의 주변에 만들어 낸 것이었어. 왜냐하면 그녀가 나를 미스 콜드필드로 부르지 않고 로자라고 불렀기 때문이야. 어릴 때 그녀는 나를 그렇게 불렀어. 헨리와 주디스도 그대로 헨리, 주디스로 불렀던 것처럼 말이야. 그때만 해도 그녀는 주디스를 (헨리도 마찬가지였지만) 미스 서트펜으로 부르는 일이 없었어. 그리고 그녀뿐만 아니라 나를 아는 다른 누구에게도 나는 아직 어린아이였기 때문에, 그녀가 나를 대단히 자연스럽게 로자라고 부를 수도 있었을 거야. 그러나 그녀가 의미한 것은 그게 아니었어. 사실, 우리가 얼굴을 마주 하고 서 있는 그 순간(가만히 앞으로 나아가려는 나의 몸이 그녀의 옆을 스치고 지나 계단에 도달하기 직전), 그녀는 내가 알고 있는 다른 누구보다 더 큰 친절과 존경을 나타내 주었어. 그 문을 들어서는 순간 나는 그것을 알았지. 나를 알고 있는 모든 사람들 가운데서 그녀에겐 내가 어린아이가 아니었던 거야. "로자라고?" 나는 외쳤어. "나를? 나의 얼굴을 보고 로자라고 불러?" 그러자 그녀는 내 몸에 손을 댔어. 그래서 나는 멈춰 서고 말았지. 그러나 그때도 내 몸은 아직 멈추지 않은 것 같았어. 이렇게 말하는 것은 나를 계단으로 가지 못하게 하는 그 의지의, 견고하나 중량이 없는 무게에 대하여(그녀는 그 무게의 소유자가 아니라 그것이 수단에 불과했다고 나는 지금도 생각하고 있어.) 내 몸을 막무가내로 밀고 나간다는 것을 알았기 때문이야. 아니면 아마 또 하나의 다른 소리, 머리 위의 계단에서 들려왔던 그 한마디가 이미 발성되어 있었고, 내 몸이 멈추기 전에 벌써 우리를 떼어놓았는지도 몰라. 거기에 대해서는 나도 잘 몰라. 내가 알고 있는 것은 그때 나의 온 존재가, 백인 여자인 나의 몸을 붙잡는 검은 손이 아무렇지도 않게 닿아 있다는 놀라움과, 노여워할 여유도 없을 정도로 아무것도 느끼지 못하는 상태로 너무나 일찍이 너무나 빨리 급격한 충격을 느꼈기 때문에 어떤 괴물이나 움직이지 못하는 것이 완전히 덮개를 쓴 채 앞이 보이지 않는 상태에서 달리는 것처럼 되어 버렸어. 몸과 몸이 서로 접촉하는 것에는 애인도 적도 잘 알고 있는, 왜냐하면 그것이 양쪽 모두를 만들 수 있기 때문인데, 변덕스럽고 복잡하기 짝이 없는 점잖은 계급 서열 같은 전달 수단을 아무 소용 없게 만드는 어떤 것이 있지. 나 자신의 개인적 소유인 성채(城砦)라고 할 수 있는 육체를 침범하는 접촉, 그 접촉 말이야. 정신도, 영혼도 아니야. 음란하고 풀어놓은 마음은 누군가의 생각대로 이 세속적인 저택의 어떤 어두운 현관으로도 끌고 갈 수 있는 거야. 몸과 몸이 서로 닿으면, 신분의 높고 낮음이라든가 피부색의 차이라든가 하는 유약한 인습 같은 것은 단번에 허물어져 버리는 거야. 그래, 나는 그 자리에 움직이지 않고 멈춰 섰어. 여인의 손이나 흑인의 손이 아니라, 사납고 꺾이지 않는 내 의지를 억누르고 인도하려는 밧줄로 잡아맨 것과 같은 가혹한 구속——나는 그녀를 향해서가 아니라 그것을 향해서 외치고 있었던 거야. "검둥이야, 손 치우지 못하겠어?" 흑인인 그녀의 속을 꿰뚫어서 그것에 말하고 있었던 것이지. 곧 공포로 변할 것이기 때문에 아직 격노까지에는 이르지 못한 충격이 나에게 그렇게 시킨 것이었어. 내가 말을 걸고 있는 상대는 그녀가 아니라는 것을 우리 두 사람 다 잘 알고 있었으니까, 나는 대답을 기대하고 있지도 않았고, 또 사실 대답을 듣지도 못했어.

나는 아무 대답을 듣지 못했지. 우리 두 사람은 거기에 서 있었어. ──나는 다만 꼼짝 않고 달리고 있는 듯한 자세로, 그녀는 부동 자세로 경직되어 있어서, 무섭도록 단단한 탯줄처럼 우리 둘은 손과 팔로 매듭지어져서, 마치 그녀를 태어나게 한 잔인한 암흑에 연결되어 있는 쌍둥이 자매 같았지. 어릴 때 나는 그녀와 주디스 그리고 헨리까지 합세해서(아마 모두 어린아이들이겠지만) 그들이 놀고 있는 거친 게임에서 맞잡고 뒹굴고 있는 것을 본 일이 있었고(나는 그렇게 들었어.) 그녀와 주디스는 같은 방에서 함께 잔 일도 있었어. 겉으로 보기에는 주디스가 침대를 사용하고 그녀는 마루 위에서 짚을 넣은 매트리스를 사용한 것으로 되어 있어. 그러나 엘런은 그들 둘이 매트리스 위에서 함께 있었고, 한 번은 침대에서 함께 있는 것을 보았어. 그러나 나는 아니었어. 어릴 때부터 나는 그녀와 주디스가 가지고 놀던 것과 똑같은 것을 가지고 놀지 않았어. 내가 유년 시절이라고 부르는 그 왜곡되고 처절한 고독, 내가 이해하기도 전에 듣고 또 듣지 않아도 이해할 수 있도록 가르친(다른 것은 하나도 가르쳐 주지 않았어.) 그 고독 역시 내가 그녀를 본능적으로 무서워하게 했을 뿐만 아니라, 그녀가 만졌던 모든 것을 기피하도록 나에게 가르쳤어. 우리는 거기에 그렇게 서 있었지. 그런데 갑자기 내가 기다렸던 것은 본능적으로 소리치고 싶었던 분노가 아니었어. 공포도 아니었어. 그것은 일종의 누적된, 절정에 달한 절망 그 자체였어. 나는 우리 두 사람이 그 의지력도 없는 손(그 손 또한 그녀나 나처럼 지각이 있는 희생자였어.)으로 결합되어 거기 서 있을 때 내가 어떻게 소리쳤는지를 지금도 기억하고 있어. 아마 크게 소리도 내지 않고 말도 없이(정말이지, 주디스에게는 아니었어. 아마 나는 이미 집 안으로 들어가서 서트펜과 똑같은 그 얼굴을 본 순간, 자신도 믿을 수 없었고, 믿으려고도 하지 않았고, 믿어서도 안 되는 것을 알고 있었어.) 나는 "당신 역시? 당신도 역시 그랬어요? 언니, 언니?" 하고 소리쳤던 거야. 나는 도대체 무엇을 기대했던 것일까? 자기 최면에 걸린 바보인 내가 무엇을 기대하면서 멀리 12마일의 길을 달려왔던가? 아마도 손잡이를 잡는 그의 손과 그 손의 감촉을 알고 있는 문을 열고, 그의 발의 무게를 잘 알고 있는 댓돌 위에 발을 올려놓은 헨리에게 나타나서, 현관에서 남자도 여자도 두 번 본 적이 없고, 헨리 자신은 사 년간 보지 못했고 또 그 이전에도 거의 만난 적이 없었지만 한때는 그의 어머니에게 잘 어울렸던 낡은 갈색 실크 옷 때문에, 또 그의 이름을 불렀기 때문에 누군지 금세 알 수 있었던, 작고 수수하게 생긴 겁에 질린 여자가 서 있는 것을 보게 하려고 기대했던 것일까? 헨리가 나와서 '아니, 이게 로자 이모 아니십니까? 정신 차려요, 로자 이모. 깨어나세요.'라고 말하기를 기대해서? ——환자가 고통이 끝나는 기분에 더하기 위하여, 최후의 얼마 되지 않는, 참기 어려운 황홀한 고통의 순간에 매달리는 것처럼 아직 꿈에 매달려 있던 몽상가인 내가, 현실에, 현실 이상의 것에, 변하지도 변경되지도 않은 옛날이 아니라 몽상가인 자신과 함께 제물이 되어 신성시될 만한 꿈에 적합하도록 변화된 어떤 시대에 눈을 떠서 '어머니와 주디스는 아이들 방에서 아이들과 놀고 있어요. 아버지와 찰스는 정원을 산책하고 있고요. 깨어나세요, 로자 이모. 깨어나세요.'라고 말해 주기를 기대해서? 아니면, 아마 기대도 하지 않았고, 희망도 품지 않았으며, 게다가 꿈도 갖지 않았는지 모르지. 왜냐하면 꿈은 나뉘어 나타나지 않으니까 말이야. 내가 12마일을 달려온 것은 노새에게 끌려온 것이 아니라 악몽 그 자체의 어떤 기괴한 환상의 말에 끌려온 것이 아니었을까? [자, 깨어나라, 로자. 깨어나라. 과거의 역사에서가 아니라 과거의 환영에서. 깨어나라, 로자. 과거의 당위성이나 가능성으로가 아니라 현재 할 수 없고, 해서는 안 되는 것으로부터 깨어나라, 로자. 진정한 슬픔이 없더라도 사별에 대한 품위를 지키고, 미망인이 되는 것 뒤에 남겨진 것들을(비록 그것이 애정이나 행복감이나 평화로움이 아니라 할지라도) 구원할 필요가 있으리라고 믿었지만—그러나 결국 구원할 아무것도 남아 있지 않다는 것을 알게 된 로자여, 이제 그러한 생각에서 깨어나라. 너는 엘런에게 약속한 대로 그녀를 구원하려고 했지만(찰스 본이나 헨리가 아니었다. 그들을 그에게서 모두 구해 내거나, 또는 그중의 한 사람을 상대로부터 구원해 내려는 것은 아니었으니까) 결국 시간이 너무 늦었다. 비록 네가 자궁에서 곧장 그곳으로 갔다고 해도, 또한 그녀가 태어난 그 강렬하고, 힘이 있고, 무섭고 충실한 순간에 벌써 거기 있었다고 해도, 결국 너무 늦었을 거다. 너는 12마일의 길을, 십구 년의 세월을 일부러 달려와서 구원할 필요가 없는 것을 구원하려고 해서, 결국에는 자신을 잃어버렸던 거야.] 그리고 나는 내가 그것을 발견하지 못했다는 것 이외에는 아무것도 몰랐어. 내가 다만 발견한 것은, 믿을 수 없는 공포에서 벗어나지 못한 채 믿음을 갖지도 않는 안전한 곳으로 뛰어가고 있는 꿈의 상태라는 거야. 끝없이 움직이고 깊이도 없는 악몽의 수렁 상태에 잡혀 있는 것이 아니라, 영혼의 심판자인 얼굴과 고난의 끄나풀인 하나의 손에 잡혀 있다는 것이었어. 그러는 사이에 그 소리는 우리 두 사람을 떼어 놓았고 주문을 찢어 버렸어. 그 소리는 다만 한마디, "클라이티." 하고 차갑고 조용히 들리는 말이었어. 그것은 주디스의 목소리였지만 주디스가 말한 것이 아니라, 저택 그 자체가 다시 말한 것이었어. 그래, 비탄의 아름다움을 믿었던 나는 그 소리를 잘 알고 있었지. 그녀 ─ 클라이티 ─ 와 마찬가지로 잘 알고 있었어. 클라이티는 몸을 조금도 움직이지 않았어. 움직인 것은 그녀의 손뿐이었고, 그것도 그것이 움직였다는 것을 내가 모르는 사이에 내 몸에서 떨어졌어. 그녀가 스스로 그 손을 뗀 것인지, 아니면 내가 그 손에서 피한 것인지 그 점은 잘 모르겠으나, 어쨌든 손은 내 몸에서 떨어져 있었어. 그리고 ─ 그들은 이 일도 모르고 있겠지만 ─ 내가 단숨에 계단을 뛰어올라가 보니, 슬픔과 눈물에 젖은 처녀 미망인 주디스가 아니라 아무렇지도 않은 듯한 주디스가 그 닫힌 방문 앞에 서 있었어. 그리고 힘없이 드리운 한쪽 손에 무엇인가 쥐고 있었어. 그녀는 엘런이 죽은 뒤 내가 그녀를 만날 때마다 입고 있던 그 깅감* 천으로 만든 드레스를 입고, 늘어뜨린 한 손에 무엇인가 들고 있었어. 그런데 비록 그녀는 슬프고 고뇌에 쌓여 있었다고 해도, 그것을 그 미완성 웨딩드레스와 함께 어딘가에 치워 버렸던 거야. ─ 내가 완전히 또는 완전하지 않게 알지 못하지만 말이야. "괜찮아요, 로자?" 하고 그녀가 물었어. 나는 달리는 자세를 하고, 딱 멈춰 섰지. 당연히, 기만당한 진흙과 맹목적이고 지각력이 없는 호흡의 손수레인 내 몸은 아직도 앞으로 나

---

* 격자무늬가 있는 평직 옷감.

아가고 있었지만. 그리고 나는, 그녀가 축 늘어뜨린 손에 쥐고 있는 것은 그녀가 그에게 준, 금속 케이스에 들어 있는 자신의 사진이라는 것을 알았어. 그녀는 그것을, 읽는 것을 방해당한 오락 잡지처럼 아무렇지도 않게, 마치 들고 있다는 것을 잊어버린 듯 자신의 옆구리에 대고 있었어.

그것이 내가 발견한 것이었어. 그것은 내가 발견하리라는 것을 알았고, 기대했던 것이었어.(열아홉 살에 알았다고. 열아홉 살이라는 일반적인 말투가 서툴다면, 내 독특한 십구 년의 생활 연령이라고 바꿔 말해도 좋겠어.) 나는 그 이상의 것을 원하지도 않았고, 바랄 수도 없었을 것이고, 그 이하의 것을 받아들일 수도 없었을 거야. 나는 열아홉 살에조차도 산다는 것은 하나의 변하지 않는 영구적인 순간이라는 것을 틀림없이 알았고, 이 순간에는 미래에 탄생하게 될 것 앞에 아라스 베일*이 얌전하게 걸려 있어서, 만약 우리가 그것을 찢어 버릴 만한 용기만 있으면(그 경우 지혜는 필요하지 않지.) 비록 그것이 가장 가볍고 노골적인 공격에 지나지 않는다고 하더라도 기꺼이 응한다는 것을 틀림없이 알고 있었어. 그것은 용기의 결핍도 아니고, 겁쟁이가 아닐지도 모르지. 겁쟁이라는 것은 이 사실적인 계획의 중심이 되는 바탕 어딘가에 숨어 있는 병적인 것과 직면하는 일을 기피하는 거지. 그리고 그 바탕에서 독기가 있는 증류물인, 포로가 된 영혼이 빠져나와서 태양을 향하여, 잡혀 있는 가냘픈 혈관을 잡아당기고, 그 대신에 저 불꽃, 저 꿈──영혼이 해방되는 포괄적이고 완전한 순간이 공간과

---

* 아름다운 그림 무늬가 있는 옷감. 태피스트리로 유명한 프랑스의 도시 아라스(Arras)에서 온 말이다.

시간과 대지의 온갖 것을 반영하고 되풀이하는(되풀이하는? 창조겠지. 연약한 잠깐 동안의 무지개 빛깔의 구체(球體)로 축소하는 것이겠지.) 것처럼, 그것은 역사의 시작 이래 죽음의 은혜는 아무것도 모르고, 다만 개조, 갱신하는 일만을 아는, 그 끓어 넘치는 무명의 독기가 있는 속세의 집단을 뒤에 남기고 죽어, 소멸하여 가는 거지. 이런 이유에서 용기의 결핍도 겁쟁이도 아무것도 아닐 거야. 그러나 진실보다 더욱 진실한 몽상가가 그때부터 잠에서 깨어나서 "나는 다만 꿈을 꾸고 있었던 것일까?"라고 말하지 않고, 오히려 하늘을 몹시 비난하면서 "한 번 잠에서 깨어나면, 두 번 다시 잠잘 수 없을 것인데, 왜 나는 잠에서 깨어났을까?" 하는, 그런 과거의 가능성이 있다는 것을 이해할 수 있는 것이 참다운 지혜일까?

옛날, 등나무 꽃이 피던 한여름이 있었지. 이 벽에 햇살을 받아 군집을 이루며 피어 있는 등나무 꽃이 (빛에 방해되는 일 없이) 알 수 없는 무수한 요소가 은밀히 미세한 먼지로 마멸되어 가는 과정에 의한 것처럼 증류되어 이 방에 침투하게 되는 것을 알고 있는가? 그것이 추억이라는 것의 실체인 거야. 감각, 시각, 후각, 우리가 보거나 듣거나 느끼게 하는 근육인 거지. ──마음도 아니고 생각도 아니야. 기억 같은 것은 없어. 두뇌는 다만 근육이 더듬어 찾은 것을 기억할 뿐이야. 그 이상도 이하도 아니야. 그래서 그 결과는 대개 부정확하고 허위적이며, 기껏해야 꿈이라 불리는 것이 고작이지. ──잠자면서 밖으로 뻗은 손이 침대 옆의 촛불을 만지면 고통이라는 것을 기억해서 뒤로 끌어당겨지지. 그러나 그사이에도 마음과 두뇌는 잠자고 있어서, 근접해 있는 양초의 열을 현실 도피의 쓸데없는 신화로 만들어 버리지. 아니면 또 그 같은 잠자는 손이 무엇인가 기분 좋은 감촉과 결합되면, 그 잠자는 두뇌와 마음에 의해, 모든 경험에서 벗어난, 똑같이 꾸며 낸 이야기로 변형되어 버린다는 것을 생각해 봐. 그래, 슬픔은 없어지고 사라지는 거야. 우리는 그것을 알고 있어. ──그러나 눈물길이 우는 법을 잊었는지 물어봐. ──옛날, 등나무 꽃이 한창 피어나던 여름이었어.(그들은 이것도 너에게 말하지 않았을 거야.) 어디를 바라보아도 등나무 꽃이 피어 있어서, (내가 열네 살 때의 일인데) 봄이라는 봄은 그 한봄에, 아니 그 한여름에 응축되어 있는 것 같았어. 그것은 돌이킬 수 없는 모든 시간에서 뒤로 미루어진 배반당한 모든 봄의 압력 밑에서, 흙먼지 위로 숨을 쉬고 반발하여, 다시 꽃을 피운 모든 여자의 봄과 여름이었어. 그해는 등나무 꽃이 많이 피었던 해였어. 꽃이 많이 핀 해는 꽃의 뿌리와 충동, 시간과 기후가 아름답게 결합한 것이기 때문에, 내가(그때 나는 열네 살이었어.) 꽃을 피웠다고 주장하지 않겠어. 나는 아직까지 남자들로부터 단 두 번도 눈길을 받아 본 일이 없었고, 앞으로도 없을 거야. 그것도 아이라면 모를까, 아이라기보다 더 아이이고, 여자는커녕 어떤 여자의 몸으로도 여겨지지 않고 있었어. 그렇다고, 비유적으로 녹색 잎을 말하는 것은 아니야. ──녹색 잎이라면 상냥한 하루살이 같은 사랑 놀이를 권유할 수도 있었겠고, 아니면 약탈적인 말벌과도 같이 달려드는 나이든 남자의 육욕에 찬물을 끼얹을 수도 있었을 것이지만, 나 같은 건 좀 비뚤어지고, 메마르고, 핼쑥하고, 철도 없어서 녹색 잎은 도저히 될 수 없었어. 그러나 나도 뿌리와 충동만은 가지고 있었다고 주장할 수 있어. 나도 에덴동산에서 뱀의 유혹이 있었던 이래 자매가 없는 고독한 이브의 후계자 중 한 사람이니까. 그래, 나도 충동은 가지고 있었어. 맹목적으로 완전한 씨를 감싸고 있는 휘어진 번데기였어. 옹이가 많고, 잊힌 뿌리라도 보다 포괄적이고 농축된 그 어떤 집중력을 부여하면 꽃을 피울 수 있지 않나? 업신여겨진 채 뒤틀려서 땅속에 묻혀 있어도, 그 뿌리는 죽은 것이 아니라 다만 잊힌 상태로 잠자고 있는 것이니까.

그 여름은 내 불모(不毛)의 청춘에 걸맞지 않는 여름이었어. 나는 내 청춘(그토록 짧은, 두 번 다시 돌아오지 않는 여심의 봄)을 한 여인이나 처녀로서가 아니라 오히려 남자로서 살았던 거야. 나는 남자로 태어났어야 했을지도 몰라. 나는 그때 열네 살이었어. 내가 지나온 세월을 만약 햇수로 말한다면, 십사 년이었지. 내가 유년 시절이라고 불렀던 인적 없는 복도와 같은 시대, 그것은 살아 있는 것이 아니라 빛이 없는 자궁 그 자체의 투영 같은 상태였어. 나는 그 안에서 잉태되어 이미 완전한 몸을 갖추고 있었지만 그렇다고 해서 나이를 먹은 것도 아니었고, 다만 서툰 개복수술, 나를 찢어 빼내어야만 했던 야만스러운 시대의 차갑고 머리를 문질러 대는 핀셋 때문에 태어나는 것이 늦어졌을 뿐이었는데, 거기서 나는 빛을 기다리고 있었던 것이 아니고, 우리 여성의 승리라고 부르고 있는 그 운명, 참고 또 참고──전혀 아무 운이나 이성이나 보상의 희망도 없이──참고 견디어 내는 그 운명을 기다리고 있었던 거지. 마치 나는 지하에 사는 눈먼 물고기와 비슷했지. 그 물고기는 자신도 그 기원을 기억하지 못하는 절연된 불꽃 같은 생기가 있어서 그것이 희미한 빛의 혼수상태에 있는 물고기의 육체에서 맥박 치고 있는 것이지만, 그 원동력은 쉴 줄 모르는 욕망이야. 그 욕망은 꿀벌의 노랫소리, 새, 꽃향기, 빛, 태양, 사랑 등의 구체적인 이름이 아니라──'이것은 빛이라고 불리고 있었다.'라든가, '냄새'라든가 '촉감'이라든가 그런 말로밖에 얘기될 수 없지. 그래, 그 욕구는 빛의 사랑을 받고 빛을 사랑하면서 성장하고 발달한 것이 아니라, 다만 사악한 지혜, 도착적이고 자라나는 암종양과 같은 고독만을 지니고 있지. 그것은 앞뒤를 가릴 아무 사고력도 없이 손에 잡히는 대로 무엇이나 받아들이는 청각으로 다른 모든 것을 대신하지. 그래서 나는 유년 시절에 절차를 밟고 측정을 한 이정표를 세우는 대신에, 자궁의 축축하고 부드러운 침묵을 몸에 지니고, 숨소리도 내지 않고, 누구의 눈에도 띄지 않고 닫힌 금단의 문을 여기저기 찾아다녔던 것같이 숨어서 움직였던 거야. 그래서 나는 내가 불투명한 유리를 통하여 보고 배운 태양의 개념을 터득한 것과 같이 세상 사람들이 움직이며 호흡하고 있는 저 공간과 빛에 대하여 내가 알았던 모든 것을 습득했지. ─열네 살, 주디스보다 네 살이 어리고, 처녀들만이 알고 있는 청춘의 시기였지만 나는 그녀보다도 사 년이나 밑이었어. 주디스는 대단히 미묘한 처녀의 마음으로 감정의 기복도 없이 기쁨으로 가득 찬 하나의 막연한 양성적인 혼례에 대해서만 꿈꾸었지. 주디스의 세계는 이십 대와 삼십 대와 사십 대의 미망인이 겪는, 피할 수 없는 모멸 속에 살았던 죽은 자에 의하여 밤이면 밤마다 엄습해 오는 고독의 비애 같은 건 모르고, 그녀가 호흡하는 공기나 빛처럼 활기에 넘쳐서 결혼을 기대하는 세계였어. 그러나 그것은 처녀의 욕구 불만의 여름도 아니었고 나를 찢어 놓아야만 했던 서투른 제왕절개 수술의 여름도 아니었어. 나는 사는 것과는 거리가 먼 생기 없는 몸이었고, 아니면 미발육의 태아였던 거지. 아니면, 속이 빈 여자가 아니라 주름이 진 남자의 몸에 부딪칠 뿐만 아니라 남자로서 무장을 하고 갑옷을 입고 성장했던 거야.

그것은 헨리가 그를 데리고 집에 돌아온 그 최초의 크리스마스 이듬해 여름, 그가 미시시피 강에 가서 증기선을 타기 전에 서트펜 농원에서 지낸 그 6월의 이틀간의 휴가 다음으로 이어지는 여름, 고모가 사라지고 아버지 역시 사업상의 일로 떠나 있어서 나를 엘런에게 보내어(아마 그 무렵 토머스 서트펜 또한 집을 떠나 있었기 때문에 아버지가 나를 위한 보호자로 엘런을 선택했던 것 같아.) 돌봐주도록 말을 한 그해 여름이었지. 나는 이 세상에 너무 늦게 태어나, 좀 이상하고 지리멸렬한 아버지의 인생에 끼어들게 되어, (그때 두 번째) 홀아비가 된 아버지의 손에 떨어진 약간 귀찮은 존재였고, 부엌의 선반에 손을 얹거나, 숟가락의 수를 세거나, 식탁보의 장식을 다시 달거나, 우유를 잘 따라서 교유기(攪乳機)에 넣거나 하는 일 외의 다른 일에는 아무 도움도 안 되는 여자였지만, 그래도 혼자 놔두기에는 너무나 상처 받기 쉽다고 생각해서인지 엘런에게 맡겨졌던 거지. 나는 그를 만난 일은 없었어.(나는 그를 만난 일은 한 번도 없었고, 그가 죽은 모습을 본 일도 없어. 그의 이름을 듣고, 그의 사진을 보고, 그의 무덤을 만드는 일을 도왔어. 그것이 전부였어.) 비록 헨리가 이모인 나에게 인사치레로 그 새해 첫날에 학교에 돌아가는 도중 그를 데리고 우리 집에 들렀지만 나는 그때 집을 비우고 없었지. 그때까지 나는 그의 이름도 듣지 못했고, 그가 존재한다는 것도 알지 못했어. 그러나 그해 여름 동안 머물기 위해 서트펜 농원에 갔던 날, 나는 그가 우연히 우리 집에 들렀던 일이 무엇인가 내 안에 씨앗 같은 것, 미세한 바이러스 같은 것을 남겨 놓고 간 것이 아닌가 하는 생각이 들었어. 그것은 싹이 터서 애정으로 발전하는 그런 것도 아니었고(나는 그를 사랑하고 있지 않았어. 어떻게 내가 그럴 수 있겠어? 나는 그의 목소리조차 들은 일이 없었어. 그라는 인간이 있다는 것을 엘런에게서 들었을 뿐인데) 또 나는 염탐하려는 것도 아니었지만(너는 아마 내 행위를 그렇게 부르겠지만) 그해 연초부터 6월까지 반 년 동안 엘런의 헛되고 수다스러운 어리석은 행동에서 나타난 어떤 이름 때문에 그 그림자 같은 존재에 지나지 않았던 그의 실체를 여러 가지로 상상하게 해서, 얼굴조차 모르는 그의 형상 ── 나는 그때까지도 그의 사진조차 본 일이 없었어. ── 이 은밀한 생각에 잠겨 있는 젊은 처녀의 눈에 환히 보이듯이 비쳤던 거지. 애정이라고는 어버이의 사랑도 몰랐던 나는 ── 어버이라는 이름을 가진 사람들이 당연한 권리인 것처럼 맹목적으로 아이들을 귀여워해서 끊임없이 아이들의 비밀을 범하고, 교정하기 어려운 아이들의 싹트는 자아를 부숴 버리는, 그 어버이의 애정이라는 것조차 모르고 자랐던 나는 결코 그의 애인이 될 수는 없었고, 남녀 간의 애정 이상의 것, 다양하고 막연한 사랑의 양성공유(兩性共有)의 옹호자가 됐던 거야.

그는 어린아이의 공허한 동화 같은 세계가 정원에서 살아나도록 무엇인가 씨앗 같은 것을 남겨 놓았던 게 틀림없어. 내가 그녀의 뒤를 밟았다고 해도, 결코 스파이 같은 짓은 하지 않았어. 나는 그러지 않았어. 그리고 만일 그것이 스파이 짓이라고 해도, 그것은 질투가 아니었어. 왜냐하면 나는 그를 사랑하지 않았으니까.(그의 얼굴을 본 일도 없는 내가 어떻게 그럴 수가 있었겠어?) 또, 비록 내가 그랬다고 하더라도, 그것은 주디스가 그를 사랑했던 것처럼, 또는 우리가 그녀가 사랑했다고 생각했던 것처럼, 사랑하는 여자로서 그를 사랑했던 것은 아니었어. 비록 그것이 사랑이라고 해도(어떻게 그것이 그렇게 될 수 있을까? 나는 아직 말하고 있어.) 그것은 세상의 어머니가 자기 아이를 벌할 때 아이를 때리면서도 마음속으로는 그 아이의 싸움 상대였던 이웃 아이를 때리고, 혹은 상을 받아 가지고 온 자기 아이를 쓰다듬으면서도 마음속으로는 땀 흘려 모은 그 귀한 돈을 아이에게 준 이름 모를 사람에게 깊은 감사의 마음을 바칠 때의 그 어머니의 애정과 비슷한 사랑이었지. 결코, 남자에 대한 여자의 사랑은 아니었어. 나는 그에게 아무것도 요구한 것이 없었지. 또한 그에게 아무것도 준 것이 없었어. 그것이 사랑의 요체였어. 나는 그를 그리워한 일조차 없었어. 그 사진, 젊은 주디스의 침실에 놓여 있던 그 사진 ──아무렇게 액자에 넣어진 채, 어수선한 화장대 위에 아무렇지도 않게 놓여 있었지만, 아름다운 아가씨의 눈에 보이지 않는 장미꽃으로 장식되었던(이건 다만 나의 상상에 지나지 않을지도 모르지만) 그 사진 이외에는 그의 얼굴을 본 일이 없다는 것을 알고 있는지 여부조차 지금 모르겠어. 그 사진을 보기 전에 벌써 나는 바로 그 얼굴을 알아볼 수 있었고, 아니, 묘사할 수 있을 정도까지 되었기 때문이야. 그러나 나는 그의 얼굴을 본 일은 없었어. 엘런이 그의 얼굴을 보았고, 주디스가 그를 사랑했고, 헨리가 그를 죽였다는 사실에 대한 나의 지식에 대해서 모르기까지 해. 그렇기 때문에 내가 "그 얼굴은 만들어 내거나 창조한 것이 아닐까?"라고 말해도, 아무도 반론할 사람은 없을 거야. 만약 내가 하느님이라면 우리가 진보라고 부르고 있는 이 들끓는 소란 속에서 그 사진에 박혀 있는 것처럼 하찮은 ──우리는 하찮은 것을 원하니까 ──얼굴과 더불어 숨 쉬는 평범한 여자들의 초라한 화장대를 장식해 줄 어떤 것(아마 기계)을 발명했을 거야. 그것은 그 뒤에 있는 실제 얼굴이 없어도, 이름이 없어도 괜찮지. 비록 그것이 만들어 낸 어떤 그림자의 영역 속에서라도, 누군가에 의해 사랑받고 있는, 살아서 걸어 다니는 사람을 어렴풋이 추측하게 하는 것만을 필요로 할 거야. 그것은 아무도 없는 대낮의 방 안에 슬며시 들어와서(나는 어린 시절에 사랑 대신에 그것을 배웠어. 그것은 나에게 대단한 도움을 주었어. 사실, 만약 내가 사랑이라는 것을 배웠다고 해도, 사랑은 나에게 그만큼의 도움을 주지는 못했을 거야.) 몰래 엿보는 것 같은 사진이지. 나 자신이 꿈속에 살고 있었으니까 그것은 꿈을 꾸기 위해서는 아니었고, 열성적인 아마추어가 연극 프롬프터의 순간적인 목소리를 들으려고 연극 도중에 무대 한쪽에 눈치 채지 않게 다가서는 것처럼 자신의 역을 다시 되풀이하고 연습하기 위한 것이었지. 또한 만일 질투를 느꼈다면, 그것은 남자에 대한 질투, 애인의 질투는 아니었어. 연인이 연정을 불태워서, 처녀성이라 불리는 베일이 최초의 얇은 막인 고독에 대한 처녀의 몽상을 바라보고, 맛보고, 만지기 위해 몰래 엿보는, 사랑 때문에 훔쳐보는 연인의 이기심도 아니었어.——적극적으로 사랑의 고백의 일부인 부끄러움을 나타내는 것이 아니라, 부끄러움 그 자체는 아직 느낄 필요가 없었지만, 생기 넘친 잠으로 이미 장밋빛 색깔이 물든 풍만한 가슴을 순간적으로 남몰래 바라보고 즐기는, 아니, 그런 것은 아니었어. 나는 몰래 훔쳐보고 있지는 않았어. 갈퀴로 깨끗하게 만든 모래로 된 정원 길을 걸으면서 '갈퀴로 긁어서 지워져 있지만, 이 발자국은 그의 것이야. 그 갈퀴 자국에도 불구하고 그의 발자국은 아직 거기에 있고 그녀의 발자국도 그것 옆에 있지. 이것은 마음속으로 천천히 서로 리듬을 맞추어 걸어갔기 때문에 부드러운(그렇지, 기꺼이 걷는) 발길을 바라다 볼 필요도 없었던 거야.'라든지, '이 외딴 곳에서 속삭이며 살랑거리는 덩굴이나 관목 숲의 수많은 잎들이 서로 부둥켜안고 있는 두 영혼의 긴 한숨 소리에 귀를 기울였을까? 보랏빛 등나무 꽃이 비처럼 쏟아지는 가운데, 이렇게 무리지어 있는 장미꽃이 떨어지는 속에서 어떤 맹세가, 어떤 약속이, 어떤 정열이 환희에 가득 차 불타고 있었을까?'라고 생각했던 거야. 그러나 무엇보다도 현실적인 삶과 꿈꾸는 육체를 생각했지. 오, 아니야, 나는 훔쳐보고 있지 않았어. 나는 나만의 덩굴이나 관목 숲의 숨은 피난처에서 꿈을 꾸고 있었던 거지. 그녀 또한 구석진 곳에 앉아서 그의 모습을 꿈꾸고 있었음이 틀림없어. 흔적을 지워 버리는 모래처럼, 없어져 보이지 않는 그의 두 다리의 자국, 손가락 신경 같은 잎새들, 그를 내려다보았던 해와 달빛 비치는 별들의 무리, 주변의 공기는 어딘가 그의 발자국을, 그의 목소리를, 그의 이름을 생각나게 했던 거야. 찰스 본, 선량한 찰스, 미래의 남편 찰스를 말이야. 아니야. 나는 몰래 엿보고 있지 않았어. 숨어 있지도 않았어. 나는 아직 어린애였기 때문에 숨을 필요도 없었어. 그와 그녀가 함께 앉아 있는 곳에 가도 조금도 방해가 된다고 느끼지 않았던 거지. 그러나 한편으로는 수줍어하지도 않고 사랑을 이야기하는 그녀의 상대가 되어 주기에 충분한(아마, 즐거움과 감사함을 느끼며) 여인이기도 했어. 그래, 그녀에게 가서 "함께 잘래."라고 말할 정도로 어린아이였고, 또 한편으로는, "우리 함께 자면서 네 연애 이야기를 듣고 싶어."라고 말할 정도의 여인이기도 했으나, 그런 일은 하지 않았어. 왜냐하면, 만약 그런 일을 했다면 "연애 이야기 같은 것은 내가 해 줄게. 나는 네가 알고 필요한 것보다 연애에 대하여 이미 더 많은 것을 알고 있지."라고 말하지 않으면 안 되었기 때문이지. 그리고 아버지가 돌아와서 나를 데리러 왔기에 나는 집으로 돌아갔어. 다시 그 어린아이로는 너무 긴, 어른으로서는 너무 짧은, 무엇이라 말할 수 없는 삶을 살게 되었지. 고모가 남기고 간 맞지 않는 옷을 입고, 감당할 수 없는 집을 차분히 지키면서, 몰래 엿보고 있었던 것이 아니라 주의 깊게 기다리고 있었던 거지. 그러나 그 무슨 보상이나 감사의 말을 기다리고 있었던 것은 아니었어. 나는 상식적인 의미에서의 연정을 그에게 느끼고 있었던 것은 아니었어. 희망이 없는 곳에 그런 애정이 있을 까닭이 없었지. (비록 그것이 사랑이었다고 해도) 내가 그를 사랑했다고 하더라도, 그것은 세상의 책에 쓰여 있지 않은 종류의 사랑이었지. 포기하지 않았던 것을 포기한 사랑──단념할 수 없다는 문제 이전의, 약간의 애정이지만 사랑을 베푸는 쪽만 아는 은밀한 것으로 사랑을 받는 상대에게는 전혀 알려지지도 않고 아무런 부담도 느끼게 하지 않는 그런 종류의 애정도 있지. 나는 그런 애정을 주었던 거지. 그에게가 아니라 그녀에게 말이야. 마치 "내 마음도 받아 줘. 당신은 아무래도 그를 옳게 사랑할 수 없어. 그는 나의 이 마음을 전혀 느끼지 못할 것이지만, 그래도 언젠가는 두 사람이 결혼해서 생활하다 보면, 늘 보아 온 꽃밭에서 억눌린 작고 창백한 숨은 새싹을 발견하고 걸음을 멈추어 '이것은 어디서 날아와 피어난 것일까?'라고 할 때가 있을 것이지만, 그럴 때 당신은 다만 '글쎄요, 모르겠어요.' 하면 될 거야."라고 내가 그녀에게 말했던 것 같아. 그러고 나서 나는 집으로 돌아와서 오 년 동안 머물렀고, 총성이 울리는 것을 들었고, 악몽의 계단을 뛰어 올라갔어. 그리고 거기서……

아니, 킹감 드레스를 입은 여자가 닫힌 문 앞을 조용히 막아서면서 나를 안으로 들이려고도 하지 않은 채(그녀에게 슬픈 빛이라곤 전혀 없어서 나는 기이한 느낌마저 들었어.) "왜 그래, 로자?" 하고 조용히 침착하게 말했지. 나는 달리는 듯한 자세로 멈춰 섰지만, 그 자세는(지금도 생생히 기억나지만) 그로부터 오 년 전에 시작한 것이었어. 오 년 전, 그는 우리 집도 방문했는데, 엘런의 저택에서와 마찬가지로 전혀 아무 흔적도 남겨 놓지 않았어. 엘런의 집에서 그는 다만 하나의 형상, 하나의 그림자였어. 그것도 한 남자, 한 사람의 형상이나 그림자가 아니라 무엇인가 신비스럽게 조각을 한 가구——꽃병이라든가, 의자라든가, 책상——의 그림자에 지나지 않았지.——엘런만은 콜드필드가나 서트펜가의 벽에 남긴 그의 흔적이(또는 없는 흔적) 장래에 대한 불길한 예언을 담고 있는 것처럼 그것을 바라보고 있었지. 그래, 그 첫해(남북전쟁의 전 해)부터 나는 달리기 시작했던 거야. 그 첫해, 엘런은 나에게 신부 의상(그리고 나의 신부 의상)에 대하여, 행복한 그 꿈처럼 아름다운 의상에 대하여 말했어. 행복하여 나에게 건네줄 것이 그것밖에 다른 것은 별로 없었어. 견딜 수 없는 현실의 소용돌이 속에서 우리가 필사적으로 매달려 있는 유일한 바위라고 할 수 있는, 그 과거의 가능성이라는 것이 있었기 때문이지. 그로부터 사 년 동안 그녀는 나와 마찬가지로 기다렸다고 나는 믿고 있었어. 우리가 배워서 알고 있던 안정된 세계가 전화(戰禍)와 전진(戰震) 속에 사라져 버렸고, 평화와 안전과 사랑과 희망이 흔적도 없이 사라져 버렸으며, 상처 입은 명예를 가진 재향 군인들과 사랑만이 남아 있었어. 그래, 애정과 신뢰는 있어야만 하고, 있지 않으면 안 되지. 이 두 가지는 아버지나 남편이나 연인이나 형제들이 우리에게 남겨 놓고 간 거야. 그들은 깃발을 흔들었을 때처럼 명예의 전위(前衛)에서 긍지와 평화의 희망을 치켜들고 걸어갔던 거지. 사랑과 신뢰는 없어서는 안 돼. 그렇지 않다면 인간은 무엇을 위하여 싸우는 것일까? 그것 이외에 죽음을 바칠 만한 가치가 있는 것이 무엇이 있을까? 그래, 공허한 명예 때문에 죽는 것도 아니고, 또 긍지와 평화를 위하여 죽는 것도 아니야. 그들이 남기고 간 그 사랑과 신뢰 때문에 죽는 거지. 왜냐하면 그는 죽어야 할 운명이었기 때문이야. 나는 지금 그것을 알 수 있어. 이미 알고 있었던 거지. 긍지와 평화가 죽지 않으면 안 되었던 것과 마찬가지야. 그렇지 않으면 어떻게 사랑의 불멸을 증명할 수 있겠어? 그러나 사랑이나 신뢰 그 자체는 아니야. 아마 희망도 없는 사랑, 자랑할 것이 거의 없는 신뢰는 아니야. 그러나 적어도 살육과 어리석은 행동을 초월한, 적어도 굴욕적인 상처를 입고 고발된 땅에서 옛날에 잃어버렸던 마음의 매력을 얼마간이나 구해 내려는 사랑과 신뢰지. 그래, 그녀가 사진을 손에 쥐고 냉정한 표정으로 닫혀 있는 문 앞에 서 있는 것을 보았어. 나를 문 안으로 들이려고 하지 않았던 거야.(내가 알기로는 그녀 또한 존스와 다른 한 남자가 관(棺)을 계단으로 운반해 갈 때까지, 다시 그 방에 들어가지 않았어.) 그녀는 사진을 옆구리에 늘어뜨리고 한참 내 얼굴을 가만히 바라보면서, 아래층 홀에 겨우 들릴 만한 목소리로 "클라이티, 미스 로자는 여기서 저녁 식사를 할 거예요. 식사 준비를 잘 해 둬요."라고 말하고 "아래로 내려갈까요? 나는 존스에게 널빤지와 못에 대해 말해 두어야겠어요."라고 덧붙였지.

그것이 전부야. 아니, 전부가 아니야. 시작도 끝도 없었기 때문이야. 그것은 고통을 겪는 타격이 아니라, 그 사건의 지루한 반향을 일으키는 비참한 결말, 절망의 문턱에서 깨끗이 털어 버려야 할 쓰레기 같은 여파였던 거지. 나는 그를 만난 일이 없었어. 나는 그가 죽어 있는 것도 보지 못했어. 나는 총성이 울리는 것은 들었으나, 총소리 그 자체는 듣지 못했어. 그리고 닫혀 있는 문은 봤지만 안에 들어가지는 않았어. 그날 오후, 우리가 저택에서 관을 운반했을 때를 기억해.[존스가 어디서 데리고 온 다른 백인 한 사람이 마차 차고의 판자를 떼어 내 관을 만들었어. 지금도 기억나. 주디스가──그래, 주디스가 조리대에서 그 냉정한 표정을 조금도 흩뜨리지 않고──요리하고, 우리가 그의 시체가 누워 있는 방 바로 윗방에서 음식을 먹고 있을 때, 그들이 뒷마당에서 망치질하는 소리와 톱질하는 소리를 들을 수 있었어. 그리고 나는 주디스가 드레스에 잘 어울리게 만든 빛이 바랜 깅감 모자를 쓰고, 관에 대해서 무엇인가 그들에게 지시하고 있는 것을 보았어. 그토록 지루하고 햇볕이 내리쬐는 오후 내내, 그들은 뒷방 창문 아래에서 망치질을 하고 톱질을 했지. ──느리게 쓱싹쓱싹 톱질하는 소리가 미치게 만들었고, 망치 치는 단조로운 소리는 그것이 들릴 때마다 이번이 마지막이겠지 하고 생각했지만 그렇지 않고 마냥 되풀이되어, 피곤해진 신경이 약해질 대로 약해져서 탄력을 잃을 정도로 긴장이 풀려 침묵하는가 싶었다가는 또다시 비명을 지르지 않으면 안 되었지. 견디다 못해 밖으로 뛰쳐나가서(주디스가 병아리 떼들이 모여 있는 뒷마당에서 앞치마에 달걀을 모아 싸들고 있는 것을 보고) 그들에게 "왜죠? 왜 여기예요? 왜 하필 여기서 그것을 만드냐고요?" 하고 따져 물었어. 그랬더니 그들은 일손을 멈추었고, 필요 이상의 오랜 시간의 사이를 두었다가, 존스가 고개를 돌리고 침을 거푸 뱉고 나서 "관을 운반할 거리가 가까워서 그러지요." 하고 대답했지. 내가 그들에게 등을 돌리고 떠나려고 했을 때, 그──그들 중의 하나──가 멍청하게 멈춰 있는 무기력한 추리력을 발동해서 "그의 시체를 이리 가져와 여기서 널빤지에 못질하는 편이 간단하겠는데. 주디스 양이 아무래도 그것을 좋아하지 않을 것 같아서 말이에요." 하고 덧붙였어.] ──우리가 그 관을 아래층으로 옮기고 다시 밖에 대기하고 있던 마차까지 운반할 때 나는 관 밑에 손을 넣어 무게를 확인했던 것을 기억하지. 그가 정말 관 속에 있다는 것을 나 자신에게 증명하려고 했던 거야. 그러나 나는 할 수 없었어. 나도 관을 든 사람의 하나였지만, 당연히 그렇다는 것을 알고 있는 것이 믿어지지 않았고, 믿으려고도 하지 않았어. 왜냐하면 나는 그를 만난 일이 없었기 때문이지, 알겠어? 입이 받아들여도 가끔 먹은 음식을 위가 거부하는 것처럼 지성이나 감각이 도저히 받아들이지 않으려는 어떤 것들이 우리에게 일어나지. 마치 전혀 소리가 없는 진공 속에서처럼 일어나고, 쇠퇴해서, 소멸해 버리는 일련의 사건들을 들여다보는 한 장의 유리와 같이, 어떤 감지할 수 없는 미묘한 간섭에 의한 것처럼 우리를 꼼짝없이 중단시켜 버리는 사건 말이야. 이들 사건은 우리를 전혀 움직일 수도 없고, 무력하고 절망적으로 만들어 놓고 사라져 버리지. 그래서 우리는 고착된 상태에서 죽음을 기다릴 뿐이야. 내가 꼭 그랬어. 나는 그 장소에 있었지. 내 분신이 존스와 그의 동료 옆을 같은 보조로 맞춰서 걸어갔고, 읍내에서 소문을 듣고 달려온 시어필러스 맥캐슬린도 함께했지. 그리고 클라이티는 보기 흉하고 취급하기 곤란한 관이 구부러진 좁은 층계를 빠져나가는 걸 도와주었고, 주디스도 뒤에서 그것을 계속 받쳐 들고 밖에 세워 둔 마차 있는 데까지 따라왔어. 내 분신은, 혼자서는 도저히 들어 올릴 수도 없고, 그 속에 있는 시체를 믿을 수도 없는 관을 들어 올려, 마차에 싣는 것을 도왔어. 삼나무가 울창한 숲 속에 파헤쳐 놓은 흙더미 옆에 서서 나무 관 위에 흙 떨어지는 소리를 듣고 주디스가 봉분 끝에서 "그는 가톨릭 신자였어. 누군가 가톨릭식 장례법을 아시면…….." 하고 말했을 때 나는 모른다고 대답했어. 그때 시어필러스 맥캐슬린이 "가톨릭식이라니요, 그만둬요. 그는 군인이었어요. 남군의 충성스러운 병사를 위하여 기도하면 돼요." 하고 말했어. 그러고 나서 그는 날카롭고 거칠어 귀에 거슬리는 큰 소리로, "어이, 포레스트! 어이, 존 사토리스, 어이!" 하고 외쳤지. 그리고 내 분신은 주디스와 클라이티와 함께 석양이 지는 밭을 걸어서 가로질러 돌아와서, 옥수수 밭을 갈고 겨울나무를 벌목하는 일에 대해 이야기하는 적막하고 조용한 목소리에 대해 이상하게 풀 죽고 내키지 않는 기분으로 대답을 했어. 그리고 램프를 켜 놓은 부엌에서 이번에는 식사 준비를 돕고, 이제 그가 없는 그의 방 바로 밑에서 식사를 끝내고 침대에 누웠어. (그래, 떨지도 않고 침착하기만 한 주디스의 손에서 양초를 받아 들며 '주디스는 울지도 않아.'라고 생각하고, 램프 불빛으로 어렴풋이 보이는 우울한 거울에 비친 자신의 얼굴을 보고 '너 자신도 그렇잖아.' 하고 생각했어.) 그리고 그가 또 한 차례 잠시 동안(그리고 이때가 최후였지만) 머물고 흔적도 없이 눈물도 남기지 않고 사라져 버린 그 저택에서 잤던 것이지. 그래, 어느 날 그는 없어졌어. 그는 그때 있었다가 없어졌어. 그것은 너무나 짧았고, 너무나 빨랐으며, 너무나 급했어. 여름날 오후의 여섯 시간 동안에 모든 것이 일어나고 끝나 버렸던 거야. ——매트리스에 몸의 자국을 남기기에는 너무나 짧은 시간이었어. 그리고 피는 어느 곳에서든지 흘러나올 수 있어. ——만일 거기에 피가 흐르고 있었다고 해도, 나는 그를 본 일이 없으니까 누구의 피인지 알게 뭐야. 내가 알고 있는 한 시체는 없었지. 우리에게는 살인자라고는 없었어. (왜냐하면 우리는 누구 한 사람 그날 헨리의 일을 입 밖에 내지 않았기 때문이야. 나는 ——이모이면서 독신녀인 나는—— "헨리가 건강해 보이던가, 아파 보이던가?" 하고 묻지도 않았고, 또 나는 용기나 비굴함이나 어리석은 행동이나 색욕이나 공포 등 가지가지 희비극이 전개되는 남자의 세계를 불굴의 여자의 혼이 무시하려 할 때 쓰는, 그 간사스럽고 쓸모없는 화제를 하나라도 끄집어내려고 하지 않았지.) 헨리는 돌아와서 문을 세차게 두드렸고, 그가 저지른 죄를 외치고는 사라져 버렸던 거야. 그가 아직까지 어디엔가 살아 있다는 생각도 들었지만, 그는 우리가 관 속에 넣고 못질한 그 추상적인 환영보다 훨씬 더 그림자 같은 존재였지. 총성의 울림만이 들렸고, 고삐를 매고 빈 안장을 실은 말라빠진 낯선 한 마리 거친 말을 몰고, 싸구려 안장 주머니 속에 한 자루의 권총과, 오래됐으나 깨끗한 셔츠와 쇳덩어리처럼 딱딱한 빵조각을 넣은 채, 그로부터 이틀 후, 4마일 떨어진 어떤 집의 마구간 문을 열려고 하다가 그 집 주인에게 붙잡혔다는 소문뿐이었어. 아니, 그것만이 아니야. 그는 존재하지 않았지. 그리고 존재했어. 그는 부재했다가 나타났고 그리고 돌아왔다가는 사라졌지. 세 여자가 무엇인가를 땅속에 묻고 그 위에 흙을 덮었어. 그러나 그는 이미 존재하지 않았던 거야.

그런데 너는 지금 무엇 때문에 내가 그곳에 머물렀는지 묻고 싶을 거야. 나는 모른다고 말할 수도 있고, 진실이 아닌 여러 가지 많은 이유를 대서 믿게 할 수도 있어. ── 식량난 때문에, 비바람을 피하기 위하여, 아니면 쓸쓸했기 때문이라고 말이야. 그러나 아무리 식량난이라고 해도 풀뿌리나 나무뿌리를 파먹을 수도 있었겠고, 여기에서와 마찬가지로 읍내의 집 마당에 채원(菜園)을 만들 수도 있었을 거야. 이웃의 친구들도 여럿이 있었으니까 그들의 도움을 받을 수도 있었을 거고. 사람은 필요하면 명예나 자존심에 관한 여러 가지 행동을 주저하고 민감한 감정을 잊어버리는 법이니까 말이야. 또 비바람을 막기 위해서라고 하지만, 나에게는 내 재산인 집이 엄연히 있었어. 또 쓸쓸했기 때문이라고 하지만, 읍내에는 적어도 나와 같은 부류와 나를 처음부터 잘 알고 있는 친지들(그 사람들은 내가 생각했던 것뿐만 아니라 나의 선조들이 생각했던 것을 생각했다는 의미에서 내가 태어나기 전부터 나를 알고 있었다고도 할 수 있을 거야.)도 많이 있었어. 여기서 내 상대가 되어 줄 사람은 한 여자뿐이었어. 그런데 그녀는 나의 친족이었지만, 나는 그녀를 이해할 수 없었어. 만일 나의 관찰이 나에게 진실이라고 믿게 했다면, 나는 이해하기를 바라지 않았지. 그리고 또 한 여자는 나 같은 인간과는 너무나 달랐기 때문에 우리는 종족이 다르다든가(실제로 그랬지만) 성(性)이 다르다든가(실제는 그렇지 않았지만) 했을 뿐만 아니라, 전혀 종(種)을 달리하고, 서로 알지 못하는 언어로 말하며, 일상생활에 있어서 꼭 필요한 간단하기 짝이 없는 언어조차도 두 사람 사이에서는 짐승이나 새들이 서로에게 내는 소리보다도 더 이해되지 않았지. 그러나 나는 그곳에 머문 이유에 대해 앞서 말한 이것들을 내세울 생각은 없어. 나는 거기 머물면서 토머스 서트펜이 돌아오는 것을 기다리고 있었던 거지. 그래, 사람들은 아마 내가 그때 그와 약혼할 것을 기다리고 있었다고 말할 거야.(아니면 그렇게 믿고 있을 거야.) 내가 그렇지 않다고 말해도 거짓말이라고 생각하겠지. 그러나 정말 나는 약혼을 기다리고 있었던 것은 아니었어. 주디스나 클라이티가 서트펜이 돌아오는 것을 기다리고 있었던 것처럼 나도 그가 돌아오는 것을 기다리고 있었어. 왜냐하면 이제 그는 우리가 가진 모든 것이었으니까. 우리가 식사를 하거나, 잠을 자거나, 일어나거나 하는 생활을 계속해 나가는 이유는 전적으로 그를 위해서였지. 또 그가 우리를 필요로 할 것이라는 것과 그가 돌아오자마자 서트펜 농원의 남아 있는 부분을 다시 모아 옛날 모습대로 복구하리라는 것을 알고 있었어. 우리가 그를 원하거나 필요로 했던 것이 아니었어.(나는 그때까지 한 번도 그와의 결혼을 생각해 본 일이 없었지. 그가 나를 쳐다보거나 눈길을 주리라고는 상상할 수도 없었으니까.

그는 결코 그러지 않았으니까. 내 말 믿어 줘. 만약 그렇지 않았다면 나는 결코 이렇게 솔직히 이야기를 하지 않을 거야.) 우리가 그를 필요로 하지 않았다는 것은 전혀 아무런 증명이 필요 없을 정도로 명백한 것이었어. 워시 존스가 거기에 살거나 머물고 있는 한, 우리는 남자를 필요로 하지 않았지. ──나는 거의 사 년간이나 아버지의 시중을 들면서 집을 지켜 왔고, 주디스도 여기서 똑같은 일을 하고 있었고, 클라이티는 장작을 패거나 밭을 가는 일을 존스보다도 잘 (혹은 적어도 더 빨리) 할 수 있었어. ──이것은 어쩔 수 없는 슬픔 중에서도 가장 슬픈 사실이었지. 한쪽(마음과 정신)이 필요를 느끼지 않는데도 다른 쪽에서 필요로 하고 있다는 것을 알았을 때, 마음과 정신이 느끼는 피곤한 지루함 말이야. 아니야. 우리는 그를 필요로 하지 않았어, 누구를 대신해서도 말이야. 우리는 그가 연민과 관대함 그리고 온갖 너그러운 덕을 희생──그가 희생할 그러한 것들을 가졌거나 그것들의 부족함을 느끼고 다른 사람 것을 원했다는 것을 가정한다면──해서 세웠던 서트펜 농원을 옛날 모습대로 복구하려는 그의 대단한 욕구(그의 그 광기 어린 의도는, 그가 돌아와서 말에서 내리기 전에 이미 격렬하게 불타고 있었던 것 같았지.)에 함께할 수도 없었지. 어쨌든 주디스나 나는 서트펜 농원이 복구되는 것을 원하지도 않았어. 아마 서트펜 농원을 옛날 모습으로 복구한다는 것이 불가능하다고 생각했기 때문이지만, 나는 그것 이상이라고 생각해. 우리는 그때 평화라고 말할 수 있을 일종의 무감동한 상태 속에 살고 있었기 때문이지. 마치 꽃이 피는 것을 꿈꾸거나 신록의 싱그러운 고요함을 부러워하거나 하는 일이 전혀 없는 그 맹목적인 대지의 무감동 상태에 있는 것처럼 말이야.

아무튼 우리는 그를 기다렸지. 무미건조하고 가난에 시달린 수도

원의 세 수녀들처럼 별다른 일 없이 바쁜 생활을 하고 있었어. 비록 우리를 둘러싸고 있는 벽은, 우리가 먹을 것을 먹으면서 살아 있든 지 말든지 무감각했지만, 안전한 것이었어. 그것은 이미 두 백인 여자와 한 흑인 여자, 혹은 세 사람의 흑인, 아니면 세 사람의 백인, 혹은 세 사람의 여자로서의 생활이 아니었고, 식사를 하기는 해도 이미 그것을 즐거움으로 생각하지 않고, 잠은 자도 피로나 재생의 기쁨을 위한 것이 아니고, 섹스의 기능은 편도선이라 불리는 그 흔적만 남은 아가미나, 또는 옛날에 등반 운동을 했기 때문에 지금도 다른 손가락과 마주 보는 엄지손가락처럼 잊어버리고 쇠퇴해 버린 세 생명체의 평화로운 생활 같은 것에 지나지 않았어. 그리고 우리는 집을, 우리가 사용하며 살고 있는 방을 꼭 지키고 있었지. 토머스 서트펜이 돌아올 방──아내가 있는 남편으로서 집을 나갔을 때의 방이 아니고, 아들이 없는 홀아비로서 돌아올 방. 그가 아이를 얻기 위해 고생을 하고 돈을 들이고 그들을 크리스털 샹들리에 아래 수입품 가구로 장식한 호화로운 저택에 살게 하려고 했던 그 집 말이야. 그 방을 우리는 지켜 왔지. ── 헨리의 방(이것은 주디스와 클라이티가 했던 일이지만)도 마치 그가 그 여름날의 오후 계단을 뛰어 올라왔다가 다시 뛰어 내려간 일이 없었던 것처럼 깨끗하게 보존되어 있었어. 그리고 우리가 먹을 식량은 우리 손으로 재배하여 수확하고 있었어. 채소밭을 일구어 거기서 재배한 것을 요리해서 먹었지. 우리 세 사람 사이에 연령이라든가 피부색에 의한 구별은 없었어. 다만 시간이나 의무의 분담으로 최소한의 경비로 좋은 결과를 성취할 목적으로, 불을 피우는 것은 누가 가장 적당하다든지, 냄비를 휘젓는 것은 누가 가장 적합하다든지, 누구의 손이 비어 있으니 채소밭의 잡초를 뽑으면 되겠다느니,

옥수수를 앞치마에 잔뜩 담고 제분소에 가는 것은 누구의 발이 빠르니 그가 좋겠다느니 하는 구별은 있었지. 모든 것이 그런 식이었지. 우리는 마치 한 사람처럼 서로 구별할 수 없이 한몸이 되어 채소밭을 일구고, 실을 꼬아 의복을 짜고, 부족한 양식을 얻어 와 굶어 죽지 않을 정도의 최저 생활을 계속했어. 그리고 힘든 밭일이나 겨울에 대비하여 장작을 패는 일은 귀찮아하는 존스에게 밀어붙이고 있었지. 어쨌든 우리 세 사람, 세 여자 중에서 나는 유년 시절부터 동전 한 푼에도 벌벌 떠는 그런 집안 살림 속에서 등대지기의 생활과 같은 나날을 보냈기 때문에, 채소밭은커녕 화단을 손질하는 법도 알지 못했어. 연료나 식량은 나뭇광이나 쌀통에서 저절로 생겨나는 것으로 알았지. 주디스는 주위 환경(주위 환경? 아니, 그것은 혈통, 그것은 콜드필드가의 혈통에 의한 것이 아니라 토머스 서트펜의 냉혹한 의지가 그 속에 한 자리를 만들었던 그 전통에 의해 백 년 동안이나 신중하게 키워 왔던 것이지.)에 의하여 부드럽게 단절되어 상처 받지 않은 누에고치 같은 단계의 삶을 (규중처녀로 시작해서 시녀들의 시중을 받는 다산(多産)의 여왕 같은 생활을 거쳐, 유력하고 인자한 여가장(女家長)으로서의 조용하고 만족스러운 노년을 누리는 삶의 단계) 살게 되었던 것이지. 나는 몇 년 동안 잘 몰랐지만, 주디스 그녀는 십 대 시절, 내면 깊숙이 전해져 내려오는 뿌리박힌 어떤 철저한 금기 사항으로 인해, 절약하고 저축하기에 궁핍한 생활의 제일 원리인 절약과 저축을 배우지 못했고, (클라이티의 부추김을 받아) 음식을 요리할 때는 여유도 없으면서 필요한 양의 두세 배를 만들어, 남은 음식을 알지도 못하는 사람들에게까지 나누어 주곤 했어. 이미 그 당시 이 지방은 벌써 행군을 멈추고 구걸하는 낙오병들이 많아지기 시작했지. 그런데 클라이티는 조금도 그렇지 않았어. 클라이티는 얼빠진 데가 없는 여자였어. 심술궂고 이해할 수 없는 모순투성이고 자유로운 몸이면서도 자유를 누릴 수가 없었지. 그러면서도 자신을 노예라고 부른 일은 한 번도 없었어. 태만하고 고독한 늑대나 곰처럼 성실하지 못하여(그래, 길들여지지 않은 흑인 피와 서트펜의 피가 절반씩 섞인 야만스러운 여자였지. '길들여지지 않았다.'는 말이 '야성적'이라는 말과 동의어라고 한다면, '서트펜'은 조용하고 빈틈없고 사악한 조련사의 채찍이었어.) 공포의 손이 미치면 얌전하고 성실한 것처럼 보였지만 사실은 그렇지 않았고, 만일 그녀에게 조금이라도 성실한 데가 있었다면 그것은 자기 자신의 야만스러움을 고착시키는 원리에 대해서였지. 그녀의 피부색은 주디스와 나를 그와 같은 상태로 몰아넣은 바로 그 붕괴를 상징하고 있었어. 그 붕괴는 그녀를 해방하려는 것이었는데도 그리고 그녀는 그렇게 될 것을 적극적으로 바라고 있었는데도, 한편으로는 구태 의연한 모습으로 멈추어 있었지. 그녀는 마치, 초연하고 새로운 것을 지배하면서도 또 한편으로는 우리에게 옛것의 무서운 힘을 상징하려고 일부러 멈추어 있는 것처럼 보였어.

우리 세 사람은 서로 낯선 사람들과도 같았어. 같은 지붕 밑에서 함께 음식을 만들어 먹고 함께 옷을 짜서 입고 지냈는데도, 나는 클라이티가 무엇을 생각하고 있는지, 어떤 생활을 하고 있는지 몰랐지. 그러나 그녀와 나는 공공연한, 아니 차라리 명예로운 적수였기 때문에 그런 것은 예상했던 바야. 그러나 나는 주디스가 무엇을 생각하고 느끼는지 전혀 알지 못했어. 우리 세 사람은 같은 방에서 자고(우리 스스로 운반해야만 하는 장작을 절약하기 위해서만은 아니었어. 안전을 위해서였어. 곧 겨울이 다가오게 되어 이미 패잔병들이 하나둘 돌아오기 시작하던 때였어. ──그들은 모두 하나같이 부랑자들이거나 광폭한 사람들은 아니었지만, 모든 것을 걸었다가 모든 것을 잃고, 말로 다할 수 없는 고뇌를 겪은 뒤 황폐한 국토로 돌아온 사람들이었어. 그들은 출정할 당시와 같은 사람이 아니라 변해 버린 거야. 자신들이 집을 비운 사이에 능욕당한 아내나 애인을 절망과 연민 때문에 학대하는 인간이 되어 있었어. ──이것은 전쟁이 인간 정신에 끼친 최악이고 최종적인 타락이었지. ──우리는 무서웠어. 우리는 그들에게 먹을 것을 주었고, 가지고 있는 모든 것을 주었어. 될 수 있는 대로 그들의 상처를 받아들이고, 그들을 원래의 모습대로 되돌려 주고 싶다고 생각했지. 그러나 우리는 그들이 무서웠던 거야.) 아침에 잠에서 깨어나, 오직 숨 쉬고 살아가기 위해 끝없고 지루한 의무적인 일을 하루 종일 계속했지. 그리고 저녁 식사 후에는 화롯가에 둘러앉았지만, 그곳에서 휴식을 취하기에는 온몸의 뼈와 근육이 너무나 지쳐 버린 상태였고, 연약해진 불굴의 정신도 이미 쇠퇴하여 절망적이 되어, 닳아 버린 옷 같은 것은 쉽게 망각해 버렸지. 그리고 수많은 것들 ──우리의 일상적인 삶에서 피곤하게 되풀이되는 하잘것없는 이런저런 일들을 지껄여 대는 것이었어. 우리는 또 전쟁의 종말(이미 끝이 보이기 시작했어.)에 대하여, 토머스 서트펜이 언제 돌아올까에 대하여, 귀환하면 그가 할 것으로 우리가 생각한 서트펜 농원 일을 어떻게 시작할 것인가에 대하여, 우리가 원하든지 원치 않든지 간에 그가 옛날과 같은 비정함으로 우리를 그 일에 틀림없이 몰아넣을 것(물론 우리는 이것 또한 알고 있었어.)이라든지, 그런 이야기를 서로 주고받곤 했지. 우리는 아들 헨리에 대해서도 조용히 이야기했어. ──부재중인 남성에 대해서 정상적이기는 하지만 소용없고 무력한 여자들의 걱정이었지. ──그는 지금쯤 어떻게 하고 있을까, 추위에 떨거나 굶주리고 있지는 않을까 하고 말이야. 그의 아버지에 대해 우리가 나누었던 이야기들과 같은 거였지. 마치 그들 두 사람이나 우리도 여전히 그 총소리에 의해 그리고 미처서 달리던 그 발소리에 의해 종지부가 찍혀, 아무 일도 없었던 것처럼 흔적도 없이 소멸되어 버린 그날 오후 시간을 우리가 여전히 살고 있는 것처럼 이야기했어. 그러나 우리는 찰스 본의 이름은 한 번도 입에 올리지 않았어. 어느 늦가을 오후, 주디스가 집을 나갔다가 저녁 식사 시간에 조용하고 침착한 태도로 돌아왔던 일이 두 번 있었어. 나는 묻지도 않았고 그녀의 뒤를 밟은 것도 아니었지만, 그녀가 묘지에 가서 묘 위에 덮인 삼나무의 죽은 잎이나 시든 잎을 치우고 왔다는 것을 알고 있었을 뿐만 아니라, 클라이티도 그것을 눈치채고 있다는 것을 알았어. ──그 무덤은 차츰 땅속으로 꺼져들고 있었지만, 우리는 그 밑에 아무것도 매장하지 않았지. 정말 그랬어. 총성도 실제로는 없었던 거지. 그 소리는 그저 단순히 우리와 과거에 있었고 있었을지도 모르는 모든 것 사이에 있던 문이 탕 하고 결정적으로 닫힌 소리 ──사건의 흐름이 반작용을 일으키며 단절되는 소리였어. 가냘프지만 굴복하지 않는 세 여자가 성취한, 헤아릴 수 없는 시간 속에서 영원히 결정(結晶)된 한순간이었어. 그리하여 세 여자는, 우리가 거부하며 부정하려고 했던 기정사실에 앞서 살인자(헨리)에게서 그의 총탄의 희생자(본)를 빼앗아 갔던 거지. 우리는 이렇게 칠 개월 동안 살았어. 그런데 1월 어느 날 오후, 토머스 서트펜이 집에 돌아왔어. 우리가 다음 해에 먹을 것을 마련하기 위해서 채소밭에서 일하고 있을 때, 누군가가 얼굴을 들었고, 그래서 우리는 그가 말을 타고 찻길로 오고 있는 것을 보았어. 그리고 어느 날 저녁, 나는 그와 약혼한 거야.

　내가 그와 약혼하는 데는 꼭 삼 개월이 걸렸어.('그가'라고 하지 않고 '내가'라고 해도 괜찮겠지?) 정말 그랬어, 꼭 삼 개월 걸렸어. 나는 약혼할 때까지 이십 년 동안 그를 (보았을 때, ――또 보아야만 했을 때) 어딘가에 있는 악귀, 아이들이 무서워하는 옛날이야기 속의 사람 잡아먹는 귀신이나 어떤 짐승으로 생각하고 있었고, 또 그렇게 생각하지 않을 수 없었으며, 그와 죽은 언니 엘런 사이의 아이들이 이미 서로를 타락시키기 시작한 것을 보고 있었지만, 그래도 나는 휘파람 소리를 들은 개처럼 그의 곁으로 달려가지 않을 수 없었던 거야. 그것은 이십 년간이나 나를 보아 온 그가 처음으로 고개를 들고 멈추어 서서 나를 바라본 그 대낮의 일이었어. 그래, 나는 여자로서 그렇게 할 충분히 많은 이유를 제시할 수 있고(원하고 또 이미 제시했지만) 자신을 변명하지는 않겠어. 여자는 태어나면서부터 돈이나 지위에 대한 욕심(또는 희망도)이 없다든지, 올드미스는 남자를 모른 채 죽는 것에 공포를 느낀다든지(사람들이 분명히 네게 말하겠지.) 또 그것 때문에 복수의 기분으로 남자에게 접근하려고 한다든지, 이런저런 그럴듯한 이유를 즐비하게 늘어놓을 수도 있을 것이지만(또 실제로 늘어놓았던 것이 틀림없지만) 나는 아무것도 변명할 생각은 없어. 나는 읍내의 집으로 돌아갈 수도 있었지만 돌아가지 않았지. 아마 집으로 돌아갔어야 했을 거야. 그런데 그렇게 하지 않았어. 그래서 나는 주디스나 클라이티와 마찬가지로 허물어져 가는 현관 앞에 서서, 그가 야위고 지칠 대로 지친 말을 타고 가까이 오는 것을 가만히 지켜보았던 거지. 그는 말 위에 앉아 있었지만, 마치 신기루처럼 몸을 앞으로 내밀고 있는 것 같았고, 어떤 면에서는 초조함으로 인해 극도로 경직되어 있었어. 뼈가 앙상한 말, 안장, 장화에 나뭇잎 색깔의 낡고 해어진 코트를 입고 있었지. 그 코트에는 변색되고 펄럭이는 금줄 장식이 달렸고, 감각은 있어도 힘이 없는 껍데기를 싸고 있지만, 유행에 못 미치는 것이었지. 그가 성급한 마음으로 말에서 내려와 "오, 내 딸 주디스." 하면서 몸을 굽혀 그 수염 난 얼굴을 주디스의 이마에 대었지만, 주디스는 조금도 움직이지 않고, 굳은 채로 얼굴색도 변하지 않고 조용히 있었지. "헨리는?" "없어요, 집에는 없어요." "그래, 그리고……?" "그래요, 헨리가 그를 죽였어요."라는 간단하고 직접적인 단어로 이루어진 네 마디 말만을 주고받았어. 그리고 그녀는 왈칵 울음을 터뜨렸어. 그래, 클라이티가 나를 계단 가까이 못 가게 제지했던 그날 느꼈던 것과 같은 피가 합쳐짐을 느꼈어. 그리고 그때까지 울지 않았던 주디스가 왈칵 눈물을 쏟았어. 그랬어, 울음을 터뜨렸어. 그때까지 운 일이 없었고, 그날 오후 계단을 내려온 이래 지금까지 그 닫혀 있는 문 앞에서, 달리는 자세를 취한 나를 멈추게 한 그 냉정한 표정의 주디스는 마치 칠 개월이나 걸려서 축적된 것을 전부, 믿을 수 없을 정도로 한꺼번에 배출해서 털구멍이라는 털구멍에서 저절로 분출하는 것처럼(그녀는 꼼짝하지 않았지. 근육 하나 움직이지 않았어.) 울음을 터뜨렸어. 이와 동시에, 그녀를 감싸고 있는 그의 격렬하고 메마른 아우라가 마치 눈물이 나타났을 때보다 더 빨리 말라 버리게 하는 것처럼 즉시 사라졌지. 그리고 그는 그녀의 어깨 위에 손을 얹은 채 클라이티를 보고 "아, 클라이티." 하고 말한 다음 나를 보았는데, 내가 이전에 보았을 때와 조금도 변하지 않은 얼굴은 조금 더 야위었고, 수염은 약간 희어져 있었지만, 여전히 냉혹한 눈은 나를 알아보지 못했어. 그래서 드디어 주디스가 "로자예요. 로자 이모잖아요. 지금 여기서 살고 있어요."라고 말했어.

그것이 전부야. 그는 집에 돌아와서 우리의 생활 속에 또다시 끼어

들었고, 그 자리에서 쏟아져 나왔던 믿을 수 없는 눈물 이외에는 아무런 파문도 남기지 않았지. 그 자신이 우리가 살고 있던 그 집에 머물지 않았기 때문이야. 그의 껍데기는 우리가 그를 위해 지켜 주었던 방을 사용하고, 우리가 만들어 준비한 음식을 먹고 그 집에 있었지만, 침대의 부드러움도 음식의 질과 맛도 느끼지 못하는 것 같았어. 그래, 그는 거기에 없었어. 그의 일부인 무엇인가가 우리와 함께 식사를 했고, 우리는 그것에 말을 하고, 그것은 질문에 응답을 했지. 그것은 우리와 함께 밤에 불가에 앉아 있었지. 또 그것은 어떤 깊고 몽롱한 망연자실한 무력한 관성에 빠져 있다가 문득 깨어나 입을 여는 것이었지만, 들을 수 있는 우리 여섯 개의 귀나 세 개의 마음에 말을 하는 것이 아니라, 저택의 망령, 기다리고 있던 음울한 썩어 가는 영혼을 향해 말하는 것이었고, 그 내용은 자신의 관 벽에 믿기 어려운 거대한 카멜롯이나 카르카손*을 건설하려고 하는 광인의 호언장담과 비슷했어. 그러나 그는 그가 임의로 정한 장방형의 땅, 서트펜 농원이라고 부르는 그곳에 없었던 것은 아니었어. 전혀 그렇지 않았어. 그는 다만 그의 방 안에 있지 않을 뿐이었어. 방보다는 다른 곳에 있어야 했기 때문이지. 그의 일부분은 황폐한 밭이나, 쓰러진 담장이나, 통나무 오두막이나, 면화 창고의 허물어진 벽을 손질하지 않으면 안 되었던 거야. 긴박하고 무시무시한 부동의 위급함을 느끼며 그 자신을 보이지 않게 어디에서나 나타나게 하고, 시간이 얼마 없기 때문에 서둘러야 할 필요성을 의식하면서 마치 다시 깨어나 사방을 두리

---

* 카멜롯은 아서 왕의 궁정이 있었던 장소이고, 카르카손은 남프랑스의 중세 요새 도시이다.

번거리며 자신이 이미 늙은 나이(그는 쉰아홉 살이었어.)임을 깨닫고, 노령이기 때문에 무력해져서 의도하고 있던 일을 할 수 없다는 것이 아니라, 죽기 전에 그것을 할 시간을 갖지 못할 것이라고 걱정하는 것 같았어.(겁내고 있던 것이 아니라 걱정하고 있었던 거지.) 우리는 그가 돌아오면 숨 돌릴 새도 없이 당장 저택과 농원을 옛날의 모습에 가까운 상태로 복구하는 데 힘쓰기 시작하리라고 생각하고 있었는데, 사실 그대로였어. 그러나 어떤 방법으로 그 복구를 이루어 갈 것인지는 알지 못했으며, 그 자신도 알지 못했을 것이라고 생각했어. 완전히 빈손으로, 사 년간 아무것도 없는 공백 상태인 옛집으로 귀향했으니까 어떤 방법으로 해야 할지 알 수 없었지. 그러나 그것 때문에 그가 중단하거나 겁을 먹지는 않았어. 아무튼 질 수도 있겠지만, 격렬한 불굴의 의지력이 잠깐만 약해지면 틀림없이 진다는 것을 충분히 알고 있어서, 대단한 기세로 트럼프나 주사위를 교묘하게 다루어 상대에게는 결과를 몰라서 전율을 느끼게 하면서 자신에게는 운이 돌아오도록 하는 숙련된 도박사의 냉정하고 빈틈없는 기세를 그는 지니고 있었지. 그는 잠시도 쉬려고 하지 않았어. 쉰아홉 살의 노구를 피로에서 회복시키기 위해 하루나 이틀의 휴식조차도 취하려고 하지 않았지. ──우리에 대해서나 지난 세월 동안 우리가 한 일에 대해서가 아니라 그 자신의 일을, 과거 사 년간의 일을 천천히 이야기할 만한 하루 이틀이라는 시간도 그에게는 없었지.(그의 이야기를 듣고 있으면 전쟁 같은 것은 어디에도 있었던 것 같지 않았어. 설사 있었다고 해도 다른 혹성에서 있었고, 그와는 이해관계도 없고, 살이나 피가 위험을 무릅쓸 일은 없었던 것이 아닌가 하고 생각될 정도였어.) ──완전한 패배는 아니지만 쓰라린 패전의 상처는 귀환하여 얼마간 시간이 지나면 자연히 아물고 무엇인가 평화 같은 것이 오는 것인지도 모르지. 승리와 재난, 그 종이 한 장 차이를 믿지 않으려고 분노에 미쳐서 다시 계산을 하다가 (이것이 인간으로 하여금 산다는 것을 견디어 낼 수 있게 하는 것이지만) 문 득 느끼는 고요함 같은 분위기가 얻어진 것인지도 몰라. 그 종이 한 장의 차이는 패배를 참기 어려운 것으로 규정하는데, 그 패배는, 패 배를 짊어지고 살 수 없지만 그래도 살아가는 사람을 살해하기를 거 부하지.

우리는 그의 얼굴을 거의 보지도 못했어. 그는 새벽부터 밖으로 나 가 어두워질 때까지 돌아오지 않았어. 언제나 존스와 또 다른 남자 한둘을 데리고 다녔어. 그는 그들을 어디에선지 데려와 그 프랑스 인 건축가의 경우처럼 보수로──감언, 약속, 협박, 최후에는 폭력으로 보상하는 것 같았어. 우리가 카펜베거*가 어떤 사람들인지 알기 시 작한 것도 그 무렵의 겨울이었어. 그래서 사람들──여자들──은 날 이 저물면 현관문과 창문을 잠그고 흑인의 폭동 이야기로 무서워했 고, 남자들은 사 년 동안 놀려 둔 황폐한 땅을 내버려두고 호주머니 에 권총을 숨긴 채 읍내의 여러 곳에서 매일 비밀 집회를 열고 있었 어. 그러나 그는 거기에 가담하려 하지 않았지. 나는 지금도 기억하 고 있어. 3월의 이른 봄 어느 날 밤, 그런 사나이들의 대표 일행이 흙 탕길을 말을 타고 멀리 서트펜 농원까지 와서 그에게 그들과 함께할 것인지 아니면 적대시할 것인지의 가부를 명확히 할 것을 요구했어. 그는(그 야위고 냉혹한 표정에도, 그 담담한 목소리에도 아무 변화를 보이지 않으면서) 정중히 거절했고, 그들이 원하는 것이 도전이라면 도전해

---

* 남북전쟁 후 한몫 보려고 남부에 흘러 들어온 북부의 뜨내기 정상배.

도 좋다고 말하면서, 남부의 모든 사람들이 자신처럼 각자의 토지 복구에 전념한다면, 대부분의 남부 땅은 복구할 수 있을 것이라고 말했지. 그는 그들을 전송하면서 현관에 서서 머리 위로 램프를 들어 올렸어. 그때 그들 대표가 최후통첩으로 "서트펜, 이것이 전쟁이 될지도 몰라." 하고 말하니까, "나는 전쟁에도 익숙한 사람이야." 하고 그는 대답했지. 정말 그랬어. 나는 그를 지켜보고 있었지. 이제 그 노인네의 고독한 격정은 옛날처럼 완고하면서도 서서히 길들일 수 있는 대지와 싸우고 있는 것이 아니라, 변화한 새 시대의 무거운 압력과 싸우고 있었어. 마치 그는 맨손과 단 하나의 널빤지로 강물을 막으려 하는 것 같았어. 그리고 그 노력은 옛날 그를 실망시킨(실망시킨? 아니, 그를 배반했던 거지. 그리고 이번에는 그를 파멸시킬지도 모르는) 그 허망한 꿈 때문이었지. 나는 그 무렵의 일들을 잘 이해할 수 있어. 그의 냉혹한 자만심, 허망한 영화에 대한 욕망이 가속도를 얻어 회전하는 원 같은 운명적인 곡선을 그리고 있었지. 그러나 그 당시에 나는 그것을 잘 이해하지 못했어. 당연한 일이 아니었을까? 스무 살이 되었다고는 해도 나는 아직 어린아이에 지나지 않았고, 여전히 세상의 생생한 약동을 전혀 알 수 없는 그 자궁과 같이 닫힌 세계에 틀어박혀서, 세상을 살아 있는 되울림이 아니라 죽은, 불가해한 하나의 그림자로 알고 있었을 뿐이지. 그곳에서 나는 어린아이가 갖는 조용하고 무서워하지 않는 놀라움으로 어른들──아버지, 언니, 토머스 서트펜, 주디스, 헨리, 찰스 본──의 신기루와 같은 광대놀음을 지켜보고 명예, 이념, 결혼, 애정, 사별(死別)의 비애, 죽음을 소리 내어 이야기했어. 또, 그를 가만히 바라보고 있었던 아이는 단순한 한 아이가 아니라, 우리 세 사람, 주디스와 클라이티와 나로 구성되어 있는 3인 모성 동맹의 일원이었는데, 그 동맹이라는 것은 움직이지 않는 껍데기에 지나지 않는 '그'에게 음식과 의복을 입혀 따뜻하게 해 주고 지극히 허망한 환상을 자유롭게 표현하면서 다음과 같이 말했지. "이상한 격정에 사로잡혀 있는 미치광이 아이를 지켜 주는 일에 지나지 않는다 하더라도, 어쨌든 드디어 나도 살 보람이 있는 인간이 되었다." 그리고 어느 날 오후 (나는 그때 괭이를 가지고 뜰에 나와 있었어. 그곳은 마구간 쪽으로 가는 좁은 길이 갈라지는 곳이었지.), 내가 얼굴을 들어보니 그가 나를 유심히 바라보고 있는 것이었어. 그는 이십 년간이나 내 얼굴을 보고 살았지만, 내 얼굴을 유심히 바라본 것은 그때가 처음이었지. 그는 그 한낮에 마구간 쪽으로 가는 좁은 길에 서서 나를 쳐다보고 있었던 것이었어. 그래, 오후 한낮이었어야만 했다는 것이 뜻밖의 일이었어. 왜냐하면 그 시간에 그는 늘 집 근처 어딘가에 있지 않고 몇 마일 떨어진 100평방마일이나 되는 그의 농원 어딘가에 가 있어 모습이 보이지 않아야 했을 때니까.(그러나 여기라든지 저기라든지 하는, 어딘가 특정의 장소에 가 있는 것은 아니었어. 매 순간 끈질기고 끊어지지 않는 무서운 노력을 하고 있는 것처럼 사방 10마일이나 되는 그 농원을 넓히고 확대하며 누비고 다녔지. 그리고 재앙의 벼랑에서도 불굴의 자세로 두려움 없이, 이미 스스로 의식하고 있었음에 틀림없는 결정적 패배와 맞서고 있었던 것이지.) 그런데 뜻밖에도 그 좁은 길 위에 서서 얼굴에 무언가 기묘하고 이상한 표정을 얼굴에 띠고 나를 물끄러미 바라보고 있었어. 마치 마구간 쪽으로 가는 그 좁은 길은, 그가 내 눈에 비친 그 순간에는 그곳이 늪지대였고, 그는 그 속에 숨어 있다가 사전에 아무런 경고도 없이 급히 밝은 곳으로 나왔기 때문에 그러한 표정을 띠고 있었던 듯했지. ──그 얼굴은 여전히 그 얼굴이었고, 사랑이 없는 얼굴이었어. 그래, 그 얼굴이 인자하다든가, 연민을 느끼고 있었다고 말하는 것이 아니야. 다만 갑자기 밝은 데로 나와 눈부시다는 그런 표정이었어. 그는 아들이 사람을 죽이고 사라졌다는 말을 듣고도 태연히 "아, 그래, 클라이티."라고 한 사람이었어. 그리고 그는 집으로 돌아갔지. 그러나 그것은 결코 애정 있는 얼굴은 아니었어. 나는 나 자신에 대해 변명하려는 생각은 조금도 없어. 그런데 나는 그가 나를 필요로 했고 이용했다고 말할 수 있었어. 그리고 그가 나를 좀 더 이용하려고 한다 해서, 내가 왜 반항해야 하는 거지? 그러나 나는 그것을 말하지 않았어. 지금이라면 말할 수 있을지 그건 모르겠어. 그것은 진실이야. 진실을 말하려고 하면 그렇게 말할 수밖에 없어. 그는 가 버렸어. 나는 그것도 몰랐어. 왜냐하면 육체와 마찬가지로 정신에도 신진 대사라는 것이 있고, 그 속에서 오랫동안 축척되어 있는 것이 연소하여, 탐욕의 육체가 처녀성을 생성하고 파괴하지. 그래, 모든 것을 무섭게 망각시켜 버리는 붉게 작열하는 순간이 있어서, 아차 하는 사이에 할 수 없고, 하지 않으려 하고, 결코 하지 않을 것을 갑자기 드러내려는 암호 같은 말들이 사라져 버렸던 거야. 그것이 나의 일순간이었지. 도망갈 생각이 있었다면 도망갈 수 있었는데도 도망가지 않았고, 그가 없어진 것을 알고서도 언제 그가 가 버렸는지 기억할 수 없었지. 정신없이 오크라* 화단 정리를 마친 나는 그날 밤 저녁 식탁에서, 이미 익숙해진 그 막연하고 잡을 데 없는 껍데기와 함께 식사를 했고(그는 식사 도중 다시 나를 쳐다보지 않았어. 나는 그때, 통제할 수 없는 육체가 우리를 배반하고 하수구처럼 분출하는 망상의 착각에 사로잡히게 한다고 말할 수 있었지. 그러나 나는 말하지 않

---

* 아욱과에 속하는 채소.

았어.) 그리고 우리는 이전에 늘 그렇게 했듯이 주디스의 침실 벽난로 앞에 둘러앉아 있었지. 그때 그가 문가에 와서 우리를 보고 "주디스, 너와 클라이티는 잠깐……." 하고 말하다가 멈추고 그냥 걸어오면서 "아니, 괜찮아. 너희들 둘이 들어도 로자는 아무렇지도 않을 거야. 우리는 시간이 너무 없고 그 문제에 대해서 한가하게 틈을 낼 수는 없으니까 말이야." 하고 말하고는, 멈춰 서서 나의 머리 위에 손을 얹고 (그가 말하면서 무엇을 보고 있는지 나는 알 수 없었어. 다만 그의 목소리로 미루어 우리나 그 방의 무엇인가를 보고 있었던 것은 아닌 것 같았어.) "나는 너의 언니 엘런에게 그렇게 좋은 남편은 아니었던 것 같다. 너도 그렇게 생각하겠지. 그러나 나는 이미 나이가 너무 많다는 사실을 고려한다 해도, 적어도 너에 대해서 엘런에게보다 못한 남편은 되지 않겠다고 약속할 수 있다고 생각한다." 하고 말했지.

그것이 그가 나에게 한 구혼이었어. 채마밭에서의 시선 교환, 딸의 침실에서 내 머리에 올려놓았던 그의 손, 재판과 같은(그것과 같은 태도로 말을 한) 칙령, 명령 그리고 침착하고 화려한 호언장담은 말을 하고 듣기 위한 것이 아니고, 현관 박공에 박아 넣은 평범한 돌로 된 조상(彫像)에 새겨서 읽도록 한 것과 같았어. 나는 그것을 벗어나지 못했어. 내가 변명과 동정을 구하지 않고, 또 '알았어요.'라고 대답하지 않았던 것은 대답을 요구받지 않았기 때문이 아니라 대답할 만한 적당한 자리와 틈이 없었기 때문이야. 만약 그럴 생각이었다면, 그렇게 할 여유는 무리하게라도 만들 수 있었을 거야. 그것은 부드러운 '알았어요.'라는 말이 아니라, 맹목적이고 절망적인 여성이 광란적으로 칼을 휘둘러 깊은 상처를 입힌 무기가 되는 '싫어요! 싫어요!', '살려 줘요!', '나를 구해 줘요!'라고 외치기에 적합한 여유 말이야. 그러나 나는 변명과 동정을 구하지 않고, 조금도 움직이지 않고, 그토록 엄격하고 멍한 유년 시절의 악귀의 손아래 앉아서, 그가 이번에는 주디스에게 말을 거는 것을 듣고, 주디스의 발소리를 듣고, 주디스가 아니라 주디스의 손을 보았지. 그 손바닥에는 어머니와의 사별, 고난, 애인과의 이별, 베틀로 베를 짜고, 도끼와 호미 그리고 남자들이 사용하도록 명령한 다른 모든 도구로 일을 한 사 년간의 황량한 중노동 생활 등이 마치 인쇄된 연대기처럼 새겨져 있었고, 또 그 위에는 그가 거의 삼십 년 전에 교회에서 엘런에게 준 반지가 놓여 있었어. 그래, 유추(類推)와 역설(逆說) 그리고 광기 또한 거기에 있었어. 나는 가만히 앉아서 그(그도 지금은 클라이티가 쓰던 의자에 앉아 있었어. 클라이티는 불빛이 닿지 않는 벽난로 굴뚝 옆에 서 있었고)가 그 반지를 내 손가락에 끼워 주는 것을 느꼈고(보고 있었던 것은 아니었어.) 그리고 삼십 년 전 4월에도 엘런이 기쁜 마음으로 들었음에 틀림이 없는 그의 목소리에 귀를 기울였어. 그는 나에 관해서나 애정, 결혼에 관해서나, 자기 자신에 관하여 이야기하는 것이 아니었어. 그리고 정상적인 인간의 귀에 정상적인 기분으로 말하고 있는 것도 아니었고, 옛날 엘런이 처음 들었을 때와 마찬가지로 지금도 실재하지 않는(그리고 앞으로도 그러할) ‘완전무결한 서트펜 농원’이라는 그 거친 과대망상 속에서 그가 대담하게 불러일으킨 운명적인 암흑의 힘에 말하고 있는 것이었지. 마치 그 반지를 살아 있는 인간의 손가락에 끼워 주는 것으로 이십 년의 세월을 돌이키고, 시간을 정지시켜 동결해 버린 것 같았어. 정말 그랬어. 나는 거기 가만히 앉아서 그의 목소리에 귀를 기울이면서 마음속으로 ‘그는 미치광이다. 그는 오늘 밤에라도 결혼식을 올린다고 할 것이다. 그 자신이 신랑, 목사의 두 역할을 다 해서, 자신의 결혼식에 주례를 서고 양초를 손에 들고 거친 축도(祝禱)를 올릴 것이다. 나도 미쳤다. 왜냐하면 그가 하자는 대로 말없이 복종을 하고, 그를 유혹해서 결혼에 뛰어들려 하고 있으니까.' 하고 중얼거렸어. 아니, 나는 아무것도 변명하거나 동정을 구하고 있는 것이 아니야. 만약 그날 밤 내가 구원을 받았더라면(사실, 나는 구원을 받았어. 나의 구원은 얼마 후, 우리가――내가――끈질기게 달라붙는 배반의 육체의 모든 구실에서 해방되었을 때, 보다 더 차가운 희생의 형태로 이루어지게 되었지.) 그것은 나 자신이 한 일에 대한 잘못이 아니라, 오히려 그가 일단 반지를 살아 있는 인간의 손가락에 돌려주었기 때문에, 이제 그날 오후 이전 과거 이십 년 동안 나를 쳐다보았던 것과 다르게 나를 보지 않았기 때문이었어. 정상인이 가끔 광기를 부려서 자신이 정상인임을 의식하는 것처럼, 미친 그는 그러는 얼마 동안은 정상으로 돌아온 듯했어. 또한 그뿐이 아니었지. 그의 일상이 아니라 적어도 그가 살고 있던 광인 같은 꿈에 우리가 부여한 스파르타식의 검소한 안락에 대하여 그가 나타낸 거친 무언의 감사를 받아들였던 그 3인 동맹에서 내가 그 일원이라는 이유로 그가 나를 지켜보는 일은 없었다 할지라도, 그때까지 석 달 동안은 매일같이 나를 보고 있었어. 그러나 그로부터 다음 두 달 동안은 그는 나를 보려고도 하지 않았어. 아마 그 이유는 나에게 분명했지. 그는 너무 바쁜 몸이었으니까. 그리고 일단은 분명히 약혼하였으니까(약혼이 그가 원했던 것이라는 가정 하에서의 이야기지만) 구태여 나를 볼 필요는 없다는 것이었겠지. 확실히 그는 나를 보려고도 하지 않았어. 결혼식 날짜도 정하지 않았어. 마치 그날 오후의 일은 존재하지 않았고 일어나지도 않았던 것 같았지. 나 같은 것은 그 집에 없어도 되었던 것 같았어. 더욱더 지독한 것은, 만약 내가 그 집을 나가서 읍내의 내 집으로 돌아가 버렸다 할지라도, 그는 나를 보고 싶어 하지 않을 것이라는 거야.(그가 나에게 바랐던 것은 나라는 인간이 아니라, 다만 나라는 하나의 존재였던 거야. 어찌 되었든 간에 로자 콜드필드라든지 아무개라 하는 이름 따위는 아무래도 상관없었고, 그와 직접적인 혈연관계가 없는 젊은 여자를 원했어. ──나는 이러한 면에 있어서 그에게 인정을 받을 만했지. 그 순간까지 그는 나에게 약혼을 요구하려고 생각한 적이 한 번도 없었던 거야. 그가 그런 것을 요청하기 위해 두 달이나, 아니 단 이틀 동안이라도 기다릴 그런 위인이 아니라는 것을 나는 알았기 때문이야.) 나의 존재는 늪에서 그를 안내하거나 움직이게 할 것이 아무것도 없는데 ──희망도 빛도 없이 다만 어쩔 수 없이 패할 수밖에 없다는 생각에 ──맹목적으로 허덕이며 나아가고 있던 사람이, 뜻밖에도 마르고 단단한 땅 위로 비틀거리며 걸어 나와 태양과 공기를 전신에 받으면서, 검은 진흙탕과 달라붙는 덩굴 풀에서 해방되었을 때와 같은 것이었지. ──만약 그 같은 사람에게 태양이라는 것이 있다면, 또 그의 광기(狂氣)의 백열(白熱)에 비견할 만한 것이 이 세상에 있다고 한다면 말이야. 그는 미친 사람이었어. 그러나 그렇게 미쳐 있었던 것은 아니었어. 사악함에도 어떤 실용적인 것이 있지. 도적이나 거짓말쟁이, 살인자에게조차도 도덕적인 것보다 더욱 단단한 규칙이 있기 때문에, 광기에도 그런 것이 있다고 해서 이상할 까닭이 없는 거야. 만약 그가 미쳤다면, 그것은 그 멈추어지지 않는 미치광이 같은 꿈이지, 그의 생활 방식은 아니었으니까. 존스 같은 사나이와 거래를 하고 감언이설로 충동질해서 힘든 육체 노동을 시키는 사람은 미친 사람이 아니었어. 그의 친구와는 아니라 할지라도 밤중에 복면을 하고 말을 타고 돌아다니면서, 패전의 고름을 짜내는 한때 알았던 사람들과 완전히 관계를 끊는 일을 하는 사람은 미친 사람이 아니었어. 최소한의 희생과 노력으로 유일하고 결정적인 수를 써서, 손에 넣을 수 있는 하나뿐인 여자를 자기 아내로 맞아들이려는 계획이나 전략은, 도저히 미친 사람의 머리에서 생겨나는 것이 아니지. 그래, 그는 결코 미친 사람은 아니었어. 광기나 악귀의 광폭 속에도, 악귀가 자신의 작품이면서도 깜짝 놀라 도망치고, 하느님이 연민의 정을 가지고 굽어보시는 무엇인가가 있는 거야. 우리가 인간이라고 부르는 존재와 그 언어와 시력과 청각과 미각, 그 조화를 이룰 수 있는 육체에 변화를 주어서 구제할 수 있는, 불꽃 같은 무엇인가가 확실히 있는 거지. 그러나 그런 것은 어찌 되었건 간에, 나는 그가 한 짓을 이야기해 주기만 하고, 그 행위의 옳고 그름은 너의 판단에 맡기겠어.(그렇게 해 보겠어. 왜냐하면 세상에는 천만 가지 말을 해도 뜻을 충분히 전달하지 못하는 경우도 있고, 단 두세 마디만이라도 입 밖에 내면 이미 너무 많은 말을 한 것 같은 경우도 있는데, 이 이야기가 바로 그런 예이기 때문이야. 이야기할 수는 있어. 그가 말한 그대로, 거칠기 짝이 없고 무례하고 무의미하고 대담한 언어를 그대로, 있는 그대로 너에게 이야기해도, 내가 그의 말의 참뜻을 이해했을 때 느낀 그 놀랍고 어처구니없고 분노한 불신의 기분을 너에게 제대로 전달할 수 있을지 모르겠고, 반대로 설명조로 긴 말을 늘어놓아도 너에게는, 내가 거의 오십 년 동안 마음속에서 끊임없이 되풀이해 온, 그 왜? 왜? 그리고 왜?라는 의문밖엔 남지 않을지 모르지.) 그러나 어쨌든, 네가 모든 것을 판단해서, 내가 맞지 않으면, 내게 말을 해 줘.

그런데 말이야. 조금 전에 말한 것처럼 나는 그에게 태양이었어. 그렇지 않다고 하더라도 그렇다고 생각했지. 광기 그 자체는 공포라든가 연민을 나타내는 말에 적합하지 못할지라도, 광기에는 약간의 신성한 불꽃 같은 것이 있다는 것을 나는 믿었어. 그는 나의 유년 시절의 악귀였어. 내가 태어나기 전에, 하나뿐인 내 언니를 빼앗아 악귀의 나라로 데리고 가서 유령 같은 두 아이를 낳았지. 나는 그 아이들과 함께하도록 부추김을 받지도 않았고 또 바라지도 않았어. 나의 때늦은 고독이 그 운명적인 얽힘의 불길함을 가르쳐 주었고, 또 그 운명적인 혼란의 파국을 내가 살인이라는 말을 알기 전부터 이미 나에게 미리 일러 주었던 것처럼 말이야. ──그래서 나는 그것을 용서했지. 그것은 깃발 아래 멀리 출정을 해서(악귀이건 아니건 간에) 어쨌든 용감하게 싸웠던 거야. ──그래서 나는 용서하는 것 이상의 것을 했지. 그 악귀의 이미지를 죽인 거야. 왜냐하면 그 악귀가 머물렀던 몸, 피, 기억이 오 년 뒤에 돌아와 손을 뻗치며 나에게 마치 개에게 말하듯이 '이리 와.'라고 말하자, 내가 갔으니까. 그 몸, 그 얼굴은 출정했을 때도 귀환했을 때도, 같은 이름과 기억, 뒤에 무엇을 또 누구를 남겨 두었던가를 정확히 기억하고 있었지만(나만은 예외였지. 그것은 그가 악귀는 아니었다는 추가된 증거가 아니었을까?) 악귀는 아니었어. 악한이기는 했으나, 공포보다는 오히려 연민을 불러일으키는, 잘못을 저지르기 쉬운 인간이지 악귀는 아니었어. 미치광이이기는 했지만, 광기는 역시 광기 그 자체의 피해자가 아닐까? 또는 광기라고는 해도 그것은 다만 고독하고 숙명적인 불굴의 강인한 정신과의 거대한 싸움에 나타난 고독한 절망에 지나지 않는 것이 아닐까 하고 중얼거렸지. 그러나 악귀는 아니었어. 악귀는 나의 어린 시절의 고독한 추억, 아니면 망각이라는 쓸쓸하고 험준한 산속 어딘가에서 불길과 유황 악취에 싸여 불태워지고 죽어 사라져 버렸던 거야. 나는 태양이었어. 그리고 그는 (주디스 방에서의 그날 저녁 이후) 나를 잊은 것이 아니라, 다만 늪에서 빠져나온 순례자가 마른 땅을 밟고 태양과 빛을 다시 보았을 때, 그것을 전혀 의식하지 못하고 암흑과 늪지대가 없어진 것만을 느끼는 것과 마찬가지로, 다만 나를 의식하지 못한 채 받아들이는 것이라고 나는 믿고 있었어.──혈연관계가 아닌 사이에는 사랑이라는 창백한 이름으로 불리는 마력이 있다고 믿었어. 그래서 나는 그에게 태양(나는 나이가 제일 적었고 가장 약한 인간이었는데도)이 되었을지도 모른다고 믿었어. 주디스도 클라이티도 거기에 그림자를 떨어뜨리지 않았지. 그래, 나는 모든 사람 중에서 나이가 제일 어렸으나 나이를 생각하지 않는 강력한 힘을 가지고 있었고, '어머, 광포한 미친 늙은이, 나는 당신의 꿈에 맞을 실체를 갖고 있지 않아요. 하지만 당신의 망상을 움직이게 하는 공간을 제공해 줄 수는 있을 거예요.'라고 말할 수 있는 사람은 나뿐이라고 말할 수 있었기 때문이지. 그리고 어느 날 오후──오, 그날 어떤 운명적인 일이 일어났어. 오후, 오후, 오후 말이야, 알겠어? 희망과 사랑이 죽고, 자긍심과 원칙이 죽고, 이후 사십삼 년 동안 계속되는 분노와 경악의 불신 이외에 모든 것이 죽은 오후였어.──그는 집으로 돌아와서 나를 불렀어. 내가 내려갈 때까지 뒤꼍 베란다에서 소리쳤어. 앞서 말한 것처럼 그는 그 순간까지, 저택과 그가 서 있는 곳이 어디든지 간에 나와의 약혼에 대하여 생각했던 그 장소와의 거리가 메워질 만큼의 연장된 순간까지 그것을 생각하고 있지는 않았지. 그런데 그다음에 말하는 것도 우연의 일치였지. 드디어 그날 그는 자신의 100평방마일의 땅 중에서, 자신이 죽는 날까지 얼마만큼 유지 관리하여 그것이 자기 것이라고 말할 수 있는 것이 어느 정도인가를 분명히 알았고, 어떤 일이 일어나더라도 적어도 과거 서트펜 농원의 껍데기만은 보존해야겠다고 다짐했던 거야. 비록 '서트펜의 것'이라고 개명하는 것이 적당하다고 하더라도 말이야. 그는 내가 내려올 때까지 큰 소리로 나를 불렀어. 그는 너무 급한 나머지 말을 매어 두지도 않았어. 고삐를 팔에 걸고 (이번에는 내 머리 위에 손을 얹지 않고) 거기에 선 채, 마치 존스나 그 누구와 황소나 암말에 대하여 상의하고 있는 투로 대담할 정도로 난폭한 말을 걸어 왔어.

내가 읍내 집으로 어떻게 돌아왔는가에 대한 이야기는 들었을 거야. 아, 그래. 나는 알아. '로자 콜드필드, 그를 잃고 울었지. 그녀는 남자를 잡긴 했으나 잡아둘 수 없었어.' ──응, 나는 잘 알고 있어. (그리고 친절하기도 했어. 그들은 친절했을 거야.) 로자 콜드필드, 양친을 잃고 쓰라린 삶을 살아온 구식 촌색시가 마침내 안전하게 약혼하고, 읍내를 떠나 시골로 갔다고 얘기하겠지. 내가 여생을 보내기 위해서 거기에 갔던 일도 이미 들었을 거야. 내가 조카의 살인 행위의 와중에서 하느님의 섭리로 인해, 겉으로는 운명적으로 낳은 두 자식들 중에 적어도 하나라도 구해 달라고 부탁하며 죽어 간 언니의 요청에 따른 것이지만, 실제로는 그가 귀환하였을 때 그의 저택에 살게 되었다는 것을 알게 되었지. 그는 악귀였기 때문에 전쟁에 나가서도 총탄에 맞지 않고 돌아왔어. 나는 그의 귀환을 기다리고 있었어. 나는 아직 젊었고(전쟁의 깃발 아래 들리는 나팔 소리에 희망을 묻어 버리지 않았어.) 결혼 적령기였고, 그 무렵 남부에서는 많은 청년들이 전쟁에 나가 죽었고, 살아 있는 남자든 나이 많은 사람이든 기혼자이든 모두 다 사랑을 생각하기에는 너무나 지쳐 있었지. 그래서 그는 나의 최선의 사람이었고, 유일한 기회였어. 비록 전쟁이 일어나지 않은 환경에 있다고 하더라도, 나는 남부의 요조숙녀는 아니었고 다만 평범한 작은 상점 주인의 딸에 지나지 않았으므로, 부유한 농장주의 딸과는 달리, 아무리 좋은 청년이라고 하더라도 그리 쉽게 결혼할 수 있는 기회는 별로 없었기 때문이야. 어떤 남자에게서라도 꽃다발을 받으면 그것을 고맙게 생각해서 결국은 아버지 가게의 견습생과 결혼할 수밖에는 없었을 운명이었다고 말했겠지. 그래, 그들은 네게 이렇게 말하겠지. 젊은 그녀가 사 년이란 긴 세월 그 긴 밤 동안 희망을 묻어 두고, 덧문을 내린 방에서 밤새껏 촛불을 켜 놓고 낡은 회계장부의 뒷장에 전쟁과 전쟁이 낳은 고통과 불의 그리고 슬픔을 써 두었고, 숨쉬는 공기로부터 색욕과 증오와 살육의 비밀스러운 독기를 마음속으로 지우고 있었다고. ──그들은 또 네게 이렇게 말할 거야. 참전 기피자의 딸은 결국 악귀 같은 악당에게 의지하지 않으면 안 되었으므로 그녀가 아버지를 증오한 것도 당연했다고. 왜냐하면 만약 아버지가 그 지붕 밑 골방에서 죽지 않았다면, 그녀는 서트펜 저택에 가서 의식주의 원조를 구할 필요가 없었고 그리고 살아가기 위하여 서트펜의 식량이나 의복(비록 그녀가 자라서 의복을 만드는 천을 짰다고 하더라도)에 의존하여 결국 부끄럽지 않을 정도의 보답으로 그의 요구에 응하지 않으면 안 되었지만, 만약 그럴 필요가 없었다면 그녀는 그와 약혼을 하지 않았을 것이니까. 만약 약혼을 하지 않았더라면, 사십삼 년 동안 그렇게 밤잠을 자지 않고, 왜? 왜? 왜?를 되풀이하면서 고뇌할 필요는 없었을 것이니까. 결국, 그녀가 아이 때부터 본능적으로 아버지를 증오했던 것은 당연했지. 그리고 사십삼 년 동안의 무기력하고 참기 어려운 분노는, 생명을 준 아버지를 증오했기 때문에 세상 물정에 밝은 냉소적이고 메마른 어떤 성격이 그녀에게 가한 복수였던 거야. ──그래, 언니인 엘런이 적어도 그녀에게 거처할 곳과 친족 등을 유산으로 남겼다는 사실 때문에 별 수 없이 읍에 무거운 부담이 되었을 로자 콜드필드는 드디어 약혼을 했어. 그리고 이제 로자 콜드필드는 그를 잃고 울었어. 남자를 찾았지만 그를 지키지 못했어. 로자 콜드필드는 옳았을지 모르지만, 여자는 옳은 것만 가지고는 충분하지 못했어. 오히려 옳지 않았던 것이 좋았을지도 몰라. 로자 콜드필드는 옳지 못한 남자에게 그것을 인정하도록 하고 싶어 했어. 그녀가 그를 용서할 수 없었던 것은 바로 그 점이었어. 모욕을 했기 때문도 아니고 스스로 그를 버렸기 때문도 아니었어. 그가 그것을 인정하지 않고 죽었기 때문이었어. 그래, 나는 잘 알고 있어. 그로부터 두 달 후 그녀가 가진 것을 꾸려서(단지 입고 있는 솔과 모자뿐이었지만) 읍 내로 돌아와서 어버이가 죽은 집에서 혼자 쓸쓸하게 살게 되었지. 그 결과 가끔 주디스가 서트펜 농원에서 수확한 양식을 그 집으로 가져왔다는 사실은 읍내 사람이면 누구나 알게 되었어. 그녀는 다만 절박한 가난과 설명하기 어려운 지독한 육체의 완강한 삶의 의지가 그녀(미스 콜드필드)로 하여금 그것을 받게 하였지. 그때의 상태는 비참할 정도로 궁핍했어. 읍내 사람들은 ──지나가던 농사꾼들이나 백인의 집에 일하러 가던 흑인 하인들── 그녀가 이른 새벽에 일어나서 다른 집의 밭 울타리 가까이에서 푸성귀를 뽑아 모으는 것을 볼 수 있었어. 그녀의 집에는 밭도 없고, 종묘도 없고, 농구도 없었어. 그녀가 비록 농구의 사용법을 완전히 알고 있었다고 해도, 그녀는 채소 가꾸는 일을 약간 배웠을 뿐이기 때문에, 틀림없이 자기 손으로 밭을 가꾸는 일은 하지 않았을 거야. 그래서 읍내 사람들은 그녀가 밭에 들어와서 채소를 뜯어 가는 것을 환영하려고 했고, 또 그들 스스로 채소를 거두어들여 그녀에게 주려고 했지만, 그녀는 밭 울타리 안으로 손을 뻗어 채소를 뜯어 갔어. 밤에 그녀의 집 앞 베란다 위에 식료품을 넣은 바구니를 두고 가는 사람이 벤바우 판사뿐만은 아니었어. 그러나 그녀는 그들의 동정을 받아들이지 않았고, 막대기를 사용해서 울타리 안의 채소를 잡아 챙기지는 않았지. 그녀는 자기 팔길이 이상 닿는 것을 용서할 수 없는 강탈 행위라고 생각했던 거야. 또 그녀가 날이 새기 전에 일어나서 그런 짓을 한 것은 사람들에게 들키기 싫어서가 아니었어. 왜냐하면 만약 그녀가 흑인 하나를 부리고 있었다면, 그녀는 대낮에 그를 식량 징발에 내보냈을 것이고, 그녀가 시문을 써서 바친 기병대의 영웅들도 사정을 알았다면 기꺼이 그의 부하를 파견했을 거야. ──그래, 로자 콜드필드, 그를 잃고 울었어. 애인을 붙잡았으나 지킬 수는 없었지.(아, 그래, 그들은 말하겠지.) 애인을 찾았으나 모욕당했고, 무슨 말인가를 듣고는 그것을 용서할 수 없었어. 용서할 수 없었던 것은 그가 그것을 말했기 때문이 아니고, 그가 그런 것을 생각하고 있었기 때문이며, 그녀는 그것을 들었을 때, 그는 그 생각을 마음속에 하루, 일주일, 아니 한 달 이상이나 품고 있었으면서도 아무것도 모르는 그녀를 매일 같이 보고 있었다는 사실을 청천벽력처럼 깨달았기 때문이야. 그러나 나는 그를 용서했어. 그들은 너에게 다르게 말할지 모르지만, 나는 정말로 용서했어. 왜 내가 용서하지 못해야 하나? 용서하든 용서하지 않든 실은 용서할 것이 없었던 거야. 나는 그를 소유한 적이 없으니까 그를 잃은 것은 아니었어. 무엇인가 썩은 진흙 조각 같은 것이 내 삶 속에 들어와서, 그때까지 들은 일도 없고 영원히 들을 일도 없을 그런 모욕적인 말을 나에게 하고, 그러고는 나가 버린 것, 다만 그것뿐이었어. 나는 결코 그를 소유한 적이 없어. 네가 생각하고 있는 것 같은, 또 내가 생각하고 있다고 네가 믿고 있는(그것은 틀렸지만) 것 같은 그런 의미로 그를 소유한 것은 아니었어. 그러나 그런 것은 문제가 아니야. 그런 것이 모욕의 핵심은 아니었어. 내가 말하고 싶은 것은 그 남자는 이 세상의 누구에게도, 어느 것에 의해서도, 엘런에게도, 존스의 손녀딸에게도, 과거에도 미래에도, 결코 소유될 그런 사람이 아니었다는 거야. 왜냐하면 그는 이 세상에 실제로 살아 있는 인간이 아니었기 때문이야. 그는 걸어 다니는 그림자였던 거야. 그는 지표(地表) 밑에서 솟아 나온, 강렬한 악귀의 등불에 비쳐져 고통을 겪는 눈먼 박쥐와 닮은 형상이었던 거야. 그러므로 (역행할 때에는 그것의 반대였어.) 그는 자신을 지탱하며 구하고 붙잡아 줄 것으로 믿었던 것들 ──엘런(정말이야.), 나 그리고 마지막으로 워시 존스의 외동딸이 낳은 그 아비 없는 손녀딸 ──에게 허망한 빈손으로 매달리려고 애쓰면서, 끝없는 심연과 같은 혼돈 속의 어둠에서 영원한 심연의 어둠 속으로 그 속도를 더해 가면서 떨어져 지워져 버렸던 거야. 존스의 딸은, 내가 들은 바로는, 멤피스의 매음굴에서 죽었다고 해. ──그리고 서트펜은 드디어 녹슨 낫에 찍혀 이별의 죽음(안락과 평화는 아니었지만)을 맞았던 거야. 그 일 또한 아는 사람들로부터 들어서 알았어. 이번에는 존스가 아니고, 어디엔가 사는 친절한 분이 나의 마음을 가라앉히게 하고 그가 죽었다고 말해 주었어. "죽었다고요? 당신, 당신은 거짓말하고 있어요." 하고 나는 외쳤지. "당신은 죽지 않았어요. 천당이, 지옥이, 당신을 받아들일 까닭이 없잖아요!"

그러나 퀜틴은 듣고 있지 않았다. 왜냐하면 그 또한 단순히 지나쳐 버릴 수 없는 무엇이 있었기 때문이다. ── 그 문 저쪽 계단을 뛰어 올라오는 발소리와 계속되는 희미한 총소리가

들리는 것 같았고, 두 여자, 흑인 여자와 백인 처녀(그녀는 속옷
밖에 입지 않았으나, 그 속옷은 밀가루가 있었을 때에는 밀가루 부대
로, 그렇지 않았을 때에는 창문의 커튼으로 만들었던 것이었다.)는
손을 멈추고 무엇을 생각하는 얼굴로 문 쪽을 가만히 바라보
고 있었다. 침대 위에는 누렇게 된 크림 빛 나는, 복잡한 무늬
가 있는 오래된 레이스가 달린 비단 드레스가 조심스럽게 덮
여 있었는데, 문이 갑자기 거세게 열렸을 때, 백인 처녀는 그
것을 재빨리 들어 올려서 몸을 가렸다. 문 앞에는 오빠가 서
있었다. 모자도 안 쓰고, 대검으로 깎은 헝클어진 머리, 야위
고 텁수룩하게 수염 난 얼굴, 누덕누덕 기웠고 색이 바랜 회색
군복, 아직도 옆구리에 차고 있는 권총 ── 마치 성(性)의 차이
는 단순히 무섭도록, 거의 견딜 수 없을 정도로 피가 닮았다는
것을 뚜렷하게 나타내 주듯이, 이상하게 서로가 닮은 그 오빠
와 누이동생은 짧고 간단한 단음적(斷音的) 말투로 말을 주고
받았다. 그것은 마치 서로 뺨을 치는 것 같았다. 가슴과 가슴
을 맞대고 서서, 상대로부터의 공격을 막으려고 하지 않은 채
서로 뺨을 치고 있는 듯했다.

이젠 넌 그와 결혼할 수 없어.

왜, 오빠?

그가 죽었단 말이야.

죽었어?

그래. 내가 죽였어.

그(퀜틴)는 이 말을 그대로 지나쳐 버릴 수 없었다. 그렇다
고 해서 그는 그녀의 이야기를 귀담아듣고 있던 것도 아니었

다. 그는 말했다 "부인, 뭐라고요? 뭐라고 말씀하셨지요?"

"저 저택 안에 무엇인가 있어."

"저 집에 말입니까? 클라이티겠지요. 그녀는……."

"아냐, 누군가 거기 살고 있어. 거기에 숨어 있는 거야. 저 집에 숨어 산 것이 벌써 사 년이나 되었어."

제6장

슈리브의 외투 소매에 떨어져 있던 눈이 이제 녹아 없어지고 있었다. 장갑을 끼지 않은 그의 희고 혈색 좋은 네모난 손은 추위에 빨갛게 얼어 있었다. 퀜틴 앞의 탁자에는 램프가 놓여 있었고, 그 아래 펼쳐진 교과서 위에는 흰 장방형의 봉투가 있었다. 1910년 1월 10일 미시시피 주 제퍼슨으로부터라는 낯익은 기계적인 글씨가 흐릿하게 보였는데, 안을 열어 보니, 사랑하는 아들에게로 시작되는 아버지의 경사진 아름다운 글씨체가 그가 하버드 대학교 입학 준비를 하던 그 후텁지근하고 먼지 뿌연 여름을 생각나게 해서, 마치 아버지의 손이 지금 이 케임브리지의 램프로 불 밝힌 낯선 탁자 위에 놓여 있는 것 같았다. 그 죽음과도 같은 여름날의 황혼 —— 등나무 꽃, 시가 담배, 반딧불이 —— 이 미시시피로부터 약화되어, 얼어붙은 낯선 뉴잉글랜드의 눈을 넘어서 이 낯선 방 안으로 찾아든 것 같았다.

사랑하는 아들에게

　미스 로자 콜드필드의 장례식이 어제 끝났다. 그녀는 거의 두 주일간이나 혼수상태에 빠져 있었는데 의식을 회복하지 못한 채 이틀 전 운명했다. 아무런 고통도 없이 죽었다는데, 나는 고통 없는 죽음이란 오직 인간의 지성이 기습 공격을 받아 죽는 것이라고 생각하고 있었다. 왜냐하면 그 죽음이라는 것이 그것을 애도하는 사람들이 느끼는 짧은 순간의 특수한 감정을 넘어서는 그 무엇이라면, 그것은 또한 죽어 가는 자에게도 짧은 순간의 특수한 감정을 유발할 것이 틀림없기 때문이다. 그리고 오랫동안 곤혹과 공포에 떨면서 돌이킬 수 없고 헤아릴 수 없는 종국이라고 배워 온 것과 서서히 대결하는 것보다도 어린이나 백치가 아닌 정상인의 지성이 더 고통스러울 수 있다고 하는데, 그것은 내가 알 수 없는 것이다. 그리고 그녀가 죽음을 통해 사십삼 년간 그녀와 함께해 온 완고하고 격렬했던 분노에서 그리고 빵과 불과 그 외의 모든 것에서 마침내 벗어남으로써, 안락 또는 고통의 종식을 얻었는지 어땠는지, 그 또한 나로서는 알 수 없구나. ─

　─ 그 편지는 그해 9월의 그날 밤을 생각나게 했다.(그리고 그는 곧 "아니야, 그녀는 이모도, 조카도, 이모부도 아니야. 그저 미스 로자 콜드필드일 뿐이야. 그 노부인은 일찍이 1866년 여름에 분노에 못 이겨 죽었어."라고 말할 필요가 있었다. 그러자 슈리브가 "그녀는 너의 친척이 아니었던 말이야? 남부의 베이어드*나 기니비

---

* 중세 기사의 귀감으로 추앙된 프랑스의 기사.

어*와 같은 인물이 실제로는 너의 친척이 아니었단 말인가? 그리고 그녀는 왜 죽었지?" 하고 물었다. 9월에 케임브리지에 온 이래, 이러한 질문을 한 것은 슈리브가 처음이 아니라 다른 많은 학우들도 그러했다. 남부의 이야기를 들려줘. 남부라는 곳은 어떤 곳이야? 남부 사람들은 어떤 생활을 하고 있어? 왜 그들은 남부에서 살고 있는 거야? 도대체 그들은 왜 살고 있는 거야? 하는 질문을 몇 번이나 받고 있었다.) —— 그 9월의 밤, 컴프슨 씨가 드디어 이야기를 멈추었고, 그(퀜틴)는 떠날 시간이 되었기에 아버지의 이야기를 듣는 것을 끝내고 밖으로 나왔다. 그가 그 모든 것을 전부 들었기 때문이 아니라, 아직 그냥 넘겨 버리기 어려운 것이 있어서 귀기울여 듣지 않았기 때문이다. 그 문, 비극적이고 연극적 자기 최면에 걸린 청년의 그 깡마른 얼굴, 그것은 대학 연극에서 햄릿으로 분장한 비극적인 인물이 커튼이 내려질 때 느끼는 황홀경에서 깨어나 먼지 낀 무대 위를 비틀거리며 걷고 있는 것과 같았다. 다른 출연자는 지난해에 졸업했다. 웨딩드레스를 사이에 두고 그와 마주 서 있는 누이동생, 그녀는 이제 그 드레스를 입을 일이 없어져 버렸고, 따라서 완성할 필요도 없었다. 두 사람은 열 몇 마디의 말을 주고받았다. 그 말 속에는 같은 단어들이 두세 번 되풀이되었으므로, 그 말을 줄인다면 여덟 마디나 열 마디에 불과했다. 그리고 그녀(미스 콜드필드)는 그가 그럴 것이라고 알고 있었던 대로 숄을 두르고, 보닛(옛날에는 검었는데 지금은 색이 바래 늙은 공작새의 깃털처럼 심하게 약화된 금속성의 녹색이

---

* 아서 왕 전설에서 아서 왕의 왕비, 랜슬럿의 애인.

되어 있는)을 쓰고 있었고, 여행 가방 크기의 검은 손가방에는 모든 집 열쇠가 들어 있었다. 그 열쇠 중 벽장과 문 열쇠는 자물쇠가 고장 나서 넣어도 돌아가지 않는 것도 있었다. 그런 자물쇠는 머리핀이나, 작은 껌 덩어리라도 용케 끼워 넣기만 하면 아이들도 쉽게 열 수 있었다. 또, 공기의 무게를 움직여 호흡하고 의식하지 못한 상태로 땅 위에서 몸의 무게를 지탱하는 것 이외에 어떤 일을 하더라도 이미 공통적인 어떤 것도 갖지 못하는 늙은 부부처럼, 지정된 자물쇠에도 전혀 맞지 않는 열쇠도 있었다. ── 그날 밤, 달도 없는 9월 밤의 먼지 속에서 덜커덩거리는 마차를 끄는 살진 암말 뒤에서 시달렸던 12마일의 길, 길가의 나무들은 여느 가로수처럼 하늘을 향해 자라는 것이 아니라 커다란 새처럼 웅크리고 있었고, 그 나뭇잎들은 육십 일 동안이나 뒤집어 쓴 먼지의 무게 때문에 헐떡이는 새의 깃털처럼 헝클어지고 무겁게 갈라져 있었으며, 말과 마차가 지나갈 때 자욱한 먼지 속으로 보이는 덩굴은 길가의 먼지를 뒤집어쓴 채 더위에 바싹 말라 있었고, 산소가 없는 액체의 제일 원소로 정제한 어떤 옛 화산수(火山水)의 수직적인 절대성이 작용하여 미묘하게 굳어져 움직이지 않고 하늘로 뻗어 있는 집단처럼 보였다. 마차를 둘러싸고 있는 자욱한 먼지는 바람에 날려 가지도 않았다. 왜냐하면 그것은 무풍(無風)에 의해 떠올라, 공기에 의해서 떠 있는 것이 아니라 마차에 의해 일어나 시작도 없이 형체를 갖추고서는, 별이 총총 박힌 어두운 하늘과 그 하늘에 걸린 나뭇가지 아래에서 마차 주위를 배회하듯 움직여서, 마차가 마치 가벼운 먼지 안개라기보다 고여 있는 물과도 같이 거의 굳은 먼지구름 속에서 굴러가고 있었기 때문이다. 그 먼지구름은 협박이 아니라 평온하고 친절한 경고를 하는 기분으로 다음과 같이 말하고 있는 것 같았다. 오고 싶으면 와도 돼. 그러나 거기에는 내가 먼저 도착할 거야. 말굽쇠나 차바퀴 아래에서 솟아 올라 천천히 움직이며 흘러 계속 네 앞으로 갈 것이고, 너는 내가 앞서기 때문에 행선지를 전혀 찾을 수 없게 되어, 급히 어딘가의 고원으로 올라가 조용하고 불가사의한 밤의 전경을 눈앞에 보고는 되돌아올 수밖에 없을 거야. 그래서 나는 너에게 충고한다. 돌아가게. 빨리 되돌아가. 남의 일에 간섭하지 말고. 퀜틴은 전적으로 찬성이었다. 우산을 꼭 쥔, 집념이 강한 냉혹한 인형 크기의 늙은 여자와 마차에 나란히 앉아서, 무더위로 흘러나오는 여체의 냄새와 숄의 주름 사이에서 발산하는 장뇌의 냄새를 맡으면서, 그는 몸 전체가 마치 한 개의 전구(電球)가 되어 버린 것처럼 느꼈다. 마차는 움직이고 있었으나 시원한 바람은 거의 없었고, 또 그의 내면에서 땀을 흘리게 할 만큼의 움직임도 일으키지 못했다. 그는 다음과 같은 생각을 하고 있었다. 그래요. 하느님, 인간인지 물건인지는 몰라도, 어쨌든 그를 찾아내려고 하거나 그를 방해하거나 하는 일을 하지 않기로 해요.

[그때 슈리브가 또 말했다. "기다려, 잠깐 기다려. 이 노처녀, 로자 이모가……."

"미스 로자." 퀜틴이 말했다.

"그래, 그래, 알았어. 그 노부인, 그 로자 이모……."

"미스 로자라니까."

"그래, 그래, 그래, 알았어. 그 노……, 그 이모……, 그래, 그

래, 그래. ── 어쨌든 그 여자는, 사십삼 년 동안이나 그 저택에 발을 들여 놓은 일이 없는데도 누군가가 거기 숨어 있다고 말했을 뿐만 아니라, 자신의 말을 믿어 줄 한 남자를 찾아내어 자신의 말이 거짓이 아니라는 것을 보여 주기 위해 한밤중에 그 남자와 함께 마차를 타고는 12마일의 길을 가려고 했단 말이지?"

"그래." 퀜틴이 대답했다.

"그 노부인은 너무나 많은 사람들이 묻혀 있는 거대한 무덤 같은 가정에서 자랐다. 평화와 안락 속에 살면서도 아침부터 밤중까지 자기 시간이라는 것은 한 번도 가져 보지 못했고, 거의 아버지와 고모와 언니의 남편을 증오하면서, 그녀의 증오가 옳았음을 그들 자신에게 뿐만 아니라 만인에게 증명해 줄 날이 오기를 기다리고 있었다. 그러던 어느 날 밤 고모가 빗물받이 홈통을 타고 집을 빠져나가 말 장수와 함께 도망을 쳤기 때문에, 그녀가 고모에게 느끼고 있던 증오감의 정당성이 입증된 셈이다. 그리고 다음에는 그녀의 아버지가 징집을 기피하여 지붕 밑 골방에 틀어박혀 지내다가 굶어 죽었기 때문에 그것도 해결이 되었다. 다만, 아버지는 죽었기 때문에 그리고 죽은 사람에게는 입이 없으니까, 때가 왔을 때 그녀의 증오가 옳았다는 것을 자인(自認)할 수도 또한 남에게 증명할 수도 없게 되었다. 그러나 어쨌든 아버지에 대해서도 그녀는 옳았다. 왜냐하면 만약 아버지가 징집을 기피해서 남군의 리 장군과 제프 데이비스*를 화

---

* 제프 데이비스(1808~1889)는 미국의 정치가이며, 남북전쟁 때 남부 연합의 대통령으로 전쟁을 지휘했다.

나게 하지 않았더라면, 지붕 밑 골방에 틀어박혀 굶어 죽는 일도 없었을 것이고, 만약 그가 굶어 죽지 않았더라면 그녀가 구걸로 살아가는 고아가 되는 일도 없었겠고, 따라서 그 치명적인 모욕을 받을 처지에 놓이지도 않았을 것이다. 그녀는 형부 서트펜에 관해서도 옳았다. 만약 그가 악귀가 아니었다면 그의 아이들을 그의 손에서 지켜 줄 필요도 없었을 테고, 그녀가 서트펜 저택에 가서 배반당하는 일도 없었을 것이기 때문이다. 순진한 시즈비*는 카산드라를 잃고 홀아비가 된 아가멤논** 대신에 노구가 된 피라무스에게 구혼을 받고, 4월의 발랄한 봄의 손이 이끌 난 악귀의 수단에 넘어가서, 먼저 시험 삼아 둘이서 육체관계를 맺고 사내아이가 태어나면 결혼하자고 제안받았다. 그녀는 그 말을 듣고 처음으로 느끼는 충격적인 공포와 분노 때문에 읍내 집으로 곧 돌아가 버렸고, 새벽녘에 일어나 남의 밭에서 몰래 채소를 뽑아다가 먹지 않을 수 없는 고통스러운 비참한 생활을 하게 됐다. 그래서 이것은 영원히 바로 잡히지 않게 되었다. 어쨌든 그녀는 그것을 말하려고 해도 할 수가 없었다. 그녀의 계승자가 없었기 때문이다. 그가 마음을 돌려 하루도 지체함이 없이 바로 계승자를 찾아냈다는 것이 문제가 아니라, 누가 그녀의 계승자가 되는가 그것이 문제였던 것이다. 그녀에게 악귀에 의해서조차도 그 일

* 그리스 로마 신화에서 피라무스의 사랑을 받은 바빌론의 소녀. 피라무스는 시즈비가 사자에게 물려 죽었다고 잘못 알고 자살했는데, 그의 뒤를 좇아온 그녀도 자살했다.
** 트로이 전쟁의 그리스군 총사령관.

을 성취할 수 있다고 인정하는 적당한 계승자가 있다고 해도, 그녀는 그것을 거부할 수 있거나 거부하지 않으면 안 될 상황에 내몰려 고통스러워했을지도 모른다. 그것은 충분히 생각될 수 있는 일이었다. 어쨌든 이 일은 전혀 끝나지 않았다. 그가 자신의 오류를 인정할 때가 온다 해도 그때는, 그녀의 아버지의 경우와 똑같이, 그가 이미 죽고 없을 것이었다. 그녀는 그 큰 낫에 대하여 예견하고 있었음에 틀림없다. 설령 아버지의 경우에 있어서 망치와 못이 그랬던 것처럼, 그것이 최후의 포악한 모욕의 도구가 될 뿐이라는 것을 알지 못했다고 해도 말이다. ─그 큰 낫, 시저와 같은 자의 승리를 상징하는 월계관─그 녹슨 큰 낫은, 이 년 전쯤 오두막집 현관에서부터 패여 있는 작은 길을 평평하게 고르게 하기 위해 잡초를 베라고 악귀 자신이 존스에게 빌려 준 것이었다. 매일매일 야하고 천한 리본이나 싸구려 구슬로 치장을 한 그녀가(그녀는 그것을 어떻게 얻었지? 난잡한 계집만은 아니었다지?) 걸어 들어오기를 기다리고 있던 녹슨 큰 낫─그 상징적인 큰 낫의 저쪽에서, 그는 죽었어도, 발밑의 땅이 무너져 버렸어도, 그녀를 비웃고 있었다 이 말이지? 대체로 이런 줄거리지?"

"그래." 퀜틴이 대답했다.

"그녀는 처음에는 이 파우스트*, 이 악귀, 이 비엘지버브**가, 견딜 수 없을 정도로 격노한 창조주의 얼굴에 순간적으

---

* 15, 16세기에 독일에서 방랑한 마법사. 그는 전설화되어 권력과 지식을 위해 영혼을 악귀에게 팔았으나 결국 회개하고 영혼을 구했다.
** 밀턴의 『실락원』에서 사탄 다음가는 악귀.

로 무섭게 나타난 눈부신 빛을 피해 도망쳐, 자칼이 바위산으로 도망치듯이 점잖은 인간 세상에 숨어들었다고 생각했으나, 마침내 그는 숨어 있는 것도 아니고 숨기를 원하는 것도 아니고 다만, 창조주가 다음에 그를 잡아 숨통을 끊어 놓기 전에 최후의 광란적인 악한 행위를 하고 있다는 것을 깨달았다. ── 어느 일요일 이 파우스트는 두 자루의 권총과 조수 스무 명을 거느리고 갑자기 나타나서는, 무식하고 가엾은 인디언을 속여 100평방마일의 땅을 빼앗고, 거기에 지금 네가 보고 있는 엄청나게 큰 저택을 세웠다. 그리고 여섯 대의 짐차를 끌고 어딘가로 가서는 크리스털 태피스트리와 웨지우드 의자와 같은 호화스러운 영국제 가구 일체를 가득 싣고 돌아왔다. 그 물건들은 증기선을 습격하여 강탈한 것인지, 아니면 옛날의 약탈품의 일부였는지 아무도 알 수 없었다. 어쨌든 비버 모자를 쓰고 의젓한 복장을 하고 있었지만, 그 속에 뿔과 꼬리를 감춘 악귀인 그는 아내를 골랐다.(골랐다기보다는 샀다. 장인과 물물 교환의 형식으로 교묘하게 속여서 빼앗은 것이다.) 고르는 방법도 삼 년이나 걸릴 정도로 세심한 것이었는데, 그는 결코 명문의 가정으로는 눈을 돌리지 않았고 오히려 가난한 가정에서 고르려고 했다. 그렇게 한 이유는, 그가 물심양면으로 아직 충분히 준비되어 있지 않을 때 처음부터 처가 쪽이 화려하게 나오면 곤란했기 때문이었지만, 그렇다고 해서 그가 사서 모아 온 식기류를 취급하는 데 서투른 저속한 가정의 자녀는 곤란했다. 그래서 그가 골라 선택한 아내는, 신으로부터의 그의 도망을 확실하게 해 줄 뿐만 아니라 신에게 쫓겨 이제는 더 이상 도망도 숨지도 못하게 될 날에, 늙은 몸의 방패가 되어 자신을 지켜 줄 자손을 낳을 여자가 아니면 안 되었다. 그리고 실제로 그녀는 사내아이와 계집아이를 하나씩 낳아 그의 방패가 되어야 할 자손들의 기틀을 마련해 주었다. 그리고 확실히 딸은 사랑에 빠지고, 아들은 그(악귀)와 창조주의 집행관 손 사이의 살아 있는 방어벽이 되었다. 아들이 결혼하면, 그의 입장은 이중적으로 더욱더 견고해질 것이었다. 그런 다음 그 악귀는 태도를 일변하여, 딸의 약혼자와 아들을 집에서 강제로 쫓아 내지 않으면 안 되었다. 뿐만 아니라, 간통의 우려가 위협적으로 나타났을 때, 격노한 자신을 대신해서 권총을 손에 쥐게끔 아들을 타락시키고 유혹하고 현혹하지 않을 수 없었다. 그로부터 오 년 뒤 전쟁에서 돌아온 그는 모든 것이 자신이 계획했던 대로 되어 있는 것을 알았다. 즉, 아들은 끊기 어려운 인연만을 남겨 놓고 영원히 집에서 도망쳐 버렸고, 딸은 독신녀로 살아갈 운명에 놓이게 되었다. ── 그래서 그는 집에 돌아와 말에서 거의 내리기도 전에, 스스로 파멸시켜 버린 자손에 대한 희망을 다시 만드는 일을 시작하는 일에 몰두했다 이 말이지?"

"그래." 퀜틴이 대답했다.

"집에 돌아온 그는, 두 아이들에게 걸었던 자손에의 꿈은 사라져 버렸고, 농원은 황폐해졌고, 밭이란 밭에는 잡초만 우거져 있고, 합중국 정부로부터는 여러 가지 중과세나 벌금이 부과되었으며, 그의 흑인들은 양키들이 지배하고 있던 북부로 도망쳐 버렸다는 것을 알았다. 그런 것들을 알고 난 그가 혹시 만족스러운 얼굴을 지었다고 생각될지 모르지만, 그러나 어쨌든 집에 돌아와서 당장 농원을 옛날 모습으로 복구시키는 일을 시작했다. 그것은 마치 시간은 흐르지 않는데도 변화는 일어났다는 착각을 일으키게 해서, 그 배후에 자신이 지금은 예순 살에 가까운 나이라는 것을 숨기고, 자기를 지켜 줄 새로운 아이들이 태어날 때까지 창조주를 잘못된 생각과 기만으로 우롱하려는 것 같았다. 그러나 그뿐만이 아니었다. 그는 그의 목적을 위하여 그때까지 가져 볼 생각도 못하던 여자, 이 이모 — 그래, 그래, 그래 — 를 골랐다. 그녀는 옛날부터 그에게 증오심을 품고 있었으나, 그는 일종의 만용을 부려 그러한 그녀를 대담하게 골랐던 것이다. 마치 저항할 수 없고 공격할 수 없는 그의 절망적 확신은 그가 창조주에게 팔아 버린 것이 무엇이든(그 노부인의 이야기에 의하면 그는 영혼이라는 것을 가져 본 적이 없으니까, 영혼은 아니겠지만) 그에 대한 대가의 일부인 것 같았다. 그는 그녀에게 결혼을 신청했고, 그 구혼은 받아들여졌다. 그 이후 결혼식 날짜는커녕 결혼이라는 말조차 입에 올린 일이 없었으나, 석 달 뒤의 어느 날, 그날은 마침 그가 옛 서트펜 농원 100평방마일의 토지 중에서 적어도 어느 정도의 토지를 유지할 수 있는가를 분명히 확정하던 날이었는데, 그는 그녀에게 다가가서, 개처럼 교미해서 개처럼 아이를 만들 것을 제안했다. 그는 악귀다운 간계로, 기혼 내지는 약혼 중인 남성이 수백만 년 전부터 생각해 왔던 것을 생각해 낸 것이다. 즉, 여성에게 상처를 입히는 일이 없이, 혹은 사회적 행동 또는 조직적인 행동을 취할 근거를 주는 일이 없이, 비둘기장과 같은 행복한 결혼 생활에 대한 가련한 여인의 꿈을 파괴할 뿐만 아니라, 그녀가 돌이킬 수 없을 정도의 결혼 상태에 놓여 있게 해서(그래서 그녀가 숨을 쉬기도 전에 스스로 남편 또는 약혼녀를 만들었다.) 그 여성의 분노나 복수의 기분 같은 것은 다만 형해(形骸)에 지나지 않도록 만드는 것 말이다. 그는 그것을 그녀에게 말하고는, 그 누구한테서도 위협이나 간섭을 받지 않는 완전한 자유의 몸이 되었다. 그는 마침내 죽은 아내의 가족 중 최후의 한 사람까지 배제하여 영원히 자유롭게 된 것이다. 아들은 이미 텍사스나 캘리포니아나 아니면 아마 남미로 도망쳐 버렸고, 딸은 그가 죽을 때까지는(죽은 뒤에는 아무래도 좋았기 때문에) 독신녀로 지내지 않으면 안 되게 운명 지어져서, 그 허물어져 가는 저택에서 그의 시중을 들고, 양계를 해서 달걀을 팔아 그녀와 클라이티가 만들 수 없는 옷과 교환하고 있었다. 그래서 그는 이제 악귀일 필요는 없었고, 다만 미친 무력한 노인이 되었다. 그는 마침내 서트펜 농원을 옛날의 모습으로 돌이키려는 꿈이 헛된 것일 뿐만 아니라 자기에게 남겨진 땅에서는 도저히 일가의 생계도 유지해 나갈 수 없다는 것을 깨닫고 네거리에 작은 잡화점을 열었고, 존스를 점원으로 내세우고 해방된 흑인들과 그리고 그들(무엇이었지? 그 단어, 하얀 무엇? — 그래, 쓰레기들)을 고객으로 해서 농기구와 마구, 캘리코*와 등유, 값싼 구슬과 리본 같은 것을 팔았다. 어쩌면, 그는 거기서 돈을 벌어 농원을 다시 일으키려

---

* 무늬를 염색한 거친 면직물.

는 망상을 품었는지도 모른다. 그것을 누가 알리. 어쨌든, 그는 지금 두 번씩이나 속박에서 탈출했던 것이다. 처음에는 그가 스스로 그 속박 안으로 들어갔지만, 그가 자손을 갖기도 전에 창조주가 그의 두 자식들을 서로 싸우게 해서 멸망케 했기 때문에, 그는 그때 창조주의 손에 의하여 해방된 셈이다. 그런데 그는 자신이 해방되어 있는 것은 잘못된 일이라고 생각해서 다시 속박 안으로 들어갔고, 그것이 또 잘못됐다고 생각하고는 다시 뛰쳐나왔던 것이다. 그리고 그는 다시 태도를 바꾸어 자기 상점 진열장과 선반에서 끄집어낸 구슬과 캘리코 그리고 줄무늬가 있는 캔디 등을 가지고 속박 안으로 들어가려고 했다, 이런 말이지?"

"그래." 퀜틴이 대답했다. 그는 아버지와 같은 말투군 하고 생각하면서 (조용하고, 침착하고, 묘하게도 거의 음울한 얼굴을 하고) 슈리브를 힐끗 쳐다보니 슈리브는 램프가 있는 쪽으로 몸을 내밀고 있었는데, 옷을 벗은 상반신은 핑크빛으로 빛났고, 통통하게 살쪘고, 아기들의 살결처럼 매끈매끈했으며, 털은 거의 나 있지 않았고 두 안경알이 둥글고 붉은 얼굴 위에서 쌍둥이 달처럼 번쩍번쩍 빛나고 있었는데, 퀜틴은 그 시가와 등나무 꽃의 냄새를 생각해 내면서, 그 9월의 해 질 녘에 반짝반짝 명멸하면서 날아다니던 반딧불이를 보고 있었으며, 슈리브의 말투는 아버지와 똑같고, 물론 아버지는, 내가 거기에 가기 전에는, 내가 돌아온 이튿날에 알았던 것만큼 알고 있지 못했으니까 이런 이야기까지는 하지 않았지만 말이다 하고 그는 생각했으며, 노쇠한 미친 사람에 지나지 않게 된 그는 드디어 악귀의 악행에도 한계가 있다는 것을 깨달았고, 그는 자신의 처지를, 호른이나 바이올린이나 드럼 같은 악기가 아니라, 달력과 시계의 시간을 기조로 해서 의기양양하게 걸어 다니는 쇼걸의 경우와 같다고 생각했음에 틀림없으며, 마지막으로 한 방 쏘아 댈 수는 있지만, 이번에 한 방 터뜨리면 그 강력한 반동으로 스스로 박살나 무너져 버리는 낡아 빠진 대포가 바로 자기라고 생각한 것이 틀림없고, 그는 아직도 자신의 시야와 능력 범위 내에 있는 주위를 둘러보고, 아들은 없어져 버려, 그것이 아들이 죽은 것보다 더 견디기 어렵다는 것을 알았는데 왜냐하면 (지금 아직 살아 있다고 해도) 이미 그는 이름을 바꾸어서 낯선 사람들은 그 이름으로 그를 부를 것이고, 또 아무리 아들이 낯선 여자에게 서트펜계의 어떤 악귀의 핏줄을 심어서 아이를 낳았다고 해도, 서트펜의 악업과 전통이, 서트펜이라는 똑바른 이름을 들어 보지 못한 사람들 사이에서 다른 이름으로 이어질 것이기 때문이고, 딸은 독신녀의 숙명으로 살아가게 되었는데, 그녀는 찰스 본이라는 청년이 나타나기 전부터 이미 그것을 자기 운명으로 선택했던 것인데, 그녀가 본을 잃고 슬픔에 빠져 있을 것이라고 생각하고, 로자 이모가 그녀를 돕고 위로하기 위해 와 보니, 그녀는 슬픔에 빠져 있기는커녕 손으로 짠 천으로 만든 옷에 챙이 넓은 모자를 쓰고 닫혀 있는 문 앞에 아주 침착하고 무감각한 얼굴을 하고 서 있었던 것이며, 또 존스가 관을 만들고 있는 동안 마당에서 구름같이 몰려드는 병아리 무리들에 둘러싸여 있을 때도 그 표정은 변하지 않았고, 그 이듬해 이모가 그대로 거기에 살게 되어, 이모와 그녀와 클라이티 세 사람이 그들의 옷을 짜고 먹을 것을 기르고 음식을 만들기 위해서 나무를 자르는 일을 하는 동안에도 의연하게 같은 표정이었으며(그 무렵, 힘에 겨운 일은 존스에게 부탁하고 있어서, 존스는 지붕이 허물어지기 시작한, 버려진 낚시터 오두막에서 손녀딸과 함께 살고 있었는데, 썩기 시작한 베란다에는 서트펜이 뒤에 그에게 빌려 주어서 오막살이 주위의 잡초를 베게 했던 그 녹슨 풀 베는 낫──존스는 그것을 결국 잡초를, 적어도 식물의 잡초를 베는 데는 쓰지 않고──이두 해쯤 방치되어 있었던) 또 이모가 크게 분노해서 읍내 집으로 돌아가고, 남의 채소를 훔치거나 사람들의 도움에 의지하면서 궁핍한 생활을 하게 된 이후로도, 그녀의 표정은 조금도 변하지 않았고, 그 세 사람, 즉 서트펜의 두 딸인 흑인 클라이티와 백인 주디스 그리고 그 두 사람으로부터 12마일이나 떨어져 있는 이모 로자, 그 세 사람은 각각 자신들이 있는 장소에서 거리를 두고, 혈관이 경화되어 절망에 허덕이는 그들의 늙은 악귀가 이미 그의 어깨에 올려놓은 창조주의 손과 파우스트적인 최후의 싸움을 펼치면서 호구지책을 위하여 작은 시골 상점을 경영하면서, 욕심 사납고 찢어지게 가난한 백인들과 흑인들을 상대로 한두 푼 돈 때문에 오랜 시간 지루하게 실랑이를 벌이고 있는 것을 그리고 과거 한때는 자기 영역의 경계선을 넘지 않고 사방으로 100평방마일의 땅을 말발굽 소리를 내며 달릴 수 있었던 그가 노인이 되어 자기 동업자인 존스의 손녀딸을, 그것도 열다섯 먹은 시골 소녀를 유혹해서 파멸시키기 위해 값싼 리본과 구슬 그리고 오래되어 심하게 색이 변한 과자를 자기의 빈약한 재고에서 빼내는 것을 가만히 지켜보고 있었는데──그는 십사 년 전, 버려진 낚시터 오두막에 후리후리한 키에 말라리아를 앓던 백인 존스가 생후 일 년쯤 되는 손녀딸과 함께 거주하는 것을 허락했으므로──존스는 지금은 그의 동업자이자 짐꾼이자 점원이었고, 그 악귀의 명령을 받으면, 존스는 자신의 손으로 상점의 진열장에서 과자나 구슬이나 리본 같은 것을 꺼내거나(배달도) 옷감을 재기도 했으므로, 주디스는(사랑하는 사람을 잃은 비탄에 잠겨 조금도 슬퍼하지 않는) 존스의 손녀딸이 그 옷감으로 드레스 만드는 것을 도와주었는데, 그의 손녀딸은 그 드레스를 입고, 빈둥거리는 사나이들의 귀찮은 시선과 입담 속에서도 태연하게 걷고 있었지만, 그러는 사이에 배가 점점 불러 와서 당혹감을 느꼈고——아니면 무서워졌고——존스는 1861년 남북전쟁이 시작되기 이전에는 저택 앞으로 접근하는 것이 허락되지 않았고, 전쟁 중인 사년 동안도 겨우 부엌 쪽의 출입문까지, 그것도 그가 사냥한 짐승이나 물고기나 채소를 가지고 왔을 때만 허락되었고, 그의 유혹의 대상인 엘런과 주디스(그리고 클라이티——그녀는 저택에 남아 있는 단 한 사람의 흑인 하녀였으나, 존스가 부엌 출입문 안으로 들어오는 것을 금지시킨 사람)는 존스가 가져다주는 그러한 물건으로 겨우 목숨을 이어 가고 있었는데, 그 존스가 지금은, 서트펜이 고객들을 상점에서 쫓아내듯 밀어내고 문에 자물쇠를 채우고 뒤껼으로 돌아와 존스에게 술을 가져오라고 명령하는 오후 같은 때는(그런 오후가 근래에는 자주 있었는데) 당당하게 저택에 출입하고 있었고, 서트펜이 존스에게 술을 가져오라고 지시할 때의 태도는 옛날 그가 군대에서 부하 당번에게 명령을 내리거나 저택의 하인들을 부릴 때의 그것과 조금도 다르지 않았으나(그가 존스에게 상점의 진열장에서 리본과 구슬 그리고 과자를 가져오라고 명령할 때의 어조도 또한) 그 두 사람(존스는 지금은 당당하게 다리를 꼬고 앉아 있었는데, 단조로운 평화가 계속되던 과거의 그 후텁지근한 일요일 오후, 두 사람이 뒤뜰의 포도나무 정자 아래에서 한때를 지내던 그 시절에, 존스는 그물 침대에 누워 있는 서트펜의 곁에서 기둥에 몸을 기대고 쭈그리고 앉아 있다가는 쉴 새 없이 일어나서 서트펜에게 목이 가는 큰 병에서 술을 따라 주거나 1마일 이상 떨어진 샘에서 길어 온 양동이의 물을 서트펜에게 따라 주고, 비굴하게 낄낄거리며 그 악귀가 말을 멈추고 쉴 때마다 "그렇습지요, 톰 나리." 하고 말했던)은 이제는 서로 사이좋게 술잔을 권하는 것이어서, 서트펜은 이제 옆으로 뒹굴거나 발을 꼬고 앉거나 하지 않았으나 두서너 잔 마시고 나면 그 늙은이의 상태는 무력하게 분노한 패배자가 아닌 위인이 되어 비틀거리며 일어나 으스대다가 앞으로 돌진하면서, 혼자 워싱턴으로 달려가서 링컨(이미 이 년쯤 늦었지만)과 셔먼 두 사람을 쏘아 죽이겠다고 "그 자식들을 죽여라! 그 개 같은 자식들을 개처럼 쏴 죽여라!" 하고 소리치면서 말과 총을 가져오라고 고함을 쳤고 그러면 존스는 "그렇습지요, 맞았어요, 대령님. 그렇게 나와야죠." 하고 맞장구쳤고, 쓰러지려는 서트펜의 몸을 부축해서 지나가는 짐차에 태워 집으로 데리고 가서, 현관 계단을 올라가 유럽에서 한 장 한 장 가져온 특수 유리로 만든 부채꼴 모양의 채광창 아래 페인트가 벗겨진 묵직한 문 안으로 들어갔는데, 그 문을 열어 준 것은 과거 사 년 동안 그 얼어붙은 듯이 조용하고 냉정한 표정을 한 번도 허문 일이 없는 주디스였으며, 그런 다음 그는 2층의 침실로 데리고 올라가서는 마치 어린아이처럼 그를 침대에 눕히고 자신은 마룻바닥에 누워 버리는 것이었지만, 그것은 자기를 위해서는 아니었는데, 왜냐하면 침대 위의 서트펜은 날이 새기 전에 반드시 몸을 뒤척이면서 중얼거릴 것이고, 그럴 때마다 존스는 "여기 제가 있습니다, 대령님. 문제없어요. 그 자식들은 아직 우리를 이기지 못했잖아요?" 하고 대답하지 않으면 안 되었기 때문이고, 서트펜은 존스의 손녀딸이 겨우 여덟 살이었을 때 출정했는데, 존스는 그 이후 사람을 만날 때마다, 상대가 그에게 왜 출정하지 않느냐고 물을 여유도 주지 않고, 자기는 나리에게 뒷일을 위탁받았다, 농원의 관리는 전부 자기가 하는 것이다 하고 떠벌리고 있었기에, 그러는 사이에 아마 자기도 정말로 그런 것 같은 기분이 들어 버렸던 것 같았고, 그는 서트펜이 귀환했을 때 제일 먼저 마중 나간 사람이었는데, 서트펜을 문 앞에서 마중하면서 "대령님, 그 자식들은 우리 남부 사람들을 상당히 많이 죽이긴 했지만, 아직 우리를 완전히 이기지는 못했습지요?"라고 했던 것이며, 불굴의 의지를 가지고, 자기가 기억하고 잃어버렸던 서트펜 농원의 복구가 가능하다고 서트펜이 아직 믿고 있었던 그 무서운 최초의 기간 동안, 서트펜을 위해서 계속 노동을 하고 땀을 흘린 사람도 존스였는데, 그는 농원의 복구가 절망적이라는 것을 서트펜이 받아들이기(또는 받아들이려 하기) 훨씬 전에 잘 알고 있었던 것이 틀림없지만, 그럼에도 불구하고 보수나 보상을 전혀 기대하지 않고 노동을 했는데——눈먼 존스, 그는 아직도 그 분노한 호색적인 폐인에게서 검은색의 순종 말을 타고 어느 지점에서 보아도 경계선을 볼 수 없는 광막한 농원을 달리던 옛날의 서트펜의 모습을 분명히 보고 있었던 것이다.

"그래." 퀜틴이 말했다.

그래서 그 일요일 아침이 왔고, 악귀 같은 서트펜은 날이 새기 전에 일어나서 어디엔가 갔고, 주디스는 그가 어디에 갔는지 알고 있었다. 그가 버지니아 전쟁터로 타고 갔다 왔던 그 검은 종마(種馬)가 그날 아침 암말인 페넬로페에게 새끼를 낳게 했던 것이다. 그러나 서트펜이 그렇게 일찍 일어나서 보러 간 것은 그 망아지가 아니었다. 진상이 알려진 것은 그로부터 거의 일 주일가량 지나서, 그 산파인 흑인 여자——그날 새벽, 녹슨 낫이 이 년간이나 방치되어 있던 현관에 존스가 앉아 기다리고 있는 동안 누비이불을 깔고 곁에 쪼그리고 있던 그 흑인 노파가 잡혔을 때였다. 그녀의 말에 의하면, 밖에 말발굽 소리가 들렸는가 싶더니 서트펜이 안으로 들어와 손에 채찍을 든 채 버티고 서서 어미와 새끼를 굽어보면서 "글쎄, 밀리. 네가 페넬로페처럼 암말이 아니어서 섭섭하구나. 네가 암말이었더라면 근사한 마구간을 주었을 텐데 말이야." 하고는 금방 몸을 돌려 밖으로 나갔다. 산파는 거기 쪼그리고 앉아 있었는데, 곧 밖에서 그와 존스가 말다툼하는 소리가 들려왔다. "워시, 물러서. 내 몸에 손대면 안 돼." "나는 손대지 않아, 대령." 그리고 채찍 휘두르는 소리가 들렸지만 풀 베는 낫 소리는 들리지 않았다. 공기를 가르는 바람 소리도, 타격 소리도 들리지 않았다. 원래 단순히 형벌을 가할 때는 무슨 소리가 나는 법이지만 마지막 숨통을 끊을 때는 소리가 나지 않는 법이다. 그리고 그날 밤, 그들은 드디어 그의 시체를 발견했고 마차에 태워서 집으로 운반했다. 칸델라와 관솔의 횃불에 비친, 피투성이인 채로 죽어 있는 그의 조용한 얼굴의 갈라진 턱수염(머리는 거의 백발이었으나, 아직 다 희지는 않았다.) 사이로 이가 드러나 보였다. 돌같이 굳은 얼굴로 주디스가 눈물도 보이지 않고 문을 열고 기다리고 있었다. 그는 옛날에 마차를 타고 교회로 질주하는 것을 좋아했는데, 이번에도 그는 마차에 실려 급히 교회로 보내졌다. 다만 모든 것이 끝나고 났을 때, 그는 끝내 교회에는 가지 못했지만 말이다. 주디스는 그를 그 삼나무가 우거진 묘지로 운구(運柩)하기 전 어머니 엘런과 결혼식을 올린 읍내의 그 감리 교회로 먼저 싣고 가야만 한다고 결정을 내렸지만, 도중에 불행한 사고가 났기 때문이다. 주디스는 이미 서른 살의 여인이 되어 있었는데, 나이보다 훨씬 늙어 보였다. 그러나 그녀는, 허약자가 늙은 것처럼 육체가 이미 생기를 잃고 정지 상태에서 부어오르던 가 아니면 점점 허물어져 가는 그 구성 분자들이 이제는 침투되지 않는 철벽 같은 골격에 붙어 있지 못하고 다만 서로 맞붙어 있을 뿐이어서, 마치 그것들이 구더기의 식민지처럼 혼이 빠진 망각의 자치 공동체를 만들고 있는 것처럼 늙은 것이 아니라, 악귀 서트펜 그 자신이 늙어 갔던 것처럼 늙어 있었다. 일종의 압축 때문에, 고통에서 생기는 제어할 수 없는 근원적 골화(骨化) 작용이 드러난 것이었다. 이 골화 작용은 가볍게 긴장된 흥분을 일으키는 청춘의 아우라와 부드러운 피부색과 살결 때문에 잠시 완화된 상태에 있었으나 은폐되지는 못했다. 집에서 만들어 모양이 좋지 않은 옷을 입은 독신녀 주디스는 양계장에서 달걀을 운반하거나 밭을 갈기 위해 쟁기를 잡던 손으로 두 마리의 거친 노새를 빌려 마차를 끌었다. 그래서 그는 군인 제복을 입고 군도(軍刀)를 차고 수를 놓은 긴 장갑을 낀 모습으로 집에서 만든 관 속에 누워 교회로 향하여 빨리 실려 갔으나, 도중에 그 젊은 노새가 갑자기 발광을 하는 바람에 마차가 전복되어, 칼을 차고 깃을 단 모자를 쓴 그가 도랑 속에 내동댕이쳐졌던 것이다. 그래서 주디스는 그를 도랑 속에서 건져 내어 곧바로 삼나무가 우거진 묘지로 옮겨 자신이 성경을 읽고 기도를 올렸다. 그러나 그녀는 이때에도 눈물 한 방울 흘리지 않았고 비통한 표정도 나타내 보이지 않았다. 어쩌면 그녀에게는 슬퍼할 만한 틈이 없었는지도 모른다. 왜냐하면 상점을 살 사람이 나타날 때까지 그녀가 상점 관리를 맡지 않으면 안 되었고, 앞치마 호주머니에 상점 열쇠를 넣고 다니다가 손님이 부르면 부엌이나 채원에서, 혹은 밭에서 달려 나와야 했기 때문이다. 존스도 저 세상으로 가 버리고 없었기 때문에 그녀와 클라이티가 밭일까지도 전부 도맡아하지 않으면 안 되었다. 존스는 바로 그 일요일, 그 일이 일어난 후 반나절도 안 되어 서트펜의 뒤를 쫓아갔던 것이다.(아마 같은 장소에 갔을 것이다. 아마 두 사람은 거기서 포도나무까지 갖게 될 것이다. 그러나 지금은 빵이나 야망이나 간통이나 복수 같은 것에서 해방되어, 아마 술을 마실 필요는 없을 것이다. 다만 그들이 가끔 그것이 무엇인지 모르고 입 안이 궁금해서 술을 그리워할 때가 때때로 있을 것이지만, 그러나 자주 있는 일은 아닐 것이다. 조용하고, 마음 편하고, 시간이나 기후의 변화에 시달리는 일도 없이 가끔 무엇인가 바람 같은 것, 그림자 같은 기척이 느껴져서 서트펜은 이야기를 중지하고, 존스는 껄껄 웃는 것을 그치고, 서로 눈과 눈을 마주치면서 탐색하는 듯한 심각하고 집중된 표정을 보이게 될 것이다. 그리고 서트펜이 "그것은 뭐지, 워시? 무엇인가 있었지. 그것이 무엇일까?" 하고 물으면, 존스는 서트펜을 가만히 바라보면서 역시 탐색하는 듯한 진지한 표정으로 "모르겠는데요. 대령님, 무엇일까요?" 하고 대답하고는, 두 사람은 서로 얼굴을 가만히 바라볼 것이다. 그리고 그림자가 지고 바람이 사라져 버리자, 마침내 존스는 "그 자식들은 우리를 죽였을지 몰라도, 아직 우리를 패배시키지는 못했습죠?" 하고 조용히, 우쭐대지도 않고 말할 것이다.) 양동이나 물통을 든 부인네들과 아이들이 큰 소리로 부르면, 그녀나 클라이티 어느 쪽이든지 상점에 가서 열쇠로 문을 열고 물건을 판 다음 상점을 잠그고 돌아왔다. 상점을 살 사람이 나타날 때까지 그러한 상태가 계속되었고, 마침내 그녀는 상점을 팔아 버리고는 그 돈으로 묘석(墓石)을 샀다.

"어떻게 되었지?" 슈리브가 물었다. "네가 해 준 얘기 말이야. 어떻게 되었다고? 밤새 비가 내린 이튿날, 회색빛 하늘 아래 너와 네 아버지가 메추라기 사냥을 가다가 말이 건널 수 없는 넓은 도랑을 만나, 말에서 내려 고삐를, 그 — 이름이 무엇이었지? 노새에 타고 있던 그 검둥이 말이야. 그래, 그래, 러스터라고 했지? 그 러스터에게 고삐를 넘겨주어 도랑을 빙 돌아서 가게 했다는 거지?"

그리고 그와 그의 아버지는 무거운 회색 비가 소리도 없이 다시 내리기 시작했을 바로 그때 도랑을 건넜다. 퀜틴은 아직 자신들이 있는 장소가 어딘지 잘 몰랐다. 이슬비를 피하기 위해서 지금까지 얼굴을 숙이고 말을 몰았기 때문이다. 마침내 그는 눈앞의 비탈길을 바라보았다. 거기에는 비에 젖은 누런 골풀 모양의 사초가 황금이 녹듯이 빗속에 사라져 가고 있었다. 그리고 언덕 꼭대기 부분에 삼나무 숲이 마치 젖은 압지(壓紙) 위에 잉크가 떨어진 것처럼 빗속에 어렴풋이 녹아 있었다. 그 삼나무 숲 저쪽 황폐한 전답의 반 마일쯤 떨어진 곳에 떡갈나무 숲과 붕괴되어 가고 있는 버려진 회색빛 나는 거대한 저택이 있는 것이다. 컴프슨 씨는 돌아서서 노새를 탄 러스터 쪽을 보았다. 러스터는 안장으로 사용하고 있던 삼베 부대를 머리 둘레에 둘둘 말아 쓰고 무릎을 그 아래로 끌어당긴 채, 그들의 말을 도랑가에까지 끌고 가서, 건널 수 있는 장소를 찾고 있었다. "빨리 비를 피해야 할 것 같구나. 아무튼, 그는 저 삼나무에서 100야드 이내에는 들어오지 않을 테니까 말이야." 컴프슨 씨가 말했다.

두 사람은 비탈진 언덕길을 올라갔다. 사냥개 두 마리의 모습은 전혀 보이지 않았고, 비탈길을 따라 우거진 사초만 계속해서 바람에 고랑을 지으면서 일렁이고 있었다. 바로 그곳에서 그 비탈 언덕을 보이지 않게 이리저리 뛰어다니던 개들 가운데 한 마리가 드디어 머리를 들고는 뒤를 돌아다보았다. 컴프슨 씨는 손으로 삼나무 숲 쪽을 향해서 신호를 하고, 퀜틴과 함께 그 방향으로 따라갔다. 그 삼나무 숲 속은 어두웠고, 불빛조차 흐릿했다. 그리고 조용히 내린 비가 대리석 위에 떨어져, 아직 완전히 굳지 않은 차가운 촛물 방울처럼 포신(砲身)과 다섯 개의 묘석 위에 희미한 진주색 작은 알이 되어 붙어 있었다. ── 다섯 개의 묘석 중 두 개는 평평하고 묵직한 아치형의 석판이고, 다른 세 개는 다소 비뚤어진 보통 묘석이었는데, 빗방울이 던져 주는 희미한 빛을 받아서, 여기저기에 새겨진 글자 혹은 말 전체를 순간적으로나마 읽을 수 있었다. 그때 털이 물에 젖어 몸에 찰싹 달라붙은 두 마리의 개가 바람결에 떠도는 연기처럼 망연한 모습으로 묘지에 들어왔다. 그리고 몸을 따뜻하게 하기 위해 서로 맞붙어서 어디가 어딘지 식별할 수 없는 둥근 덩어리가 된 채 그 자리에 쪼그리고 앉았다. 평평한 석판은 그 자체의 무게 때문에 한복판이 갈라져 있었다.(그리고 지하 납골당의 벽돌이 무너져서 구멍이 뚫린 곳에 한 줄기의 길이 나 있었다. 그것은 작은 동물들, 아마도 들쥐들이 몇 세대 걸려서 만들었을 것이다. 이 묘지에는 이미 오래전부터 아무것도 먹을 것이 없었던 것이다.) 그러나 거기에 새겨진 비명(碑銘)은 완전히 읽을 수 있었다. 한쪽에는 엘런 콜드필드 서트펜. 1817년 10월 9일 출생. 1863년 1월 23일 사망. 다른 한 쪽에는 남부 연방군 제23 미시시피 보병 연대장 토머스 서트펜 대령. 1866년 8월 12일 사망이라고 쓰여 있었는데, 그 최후의 사망 날짜는 끝로 아무렇게나 새겨진 것이었다. 서트펜은 죽었어도 아직 자신의 출생이 언제 어디서인지를 밝히고 있지 않았다. 퀜틴은 그 두 개의 묘비를 조용히 바라보면서 누구의 사랑도 받지 못한 아내. 아니, 다만 엘런 콜드필드 서트펜 하고 생각하면서 "1869년에 이만한 대리석을 살 돈이 있었군요." 하고 말했다.

"그 자신이 두 개 다 샀던 거야." 컴프슨 씨가 말했다. "그의 연대(聯隊)가 버지니아에 주둔하고 있을 때, 주디스에게서 엘런이 죽었다는 소식을 듣고, 그는 이탈리아에서 그것을 주문해 왔어. 그 당시 살 수 있는 최상의 대리석이었지. ─ 아내의 것은 완전하게 그리고 자신의 것은 날짜 새기는 것만 남기고 묘비를 만들었지. 그런데 그 무렵 전무후무하게 최고의 전사자 비율을 내었지만 간부 장교들을 매년 새로 선거하는 방식을 취하고 있는 연대에서 그는 현역으로 군인 생활을 하는 것에 대해서 잠시 생각해 보았어.(그래서 그 제도에 의해 그 전해 여름에 그는 연대장에 선출되었고, 전임자인 사토리스 대령은 퇴출되었지.) 그래서 그의 주문이 이루어지거나 혹은 상대방에게 전달되고 그것이 이행될 수 있기도 전에, 그의 몸은 이미 지하에 묻혀 땅에 꽂혀 있는 부러진 장총이(만약 그런 것이 있었다고 하면) 그 무덤을 표시하게 될 가능성도 충분히 있었고, 또 그렇지는 않더라도, 물론, 그의 부하들이 그를 강등시킬 만한 용기가 있었다면, 그가 소위나 사병이 될 우려도 있었지. ─ 그러나 그는 그 묘비를 멀리 외국에서 주문하여 그 대금을 지불했을 뿐만 아니라, 더욱 기이한 것은 해안이 너무나 엄중하게 봉쇄되어 수입을 하는 사람들이 탄약 이외의 화물을 받아들이기를 거부했음에도 불구하고 수입 밀무역선이 그것들을 반입하는 데 성공했다는 점이지."

퀜틴에게는 그때의 일이 실제로 눈에 보이는 듯했다. 군화도 신지 않고 누더기 옷을 걸친 굶주린 병사들, 너덜너덜 해진 어깨 너머로 뒤를 돌아보고 있는, 포연(砲煙)으로 그을린 야윈 얼굴들, 패배하지 않겠다는 필사적인 불굴의 의지가 불타는 번쩍이는 눈들. 그 병사들은 탄약이나 식량도 아니면서 2,000파운드나 되는 무게로 귀중한 공간을 차지하는, 번지르르하게 조각이 되어 있는 돌을 실은 배 한 척이 금지 구역인 어두운 해상을 도망쳐 달리는 것을 지켜보고 있었다. ─ 그 대리석은 이듬해에 그 연대의 일부가 되었고, 연대 뒤에서 그의 당번병이 끄는 마차에 실려 늪지대과 평원 그리고 산을 넘어 연대와 함께 행진하여, 펜실베이니아 주로 들어가 게티즈버그*로 옮겨 갔다. 그동안 연대 병력의 행군 속도는 그 마차처럼 느렸고, 굶주리고 마른 병사와 말들은 얼어붙은 진흙이나 눈 속에 무릎까지 빠져 가며 구슬 같은 땀을 흘리며 늪지대를 지나오면서 그 두 개의 돌을 적의 포탄처럼 저주하면서 '대령'과 '대령 부인'이라고 부르고 있었다. 그리고 그들은 북군의 눈을 피하기 위해서 대체로 밤중에 이동하면서 컴벌랜드 계곡**을 지나서 테네시 주에 이르렀고, 1864년의 늦은 가을에 미시시피 주에 들어섰다. 미시시피 주 ─ 거기에는 그가 과거 결혼을 금

---

* 펜실베이니아 주 남부의 도시로 남북전쟁의 격전지.
** 켄터키 주와 테네시 주에 걸치는 애팔래치아 산맥의 일부.

지해서 이듬해 여름에는 처녀로 미망인이 될 운명에 놓여 있었지만 분명히 비탄에 빠져 있지 않았던 딸 주디스가 어머니를 잃고, 혼자서 기다리고 있었다. 오빠인 헨리는 스스로 자신을 추방해서 없어져 버렸다. 그는 묘비 하나는 아내인 엘런의 무덤에 세우고, 또 하나는 저택의 현관에 세워 두었다. 미스 콜드필드는 아마(아니, 확실히) 그 묘비를 그의 초상(肖像)처럼 매일 바라보고 있었을 것이 분명하다. 그리고 아마(아니, 이것도 확실할 것이지만) 거기에 새겨진 문자에서, 그녀가 퀜틴에게 말한 것보다 더 큰 처녀다운 희망과 기대를 읽고 있었던 것이 틀림없다. 그녀는 그 묘비에 대하여 퀜틴에게 한마디도 하지 않았기 때문이다. 그리고 그는(그 악귀) 주디스와 클라이티가 옥수수를 볶아서 만든 커피를 마시고, 옥수수 빵을 먹고, 주디스의 이마에 키스를 하고, "그럼, 클라이티." 하고는 싸움터로 돌아갔다. 그가 저택에 머문 것은 하루뿐이었다. 그것은 모두 이십사 시간 사이에 일어났던 일이다. 퀜틴은 그 모양이 마치 눈에 선하게 보이는 듯 상상할 수 있었다. 마치 자기가 그 자리에 있었던 것이 아닌가 하고 생각할 정도였다. 그는 다시 생각했다. 아니야. 만약 그 자리에 있었다면, 이렇게까지 분명하게 상상할 수는 없었을 거야.

"그런데 그것이 다른 세 개의 묘비의 내역을 설명해 주지 못하지요. 그것들도 돈이 들었을 텐데 말이에요." 그가 말했다.

"누가 선뜻 그 묘비의 대금을 지불했겠어?" 컴프슨 씨가 말했다. 퀜틴은 아버지가 자기를 가만히 바라보고 있는 것을 느꼈다. "생각해 봐." 삼나무의 침엽들이 떨어져 썩은 비옥한 흙

위에 똑같은 모양으로 약간 기울어진 채 서 있는 세 개의 묘비를 퀜틴은 가만히 바라보았다. 그것들 위에 새겨져 있는 희미한 문자도 같은 모양이었다. 눈을 가까이해서 보니, 그들 문자도 알아볼 수 있었다. 첫 번째 것은 찰스 본. 루이지애나 주 뉴올리언스 출생. 미시시피 주 서트펜 농원에서 1865년 5월 3일 사망. 향년 33세 5개월이라고 새겨져 있었다. 퀜틴은 아버지의 시선을 느낄 수 있었다.

"그녀가 그 돈을 냈군요. 가게를 판 돈으로 그녀가 샀군요." 그가 말했다.

"그렇단다." 컴프슨 씨가 말했다. 퀜틴은 다음 묘비를 읽기 위하여 몸을 숙여 삼나무의 침엽을 쓸어 버려야 했다. 그런데 그때 개 한 마리가 일어나 가까이 와서, 그가 무엇을 보았는지 보려고 목을 들이밀었다. 마치 인간과 오랫동안 사귀어 왔기 때문에 인간과 유인원(類人猿)만의 속성인 호기심을 습득한 것 같았다.

"저리 가." 하고 외치면서 그는 한 손으로 개를 물리쳤고, 다른 손으로는 새겨진 희미한 문자를 읽어 볼 수 있도록 침엽을 쓸어냈다. 샤를* 에티엔 생 발레리 봉.** 1859~1884. 그는 아버지의 시선을 느끼면서 일어나 그 앞에 있는 세 번째의 묘비에도 마찬가지로 1884년이라는 같은 연도가 새겨져 있는 것을 보았다. "이건 가게 돈으로 산 게 아니잖아요?" 그가 물었

---

* 찰스의 프랑스식 이름.
** 본의 프랑스식 이름.

다. "그녀가 가게를 판 것은 1870년이었고, 게다가 그녀의 묘비에도 같은 1884년이라는 글자가 있는데요." 그렇게 말하며 그는 만약 그녀가 찰스 본의 묘비에 어느 누구의 사랑하는 남편이라는 문자를 새기고 싶어 했다면, 그것은 그녀에게는 대단히 가슴 아픈 일이었음에 틀림없다고 생각했다.

"응, 그래." 컴프슨 씨가 대답했다. "그것은 너의 할아버지가 돌봐준 묘다. 주디스는 어느 날 읍내에 들어와서 할아버지에게 돈을 건넸지. 원래 그 가게는 너의 할아버지가 그녀를 대신해서 팔아 주었는데, 그녀는 그때 돈을 남겨 두었던 모양이야. 그 정도밖에는 그 돈의 출처를 알 수 없었어. 그녀는 그 돈과 함께 묘비에 새겨질 글자를 적은(물론, 사망 날짜는 적지 않은) 것을 건넸지. 마침 그때, 클라이티는 그 아이를 찾아 데려오기 위해서 삼 주일간 뉴올리언스에 가 있었어. 할아버지는 물론 그 일은 몰랐지. 돈과 종이에 써서 건넨 글자도 그녀 자신을 위해서가 아니라 그 아이를 위한 것이었어."

"그랬군요." 퀜틴이 말했다.

"그들 ── 여자들은 아름다운 삶을 산단다. 모든 현실에서 떠나 있을 뿐만 아니라 스스로 자신을 완전히 추방해 버린 거야. 그렇기 때문에 여자에게 있어서는 죽는 순간 죽음 그 자체가 중요한 것이 아니라, 대부분의 인내심이 강한 남자들은 고통과 죽음에 직면하면 물러서는 아이를 닮게 되는 법이지만, 여자는 그럴 때 용기와 강인함을 나타내기 때문에 상례식이라든가 묘라든가 하는, 알지도 못하는 영혼 불멸의 하잘것없는 증거를 그럴듯하게 내세우는 일이 대단히 중요한 거지. 너의 숙모(너는 물론 그분을 알지 못하지. 나도 그분을 뵌 적이 없어. 이야기로만 그저 들었을 뿐이지.)가 언젠가 생명을 건 수술을 하지 않으면 안 되게 돼서 모두들 이제 살아날 수 없으로고 여기고 있었는데, 그 무렵 그녀에게 제일 가까운 여자 친척과 그녀 사이에는, 같은 집안의 여자들 사이에 일어나는 그 비통하고도 설명할 수 없는 (그 남자 마음에는) 우호적인 적의(敵意)가 이미 몇 년 전부터 생겨나 있었지. 그런데 이 세상을 하직하려는 시점에서 그녀의 유일한 걱정은 그 갈색 드레스를 처리하는 문제였지. 그 드레스는 그녀의 것이었는데, 그녀는 그 드레스가 싫었던 거야. 그러나 그녀의 여자 친척이 그 드레스에 대해서 알고 있다는 것을 그녀는 잘 알고 있었지. 그래서 그 드레스를 버릴 수도 없었고, 창문 아래에 있는 뒷마당에서 태워버려야만 마음을 놓을 수 있었던 거야. 그녀는 창가로 자기를 데려가 달라고 하여(참을 수 없는 아픔을 견디면서) 그 드레스가 불에 타는 것을 눈으로 확인했지. 왜냐하면 자기가 죽으면, 당연히 그 여자 친척이 그것을 관리하게 될 것이고, 자신에게 그 드레스를 입혀서 매장할 것이라고 생각했기 때문이었어.”

“그래서 그녀는 죽었나요?” 퀜틴이 물었다.

“아니, 그녀는 죽지 않았어. 그 드레스가 소각된 순간부터 회복되기 시작했어. 그녀는 수술도 이겨 냈고, 회복이 되어서 오히려 그 친척 여자보다도 몇 년간 더 살았어. 그런데 어느 날 오후, 그녀는 특별히 어디 아픈 데도 없이 편히 숨을 거두었던 거야. 그리고 옛날의 자기 웨딩드레스를 입고 매장되었어.”

“아, 그랬군요.” 퀜틴이 말했다.

"그래, 1870년의 어느 여름날 오후 이들 묘 중의 하나가(그때는 무덤이 세 개밖에 없었는데) 실제로 눈물에 젖어 있었지. 너의 할아버지가 그것을 목격했어. 그것은 주디스가 가게를 매매하던 해였어. 할아버지가 그 일을 돌봐주기 위해서 주디스를 만나려고 말을 타고 여기 와서 그것을 목격했던 거야. 그것은 막간극(幕間劇)처럼 미망인이 행하는 엄숙하고 찬란하고 극적인 의식이었어. 할아버지는 그때, 어떻게 그 혼혈녀가 여기에 올 수 있었는지, 또 어떻게 주디스가 그녀에 대해 알아 내어 본이 어디에 묻혀 있다고 편지로 알려 주었는지 알지 못했어. 그러나 그녀는 여덟 살도 안 되어 보이는 열한 살의 사내아이를 데리고 여기에 왔지. 그것은 아일랜드의 시인 와일드*가 묘사한 정원 풍경과 비슷했을 거야. 늦은 오후, 석양의 어두운 삼나무 숲, 똑같이 어두운 빛을 받고 있는 그 어두운 무덤들 그리고 무대 장치 담당자가 더러운 것을 깨끗이 하고 광택을 내어 거기에 세워 놓은 것 같은 세 개의 대리석의 묘비(할아버지는 주디스에게 가게의 매매 대금에서 상환받기로 하고 세 번째의 묘비를 구입할 돈을 주었지.)가 있는 곳에 말이야. 그 묘비는 황혼이 지나면 그 무대 장면을 바꾸는 사람들이 다시 돌아와, 속이 비고 부서지기 쉽고 무게가 없는 그 묘비를 떼어 내서 다음 공연 때까지 창고에 넣어 두는 것이 아닌가 하고 생각될 정도였지. 그건그렇고, 막간극으로 다시 돌아가 패전트,** 장, 막 등이 다시 무

---

* 오스카 와일드(1856~1900). 영국의 아일랜드계 소설가, 극작가, 시인.
** 중세 때 영국에서 유행하던 연극의 한 방법으로, 수레 위에 무대를 마련하여 돌아다니면서 공연을 하였다.

대에 나타났다고 생각해 봐. ──이전보다 좀 살찐, 그 목련 같은 얼굴을 한 혼혈녀 ── 암흑 때문에, 암흑에 의하여 만들어진 암흑의 여자인 그녀는 비어즐리*에게서 그려 받은 것 같은 부드럽고 유연한 선이 있는 긴 겉옷을 입고(그것은 남편과의 사별이나 과부가 된 것을 추측하게 하는 드레스가 아니라 졸음이 오게 하는 무서운 탐욕과, 정열적이고 용서할 수 없는 육체의 굶주림의 막간극에 입는 그런 드레스였어.) 레이스로 만든 파라솔을 받쳐 들고, 비단 방석을 가진 윤이 나는 피부의 몸집 큰 흑인 여자를 거느리고, 작은 사내아이의 손을 잡고 걷고 있었지. 그 사내아이는, 비어즐리에게 그려 받았을 뿐만 아니라 그의 삽화 속에 실제로 그려진 것 같은 귀여운 아이로, 사내인지 계집애인지 알 수 없는, 상아처럼 매끈매끈한 얼굴에 마르고 약하게 생겼는데, 어머니인 혼혈녀가 하녀인 흑인 여자에게 파라솔을 건네주고 방석을 받아들고 무덤 곁에 무릎을 꿇고 치맛자락을 가지런히 하고 우는 동안, 흑인 여자의 앞치마에서 떠나지 못하고 서서 조용히 눈을 깜박거리고 있었지. 그 아이는 영원한 그림자가 드리워진 흐릿한 촛불이 비치는 비단을 두른 감옥 같은 데서 태어나서, 어머니가 매일 매시간 발산했던 밀크같이 부드러운 육체적 접촉을 공기처럼 호흡했고, 그때까지 문밖의 초목이나 대지는커녕 햇빛도 거의 본 일이 없었던 거야. 그리고 마지막으로, 또 한 사람의 여자인 주디스(그녀는 혼자 쓸

---

* 오브리 빈센트 비어즐리(1872~1898). 영국의 화가. 가는 선으로 흑백의 그림을 그렸다. 오스카 와일드의 희곡『살로메』의 삽화로 유명.

쓸히 남겨진 것이 아니니까 한탄하고 비탄에 빠질 필요는 없었겠지 하고 퀜틴은 생각했다. 그렇지, 나는 너무도 오래 듣고 있지 않으면 안 되었구나 하고 생각하면서.), 그녀는 색깔이 바래서 어느 쪽도 모양이 좋지 않은 캘리코 드레스와 한 세트로 되어 있는 모자를 쓰고, 삼나무 숲 바로 안쪽에 서 있었어. 이제는 어떤 노동에도 견디어 낼 수 있게 된 손을 앞으로 깍지 끼고, 예전의 그 냉정한 얼굴을 하고, 마치 박물관의 무심한 안내원 같은 태도로 가만히 기다리고 있었어. 아마도 묘비 앞의 풍경 같은 것은 보고 있지 않는 듯했지. 그리고 흑인 여자는 혼혈녀에게 가까이 가서 수정으로 만든 냄새 맡는 병을 건넸고, 그녀의 손을 잡아 일어서게 했고, 비단 방석을 집어 들고, 파라솔을 주었고, 그들은 저택으로 돌아갔지. 아이는 여전히 흑인 여자의 앞치마를 잡고 걸었고, 흑인 여자는 혼혈녀를 한 팔로 부축해 주었고, 주디스는 그 돌 같은 표정을 하고 그 뒤를 따르며 낡아 벗겨지고 있는 높은 주랑(柱廊)이 있는 현관을 가로질러 집 안으로 들어갔어. 집 안에서는 클라이티가 혼혈녀와 주디스가 먹을 옥수수 빵과 달걀을 요리하고 있었지.

그 혼혈녀는 일주일 동안 머물렀어. 그 저택에는 리넨 시트를 씌운 침대가 있는, 안 쓰던 방이 하나 있었는데, 그녀는 그 방에 틀어박힌 채 침대에 누워 지냈고, 라일락 자줏빛 상복(喪服)으로 수수하게 만든, 새 레이스가 달린 비단 화장옷을 입었지. ─ 그 방은 통풍도 되지 않고 셔터가 닫혀 있어서, 축 늘어진 블라인드 뒤로는 그녀의 살과 일상과 시간과 옷에서 나오는, 그리고 그녀의 관자놀이 위에 있는 천의 오드콜로뉴에서 나오는 현기증을 일으킬 것 같은 짙은 냄새로 가득 차 있었지. 흑인 여자는 침대 옆에 앉아서, 그 냄새 맡는 크리스털 향수병과 부채를 번갈아 사용하며 그 혼혈녀를 위로했고, 가끔 일어나 문께로 가서 클라이티가 계단 위로 가지고 오는 쟁반을 받아 오곤 했어. ― 클라이트는 주디스가 시키는 대로 쟁반을 들고 왔다 갔다 했는데, 주디스에게 들을 필요도 없이, 자기가 시중들고 있는 사람이 백인이 아니라 또 한 사람의 흑인이라는 것을 틀림없이 알고 있었어. 가끔 그녀는 부엌일을 그만두고, 그 고독한 어린 사내아이를 찾으러 아래층의 방을 살피고 다녔지. 네 개의 이름을 가졌고 검은 피가 십육분의 일 섞인 그 아이는 보기 드문 값비싸고 신비스러운 귀공자풍 옷을 입고 점잔을 빼며 어둠침침한 서재나 응접실에 등받이가 수직으로 서 있는 딱딱한 의자 위에 앉아서, 커피색의 피부를 한 기분 나쁜 클라이티가 맨발로 문으로 걸어 들어와 자신을 들여다보는 것에 크게 놀라 공포에 질린 눈으로 바라보는 것이었어. 그녀는 그 아이에게, 버터를 바른 고급 빵이 아니라 값싼 당밀을 바른 옥수수 빵을 주었는데(이것을 은밀하게 했어. 왜냐하면 아이의 어머니나 하녀인 흑인 여자가 그것을 반대했기 때문이 아니라 이 집에 간식으로 낼 만한 음식이 없었기 때문이야.) 그녀는 거친 야만성을 내심 억제하는 태도로 건네주었어. 어느 날 그녀는 그 아이가 자기가 비슷한 크기의 흑인 아이와 문밖의 길 위에서 놀고 있는 것을 보고는, 그 흑인 아이에게 폭언에 가까운 심한 욕을 노골적으로 퍼부어서 쫓아 버리고, 그 아이에게는 악담과 노기를 띠지 않은 부드러운 목소리로 저택 안으로 불러들였지. 악담과 분노 없는 그 목소리가 더 무섭고 차가웠지만 말이야.

그래, 어머니와 아이와 하녀인 흑인 여자가 비단 방석과 파라솔과 냄새 맡는 병을 가지고 두 번째 성묘 의식을 끝낸 후 뉴올리언스로 돌아가는 그 마지막 날에 클라이티는 냉정한 표정으로 마차 곁에 서 있었어. 그런데 네 할아버지가 결코 알지 못했던 것이 있지. 그것은 클라이티가 그 아이를 그후로도 죽 지켜보고 있다가, 어떤 수단을 동원해서 그와 접촉하여 그 아이가 어머니를 잃고 고아가 될 날이 오기를 기다렸다가 스스로 데리러 갔는지, 아니면 주디스가 지켜보며 기다리고 있다가 그해 겨울, 그러니까 1871년에 클라이티를 보내어 그 아이를 데리고 왔는지 하는 것 말이야. 어쨌든, 서트펜 농원에 처박혀 제퍼슨 읍 밖으로 멀리 나가 본 일이 없는 클라이티는 혼자 뉴올리언스까지 가서 그 아이를 데리고 돌아왔어. 그 아이는 벌써 열두 살이 되어 있었으나 열 살 정도로밖엔 보이지 않았고, 작아져 버린 폰틀로이*풍의 양복에다 클라이티가 사 준(그리고 입혀 준 ─ 추위 때문인지 아닌지 할아버지는 몰랐지만) 사이즈가 큰 작업복 점퍼를 걸치고, 다른 소지품을 큰 반다나 손수건에 싸들고 왔던 거야. 그녀가 프랑스어를 할 수 없는 것처럼 영어를 하지 못하는 그 아이를, 클라이티는 프랑스계의 도시인 뉴올리언스에서 고생 끝에 겨우 찾아 데리고 왔지. 그 아이의 얼굴에서는 나이 같은 것이 느껴지지 않았어. 마치 그에게는 유년 시

* 깃이 넓고 짧은 윗옷에 반바지와 프릴이 있는 셔츠 그리고 나비넥타이가 달린 한 벌의 양복.

절이란 것이 없었던 것 같았는데, 그것은 미스 로자 콜드필드에게 유년 시절이 없었던 것 같은 의미와는 달리, 인간으로서 태어난 것이 아니라 남자의 행위나 여자의 산고(産苦) 없이 인간이 아닌 존재에 의해서 창조되어 고아가 된 것 같은 느낌이었어. 그 아이의 어머니는 어떻게 되었는지, 죽었는지 아니면 어떤 남자와 도망쳤는지, 아니면 재혼했는지, 그런 것을 궁금하게 생각하거나 신경을 쓰는 사람은 아무도 없었던 모양이야. 그녀는 하나의 변신 ── 결혼 생활의 파탄 아니면 간통 ── 에서 다음으로, 우리가 기억이라고 부르고 있는 그 축적된 먼지 같은 세월과 나라는 거창한 자아(自我)를 짊어지고 옮겨 가는 그런 여자가 아니라, 누에고치에서 나온 나방처럼 과거를 일절 현재에 들여 놓지 않고 현재를 일절 뒤에 남기지 않은 채 하나의 국면에서 다른 국면으로 변화하여 가는, 만개한 장미나 목련이 금년 6월에서 내년 6월로 말없이 옮겨 가는 것처럼 완전한 모양으로 양순하게, 아무런 뼈대도, 실체도, 어떤 죽은 순수한 혼이 없는 풍성한 껍데기 먼지도, 아무것도 태양과 땅 사이 어느 곳에도 남기지 않고 다음 모습으로 변신하는 그런 여자였어. 그 아이는 그 진력 나는 향기 짙은 미로(迷路)로 된 누에고치 같은 생활 속에서 마치 고대의 그 불멸의 릴리스*가 찾는 불멸의 소년 ── 그 미묘하고 심술궂은 정신적 상징 ── 인 것처럼 어떤 미생물로부터도 침범받지 않은 완전한 모습으로 창조되어, 단숨에 열두 살의 나이로 현실 세계에 뛰어 들어와서

─────────────

* 아이를 습격하는 전설상의 마녀.

소년의 아름다운 옷차림을, 대량으로 생산되어 팔리고 있는 거칠고 모양 없는 작업복 점퍼 — 어릿광대들이 비극적인 광대놀이를 할 때 입는 옷 — 속에 거의 반이나 감추고 있는 듯했어. 영어조차 할 줄 모르는 깡마르고 말도 별로 없는 그 아이는, 한 번 얼굴을 보고 무섭고 두렵다는 것을 알았으나 도망칠 수는 없는 한 여자의 손에 의하여, 자신이 알고 있는 유일한 생활이었던 말할 수 없는 좌절 속에서 갑자기 끄집어내어져, 공포와 신뢰가 믿을 수 없을 정도로 혼합되어 있는 것이 틀림없던 상태 속에 어쩔 수 없이 내맡겨졌어. 그 아이는 그녀에게 말조차 할 수 없어, 그녀가 자기를 어디로 데리고 갈 것인지를 추측하는 도리밖엔 없었지만(두 사람은 증기선의 화물 갑판에 실려 있는 솜뭉치 사이에서 흑인들과 침식을 함께하면서 일주일 동안 선상 여행을 했으나, 아이는 배가 고프거나 배변을 해야만 할 때에도 그녀에게 말조차 할 수 없었어.) 그때까지 자신의 과거가 연기처럼 사라져 버리고 있다는 것만은 확실히 느끼고 있었어. 그러나 아이는 저항하지 않았어. 조용하게 그리고 순순히 옛날에 한 번 본 일이 있는 그 무너져 가고 있는 저택으로 돌아왔지. 거기에는 자신을 데리고 온 그 성미 급한 침울한 여자와 냉정 그 자체인 여자가 살고 있었지. 아이는 그 여자의 이름을 아직 몰랐으나, 어머니가 이 지상에서 눈물을 흘린 유일한 장소의 소유자이기에 이상하게 친근감이 느껴졌지. 아이는 바깥 세계와 돌이킬 수 없는 경계선을 이루는 그 낯선 문지방을 넘어서 — 그토록 엄격하고 가혹한 클라이티에게 인도되거나 끌려오거나 한 것이 아니라 뒤에서 밀어 넣어져 그

인기척이 드물고 황량한 저택 안으로 들어왔는데, 그 순간에 과거를 생각나게 하며 남아 있던 바로 그 비단 옷과 셔츠 그리고 양말들이 팔과 다리 그리고 몸에서, 마치 그것들이 키메라나 혹은 연기로 짜여 있는 듯이 안개처럼 사라져 가는 느낌이었지. ― 그래, 아이는 바퀴가 달린 작은 침대에서, 주디스와 클라이티 사이에 끼여 잤어. 주디스는 냉정하고 고집스러우면서도 무관심한 친절로 아이를 바라보고 대했는데, 그것은 일종의 비굴한 태도를 끝까지 고집하며 담요를 마루 위에 깔고 자는 클라이티의 거칠고 냉혹하고 끊임없는 잔소리보다도 아이를 더 어렵게 만들었지. 아이는 그것을 의식했고, 수동적이고 돌이킬 수 없는 절망의 틈 사이에서 잠이 오지 않을 때도 있었어. 침대에서 자고 있는 여자, 자신을 향한 그 여자의 시선이나 통통한 손이 자기 몸에 닿는 순간 모든 따뜻함을 잃고 냉혹한 혐오에 물들어 버리는 것 같았지. 한편, 딱딱한 방석 침대에서 자는 여자에 대해서는, 절망적인 흉악성을 가장하고 우리 속에 쪼그리고 있는, 발톱도 이빨도 없는 허약한 야생 동물이 자기에게 먹이를 주는 인간을 보는 것과도 같았지.(그리고 네 할아버지는 '어린아이들에게 이 괴로움을 알게 한 뒤에 나에게 오게 하라.'*라는 구절을 인용하였으나, 하느님은 어떤 의미로 그런 말을 했을까? 아이들이 하느님에게 접근하기 위해서는 고통을 겪지 않으면 안 된다는 의미라면, 하느님은 도대체 어떤 종류의 땅을

---

* 「마가복음」 10장 14절에 있는 '어린아이들이 내게 오는 것을 용납하라.'의 어귀를 오용한 것으로 생각된다. '용납하다'와 '괴로워하다'의 뜻으로 똑같이 'suffer'를 쓴다.

창조한 것일까? 하느님은 어떤 종류의 천국에 살고 있을까?) 그녀는 아이에게 내팽개치듯이 식사를 주었어. 그러나 아이는 그 음식이 그 저택에서 먹을 수 있는 최상의 것이란 것을 잘 알고, 그것이 자기를 위해 신중하게 생각해서 희생을 치러 만든 음식이라는 것을 실감하게 되었어. 거기에는 야만성과 연민과 그리움과 증오가 기묘하게 혼합되어 있었지. 그녀는 아이에게 옷을 입히기도 하고 몸을 씻겨 주기도 했지. 너무 뜨겁거나 너무 차가운 욕조의 물속에 밀어 넣어졌어도 아이는 비명조차 지를 수가 없었지. 또 그녀는 마치 어린아이가 분필로 모욕적인 말을 새겨 놓은 벽을 그 낙서가 지워진 다음에도 한참 동안 계속 박박 문지르고 있듯이, 껄끄러운 천 조각과 비누로 아이의 몸을 박박 문질러 주었어. 때때로 그의 피부에 남아 있는 희미한 색깔까지 씻어 버리려는 것처럼, 넘치는 격정을 억제하면서 지독하게 문질러 댔어. ── 어두운 방 안에서 두 여자 사이에 끼여 잠이 오지 않을 때면, 아이는 그녀들도 아직 잠들지 못한 채 자신에 대해서 생각하고 있을 거라고 생각하는 사이에, 그녀들이 아이의 주변에 몸을 내밀면서 다가와, 우레 같은 절망의 고독으로 채워 주었지. 그 고독은 다음과 같이 말할 수 있는 것보다도 더 크게 울렸던 거야.

　너는 이 침대에서 나와 함께 자고 있지 않다. 그러나 본래 너는 너 자신의 잘못이나 의지와는 상관없이 이 침대에 오게 되어 있는 인간이다. 너는 이 마루 위에 담요를 깔고 나와 함께 자고 있지 않다. 그러나 너는 너 자신의 잘못이나 의지와는 상관없이 이리로 내려오지 않으면 안 되고, 또 그렇게 될 것이다. 그것은 불가능한 것을 바라지 않는 우리 자신의 잘못이나 의지와는 상관없는 일이다.

그리고 그 아이가 흑인이고, 흑인임에 틀림없다는 것을 그에게 말해 준 사람이 주디스인지 클라이티인지 네 할아버지는 알 수 없었지. 그 아이는 이제껏 '검둥이'라는 말을 들은 일도 없었고, 알고 있었을 리도 없지. 아이가 알고 있는 말 중에는 그것에 해당하는 말이 없었던 거야. 아이는 몇 천 피트의 심해에 설치된 케이블에 매달려 있는 명주실로 짠 누에고치의 세계에서 태어나 키워진 것 같았고, 거기서는 비단을 바른 벽과 향수 냄새와 장밋빛 촛불 그림자와 마찬가지로 피부 색깔은 아무런 도덕적 의미도 없었던 거야. 또 아이가 보고 온 일부일처제와 신뢰, 예의와 우아함 그리고 애정 같은 추상적인 개념도 거기에서는 소화 작용과 마찬가지로 완전히 육체의 움직임에 뿌리를 둔 것이었어. 아이는 드디어 그 바퀴 달린 작은 침대에서 자지 않게 되었는데, 아이가 거기에서 쫓겨난 것인지, 아니면 아이가 자신의 욕망과 의지에 의하여 떠난 것인지, 할아버지는 몰랐어. 시간이 흘러 그 아이가 고독과 슬픔에 무감각해져서 주디스의 침실에서 자지 않고 스스로 물러났는지, 아니면 거기서 쫓겨났는지 모르지만, 어쨌든 아이는 아래층의 넓은 방에서 자게 되었어.(클라이티도 그곳으로 자기 담요를 옮겼지.) 아이는 그곳 간이침대 위에서 잤어. 그 침대는 클라이티가 자는 스프링이 없는 방석 침대 같지는 않았고, 그래도 한 단 높은 간이침대였는데, 그것은 주디스의 명령에 의한 것이 아니라 클라이티가 예전의 겉보기에 불과한 심하기 짝이 없는 비굴함을 끝까지 고집했기 때문일 거야. 그러고 나서 그 간이침대를 다락방으로 옮겼어. 낡은 융단 한 조각을 못질해서 임시로 만든 커튼 뒤에는 몇 벌의 옷이 걸려 있었지.(아이가 뉴올리언스에서 입고 온 비단과 모직물로 된 헌 양복과 두 여인이 사서 만들어 준 진 바지와 홈스펀이야. 아이는 그 옷들을 받았을 때 고맙다거나 뭐라고도 하지 않았어. 그 다락방도 그것과 마찬가지로 그렇게 받았어. 그들이 알고 있던 스파르타식의 간소한 치장으로 꾸며 놓은 그 방을 아이는 고쳐 달라거나 자신이 손을 대서 변경시키려고 하지 않았어. 그러는 사이에 아이는 열네 살이 되었고, 클라이티 아니면 주디스 중의 하나가 그가 매트 밑에 깨진 거울 조각을 숨기고 있는 것을 발견했지. 그는 옛날에는 우아했으나 지금은 작아서 못 입는 헌 양복을 입고 있는 자신을 그 거울에 비춰 보며, 아마 예전의 자기 모습까지도 생각해 내지 못해 조용한 불신의 기분에 당혹해하면서, 망연히 눈물도 말라 버린 슬픔에 잠겼을 거야.) 클라이티는 아래층 홀의 다락으로 올라가는 계단 입구에 진을 치고 잤고, 에스파냐의 엄격한 가정교사처럼 가차 없이 그의 탈출 혹은 외출을 막으려고 했지. 그리고 그녀는 그가 힘이 세어짐에 따라 장작을 패고 정원을 만드는 법이나 밭을 가는 법을 가르쳤어. 그는 허약할 정도로 약한 체격을 가지고 있었기 때문에 그 탄력 있는 몸은 부리기 어려운 노새 —— 그것이 신의 저주를 받은 그 숨겨진 이름의 비극적이고 무능한 광대의 화신(化身)이라 할지라도 —— 를 그와 운명을 같이 하는 친구로 삼아 그것과 함께 씨름을 하면서, 여자 같은 가냘픈 손발을 열심히 움직여 각고의 땀을 흘리며 차츰 경작하는 방법을 익혀서, 거친 강철과 나무로 만들어진 남성의 상징으로 결속된 그 둘은 엎드려 있는 비옥한 여성인 대지에서 그들을 먹여 살릴 수 있는 식량인 옥수수를 수확해 낼 수 있게 되었지. 클라이티는 그에게서 잠시도 눈을 떼지 않으면서 침울하고 지독할 정도로 지속적인 주의력으로 감시를 계속했고, 혹시 흑인이든 백인이든 누군가가 길에 멈추어 서서, 그가 쟁기질 일을 끝내고 휴식하기를 기다려 말이라도 걸려고 하는 눈치를 보이면, 급히 아이에게 달려가서 한마디 조용한 말이나 혹은 그 지나가는 사람을 쫓아 버리는 노골적인 욕설을 중얼거릴 때보다 백배쯤이나 심한 몸짓으로 그를 일에 내모는 것이었어. 그래서 할아버지는, 그가 흑인들과 접촉하게 된 것이 클라이티는 물론 주디스의 책임은 아니라고 믿었지. 클라이티는, 마치 그가 에스파냐의 젊은 처녀나 되는 것처럼 그를 감시하여, 그가 저택에 와서 살지도 모른다고 추측할 수 있기도 전에, 그가 어떤 흑인 아이도 처음으로 접하지 못하게 하고 그를 집으로 돌려보냈는데, 그것이 클라이티의 책임은 아니었어. 또한 주디스도 어느 때든지 그를 자기 방의 그 백인 아이용 침대에서 자게 하는 것을 마다하지 않았을 뿐 아니라, 그가 마루 위에서 자는 것이 아무래도 마음에 걸려서 할 수 없이 클라이티로 하여금 그와 함께 다른 침대에서 함께 자게 했고, 그를 거세까지는 생각하지 않았지만 수도승이나 독신주의자로 만들 생각이었으나, 그가 이방인으로 머무는 것을 허락하지는 않았다 하더라도 최소한 흑인들과 교제하도록 하지는 않았을 거야. 할아버지는 서트펜가에 그 낯선 어린 소년이 와서 살고 있다는 것을 읍내 사람들이나 시골 변두리 사람들보다도 더 잘 알고 있었지만, 대략 열두 살이 되는 무렵에 그가 처음으로 저택 밖으로 분명히 모습을 드러낸 일에 대해서는 몰랐어. 그들은 왜 헨리가 본을 죽였는지를 안다고 믿었기 때문에, 그 아이의 존재가 설명할 수조차 없는 것은 아니었어. 그들은 클라이티와 주디스가 그 아이를 그때까지 어디에, 어떻게 숨겨 두고 있었을까 하는 것만 궁금하게 생각했을 따름이지. 증명 서류는 없지만, 그들은 본을 매장한 사람이 미망인이라고 믿고 있었지. 그런데 할아버지만은 그것을 믿지 않으려고 하면서도(그리고 충격을 느끼면서도) 그 아이가 서트펜의 딸인 클라이티의 몸에서 난 아이가 아닐까 추측하고 있었어. 그 무렵 할아버지는 네 번째 묘비 때문에 주디스로부터 100달러의 돈과 비문(碑文) 지침을 받아서 집의 금고에 잘 간수해 두었는데, 그 아이가 이 년 전 혼혈녀가 무덤에 와서 울 때 데리고 왔던 그 아이와 관계가 있다는 것은 아직 모르고 있었지. 그 아이는 언제나 집 근처에서 맴돌았으나 클라이티가 그 아이의 그림자처럼 꼭 붙어 있었고, 그 아이가 조금 커서 밭일을 배우게 되어서도 쉴 새 없이 경계의 눈을 번득이고 있었으며, 그에게 말을 걸려는 자가 있으면 즉시 달려가서 그것을 방해한다는 소문이 돌 정도였으니까. 그리고 마침내 할아버지만은 그 아이가 삼사 년 전에 그 무덤에 데리고 왔던 아이라는 것을 알게 되었던 거야. 그로부터 오 년이 지난 그날 오후, 주디스가 할아버지의 사무실에 찾아왔으나, 할아버지는 전에 제퍼슨 읍에서 그녀를 만났을 때의 일을 기억할 수 없었지. 벌써 그녀는 마흔 살이 되어 있었으나 예나 다름없이 그 모양 없는 캘리코 옷을 입고 색

바랜 차양 모자를 쓰고 있었어. 그녀는 앉으려고도 않고, 얼굴에 꿰뚫어 볼 수 없는 마스크를 쓰고 있으나 몹시 조급함을 나타내 보이면서 걸으면서 이야기하겠다고 했지. 그래서 그들은 재판소가 있는 곳으로 걸어가서 재판이 열리고 있는, 사람으로 가득 찬 방에 들어갔어. 거기에서 할아버지는 그 사내아이(이제는 한 남자가 되었지.)가 한쪽 손은 경관에 의해 수갑으로 이어졌고, 다른 쪽 팔은 삼각붕대를 감고, 머리에도 붕대를 하고 있는 것을 보았어. 그들은 그 소년을 먼저 의사에게 데려가 치료를 받게 했던 모양이었어. 할아버지는 점차 무슨 일이 일어났는지를 알게 되었지만, 알 수 있는 만큼만 알았지. 왜냐하면 법원으로 곧장 도망가서 보안관을 부르러 갔던 목격자들(그에게 너무나 심한 상처를 입어 거기에 출정할 수 없었던 놈은 제외하고)과 그와 함께 싸웠던 패거리들로부터 많은 것을 알아낼 수 없었기 때문이야. 그 일은 서트펜 농원에서 2~3마일 떨어진 오두막에서 열린 흑인 무도회에서 일어났어. 그가 거기에 참석했는데, 그 이전에 그가 거기에 얼마나 자주 갔는지, 또 춤을 추기 위해서 거기를 갔는지, 아니면 그 사고가 일어난 식당에서 진행되고 있던 주사위 도박을 하러 갔는지를 할아버지는 몰랐어. 목격자 말에 의하면, 시비가 벌어진 것은 그 식당에서였고, 이유 같은 것은 아무것도 없었고, 속임수를 썼다고 트집을 잡아 시비가 벌어진 것도 아니고, 또 싸움을 건 쪽은 흑인들이 아니고 그였다는 거야. 그는 그것을 부인하지도 않고, 입을 다물고 말하기를 거부하며, 무뚝뚝하고 창백한 얼굴로 침묵을 지키며 법정에 앉아 있었지. 그러니까 그 시점에는 진실이 조금도 밝혀지지 않았고 아무런 증거도 나오지 않았어. 다만 백인인 그가 난로의 장작이나 요리 도구나 면도 칼을 손에 움켜쥐고 난동을 부리는 일단의 흑인의 등과 머리 그리고 검은 팔에 둘러싸여 매우 심하게 여기저기 온통 얻어 맞고 찔리자, 아픈 것도 느끼지 못하고 그 가냘픈 몸의 어디에서 나오는지 알 수 없는 앞뒤 가리지 않는 의지의 힘으로, 어디에서 꺼냈는지 서툰 손에 나이프가 쥐어져 있었다는 사실 밖엔 밝혀지지 않았어. 이유도 원인도 밝혀지지 않았고, 무슨 일이 일어났는지 정확히 아는 사람은 하나도 없었으며, 또 누가 소년에게 욕을 하거나 고함을 지르거나 해서 그를 그렇게 격분하게 했는지 확실히 밝혀지지도 않았어. 그러나 할아버지만은 그 맹렬한 불굴의 절망에 싸인 얼굴 속에서 격렬한 항의, 하늘의 명령에 대한 고발이나 도전을 어렴풋이나마 읽을 수 있었어. 마치 그 아이가 서트펜이 자기 자신의 운명에 도전했고 그것에 대한 대가로 운명적인 치명타를 맞아 죽을 때까지 살았던 그 저택에 살면서 청년으로 성장해 가는 사이에, 그 저택 속의 공기나 벽에서 그 반항의 태도를 자연히 습득하고 있었던 것 같았어. 할아버지만은 그 반항을 느낄 수 있었지만 재판관이나 참석했던 다른 사람들은 몰랐지. 그들은, 머리와 팔에 붕대를 한 채 (그때는 핏기 없는) 무뚝뚝하고 감정을 드러내지 않는 올리브 색 얼굴로 어떤 질문에도 대답하지 않고 어떤 진술도 거부하는 그 약한 남자가 누구인지 잘 몰랐던 거야. 그리고 할아버지가 들어갔을 때, 재판관(그는 짐 햄블렛이었어.)은 잡담하기를 좋아하는 많은 사람들은 안중에도 없이 눈을 번득이면서 이미 한바탕 기소에 대한 연설을 하고 있었어. '이제야 우리 나라는 포악한 압제자의 유린으로부터 일어서려고 싸우고 있습니다. 그리고 우리 여인들과 아이들이 참고 살아갈 곳인 남부의 장래는 일하는 우리 자신의 손에 달려 있습니다. 우리가 사용하고 의지해야 할 도구는 흑인이나 백인 할 것 없이 양쪽의 자존심과 성실 그리고 인내와 용서입니다. 그런데 여러분, 한 백인이……' 그때 할아버지가 '짐, 짐, 짐!' 하고 외치면서 군중을 헤치고 그의 곁으로 가서 제지하려고 했는데, 그럴 것까지도 없이, 햄블렛은 겨우 자신의 목소리에 드디어 눈을 떴는지 아니면 코앞에서 누군가가 손가락 마디를 '딱' 하고 울렸기 때문에 눈을 떴는지, 어쨌든 그때 겨우 똑똑히 그 수인(囚人)인 피고를 보며 다시 '한 백인이'라고 말하는 순간 그 목소리가 제지하는 목소리와 합선된 것처럼 뚝 끊겨 버렸는데, 다시 생각난 듯이 너는 어떤 놈이야? 이름은 뭐야? 어디서 왔어? 하고 외쳐 댔으며, 그러자 사람들이 일제히 얼굴을 그 피고 쪽으로 돌렸어.

할아버지는 그 고소를 취하시키고 벌금을 물었어. 그리고 그를 석방시켜 자기 사무실에 데리고 와서, 주디스가 대기실에서 기다리는 동안 그에게 말을 걸었지. '너는 찰스 본의 아들이지?'라고 물었어. 그는 거칠고 언짢은 목소리로 '몰라요.'라고 대답했지. 그래서 할아버지가 '기억을 못하는가?' 하고 물었지만 상대방은 대답하지 않았어. 할아버지는 그에게 돈을 주며 그것을 가지고 멀리 떠날 것을 권했어. '아무것도 모르는 낯선 사람들만 있는 곳에 가면 너는 어떤 일이라도 할 수 있어. 내가 모든 것을 맡을게. 내가 그녀에게 말해 줄······ 참, 자네는 그녀를 뭐라 부르는가?' 할아버지가 물었지. 그리고 자기가 너무 앞서 나갔다는 것을 알았지만, 멈추기에는 너무 늦었던 거야. 할아버지는 앉아서, 주디스만큼이나 희망이나 고통도 없는 표정을 하고 있는 그의 조용한 얼굴을 보았어. 그는 고집스럽고 알 수 없는 표정으로 돈을 쥐고 있는, 손톱은 갈라지고 못이 박히고 굳어진 여자같이 연약한 손을 내려다보고 있었어. 그러는 동안 할아버지는 '미스 주디스'라고 말하지 않을 방법이 없을까 하고 생각했지. 그것이 이전보다 더 주디스와 혈연관계가 있음을 당연한 것으로 여길 수 있다고 생각했기 때문이야. 그런데 할아버지는 그가 그 사실을 감추기를 원하는지 아닌지조차 나는 알지 못하잖아 하는 생각이 들었어. 그래서 할아버지는 미스 서트펜이라 하기로 하고 '내가 미스 서트펜에게 말해 두지. 물론 네가 어디로 갈 것인지를 말하지 않겠어. 그건 나도 모르니까 말이야. 다만, 네가 가 버렸다는 것과, 네가 가는 것을 내가 알고 있었다는 것과, 너의 모든 것이 잘될 것이라는 말만 하겠어.' 하고 말했지.

그리고 그는 떠났어. 할아버지는 그 사실을 주디스에게 알리려고 말을 달려 서트펜 농원에 갔지. 그러자 클라이티가 문간으로 나와서 할아버지의 얼굴을 한참 동안 자세히 보고 아무 말도 없이 주디스를 부르러 갔어. 할아버지는 커튼이 드리워진 어둠침침한 응접실에서 기다리면서, 그들 두 사람 아무에게도 이야기할 필요가 없다는 것을 알았지. 이야기할 것도 없었던 거야. 잠시 뒤에 주디스가 나타나서 선 채로 할아버지의 얼굴을 보면서 말했어. '저에게는 알려 주지 않을 것으로 알았어요.' — '알려 주지 않는 것이 아니라 알려 줄 수가 없는 거야. 그러나 그와 무슨 약속을 했기 때문은 아니야. 그는 돈을 갖고 있고, 그는…….' 그리고 할아버지는 말을 멈추었고, 두 사람 사이에 보이지 않게 서 있는 그 고독한 소년을 생각했지. 그는 실크와 모직으로 된 낡은 옷 위에 작업복 점퍼를 걸치고 팔 년 전에 이곳에 왔지. 그는 유니폼 — 오랜 저주가 담긴 너덜너덜한 모자와 작업복 — 차림을 하고 어린 시절을 보냈고, 점점 청년의 기백을 가진 젊은이가 되어 갔는데, 그래도 여전히 양피지 비슷한 능직인 데님 헤어 셔츠를 입고 있는 고독한 아이의 모습이 남아 있었어. 할아버지는 잠시 긴장을 풀기 위해, 어색하고 쓸데없는 이야기를 해 보기도 하고, 실없고 공허하며 믿을 수 없는 말을 그럴듯하게 늘어놓기도 했으나, 마음속으로 그는 차라리 죽었으면 좋은데. 태어나지 말았어야 좋았는데 하고 생각하고 있었어. 그리고 그것을 주디스에게 털어놓는다 해도 소용없고 공허한 되풀이에 지나지 않는다는 사실을 알면서도, 이미 남의 일처럼 말하고 있었지. 할아버지는 읍내로 돌아왔어. 그리고 그 뒤로는 누구도 할아버지를 부르러 오지 않았어. 그 일에 대해서도 할아버지는 읍내 사람들과 똑같이 알게 되었어. 흑인들 사이에서 전해지는 시골의 비밀 정보 같은 것에 의해서 말이야. 할아버지가 어떻게 그가 돌아왔는가를 알기도 전에 샤를 에티엔 생 발레리 봉은 귀향했던 거야.(다시 집으로는 아니었지만, 돌아왔어.) 석탄처럼 새까만 원숭이 같은 여자를 데리고, 그 여자가 가져온 신뢰할 만한 결혼 허가서를 가지고 읍내에 나타난 거지. 그는 최근에 너무나 심하게 매를 맞아 상처를 입었기 때문에 안장이 없는 노새의 등에 앉아 있었지만 거의 몸을 가눌 수가 없었지. 그의 아내가 그가 떨어지는 것을 막기 위해서 그 옆에서 걸었던 거야. 그리고 서트펜 농원에 들어가서는 주사위 도박을 할 때 흑인들에게 덤벼드는 것 같은 어쩔 수 없는 절망적인 태도로 결혼 허가증을 주디스의 면전에 던졌던 모양이야. 그가 모습을 감추었던 한 해 동안에 어떤 터무니없는 일이 있었는지 아무도 몰랐어. 그는 결코 그 이야기를 하지 않았어. 일 년이 지나서 사내아이가 생긴 후에도, 그녀는 여기에 도착했을 때처럼 여전히 혼을 빼앗긴 자동인형 같은 상태에 있었기 때문인지 그 이야기를 하지 않았고, 또 할 수 없었는지도 모르지. 그러나 그녀는 공포나 번뇌의 식은땀과 같이 대단히 엄청난 배설 과정을 거쳐 그것을 조금씩 드러내 보였어. 그녀가 그와 만났던 일(그녀는 자기가 살았던 장소, 읍인가 마을인가의 이름을 몰랐어. 아니면 거기서 탈출할 때의 충격으로 그 이름을 영원히 잊어버렸는지도 몰라.), 그녀의 지능 지수는 낮았지만 먹고 잠잘 수 있는 거처는 마련할 수 있다는 것, 그가 이차원적인 평화로운 산골에서 그녀를 끌어내어 결혼한 일, 그때 그는 그녀의 손을 잡고 혼인계에 서명하는 대신 정성들여 십자를 그리게 했는데, 그것은 그녀가 그의 이름도 백인이 아니란 것도 알기 전이었다는 것 말이야.(이 마지막 사항에 대해서는, 그가 주디스에게 토지 한 자락을 빌려 낡아 빠진 노예 오두막을 손질해서 그녀에게 사내아이를 낳게 한 뒤에도, 그녀가 알고 있었는지 어쨌는지 의심스러워.) 그리고 또 그때로부터 일 년간은 영화 필름이 끊어져서 움직이지 않는 장면처럼 가지가지 사건이 단편적으로 계속되었을 뿐인데, 그녀의 남편인 피부가 흰 남자가 몰매를 맞아 상처 입은 몸을 치료하기 위하여 이전처럼 이름을 알 수 없는 그 읍인지 마을인지의 더럽고 냄새 나는 방에 가만히 누워 있다가 이따금씩 사이를 두고 갑자기 앞뒤 가리지 않고 이유도 없이 무섭게 경련을 일으키던 일, 그가 끊임없는 격정으로 분노해서 이해할 수도 없고 분명히 비이성적으로 움직이면서 사람들의 얼굴이나 몸의 소용돌이 속을 그녀를 끌다시피 하며 헤치고 나아갔던 일 등이었는데, 그런 사건들은 각각 언제 끝날지도 몰랐고 또 되풀이될 뿐이었기 때문에, 그녀에게는 그것이 거의 하나의 의식(儀式)처럼 생각되었던 거야. 그는 분명히 원한이 있던 사람들의 눈앞에, 아내의 원숭이 같은 석탄 빛의 몸을 내던져 자랑해 보일 상황을 찾고 있었던 것 같았어. 증기선이나 읍내의 싸구려 술집에 진을 치고 있는 흑인 뱃놈들은 그를 백인이라고 생각하고 있었고, 그가 그것을 부정하면 할수록 더욱 강하게 믿었어. 백인들은, 그가 흑인이라고 하면, 자신의 피부가 검으니까 놀리려고 그런 거라든가 아니면 성적 도착으로 완전히 이성을 잃어 거짓말을 하고 있다고 생각했어. 그러나 어쨌든 결과는 마찬가지였지. 거의 여자나 다름없는 연약한 몸과 손발을 가진 그가 보통 빈손으로 상대의 많고 적음에 아랑곳하지 않고 마구 덤벼들어서 먼저 쳤고, 두들겨 맞아도 욕지거리도 하지 않고 헐떡거리지도 않으면서 그저 웃고 있을 뿐이었어.

그는 주디스에게 결혼 허가증을 보이고 나서 이미 산월이 가까운 아내를, 수리하기로 했던 허물어진 오두막으로 데리고 가서 몸짓을 하며 들어앉게 하고는 주디스의 집으로 돌아왔지. 그날 밤, 요리나 난방이나 환자용의 물을 끓이기 위해 잘라 불에 태워 버려야 했던 신세를 겨우 면한 의자들이 어수선하게 놓여 있고 융단도 깔리지 않은 방에서, 그와 주디스가 무슨 이야기를 나누었는지는 아무도 몰랐어. 신부가 되기도 전에 미망인이 되어 버린 주디스와 혼혈의 정부를 세상에 남기고 죽어 버린 사나이의 아들 ― 그는 자신의 검은 피부보다는 백인을 받아들이지 못했고, 악귀 같은 서트펜 못지않게 그 노여움을 돌이킬 수 없을 정도로 이상하게 과장되게 쏟아 놓았지.”

사랑하고 있었던 거야. 컴프슨 씨가 말했다. 그녀가 너의 할머니에게 가져와 맡겨 놓았던 편지가 그 증거야. 퀜틴은 자기 앞 탁자에 펼쳐진 교과서 위에 열어 놓은 편지를 보듯이 그 편지를 분명히 볼 수 있는 듯했다. 시가 냄새와 등나무 꽃향기가 흐르고 반딧불이가 날아다니던 9월의 황혼에, 흰 바지를 입은 아버지가 햇볕에 탄 손에 흰 편지를 들고 있는 것이 보이는 듯했다. 그는 생각하고 있었다. 그래, 나는 너무 많이 듣고 너무 많이 알았지. 그렇다, 너무나 오랫동안 너무도 많이 들어야만 했어. 슈리브의 말은 아버지의 이야기와 거의 똑같아. 그 편지 말이야. 그녀가 괜찮다고 생각했던 거의 모든 것이 질풍에 지푸라기처럼 사라져 버렸기 때문에, 그날 밤 그녀는 그 방에서 은밀하게, 그녀가 고려해 보려고 했을지도 모르는 도덕적인 회복을 위해 무엇을 깊이 생각했을까. ―그녀는 옛날의 캘리코 옷을 입고 램프 옆에 있는 등이 곧은 의자에 단정하게 앉아 있었어. 그러나 햇볕을 가리는 모자는 쓰고 있지 않았겠지. 옛날에는 석탄처럼 새까맣던 머리가 이제 희끗희끗 희어져 있었어. 그는 앉으려 하지 않고 서서 그녀를 바라보았어. 아마, 그녀도 그에게 앉으라고 말하지 않았을 거야. 그의 침착하고 냉정한 목소리는 램프의 불꽃이 내는 소리보다 더 크지 않았어. '제가 잘못 생각했어요. 그걸 인정해요. 한때 중요했던 것은 언제까지나 중요할 것으로 생각했는데, 그게 잘못된 생각이었어요. 호흡을 하고 살아 있다는 것을 아는 것 이외에는, 아무것도 중요하지 않아요. 그리고 아이와 결혼 증명서와 호적은 어떻게 하면 좋을까요? 당신과 피할 수 없는 흑인 사이에 관한 그 문서 말예요. 그것은 숨겨 두겠어요. 누구도 그것을 광란적인 젊은 날의 장난 이상으로 끄집어내지는 않겠지요. 아이는 문제없어요. 내 아버지는 나를 낳게 했지만, 그래서 어쨌다는 거지요? 원하신다면 여자와 아이는 감추어 두겠어요. 여기에 두어도 좋고, 그러면 클라이티가…….' 그녀는 깍지 낀 두 손을 무릎에 올려놓고 자세를 바르게 하고 꼼짝도 않은 채, 그를 가만히 바라보면서, 사나운 날짐승이나 맹수에게 노림을 받고 있는 듯이 숨을 죽이고 있었겠지. '아니, 내가. 내가 키우지. 내가…… 이름 같은 것은 아무래도 좋겠지. 너는 그 애를 다시는 보지 말고 걱정하지도 마. 우리가 컴프슨 장군에게 땅을 팔아 달라고 하지. 장군은 꼭 그렇게 해 주실 거야. 그러면 너는 떠날 수 있어. 북부의 도시에라도 가면 문제는 없겠지. 비록……. 그러나 그런 걱정까지 하지 않아도 될 거야. 네가 헨리의 자식이라고 분명하게 말해도 누구도 뭐라 하지 않을 테니.' 그는 가만히 선 채였지만 머리를 숙이고 있었기 때문에 그녀를 보고 있는지 그렇지 않은지 몰랐겠지. 그녀는 눈썹 하나 움직이지 않는 무표정하고 야윈 얼굴의 그를 몸 하나 움직이지 않고 가만히 바라보며, 겨우 들릴 만한 목소리로 '찰스.'라고 불렀고, 그는 '아니에요, 미스 서트펜.'이라고 했어. 그리고 그녀는 여전히 꼼짝도 하지 않았고 근육 하나 움직이지 않았어. 마치 그녀는 자기가 아는 동물을 작은 숲에 속여서 몰아 넣고는 그 밖에 서 있는 듯했어. 그 동물의 모습은 그녀에게 보이지 않았으나 그놈은 안쪽에서 그녀를 보고 있는 것 같았고, 다만 어디까지나 자유가 그리워서 가만히 견디고 있을 뿐이었던 거야. 발자국도 남기지 않을 만큼 살짝 발을 땅에 대고 가볍게 버티고 있을 뿐이란 것을 잘 알 수 있었어. 동물은 주저하는 것도 두려워하거나 놀라는 것도 아니니까, 그녀도 손을 내밀면 금방 그것을 잡을 수 있다는 것을 알고 있었으나 구태여 손을 대지 않고, 여자의 무기인 신성한 약속과 유혹이 가득 찬 부드럽고 현기증을 느끼게 하는 목소리로 말을 걸었겠지. '찰스, 나를 주디스 고모라고 불러 다오.'

"그래, 그가 뭐라고 했는지, 아니면 아무 말도 하지 않았는지 아무도 몰랐어. 그녀는 예전과 다름없이 몸 하나 움직이지 않고 가만히 앉은 채, 벽을 뚫고 어두움을 뚫어, 그가 버려지고 허물어진 오두막집 사이의 잡초가 우거진 작은 길을 걸어서 아내가 기다리는 곳으로 돌아가는 것을, 그가 스스로 찾아 혼자 힘으로 만들었고 거기서 스스로 십자가에 못 박혔다가 잠깐 동안 내려왔다 다시 되돌아갔던 겟세마네*를 향해 가시덤불과 돌밭으로 된 좁은 길을 걸어가고 있는 것을 조용히 바

---

* 이스라엘의 예루살렘 동부 감람산 산기슭에 있는 동산. 여기서 예수가 배반당하고 고난을 받았다.

라보고 있었어.

네 할아버지는 몰랐어. 너의 할아버지는 읍내 사람들이나 이웃 사람들이 알고 있는 정도밖에 몰랐지. 그가 이상한 어린 아이일 때 클라이티가 늘 관찰을 했고, 농사일을 가르쳤고, 성인이 되어서는 그날, 한 팔은 삼각 붕대로 목에 매달고 다른 한 팔은 수갑을 찬 채 머리에 붕대를 감고 법정에 나타났지. 그리고 드디어 모습을 감추었고, 다시 나타났을 때는 동물원에나 있을 법하게 생긴 아내를 데리고 돌아와서 서트펜 농원에서 소작인으로 일을 했어. 그 일을 하기에는 손과 발은 아직 너무나 연약해 보이는 신체적인 한계를 지니고 있었지만, 그는 혼자 검약한 생활을 하면서 부지런히 일하여 자기 손으로 다시 세운 오두막집에서 은둔자같이 살았어. 거기서 드디어 그 아들이 태어났지. 그는 백인과도 흑인과도 사귀지 않았어. (클라이티는 이제 그를 감시하지 않았고, 그럴 필요도 없었지.) 그리고 그는 그로부터 사 년 동안 세 번밖에 제퍼슨 읍에 모습을 보이지 않았지. 그것도 데포가(街)의 흑인 상가에 그가 취해서 의식이 없는 상태에 있다든가 혹은 난폭하게 굴고 있다는 것을 그 아니면 클라이티, 혹은 주디스를 무서워하는 흑인들의 보고를 받고 너의 할아버지가 달려가 그를 데려다가(몹시 취해서 난폭하게 굴 때는 읍내 경관들이 달려갔을 테지만) 눈알과 손만 살아 있는 검은 허수아비 같은 그의 처가 마차에 말을 매어 달려와 그를 실어 갈 때까지 그를 지키곤 했어. 그런데 처음엔 그가 읍내에 나타나지 않게 된 것에 마음을 쓰는 사람은 아무도 없었어. 그리고 할아버지는 군청 위생관으로부터 그가 황열병에 걸렸다는 것과 주디스가 그를 집으로 데려와 간호하는 사이에 그녀도 그 병을 앓게 되었다는 것을 겨우 알았지. 그래서 할아버지는 어느 날 그 사실을 미스 콜드필드에게 알려 줄 것을 그에게 부탁하고 자신은 서트펜 농원으로 갔어. 할아버지는 말에서 내리지 않고, 말 위에 앉아서 소리를 질러 물었지. 클라이티가 2층 창밖으로 얼굴을 내놓고 '아무 일도 없어요.'라고 말했어. 그 주가 지나기 전에 할아버지는 클라이티의 말이 어쨌든 틀리지 않았다는 것을 알았지. 먼저 죽은 사람은 주디스였지만 말이야."

　"그랬군요." 퀜틴이 대답했다. ── 다섯 번째의 묘를 가만히 바라보았던 일을 기억하면서 그래, 너무나 오랫동안, 너무도 많은 것을 들었어 하고 생각했다. 그때 그는 주디스의 묘가 다른 네 개의 묘에서 멀리 떨어져 같은 묘역 내의 반대편에 있는 것을 보고, 주디스를 매장한 사람들은 그녀의 병이 다른 죽은 자에게 옮을까 봐 걱정했음에 틀림없다고 생각했다. 이번에는 아버지가 나에게 '생각해 봐.'라고 말할 필요도 없겠지 하는 생각도 했다. 왜냐하면 그는 묘비명을 읽기 전부터 누가 그 묘석을 주문하여 구입했으며, 죽음이 임박한 것을 안 주디스가 (아마 혼란한 의식 상태에서) 몸을 일으켜 클라이티를 위해 글을 쓰도록 마지막 있는 힘을 다해 세심한 지시를 내렸으리라는 것과, 클라이티가 그로부터 십이 년간이나 더 살면서 그 낡은 노예 오두막에서 태어난 아이를 길렀고, 주디스에게 이십사 년 전에 100달러의 돈을 빌려 준 할아버지에게 묘석의 잔금을 완납하려고 생활을 줄여 저축했으며, 할아버지가 받기를 거절했는데도 5센트짜리 백동화와 10센트짜리 은화 그리고 헤진 지폐가 가득 든 녹슨 깡통을 책상 위에 놓아두고 말 한마디 없이 나가 버렸다는 것을 알았기 때문이다. 그는 돌 위에 쌓여 있는 삼나무의 침엽들을 쓸어 버리고 문자가 손 아래 나타나는 것을 보면서, 어떻게 이 잎들이 냉혹하고 무자비한 죽음과 접촉한 순간에 물집이 생겨 재로 변하여 없어지지 않고 언제까지나 붙어 있을 수가 있을까 하고 이상하게 생각했다. 주디스 콜드필드 서트펜. 엘런 콜드필드의 딸. 1841년 10월 3일 출생. 42년 4개월 9일 동안 속세의 치욕과 고통을 받다가 1884년 2월 12일 마지막으로 이곳에 잠들다. 죽을 수밖에 없는 사람들이여, 잠시 걸음을 멈추고 허영과 어리석음과 그리고 죽음을 잊지 말지어다. 퀜틴은 생각했다. 그렇다. 나는 누가 그것을 생각해 냈고, 누가 그 묘비를 세웠는지 물어볼 필요가 없었다. 확실히 너무 오랫동안, 너무도 많은 이야기를 들었다. 일부러 귀를 기울이지도 않았는데 들려왔던 것이다. 그런데 지금도 그것을 다시 들어야만 한다. 왜냐하면 슈리브는 아버지와 비슷하기 때문이다. 여자는 아름답게 산다. ── 여자들은 그렇다. 그들은 엄연한 사실 즉, 출생과 사별, 고뇌와 곤혹과 절망이라는 사실의 그림자나 허상이 실체를 느낄 수 없을 만큼 완전한 몸짓으로, 그러나 아무런 의미도 없이, 아무에게도 상처를 줄 능력도 없이 움직여 다니는 비현실성을 아름답게 희석시켜 먹고 사는 것이다. 미스 로자가 그것을 주문했다. 그녀가 벤바우 판사에게 부탁해서 그 묘석을 세우게 했던 것이다. 그는 미스 로자 아버지의 재산 양도 집행인이었다. 물론 콜드필드 씨의 유서에 의해 임명되지 않았다. 왜냐하면 그는 재산이라고 해도 빈 것이나 다름없는 상점뿐이었기 때문이다. 그는 그녀의 문제를 의논하기 위해 모여든 이웃 사람들이나 읍내 사람들의 동의를 얻어서, 자진해서 재산 양도 집행인이 되었던 것이다. 태양 아래 그 누구도 미스 콜드필드를 설득해서 그녀의 조카나 형부에게 가게 할 수 없음을 모두 알고 있었다. ─그 읍내 사람, 근처의 사람들이 밤이면 현관 계단 위에 (깊은 접시에 담아서 냅킨으로 덮은) 음식을 넣은 바구니를 놓아두곤 했던 것이다. 그녀는 닦지 않고 더러운 채로, 접시를 빈 바구니에 넣어서 본래 놓여 있었던 계단에 놓아두는 것이었는데, 그것은 마치 처음부터 거기에는 아무것도 없었다는 그런 착각이나, 적어도 자기가 그것을 만졌거나 비웠거나 한 적이 없을뿐더러, 밖에 나와서 그 바구니 안을 몰래 훔쳐보거나 거리낌없이 들어 올린 일은 더욱 없었다는 듯한 착각을 우기려 하는 것 같았다. 확실히 그녀는 그 음식을 맛보고, 맛이나 요리 방법을 비판하며 씹어 삼켜서 위에 넣었을 것인데도, 이론(異論)의 여지없이 확실한 증거가 있는데도, 그녀는 틀림없이 있어야 할 것이 실제로는 존재하지 않은 듯한 착각을 아무래도 버릴 수가 없었다. 여자란 스스로를 기만하는 듯한 그런 착각에 태연히 눌어붙을 수 있는가 보다. 또 그와 마찬가지로, 상점을 처분하면 얼마가 남는다든지, 완전히 거지가 된다든지, 상점을 처분하여 벤바우 판사에게 실제 돈을 받는 것은 아니더라도 그것에 상당한 것을(이삼 년 지나면 값이 오를 것이지만) 여러 가지 형태로 받을 수 있다는 것을 그녀는 아무래도 인정하려 하지 않았던 것이다. 그녀는 가끔 집 앞을 지나치던 흑인 소년들을 불러 세워서 마당 손질을 하도록 시키는 일이 흔히 있었으나, 그녀가 보수에 대해서는 한마디도 하지 않는 것을 읍내 사람들과 마찬가지로 그들도 알고 있었으며, 그들이 일하는 동안 그녀는 커튼 뒤에서 지켜보기만 하고 두 번 다시 밖에 모습을 나타내는 일이 없다는 것도 알고 있었다. 그리고 돈을 지불해 주는 사람은 벤바우 판사인 것도 알고 있었다. 그녀는 여러 상점에 들어가서, 벤바우 판사에게 그 100달러짜리 묘석을 요구한 것처럼, 진열장이나 선반 위의 물품을 상점 주인에게 달라고 해서는 그것들을 안고 서슴없이 나가 버렸다. ── 그리고 바구니 속의 접시나 냅킨을 씻지 않은 채 넣어 두는 그 빗나간 교활함을 갖고 있었기 때문에, 그녀는 자기의 신상 문제에 대하여 벤바우 판사와 의논하려 하지 않았다. 상점이 아무리 비싸게 팔렸다고 해도, 자신이 벤바우 판사에게서 받은 돈은 이미 옛날에 그것을 초과하고 있다는 것을 그녀는 알고 있었던 것이다.(벤바우는 그의 사무실에, 지워지지 않는 잉크로 굳휴 콜드필드의 재산 관계 서류와, 비(秘)라고 쓴, 부피가 꽤 되는 서류철을 두고 있었다. 판사가 죽은 뒤에 아들 퍼시가 그것을 열어 보았다. 거기에는 경마 출마표와 무효가 되어 버린 마권이 들어 있었다. 그들 말은 사십 년 전에 멤피스 경마장에 출장하고 있었으나 지금은 어떻게 되었는지 아무도 몰랐다. 그리고 장부가 한 권 있었다. 거기에는 판사의 손으로 날짜와 말의 이름 그리고 걸었던 돈의 액수와 승패가 기입된 표가 있었고, 또 다른 하나의 표에는 사십 년간 경마에서 매번 어떻게 돈을 따고 잃었는가에 대해 신비스러울 정도로 솜씨 좋게 정리되어 있었다.)

그러나 너는 이야기를 듣고 있었던 게 아니었다. 너는 그곳에서 태어나 그곳을 떠나지 않고 살았으니까 이야기를 듣지 않더라도 이미 전부 알고 있었고, 그것은 너의 몸에 흡수되어 있었던 것이다. 아이들에게는 그런 감수성이 있는 법이다. 그래서 네 아버지가 이야기한 것은 한마디 한마디 너의 울림이 있는 기억의 줄을 튕겼을 뿐, 너에게 새로운 것은 아무것도 없었다. 너는 소년 시절에 단순히 사냥하는 것 이상의 목적으로 산책을 하다가 여기에 와서 이 묘를 한 번 이상 본 일이 있다. 옛집을 보았을 때도 그랬다. 네가 그 집을 보기 전부터 그것이 어떤 모양을 하고 있을 것인가를 알고 있었던 것이다. 네가 웬만큼 자란 뒤 어느 날, 같은 크기와 같은 나이의 다른 소년 네다섯 명과 유령을 보러 갔을 때, 거기는 틀림없이 유령이 나올 만한 곳이라는 것을 보기 전부터 알 수 있었다. 비록 그 집은 거기에 이십육 년 동안 텅 비어 있었고 아무 일도 없이 평온무사하여 아무도 유령을 보았다는 이야기는 없었지만 말이다. 하지만 아칸소에서 낯선 사람들을 가득 태우고 온 마차가 거기에서 머물러 하룻밤을 보내려고 하자, 짐을 내리기도 전에 어떤 일이 일어났다. 그것이 어떤 일인지 그들은 말하지 않았다. 말하려 해도 말할 수 없었고 또 말하고 싶어 하지도 않았지만, 어쨌든 그 일로 해서 그들은 다시 급히 마차를 타고 노새를 채찍질해 차도를 달려 내려갔고, 그사이 모든 것이 겨우 십 분밖에 걸리지 않았지만, 정신없이 제퍼슨 읍에 도착할 때까지 멈추지 않고 질주해 갔던 것이다. 너도 그 폐가(廢家)를 본 적이 있다. 주랑 현관은 기울고, 벽은 칠이 벗겨지고, 블라인드는 내려져 있고, 창문은 판자로 못질되어 있었다. 그것이 서 있는 영지(領地) 일대는 주(州)의 소유로 귀속되었고, 그 뒤에 몇 번이고 전매하는 일이 되풀이되었다. 정말, 너는 귀를 기울이고 있지 않았다. 그럴 필요가 없었던 거다. 그때 개들이 몸을 움직이고 일어났다. 보니까 확실히, 너의 아버지가 말했던 것처럼, 러스터가 삼나무 숲에서 약 50야드 정도 떨어진 곳에서 빗속에 노새와 두 필의 말을 세우고, 무릎까지 마대(麻袋)로 싼 채 말들이 무럭무럭 뿜어내는 증기에 둘러싸여 앉아 있었는데, 그 모양은 음산하지만 고통은 없는 연옥 속에서 너와 네 아버지를 가만히 바라보고 있는 그런 모양이었다. 네 아버지가 말했다. "러스터, 비 맞지 말고 이리 나와라. 늙은 대령이 너를 헤치지 못하게 할 테니까."──그러자 러스터는, "그쪽에서 오면 되잖아요. 그리고 집으로 돌아가요. 오늘 사냥은 이만하고요." 하고 말했다. ──아버지는 말했다. "여기 있으면, 우리는 비에 젖을 뿐이야. 자아, 우리는 지금부터 저 옛집으로 가자꾸나. 거기 가면, 젖지는 않아." 그러나 러스터는 조금도 움직이지 않고 빗속에 가만히 앉은 채로 그 저택에 가고 싶지 않은 이유를 꾸며 댔다. ──지붕이 샌다든가, 불이 없으니 세 사람 다 감기에 걸린다든가, 거기에 도착하기 전에 흠뻑 젖어 버린다든가, 그러니까 곧바로 집으로 돌아가는 것이 상책이라고 말했다. 네 아버지는 러스터를 비웃었으나 너는 그렇게는 많이 웃을 수는 없었다. 왜냐하면 너는 러스터처럼 흑인은 아니지만 나이가 훨씬 적었고, 두 사람 다 그날 거기에 갔으니까. 너는 같은 나이의 소년 다섯과 함께 거기에 도착하기 전부터 그 집에 들어가는 문제를 두고 서로 대담성을 보이기 시작했다. 그리고 뒤꼍에서, 노예들이 사는 지역의 오래된 길로 접어들었다. ──옻나무, 감나무, 들장미, 인동덩굴이 우거져 있었고, 한때 통나무 벽과 돌 그리고 굴뚝과 지붕을 이었던 널빤지 조각들이 썩어서 덤불 사이에 쌓여 있었으나 한 집만은 달랐다. 그 집 말이다. 너희들은 그 집으로 갔다. 처음에 너희들은 노파에게는 조금도 신경을 쓰지 않았다. 너희들은 크고 축 처진 입을 가진, 너희들보다 나이도 몇 살 위이고 몸도 더 큰, 말안장 색깔을 한 짐 본드라는 이름의 소년을 바라보는 데 정신이 팔려 있었기 때문이다. 그는 기운 자리가 있고 색은 바랬으나 아주 깨끗한 셔츠와 그에게는 작은 작업복을 입고, 오두막 옆에 있는 작은 채소밭에서 일하고 있었다. 너희들 모두가 한 덩어리가 되어서 달리기 시작해서, 그녀가 오두막 벽에 비스듬히 기대 놓은 의자에 앉아 너희들을 지켜보고 있는 것을 발견할 때까지 그녀가 누구인지 전혀 몰랐다. 원숭이와 별로 다를 것이 없는 작은 몸집에 벌써 일만 년이나 살아왔다고 말할 수도 있을 것같이 뼈와 가죽뿐인 그 노파는, 색이 바랜 커다란 치마를 입고 깨끗한 두건을 쓰고 있었는데, 원숭이처럼 커피색의 맨발을 의자 다리에 감은 채 도제(陶製) 파이프로 담배를 피우면서, 커피색 얼굴의 무수한 주름 속에 파묻힌 두 개의 구두 단추 같은 눈으로 너희들을 가만히 바라보았고, 파이프를 입에서 떼지도 않고, 백인 여자 같은 목소리로 "무슨 일이지?" 하고 물었다. 잠시 후 너희들 중 한 사람이, "아무것도 아니에요."라고 대답했다. 그러고 나서 너희들은 겁에 질린 것도 아니니까 그럴 이유도 없었는데, 앞을 다투어 빗물이 흘러 도랑이 패이고 가시덤불이 우거진 오래된 황폐한 밭 위를 세차게 달려 도망갔고, 낡고 마침내 썩어 버린 지그재그 형의 울타리께로 돌아와서 그것을 뛰어넘었다. 그리고 그때, 대지(大地)도 땅도 하늘과 나무와 숲도 다시 다르게 보여, 또다시 살았다는 기분이 들었다.

"그래." 퀜틴이 대답했다.

"그리고 그게 바로, 그때 러스터가 말했던 사람이었다." 슈리브가 말했다. "네 아버지는 너를 다시 바라보았다. 네가 채소밭에서 그를 보았던 날, 그의 이름이 있다고 생각조차 하지 않았고 전에 그 이름을 들은 적도 없었기 때문에, 너는 '누구라고? 짐 무엇이라고?' 하고 물었다. 그랬더니 러스터가 '그 사람이에요. 그 할머니와 함께 살고 있는, 그 번들번들한 흑인 남자 말이에요.'라고 대답했다. 네 아버지는 아직도 너를 바라보고 있었다. 네가 '이름을 대 봐.' 하니까, 러스터는 말했다. '법률상의 문제가 생겼을 때는 이름을 알아야 할 필요가 있지만, 나는 다만 귀로 들은 말만 외울 뿐이에요.' 그리고 그가 그였다. 이름은 본드라고 했다. 그는 어머니만 알고 아버지의 일은 전혀 몰랐기 때문에, 그런 이름 같은 건 아무래도 좋았다. 그리고 네 아버지가 그에게 샤를 봉의 아들이냐고 물어도 그는 알지 못했을 것이고, 마음에 두지도 않았을 거다. 그리고 만약 네가 그에게 그것을 가르쳐 주었다고 해도, 그것은 (그가 아닌) 네가 그의 마음에 부르지 않으면 안 되었을 것에 약간 닿았을 뿐, 곧 사라져 버렸을 것이다. 자존심이나 즐거움, 노여움이나 슬픔 같은 그런 반응은 마음에 전혀 일어나지 않았을 것이란 말이다."

"그래." 퀜틴이 말했다.

"그리고 그는 이십육 년 동안 그 유령 저택 뒤꼍의 오두막에서 노파와 함께 살았다. 노파는 벌써 일흔 살이 넘었음에 틀림없지만, 그 두건 아래에 흰 머리는 하나도 없었다. 그녀는 정상적인 사람들처럼 어느 정도까지 성장하고는 성장이 멈추어서, 머리칼이 희어진다거나 몸이 늘어진다거나 하는 대신 작아지기 시작한 것 같았다. 그래서 얼굴과 손의 피부에 무수히 많은 작은 헝클어진 머리칼 같은 주름살이 지고, 그 몸은 보르네오인이 잡은 포로의 목을 잘라 머리를 가마 속에 넣어 오그라들게 한 것처럼 축소되어 점점 작아져 갔다. ─ 거기는 아무래도 유령이 나올 것 같은 장소였다. 누군가가 그 집의 주위를 살금살금 걸어 다닐 일밖에 할 일이 없었다고 한다면(그런 일은 없었지만) 그런 배회자로부터 보호되어야 할 무엇이 저택 안에 있다고 한다면(그런 일은 없었지만) 누군가 한 사람이 아무래도 그 안에 숨어 있지 않으면 안 되었다고 한다면(그런 일은 없었지만) 그녀는 유령으로 오인되어도 당연했을 것이다. 하지만 올드 미스인 로자 이모가 네게 누군가가 거기에 숨어 있다고 말했을 때, 네가 그것은 클라이티이거나 짐 본드일 것이라고 말하니까, 그녀는 아니라고 했다. 그래서 악귀인 서트펜도 죽었고 주디스도 죽었고 본도 죽었고, 헨리는 무덤도 남기지 않고 먼 곳으로 가 버렸기 때문에, 네가 그 두 사람임에 틀림없다고 했더니 그녀는 또 아니라고 대답했다. 그래서 너와 그녀는 밤에 사륜마차를 타고 그곳까지 12마일의 길을 가서, 거기에 클라이티와 짐 본드가 있는 것을 발견했다. 그래서 네가, 어때요, 제가 말한 대로지요?라고 하니까, 그녀(로자 이모)는 여전히 틀렸다고 하기에, 네가 더 앞으로 가서 보니까, 거기에 있었다는 거지?”

“그래.”

“잠깐, 기다려 줘. 제발, 기다려 줘.” 슈리브가 말했다.]

제7장

슈리브의 팔에는 이제 눈도 없었고, 외투 소매도 끼고 있지
않았다. 단지 큐피드의 살결같이 매끄러운 팔과 손이 램프의 불
빛 속으로 들어와, 파이프를 넣어 두고 있던 빈 커피 깡통에서
파이프 한 개를 꺼내 담배를 채우고 불을 붙였다. 밖은 0도*일
거라고 퀜틴은 생각했다. 곧 그는 창문을 열고, 주먹을 불끈
쥐고 허리까지 벗어젖힌 채, 따뜻하고 빨갛게 달구어진 공기
통 앞에서 얼어붙은 건물 가운데에 있는 뜰 위로 심호흡을 할
것이다. 그러나 그는 아직 그러지는 않았다. 그리고 지금, 그
생각을 했던 그 순간이 한 시간이 지났다. 슈리브는 밝은 핑
크빛 털이 난 팔을 팔짱 끼고 있었고, 그 앞에 있는 탁자 위에
는 다 타 버린 파이프가 뒤집어진 채 식어 있었고, 그 주변에

---

* 화씨로 0도이며, 섭씨로는 영하 18도.

재가 조금 흩어져 있었다. 그리고 그는 두 개의 불투명한, 램프 불빛에 번쩍이는 달 모양의 안경알 뒤에서 퀜틴을 바라보고 있었다. 슈리브가 말했다. "그래서 그는 손자를 원했을 뿐이야. 그가 원했던 것은 그것뿐이었지. 정말이지 남부는 좋은 곳이야. 그렇지. 극장 구경하는 것보다 재미있지, 그렇지. 『벤허』*보다 더 재미있지. 그러니까 이따금 자네가 남부를 찾아가 보는 것도 이상할 게 없지. 그렇지."

퀜틴은 대답하지 않았다. 그는 탁자 앞에 앉아, 편지가 놓여 있는 펼쳐진 교과서 양쪽에 두 손을 올려놓고 꼼짝도 않고 앉아 있었다. 그 중간을 반으로 접어 장방형이 된 편지 종이는, 지금은 사분의 삼쯤 펼쳐져 있었지만 오래된 접은 금 때문에 그 부푼 곳이 거의 떠들려 보였고, 종이가 이렇게 접혀지지 않았어도 그로서는 읽을 수 없었을 것 같은, 읽고 해독하기 어려울 것 같은 각도에 놓여 있었다. 그래도 그는 그것을 보고 있는 듯했다. 아니면 적어도 슈리브가 말할 수 있을 만큼 가까이서 그것을 바라보며, 그는 얼굴을 약간 숙이고 언짢은 태도로 곰곰이 깊은 생각에 잠겨 있었다. 그는 말했다. "그는 그 일에 대해서 할아버지에게 말했지. 건축가가 강가의 저지대로 도망쳐서, 뉴올리언스인가 어디인가로 다시 도망치려고 했을 때의 일이야. 그때, 그는⋯⋯."("그 악귀를 말하는 건가?" 슈리브가 물었다. 퀜틴은 대답하지 않았고, 이야기를 중단하지도 않았다. 그의 목소리는 침착했고, 이상했으며, 아직도 음울한 혼돈 상태와 끓

---

* 루이스 월리스가 1880년에 발표한 예수 수난의 이야기.

어오르는 분노에서 나오는 높은 어조가 섞여 있어서 약간은 꿈을 꾸고 있는 듯했다. 그래서 다른 데가 아니라 안경을 끼고 있다는 점에서 (허리 아래는 탁자에 가려 보이지 않으니까, 방에 들어온 사람은 그가 완전히 벗었다고 생각했을 것이 틀림없다.) 약간 변태적 성향을 가지고 있는 인간이 색깔 있는 석고로 만든 기괴한 인형과 닮아 보이는 슈리브 역시 조용히 퀜틴의 얼굴을 바라보고 있었다.) "……할아버지와 몇몇 다른 사람들에게 전갈을 보내어, 개와 야만스러운 흑인들을 동원하여 그 건축가를 추적해서, 이틀 뒤 마침내 그를 강의 제방 아래 동굴로 몰아넣었지. 그것은 이 년째 되는 여름의 일이었어. 벽돌 쌓기가 끝나고 건축의 토대를 쌓는 일이 완성되고, 큰 목재는 거의 잘려 다듬어졌지. 그러던 어느 날 건축가는 더 참을 수 없었던 거야. 아니면 굶어죽을까 봐 두려웠는지도 몰라. 아니면 야만스러운 흑인들이(아마 서트펜 대령도) 먹을 것이 없어 자신을 먹어치울 수도 있다고 생각했는지도 모르지. 아니면 고향의 집 생각이 간절했기 때문인지도 모르겠고, 아니면 그저 도망칠 필요가 있었을 뿐인지도 몰라……."(슈리브가 말했다. "어쩌면 그에게 여자가 있었는지도. 아니면 여자를 가지고 싶었는지도 모르고. 그 악귀와 흑인들에게는 여자가 둘밖에 없었지." 퀜틴은 이 말에도 대답하지 않았다. 듣고 있지 않았는지도 몰랐다. 자기 앞의 탁자나 그 위의 책이나 책 위의 편지나 아니면 책 양쪽에 놓여 있는 자신의 손을 향해서 말을 거는 것처럼, 그 이상하고 억제된 침착한 목소리로 이야기를 계속할 뿐이었다.) "……그리고 그는 도망쳤어. 그는 스물한 사람이 모여 있는 곳에서 빠져나와 밝은 대낮에 그들이 보고 있는 가운데 사

라져 버린 거야. 아니면 아마 그는 서트펜이 등을 돌리고 있
는 사이에 도망쳤고, 흑인들은 그가 가는 것을 보면서도 이야
기할 필요가 없다고 생각했을 거야. 그들은 야만인이었기 때
문에 서트펜이 무엇을 하고 있는지, 왜 벗어부치고 흙투성이
가 되어서 하루 종일 자기네들과 함께 있는지 모르고 있었어.
그리고 내 생각으로는, 흑인들은 건축가가 무엇 때문에 와 있
는지, 무슨 일을 하기로 되어 있는지, 무슨 일을 했는지, 무엇
을 할 수 있는지, 어떤 사람인지도 몰랐어. 그래서 아마 그들
은 서트펜이 그를 쫓아냈다고 생각했을 거야. 가서 물에 빠져
뒈져라, 아니면 어디든지 가서 죽어라, 아니면 다만 없어져 버
리라고 말했을 거라고 생각했을 거야. 그래서 그는 대낮에 침
례교도 국회의원처럼 자수 놓은 조끼와 멋진 타이와 모자 차
림으로, 아마도 모자는 손에 들고 늪으로 뛰어 들어갔는데, 흑
인들은 그가 보이지 않을 때까지 바라보고는 다시 하던 일을
계속했어. 서트펜은 밤까지, 아마 저녁 식사 때까지 그가 없
어진 것을 몰랐고, 흑인들이 그에게 일러주자 그는 내일은 휴
식이라고 선언했지. 개를 몇 마리 빌려야 했기 때문이지. 그는
흑인들을 데리고 추적하면 되니까 개는 필요 없었으나, 손님
들 ─ 다른 패들은, 흑인과 함께 추적하는 것이 익숙하지 않
아서 개가 필요할 것이라고 생각했던 거지. 그리고 할아버지
(당시에는 아직 젊었지.)는 샴페인을, 다른 몇몇 사람들은 위스
키를 가지고 해가 진 뒤 조금 지나서부터 서트펜가에 모이기
시작했어. 그 집은 아직 벽이 완성되지 않았고 벽돌을 약간 쌓
아 올렸을 뿐이었으나, 어차피 거기서 잠을 자지 않았으니까

아무렇지도 않았다고 할아버지는 말했어. 사람들은 모닥불가에 둘러앉아 샴페인과 위스키를 마시고, 서트펜이 잡아 온 사슴 고기의 나머지를 먹고 있었는데, 한밤중에 그 사람이 개들을 끌고 왔어. 그리고 날이 밝았어. 야만스러운 흑인들은 그저 재미로 추적했는데, 1마일 앞으로 달려갔기 때문에 개들도 처음에는 좀 당황했던 것 같았어. 그러나 마침내 개와 흑인들은 강바닥에서, 다른 사내들은 거의 다 길이 좋은 제방으로 말을 타고 가며 추적하기 시작했지. 하지만 할아버지와 서트펜 대령은 개와 흑인들을 따라갔어. 자신이 가기 전에 흑인들이 건축가를 붙잡지 않을까 해서였지. 그와 할아버지는 길이 나쁜 곳에 다다르면 말에서 내려 다시 탈 수 있는 데까지 흑인 하나에게 말을 넘겨주었기 때문에 꽤 많이 걸어야 했어. 좋은 날씨였다더군. 추적은 잘 진행되었다고 할아버지는 말했지만, 서트펜은 그 건축가가 10월이나 11월까지만 기다려 주었더라면 좋았을 거라고 했다는 거야. 그리고 그는 할아버지에게 자기 자신에 대해서도 조금 이야기했다더군.

서트펜은 순진한 것이 탈이었어. 갑자기 그는 자기가 하고 싶은 일이 아니라 하지 않으면 안 되는 일을 발견했어. 자기가 원하든 원하지 않든 간에, 하지 않으면 안 되는 그 일을 해야만 된다는 것이었어. 왜냐하면 만약 자기가 그 일을 하지 않는다면 평생 자기 자신은 물론, 후손에게 전해 주도록 자기 안에 남겨 두고 죽은 모든 조상들 그리고 죽은 자들뿐만 아니라 그가 앞으로 죽은 자들 가운데 한 사람이 되었을 때 그 뒤를 따를 산 자들에게도 얼굴을 마주 할 수 있게끔 그 일을 잘하고 있는지 없는지를 기다리며 지켜보고 있던 모든 죽은 자들에게 면목이 없어 살아갈 수 없다고 생각했기 때문이야. 그가 그것이 무엇인지 발견한 바로 그 순간, 그는 이것이 그가 이 세상에서 만반의 준비를 해야 하는 마지막 일이라는 것을 알았어. 왜냐하면 그는 거의 열네 살이 될 때까지 그것을 하지 않으면 안 된다는 사실을 알지 못했을 뿐만 아니라, 그것이 이 세상에 존재하고, 그것을 할 필요가 있다는 생각조차 하지 못했기 때문이야. 왜냐하면 그는 웨스트버지니아 주의 산 속에서 태어나⋯⋯."

("웨스트버지니아가 아니야." 슈리브가 말했다. "뭐라고?" 퀜틴이 물었다. "웨스트버지니아가 아니란 말이야. 그가 1883년 미시시피 주에 있을 때가 스물다섯 살이고, 그는 1808년에 태어났어. 그런데 1808년에 웨스트버지니아 주는 아직 없었어. 왜냐하면⋯⋯." 슈리브가 말했다. "그렇군." 퀜틴이 말했다. 슈리브가 다시 말했다. "⋯⋯웨스트버지니아는 아직 인정받지 못했어." "맞아. 알았어." 퀜틴이 말했다. "미 합중국으로 인정받기까지는⋯⋯." "좋아, 알았어, 알았다니까." 퀜틴이 또 말했다.) "⋯⋯그는 사람이 그렇게 많지 않은 촌구석에서 태어났는데, 그곳 사람들은 모두 그가 태어난 오두막과 마찬가지로 아이들로 가득 찬 통나무집에 살고 있었어. ― 어른 남자들과 다 자란 남자아이들은 사냥을 하거나 마루에 있는 화덕가에서 뒹굴었고, 여편네들과 처녀들은 누워 있는 남자들 위를 마구 건너다니면서 화덕 불에 요리를 했지. 그곳에는 살고 있는 유색 인종은 인디언뿐이었는데, 그것도 소총을 겨누고 있을 때나 볼 수 있는 정도였어. 또 그곳에서는 좋은 말을 타고 돌아다닌다든지, 아니면 커다란 저택의 베란

다에 좋은 옷을 입고 앉아 있을 뿐 달리 아무것도 하는 일이 없는 지주의 하인들에 의해 경작되는, 구획 정리가 잘된 토지는 아마 상상할 수도 없는 일이었어. 그 당시 그는 그런 생활방식, 혹은 생활에 대한 욕구가 있다는 것, 그런 욕구의 대상이 될 만한 것들이 존재하고 있다는 것, 그것들을 가진 사람들이 그것들을 못 가진 사람들을 멸시하고 있다는 것, 또 그것들을 가진 사람들은 물론이고 멸시당하고 있는, 가지지 못한 그리고 가질 것 같지도 않다고 자각하고 있는 사람들도 그러한 멸시를 당연하게 여긴다는 것을 상상도 하지 못했어. 그가 살고 있던 곳에서 토지는 모두의 것이었어. 그래서 문제를 일으켜 그 토지의 일부에 울타리를 치고 '여기는 내 땅이다.'라고 말하는 사람이 있다면 그는 미친 사람이었어. 그리고 물건도 마찬가지였어. 모두 자기 힘이나 체력에 따라 가질 만큼 충분히 가졌어. 자기가 먹을 수 있는 것 이상을 원하거나, 화약이나 위스키와 교환하기 위한 것 이상으로 가지거나 욕심내는 일은 생각할 수 없었어. 그래서 그는 토지 구획이 잘돼서 반듯하게 정리된 지역이 있고, 거기서는 피부색이나 물질적 혜택의 정도에 따라서 상하의 계급으로 갈라져 생활하고 있다는 것조차 몰랐어. 소수의 사람들이 다른 어떤 사람들의 생사(生死)를 좌우하고 매매할 권리를 가지고 있을 뿐만 아니라, 역사가 시작된 이래로 모든 인간이 죽을 때까지 자기 스스로의 힘으로 하지 않으면 안 될 그리고 누구도 좋아서 하고 있는 것이 아니라, 먹고 마시고 숨 쉬는 것을 피할 수 없듯이 스스로 하지 않아도 된다고 생각한 적이 없는 일들 그리고 병에서 위스키를 따라 그

술잔을 남의 손에 건네거나 잠잘 때 장화를 벗거나 하는 따위의 끝없이 되풀이되는 일상생활의 자질구레한 일들을 대신해서 하도록 시킬 수 있는, 살아 있는 인간을 소유하고 있다는 사실을 그는 몰랐어. 그가 어렸을 때, 살고 있던 산골까지 전해진 대서양 연안의 호경기에 대한 꿈 같은 이야기를 들으려고 하지 않았던 것은, 그 무렵에는 그 이야기를 한 사람이 무엇을 지껄이고 있는지 이해할 수 없었기 때문이야. 소년이 되었을 때에도 그가 들으려고 하지 않았던 것은, 그 이야기를 듣고 비교해서 판단하고 그것에 생명력과 의미를 부여할 아무런 기회도 없었기 때문이고(확실히 그는 미래에 대한 믿음이나 생각이 없었는데) 게다가 소년들이 해야 하는 많은 일들을 하기에도 너무나 바빴기 때문이지. 그리고 청년이 되어서, 예전에는 그것들에 대해 듣고 생각했다는 것도 몰랐던 그 이야기들에 호기심이 일어났을 때, 그는 그것에 흥미를 가지고 언젠가 한 번 그런 곳을 보고 싶다고 생각은 했으나, 별로 거기에 부러움이라든가 아쉬움 같은 것은 없었어. 왜냐하면 그가 생각하기로 사람들은 여기저기 서로 다른 곳에서 태어나고, 태어나면서부터 빈부(그는 그것을 운이라고 했을 것이지만)의 차가 있고 (그가 할아버지에게 이야기한 것인데) 인간은 스스로 그런 것을 선택할 수 없으니까, 아쉬워할 것도 못 된다는 거야. 어쨌든 그는(그는 할아버지에게 이런 것도 말했어.) 그러한 우연적 사실이 타인을 멸시할 수 있는 권위나 정당한 이유가 된다고는 한 번도 생각한 일이 없었기 때문이지. 그는 스스로 거기에 들어가 보기 전까지 그런 세계에 대해서 거의 들은 바가 없었어.

그것이 그 일이 처해 있는 형편이었어. 그들은 그 속으로 들어갔어. 온 가족이 초대(初代) 서트펜이 상륙했던 해안 지대로 갔지.(그 초대 서트펜은 아마 올드베일리*를 떠난 이민선이 제임스타운**에 도착했을 때 그 배에 타고 있었을 거야.) 마치 그 가족들이 산 위에 가지고 있던 받침대 같은 하찮은 재산이 몽땅 부서져 내리기나 한 것처럼, 그들은 높은 곳으로부터 인력(引力)의 법칙에 따르듯이 다시 대서양 연안으로 굴러 내려갔던 거야.(그는 바로 그 무렵에 죽은 어머니에 관한 몇 가지 사실과 함께, 그의 아버지가 어머니는 지쳐 있었지만 참을성이 있는 대단히 좋은 사람이어서 세상을 떠나니 쓸쓸하다고 하면서 자신을 먼 서부까지 가게 한 것은 그의 어머니였다고 했다는 말을 할아버지에게 했다는 거야.) 어쨌든 이제 그들 일가는 위로는 아버지로부터 그 중간에 성숙한 딸들 그리고 밑으로는 아직 걷지도 못하는 아이에 이르기까지, 홍수 난 강에 뜬 쓸모없는 잡동사니 더미처럼 어지럽게 뒤엉켜서 타성적인 힘으로 점점 속도를 빨리하면서, 무생물이 무슨 계기를 만나 자동적으로 바른길을 벗어나는 것처럼 시류의 흐름을 거슬러 산으로부터 뒤로 미끄러져 내려 버지니아 고원을 횡단했고, 제임스 강 어귀 부근의 축축한 저지대로 들어간 거야. 그는 왜 그들이 이주하는지를 몰랐거나 아니면 알았다고 하더라도 기억하지 못했던 거야. ── 그의 아버지가 가슴에 품은 것이 낙관이었는지 희망이었는지 아니면

---

* 영국 런던의 거리 이름.
** 미국 버지니아 주 동부의 폐촌으로 1607년 북미 최초의 영국인 집단 정착지.

향수였는지, 그것은 그가 아버지의 출생지를 몰랐기 때문에, 그들이 돌아온 곳이 아버지의 출생지인지 어떤지 몰랐기 때문에, 또 아버지가 과연 그 출생지를 기억하고 있어서 다시 그 곳에 돌아가고 싶다고 생각하고 있었는지 어떤지 몰랐기 때문에 그로서는 알 수 없는 노릇이었어. 어떤 누군가나 어떤 나그네가 살기 편한 곳이 있다면서, 산속의 어려운 의식주 생활에서 빠져나가도록 그의 아버지를 부추겼는지도 몰랐고, 혹은 그의 아버지가 옛날에 알고 있던 사람이거나 아니면 거꾸로 아버지를 알고 있던 사람이 아버지를 기억하고 생각해 냈는지도 몰랐고, 혹은 아버지를 잊어버리려고 했지만 잊어버릴 수 없었던 누군가 친척 중의 한 사람이 아버지를 불러 주었기 때문에, 약속된 일거리가 있는 것도 아니었지만 부른 사람이 친척이므로, 안이한 기분으로 혈연을 믿고 노동하지 않고 편안히 살 수 있으리라는 생각에 그 제안에 응했을지도 몰랐고, 만약 그것이 아니라면, 부른 사람이 친척이었고 자신의 게으름과 자신을 이때까지 지켜 준 신에 대한 믿음 때문에 산을 내려온 것인지도 모르지만, 그는 그 무렵의 일은 잘 알 수 없었어. 그의 기억으로는⋯⋯."("그 악귀 말이지?" 하고 슈리브가 말했다.) "⋯⋯어느 날 아침, 아버지가 일어나서 누나들에게 갖고 있는 식량을 전부 싸라고 말했어. 그래서 어떤 누구는 아기를 싸안고 다른 누구는 화덕에 물을 끼얹은 다음 모두가 길이 있는 데까지 산을 내려왔어. 그들은 한쪽으로 기울어진 두 바퀴의 달구지와 그것을 끄는 두 마리 절뚝발이 황소를 갖고 있었어. 그의 아버지가 그것을 어디서, 언제, 어떻게 손에 넣었는지 기억이 나지 않는다고 그는 할아버지에게 말했다는 거야.(당시 그는 열 살이었고, 두 형은 얼마 전에 가출하여 그 후로 소식이 없었어.) 그의 아버지는 달구지 준비가 끝나자 술에 취해 달구지 위의 이불과 램프, 우물을 퍼 올리는 두레박과 옷 뭉치 그리고 아이들 사이에 납작 누워 코를 골면서 밤인지 낮인지도 모르고 있었기 때문에 그가 소달구지를 몰았지. 그는 그렇게 말했어. 그는 그 여행이 몇 주간 계속된 것인지, 몇 달간 계속된 것인지, 아니면 일 년간 계속된 것이지 기억하고 있지 않았어.(다만 오두막을 나설 때 미혼이던 누나들 가운데 하나가 푸른 산줄기를 미처 벗어나기도 전에 어머니가 되어 있었는데, 여행이 끝날 때까지도 그녀는 여전히 미혼인 채로 신랑이 나타나지 않았어.) 겨울과 봄과 여름이 따라와서 길 위에 있는 그들을 스쳐갔는지, 아니면 그들이 산에서 내려오는 동안에 계절을 연속적으로 천천히 스쳐 보냈던 것인지, 아니면 그들이 산을 내려오면서 시간과 나란히 서서 행진한 것이 아니라 기온이나 기후 속을 수직으로 내려온 것인지, 그는 생각이 나지 않았어. ― 그것은 어떤 기간(아니, 기간이라고는 할 수 없을 거야. 그의 기억에 의하면, 또 그가 할아버지에게 이야기한 바에 의하면, 그것은 처음도 끝도 분명하지 않았으니까 말이지. 점진적인 감소라고 하는 편이 맞는 말인지도 몰라.) 동안의 일종의 절정에 달한 지둔(遲鈍)함과 끈질긴 정지 상태로부터의 점진적인 감소라고 해야겠지. 그동안 그들은 주막이나 여인숙의 문 앞 달구지 위에 앉아서 아버지가 인사 불명 상태가 되도록 취할 때까지 기다렸다가, 그를 오두막이나 변소, 아니면 창고나 도랑이나 어디에서고 달구지로 실어 와서, 다시 꿈 같고 행선지가 없는 여행을 계속했지. 그리고 그동안 그들은 조금도 앞으로 나아가지 못하고 가만히 정지해 있는 것 같았고, 반면에 그들이 태어난 땅이 저절로 변하여 산속의 좁은 길에서부터 평평해지고 넓어져 갔어. 그리고 이번에는 그들 주변의 지형이 조수처럼 밀어닥치고, 아버지가 들어갔거나 아니면 내동댕이쳐졌던(그리고 이때, 그들이 생전 처음 본 흑인 노예가 아버지를 옥수수 부대 자루처럼 어깨에 걸머지고 주막에서 나왔지. 그는 ─ 그 흑인은 ─ 묘석 같은 이를 가득히 드러내 보이면서 입을 크게 벌리고 소리 내어 웃고 있었어.) 싸구려 술집의 문 앞 주변에 낯설고 거친 얼굴을 한 사람들이 무리지어 모였다가 사라지고 또다시 바뀌었어. 마치 사람이 달구지의 수레바퀴를 밟아 굴리듯이, 달구지가 움직여 감에 따라 땅과 세계가 그들의 주위에서 오르내리며 흐르고 지나갔어.(그리고 봄이 왔고, 여름이 왔지. 그들은 아직 본 일도, 생각한 일도, 더욱이 가 보고 싶다고는 생각지도 못했던 곳을 향해 계속 움직여 갔어. 그가 사냥해 왔던 것과 비슷한 나무딸기 빛깔의 코끼리와 뱀 들과 함께 여행을 계속하는 기분이 된 주정뱅이 아버지만은 돌아갈 길을 알고 있었을지 모르지만.) 어쨌든 그들 중 누구도 다시 돌아갈 수 없는 산등성이의 벽지를 떠나서 말이야. 그들의 소박하고 조용하고 시골뜨기다운 놀라움 앞에 낯선 얼굴들이나 세계가 나타났다가는 사라지고 있을 동안, 싸구려 술집과 선술집 들은 작은 마을이 되고, 작은 마을은 큰 마을이 되고, 큰 마을은 훤히 트인 좋은 길이나 밭이 나타나는 읍이 되고, 거기서 백인들은 좋은 말을 타고서 밭에서 일하는 흑인들을 감독하고 있었어. 그리고 남자들이 더 훌륭한 말을 타고 더 훌륭한 양복을 입고, 산골 남자들과는 다른 표정을 하고 선술집에 앉아 있었지. 그래서 아버지는 앞문으로는 들어갈 수조차 없었고, 거기서 산골 놈식으로 술을 마셨다가는 좋은 시간을 갖기도 전에(그래서 그들은 지금 정말 좋은 시간을 갖기 시작했어.) 거칠고 관대함이란 전혀 없는 웃음거리가 되어 조소를 받는 일조차 없이 밖으로 쫓겨나기가 일쑤였어. 그래서 그들의 여행 속도는 상당히 빨라졌어.

그렇게 그는 상황을 알게 되었어. 백인과 흑인 사이의 차이뿐만 아니라 백인과 백인 사이의 차이도 알게 되었어. 대장간의 모루를 들어올리거나 눈알을 도려내기 싸움이나, 혹은 더 많은 위스키를 마시고 일어서서 방에서 밖으로 나오기 등으로 가릴 수 없는 차이가 백인들 간에도 있다는 것을 그는 깨닫게 된 거야. 그는 자기도 모르는 사이에 그 차이를 인식하기 시작했어. 그래도 그는 그것은 다만 사람이 어디에서 어떻게 태어났는가에 달린 문제라고 생각했어. 말하자면 행운을 타고 났는가 아닌가 하는 문제 말이야. 그래서 행운을 타고난 사람은 불운한 사람에 비해서 그 행운을 이용하거나, 그것을 믿거나, 아니면 그것이 행운 이상의 그 어떤 것임을 느끼는 것이 느리고, 또 그렇게 느끼고 싶어 하지 않는 것이라고 그는 생각하고 있었어. 그리고 운이 좋은 사람들은 불운한 사람들이 불운한 사람들에 대해서 필요하다고 느끼는 것보다 오히려 불운한 사람에 대해서 더 따뜻하게 느끼는 경향이 있다고 그는 생각하고 있었어. 그가 그 모든 사실을 알게 된 것은 그 후의 일이었어. 그는 그것을 깨닫게 된 때를 기억했지. 왜냐하면 그것은 그가 자신의 무지함을 깨달은 순간이기도 했기 때문이지. 그 순간 그들은 그들이 이제는 어딘가로 여행하는 것도, 움직이는 것도, 가는 것도 아니고, — 그렇다고 해서 앞서의 여행 중에도 여러 번 그러했기 때문에 마지막으로 한 곳에 정착된 식으로 조용히 머물러 있는 것도 아니라는 것을 드디어 알고 믿게 되었던 것이 틀림없는데, 그가 오래 기억하고 있었던 것은 그렇게 될 수 있는 순간에 대해서가 아니라 그 순간에 도달하는 것에 대해서였어. 언젠가 누나가 외양간에서 아기를 낳았는데, 그가 기억하는 것처럼 할아버지에게 말한 것과 같이 그녀는 임신도 거기서 했나 봐. 그런데 거기서 구두와 따뜻한 옷이 있는 것과 없는 정도에 따라 살기 편한 정도가 점점 달라졌던 일을 그는 기억하고 있었어. 마침내 그들은 가던 길을 멈추었어. 그는 그들 가족이 지금 어디쯤 와 있는지 알 수 없었어. 이동을 시작해서 처음 며칠, 아니면 몇 주간, 아니면 몇 달 동안은, 그가 자란 환경에서 얻은 본능 — 예전에 서부 멀리 미시시피 강까지 간 일이 있던 형과 역시 가출한 또 하나의 형이 그에게 물려주고 갔다고 생각되는 산 사나이의 본능, 낡아빠진 사슴 가죽 옷과 함께 그에게 주어진 본능, 그들이 영원히 집을 떠났을 때 오두막에 남기고 간 본능, 소년기에 작은 짐승을 쫓아다님으로써 날카롭게 단련시켰던 본능 — 그 같은 본능에 의해 (그의 말에 의하면) 본래의 산속 오두막집에 제시간에 돌아갈 수 있을 정도로 항시 방향만은 알고 있었어. 그러나 지금은 그나마도 지나가 버린 일이야. 자기가 어디에서 태어났는지를 정확히 알 수 없게 되어 버린 거지. 몇 주일, 몇 개월(그는 할아버지에게 자기 나이가 한 살 위인지 아래인지 정확하게 모른다고 말했을 정도로 나이까지도 혼란을 일으켜, 그것을 다시 바로 잡을 수 없어졌기 때문에, 집을 나선 지 이미 어쩌면 일 년 이상이 지나고 있었는지도 몰랐어.), 그는 어디에 있었는지, 왜 왔는지, 왜 거기에 있는지를 몰랐어. 그는 그가 알고 있었던 얼굴에 둘러싸여 거기 있을 뿐이었어.(그들의 수는 그가 할아버지에게 말한 것처럼, 미혼의 누나가 아직 결혼도 하지 않은 채 또다시 아기를 낳았는데도, 기후와 더위와 습기 때문에 줄어들었어.) 그리고 산속의 오두막과 거의 흡사한 오두막에 살고 있었지. 한 가지 다른 점은 그것이 이전의 오두막처럼 바람이 활기차게 부는 곳에 놓여 있지 않고, 때때로 전혀 흐르지 않거나 또는 때때로 거슬러 흐르기도 하는, 크고 편평한 강기슭에 위치해 있다는 것이었어. 거기서 그의 자매나 형제들이 저녁 식사 후에 병이 난 것 같더니 이튿날 아침 식사 전에는 죽어 있는 일이 일어났어. 그리고 많은 검둥이들이 백인들이 지켜보는 가운데 들어 본 적도 없는 무엇인가를 심고 재배하고 있었어.(이제는 아버지도 술 마시는 것 외에 무엇인가 일을 했어. 적어도 아버지는 아침 식사 후 오두막을 나가 온전한 정신으로 저녁 식사에 돌아왔어. 그리고 어쨌든 그는 온 가족을 부양하고 있었어.) 그런데 그곳에는 모든 토지와 검둥이들을 소유하고 분명히 그 일을 감독하는 백인들을 밑에 거느린 사람이 있었어. 그 사람은 그가 일찍이 본 적이 없는 가장 큰 저택에 살면서 오후 시간은 대부분(그는 그 저택의 잔디밭에 엉클어진 관목 사이로 기어들어가 몸을 숨기고 그 사람을 지켜보았다고 할아버지에게 이야기했어.) 구두를 벗고 술통을 만드는 널빤지를 사용한 해먹(그물 침대)에 누워 지내고 있었어. 거기에는 그의 아버지나 누나들이 입는 옷보다 더 좋은, 그들은 숫제 그런 옷을 가져 본 일도 없고 입을 생각도 해 보지 못한 좋은 옷을 매일 입고 다니는 검둥이가 하나 있었는데, 그가 하는 일은 주인에게 부채질을 해 주거나 마실 것을 가져다주거나 하는 것뿐이었어. 그리고 그가(이때 그는 이미 자기 나이를 돌이킬 수 없을 정도로 완전히 알 수 없게 되어 버렸지. 그래서 그는 열한 살인지 열두 살인지, 아니면 열세 살인지 잘 몰랐어.) 오후 내내 거기 누워 있었어. 그래서 그가 여름 구두를 가지고 있을 뿐만 아니라 자기 스스로 그 구두를 신을 필요가 없는 그 사람을 가만히 지켜보고 있을 때면, 누나들이 가끔 2마일 떨어져 있는 오두막의 문으로 와서 장작이나 물을 가져오라고 그에게 고함을 치곤 했지.

그러나 그는 자기가 지켜보고 있는 그 사람을 부러워하지 않았어. 그도 역시 구두가 탐나기는 했고, 고급 옷을 입은 원숭이 같은 검둥이가 아버지에게 마실 물 주전자를 가져다주고, 누나가 빨래를 하고 요리를 하며, 집 안을 따뜻하게 유지하도록 장작과 물을 오두막으로 운반해 주었으면 하는 생각도 했지. 그가 그 일을 할 필요가 없도록 말이야. 그의 누나들도 이웃 사람들에게(노예 검둥이들이 사는 오두막집들만큼 잘 짓지 못하고 유지도 못한 상태에 있지만, 자유의 빛나는 아우라로 둘러싸인 오두막집 ── 노예들이 사는 집들은 지붕과 회칠이 잘되었다 하더라도 빛을 발하는 아우라가 없다. ── 에 사는 다른 백인들에게) 자신들이 시중 받는 것을 보인다면 매우 기뻐할 것이라는 사실을 그는 잘 알고 있었어. 그는 아직 순진함을 잃지 않고 있었을 뿐만 아니라 그것을 가지고 있다는 것도 발견하지 못했어. 그는 좋은 총을 우연히 갖게 된 산골 사람을 부러워하지 않는 것처럼 그 사람을 부러워하지 않았던 거야. 그는 그 사람의 총을 가지고 싶었는지도 모르지만, 그 총으로 싸움에서 이겼거나 했을 경우도 아니면서 자기만이 그 총을 소유하고 있다는 행운에 대한 촌스러운 우월감에서 다른 사람들에게, 나는 이 라이플을 가지고 있으니까, 나의 팔이나 다리나 피나 뼈는 너희들 것보다 우수해 하고 말하는 것밖에 모르는 소유자를 그로서는 도저히 상상할 수 없었기 때문에, 그는 그 소유자의 자랑이나 기쁨을 지지하고 받아 주려고 했을 거야. 그리고 주인이 해 준 옷을 입은 검둥이의 시중을 받으면서 오후 내내 구두를 벗고 그물 침대에서 낮잠이나 자고 있는 사나이가 어떻게 다른 사람과 싸울 수 있단 말인가? 또 만약 싸운다면 그것은 무엇 때문이겠는가? 하고 생각했기 때문에 그를 지지했을 거야. 그는 아버지의 메시지를 전하기 위해 그 커다란 저택에 심부름을 갔던 날에도 자신이 순진하다는 것을 알지 못했어. 그는 그 메시지가 무엇이었는지 기억하고 있지 않았고(아니면 말하지 않았고) 아버지가 무슨 일을 하고 있었는지(혹은 무슨 일을 하기로 되어 있었는지) 그 농원에 관계되는 어떤 일을 하고 있었는지 아직 정확히는 알지 못했어. 그는 그때 열세 살이었는지 열네 살이었는지 잘 몰랐어. 그는 아버지가 농원의 매점에서 사 왔던 낡은 옷을 누나가 그에게 맞게 줄여 준 걸 입고 있었는데, 자신의 피부에 대해서와 마찬가지로, 그런 옷을 입고 있으면 그의 외양이 사람들의 눈에 어떻게 보일 것인가에 대해서 아무런 의식 없이 대문 안으로 들어서서, 검둥이들이 하루 종일 꽃을 심거나 풀을 베면서 일하고 있는 곳을 지나 저택 안의 길을 따라 걸어가 그 집에 도착해서 주랑이 있는 현관으로 올라가 현관 앞 출입문에 다다랐지. 드디어 저택 안을 볼 수 있게 되었구나 하고 그는 생각했지. 술을 가져다주거나, 구두를 신기거나 벗기거나 하는 특별한 검둥이들을 데리고 있는 그 주인이 그 밖에도 무엇을 가지고 있지 않으면 안 되는가를 알 수 있게 되고, 산 사나이가 총의 부속품인 뿔로 만든 화약통과 약포를 기꺼이 보여 주는 것처럼, 그의 소유물 잔고를 모두 기꺼이 보여 줄 거라는 따위의 생각에만 몰두했어. 그는 아직 순진했기 때문이지. 그는 무의식중에 그것을 알고 있었어. 현관에 나온 원숭이 같은 검둥이가 그가 하려던 말을 끝내기도 전에, 그는 지금까지의 자신이 해체되어 그의 일부가 돌아서서 그가 거기에서 살았던 이 년간을 되돌아간 것처럼 생각되었다고 할아버지에게 이야기했어. 그것은, 어떤 방을 급히 지나면서 그 방 안에 있는 모든 것을 다시 다른 쪽에서 보면, 그것들을 전에 본 적이 없다고 여겨질 때와 같은 것으로서, 과거 이 년간을 급히 되돌아가서, 그 사이에 일어났지만 그때에는 보지 못했던 많은 것을 보았던 거야. 그의 누나들과 그들과 같은 종류의 다른 백인 여자들이 검둥이들을 지긋이 바라보는 시선과 굳게 다문 입에는 공포나 두려움은 없었지만, 백인과 흑인 모두가 어떤 알려진 사실이나 뚜렷한 이유도 없이 조상 이래로 이어받은 일종의 위험한 반감이 있었어. 무너져 가는 오두막집의 문밖에 나와 있는 백인 여자들과 노상의 검둥이들 사이에 흐르고 있던 그 악취가 나는 적대감은 검둥이가 보다 더 좋은 옷을 입고 있다는 사실만으로는 설명될 수 없었지. 검둥이들은 그 점에 대해 반감을 가지고 도전하거나 조롱하는 것이 아니라 단지 그것을 잊고 있고, 그것을 분명히 망각하고 있다는 그 사실로 보복하고 있었는데, 그는 그들의 그런 적의를 알았던 것이었어.(그가 할아버지에게 말한 것처럼, 그들을 때린다 해도 그들은 덤비지도 않을 것이고 저항하지도 않을 것이었어. 그러나 때리고 싶지 않았어. 왜냐하면 그들 검둥이들은 때릴 마음을 일으킬 만한 상대가 아니었기 때문이야. 매끈매끈하고 반들반들하고 부풀어 올라 금방 웃음을 터뜨릴 것 같은 얼굴이 그려져 있는 어린이 장난감 풍선을 때리는 것처럼 될 것 같아서 그것을 때릴 마음이 일어나지 않았던 거야. 그것은 풍선을 때릴 때처럼 시끄러운 웃음거리가 되어 서 있게 되는 것보다 그것이 단순히 터져 시야에서 사라지게끔 하는 것이 더 좋은 일이기 때문에 감히 그 얼굴을 때리지 못했던 거야.) 밤에 손님이 오거나 그들이 저녁 식사 뒤에 다른 오두막집을 방문했을 때 불 앞에 앉아 이야기를 나누었던 일을 기억했어. 그때 여자들의 목소리는 진지하고 차분하기까지 하면서도 음울하고 어두운 성격을 지니고 있었어. 다만 어떤 남자가, 그것은 대개 술이 취한 아버지였는데, 그 자신의 가치를 거칠게 되풀이하면서, 자신의 신체적인 기량이 세기 때문에 동료들에게 존경을 받아야 한다고 떠들어 대었어. 그리고 열셋인지 열넷인지 아니면 열두 살 정도의 아이였던 그는, 그들이 마치 포위되어 있다는 사실에 대해서는 말하지 않고 궁핍에 대해서 이야기하고, 유행병에 대해서는 언급이 없이 병에 대해서 이야기할 때처럼, 분명히 이름은 밝히지 않았지만, 같은 문제를 두고 이야기하고 있다는 것을 알았어. 그는 어느 날 오후에 있었던 일을 기억했지. 그와 누나가 길을 걷고 있었는데, 뒤에서 마차가 오는 소리가 들려서 그는 길을 비켰어. 그런데 누나는 길을 비키려 하지 않고 고집스럽게 불쾌한 표정을 하고 머리를 똑바로 쳐든 채 길 한복판을 그대로 걸었어. 그는 누나에게 큰 소리로 외쳤지. 아차 하는 순간, 먼지가 하늘 높이 일고 말이 뒷발로 서더니 마구의 버클과 바퀴살이 번쩍거리고, 마차 안에 두 개의 파라솔이 보였어. 실크해트를 쓴 검둥이 마부가 '이봐, 비켜!'라고 외치는 소리가 들렸어. 그리고 곧 마차도, 모래 먼지도, 누나를 노려보고 있던 파라솔 밑의 두 얼굴도 가 버렸어. 그는 그 자욱이 회오리치며 사라지는 먼지를 향해 뒤에서 흙덩이를 마구 던져 보았지만, 물론 맞지는 않았어. 그리고 지금 그가 말을 할 동안 원숭이에게 의상을 입힌 것 같은 검둥이의 하인 우두머리가 몸으로 문을 막아섰을 때, 그는 자신이 흙덩이를 던진 것은 검둥이 마부를 겨냥해서가 아니라 거만한 고급 마차가 일으킨 실제 먼지를 향해서였고, 그것은 완전히 헛수고였다는 것을 알았어. ── 그는 아버지가 어느 날 밤늦게 오두막집으로 허둥대며 걸어 들어왔던 때를 생각했지. 잠이 덜 깨어 정신이 몽롱한 상태에서도 물씬 코를 찌르는 위스키 냄새를 맡을 수 있었어. '우리가 오늘 밤, 페티본에 있는 검둥이들 중의 한 놈을 두들겨 패 줬어.' 하고 비난이 섞인 의기양양함과 정당성을 말하는 아버지의 목소리를 듣자, 그는 아주 잠이 깨어, 페티본의 어느 검둥이냐고 물었지. 아버지는 그 검둥이를 전에 본 적이 없기 때문에 누구인지는 모른다고 대답했고, 그가 다시 그 검둥이가 무슨 짓을 했느냐고 물었더니 아버지는 '뒈져 버려. 페티본의 검둥이 같은 건!' 하고 대답했다는 거야. 그는 아직 자신이 순진하다는 것을 모르고 있었기 때문에, 고통을 느끼고 몸부림치고 울어 대는 살아 있는 인간, 살아 있는 육신으로서 검둥이를 몰랐고, 아버지가 대답한 것과 마찬가지 기분으로 물어보았던 게 틀림없었지. 나무 사이에서 어둠을 뒤흔드는 횃불과 이성을 잃은 백인들의 무서운 얼굴들 그리고 그 검둥이의 풍선 같은 얼굴들을 보는 것 같았어. 그 검둥이의 두 손이 묶여 있거나 꽉 잡혀 있더라도 그 풍선 같은 얼굴은 그 손을 써서 자유를 찾으려고 몸부림치지 않을 것이기 때문에 괜찮다는 기분이 들었어. 풍선 같은 얼굴은 그런 것은 하지 않고, 부푼 풍선처럼 가볍고 매끈매끈하게, 모두들 사이에 떠 있을 뿐이었어. 그러다가 누군가가 그 풍선을 참을 수 없는 절망적인 심정으로 일격을 가해 터뜨리면, 그들은 주변에 있는 모든 것을 가지고 도망쳐 달려가고, 그들을 따라 잡고, 또 지나가고, 그들을 다시 따라 잡기 위해서 돌아오고, 감미로운 웃음소리가 아무런 의미도 없이 무섭고 왁자지껄하게, 포효하는 파도처럼 일어나는 장면들이 그의 눈앞에 보이는 듯했지. 그리고 이제, 그가 서 있는 하얀 문 앞을 가로막고 있는 원숭이 같은 검둥이는, 고쳐 만든 누더기 작업복을 입고, 맨발에, 누나들이 빗을 숨겨 놓았기 때문에 한 번도 빗어 본 일도 없는 머리를 하고 있는 그를 내려다보고 있었어. 스스로의 뜻으로 그렇게 된 것이 아니라, 아마 운이 좋아 리치먼드 부근의 백인 저택에서 길들여진 ― ("어쩌면 찰스턴 부근인지도 몰라." 하고 슈리브가 속삭이듯 말했다.) ― 그 검둥이를 보고 나서야 그는 자신이나 타인의 머리나 의복에 대해서 처음으로 생각하게 되었어. 그리고 그는 그가 찾아온 것을 말하기도 전에 그 검둥이가 말한 것, 즉 두 번 다시 앞문으로 오지 말고 뒷문으로 돌아가라고 명령한 것조차 기억하지 못했어.

그는 그곳을 떠난 것을 기억조차 하지 못했어. 갑자기 그는 자기가 이미 그 저택에서 상당히 떨어진 거리에서 달리고 있다는 것을 알게 되었어. 고향 집이 있는 방향은 아니었어. 그때 울고 있지는 않았다고 그는 말했어. 흥분했던 것도 아니고, 다만 그는 좀 생각을 해야만 했어. 그래서 그는 조용히 생각할 수 있는 곳으로 가려고 했어. 그 장소가 어디에 있는지도 알고 있었어. 그는 숲으로 들어갔어. 그러나 그는 가는 곳을 스스로 말하지 않았다고 했어. 다만 그의 몸이, 다리가 본능적으로 거기로 갔어. ― 사냥감이 지나는 오솔길이 대나무 숲으로 이어지고, 한 그루의 떡갈나무가 그 오솔길을 가로질러 쓰러져 동굴처럼 되어 있고, 가끔 그가 사냥한 작은 짐승을 요리하곤 했던 철판을 숨겨 놓았던 그 장소로 말이야. 그는 그 나무 동굴 속으로 기어들어가, 뽑혀져 있는 나무뿌리에 등을 기대고 생각했다는 거야. 왜냐하면 그는 아직 그것을 똑바로 이해할 수가 없었기 때문이야. 순진함이 그에게 어려움을 안겨 주고 장애가 된다는 것을 아직 깨닫지 못했어. 그것을 알게 된 것은 모든 것을 똑바로 이해하고 난 뒤의 일이었어. 그래서 그는 그것을 미루어 헤아리는 방법을 찾으려고 자기의 모든 체험을 총동원했으나 아무것도 발견하지 못했어. 그는 자신이 심부름 온 용건을 말하기도 전에 뒷문으로 돌아가라고 명령받은 것인데, 그가 태어난 사회에서는 어느 집에도 뒷문이 없었고 창문이 있을 뿐으로서, 거기로 출입하는 것은 숨거나 도망치거나 하는 사람들뿐이었지. 그러나 그는 그런 일을 하려고 거기에 간 것은 아니었어. 사실, 그는 모든 사람이 받아들일 것으로 믿었던 아버지의 심부름을 잘해 보겠다는 일념으로 거기에 갔던 거야. 물론 한 가지 요리에서 다음 요리가 나올 때까지의 거리를 시간이나 날짜로 따질 필요가 없기 때문에 거기에서 식사에 초대되리라고는 생각하지 않았어. 아마 그는 저택 안으로 안내되리라고도 기대하지 않았을 거야. 그러나 그는 어떤 일이 있어서 온 것이니까, 심부름을 보내어 온 것이니까, 이야기는 들어 줄 것으로 기대하고 있었어. 그는 무슨 일이었는지 기억하고 있지도 않았고 그 당시에는(그의 말에 의하면) 그 내용을 이해할 수도 없었지만, 어쨌든 그것은 그 번들번들한 하얀 저택과 매끈하고 하얀 주석 장식이 달린 문과, 그가 용건을 말하기도 전에 뒷문으로 가라고 명령한 검둥이가 몸에 걸친 고급 옷이나 마직(麻織)이나 명주 양말을 떠받치고 지탱하게 하는 농원과 분명히 관계가 있는 것이었어. 그것은 그가 좋은 총을 가진 사나이가 사냥을 할 수 있도록 심부름으로 납덩이나 혹은 몇 개의 실탄을 가지고 갔을 때, 그 사나이가 문으로 나와서 저 숲 끝의 나무 그루터기 위에 그걸 놓고 가라고 그에게 명하고, 총을 볼 수 있을 만큼 가까이 오지 못하게 하는 것과 마찬가지였어.

그는 흥분하지는 않았어. 할아버지에게 그 점을 주장했지. 그는 그것에 대해 무엇인가 이루어져야만 된다는 것을 알았기 때문에 다만 생각하고 있었어. 앞으로 자신에게 납득이 가는 인생을 쌓기 위하여 무엇인가 해야만 하기를 원했어. 그런데 그는 순진했기 때문에 어떻게 해야 할지 결정할 수 없었어. 그는 겨우 자신이 무지하다는 것을 알았고, 그것(상대방 사람이나 전통이 아니라 자신의 무지)과 어떻게든지 대항하지 않으면 안 되겠다고 생각했어. 그는 총을 두고 유추하는 것 외에 그것을 비교하고 측정할 것이 아무것도 없었으나 그것만으로는 무슨 일인지 여전히 이해할 수 없었어. 그는 바람 방향이 좋을 때면 가끔 10피트도 떨어져 있지 않은 곳으로 지나가는 사슴이 보이는 사냥 길 옆의 그 작은 동굴에서 두 팔을 양 무릎 위에 얹고 앉아 조용히 그리고 침착하게 자문자답을 했다고 말했어. 그래서 그 토론의 결론은 그보다 좀 더 잘 아는 누군가에게, 좀 더 나이가 많고 더 영리한 사람에게 물어보는 것이었지. 그런데 그런 사람은 없고 자신밖에 없었기 때문에 그의 한 몸을 둘로 나누어서 조용히 논쟁을 계속했어. 그러나 나는 그 자식을 쏘아 죽일 수 있어.(그것은 그 원숭이 같은 검둥이는 아니었어. 그날 밤 그의 아버지가 다른 사람들과 함께 채찍질을 했던 것이 검둥이가 아니었던 것처럼 말이야. 절반쯤 열린 문 안쪽에서 그를 내려다보던 그 검둥이도 터져 버리면 능글맞은 크고 감미로우면서도 끔찍한 웃음소리를 내기 때문에 도저히 터질 수 없는, 그 미끈

미끈하게 부푼 또 하나의 풍선 같은 얼굴에 지나지 않았던 거야. 어쨌든 그 순간 그는 알기도 전에 그의 속의 무엇인가가 빠져나가 그 풍선 같은 얼굴 안으로 들어가 거기서 밖을 내다보고 있었는데, 그는 그것의 눈을 가려 버릴 수가 없었어. 마치 풍선 같은 얼굴의 웃음소리로 보호를 받는, 자신이 소유한 구두를 스스로 신을 필요조차 없는 그 남자가, 그 순간 보이지 않는 어떠한 곳에 있었던 간에, 제지되어 문밖에 서 있는 누더기 옷을 입은 볼썽사나운 맨발의 소년을 속속들이 파헤쳐서 그 소년 너머에 있는 것을 보고 있었던 것처럼 말이야. 그리고 그 소년 자신도, 재산을 소유한 그 부자(그 검둥이가 아니라)가 언제나 그들을 아무 희망도 목적도 없이 이 세상에 잔인하게 내던져진, 답답하고 조금도 아름답지 않은 가축이나 소처럼 보아 왔음에 틀림없듯이 자기 아버지나 누나나 형을 보았는데, 이번엔 그 패들이 야만적으로 부도덕하게 아무렇게나 함부로 번갈아 가며 자식을 낳아서 두 배, 세 배 그리고 몇 배의 인구를 불어나게 하여, 검둥이라면 무료로 옷을 가질 수 있는 상점에서 백인이라는 이유로 높은 가격으로 사는, 줄줄이 계속되는 이은 곳 투성이인 낡은 양복이나 입게 될, 아무런 미래도 희망도 없는 사람들로 지구 공간을 가득 채우게 되는 거야. 그 사람들이 조상으로부터 물려받은 것이라고는, 먼 옛날의 이름도 없는 선조가 어린 시절에 그 앞문을 노크했을 때 그의 얼굴을 터질 것처럼 웃는 표정으로 바라보며 뒷문으로 돌아가라고 명령한 풍선 같은 얼굴뿐이었지.) 그러나 나는 그 자식을 쏠 수 있어 하고 그의 마음의 한쪽이 말하자, 다른 쪽이 아니야, 그것은 좋지 않아. 앞의 것이 나는 그 자식을 쏠 수 있어. 나는 그 자식이 자려고 그물 침대로 올 때까지 덤불 속에 숨어서 기다렸다가 그 자식을 해치울 수 있단 말이야. 그러니까 뒤의 것이 아니야, 그건 좋지 않아. 또다시 앞의 것이 그럼 어떻게 해야 좋겠어? 그러니까 뒤의 것이 모르겠어 하고 대답했지.

그는 배가 고팠어. 그가 큰 저택에 갔을 때는 점심 전이었어. 그런데 그는 지금 주변의 나무 꼭대기 사이로 아직 햇빛을 볼 수 있었지만, 그가 웅크리고 앉아 있는 장소에는 조금도 햇볕이 들지 않았어. 그러나 그의 뱃속 사정이 벌써 늦은 시각임을 알 수 있었고, 집에 돌아가면 더 늦어질 것도 알게 되었어. 그리고 그는 집을 생각하기 시작했다고 말했어. 처음엔 그는 웃으려 했다고 생각했어. 그리고 좀 더 확실하게 알고 나서도, 그것은 웃기는 일이라고 자신에게 말을 계속했다고 생각했어. 그가 숲에서 나와 집 가까이 갔을 때도 집은 아직도 숨겨져 있었지. 그런데 그는 드디어 그 집을 보았어. ── 여기저기 부분적으로 썩어 버린 통나무 벽, 군데군데 지붕을 덮은 얇은 널빤지가 떨어져 나갔으나 수리를 하지 않고 비가 새는 곳에 냄비나 양동이를 받쳐 놓은 무너져 내리는 지붕, 비 오는 날에는 전혀 사용하려고 하지도 않았고 날씨가 좋은 날에는 굴뚝이 없는 것도 큰 문제가 아니었기 때문에 부엌으로 사용하는 데 아무런 문제가 없었다는 달아맨 방, 마당에 빨래통을 놓고 그가 있는 쪽으로 등을 돌리고 몸을 율동적으로 아래위로 움직이며 펌프질을 해서 물을 길어 올리고 있는 누나. 그녀는 캘리코로 된 옷을 입고, 레이스가 없고 끈이 떨어져서 발목 부근까지 드러나 보이는 아버지의 구두를 신고, 암소처럼 볼품없이 넓은 엉덩이를 하고, 짐승처럼 멍청하게 보상에 맞지 않는 일을 하고 있었어. 그 일이란 것은 짐승만이 견딜 수 있고 또 견디어 낼 거친 막노동, 노동의 기본적인 본질 그것이었어. 마침내 그는 전하라는 말을 잘 전했느냐고 아버지가 물으면 어떻게 대답할 것인가, 거짓말을 할까 어쩔까 하는 문제에 관해 처음으로 생각하기 시작했어. 거짓말을 해도 금방 들통이 날 것이기 때문이었어. 왜냐하면 아버지가 무언가를 하는 데 실패했고 그것을 변명하기 위해 그를 그 저택에 심부름 보냈다고 한다면, 그 저택 주인은 이미 그 일을 왜 끝내지 않았는지 그 이유를 조사하려고 검둥이 한 놈을 이쪽에 보냈는지도 몰랐기 때문이지. 그것은 그가 저택에 간 것이 변명하기 위한 경우의 이야기지만(아버지가 시인을 했다.) 아무래도 그런 것 같았어. 그러나 아버지는 아직 돌아와 있지 않았기 때문에 그 문제는 바로 일어나지 않았지. 다만 누나만이 마치 장작을 가져다주기를 바라서가 아니라 자신의 목소리를 높여 사용할 기회를 얻기 위해서 그가 돌아오기를 기다리고 있었던 것처럼, 그의 모습을 보자마자 장작을 가져오라고 소리를 질렀지. 그러나 그는 생각을 계속하고 있었기 때문에 거절하지도, 반대하지도, 들어주지도 않고, 어떤 관심도 보이지 않았어. 이윽고 아버지가 돌아오고 누나가 고자질해서 아버지는 그에게 장작을 가져오게 했지. 그러나 저녁 식사 때에도, 그가 잠을 자거나 또는 그냥 누워 있기 위해 찾는 모포로 만든 엉성한 임시 침대 위에 누웠을 때에도, 심부름 보낸 일에 대해서 아버지는 아무 말도 건네지 않았어. 그는 거기에서 잠이 오지 않아 그냥 양손을 머리 아래 받치고 누워 있었는데, 아직까지 그 일에 대해 아무 말도 나오지 않았어. 그래서 그 일에 관해서 거짓말을 할 것인지 어쩔지 아직 결심하지 못했어. 그는 그 일의 무서운 부분이 아직 그에게 일어나지 않았기 때문이라고 할 아버지에게 말했던 것처럼, 다만 누워서 그의 내면에 있는 두 사람이 침착하게 조용히 합리적으로 또 아무런 악의 없이, 질서정연하게 번갈아 가며 말하는 것을 듣고 있었어. 그러나 나는 그 자식을 죽일 수 있단 말이야. ──아니, 그것은 좋지 않아. ──그럼 어떻게 하란 말이야? ──모르겠어. 그래서 그는 다만 귀를 기울이고 있었을 뿐이고, 특별히 관심을 두지는 않았다고 말했어. 그들 둘의 말을 듣고는 있었으나 귀를 기울이고 있었던 것은 아니지. 그는 그때 요청하지도 않은 것을 생각하고 있었던 거야. 그것은 한 소년에게, 한 아이에게 자연스럽게 존재하는 것으로 생각할 만한 것이었어. 한 아이가 생각할 만한 것이니까, 그도 그것에 별로 특별한 주의를 기울이지는 않았던 거야. 왜냐하면 소년이 생각해 왔을 것이고 또 자신에게 납득이 갈 만한 인생을 살기 위해서 반드시 해야 할 일을 하기 위해서는, 어른들처럼 그것을 똑바로 분명히 생각해 볼 필요가 있다는 것을 그는 알고 있었어. 그는 생각하고 있었어. 그 검둥이는 나에게 이야기할 기회를 주지 않았으니까, (그 검둥이뿐만 아니라) 그도 역시 그것을 알 턱이 없지. 그러니까 그 일은 달성되지 못했겠고, 그가 달성되지 못했다는 것을 알아도 이미 때가 너무 늦었을 테니까, 그는 그 검둥이에게 그렇게 시킨 것에 대한 대가를 받게 되는 거다. 설사 마구간이 불타고 있다는 것을 전해 주려고 내가 갔다고 해도, 그 검둥이는 내가 그에게 그것을 말하게 하거나 경고하게 하지도 않았을 거야. 그리고 다음 순간 그는 갑자기, 이제는 생각만 하고 있을 수는 없다는 듯이, 다른 너절한 임시 모포 침대 위에서 자고 있는 누나들이나, 취해서 방 안을 진동시킬 만큼 코를 골며 어린 두 아이와 함께 침대에서 자고 있는 아버지의 귀에도 들릴 정도로 큰 소리로 외쳤지. 그는 나에게 말할 기회조차 주지 않았어. 그것을 말하지도 못했다고. 그것은 생각이라고 하기에는 너무 빠르고 혼란스러웠고, 모든 소리가 한데 뭉쳐서 검둥이의 웃음소리 같이 끓어오르는 외침이었지. 그는 나에게 말할 기회조차 주지 않았고, 아버지는 내게 말을 전했느냐고 묻지도 않으니, 그는 아버지가 그에게 말을 전하라고 나를 심부름 보냈다는 사실도 몰라. 그리고 아버지조차도 그가 이야기를 전해 들었는지 어떤지를 문제 삼고 있지 않아. 나는 두 번 다시 앞문으로 오지 말라는 그 검둥이의 말을 듣기 위하여 그 집 문 앞에 갔던 거야. 그리고 내가 비록 용건을 말했다고 해도 그에게 도움이 되지 않았을 것이고, 또 용건을 말하지 않았다고 해도 그에게 손해 될 일을 한 것은 아니야. 나는 그에게 좋은 일도 나쁜 일도 할 수 없는 거야. 그것은 마치 폭발 같았다고 그는 말했어. ─ 밝은 빛이 번쩍 빛났다가 꺼지고, 그 뒤에 재도 찌꺼기도 아무것도 남지 않았고, 광막한 평원 위에 그의 천진하고 더럽혀지지 않은 순진성을 지닌 엄격한 모습이 기념탑처럼 솟아 있었어. 그런 순진성이 있었기 때문에 누구보다도 침착하게 총에 유추하여 그 문제를 해결하려고 했지. 그라는 말 대신에 그들이라는 말이 쓰이면, 그것은 오후 내내 구두를 벗고 그물 침대에 누워 빈둥거리는 그 모든 하찮은 인간들에만 한정되지 않고 다른 인간 모두를 포함하는 것으로 생각했던 거야. 그는 생각했어. '만약 좋은 총을 가지고 있는 그 자식들과 싸울 생각이라면 무엇보다도, 빌리거나 훔치거나 만들거나 간에, 그런 좋은 총에 필적할 만한 것을 손에 넣는 일이 제일이 아니겠는가?' 하고 묻고는, 그렇다고 스스로 대답했어. '하지만 이건 총의 문제가 아니다. 그들과 싸우기 위해서는 그 주인처럼 그들이 가지고 있는 것을 손에 넣지 않으면 안 되는 거다. 그렇지 않은가?' 그리고 그는 또 그렇다고 스스로 대답했어. 그날 밤 그는 집을 나왔어. 밤이 새기 전에 일어나서, 자러 가는 것과 마찬가지로 아무렇지도 않게 자리에서 일어나서, 발소리를 죽여 집에서 빠져나왔지. 그러고는 그 후 두 번 다시 가족들과 만나지 않았던 거야."

"그는 서인도 제도로 갔어." 퀜틴은 움직이지 않았다. 펼쳐 놓은 교과서 위에 놓인 편지를 보며 넋을 잃고 깊은 생각에 잠겨 얼굴을 들려고도 하지 않았고, 양손은 탁자 위 교과서와 편지의 좌우에 놓인 그대로였다. 편지의 절반은 공중으로 상승하는 비밀을 조금은 습득했다는 듯, 받치는 것이 없는데도 가로로 접은 데서부터 위로 비스듬하게 떠올라 있었다. "서트펜은 그렇게 말했어. 그와 할아버지는 개들이 추적하던 사람 냄새의 자취를 상실했던 통나무 위에 앉아 있었어. 왜냐하면 그(건축가)가 분명히 올라갔다고 생각되었으나 아직 거기서 내려와 도망칠 수는 없었을 것으로 생각되는 나무를 하나 발견했기 때문이지. 그가 그 나무에 올라가는 데 사용한 멜빵을 한쪽에 묶은 어린 나무 막대기가 발견되었던 거야. 처음에는 그 멜빵이 왜 거기에 매어 있는지 아무도 몰랐어. 사람이란 급

할 때는 자기가 가장 잘 아는 방법에 의지하게 마련이야. 살인
자는 살인을, 도둑은 도둑질을, 거짓말쟁이는 거짓말을 하거
든. 따라서 그 건축가는 건축술과 물리를 이용하여 도망치려
고 했던 것인데, 모두에게 그것이 알려지기까지는 세 시간이
나 걸렸어. 그(건축가)는 서트펜이 개를 데리고 오리라고는 예
상하지 못했지만, 야만스러운 검둥이들에 대해서는 잘 알고
있었어. 그래서 그는 그 나무를 택하여 힘, 거리, 궤도를 계산
하여, 그 어린 나무 가지 끝을 자기 뒤로 잡아당겨, 나는 다람
쥐도 건너가지 못했을 다음에 있는 가장 가까운 나무와의 간
격을 뛰어넘었고, 그렇게 해서 나무에서 나무로 반 마일 정도
를 옮겨 가서 다시 땅 위로 내려온 것이었어. 야만스러운 검둥
이 하나가 그가 내려온 곳을 발견한 것은 세 시간 뒤의 일이었
지.(개들은 그 나무 곁을 아직 떠나지 않고, 그가 거기에 있다고 짖
어 대었어.) 그래서 그와 할아버지는 통나무 위에 앉아서 이야
기를 하고 있었어. 검둥이 하나가 먹을 것과 위스키 남은 것을
가지러 캠프로 돌아갔지. 그리고 거기서 함께 식사를 하기 위
해 뿔 나팔로 다른 사람들을 불러 모았어. 그들을 기다리고 있
는 동안 그는 할아버지에게 그 사건에 대해 좀 더 많은 부분을
말해 주었지.

　그는 서인도 제도로 갔어. 서트펜은 그렇게 말했을 뿐이었
어. 그러나 그는 어떻게 서인도 제도의 위치를 알았는지, 그
곳으로 가는 배가 어느 항구에서 떠났는지, 또 배가 있는 곳
에 도착해서 어떻게 배를 탔는지, 또 바다를 어떻게 좋아했는
지, 선원 생활의 어려움에 대해서는 말하지 않았어. 1823년

에 선원이 되었을 때, 여태까지 바다라고는 본 적도 없는 열네 살, 혹은 열다섯 살의 소년에 지나지 않았던 그에게 선원 생활은 힘들었을 것이 틀림없는데, 그 고생에 대해서도 아무 말도 하지 않았어. 그는 다만 '그래서 나는 서인도 제도로 갔지요.' 하고 말했을 뿐이었어. 개들은 건축가가 틀림없이 아직 거기에 있다고 생각하고 나무를 향해서 짖어 댔지. 그와 할아버지는 통나무 위에 앉아 있었어. 그로부터 삼십 년 후의 어느 날 그가 할아버지의 사무실에 앉아 있을 때와 똑같은 어조로 이야기하고 있었던 거야.(그때 그는 삼 년간의 전쟁으로 약간 더러워지고 낡긴 했지만 호주머니에는 돈이 짤랑거리는 좋은 양복을 입고 있었고, 그 멋진 수염도 기르고 있었어. 수염도, 몸도, 지성도 각각 다른 면에서 한 남자를 정점에 도달하게 했던 거지. 그곳에서 그는 이렇게 말할 수 있겠지. 나는 시작한 일은 깨끗이 해치웠다. 그만두고 싶으면 이쯤에서 그만두면 돼. 아무도, 자신까지도 게으름 때문에 나를 비난하지 못해. ── 그리고 대체로 이러한 때, 이런 순간에 언제나 운명의 여신은 즐겨 타격을 가할지도 모르지만, 그 정점은 대단히 단단하고 안정되어 위험이 전혀 없다고 느껴져서, 한참 동안은 떨어지는 불운이 다가오기 시작한 것을 모르는 거야. ── 그는, 누구에게서 배워 흉내를 내고 있는지 아무도 알 수 없는 독특한 태도로, 머리를 약간 들어 올리고 이야기하고 있었어. 그 태도가 남의 흉내가 아니었다면, 그것은 아마 그가 담뱃불을 빌리거나 남에게 담배를 권할 때에 쓰는, 그 수다스럽고 거들먹거리는 말들을 배운 바로 그 책에서 익힌 것이겠지. ── 거기에는 아무런 허영도, 우스꽝스러움도 전혀 없었다고 할아버지는 말했지. 왜냐하면 그는 그 순진성을 잃지 않고 있

346

었기 때문이라는 거야. 그날 밤 드디어 그에게 어떻게 해야 좋을지를 가르쳐 준 것이 그 순진성이었으나, 그 후 그는 그 일을 잊어버렸고 또 자신에게 그런 것이 남아 있다는 것을 의식하고 있지도 않았기 때문이지.) 그때 그는 할아버지에게 말했어. 잘 들어. 변명을 하거나, 동정을 바라거나, 설명을 하거나, 결백을 내세우거나 한 것이 아니야. 11세기나 12세기의 왕들처럼, 그가 첫 번째 아내를 버렸다고 할아버지에게 말했을 뿐이었어. '그녀에게 아무런 잘못은 없었지만, 그녀가 내 계획에 필요하거나 도움이 될 수가 없었기 때문에, 먹고살 방도를 마련해 주고 헤어졌지요.'라고 말이야. ― 그는 같은 어조로, 통나무에 앉아 검둥이들이 다른 손님들과 함께 위스키를 가지고 돌아오기를 기다리고 있는 동안 할아버지에게 말했어. '그래서 나는 서인도 제도로 갔지요. 나는 일찍이 한겨울 동안 잠깐 학교에 다닌 일이 있었기 때문에, 그 지역에 대하여 조금은 알고 있었어요. 그리고 그곳이 내가 필요로 하는 조건에 합당하다는 것도 알았지요.' 그는 자신이 그 학교에 어떻게 다니게 되었는지는 기억하고 있지 않았어. 즉, 그의 아버지가 왜 갑자기 아들을 학교에 보내기로 결심을 했는지, 알코올과 검둥이 학대와 그가 마음에 두었던 일을 피하기 위한 계략의 안개 속에서 어떤 막연한 꿈이나 형상이 생겨날 수 있었는지 말이야. ― 그것은 야심이라든가 명예심에서도 아니고, 또 아들이 스스로 잘되기를 바라는 마음에서도 아니고, 그들과 같은 처지에 있는 많은 수의 가족들이 어쩌다가 찾아와서 그 아래 살다가는 누더기와 깨어진 질그릇 조각과 같은 흔적 하나 남기지 않고 사라져 간, 지붕에 비가 새는 그의 집에 대해 맹목적인 순간의 반항심을 느꼈기 때문도 아니고, 아마 가끔 본 일이 있는 한두 사람의 농장주에 대해 원한이 섞인 부러움을 느꼈기 때문일 거야. 아무튼, 그는 어느 해 겨울, 석 달쯤 학교에 다녔어. ── 열세 살인가 열네 살의 사춘기 소년이었던 그가, 그보다 세 살이나 네 살쯤 나이가 어리면서도 삼 년이나 사 년 정도 배운 것이 앞서 있는 아이들로 가득한 교실에 들어갔던 거야. 그는 선생(교실이 하나뿐인 대서양 연안 농원 지대의 시골 학교에서나 가르칠 만한 그런 선생)보다 몸집이 컸을 뿐만 아니라 훨씬 어른스러웠어. 그는 산골 출신답게 소박하고 조심성 있는 겸손한 태도와 더불어, 그 자신은 의식하지 못하고 있던 잠재적인 반항심을 적지 않게 가지고 이 시골 학교에 들어간 거야. 그는 처음엔 선생이 자기를 두려워하고 있다는 것도 몰랐어. 그 반항심은 고집도 자부심이라고 할 만한 것도 아니고, 산속의 고독함에서 생겨난 자기 신뢰에 지나지 않았어. 그의 핏줄 속에는 적어도 얼마쯤은(그의 어머니는 스코틀랜드 출신의 산골 여인으로, 영어로 말하는 것을 제대로 배우지 못했던 모양이야.) 산속에서 자랐던 사람의 피가 흐르고 있었지. 그러나 어쨌든 그 피 때문에, 그는 무미건조한 셈을 외우는 것 따위는 고분고분하게 잘하지 못했지만, 반대로 선생이 낭독할 때는 가만히 귀를 기울일 수 있었어. ── 아무튼 그는 학교에 다녔어. 그는 할아버지에게 말했지. '그 학교에서 나는 인간의 능력으로 할 수 있는 범위 내에서의 불명예나 칭찬, 혹은 보상을 받은 대부분의 행위는, 그것이 선한 것이든 악한 것이든, 이미 행해진 것을 제외하고는, 책을 통해서만 알 수 있다는 것을 배웠을 뿐이지요. 그래서 나는 선생이 책을 읽어 줄 때는 귀를 기울였어요. 지금 생각해 보면, 이러한 경우 대부분 선생은 학생들이 전부 일어나서 돌아가려고 하는 순간이 왔다는 것을 알았을 때만 크게 낭독하는 방법을 사용했던 것이었지요. 그러나 이유야 어떻든 선생은 우리에게 책을 읽어 주었고, 나는 귀를 기울였습니다. 비록 내가 그 낭독하는 것에 귀를 기울인 일이, 책에서 더하기 빼기를 배우는 것보다 나중에 내가 하게 되는 일을 할 능력을 갖추는 데 더 많은 도움이 되었다는 것을 그 당시엔 깨닫지 못했지만 말입니다. 그런 과정에서 나는 서인도 제도에 대해 알게 된 거죠. 그것이 어디에 있는지는 몰랐어요. 그 당시 그런 지식이 앞으로 언젠가 나에게 쓸모 있으리라는 것을 알았더라면 나는 그걸 배워 두었겠지만 말입니다. 내가 배운 것은 서인도 제도라고 부르는 곳이 있고, 가난한 사람이라도 영리하고 용기만 있으면 방법이야 어떻든 배를 타고 그곳으로 가서 부자가 될 수 있는 것이었지요. 나는 내가 용기가 있다고 생각했고, 영리하다는 것이 노력과 체험을 쌓는 과정에서 정력과 의지의 힘으로 습득할 수 있는 것이라면 나도 배울 수 있을 것이라고 믿고 있었습니다. 어느 날 오후 나는 학교가 끝난 후에 혼자 남아 숨어서 그 선생을 기다렸지요.(그 선생은 지붕 밑 골방이나 광에서 태어나 내내 거기서 살아온 것처럼 언제나 좀 무미건조해 보이는, 몸집이 작은 사람이었어요.) 그때 선생이 나를 보더니 놀라서 주춤하던 일이 생각나는군요. 그리고 만약 내가 선생을 갈긴다면, 밧줄에 매달린 깔개를 칠 때처럼 손이 허공을 가르는 소리가 나고 공중에 먼지가 일 뿐, 선생은 아무 소리도 내지 않고 쓰러져 버릴 거라고 생각했던 것을 지금도 똑똑히 기억하고 있습니다. 선생에게 서인도 제도에서 부자가 된 사람들의 이야기가 사실인지 물었습니다. '응, 그래.' 하며 그는 흠칫 뒷걸음질 치면서 대답하더군요. '책에서 그것을 읽는 것을 듣지 않았나?' ― '선생님이 읽어 준 것이 정말 책에 있는 건지 제가 어떻게 압니까?'라고 말했지요. 나는 그렇게 철딱서니 없는 촌놈이었어요. 나는 내 이름도 제대로 읽지 못했습니다. 나는 학교에 다니기 시작한 지 이미 석 달이 지나고 있었지만, 처음 교실에 들어갔을 때와 마찬가지로 아무것도 몰랐습니다. 하지만 나는 알아야만 했습니다. 아마 인간이란 한 가지 이상의 여러 가지 방법으로 미래를 위하여 자신을 만들어 가나 봅니다. 내일이나 내년의 몸을 위해서뿐만 아니라, 미약한 감성과 지성이 예견하지는 못하지만, 십 년이나 이십 년이나 삼십 년 후에 살기 위해서 아무래도 취하게 될 것이고 또 취해야만 할 행동이나 거기에 뒤따르는 되풀이할 수 없는 과정을 위해서도 자기 자신을 만들어 가는 거겠죠. 뒷걸음질 치는 선생의 한쪽 팔을 잡은 것은 내가 아니고 내 본능이었을 겁니다.(나는 사실 그 선생의 말을 의심하고 있지는 않았습니다. 그때 그 나이로도, 그것은 지어 낸 말이 아니라는 것과 그 선생은 거짓말을 하여 어떤 한 아이라도 바보로 만들 만한 자질은 갖추고 있지 않다는 것을 나도 잘 알고 있었다고 생각합니다. 하지만 나는 손쉬운 방법으로 그걸 확인하지 않으면 안 되었던 것입니다. 그리고 손 가까이 그 선생밖엔 확인할 사람이 없었던 거죠.) 선생은 나를 노려보면서 몸부림쳤습니다. 그래서 나는 선생의 팔을 잡고 ── 나는 대단히, 아주 대단히 냉정했습니다. 나는 어떻게든지 알아내야 했기 때문이죠. ── 말했습니다. '만약 제가 거기에 가서 그곳이 그렇지 않다면 어떻게 하겠습니까?' 그리고 선생이 '사람 살려, 사람 살려!' 하고 외치는 바람에, 나는 선생을 놓아주었습니다. 그러고 나서 한참 후, 내 계획을 수행하기 위해서는 무엇보다도 먼저 상당한 양의 많은 돈이 당장 필요하리라는 것을 알았을 때, 나는 선생이 읽어 준 이야기를 기억하고 서인도 제도로 갔던 것입니다.'

그 무렵 다른 손님들이 말을 타고 모여들기 시작했어. 한참 있으니까 검둥이들이 커피포트와 사슴 엉덩이 고기 그리고 위스키(할아버지 말에 의하면, 그들이 빠뜨렸던 샴페인 한 병까지)를 가지고 돌아왔어. 그래서 서트펜은 잠시 말을 중단했지. 검둥이들과 개들이 사방으로 추적을 하는 동안 그들은 식사를 마치고 그 부근에서 담배를 피우며 앉아 있었는데, 그때까지 그는 그것에 대해 아무 말도 하지 않았어.(그들은 그 나무에서 개들을 멀리 떼어 놓아야 했어. 특히 건축가의 바지 멜빵이 묶여 있는 어린 나무 막대기에서 떼어 놓지 않으면 안 되었어. 마치 그 막대기에는 건축가의 손이 마지막으로 닿았을 뿐만 아니라 그가 그들을 피해 갈 또 다른 기회를 발견했을 때의 기쁨도 묻어 있기 때문에, 개들이 그것을 냄새 맡고 흥분하고 있었어.) 검둥이들과 개들은 더욱더 멀리 갔어. 드디어 해가 지기 바로 직전에 검둥이 하나가 고함을 쳤지. 그래서 그는 그 검둥이의 목소리를 듣고(할아버지의 말에 의하면, 그는 얼마 동안 아무 말 없이 한쪽 팔을 베고 누위 있었다는 거야. 건축가가 죽지 않은 몸으로 돌아오게 하려면 자신이 직접 찾아 나서야 한다는 것을 깨닫고 진흙 속에서 나와 몸을 씻은 다음 셔츠와 하나밖에 없는 바지를 입고 멋진 장화를 신었지. 그리고 모두가 목화나 정치 이야기를 하고 있는 동안 자신은 묵묵히 입을 다물고 귀도 기울이지 않고, 다만 할아버지가 준 시가를 입에 물고 모닥불의 타다 남은 불씨를 가만히 바라보면서 아마 열네 살 때의 그 서인도 제도로 가는 항해를 다시 하고 있었어. 그는 그때 자신이 어디로 가고 있는지도 또 정말 거기에 당도할 수 있는지도 몰랐고, 학교 선생이 책에 쓰여 있는 것에 대한 진실을 말해 주었는지 아닌지를 몰랐던 것과 마찬가지로 그 배가 거기에 간다고 가르쳐 준 사람들이 거짓말을 했는지 어쨌는지도 알지 못했어. 그는 그 항해가 얼마나 어려운지 아닌지, 얼마나 많은 고난을 견디어야만 하는지 아닌지를 조금도 몰랐어. 그러나 그 당시 그가 필요한 모든 것은 용기와 영리함이었는데, 전자는 자신이 가지고 있다는 것을 알았고, 후자는 배우면 습득할 수 있는 것으로 믿고 있었어. 그래서 아마 그 항해의 어려움이 그의 괴로움에 위안을 주었고, 할아버지 말에 의하면, 당시의 그는 안이한 것은 어떤 것도 하지 않았기 때문에, 그 배가 서인도 제도에 간다고 한 남자들이 자기에게 거짓말을 하지 않았다고 믿었던 거야.) '드디어 찾은 모양이군.' 하고 말하며 일어났어. 그들은 모두 거기로 가서 건축가가 다시 땅으로 뛰어내린 장소를 확인했는데, 그것이 바로 거의 세 시간 동안에 얻어 낸 성과였지. 그래서 모두 서둘러야 했기 때문에 이야기를 하고 있을 틈이 그리 많지 않았어. 할아버지 말에 의하면, 적어도 그는 이야기를 다시 계속할 의향이 없었던 것 같았어. 마침내 해가 지고 다른 사람들은 읍내로 돌아가야 했지. 그래서 할아버지를 제외하고는 모두들 돌아갔어. 할아버지는 그 이야기를 좀 더 듣고 싶었기 때문이야. 그리고 돌아가는 사람들 중 한 사람에게 자기는 좀 늦을 거라고 집에 전하도록(당시 할아버지도 아직 결혼하지 않았어.) 부탁하고, 서트펜과 함께 날이 어두워질 때까지 계속 앞으로 나아갔지. 검둥이들 중 두 사람은 이미(그때 그들은 서트펜의 캠프에서 13마일 떨어진 곳에 있었는데) 모포와 식량을 가지러 돌아갔어. 마침내 날이 아주 어두워졌어. 그러나 검둥이들은 관솔에 불을 붙인 뒤 얼마 동안은 그들이 할 수 있는 한 앞으로 나아갔어. 왜냐하면 날이 어두워지면 건축가가 곧 제자리를 빙빙 돌 위험을 피하기 위해 은신처를 마련해야만 한다는 것을 그들은 알았기 때문이야. 할아버지의 기억에 의하면, 할아버지와 서트펜은 말을 타고(할아버지는 가끔 뒤를 돌아보고 말의 눈이 관솔 횃불에 빛나고 있는 것과 말이 목을 높이 쳐들어 올리는 것 그리고 그 그림자가 말의 어깨나 옆구리로 미끄러져 내리는 것을 보았어.) 그들의 머리 위로 연기를 내뿜으며 타오르는 관솔 횃불을 든 검둥이들(검둥이들은 여기저기 몇 명만이 바지를 입고 있을 뿐 대부분은 벌거숭이였어.)과 개들을 이끌고 나아갔어. 그 붉은 불빛에 그들의 둥근 머리와 팔이 비쳐드러나 보였는데, 모기를 피하기 위하여 발랐던 늪지대의 진흙이 말라붙어 유리나 도자기처럼 번득이며 빛을 내는 것을 볼 수 있었지. 그들의 그림자는 한순간 그들의 키보다 커졌다가 다음 순간 사라져 버렸고, 나무들과 덤불이나 잡목 숲까지도 거기서 보였다가는 곧 사라져 버렸어. 그러나 마치 그것들이 이쪽에서 호흡하는 눈에 보이지 않는 공기를 눌러 응축시키고 있는 것같이, 그것들이 아무리 보이지 않는다 해도 호흡을 통해 느낄 수 있었기 때문에, 그것들이 아직 거기에 존재하고 있다는 것을 알았어. 그리고 서트펜은 할아버지가 그것에 대한 이야기가 좀 더 있다는 것을 알아차리기도 전에 다시 말을 하기 시작했다는 거야. 그리고 할아버지는 인간의 운명에 대하여(아니, 인간에 대하여) 새 것일 때에는 누구에게나 맞는 옷이라도 누군가가 한참 동안 입고 나면 벌써 다른 사람에게는 맞지 않게 되고, 어디에서 그것을 보게 되더라도 그 소매나 목의 접힌 상태로도 곧 그것을 알 수 있게 되듯이, 사람의 운명에는 그것이 인간에게 맞도록 저절로 만들어져 가는 그 무엇이 있다고 말했어. 그리고 그의……."("그 악귀의……." 하고 슈리브가 말했다.) "……운명은 그에게, 플랫폼 드라마를 위한 그의 순박한 적성에, 그의 두려움을 모르는 용기에, 어린애 같은 영웅적인 단순성에 꼭 맞게 되어 있었어. 그 사 년 동안의 전쟁 중에 많은 사람들이 입고 있었고, 그가 삼십 년 후의 그날 오후 사무실에 왔을 때 입고 있었던 그 멋진 고급 모직 군복이, 그의 으스대는 과장된 몸짓에, 또 인간의 아이는 솔직하지도 순진하지도 않은 유일의 생물이라고 말한다면 별 문제이지만, 그가 가장 단순하고 무례하기 짝이 없는 것을 어린애 같은 솔직한 순진성을 가지고 아무렇지도 않게 조용히 말하는 그 뻔뻔스러움에 꼭 맞는 것처럼 말이야. 그는 다시 그것에 대해 좀 더 말하고 있었어. 그러나 어떻게 해서 그가 있었던 그 자리에 갔는지, 어떻게 해서 그가 연루된 일(분명히 그가 적어도 스무 살이 되었을 때의 일로, 그는 어둠 속의 창문 뒤에 쪼그리고 앉아, 누군가 그에게 탄환을 재어 넘겨주는 총을 쏘고 있었지.)이 일어났는지 이야기하지 않았어. 서인도 제도에 갔다는 말도, 거기에 갈 결심을 했기 때문에 갔던 것이라고 간단히 말했던 것처럼, 이번에도 자기 자신과 할아버지를 아무렇지도 않게 아이티의 포위된 방으로 간단히 무대를 옮겨서 이야기하고 있었어. 이 일화(逸話)는 그 전의 이야기를 의도적인 연속성을 갖고 말한 것이 아니라, 눈앞의 검둥이들과 관솔 횃불이 지나가는 장면을 보고 단순히 생각난 것에 지나지 않았을 거야. 그가 서인도 제도에 가서 부자가 되려고 결심한 날부터, 프랑스인 사탕수수 농장의 감독인가 십장인가가 되어, 그 농장주의 가족과 함께 그 집에서 바리케이드를 쳤던 밤까지는 육 년의 세월이 흘렀으나, 어떻게 해서 거기에 갔는지, 그 사이에 어떤 일이 있었는지에 대해 그는 아무 말도 하지 않았어.(그리고 할아버지의 말에 의하면, 그때 처음으로 말이 나왔지. — 잠깐 나타났다가 곧 다시 희미해졌으나 완전히 사라지지 않았던 하나의 그림자 — 그……."("그때는 소녀였겠지. 알고 있어. 이야기를 계속해." 하고 슈리브가 말했다.) "……삼십 년 후에 할아버지에게, 자기의 목적에 맞지 않아서 생계 수단을 마련해 주고 이혼했다고 한 그 여자 말이야.) 그들은 겁에 질린 두서너 명의 혼혈 하인들과 함께하고 있었지. 그는 창문으로부터 고개를 돌려 그들에게 그와 농장주가 창문에서 총을 쏠 때 총알을 재우고 있던 소녀를 도우라고 불평을 하고 욕을 했나 봐. 그때 할아버지가 아마 너처럼 '기다려 줘, 제발 기다려 줘.' 하고 말했기 때문에 그는 일단 이야기를 중단하고 앞으로 돌아가, 논리적인 연속성은 없을망정 조금이나마 인과 관계에 대한 걱정 때문에 다시금 처음부터 이야기하기 시작했던 거야. 아니면, 그날 밤의 프랑스인 건축가 수색 작전이 그것으로 일단 중지되어 검둥이들은 천막을 치거나 저녁밥을 짓거나 했고, 그들(그와 할아버지)이 위스키를 마시며 식사를 한 뒤 좀 더 마시기 위해 모닥불 옆에 앉아 있는 사이에 되풀이해서 그 이야기를 했지만, 그는 자기 자신에 대해서 이야기하는 투로 말하지 않았기 때문에 그 이야기가 ─ 그가 거기에 갔던 사정이나 거기서 그런 일을 하고 있었던 이유가 ─ 완전히 밝혀지지 않았는지도 모르지. 그는 하나의 이야기를 하고 있었어. 그는 자기가 한 일을 자랑하고 있는 것은 아니었어. 다만 그는 토머스 서트펜이라는 이름을 가진 사람이 체험한 이야기를 하고 있었지. 그 사나이에게 이름이 없어도 마찬가지였을 것이고, 밤에 위스키를 마시며 누군가에 대해 혹은 사람이 아닌 것에 대해 이야기를 하고 있는 것과 다를 바 없었어.

그래서 그는 이야기의 속도를 늦추었어. 그러나 그것이 이야기를 그렇게 분명하게 만들지는 못했어. 그는 아직 토머스 서트펜이라는 사람의 경력을 할아버지에게 상세하게 이야기하고 있지는 않았어. 할아버지의 말에 의하면, 그가 어딘가에서 그 육칠 년을 보냈음에 틀림없고 또 실제로 일어났던 일에 대해 언급한 것은 농장을 감독하기 위하여 배워 둘 필요가 있었던 사투리와, 약혼하기 위해서가 아니라 결혼한 뒤에 헤어지기 위해서 필요하게 될 것이 분명한 프랑스어에 대한 것뿐이었지. ── 그는 할아버지에게, 그때까지 자기는 용기와 영민함만 있으면 된다고 믿고 있었는데, 그가 잘못했다는 것을 발견하고, 모든 사람이 똑같은 언어로 말하는 것이 아니므로 그가 온몸을 바쳐 온 계획이 사산(死産)을 하지 않으려면, 용기와 영민함뿐만 아니라 새로운 언어를 알아 둘 필요가 있다는 사실을 깨달았으며, 서인도 제도의 민속 풍습에 대한 지식과 더불어 학교 공부를 더 해 두지 못한 것을 얼마나 유감스럽게 생각했는가를 말했어. 그래서 그는 선원이 될 공부를 한 것과 마찬가지로 말을 배웠던 것으로 생각돼. 할아버지가 그에게 여자와 함께 살면 쉽게 말을 배울 수 있었을 텐데 왜 그렇게 하지 않았느냐고 물었더니, 그는 전례 없이 조용하고 솔직하게, 그의 얼굴과 턱수염은 모닥불 빛에 환히 비치고 눈은 조용히 빛났는데, 다음과 같이 말했어. ── 그래서 할아버지는 그가 어떤 일을 그렇게 조용히 그리고 단순하게 말한 것은 그가 알기로는 처음이라고 했어. ‘나는 방금 내가 이야기한 그날 밤까지(그리고 처음으로 결혼할 때까지) 숫총각이었어요. 그렇게 말해도 아마 믿지 않겠지요. 설명하려고 하면 내 말을 전보다 더 믿지 않을 겁니다. 그러니까 여기서는 그것도 내가 마음속에 품고 있던 계획의 일부였다는 것만으로 끝내죠.’ 그래서 할아버지가 ‘내가 당신 말을 왜 못 믿겠소?’라고 말하니까, 그는 여전히 눈에 그 조용하고 밝은 표정을 짓고 할아버지를 바라보며 ‘그렇습니까? 그래도 설마 스무 살이나 된 내가 유혹당한 일도, 유혹한 일도 없었다고 말해도 나를 믿고 경멸하지도 않겠지요?’라고 말했어. 그러자 할아버지는 ‘당신 말하는 대로요. 그런 일은 도저히 믿을 수 없는 일이지만, 그래도 믿어요.' 하고 대답했지. 그러니까 그것은 여자의 이야기도 아니고 사랑 이야기도 아니었어. 그 여자, 그 소녀, 총에 탄환을 장진할 수는 있었으나 창문에서 밖으로 총을 쏠 수가 없었던 그 날 밤 그 여자에 관한 이야기였지.(하기야 그런 밤이 일곱 번 아니면 여덟 번 계속되었는지도 모르지. 그들은 어둠 속에서 서로 의지하면서 창문을 통해 광이고 창고이고 추수한 사탕수수를 넣어 둔 건물들은 무엇이든 모두 그리고 사탕수수 밭까지 연기를 내며 불타고 있는 것을 지켜보고 있었어. 마치 증오와 무자비, 그 증오와 무자비를 만들어 낸 비밀스러운 암흑의 천년 세월이 그 설탕 냄새를 더 강렬하게 만든 것처럼, 코를 찌르는 달콤하고 강렬한 설탕 냄새가 그 부근에 가득했지. 그 말을 듣고 할아버지는 서트펜이 언제나 커피에 설탕 넣는 것을 사양하던 것을 기억하고 그 이유를 알았다고 생각했으나 그래도 미심쩍어 물어보았더니 역시 그것이 사실이라고 했어. 그때까지 공포를 몰랐던 서트펜도 밭이나 헛간들이 깨끗이 불타 버린 후 공포란 걸 느꼈고, 그 불타는 설탕 냄새를 잊어버린 후에도 그는 설탕에 대해서는 참을 수가 없었던 모양이야.) 그 소녀의 이야기가 얼핏 그의 입에서 튀어나와 그림자처럼 거의 한마디 말로만 순간적으로 나타났기 때문에, 할아버지는 그가 총을 쏠 때 섬광 속에서 그녀를 순간적으로 얼핏 본 것 같다고 말했어. ——커튼처럼 드리워진 머리카락 너머로 순간적으로 보이는 고개 숙인 얼굴, 한쪽 뺨, 턱, 들어 올린 하얗고 가는 팔, 탄약을 장진하는 쇠꼬챙이를 쥐고 있는 화사한 손, 그것이 그가 말한 전부였어. 그는 어떻게 그 사탕수수 밭을 빠져 나왔고,

감독을 하다가 검둥이들이 큰 칼을 휘두르면서 그를 향해 덤벼들었을 때 어떻게 그 포위된 집 안으로 들어갔는가 하는 것이나, 버지니아의 허물어져 가는 오두막집을 나와 어떤 경로를 거쳐서 사탕수수 농장의 감독까지 되었는가 하는 것들에 대해서는 하나도 자세하게 이야기하지 않았어. 그래서 할아버지는 이것이 버지니아에서 사탕수수 농장에 이르게 된 이야기보다도 전자의 이야기가 훨씬 더 믿기 어려웠어. 왜냐하면 시간은 거리보다 길고 또 아무리 거리가 멀다 해도 시간이 걸리면 가 닿을 수 있기 때문에, 공간을 횡단하는 것은 시간적 여유만 있으면 가능하지만, 밭에서 그 바리케이드를 친 집 안으로 들어간다는 것은 그것을 이야기한 것만큼 짧은 시간에 일종의 격렬한 파괴와 함께 일어난 것같이 생각되었기 때문이지. 극도로 압축된 시간이 그것 자체의 격렬함을 말해 주었지. 그리고 그는 그때의 일을 즐거워하며 어렴풋이 일화를 이야기하는 변론가적인 태도로 생각나는 대로, 공포감(그가 두렵게 생각하지 않았을 때의 일을, 그가 두렵게 되기 이전의 일을, 역으로 표현 방법을 써서 공포감이라는 말로 표현한 것은 그때 단 한 번뿐이었어.)도 그리 영향을 주지 못하는 초연하고 비개인적인 흥미와 호기심에서 나온 인상 그대로 이야기했던 거야. 왜냐하면 그는 일이 전부 끝난 후에야 무섭다고 생각했기 때문이지. 그는 그렇게 말했어. 그것은 두 번 다시 볼 기회가 없을지 모르기 때문에 잘 지켜보아야 할 하나의 장관이었던 거야. 왜냐하면 그는 아직 순진했고, 그 뒤에도 공포라는 것이 어떤 것인지 몰랐을 뿐만 아니라, 처음에는 자기가 무서워하지 않았

다는 사실도 깨닫지 못했고, 용기가 있고 영리하기만 하면 손
쉽게 돈을 빨리 벌 수 있는 장소를 발견했다는 사실조차 알지
못했던 거야.(할아버지의 말에 의하면, 그가 말하는 영리함이란 사
실은 현명하다는 뜻이 아니라 비양심적인 것을 의미하는데, 그런 말
은 학교 선생이 읽어 주었던 책에는 없었을 것이므로 그도 알지 못
했을 것이라는 거지. 아니면 그는 용기라는 말을 그런 뜻으로 썼는
지도 모르지.) 그러나 용기가 있는 곳의 높은 도덕성이 돈을 수
반하고 그 달러의 번쩍이는 빛은 금에서 오는 것이 아니라 피
에서 오는 것이야. ── 그 지점은 막다른 골목에 몰린 부랑자
나 금치산자나 온갖 불운한 자들이 마지막으로 절망적인 분
노를 나타내며 몸부림치기 위한 그리고 폭력과 부정, 유혈과
탐욕 그리고 잔혹한 인간의 온갖 악귀적인 욕망을 채우기 위
한 극장으로, 하늘이 특별히 만들어 옆으로 옮겨 놓았을지도
모르는 장소였어. ── 그곳은 정글이라고 불리는 것과 문명이
라고 불리는 것의 중간 지점으로서 노여움을 숨긴 채 웃고 있
는 불가사의한 쪽빛 바다에 떠 있는 작은 섬이었어. 그곳은 검
은 피와 검은 뼈와 살과 생각과 기억과 희망과 욕망 등이 폭력
으로 강탈당해 버린 수수께끼 같은 검은 대륙과, 너무나 거칠
어서 더 이상 대면하고 지탱할 수 없게 된 자신들의 피와 생각
과 욕망을 얼마간 토해 내서 전자와는 숙명적인 연결을 가지
고 있었던 문명사회라는 차갑고 이미 알려진 땅 사이에서, 고
독한 대양 위를 목적지도 없이 절망적인 표류를 하고 있었지.
열대 지방의 기후를 견디기 위해서는 일만 년의 세월을 살았
던 열대 지방 조상들 특유의 체질적인 유산을 필요로 하는 위

도에 위치한 잊힌 작은 섬, 이백 년의 압박과 착취에서 흘린 검은 피가 비료가 되어, 믿기 어려운 모순이지만, 평화스러운 녹지가 생기고, 붉은 꽃이 피고, 어린 나무이지만 사람 키의 세 배나 되는, 물론 다소 부피는 작지만 거의 같은 양의 은(銀) 광석(鑛石)과 같은 가치가 있는 사탕수수가 자랄 수 있게까지 된 토지, 그것은 마치 인간이 하지 않아도 자연이 정확히 계산해서 찢긴 손발이나 짓밟힌 심장을 보상해 주고 있는 것 같았어. 헛되이 흘린 피로 물을 공급하고, 저주 받은 배를 놓치지 않고 돛대의 마지막 한 조각까지도 남김없이 푸른 바다에 가라앉혀서 여자나 어린아이 들의 절망적인 마지막 외침을 헛되이 날려 버린 바람과 더불어, 자연과 인간이 그 토지에 심어졌던 거야. 그래, 인간도 심어졌던 거야. 그들이 밟았던 땅 속으로 사라져 오랫동안 잠들지 못한 오래된 피가 그 속에서 아직도 복수를 외치고 있는, 아직 손상되지 않은 뼈나 두뇌 또한 그 토지에 심어졌던 거야. 그리고 그는 조용히 말을 타고 그 토지를 감독하면서 언어를 배웠지.(할아버지 말에 의하면, 언어란 인간의 비밀스럽고 고독한 생활 표면의 구석구석과 가장자리들이 암흑 속으로 침몰해 버리기 전에 가끔 순간적으로나마 서로 이어 주는 가늘고 약한 실이라는 거야. 암흑 속에는 영혼이 아무리 외쳐도 들리지 않지.) 그러나 그는 밤에 북소리나 읊조리는 노랫소리와 더불어 공기가 떨며 요동치는 소리를 들으면서도 그가 말을 타고 있는 곳이 화산이라는 것을 알지 못했고, 귀에 들려오는 것이 대지 자체의 심장의 고동이라는 것도 알지 못했어. 그는 (할아버지 말에 의하면) 대지는 친절하고 아름다운 것이고,

어둠은 단순히 눈에 보이는 어떤 것, 또는 그 속에서는 사물을 눈으로 볼 수 없는 것이라 믿고 있었어. 그는 자기에게 주어진 감독일을 하면서도 그 일을 한다는 것, 말하자면 그날이 올 때까지 자신이 무장한 요새(要塞)에서 매일 원정을 하고 있다는 것도 몰랐던 거야. 그리고 그가 어떻게 해서 그날과 같은 일이 일어났는지, 어떤 단계를 밟아 그날의 사건이 일어났는지 말하지 않았던 것은, 할아버지가 말했던 것처럼 그가 그 순진성으로 인해 매일 보아 왔음에 틀림없는 것을 알지 못했거나 이해하지 못했기 때문이야. ── 어느 날 아침 농장주 노인의 베개 위에, 썩은 고기가 아직 조금 붙어 있는 돼지 뼈와 닭털 그리고 돌멩이 두세 개를 매단 얼룩지고 더러운 누더기가 놓여 있었는데, 어떻게 그런 것이 거기 놓여 있는지는 아무도(그 베개를 베고 자고 있던 농장주까지도 전혀) 알지 못했어. 왜냐하면 그와 동시에 혼혈 하인들이 모두 없어져 버렸기 때문이야. 그는 누더기에 묻은 얼룩이 흙도 기름도 아닌 피라는 것을 농장주로부터 들을 때까지는 몰랐고, 농장주의 프랑스식 분노라고 생각했던 것이 실은 두려움이요 공포라는 것도 몰랐으며, 그는 농장주와 딸을 외국인으로서 보아 왔기 때문에 다만 호기심과 흥미를 가지고 있었던 거지.(그가 할아버지에게 이야기한 바에 의하면, 처음으로 포위되었던 첫날 밤까지는 그는 그 처녀의 세례명을 몰랐다는 것, 심지어는 그것을 들은 일이 있다든지 없다든지 하는 것조차도 생각한 일이 없었던 것 같았어. 그는 또 그 노인의 아내가 에스파냐인이었다는 것도 이야기했지만, 그 이야기하는 투는 마치 새로운 트럼프에서 조커를 뽑아 내놓고는 곧 그것을 깨끗이 잊어버렸다는 그런 투였고, 공격을 받은 최초의 밤까지 그는 그 처녀를 자주 본 일이 없는 것 같다는 것을, 서트펜 자신은 몰랐으나 할아버지는 짐작할 수 있었다는 거야.) 마침내 혼혈 하인의 시체 하나가 발견되었어.(서트펜은 그 시체의 수색에 이틀간을 낭비했던 것인데, 처음엔 자기가 직면해 있는 것은 비밀스러운 검은 얼굴들의 무표정한 벽이었는데, 그 벽 뒤에서 어떤 일이 일어나도록 준비를 거의 하고 있다는 것을 몰랐으나 얼마 후에 그것을 알게 되었어. 사흘째 되던 날, 만약 처음부터 거기에 있었다면 아마 첫날에 바로 발견했을 것으로 생각되는 장소에서 그 시체를 발견했어.) 그는 내내 가만히 통나무에 앉아 몸짓과 함께 그 이야기를 했다는 거야. 할아버지는 그가 저택을 짓고 있을 때, 모닥불 옆에서 야만스러운 검둥이 하나와 벌거벗은 가슴을 맞대고 싸우는 것을 본 일이 있었으며, 그의 가슴속에 품은 계획을 추진하는 데 필요한 그 아내를 드디어 손에 넣고서도 마구간의 등불이 비치는 곳에서 검둥이들과 또 격투하는 것을 보았으며, 격투 끝에 그 검둥이가 나자빠져 가슴을 헐떡이고 있어 다른 검둥이가 그에게 물을 퍼붓고 있었기 때문에 그가 피를 씻고 셔츠를 입는 동안 격투에 대해 아무런 말도 하지 않고, 악수도 하지 않고, 만족해하지도 않는 것을 보았던 거지. 그는 통나무에 앉아 할아버지에게 그 혼혈 하인, 아니 그 혼혈 하인의 시체를 겨우 발견하고 나서야 사태가 심각하게 될지도 모른다는 사실을 깨닫기 시작했다고 말했어. 그래서 집과 바리케이드 그리고 그들 다섯 사람 — 농장주와 딸과 두 하녀와 그 자신 — 이 그 속에 갇혔던 일, 불타는 사탕수수의 연기와 냄새로 가득 찬 공기, 하늘이 그 연기로 가려지면서 치솟았던 불길, 북소리와 노랫소리에 진동하여 떨고 있던 공기 — 밤과 낮이 교대로 찾아오는 엎어 놓은 진공 상태의 그릇 속처럼 단절된 그 작은 섬에 아무도 도우러 오지 않았고, 외부 세계에서 바람도 불어오지 않았으며, 다만 여전히 지겨운 그 무역풍이 섬 위를 오가며, 아직도 그 섬과 외부 세계를 차단하고 있는 쓸쓸한 바닷가에 집도 없고 묘지도 없이 방황하고 있는, 살해된 여자들과 어린아이들의 지쳐 버린 소리를 무겁게 지니고 있을 뿐이었다는 것 — 그리고 두 하녀와, 아직 그가 세례명도 모르는 농장주의 딸이 총에 탄환을 장전하고 그와 그녀의 아버지가 적을 겨누어서가 아니라 아이티 섬의 밤을 향해 발포하여, 내려 덮이듯이 억눌리고 피에 지쳐 떨고 있는 암흑 속으로 하잘것없이 작은 섬광을 번쩍였다는 것, 마침 그때가 태풍 계절과 비가 조금이라도 내릴 것 같은 계절 사이에 있는 건조기였다는 것을 그는 할아버지에게 이야기했어. 그리고 팔 일째 되는 날 밤에 물이 아주 떨어져서 무엇인가 어떻게 하지 않으면 안 되었기 때문에, 총을 놓고 밖에 나가서 그들을 진정시켰다고 말했어. 정말 밖에 나가서 그들을 진정시켰다는 거야. 정말 그는 그 일을 그렇게 했다고 말했어. 그가 돌아왔을 때 그와 그 처녀는 약혼을 했다는 거야. 그래서 할아버지가 '잠깐, 잠깐만요. 당신은 그녀를 알지 못했잖소? 포위되었을 때까지 그녀의 이름도 몰랐다고 했잖소?' 하고 말하니까, 그는 할아버지의 얼굴을 바라보면서 '그래요. 하지만 상처가 회복될 때까지는 다소 시간이 걸렸으니까요.' 했다는 거야. 그러나 그는 어떻게 그렇게 했는지에 대해서는 말하지 않았어. 그는 그의 이야기 가운데 중요하지 않은 부분에 대해서는 말하지 않았어. 그는 다만, 총을 놓고 누군가에게 문을 열게 하여 나간 다음에 뒤에서 닫게 하고는, 어둠 속으로 걸어가 그들을 진정시켰던 거야. 아마 큰 소리로 외침으로써, 아마 살아 있는 인간으로서는 도저히 견디기 어렵거나 견딜 일이 아니라고 생각될 정도의 것을 견디어 냄으로써 그들을 진정시켰을 거야.(그래, 살아 있는 인간이 견디어 낼 일이 아닌 것까지 견뎌 내는 것은 무서운 일이지.) 마침내 그들은 이 백인이 무서워 도망친 모양이야. 자기들과 같은 모양의 팔다리를 하고 자기들과 마찬가지로 피를 흘릴 수 있는, 자기들과 마찬가지로 원시의 불에서 나왔는데도 자기들이 도저히 가질 수 없을 불굴의 혼을 가진 백인에게서 도망친 거지.(그는 할아버지에게 그때에 입은 흉터 자국을 보여 주었어. 그 중 하나는 까딱 잘못했으면 그를 평생 동정(童貞)으로 끝나게 할 뻔한 것이었어.) 그렇게 해서 팔 일 만에 처음으로 북소리가 울리지 않은 밤이 밝았던 거야. 그리고 그들(아마도 농장주와 그 딸)이, 아무 일도 없었던 것처럼 밝은 햇빛이 비치고 있는 불탄 땅의 황량한 고독과 평화로운 적막 속으로 걸어가서 그를 발견하여 집으로 데리고 왔어. 그리고 그가 회복하였을 때, 그와 농장주의 딸은 약혼을 했어. 그러고 나서 그는 그만두었어."

"그래, 계속 얘기해 봐." 슈리브가 말했다.

"그는 그만두었다니까." 퀜틴이 말했다.

"그 말은 들었는데, 무엇을 그만두었다는 거야? 약혼하고 그만두고, 그러면서 나중에 헤어질 아내가 있었다는 거야? 너는 그가 어떻게 아이티에 갔는지조차도 기억하지 못하고, 검둥이에게 포위된 집에 어떻게 들어간 것도 기억하지 못한다고 말했어. 그리고 이번에는 결혼한 것도 기억하고 있지 않았다고 말할 참인가? 그는 약혼하고 그만두기로 결정했는데, 어느 날 문득 정신을 차리고 보니 그만둔 것이 아니라 반대로 결혼이 성립되어 있음을 알았다고 말하는 건가? 그런데 자네는 그가 그저 동정이었다고 부르는 건가?"

"그가 하던 이야기를 그만두었단 말이야." 퀜틴이 대답했다. 그는 꼼짝하지 않고 탁자 위에 올려놓은 두 손 사이에 펼쳐놓은 책에 있는 편지에게 말하고 있는 듯했다. 그와 마주 앉은 슈리브가 다시 파이프에 담배를 채워 피우고 있었다. 그리고 파이프가 다시 뒤집어져 하얀 재가 담배통에서 쏟아져, 탁자 위에 맨살을 드러낸 채 엇갈려 접고 있는 팔 앞에 흩어졌다. 동시에 그는 그 팔로 가만히 자기 몸을 떠받쳐 안고 있는 것 같았다. 아직 11시밖에 되지 않았지만, 방이 식기 시작해서 한밤중에 라디에이터에 파이프가 얼지 않을 만큼의 열만 남게 되었기 때문이다. 그는 침실로 가서 잠옷을 입고 그 위에 외투를 걸친 다음, 퀜틴의 외투를 팔에 안고 와야만 했다.(오늘 밤엔 그도 창문을 열고 심호흡을 하려 하지 않을 것이다.) 퀜틴이 말했다. "그는 다만 약혼했다는 말까지만 했어. 할아버지의 말에 의하면, 그리고 그는 이야기를 중단했어. 그는 그것이 있을 수 있는 전부인 것같이, 밤에 위스키를 마시면서 어느 한 사람이 다른 사람에게 들려주던 즐거운 이야기는 그것으로 끝났다는 듯이 딱 잘라서 이야기를 그만두었어. 아마 그랬을 것 같아." 그(퀜틴)는 얼굴을 숙였다. 그가 그렇게 호기심을 갖고 있으면서도 거의 무뚝뚝하고 단조로운 말투로 아직도 이야기를 계속했기 때문에 슈리브는 처음부터 초연한 상태에서 넋을 놓고 깊은 생각에 빠져 열심히 그를 바라보았고, 또 그(슈리브)의 안경이 증대시켰거나 만들어 낸 천사처럼 순진하고 박식해 보이는 놀란 듯한 표정으로 아직도 그를 지켜보고 있었다. "서트펜은 일어나서 위스키 병을 보고 말했어. '오늘 밤은 그만합시다. 우리는 자야만 합니다. 내일 아침은 일찍 출발합니다. 아마 내일 아침 그가 행동을 개시하기 전에 붙잡을 수 있을 겁니다.'

그러나 그들은 그렇게 하지 못했어. 늦은 오후가 되어서야 그들은 그를 ― 건축가 말인데 ― 붙잡을 수 있었는데, 그것도 그가 스스로 강을 건너려고 하다가 다리를 다쳤기 때문이었어. 이번에는 그도 계산에서 실수를 한 거야. 그래서 개와 검둥이들이 그를 궁지에 몰아넣었고, 그들이 그를 잡아 끌어낼 때(그 전날 함께 추적을 시작했던 손님들 가운데 세 사람을 제외하고는 모두 거기에 몰려왔고, 돌아온 사람들이 다른 사람들을 데리고 왔기 때문에, 처음 그 사냥을 시작했을 때보다 인원수가 많이 불어났다고 할아버지는 말했어.) 검둥이들이 야단법석을 떨었던 거야.(아마도 검둥이들은 그 건축가가 도망침으로써 스스로 그들에게 금지되어 온 육체로서의 자기의 신분을 포기하고 그들의 먹이가 되었다고 믿었고, 그를 추적하여 드디어 붙잡았을 때에는 자기들이 승리를 거둔 것이니까 그를 요리해 먹든 채찍질을 하든 그들 마음대로라고 생각했어. 승리자들과 피정복자들은 모두 스포츠와 스포츠

맨십의 정신에서 그 일을 당연한 것으로 받아들이고, 그 어느 쪽에도 원한이나 냉혹한 기분을 갖지 않는다고 생각하고 있었어.) 그들은 강둑 아래 굴에서 그를 끌어냈어. 몸집이 작은 그가 입고 있는 프록코트의 한쪽 소매는 없어졌고, 꽃을 수놓은 조끼는 강물에 빠졌던 곳의 물과 흙으로 못쓰게 됐고, 한쪽 바지의 다리는 찢어져서 와이셔츠 자락을 찢어 동여맨 곳으로 발갛게 피가 묻어 나오고 다리는 부어올라 있었어. 그리고 그의 모자는 간 곳이 없었지. 아무리 찾아도 없었기 때문에 그 후 저택이 준공되어 그가 돌아가던 날 할아버지가 그에게 새 것을 주었어. 그것은 할아버지의 사무실에서의 일이었는데, 그때 그 건축가는 새 모자를 손에 들고 그것을 보며 눈물을 흘렸어. ─ 몸집이 작은 그는 이틀간이나 수염을 깎지 못하고 심한 고초를 당해 초췌해진 얼굴을 하고, 개들이 짖어 대고 검둥이들이 터무니없는 즐거운 기대 속에 고함을 지르고 떠들어 대는 가운데 야생 고양이처럼 저항하면서 아픈 다리를 붙잡고 밖으로 나왔어. 검둥이들은 추적 경기가 이십사 시간 이상 계속되었기 때문에, 모든 규칙은 자동적으로 폐지되어 그를 요리하기 위해 기다릴 필요가 없다는 인상을 보였어. 마침내 서트펜이 짧은 막대기를 들고 검둥이들을 때리고 개들을 쫓았으나, 검둥이들이 그를 체포하기 위해 한창 치열한 몸싸움을 벌일 때, 다친 다리를 함부로 다루어 약간 통증을 느끼고 헐떡거리면서도 그는 조금도 두려워하지 않고 그 자리에 의연히 서서 프랑스 사람들도 좀처럼 알아듣기 힘들 정도의 빠른 프랑스어로 그들에게 한참 연설을 했다고 할아버지는 말했어. 그러나 그 소리는 듣기에 아주 훌륭했어. 할아버지조차도 ── 그들 모두가 ── 건축가는 변명하고 있는 것이 아니란 것을 알 수 있었다고 말했어. 정말로 훌륭했어. 할아버지가 말하기를, 서트펜이 건축가 쪽으로 걸어갔는데, 할아버지가 벌써 건축가에게 가까이 다가가서 마개를 뽑은 위스키 병을 내밀었던 거야. 할아버지는 그의 수척한 얼굴의 눈을 보았어. 그런데 그 눈빛은 절박하고 절망적이었지만, 동시에 굴복하지도 않고 정복할 수도 없으며, 패배하지도 않았다는 것을 나타내고 있다는 것을 한눈에 읽을 수 있었다고 할아버지는 말했어. 그는 조금도 좌절한 기색은 없었다는 거야. 오십 시간 내내 어둠과 소택지를, 거의 한잠도 못 자고, 먹지도 못하고, 지칠 대로 지친 발을 끌고 갈 곳도 없이, 어디에 도착할 희망도 없이 헤매고 다녔어. 그는 견디어 내겠다는 의지만을 가지고 패배를 예견하면서도 좌절한 기색은 털끝만큼도 없었어. 그는 작고 더러운 검둥이와 같은 손으로 그 병을 받았어. 다른 한쪽 손을 들어서 머리를 잠깐 만지더니 곧 모자가 없어졌음을 기억했어. 인류가 고통을 받아 온 온갖 불행과 패배를 손끝으로 집어서 먼지처럼 머리 뒤로 던져 버리는 것과도 같은, 단순히 말로 표현할 수 없을 것 같은 몸짓으로 그는 손을 쳐들고, 그러고 나서 병을 들었어. 먼저 할아버지에게, 그다음에 말을 타고 둥글게 진을 치고 그를 바라보고 있는 다른 사람들에게 절을 하고 나서 위스키를 마셨지. 그가 물 타지 않은 위스키를 마시는 것은 난생 처음의 일로 아마 바라문 승려가 개고기를 먹게 되는 상황이 결코 일어나지 않을 것이라고 생각하는 것과 마찬가지로,

생각해 본 일도 없었을 거야."

퀜틴이 멈추었다. 그러자 즉시 슈리브가 말했다. "좋아, 그가 이야기하는 것을 그만두었다고 말하지 말고 계속해." 그러나 퀜틴은 바로 이야기를 계속하지는 않았다. ── 그 단조롭고 이상하게 생기가 없는 죽은 목소리, 고개 숙인 얼굴, 긴장이 풀린 몸은 호흡을 하는 것 이외에는 움직이지 않았다. 두 사람 모두 호흡하는 것 이외에는 몸을 꼼짝하지 않았다. 둘 다 젊고, 같은 해에 태어났다. 슈리브는 앨버타 주*에서, 퀜틴은 미시시피 주에서. 그들은 대륙의 절반쯤 떨어진 곳에서 태어났는데, 두 사람의 운명이 일종의 지리적 변질에 영향을 받았기 때문인지 대륙적인 골, 즉 그 미시시피 강에 의하여 합쳐져 연결되어 있었다. 지질학적인 탯줄인 그 강은 자연 법칙으로 이루어진 육지를 관통하면서 그 유역(流域)의 인간의 정신생활을 꿰뚫어 흐르고 있을 뿐만 아니라, 그 유역의 환경 자체를 결정하는 힘을 가지고 있어서 위도와 기온을 비웃고 있는 것이다. 비록 그 영향을 받고 있는 사람들 중에는 슈리브처럼 그 강을 직접 보지 못한 사람도 있기는 했지만 말이다. 사 개월 전에는 서로 얼굴을 본 일도 없던 그 두 사람이 이제는 내내 같은 방에서 자고, 나란히 앉아서 같은 음식을 먹고, 등불을 켠 탁자 위에서 서로 얼굴을 맞대고 같은 책을 사용하여 같은 신입생 과정을 암송하고 있었다. 이 아늑한 수도원의 구석

---

* 캐나다 서부에 있는 주.

방, 우리가 최고의 사상이라고 부르는 것을 간직한 이 꿈 많은 추운 벽감(壁龕)의 탁자 위에는 갈겨쓴 편지가 담겨 있는 깨지기 쉬운 판도라의 상자와 같은 것이 놓여 있었는데, 이것은 격렬하고 정체를 알 수 없는 귀신들로 가득 채워져 있었다.

"괴롭히지 말고, 계속해 봐." 슈리브가 말했다.

퀜틴은 말을 이었다. "서트펜이 할아버지에게 그것에 관한 더 많은 부분을 이야기한 것은 그로부터 삼십 년이 지나서였어. 아마 그는 너무 바빴던 모양이야. 그동안 가슴에 품은 계획을 추진하는 데 전념했다더군. 그리고 그동안 그의 유일한 기분 전환 방법은 마구간에서 야만스러운 검둥이들과 격투하는 것이었어. 그것을 구경하려고 읍내의 사내들이 말을 타고 왔는데, 모두 저택에서 보이지 않게 뒤꼍에 말을 매어 두고 가만히 뒤쪽에서 마구간으로 들어왔어. 왜냐하면 그는 이미 결혼한 몸이었기 때문이지. 저택은 완성되었고 그 저택 때문에 한 번 잡혀가기도 했으나 다시 풀려나 안정된 그 저택에 아내와 두 아이 — 아니, 세 아이 — 와 함께 생활하면서 토지를 개간하고 할아버지가 빌려 준 씨를 심어서 생활이 점점 풍족해졌고, 안정되어 갔던 거야."

"그래, 콜드필드 씨, 그분은 뭘 한 거지?" 슈리브가 물었다.

퀜틴은 대답했다. "나는 몰라. 아무도 확실히 알고 있지 않아. 그것은 뭔가 선하(船荷) 증서와 관련된 일이었어. 그는 어떤 방법으로 했는지 콜드필드 씨를 설득해서 그의 신용을 이용했어. 흔히 있는 일이지. 일이 잘되면 위세당당하고, 잘되지 못하면 이름을 바꾸고 텍사스로 도주할 수밖에 없는 것 말이야. 아버지에게서 들은 이야기지만, 콜드필드 씨는 작은 상점 안에 틀어박혀 편히 쉬고 있으면서, 마차 한 대분에 불과하던 물건을 십 년마다 배로 불렸고, 그렇지 않았다고 하더라도 적어도 손해만은 보지 않을 정도로 장사를 하고 있었는데, 똑같은 일을 할 기회가 언제나 있었지만 양심(용기는 아냐. 그에게는 용기가 충분히 있었다고 아버지가 말했어.)이 허락하지 않아서 그렇게 하지 않았어. 그때에 서트펜이 나타나서, 잘되면 그 부당 이득을 그와 콜드필드 씨와 반반씩 나누고, 잘되지 않으면 그(서트펜)가 혼자서 책임을 지겠다는 제의를 해 왔어. 콜드필드 씨는 그렇게 하기로 했지. 아버지 말이, 콜드필드 씨는 그 일이 잘되어서 성공하리라고는 믿지 않았지만, 다만 마음속에서 그 일에 대한 생각을 끊을 수 없었기 때문에 그렇게 한 것이었어. 그 일이 실패하면 그(콜드필드 씨)는 그것을 마음속으로부터 지워 버릴 것이고, 또 실패하여 그들이 붙잡힌다면 콜드필드 씨는 여러 해 동안 마음속에 지어 온 죄를 참회하고 속죄하기 위해 자기에게도 죄가 있다고 주장하려고 했어. 콜드필드 씨는 잘되리라고는 생각하지 않았기 때문에, 실제로 잘되었음을 알았을 때, 그가 할 수 있는 일은 기껏해야 이익 중의 자기 몫을 거절하는 것이었어. 성공했음을 알았을 때 그가 증오한 것은 서트펜이 아니라 자기 양심이었어. 일을 저질러 놓고 거절할 줄밖에 모르는 그 양심을, 그만큼 부정한 돈을 벌 기회를 부여한 땅과 국토를 증오했어. 그래서 그는 그 국토를 너무나 증오했기 때문에, 피할 수 없는 그 숙명적인 전쟁에 점차로 휘말려드는 것을 보고 기뻐하기까지 했어. 아버지 말에 의하면, 그는 북군에 가담했을 테지만 군인이 아니어서 그럴 수는 없었고, 대신 그는 살해되거나 고난에 못 이겨 죽기를 원했어. 그래서 그는 남부가 엄격한 도덕이라는 견고한 바위 위에서가 아니라, 적당주의와 도덕적 약탈 행위라는 허물어지기 쉬운 모래 위에 경제적인 조직의 기초를 세운 데 대해 그 대가를 치르지 않으면 안 되는 것을 알게 될 때까지 살아 있을 수는 없다고 생각했어. 그래서 그 전쟁에 살아남아 후회를 하는 사람들에 대해 자신의 반대 의사를 보여 주기 위해 그가 생각할 수 있는 유일한 방법을 선택했어…….”

“그래, 알았어, 좋아. 그런데 서트펜은 어떻게 되었어? 그의 계획은? 그 이야기 좀 해 줘.” 슈리브가 말했다.

퀜틴은 말을 이었다. “그래, 그의 계획 말이야. ……그는 점점 부자가 되었지. 이제 그의 앞은 밝고 깨끗해 보였음에 틀림없어. 저택은 준공되었고, 지난날 현관의 정문으로 갔다가 양복을 입은 원숭이 같은 검둥이에게 뒤로 돌아가라고 명령받은 그 집보다 더 크고 더 하얗게 보였어. 그리고 그는 구두를 벗고 해먹에서 자고 있던 그 사나이도 소유하지 못했던 그 자신의 낙인이 찍힌 검둥이들을 소유하고 있었고, 이제 신발도 신지 않고 자기 아버지의 바지를 잘라 만든 옷을 입은 어린 소년이 저택에 와서 문을 두드리면, 거기에 응할 검둥이 한 사람을 골라서 훈련시키는 신분이 되어 있었지. 다만 아버지는 이제 그런 것은 문제가 아니라고 말했어. 그로부터 삼십 년 후의 그날 할아버지의 사무소를 방문했을 때에도 건축가를 추적하던 그날 밤 강가의 저지대에서와 마찬가지로 그는 전혀 변명은 하지 않았고, 다만 설명하려고 했어. 이제 자신이 늙었음을 충분히 알고 그것을 받아들이지 않기 위해 말을 해야만 한다는 것을 잘 알고 있었기 때문에 열심히 설명하려고 했어. 의지나 용기에 자신이 있듯이 체력에 자신이 있다고 해도, 일을 할 기회나 가능성은 앞으로 얼마 남아 있지 않다는 것을 알고 있었던 거야. 그는 할아버지에게 이젠 그 아이를 하얗게 칠한 현관문 앞에 서서 노크할 필요가 없는 곳으로 데려가고 싶은 심정이라고 말했어. 왜냐하면 그 소년이 나타내는 상징은 놀라고 당황해서 어쩔 줄 모르는 절망적인 어린아이에 대한 이야기가 되기 때문이었어. 그것은 단순히 피난처를 제공해 주기 위한 것이 아니고, 그 아이가, 그 이름 없는 낯선 아이가 누구였든 간에, 그 자신이 지금까지 알았던 모든 사람들을 뒤에 두고, 그 자신의 문을 영원히 닫아 버리고, 그(그 아이)의 이름마저도 들을 수 없을지도 모르는 그의 자손들의 탄생을 예증하는 미명의 빛을 바라볼 수 있게 해 주고 싶다는 기분이었어. 그의 자손들은 태어날 때 이미 지나간 옛날의 동물적인 생활에서 영원히 해방되었다는 것을 알 필요는 조금도 없었어. 마치 서트펜 그 자신의 아이들이……."

"마치 네 아버지가 이야기하는 것처럼 들리는군. 어쨌든 좋아. 그런데 서트펜의 아이들은 어떻게 된 거야?" 슈리브가 말했다.

퀜틴은 말했다. "그래, 그 두 아이……." 그는 생각에 잠겼다. 그렇다. 아마 우리는 둘 다 아버지일지도 모른다. 아마 예전에는 어떤 일이고 한 번 일어나면 그것으로 끝나는 일은 없었다. 아마 과거에 일어났던 일이 한 번으로 끝나는 것이 아니고, 조약돌이 물웅덩이에 가라앉은 뒤 물 위에 파문이 일어나 퍼져 나가면서 가는 탯줄 같은 흐름으로 다음 연못에 계속적으로 연결되는 것처럼, 일은 다음으로 퍼져 가는 것이다. 제2의 물웅덩이의 수온이 달라서 본 것도 느낀 것도 기억하고 있는 것도 모두 다르다고 해도, 무한한 불변의 하늘이 다른 모양으로 보인다 해도, 그런 것은 아무런 문제도 되지 않는다. 어디까지나 제2의 물웅덩이는 제1의 물웅덩이가 길러 낸 것이다. 제2의 물웅덩이가 전혀 알지 못했던 조약돌이 떨어짐으로 해서 생겨난 울림은 원래의 지울 수 없는 리듬에 맞추어 원래의 파장대로 제2의 물웅덩이의 수면에도 퍼져 간다. 그렇다. 확실히 우리는 두 사람 다 아버지인 것이다. 아니면, 아버지와 내가 다 같이 슈리브인지도 모르겠고, 아버지와 내가 슈리브가 되어 있는지도 모른다. 아니면, 슈리브와 내가 아버지가 되어 있는지도 모르지. 아니면 토머스 서트펜이 우리 전부가 되어 있는지도 모른다.

"그래, 아이들이 둘 — 아들과 딸이 하나씩 있었는데, 그 두 아이의 성별과 연령이 그의 계획에 썩 잘 맞아떨어져서 그것 역시 계획했던 일이었을지도 모를 정도였어. 정신적이고 육체적인 성격 역시 그의 계획에 너무 잘 맞아서 마치 천사의 무리 중에서 그 두 아이를 골라 낸 것 같았지. 그가 첫 아내와 아이들이 자신의 계획을 진척시키는 데 도움이 되지 않는다는 것을 발견하고 그들에게서 돌아섰을 때, 어떤 것인지는 몰라도 틀림없이 존재하는 어떤 교환 권리에 의해 이십 명의 검둥이들을 골라 낸 것처럼 말이야. 그리고 할아버지의 말에 의하면, 서트펜은 그 점에 대해서는 양심의 가책을 조금도 느끼지 않았어. 삼십 년 후의 그날 오후 서트펜은 할아버지의 사무실에 앉아서 처음에는 양심의 가책으로 얼마간 괴로워했으나 조용히 이치를 따져 가면서 양심을 설득하여 그것을 완전히 가라앉혔어. 자신과 콜드필드 씨 사이에 있었던 선하 증서의 일에서도 이와 같이 자신의 양심을 설득한 것이 틀림없어.(물론 이번에는 시간이 급해서 여기서처럼 그렇게 오랫동안 끌지는 않았지만.) 또 어떤 시각에서 보면 그는 자기의 행위에 부정한 것도 있었다고 인정했으나, 될 수 있는 대로 공명(公明)하게 처리함으로써 그것을 미연에 방지했다고 말했어. 첫 아내를 버렸을 때도 다만 간단하게 모자를 쓰고 훌쩍 집을 뛰쳐나갈 수도 있었으나, 그렇게 하지는 않았다고 말했지. 거기에 살았던 모든 백인들의 생명과 함께 그가 혼자 힘으로 지켰던 그 토지의 모든 것에 대해서까지는 아니더라도, 결혼할 때의 양도 증서에 명확히 기입되어 정식으로 양도된 그 토지의 일부에 대해서는, 할아버지도 인정하지 않을 수 없는 정당한 권리가 그에게는 있었어. 왜냐하면 그는 진지한 기분으로 결혼했고 자신이 비천한 태생이라는 것을 조금도 숨기지 않았는데, 상대방에서는 숨긴 것도 있었고 허위도 있었기 때문이야. 그 허위란 것이 자기도 모르게 그의 모든 계획의 핵심적인 동기를 무력화해서 좌절시켰을 뿐만 아니라, 그때까지 그가 견디어 낸 모든 것과 그 계획을 달성하기 위하여 그가 미래에 성취해야 할 모든 것을 빈정대는 식으로 기만한 것이었어. ― 그러나 그는 그 권리를 자발적으로 포기했고, 그 대가로 그가 요구할 수 있는 것 중에서 스무 명의 검둥이들만을 데리고 갔는데, 누구든지 그와 같은 입장에 있었다면 그것을 포기하지 않으려고 했을 것이고, 양심의 미묘한 문제는 별개의 문제로 치고(그 일로 다투더라도) 법적으로도 도덕적으로도 그의 입장이 인정되었던 것이 틀림없었어. 그리고 그가 이런 말을 하는 동안 할아버지는 이번에는 '잠깐, 잠깐만요.'라고는 하지 않았어. 그것은 또다시 그 순진성 때문이었어. 도덕의 구성 요소가 케이크나 파이의 성분과 같아서, 양을 재어 비율을 맞추고 뒤섞어서 화덕에 넣으면 케이크나 파이가 되어 나오는 것이고, 거기서 파이나 케이크 이외의 다른 것이 나올 까닭은 없다고 믿고 있었던 순진성 말이야. ─ 그래, 그는 할아버지의 사무실에 앉아서 그 대경실색할 말을 참을성 있게 반복하면서 할아버지에게도 자기 자신에게도 아닌, 환경에 대해, 운명 그 자체에 대해, 언제까지나 절대로 믿기지 않는 어떤 결과에 자신이 도달했던 그 논리적인 단계를 마치 아이에게 자신의 경력(그도 할아버지도 두 사람 다 잘 알고 있었지.)을 개략적으로 간단하고 명료하게 되풀이하듯 설명하려고 했어. 할아버지가 말했듯이 그 침착성은 그가 스스로 그것을 이해하려는 희망을 이미 오래전에 버렸다는 증거였어. '나는 가슴속에 하나의 계획을 품고 있었지요. 그 계획이 좋은 것이었는지 나쁜 것이었는지는 문제가 안 되었어요. 문제는 내가 그 계획 가운데 어디에서 잘못을 범했는가, 어디까지 잘했고 어디까지 잘못했으며, 그 결과 누구에게, 무엇에, 어느 정도까지 상처를 입혔는가 하는 것이었지요. 나에게는 계획이 있었어요. 그리고 그것을 달성하기 위해서는 돈과 집과 농원과 노예와 가족이 필요했어요. ─ 물론 부차적으로 아내는 말할 것도 없고요. 나는 누구에게도 의지하지 않고 이것들을 손에 넣으려고 했지요. 말씀드린 것처럼 어떤 때는 생명도 걸었습니다. 하기야 이것도 말씀드린 것처럼 그때는 순수하고 단순하게 아내를 얻기 위해서만 위험을 무릅쓴 것은 아니었죠. 결과적으로는 그렇게 되었습니다만, 그러나 그것도 문제가 안 되었죠. 이쪽은 무엇 하나 숨기는 일 없이 성실하게 진지한 마음으로 아내를 받아들인 만큼 상대에서도 그렇게 해 주리라고 기대했다는 것으로 충분하겠지요. 그들은 내가 어디에선가 굴러 온 비천한 출신의 인간으로, 좋은 집안의 사람들과 교섭을 가지게 되면 그들에게 신사답지 못한 요구를 할지 모른다고(혹은 적어도 그렇게 행세해도 용서해 주리라고) 생각했는지도 모르겠습니다만, 나는 그런 요구는 하지 않았어요. 아시겠지요. 아무것도 요구하지 않았던 거죠. 나는 상대가 내보이는 것을 액면대로 받아들이고 나 자신의 일과 내 조상의 일을 충분히 설명했습니다. 그러나 그들은 하나의 사실을 일부러 나에게 알려 주지 않았습니다. 그들은 그 일이 내게 알려지면 내가 전부 거절하리라는 것을 알고 있었던 거죠. 그렇지 않았다면 그들은 그것을 나에게 숨기지 않았을 테니까요. 나는 그 사실을 아들이 태어날 때까지 몰랐던 것입니다. 그래도 나는 성급하게 행동하지 않았지요. 나는 그들에게 나의 계획을 실천하지 못하고 헛되이 보낸 세월을, 그 숫자가 나타내는 지나가 버린 세월만이 아니라 내가 도달했다가 실패해 버린 지점까지 다시 한 번 되돌아오는 데 필요한 세월의 숫자를 보여 줌으로써, 내 계획이 지연되었다는 것을 상대에게 상기시킬 수도 있었겠지요. 하지만 나는 그렇게 하지 않았어요. 나는 다만 그 새로운 사실로 그 여자와 아이는 내 계획에는 적당하지 않은 존재가 되었다고 설명했지요. 그리고 말씀드린 것처럼, 내가 생명을 걸고 손에 넣은, 서명이 있는 양도증서에 의해서도 확실히 내 것이 된 것을 소유하려고 하지 않고, 반대로 이에 대한 모든 권리와 청구권을 거절하고 물러섰습니다. 나는 그 두 모자에게서 후일 내가 이들 재산을 전부 빼앗았다는 억지소리를 들을 수도 있으므로, 그것만큼은 두 사람에게 남겨 줌으로써 내가 범했을지도 모르는 잘못을 바로잡으려고 생각했던 것입니다. 이것은 합의에 의한 것이었어요. 아시겠습니까? 쌍방이 거기에 합의한 겁니다. 그런데 삼십 년 이상 지났는데도, 내가 잘못을 했다고 해도 그것을 보상하기 위하여 할 수 있는 일은 다 했다고 내 양심이 최종적으로 확인한 후 삼십 년 이상이나 지났는데도…….' 그때 할아버지는 '잠깐'이라고 말하지 않고, 아마 큰소리로 '양심? 양심이라고? 이것 봐. 당신은 그것 말고 무얼 기대했단 말이오? 삼십 년이란 세월을 당신처럼 살아온 사람은 말할 것도 없고, 그만한 세월을 수도원에서 살아온 사람이라도 불행에 대한 본능적인 직감은 가지고 있는 법이니까 그보다 더 잘 알았어야 하지 않겠소? 처음 어머니의 젖에 매달렸을 때부터 가지고 있었던 것이 틀림없는 여성에 대한 공포심에서라도 그것을 더 잘 알아도 좋을 법한데 말이오. 처녀성이라고 일컬어지는 것이 얼마나 심연과 같고 눈이 어두운 순진성이오? 아무리 양심과 교섭해 본들 오욕을 면하기 위해서는 정의 이외의 어떤 대가를 지불해도 안 된다는 것을 모른단 말이오?' 하고 몰아 붙였던 모양이야."

이때 슈리브는 침실로 가서 잠옷을 입었다. 그는 기다리라는 말도 없이, 탁자 위에 책과 편지를 펴 놓고 앉아 있는 퀜틴을 남겨 두고 밖으로 나가, 잠옷을 입고 돌아와서는 다시 앉아 차가운 파이프를 손에 들었으나 새로 담배를 채우지도 않았고, 불을 붙이지도 않았다. 그는 말했다. "그래, 그래서 그 크리스마스에 헨리가 그를 집에 데리고 왔구먼. 그리고 그 악귀가 이십팔 년 전에 깨끗이 청산했다고 생각한 얼굴을 보았다는 거지? 계속 얘기해 봐."

"그렇지." 퀜틴이 말했다. "그가 본의 이름을 자신이 직접 지은 것 같다고 아버지는 말했어. 샤를 봉. 찰스 군*이라고 말이야. 그가 할아버지에게 말하지 않았지만, 할아버지는 그가 이름을 지었다고, 아니 지었을 거라고 믿고 있었지. 포위가 풀린 후에 그가 아프지만 않았더라면(또는 약혼하지만 않았더라면) 스스로 폭발한 뇌관이나 머스캣 총의 탄약통들을 치우려고 했던 것처럼 그것도 깨끗이 정리하려고 했던 것의 일부분이었어. 그는 아마 자기 양심 — 비록 눈을 감을 수는 있었다 해도 세상이 그를 바보 취급했듯이 자신도 세상을 우롱할 수는 없었던 그 양심 그리고 적어도 그 비밀을 남들이 큰 소리로 말하지 못하게 위협할 수는 있었다 해도, 그녀와 아이를 그 계획 속에 집어넣는 것은 절대로 허락하지 않았던 그 양

---

* 프랑스어 bon은 영어의 good과 같은 뜻이다.

심 — 에 따라 행동하려고 고집했겠지. 그 양심은 그 아이가 남자였기 때문에, 자기의 이름이나 외할아버지의 이름을 갖는 것을 허락하지 않았고, 또 세상의 관례대로 버림받은 여자에게 임시변통의 남편을 구해 주어 아이에게 정식으로 그의 이름을 갖게 하는 것도 허락하지 않았지. 할아버지는, 아버지의 말처럼 분쟁의 씨를 퍼뜨린 많은 아이들에게 — 찰스 군이니, 클라이템네스트라니, 헨리니, 주디스니 하고 — 그가 모두 이름을 붙여 주었듯이 그 아이의 이름도 자신이 붙여 주었다고 믿었어. 그리고 아버지는 말하기를…….”

“네 아버지는 사십오 년이나 기다린 후에 너무나 많은 이야기를 뒤늦게, 그것도 아주 짧은 시간에 듣게 된 것 같군. 네 아버지가 이 모든 내용을 알고 있었다면, 헨리와 본 사이를 갈라놓은 것이 그 혼혈 여자였다고 말하지 못한 이유는 무엇이지?” 슈리브가 말했다.

“아버지는 그 당시엔 아직 모르고 있었거든. 서트펜이 할아버지에게 모든 것을 이야기하지 않은 것처럼, 할아버지도 아버지에게 모든 것을 말하지는 않았던 거야.”

“그러면 누가 아버지에게 말했지?”

“내가 했지.” 퀜틴은 미동도 하지 않았다. 슈리브가 지켜보고 있는 동안 고개도 들지 않았다. “그날, 그날 밤 우리가…….”

“아, 너와 그 늙은 이모 말이지. 알았어. 얘기를 계속해 봐. 네 아버지가 말한 것이…….”

“……아버지는 말했지. 그날 오후 그는 앞 베란다에 서서, 헨리와 그가 가을 내내 편지로 이야기한 그의 친구 본이 마차를 타고 오는 것을 기다리고 있었지. 서트펜은 그의 이름을 헨리의 편지에서 처음 본 후, 그런 일은 있을 수 없다, 아무리 얄궂은 운명이라 해도 거기에는 한도가 있는 법이다, 만일 그 한도를 넘는다 해도 심술궂지만 치명적은 아닌 장난에 불과하거나, 무해한 우연의 일치일 것이다 하고 중얼거렸겠지. 왜냐하면 아버지 말에 의하면, 지금 쓰이지도 않고 과거에 쓰인 적도 없는 이름을 아무도 만들어 내지 않았다는 것을 서트펜도 알았을 것이기 때문이야. 드디어 그들이 도착했고, 헨리가 '아버지, 이 친구가 찰스예요.' 하자, 그는⋯⋯."("악귀는⋯⋯." 하고 슈리브가 말했다.) "그의 얼굴을 보고 이 상황은 우연의 일치가 아니다, 이것은 어린아이가 자기도 경기에 한몫 끼기 위해 축구장으로 뛰어나갔을 때 선수들이 그 아이의 머리에 상처를 안 내고 뛰어넘거나, 그 주위를 달리고 서로 부딪치며 격렬하게 승패를 겨루고 있는 동안에는 아무도 그 아이를 기억할 수 없고 또 누군가가 달려 나가서 그 아이가 밟혀 죽지 않도록 빼내 왔는지 하는 것을 눈여겨 볼 수 없는 것과 마찬가지라는 것을 알았지. 그가 상상하고 계획하고 구상한 대로 자기 집 문간에 서 있었으며, 아니나 다를까 오십 년이 지난 후 고독하고, 이름도 없고, 집도 없고, 길 잃은 아이가 나타나 문을 두드렸던 것인데, 옷을 입은 원숭이 같은 검둥이가 나타나 그 아이를 내쫓지는 않았다는 거지. 그리고 아버지의 말에 의하면, 그 당시 그는 본과 주디스가 아직 서로 대면도 하지 않았음을 알고 있었지만, 자기의 계획이 — 집도, 지위도, 자손도 그리고 모든 것이 — 원래 연기로 이루어졌던 것처럼 소리도 없이, 갑작스러운 폭발도 일으키지 않고, 어떤 흔적도 남기지 않고 붕괴되어 감을 느끼고 또 그 소리를 들었던 거야. 그리고 그는 그것을 자기 아버지가 과거에 지은 죄에 대한 인과응보도 아니고 자업자득도 아니라고 했지. 악운이라고도 부르지 않고, 단지 잘못이라고 부르고 있었어. 하지만 그는 그 잘못의 정체를 스스로 발견하지 못하고, 할아버지를 찾아갔어. 변명할 목적으로 갔던 것이 아니라, 그 사실을 공평한(할아버지의 말에 의하면, 법에 밝은) 눈으로 검토해서 잘못을 찾아내어 지적해 주기를 바란 거야. 글쎄 말이야, 도덕적인 인과응보는 아니었어. 사실, 그는 용기 있고 약삭빠른 사람이기 때문에(그는 자신이 용기 있는 사람임을 알고 있었고, 또 약삭빠름도 배워서 얻은 것이라고 믿고 있었지.) 그 잘못이 무엇인가 알아내기만 하면 그것을 바로잡기 위해 싸울 수 있다고 생각했지. 왜냐하면 그는 단념하지 않았던 거야. 그는 결코 단념하지 않았어. 할아버지는 말했지. 차후의 그의 행동은(얼마 동안 그는 아무런 행동도 하지 않았고, 그것이 오히려 그가 두려워한 사태의 발생을 촉진시켰다는 사실) 그에게 용기가 없었다거나, 기민하지 못했다거나, 또는 무자비하지 못했다거나 하는 것의 결과가 아니라, 모든 것이 잘못된 것에서 출발했으니 그것이 어떤 성질의 것인지 확인할 때까지는 위험을 무릅쓰고 또 다른 잘못을 감행할 의도가 없었던 거야.

그래서 그는 본을 집으로 불러들여(그러나 그 문제는 그렇게 오래 걸리지 않았어. 아버지의 말에 의하면, 서트펜 부인은 헨리의 편지에서 처음 본의 이름을 알게 된 때부터 주디스와 본을 이미 약혼시킬 생각이었는지도 몰라.) 두 주일 동안의 휴가 중 본과 헨리와 주디스를, 또는 헨리가 학교에서 보낸 편지로 헨리와 본 사이의 일은 이미 잘 알고 있었기 때문에 본과 주디스의 행동을 지켜보고 있었지. 두 주일 동안 지켜보기는 했어도 어떤 행동을 하지는 않았어. 그 후 헨리와 본은 학교로 돌아가게 되었고, 매주 옥스퍼드와 서트펜 농원 사이를 왕복하며 우편물을 나르던 검둥이 마부가, 이번에는 헨리의 필적이 아닌 편지를 주디스에게 배달하게 된 거지.(아직 성립도 안 된 약혼의 소문을 서트펜 부인이 읍내와 군 전체에 퍼뜨리고 있었으므로 그렇게까지 할 필요도 없었던 거라고 아버지는 말했지.) 그래도 서트펜은 아무런 행동도 하지 않고 있었어. 그는 봄이 거의 다 지나갈 때까지 아무 행동도 하지 않았어. 그런데 그는 헨리로부터 본이 뉴올리언스의 고향으로 돌아가기 전에 하루나 이틀 동안 함께 머물도록 집으로 데리고 오겠다는 편지를 받았어. 그러자 서트펜은 뉴올리언스로 갔어. 그가 그 시점을 택해서 본과 본의 어머니를 동시에 만나 최종적으로 그 일을 깨끗이 털어 버리려고 했는지의 여부는 아무도 알 수 없지. 또 뉴올리언스에서 과연 그녀를 찾기나 했는지, 그녀가 그를 만나 주었는지, 아니면 만나기를 거절했는지, 그녀를 만나기는 했는데 다시 그녀와 타협해서 이번에도 돈으로 매듭 지으려고 하였지만 그것이 성사되었는지 안 되었는지는 아무도 모르지. 아버지의 말에 의하면, 모욕을 당해 분노한 여인을 형식적인 논리로 처리할 수 있다고 믿는 남자는 돈으로도 그런 여자를 달랠 수 있다고 믿는다는 거야. 아니면 본이 그곳에 있었다면 본이 참견하여 서트펜의 요구를 거절했는지도 몰라. 본이 서트펜이 자기의 아버지라는 사실을 알았는지 아닌지, 처음에는 자기 어머니의 원수를 갚을 의도였는지 아닌지 그 누구도 알지 못했고, 나중에 가서야 미스 로자가 말했던, 서트펜 탓으로 자기의 피 속에 흑인의 피와 백인의 피가 함께 섞이도록 운명 지어진 인과응보와 숙명의 거센 물결에 몸을 맡긴 채 시간이 흘러감에 따라 사랑에 빠져 버린 것인지도 모른다는 거야. 하지만 일이 잘 해결되지 않은 것만은 분명해. 다음 해 크리스마스 때 헨리와 본이 다시 서트펜 농원에 나타나자, 서트펜은 이제 어찌할 도리가 없다고 생각했지. 그는 주디스가 본을 사랑하고 있다는 사실을 알았어. 본이 자기 어머니의 원수를 갚으려고 하고 있든지, 사랑의 물결에 휩싸여 침몰함으로써 그도 역시 피할 수 없는 숙명의 제물이 되어 버릴지는 몰라도, 어쨌든 결과는 같다고 생각했지. 그래서 서트펜은 그 크리스마스이브의 저녁 식사 전에 헨리를 불러 이야기를 해 주었던 거야.(아버지 말에 의하면, 뉴올리언스를 다녀온 후에야 주디스에게 먼저 이야기하는 것은 좋지 않다는 것을 깨달을 만큼 여자의 마음을 파악하게 되었다는 거지.) 그리고 그는 헨리가 대답할 말을 짐작하고 있었고, 사실 그대로였어. 그는 거짓말이라고 주장하는 아들의 말을 가만히 듣고 있었지. 헨리는 거짓말이라고 주장하는 자기 말을 그대로 듣고만 있는 서트펜을 보고 그가 한 이야기가 진실임을 깨달았어. 아버지의 말에 의하면, 서트펜은 헨리가 앞으로 어떻게 행동할 것인지 알고 있었으며, 게다가 헨리가 그렇게 행동하기를 은근히 기대하고 있었어. 아직도 그는, 그것을 한낱 사소한 그의 전략적인 잘못에 불과했다고 믿고 있었기 때문이지. 그는 압도적으로 많은 적을 앞에 두고 퇴각할 수 없는, 참을성 있고 현명하고 침착하게 그리고 기민하게 대처하기만 하면 적들을 분산시켜 하나씩 하나씩 사살할 수 있다고 믿는 척후병과 같았어. 사실, 헨리는 그렇게 했어. 그리고 그(서트펜)는 아마 헨리가 다음에 한 일, 헨리도 뉴올리언스로 가서 스스로 확인해 보리라는 것을 알고 있었던 것 같아. 그런데 그때가 1861년이었기 때문에 서트펜은 이제 그들이 무엇을 할 것인지, 헨리가 본에게 무엇을 하려고 했는지, 또 그가 본에게 강요하기를 원했던 것이 무엇인지를 알고 있었지. 아마도 그는(악귀였으니까 — 곧 전쟁이 일어나리라는 것은 악귀가 아니라도 예견할 수 있긴 했지만) 헨리와 본이 대학에서 학생 중대에 들어가리라는 것도 예측했어. 그는 이 두 아들의 이름이 명부에 오르게 된 날짜와, 할아버지가 학생 중대가 소속되는 연대의 대령이 되기도 전에 그 부대가 현재 어디에 주둔하고 있는가를 어떻게 알고 지켜보고 있었던 같아. 할아버지는 피츠버그 랜딩 전투에서 오른팔을 잃고 부상하여(본도 거기서 부상했어.) 오른팔이 없는 것에 익숙해지기 위해 귀향을 했지. 서트펜도 1864년에 두 개의 비석을 가지고 돌아왔어. 그래서 그날, 그러니까 두 사람이 전쟁터로 돌아가기 전 그날, 그는 사무실에서 할아버지와 상의하게 되었던 거야. 아마도 그는 헨리와 본이 있는 곳을 내내 알고 있었고, 또 그들이 할아버지의 연대에 소속해 있다는 것도 알고 있었음에 틀림없어. 그들을 지켜보는 것이 필요했다고 하더라도, 할아버지는 자기도 모르게 그 두 사람을 어느 정도는 돌볼 수 있었던 거야. 왜냐하면 서트펜은 그 유예 기간에 대해서도, 또 헨리가 지금 무엇을 하고 있는가에 대해서도 틀림없이 알고 있었기 때문이야. 헨리는, 그들 세 사람 — 자신과 주디스와 본 — 을 미해결 상태에 놓아두면서, 마치 삼십여 년 전의 아버지 서트펜처럼, 양심과 자기가 원하는 것과의 타협점을 찾으려고 씨름을 하고 있었지. 아마 그는 이제 본처럼 운명론자가 되기까지 해서 자기와 본 어느 쪽이든, 아니면 둘 다 전사하여 모든 일이 깨끗이 정리되기를 기대하고 있었는지도 몰라.(그러나 헨리는 무슨 손을 쓰거나 일을 꾸미지는 않았어. 왜냐하면 피츠버그 랜딩 전투에서 부상당한 본을 후방으로 이송한 것은 그였기 때문이야.) 아니면, 남부가 결정적으로 패배하여 귀중한 것, 열중할 만큼 가치가 있는 것, 저항하거나 참고 견디거나 죽어 가면서도 지킬 만큼 가치 있는 것, 아니 사는 목적이 될 만한 것은 모조리 없어져 하나도 남지 않게 되리라고 예측하고 있었는지도 모를 일이지. 할아버지의 사무실에 들른 것은 그가…….”(“그 악귀가.” 하고 슈리브가 말했다.) “……휴가를 받아 집에 비석을 가지고 왔던 때의 어느 날이었어. 집에는 주디스가 있었어. 그가 그녀를 쳐다보고, 그녀는 그를 쳐다보았다고 생각돼. 그는 ‘그가 어디 있는지 알고 있지?’ 하고 물었어. 그녀는 거짓말을 하지 않았지.(그는 헨리를 잘 알고 있었거든.) 그는 ‘하지만, 그에게서 아직 소식을 못 들었지?’ 하고 또 물었어. 주디스는 그것에 대해서도 거짓말을 하지 않았고, 또 울지도 않았어. 그들 두 사람은 만일 편지가 온다면 거기에 무엇이 적혀 있을지 알고 있었기 때문에 비록 주디스가 그 일로 거짓말을 했다 해도, 그가 ‘그로부터 여기에 온다는 편지를 받으면 너와 클라이티는 웨딩드레스를 만들기 시작해야겠지?' 하고 물어볼 필요는 없었어. 그는 비석 하나를 엘런의 무덤에, 다른 하나를 홀에 세워 놓고 할아버지를 만나러 갔지. 오래 입어 닳아빠진 초라한 군복에 색이 바랜 장식 띠를 두르고, 낡은 장갑을 끼고, 찢어지고 해진 얼룩진 모자에 깃털 장식을(그는 깃털 장식을 꼭 달려고 했지. 그는 군도를 버리는 한이 있더라도 깃털 장식만은 버리려고 하지 않았어.) 꽂고 앉아, 그의 문제의 근본적인 원인으로 믿고 있던 잘못을 할아버지가 발견할 수 있는지 알려고 하면서, 그것을 설명하려고 했어. 안장을 실은 말이 아래에 있는 길에서 그의 연대를 찾아가기 위해 천 마일을 달려갈 준비를 하고 있었는데, 그는 천 일이나 휴가가 남아 있다는 듯, 또 어딘가 급히 가야 할 긴박함이 전혀 없다는 듯, 또 그가 출발해도 기껏 서트펜 농원까지 12마일 정도의 여정에 불과하며, 단조로움과 풍요한 평화의 날이 앞으로 천 일 아니 여러 해나 남아 있다는 듯 그리고 비록 그가 죽어서 몸이 땅에 묻힌다 하더라도 워시 존스가 그를 칭찬했을 것 같은 그 훌륭한 모습을 하고, 눈으로 볼 수 있는 한 멀리 훌륭한 손자와 증손자가 계속 태어나는 것을 보면서 그 자리에 앉아 있을 오랜 미래가 있기라도 한 듯이 그 하루 휴가의 오후를 거기에 앉아 있었으나, 그때는 아니었어. 지금 그는 그 자신의 개인적인 윤리의 문제에 얽매여 짙은 안개 속에 갇혀 있었어.(할아버지는 말했어.) 로마가 망하고 예리코*가 붕괴되고 있는데, 쓸데없

---

* 팔레스티나의 옛 도시.

고 추상적인 사소한 일에 마음을 쏟고 있었다는 거야. 젊고 유연하고 신체가 강할 동안은, 전기를 켰다 껐다 하듯 즉각적이고 완전하게, 생각지도 않고 척척 선악의 문제에 대해 한마디로 단순히 옳다 그르다 하고 반응을 보이는 법인데, 이제 혈액순환이 늦어지고 뼈가 굳어지며 혈관이 경화되면, 만약 그렇다면 이것이 옳을 것이다라든가, 그것은 잘못일 것이지만이라고 하면서 망설인다는 거야. 그가 거기에 앉아서 이야기를 해도 무엇에 대해서 이야기를 하고 있는지 할아버지는 이해하지 못했어. 왜냐하면 할아버지는 서트펜이 아직 그에게 모든 걸 다 말하지 않았기 때문에 믿지 못하겠다고 말했기 때문이지. 이번에도 역시 윤리의 문제였어. 아무리 속았다고 느끼기는 했지만, 첫 번째 아내나 또는 적어도 그녀와의 결혼에 대한 기억을 비방하거나 헐뜯는 것을 허용하게 하지 않는 도덕적인 문제였어. 또 그것은 그가 결혼에 의해 속임을 당했다고 하더라도 그것에 대한 기억에 대해 자기변명을 하고 싶을 정도로 신뢰성과 분별력이 있는 지기(知己)에게나, 또는 마지막으로 의지할 것은 아니지만, 일생을 걸고 성취해 놓은 지위를 보존하기 위해 재혼하여 낳은 아들에게도(그 아들에게 최종적으로 의지하려고 한다면 별문제이지만) 비방하거나 헐뜯는 것을 허용할 수 없는 도덕적인 문제였지. 할아버지의 말에 의하면, 그 당시 그는 주저하고 있지는 않았다는 거야. 그때까지는 주저해 온 것은 아니라는 거지. 그 자신은 그것에 속았지만, 어떤 사람에게도 도움을 청하거나 도움을 받지도 않고 혼자의 힘으로 그 딜레마에서 빠져나왔다는 거야. 다른 사람이 그런 딜레마

에 빠졌다면 누구의 도움을 청하기도 했겠지만 말이야. ── 서
트펜은 거기에 앉아 어떤 길을 택하든, 자신이 오십 년 동안의
생애를 바쳐 이룩해 온 그 계획이, 정확히 거의 오십 년 세월에
의해 완전히 수포로 돌아간 거나 마찬가지가 될 거라고 이야
기한 다음, 자리에서 일어나 모자를 쓰고 할아버지의 왼손을
잡아 악수했지. 그가 말을 타고 떠나기 직전에 했던 최후의 말
을 들을 때까지 그가 어떤 선택에 대해서 말하고 있었던 것인
지, 두 번째로 어떤 선택을 해야 할 필요성에 직면해 있었던 것
인지, 할아버지는 알 도리가 없었다는 거야. 최초의 결단인 이
혼의 이유와 마찬가지로, 다시 이러한 선택을, 선택을 해야 할
필요성을, 할아버지는 알 턱이 없었지. 그래서 할아버지는 '당
신이 어느 길을 택해야 좋을지 나는 모르겠군요.' 하고 말하지
도 않았어. 그것밖에는 말할 수 없을 것 같고, 또 그런 말이라
면 차라리 대답하지 않는 편이 낫다는 이유에서가 아니었지.
서트펜은 동정을 구하러 온 것이 아니며, 또 그가 받아들일 만
한 충고도 없었고, 또 삼십 년 전에 이미 자신의 양심을 이기
지 못해 어렵게 자기변명을 했어. 그래서 그는 지금 새삼스레
타인의 말을 들으려 하지도 않았고, 또 대답을 기대하지도 않
았기 때문에, 비록 할아버지가 무슨 말을 하든, 문제의 해답은
될 수 없다는 이유에서였지. 그리고 그는 아직도 자신에게 용
기가 있음을 알고 있었어. 그리고 한때 그가 터득했다고 믿었
던 그 영민함이 아직도 남아 있는지의 여부에 대해서는 최근
에 와서 자신이 없어졌는지는 몰랐지만, 어쨌든 그것은 어디
서든지 터득할 수 있으리라 믿고 있었던 거야. 또 그것이 배울

수 있는 것이라면, 아직도 배우려고 했어. ── 더욱이 할아버지 말에 의하면, 이번의 경우에는 지난번처럼 그를 어려움에서 벗어나게 하는 데 있어 영민함이 필요하지 않을지도 모르지만, 적어도 이번 경우에 유용했던 용기만으로도 그 계획의 달성을 향해 세 번쯤은 다시 시작할 수 있는 의지와 힘을 얻을 수 있으리라 보고 있었지. ── 할아버지 말에 의하면, 그는 연민과 도움을 청하기 위해서 사무실에 오지 않았어. 왜냐하면 그는 남에게 부탁하고 도움 받는 것을 전혀 몰랐으며, 비록 할아버지가 구원의 손길을 내밀었다 해도 그걸 어떻게 해야 좋을지 모르는 사람이었지. 그는 동정이나 도움을 구하러 사무실에 온 것이 아니라, 다만 자신이 저질렀다고 여전히 생각하고 있고, 자신이 발견할 수 없었던 최초의 잘못을 누군가 법률을 아는 사람이 명확히 밝혀 주리라는 희망(만약 그가 조금이라도 희망을 가졌다면, 만약 그가 마음속의 생각을 혼잣말로 하는 대신에 무언가 하고 있었다면)을 가지고, 진지하게 조용히 심사숙고한 후 찾아온 거였어. 그리고 말했지. '나는 계획을 실천에 옮기는 과정에서, 나로서는 전혀 아는 바 없는 그 계획을 절대적으로 철저하게 부정할 것 같은 사실에 부닥쳐 그것을 묵과하지 않을 수 없게 되었죠. 다시 말하면, 원래의 계획을 고수하고 있는데 그런 사실이 갑자기 튀어나왔단 말입니다. 나는 선택을 했습니다. 그리고 그러한 선택을 하는 과정에서 남을 해쳤을지도 모르기 때문에, 나의 힘이 닿는 데까지 그것에 대해 최대한으로 보상을 제공한 겁니다. 그 선택의 대가로 나는 일반적으로 인정되는 것보다, 또 법이 요구하는 것보다 더 많은 보상을 해 주었습니다. 그러나 나는 지금 또 어느 한쪽을 택해야 할 두 번째 필요성에 직면해 있죠. 그리고 그것이 이상한 점은 당신이 지적해 주었듯이 그리고 처음에 나에게도 그렇게 나타나 보였듯이, 새로운 선택을 할 필요성이 생겼다는 것이 아니라, 어느 한쪽을 택하든, 어떻게 선택을 하든, 결과는 마찬가지라는 겁니다. 즉 내가 어쩔 수 없이 마지막 카드를 내놓아 나의 손으로 모든 계획을 망쳐 놓을 것인가, 아니면 아무 일도 하지 않고 원래의 계획대로 진행되게끔 그대로 둘 것인가 하는 거죠. 그대로 두면, 그것은 세상 사람들의 눈에는 내 계획이 아주 정상적이고 자연스럽게, 성공적으로 진행되는 듯이 보일 겁니다. 그러나 내 눈에는 이러한 방식은 오십 년 전 그 집 현관으로 갔다가 내쫓긴 그 어린 소년에 대한 조롱과 배신으로 보였지요. 왜냐하면 그 소년의 복수를 해 주기 위하여 모든 계획이 시작되고, 이러한 선택의 순간까지 오게 된 것입니다. 이 두 번째의 선택은 최초의 선택에서 나온 것이며, 어떤 협정의 결과로 나에게 강요된 겁니다. 그 처음의 선택은 내가 아무것도 감추지 않고 진지한 기분으로 내린 것인데, 상대방은 내가 추진 중인 계획을 모두 파괴시킬 중대한 사실을 감추고 있었죠. 그것도 아주 교묘하게 숨기고 있어, 아이가 태어나고 나서야 이 사실이 있었다는 것을 알게 되었죠.'"

"네 아버지 말이야. 할아버지로부터 그 이야기를 들었을 때, 할아버지가 무슨 이야기를 하는지 알 수 없었겠지. 마치 할아버지가 그 악귀로부터 이야기를 들었을 때 무슨 이야기인지 통 알 수 없었던 것처럼 말이야. 그리고 네가 거기 가서

392

클라이티를 만나지 않았다면, 아버지로부터 이야기를 들었어도 그것이 무슨 말인지 전혀 알지 못했겠지. 그렇지?" 슈리브가 말했다.

"그래, 할아버지만이 그의 유일한 친구였어." 퀜틴이 대답했다.

"악귀에게도 친구가 있었어?" 퀜틴은 대답도 하지 않고, 움직이지도 않았다. 이제 방이 추웠다. 열이 라디에이터에서 거의 사라졌다. 차가운 쇠파이프는 잠깐 동안의 죽음인 수면을 취하여 재생을 하도록 엄격한 신호와 주의를 주는 듯했다. 시계가 11시를 친 지도 벌써 한참 되었다. 슈리브는 "좋아." 하고 말했다. 그는 조금 전 거의 털이 나지 않은 핑크 빛 피부를 드러낸 채 웅크리고 있었는데, 이제는 잠옷을 입은 채 웅크리고 있었다. "그는 선택했어. 그는 호색적인 행위를 선택했지. 아마 나라도 그랬을 거야. 계속해 봐." 슈리브가 말했다. 그의 말에는 무례함을 나타내려는 의도나 품위까지 잃게 하려는 의도는 없었다. 그것은(만일 무언가 원인이 있다면) 다루기 힘들고 때때로 우둔하고 경박한 형태로 나타나는 청년들의 고치기 힘든, 비감상적인 감상적 표현에서 비롯되는 것이었다. 아무튼 그 말에 퀜틴은 아무런 관심을 보이지 않고, 아무런 말도 듣지 못한 것처럼, 두 손 위에 펼쳐진 책 위에 놓여 있는 편지만을 바라보면서 깊은 생각에 잠겨, 여전히 얼굴을 숙이고 다시 말을 계속했다.

"그날 밤, 그는 버지니아를 향해서 길을 떠났어. 할아버지는 창가로 가서 그가 수척한 검은 종마(種馬)를 타고 광장을 가로질러 가는 것을 지켜보았어. 빛이 바랜 회색 군복을 입은 그는 옛날 비버 모자를 쓰던 시절과 같지는 않았지만 그 찢어진 깃털 장식이 달린 모자를 비스듬히 눌러 쓰고, 곧은 자세를 하고 있었어. (할아버지 말에 의하면) 그는 군대의 높은 지위와 특권이 있었지만 옛날처럼 으스대는 모습을 전혀 보이지 않았어. 재난을 통해 마음이 정화되었거나 혹은 지쳐 버렸거나 혹은 전쟁에 의한 피로감 때문이 아니라, 말을 타고 가는 동안에도 계속 깊은 생각에 잠겨 있는 것 같았기 때문이지. 예측할 수 없고 분별없는 인간들의 소용돌이 속에서 숨을 쉬기 위해 머리만이라도 수면 위로 내밀기 위한 것도 아니고, 가문을 일으켜 세우려는 오십 년의 노력을 허사로 끝내지 않으려고 발버둥치는 것도 아니고, 그 와중에서 헤엄치거나 떠 있는 것조차 단호히 거절하는 것과 같은 결론을 내린 자신의 인생관이나 사고방식이나 논리와 도덕률이 그 와중에 말려들지 않게 하려고 노력하면서 생각에 잠겨 있는 것 같았어. 할아버지는 서트펜이 홀스턴 하우스 가까이 갔을 때 맥캐슬린 노인과 다른 두 노인이 발을 절면서 걸어 나와 그를 멈추게 하는 것을 보았어. 그는 말 위에 앉아, 그들에게 목소리를 높이지 않고 말을 했어. 할아버지 말에 의하면, 그러나 대단히 진지한 그의 몸짓과 떡벌어진 양 어깨의 모습은 웅변가다운 위엄을 지니고 있었어. 그리고 그는 다시 계속 갔어. 그는 어둡기 전에 서트펜 농원에 도착할 수 있었어. 그러니까 대서양으로 말머리를 돌린 것은 아마 저녁 식사를 하고 난 뒤라고 생각돼. 그때 그와 주디스는 아마 다시 일 분쯤은 충분히 서로 쳐다보고 있었을 거야. 그가 '머물 수만 있다면 머물고 싶은데.' 하고 말하거나, 주디스가 '그러시다면 머무르세요.' 하고 말할 필요는 없었어. 그러나 작별 인사로 이마에 키스를 하고, 눈물은 흘리지 않았어. 그리고 노예들을 대하는 주인처럼, 하인을 대하는 남작처럼, 클라이티와 워시에게 '클라이티, 주디스를 잘 돌봐 줘. — 워시, 워싱턴에 가면 자네에게 에이브 링컨의 옷자락 한 조각을 보내 줌세.' 하고 말했어. 그러자 워시는 평상시 노란 포도 넝쿨 아래에서 목이 가는 큰 병과 샘물 양동이를 갖고서 있던 때처럼 태연히 '대령님, 놈들을 씨도 남기지 말고 죽여 버리세요!'라고 대답했을 거야. 그리고 그는 옥수수 빵을 먹고 도토리를 볶아 만든 커피를 마신 다음, 말을 타고 사라졌어. 그리고 1865년이 되었어. 남군은(할아버지도 역시 군대에 복귀했어. 그 당시 그는 준장이 되어 있었지. 그것은 전투에서 한쪽 팔을 잃었기 때문만이 아니고 또 다른 이유가 있었을 거야.) 조지아를 지나 캐롤라이나까지 퇴각하고 있었어. 그래서 모두 다 이젠 전쟁이 그렇게 오래가지 않을 것이란 것을 알고 있었어. 그때 어느 날 리 장군*은 자기 휘하의 군단 일부를 존스턴 장군에게 원군으로 보냈는데, 할아버지는 그 안에 제23미시시피 연대가 있다는 사실을 알았어. 하지만 할아버지는 그 전에 어떤 일이 일어났는지는 모르고 있었어. 헨리가 마침내, 삼십 년 전에 그의 아버지가 했듯이, 자기 양심을 강제로 설득시킨 사실을 서트펜이 알게 되었는지, 주디스가 드디어 본으로부터 소식

---

* 로버트 리(1807~1870). 미국 남북전쟁 때 남군의 총사령관.

올 듣게 되어 마침내 그녀와 본의 계획을 아버지에게 편지로 알렸는지, 또는 그 네 사람 가운데 한 사람에게 무엇인가 이루어져야 하고 무슨 일이 일어나야만 한다는 의견 통일이 있었는지의 여부 등등을 할아버지는 몰랐던 거야. 어느 날 아침 서트펜이 할아버지 연대에 와서 헨리와의 면회를 요구하고, 허가를 받아 면회를 마치고 자정 전에 돌아갔다는 사실만 알았지.”

“그러니까 그는 결국 선택을 했군. 결국 그는 그 카드를 던졌단 말이지. 그리고 그는 집에 돌아와서 알게 된 거지…….” 슈리브가 말했다.

“잠깐.” 퀜틴이 말했다.

“……그가 틀림없이 알고자 했던 것이나, 또는 어쨌든 알게 되어 있었던 것을…….”

“기다려 봐. 내가 말할게.” 퀜틴이 말했다. 그는 여전히 꼼짝도 하지 않았고, 목소리를 높이지도 않았고, 긴장되고 억제된 목소리로 말했다. “내가 얘기하고 있잖아!” 나는 되풀이해서 이 이야기를 들어야만 하나? 그는 생각했다. 나는 이 이야기를 다시 들어야만 할 것이다. 나는 벌써 반복하여 다시 이 이야기를 듣고 있다. 나는 다시 반복하여 귀를 기울이고 있다. 나는 다른 이야기는 듣지 못하고, 이 이야기만 영원히 들어야 하는가 보다. 인간은 자기 아버지보다 더 오래 살 수 없고, 그의 친구나 지인들조차도 그렇다. ― [그리하여 적어도 그 일을 알게 되었어. 주디스가 비록 자기가 졌다는 것을 스스로 인정하는 편지를 그에게 보냈다 하더라도, 그 일에 관해서 그는 아무런 말도 경고도 필요치 않았어. 컴프슨 씨 말에 의하면, 그녀는 자기가 졌다는 것을 인정하는 편지를 보내지도 않았으며, 또 그를 기다리고 있지도 않았다는 거야.(미스 콜드필드의 말에 따르면, 그녀는 슬퍼하지도 않았다는 거지.) 그리고 컴프슨 씨가 이미 알고 있었던 것처럼, 서트펜은 여자의 기분 같은 건 별로 생각하지 않는 사람이긴 했지만, 그는 그녀가 분노와 절망에 빠져 있으리라고 예상했는데, 막상 돌아와 보니 화내지도 절망하고 있지도 않았다는 거야. 그때 그녀는, 미스 콜드필드의 말에 의하면, 얼음같이 냉정한 태도로 그를 대했지. 거의 이 년 만에 그의 이마에 키스를 한 거야. 목소리는 조용하고 차가웠으며, 거의 감정이 없었다는 거야. 그가 "그리고……?" 하니까 그녀는 "그래요, 헨리가 그를 죽였어요." 하고 대답한 다음, 잠깐 눈물을 흘렸지만 곧 멈춰 버렸지. 그 눈물은 마치 담배 종이처럼 얇은, 인간의 얼굴 모양을 한 종이로 된 듯했지. "아, 클라이티, 아, 로자. ……그렇지, 워시도 있구먼. 양키(북군)의 전선을 뚫고 깊이 침입할 수 없어서, 자네에게 약속한 링컨의 옷자락을 한 조각 베어 오지 못했네."라는 서트펜의 말, (존스가 터뜨린) 너털웃음, 킬킬거리는 웃음, 말하는 늙은 진흙 인형의 백치 같은 안정감 — 그것은 컴프슨 씨의 말을 빌리면 승리나 패배를 초월한다는 거야. "대령님, 놈들은 우리를 죽였죠. 하지만 우린 아직 진 게 아니죠?" 그것이 전부였어. 그는 다시 돌아왔지. 그는 다시 집에 돌아왔는데 집에서는 그의 문제가 다급하게 되어 있었어. 시간이 지나가기 때문에 급하게 서둘 필요가 있었어. 컴프슨 씨는 말했지. 그는 자신의 용기와 의지 그리고 영민함에 대해서 단 한 순간도 염려하지 않았지. 자기가 세 번 다시 시작할 수 있는 능력에 대해서도 걱정하지 않았어. 그가 걱정하는 것은 자기가 그렇게 하고 또 잃어버린 땅을 회복할 수 있는 충분한 시간이 없을지도 모른다는 것뿐이었어. 그는 자신이 갖고 있는 시간을 조금도 낭비하지 않았어. 의지와 영민함 역시 낭비하지 않았지. 그가 손을 쓸 수 있도록 기회를 준 것이 의지였는지, 아니면 영민함이었는지 깊이 생각해 보지는 않았어. 그러나 석 달도 지나가기 전에, 더구나 미스 로자가 그 사실을 충분히 인식하기도 전에, 그를 미스 로자와 약혼하게 한 것은 아마 영민함보다는 의지, 의지보다는 용기였겠지. ──그를 (희생의 제물까지는 아니더라도) 주요 대상으로 알고 있는 악귀-공격 집단의 일급 신자이자 옹호자인 미스 로자가 집에서 그와 친숙하기도 전에 약혼해 버린 거야. ──그건 분명히 의지라기보다는 용기였지. 하지만 영민함도 무엇인가 도움이 되었지. 오십 년 동안을 고생하면서 조금씩 터득해 온 영민함이, 진공이나 쇳덩어리 속에 묵히고 있던 씨앗처럼 갑자기 싹이 트고 꽃을 피운 거지. 아니면 갑자기 문을 열고 발효(發效)한 거야. 그는 인사할 목적에서 멈춘 것이 아니라 존스를 가시나무가 무성한 밭이나 쓰러진 울타리로 데리고 가서 그에게 도끼나 괭이를 건네주려고 그를 찾은 거야. 그때 일이 벌어졌지. 버지니아로부터의 긴 여행을 아직도 계속하고 있는 듯 집 안을 서성거리다가, 그의 옛 상관(제23미시시피 연대는 한때 잭슨* 부대에 소속해 있었어.)이 지녔던 것과 같

---

* 토머스 조너선 잭슨(1824~1863). 미국 남북전쟁 때의 남군의 장군. 스톤월 잭슨이라고도 한다.

은 냉혹한 재치를 발휘하여, 방어적인 자세를 취하는 독신녀 미스 로자의 유일한 약점을 간파하고 그것을 단번에 공략하려 했지. 그런데 다시금 그 영민함이 움직여 주지 않았어. 그 영민함이 사라지고, 이전에 그를 배반한 낡고 무력한 논리와 윤리만이 남았지. 그날은 매우 불길한 날이었어. 감각이 없어진 손에 감각이 없는 보습 자루를 쥐고 한 발을 내디딘 채 죽은 듯 밭고랑에 그대로 서 있었어. 울타리 판자를 받치고 있는 손도 감각을 잃어 그 무게를 알 수 없는 듯했어. 문제는 시간이 부족하다는 것만은 아니었어. 문제는 오히려 그 시간의 부족을 깊이 파고 들어갔다는 데 있었어. 그는 시간 부족으로 인한 농축 문제를 생각하게 되었어. 자기는 이미 예순이 지났으니 아들은 앞으로 기껏해야 하나밖엔 더 낳을 수 없으리라는 것을 깨달았던 거야. 낡은 대포가 그 안에 한 발의 포탄밖에 없음을 안 것처럼, 자기 허리엔 이제 하나의 자식밖에 낳을 능력이 없음을 알았던 거야. 그는 미스 로자에게 그 이야기를 꺼냈어. 그는 그녀가 어떻게 나오리라는 것쯤은 예상했어야 했어. 모든 것을 충분히 갖추었으나 달리거나 움직이기를 거부한 그의 도덕성에 다시금 빠져들지만 않았더라면, 그도 그쯤은 예상할 수 있었을 텐데 말이야. 그 결혼 신청은 분노와 불신을 일으켰지. 격분과 노여움이 폭발했어. 미스 로자는 분노의 파도를 타고 치마를 바람에 풍선처럼 날리며 노여움으로 경직된 불안정한 머리에 가벼운 밀짚 보닛(아마도 다락방에서 빼낸 엘런의 모자 중의 하나)을 꼭 눌러 쓰고 서트펜 농원에서 사라져 버렸어. 그는 팔에 고삐를 쥔 채 그 자리에 서서 턱수염 뒤와 눈언저리에 미소를 띠고 있는 듯했지만, 그건 미소가 아니라 격렬한 생각에 집중한 결과로 나타난 주름살이었지. ——공포나 걱정이 아니라 조바심과 갈망 그리고 절박감이 감돌고 있었어. 다행히 이번 것은 화약을 조금 넣은 시험 포격이어서 낡은 대포의 포신도 포가(砲架)도 손상을 입지는 않았지만, 그 시간을 잃었다는 사실 그리고 다음번엔, 또 한 번의 시험 포격이든 화약을 가득 채운 발사이든, 충분한 시간이 없을지도 모른다는 사실 ──영민함과 용기와 의지의 실이 감겨 들어갈 실패는 그의 여생의 실이 감겨 가는 실패 바로 그것이었고, 더욱이 그 실패가 손에 닿을 정도로 아주 가까이에 있다는 사실이 그를 조바심 나게 하고 있었어. 그러나 이것은 그리 걱정할 필요는 없었어. 왜냐하면 그것(여태까지 그를 항상 좌절시킨 낡은 논리와 낡은 도덕성)은 이미 정형화(定型化)되어 있었기 때문이었어. 이것은 이미 그가 옛날 그러했던 것처럼 정당했다는 것을 결론적으로 보여 주었지. 따라서 그는 자신에게 일어났었던 일이 환영이지 현실적으로 존재하는 것이 아니라는 것을 알게 되었어.]

"아니." 슈리브가 말했다. "좀 기다려. 잠깐만 내가 좀 이야기 하겠네. 워시가 있었지. 그(악귀)는 칼집에 꽂힌 군도를 들고, 안장을 얹은 군마와 함께 거기 서 있었지. 회색 군복은 이제 나방들이 날아다니는 곳에 치워 두게 되었으며 모든 것이 상실되었고, 남아 있는 것은 불명예뿐이었지. 이윽고, 바로 셰익스피어 극에서처럼, 무덤을 충실히 파는 사람이 무대의 한쪽 옆에서 나와 연극의 개막과 폐막을 알리는 목소리를 내었어. '대령님, 놈들은 우리를 패배시켰는지는 모르지만 우리를 아직 죽이진 못했지요?'" 슈리브의 이런 행동은 조금도 경박하지 않았다. 그것은 젊은이들 자신이 감동한 것이 부끄러워서 그것 자체를 그 뒤에 숨기려고 하는 일종의 보호색과도 같은 경박함이었다. 퀜틴 역시 이러한 태도로 말을 했다. 퀜틴이 우울하게 혼자 생각에 잠기거나 두 사람 모두가 들뜨고 긴장해서 광대짓을 하는 이유는 모두 이 보호색, 즉 일종의 위장술 때문이었다. 그 두 사람은 추운 냉방(그 방은 이제 아주 추웠다.)에서 그것을 알았든지 몰랐든지 간에, 결국 많은 부분이 서트펜의 도덕성과 미스 콜드필드의 악귀론과 같은 것이었지만, 이런저런 추리를 거듭했다. ─ 그 방은 그런 추리를 하는 데 도움이 되었을 뿐만 아니라 그것을 위해 마련되어 있을 만큼 적합했다. 여기서 그 이유는 다른 어떤 곳보다도 그것(서트펜의 논리와 도덕성)이 해를 끼칠 우려가 가장 적었기 때문이다. ─ 두 사람은 배수진을 치고 서로 등을 맞대고, 퀜틴이 이야기하는 미시시피의 망령에게 "아니다."라고 말하고 있었다. 그 망령은 살아 있을 때에도 논리와 도덕성에 최소한의 반응밖에 보이지 않으면서 행동했고, 그것을 완전히 피하여 죽은 후에도 그것에 무관심했을 뿐만 아니라 그것에 무감각했고, 오히려 천 배 이상의 힘과 생명력을 얻고 있었다. 슈리브는 해를 끼칠 생각도 없었지만 그렇다고 해를 입은 것도 아니었다. 왜냐하면 퀜틴은 이야기를 중단하지 않았기 때문이다. 그는 말을 더듬지도 않고 구두점도 단락도 없이 슈리브의 말을 받아, 하던 이야기를 차분히 계속했다.

　"……위험을 무릅쓰고 주저하지 않고 조준 포격을 하는 사람이니까 이번의 일도 마른 진흙덩이를 던져 가시나무 숲에서 토끼를 쫓는 것과 같이 시작한 거야. 아마도 그것은, 그와 워시가 경영하던 작은 상점에서 나온 첫 번째 구슬 목걸이였을 거야. 서트펜이 손님들에게 — 검둥이들과 쓰레기 같은 백인들과 값을 깎으려는 사람들 — 화를 내 그들을 내쫓고 자물쇠로 문을 잠그고 혼자서 술을 퍼 마시곤 했던 그곳 말이야. 그런데 아버지 말에 의하면, 그 구슬 목걸이는 워시 자신이 전한 것이었어. 워시가 그렇게 한 것은 서트펜이 전쟁에서 돌아오던 바로 그날, 문 앞이었어. 그는 서트펜이 전쟁으로 연대에 입대해 떠나 있는 동안 농원과 검둥이들의 일은 모두 자기에게 맡겼다고 소문을 퍼뜨렸고, 얼마 후에는 자신도 그렇게 믿었어. 할머니에게 들은 이야기인데, 서트펜의 검둥이들이 워시가 퍼뜨린 그 말을 듣고 워시를 길 한가운데서 붙잡았어. 그 길은 서트펜이 워시와 그의 손녀(당시 여덟 살 정도였지.)가 들어가 살도록 한 오래된 낚시 오두막이 있던 저지대에서 올라오는 곳에 있었지. 워시가 그들에게 대항해서 싸움을 걸어 보기에는 그들의 수가 너무 많았어. 그 검둥이들이 야유조로 '너는 왜 전쟁에 안 나가?' 하고 말했지. 그가 '길을 비켜, 이 검둥이 놈들!' 하고 말하자 폭소가 터져 나왔고, 그들(그를 제외하고)끼리 서로 묻는 것이었어. '우리를 검둥이라고 부르는 저자는 뭐냐?' 그가 막대를 들고 그들을 향해 달려들자, 그들은 그를 여유 있게 피하면서, 조금도 화내지 않고 그저 비웃을 뿐이었지. 그는 자기가 잡은(또는 아마 훔친) 물고기와 육류 그리고 채소를 계속 그 저택으로 날라 왔지. 당시의 서트펜 부인과 주디스(클라이티도 포함해서)는 그것만을 먹고 살 수밖에 없었어. 그가 식량이 든 바구니를 들고 와도 클라이티는 결코 부엌 안으로 그를 들이려 하지 않았지. 그녀는 말했어. '거기 서 있어요. 더 이상 들어오지 말고 그대로 서 있어요. 대령님이 출정 (出征)하시기 전에도 이 문지방을 넘었던 일은 없었으니까, 지금도 넘어올 수 없어요.' 그 말은 사실이었어. 다만, 아버지에게서 들은 말인데, 워시는 들어가지 않는 바로 그 사실에 일종의 긍지를 느끼고 있었다는 거야. 들어가려 해도 서트펜이 그를 내쫓게 하지는 않으리라고 믿고 있었지만, 그는 결코 집 안으로 들어가려 하지 않았지. (아버지 말에 의하면) 아마 그는 이렇게 믿고 있었던 모양이야. 내가 들어가려 하지 않는 것은, 검둥이들에게 내가 들어갈 수 없다고 말할 기회를 주는 게 싫어서가 아니라, 서트펜 나리가 나 때문에 검둥이들에게 욕을 하거나 부인을 나무라는 소리를 듣는 것이 싫어서 그런 거야. 그러나 그들 두 사람은 일요일 오후에 포도 넝쿨 정자 아래에서 자주 같이 술을 마시곤 했지. 그리고 그는 평일에는 서트펜이 검은 말을 타고(그가 말한 것과 같이 서트펜의 모습은 훌륭했다.) 농원 안을 달리고 있는 모습을 보고 있었어. 그리고 아버지 말에 의하면, 그 순간 워시의 가슴은 평온하고 자랑스러웠던 거야. 그리고 신에 의하여 창조되고 저주를 받아 짐승처럼 백인들의 노예가 되었다고 성경에 기록된 검둥이들이 그와 그의 손녀보다 돋보이고, 더 좋은 집에서 더 좋은 복장을 하고 있는 이 세계 ─ 그가 언제나 검둥이들의 비웃고 조롱하는 웃음소리가 귓전에 메아리쳐 오는 가운데 걷고 있는 이 세계는 하나의 꿈이었고 환상이었어. 현실 세계는 (아버지 말에 의하면) 그가 숭배하는 대상인 고독한 서트펜이 검은 종마를 타고 달리는 세계로만 보였고, 성경에 모든 인간은 신의 형상대로 창조되었다고 쓰여 있으니, 신의 눈으로 본다면 인간은 모두 평등한 것이며 적어도 신에게는 똑같이 보이리라고 생각하면서 그는 서트펜을 보고 멋지고 당당한 위인이야. 만일 신이 이 세상에 내려오셔서 말을 타시면 저와 같은 모습이 되려고 원하시겠지 하고 생각하는 것이었어. 아마 워시 자신이 그 첫 번째 구슬 목걸이를 전달해 주고, 그 후 삼 년간 리본도 계속 전달해 주었을 거라고 아버지는 말했는데, 그동안 그 소녀는 그 또래의 다른 소녀들처럼 빨리 성숙하게 자랐어. 어쨌든 그녀가 어디서 어떻게 그것을 입수하게 되었는지에 대해 거짓말을 했을 때도 워시는 그녀가 달고 있는 리본이 어느 것이나 눈에 익었을 것이고, 그녀로서도 워시가 그 리본을 삼 년간 매일 진열장에서 보아 와서 자기 구두처럼 잘 알고 있을 것인 만큼, 거짓말을 못했을 것이라는 거야. 그 리본들을 기억하고 있는 사람은 워시만이 아니었어. 상점의 베란다 부근에 앉거나 웅크리고서 그녀가 지나가는 것을 눈여겨 본 손님이나 놈팡이들이나 그 밖의 모든 백인과 흑인들도 그 리본을 본 적이 있었지. 그녀는 오만하지 않았어. 그렇다고 굽실거리지도 않고, 목걸이나 리본을 과시하는 기색을 보이지 않는가 싶다가도 다소 그런 기색을 보이기도 하면서, 어쨌든 대담하고 새침한 얼굴로 두려운 듯이 지나가고 있었지. 그러나 아버지 말에 의하면, 워시는 그녀의 드레스를 보고 그것에 대해 말을 한 후에도 그의 마음은 평온했지만, 다만 약간 심각해져서, 그녀가(그가 묻기도 전에, 물을 틈도 안 주고 너무나 집요하게) 그에게 미스 주디스가 자기에게 그걸 주었고 또 자기가 만드는 것을 도와주었다고 말하는 동안 그녀의 얼굴을 지켜보고 있었지. 그리고 아버지 말에 의하면, 그는 가게 베란다 위에 있는 한 무리의 사람들 앞을 지날 때, 그들이 자기를 계속 지켜본다는 것과, 그들이 생각하고 있는 것을 그가 짐작했다는 것을 그들이 알고 있다는 것을 아무 경고도 없이 갑자기 깨달았던 거지. 그러나 아버지 말에 의하면, 그때만 해도 그의 마음은 아직 평온했으며, 그가 대답을 했다면, 그것은 항의와 불만을 중단시키는 대답이었어. '그래, 만약 대령님이나 미스 주디스가 그걸 너에게 주었다면 너는 그분들에게 감사하는 마음을 가져야 한다.' — 아버지 말에 의하면, 그는 놀라지는 않았어. 다만 깊이 생각하는 듯 엄숙해졌을 뿐이지. 그날 오후 할아버지는 무슨 일 때문에 말을 타고 서트펜을 만나러 갔는데, 가게 앞에 아무도 없어서 저택 쪽으로 향해 가는데, 집 뒤에서 말소리가 들려왔어. 그쪽으로 걸어가는 동안, 할아버지는 주고받는 말소리를 엿듣게 된 거지. 서트펜의 이름을 부르는 자신의 목소리는 그쪽에는 아직 들리지 않았지. 할아버지는 아직 그들을 보지 못했으며, 또 그들이 할아버지의 목소리를 들을 수 있는 곳에 있었던 것도 아니었지만, 그때의 상황은 정확히 알 수 있었어. 서트펜이 워시에게 술을 가져오라고 했는데, 워시가 무엇이라고 말했어. 서트펜은 그가 말하고 있는 것을 이해하기 전에는 워시가 술을 가져오지 않으리라는 것을 눈치 채고 기분이 상하기 시작했는데, 곧 워시의 말뜻을 깨닫고 한 발 뒤로 물러서더니 머리를 번쩍 쳐들고 워시를 쳐다봤지. 워시는 완고하고 침착한 태도로, 조금도 굽히지 않고 그 자리에 서 있었어. '드레스가 어쨌다는 거야?' 하고 서트펜이 따졌지. 할아버지의 말에 의하면, 서트펜의 목소리는 짧고 날카로웠으나, 워시의 목소리는 단조롭고 낮았으며 조금도 비굴하지 않고 참을성 있고 느린 것이었어. '저는 나리를 지금까지 이십 년간 모시고 있습니다. 저는 나리가 명하는 걸 이제껏 한 번도 거역한 일이 없었습니다. 저의 나이 이제 예순이 넘었습니다. 그 애는 이제 겨우 열다섯 살 난 소녀입니다.' 서트펜이 말했지. '내가 그 아이에게 해를 끼치기라도 할 거란 말인가? 자네와 똑같이 나이 먹은 내가?' 그러자 워시가 '만일 나리가 아니라면 저와 같이 나이를 먹었다고 하겠지만, 나리는 다릅니다. 나이는 그렇다고 하더라도, 저의 기분으로는 드레스든 무엇이든 나리 손에서 나온 건 무엇이고 그 아이에게 갖게 하고 싶진 않단 말씀이죠. 나리는 여느 사람들과 다릅니다.'라고 말했지. 서트펜이 '어떻게 다르단 말인가?' 하고 묻자, 워시는 대답을 안 했어. 할아버지가 다시 불렀는데, 두 사람은 역시 듣지 못했지. 서트펜이 '그래서 자넨 내가 두려운가?' 하자, 워시가 말했지. '두렵지는 않죠. 나리가 용감하기 때문입니다. 생애를 두고 일 초 동안이나 일 분 동안이나 한 시간 동안만 용감했던 것이 아닙니다. 나리가 리 장군으로부터 용감성을 칭찬하는 표창장을 받았다고 해서 이렇게 말하는 건 아닙니다. 나리는 살아서 호흡할 때 항상 용감하죠. 그 점이 바로 여느 사람들과 다른 점입니다. 무슨 증명서가 따로 없다 해도, 저는 그 점을 잘 알고 있습니다. 연대 병력이든, 무식한 소녀든, 사냥개든, 나리는 자신이 손을 댄 것은 모두 올바르게 취급했죠.' 할아버지는 서트펜이 갑자기 번개처럼 움직이는 소리를 들었어. 할아버지 말에 의하면, 그는 워시가 생각하고 있다고 상상한 것을 그도 생각했던 것 같았어. 그러나 서트펜은 다만 '술을 가져와.'라는 말뿐이었지. ─ '네, 대령님.' 하고 워시는 대답했어.

그러고 나서 그 일요일이 왔어. 그날로부터 일 년이 지났고, 서트펜이 미스 로자에게 먼저 아기를 한번 가져 보도록 하고, 만약 사내아기를 갖게 되면 살아 보고 결혼을 하자고 제의한 지 삼 년이 지났지. 아직 날이 밝기 전이었어. 그는 암말이 검은 종마의 새끼를 낳으리라 기대하고 있었기 때문에, 그가 그날 새벽에 집을 나서자 주디스는 마구간에 가는 것으로 생각했지. 주디스가 아버지와 워시의 손녀에 대해서 얼마나 많이 알고 있었는지를 아는 사람은 아무도 없었어. 이웃에 사는 백인과 흑인 어느 누구든지 모두 그 소녀가 눈에 익은 리본이며 목걸이를 달고 지나가는 것을 보았으니까 클라이티도 틀림없이 알고 있었을 텐데, 그녀를 통해(클라이티가 주디스에게 말했는지 안 했는지는 모르지만, 어느 편이든) 주디스가 얼마나 많이 알고 있었는지 아는 사람은 아무도 없었지. 또 그 드레스를 만드는 동안, 주디스가 그것을 파악하지 않으려고 얼마나 애썼는지는 아무도 몰랐어.(아버지 말에 의하면, 주디스는 실제로 그렇게 했고, 따라서 그 소녀가 워시에게 한 말은 거짓말이 아니었다는 거야. 그 두 여자는 거의 일주일 동안 아침부터 밤까지 단둘이서 집 안에서 지냈었다. 그때 그녀들 사이에 무슨 이야기가 오고 갔는지, 그 소녀가 속옷만을 입은 채 무뚝뚝하고 반항적이며 비밀스럽고 경계하는 표정으로 거기에 서서 무어라고 대답하고 무슨 이야기를 했는지, 또 그 이야기 내용에 대해서 주디스가 일부러 눈을 감으려 했는지 안 했는지 아무도 알 수 없었어.) 아버지가 식사 때까지 돌아오지 않자 주디스는 클라이티를 마구간에 보냈거나, 아니면 스스로 가 보았을 때, 말의 출산은 밤중에 이미 끝났고 아버지가 거기에 없음을 발견하게 되었어. 그래서 오후 늦게 약간 나이가 든 소년을 구해 동전 한 닢을 주면서 낚시 오두막에 가서 서트펜이 어디 있는지 워시한테 물어보게 했지. 소년은 휘파람을 불면서 오두막의 모퉁이를 돌아갔어. 아직 베지 않은 잡초 속에서 소년이 낫을 먼저 봤는지 시체를 먼저 봤는지 모르지만 어쨌든 보았고, 소년은 비명을 질렀어. 소년이 고개를 들어 보니 워시가 창문 쪽에 서서 그를 지켜보고 있었어. 그 후 일주일쯤 지나서 그들은 검둥이 산파를 붙잡아 전후 사정을 알게 되었지. 그날 새벽, 그녀는 워시가 밖에 있는 걸 전혀 몰랐었는데, 말발굽 소리가 나고 서트펜의 발소리가 들리더니 그가 들어왔다는 거야. 그는 소녀와 갓난아기가 누워 있는 엉성한 짚방석 침대 옆에 서서 '페넬로페(암말의 이름이야.)가 새벽에 새끼를 낳았어. 아주 훌륭한 수망아지야. 1861년에 내가 북쪽으로 타고 간 그 애비 말과 똑같은 말이 될 거야. 너, 그 말 기억하니?' 하고 말했다는 거야. 그 늙은 흑인 여자가 대답했지. '네, 주인 나리.' 그러자 서트펜은 말채찍으로 침대 쪽을 가리키더니 '야, 검둥이야! 수컷이냐, 암컷이냐?' 하고 물었어. 그녀가 대답하자, 그는 한참 동안 말채를 다리에 갖다 대고 꼼짝도 않고 있었지. 갈라진 틈을 메우지 않은 벽으로 새어든 햇빛이 격자무늬를 이루며 그의 흰 머리와 아직도 희어지지 않은 턱수염에 비쳤어. 검둥이 산파는 그의 눈과 턱수염에 가려진 이를 보고 달아나려 했지만 그럴 수 없었어. 다리에 힘이 빠져서 일어나 도망칠 수 없었지. 그는 다시 침대 위의 소녀를 보더니 '밀리, 너도 페넬로페 같은 암말이라면 참 좋을 텐데. 그러면 마구간에 깨끗한 칸을 하나 만들어 줄 수 있을 텐데 말이다.'라고 말했어. 그러고는 돌아서서 밖으로 나갔지. 그 검둥이 산파는 아직도 몸을 움직일 수 없었고, 밖에 워시가 있는 것조차 몰랐어. 그녀는 '비켜, 워시! 내게 손대지 마!'라는 서트펜의 말을 들었을 뿐이지. 그러자 겨우 들릴 만한 워시의 조용한 목소리가 들려왔지. '대령님, 내가 버릇 좀 가르쳐 드리겠소.' 서트펜이 '비키라니까, 워시!' 하고 날카롭게 소리 지르기가 무섭게, 워시의 얼굴을 채찍으로 내려치는 소리가 들려왔어. 그녀는 낫을 휘두르는 소리를 들었는지 못 들었는지 알지 못했어. 겨우 일어나 움직이게 된 그녀는 오두막을 빠져나와 잡초 밭으로 달렸기 때문이야……."

"잠깐." 슈리브가 말했다. "잠깐만 기다려. 그는 바라던 아들을 드디어 얻게 되었다는 거잖아. 그런데도 아직까지 그는……."

"……한밤중 조금 전에 늙은 검둥이 산파를 데리러 3마일쯤 걸어갔다 온 후 날이 샐 때까지, 내려앉고 있는 베란다에 앉아서 서트펜을 기다리고 있었어. 그때 오두막 안에서 손녀의 울음소리가 그치고 아기의 울음소리가 들려왔어. 아버지 말에 의하면(그는 숨기려고 하지 않았어.) 지난 넉 달 내지 다섯 달 동안, 누가 봐도 임신이 명백한 손녀의 몸을 보고 사람들이 어떻게 수군거렸는가를 잘 알고 있었듯이, 그는 이번 일도 해 질 녘까지 이곳 모든 오두막에서 화젯거리가 되리라는 것을 잘 알고 있었으나, 그래도 마음은 느긋했어. 아버지 말에 의하 면, 그는 늙은 검둥이 산파의 말을 듣고 바깥 베란다에 서 있 으면서 이런 생각을 하고 있었지. 워시 존스는 드디어 늙은 서트 펜의 덜미를 붙잡은 거다. 이십 년이나 걸리긴 했지만, 늙은 서트펜 은 이제 꼼짝 못해. 그는 안달을 하거나 비명을 지를 수밖에 별도리 가 없다. 아마도 그는 베란다의 기둥 곁에 서 있었던 것 같아. 녹슨 낫이 이 년 동안이나 기대어 있던 그 기둥 곁에 말이야. 손녀의 울음소리가 시계 소리처럼 규칙적으로 들려와도 그의 마음은 편안했고, 조금도 걱정하거나 놀라지 않았지. 또 아버 지 말에 의하면, 그는 마치 짙은 안개 속을 더듬듯이 이것저것 (서트펜의 도덕성과 아주 비슷한 그의 도덕성에 의하면, 어떤 사실 과 어떤 관습 그리고 다른 어떤 일이 있더라도 자신이 정당하다는 거 지.) 생각하고 있는 사이에, 아무도 기억하지 못했던 옛날 평 화로운 시대에도 그랬지만, 그의 머릿속에는 달리는 말발굽 소리가 들려왔어. 그가 참가한 일이 없는 사 년간의 전쟁 중의 그 말발굽 소리가 더욱 용감하게, 더욱 자랑스럽게, 천둥 소리 처럼 더욱 크게 울려 왔지. 아버지 말에 의하면, 그는 해답을 얻은 모양이었어. ──새벽녘의 누런 하늘을 배경으로 훌륭하 고 당당한 말을 탄, 그 훌륭하고 당당한 남자의 모습이 어지간 한 속도로 달리다가 갑자기 뚜렷하게 나타나자, 이리저리 방 황하던 그의 생각도 맑아지기 시작하여 깨끗이 정리되어 버 렸지. 그것은 변명도, 설명도, 정상 참작을 청하는 것도, 사과

하는 것도 아니었어. 그것은 더듬거리며 헤매는 인간이 미치지 못하는 고고한 신의 모습으로 나타난 것이었어. 우리와 우리 가족들을 죽이고, 그의 처를 죽이고, 딸을 미망인으로 만들고, 아들을 집에서 내쫓고, 그의 검둥이들을 훔쳐 가고, 그의 땅을 파괴한 모든 양키들(북부인들)을 모두 합친 것보다 그는 더 크다. 그리고 그는 이 군(郡)에 정착했고, 그 보답으로 이 군은 그에게 빵과 고기를 주기 위하여 작은 가게를 열게 한 것인데, 그는 이 군 전체보다도 더 크다. 성경에 나오는 그 고배(苦杯)처럼 그의 입술에 데인 조소나 부정(否定)보다도 그는 더 크다. 이십 년간이나 그의 곁에 살면서 어떻게 영향을 받지 않을 수 있으며, 또 변하지 않을 수 있었겠는가? 나는 그 사람만큼 잘난 것도 아니고, 또 그 사람만큼 말을 달리게 하지도 못했다. 하지만 적어도 나는 그와 운명을 같이해 왔다. 그리고 자기를 위해 해 주기를 바라는 건 무엇이든 내게 알려 주기만 하면 그와 나는 지금이라도 그 일을 할 수 있고, 앞으로도 할 수 있을 거다. 그리고 서트펜이 오두막에 들어간 후에도, 아직도 거기에 서서 말고삐를 쥔 채, 달려가는 말발굽 소리를 듣고, 말 타고 달리는 용감한 사나이의 이미지를 눈앞에 보고 있었던 거야. 세월이 흐르는 동안 여러 가지 사건을 거쳐 마침내 멋있는 클라이맥스에 도달하여, 휘두르는 군도(軍刀)와 총탄 맞아 찢긴 깃발 아래 영원히 그리고 영원히 죽지 않고, 색색으로 물든 하늘 아래 권태를 느끼는 것도 아니고 앞으로 나아가는 것도 아닌 채 천둥처럼 달려 내려갔지. 그러나 오두막 안에 들어간 서트펜이 그의 손녀에게 한마디로 간단히 인사하고, 물어볼 것을 물어보고는 작별의 말을 하는 것을 듣고 곧이어 그가 말채찍을 들고 나오는 것을 보자, 아버지의 말에 의하면, 워시는 순간 발밑의 대지가 무너지는 것을 느꼈음에 틀림없다는 거야. 그는 꿈꾸는 듯 조용히 생각했겠지. 내가 들은 말이 사실일 수가 있을까? 이럴 수가 있나? 그가 일찍 잠자리에서 일어난 것은 그것 때문이었구나. 그 망아지 때문이었어. 나 때문도, 내 손녀 때문도 아니야. 그가 일찍 일어난 것은 제 자식 때문이 아니었어. 그리하여 몸의 중심을 잃고 서트펜과 대면하고(서트펜은 지난 이십 년간 자기가 타고 있던 말처럼, 워시도 명령만 하면 움직이는 것으로 생각했지.) 섰을 때, 그는 자기도 모르는 사이에 '만일 내 손녀가 암말이라면 마구간에 근사한 방을 하나 만들어 줄 수 있을 거라고 했겠다?' 하고 말했지. 그리고 서트펜이 갑자기 날카롭게 '비켜, 워시! 내게 손대지 마!' 하고 말했지만, 그는 그 소리를 귀담아 듣지 않은 것 같았어. 그러나 '대령님, 내가 버릇 좀 가르쳐 드리겠소.' 하고 대답한 걸 보면, 서트펜의 말을 듣긴 들었음에 틀림없어. 그러자 서트펜은 '비키라니까, 워시!' 하고 다시 소리쳤고, 그 늙은 산파는 채찍으로 후려갈기는 소리를 들었다는 거야. 두 번만 내리쳤어. 그날 밤, 워시의 얼굴에는 두 줄의 채찍 자국이 나타났지. 두 번 맞고, 워시는 쓰러졌는지도 몰라. 그리고 일어나려 할 때 낫을 잡은 모양이야……."

"잠깐." 슈리브가 말했다. "잠깐만 기다려, 제발. 너는 그가……."

"……그는 온종일 거기 작은 창문가에 앉아서 도로 쪽을 지켜보고 있었지. 아마 그는 그 큰 낫을 놓고는 집 안으로 바로 들어갔어. 담요 위에 앉은 손녀가 무슨 일이냐고 불만스럽게 따져 묻자 '무슨 일은 무슨 일. 소란이라니? 얘야.' 하고 대답했지. 그리고 그는 그녀의 기분을 달래기 위해 아마 토요일 밤에 가게에서 가져온 베이컨과 캔디 — 무늬 종이에 싼, 곰팡내 나는 값싼 막과자 — 를 그녀를 설득해서 먹이려고 했던 거야. 그리고 자신도 식사를 한 후, 창가에 앉아 아래쪽에 있는 잡초밭 속의 시체와 낫을 바라보면서, 도로를 지켜보고 있었지. 거기에 아까 말한 약간 조숙한 소년이 휘파람을 불면서 집 모퉁이를 돌아 그의 얼굴을 쳐다본 거지. 그리고 아버지 말에 의하면, 그는 날이 어두워지기 훨씬 전에 뭔가 일어날 거라고 예측했던 거야. 거기에 앉아 있는 사이에, 말과 개와 총을 가진 사람들이 모여들 것을 직감했음에 틀림없어. 그는 그들 — 서트펜처럼 호기심과 복수심이 강한 사나이들 — 워시가 포도 넝쿨 정자까지밖에 저택 쪽으로 더 가까이 갈 수 없었던 옛날, 자주 서트펜과 함께 식사를 했던 그들 — 무슨 일에나 남들의 앞장을 서서 다른 겁먹은 자들에게 전쟁에서 싸움하는 방법을 가르쳐 주고, 서트펜처럼 제일가는 용감한 사람이라고 장군이 서명한 표창장을 받은 사나이들 — 서트펜처럼 옛날엔 좋은 말을 타고 좋은 농장을 거만하게 또 당당하게 달렸던 그들 — 서트펜처럼 칭찬과 희망의 상징이며, 절망과 슬픔의 도구였던 그들 — 이런 자들로부터 도망치려고 했지만, 도망쳐 봐야 도망치지 않는 것만 못하다는 생각이 들었어. 그들은 같은 종류의 집단이었기 때문에, 그가 아는 지상에서는 어디를 가든 뛰어야 벼룩인 것처럼 생각된 거야. 그는 또 너무 늙어서 제 아무리 힘껏 멀리 도망친다 해도 그들로부터 완전히 벗어날 수는 없었어. 그들이 거주하고 있으며 질서와 생활의 법을 규정하고 있는 이 세상의 경계를 넘어서서 멀리 달아나기란 육십이 넘은 그에게는 불가능했던 거야. 그리고 아버지 말에 의하면, 그는 생전 처음, 북군이나 다른 어떤 군대가 그들을 ─ 사나이답고 자랑스럽고 용감하다는 이름을 떨친 그들을, 용기와 명예와 자존심을 지닌 정예라고 불리던 그들을 어떻게 패배시킬 수 있었나 하는 그 이유를 이해하기 시작한 것 같았어. 해 질 무렵 그는 그들이 아주 가까이에 와 있음을 느낄 수 있었어. 아버지 말에 의하면, 그에겐 그들의 말소리까지 들리는 것 같았지. ─ 눈앞에 닥친 격렬한 분노 너머 내일, 내일, 내일 하고 웅성대는 소리가 들리는 것 같았어. 마침내 늙은 워시 존스는 쓰러졌어. 그는 서트펜을 해치웠다고 생각했지만, 반대로 서트펜이 그를 우롱한 거야. 늙은 워시 존스는 그를 해치웠다고 생각했지만, 우롱당한 거야. 그리고 아버지 말에 의하면, 그는 '대령님! 저는 전혀 생각도 못한 일입니다. 전혀 말입니다!' 하고 큰 소리로 외쳤어. 그러나 손녀가 또 몸을 움직이며 투덜거렸기 때문에, 그는 손녀에게 가서 달래 주고 다시 제자리에 돌아왔지. 그는 또 혼잣말을 하기 시작했는데, 이번엔 서트펜이 가까이 있는 것처럼 느껴져서 그에게 들릴지도 몰라 큰 소리를 내지 않도록 조심해서 소리를 낮추어 말했지. '저는 말입니다. 저는 딴 사람에게는 아무것도 바라지 않았지만, 나리에게만은 기대하고 있었죠. 그래도 저는 요구하지는 않았죠. 그렇게 할 필요는 없다고 생각했으니까 말입니다. 저는 그저 마음속으로 이렇게 생각하고 있었을 뿐이죠. 그렇게 할 필요는 없다. 리 장군이 그 용기를 칭찬하여 손수 표창장까지 내린 사람을 워시 존스 같은 사람이 어떻게 이상하게 생각하거나 의심할 필요가 있겠는가? 용사(勇士).'(그리고 아마 다시 잊어버리고 큰 소리로 말했겠지.) '용사! 그들이 1865년에 하나도 돌아오지 않았다면 좋았을 것을.' 그리고 또 생각했겠지. 그 같은 사람도 나 같은 사람도 이 세상에 태어나지 않았으면 좋았겠지. 또 다른 워시 존스 같은 사람이 일생을 엉망으로 짓밟히고 불 속에 던져진 마른 콩깍지마냥 찌들어 버릴 바에야, 이 세상에 살아남아 있는 우리는 모조리 이 땅에서 사라져 버리는 게 좋을 거야. 그때 그들이 말을 타고 나타난 거야. 워시는 그들이 말을 타고 개를 데리고 한길로 내려오는 소리를 들었음에 틀림없고, 또 이젠 날이 어두워졌기 때문에 등불이 보였음이 틀림없어. 그러자 당시 보안관이던 드 스페인 소령이 말에서 내려 시체를 보았어. 그는 워시가 바로 눈앞의 유리창 안에서 조용히 그의 이름을 불렀을 때 비로소 그를 보았고, 그 전까진 워시가 거기에 있는 것도 몰랐어. '소령님이시군요?' 하고 워시가 말했지. 드 스페인 소령은 워시에게 나오라고 명령했어. 그는 곧 나가겠다고 대답했는데, 그의 목소리는 아주 조용했어. '곧 나가죠. 잠깐 내 손녀를 좀 보살펴보고요.' 너무나 조용하고 침착한 목소리였기 때문에 드 스페인 소령은 잠시 그것이 너무나 조용하고 침착하다는 사실을 깨닫지 못했어. '그 여자는 우리가 돌볼 테니 너는 곧 나와.' 하고 소령은 말했지. '네, 소령님, 곧 나가죠.' 하고 워시가 대답했어. 그래서 모두 어두운 오두막 앞에서 기다렸어. 아버지 말에 의하면, 그 이튿날이 되어서야 사람들은, 그가 면도날처럼 날카롭게 갈아 몰래 숨겨 두었던 도살용 칼 — 게으름뱅이 생활을 하면서도 그가 자랑하고 소중히 간직해 온 단 하나의 물건 — 이 생각났지만, 그때는 이미 때가 늦었지. 그들은 워시가 무엇을 하고 있는지 알 수 없었어. 그들은 그가 어두운 오두막 안에서 움직이는 소리를 들었을 뿐이었어. 그리고 손녀가 짜증나는 소리로 '할아버지, 누구예요? 램프에 불을 켜요.'라고 말하는 소리도 들었지. 그러자 그의 말소리가 들려왔지. '불을 켤 필요는 없단다, 애야. 일 분도 걸리지 않을 테니.' 그래서 드 스페인 소령이 권총을 빼들고 소리쳤지. '야, 워시! 거기서 나와!' 그래도 워시는 대답하지 않았어. 그는 손녀에게 중얼거렸지. '너 어디 있니?' 그러자 '바로 여기요. 제가 어딜 가나요, 뭐?' 하고 초조한 목소리로 손녀가 대답했지. 그때 드 스페인 소령이 '존스!' 하고 소리치며 부서진 계단을 더듬어 올라갔지. 그 순간 손녀의 비명 소리가 들려왔어. 나중에야 거기에 있던 모든 사람들이 그 칼로 목을 베는 소리를 두 번 들었다고 주장했지만, 드 스페인 소령은 그렇게 생각하지 않았어. 소령은 다만 워시가 베란다에 나왔기 때문에 자기는 뒤로 펄쩍 뛰어 물러났는데, 워시가 자기 있는 쪽으로가 아니라 시체가 있는 베란다 끝으로 달려가고 있었다고 말했을 뿐이야. 그는 낫에 대해서는 생각하지 못했다는 거야. 소령은 2, 3피트 뒤로 펄쩍 물러났는데, 워시가 몸을 구부렸다가 다시 일어나는 걸 보았지. 이번에는 소령 쪽으로 달려온 거야. 소령의 말에 의하면, 워시는 모든 사람들을 향하여 그들이 들고 있는 등불 쪽으로 달려왔기 때문에, 그가 낫을 머리 위로 치켜들고 있는 것을 보았어. 모든 사람들이, 어떤 소리나 외침도 없이 낫을 머리 위로 치켜든 채 곧장 등불과 총구(銃口)들을 향해 달려오는 그의 얼굴과 눈을 볼 수 있었지. 드 스페인 소령은 뒤로 물러서면서 소리쳤어. '존스! 멈춰! 멈추지 않으면 쏠 테다. 존스! 존스! 존스!'"

"잠깐." 슈리브가 말했다. "그렇게 고생한 끝에 바라던 아들을 얻었는데, 어쩌면 그렇게 마음이 변해서……."

"그렇지. 그날 오후, 우리 할아버지의 사무실에 앉아서 머리를 약간 뒤로 제끼고, 옛날 4학년 때의 헨리에게 산술을 가르쳐 주기라도 하듯이 할아버지에게 설명했지. '글쎄올시다. 내가 원한 것은 아들뿐입니다. 그것은 내 사정을 감안해 볼 때 자연으로부터 요구한 엄청난 선물이라고 생각하지는 않습니다만…….'"

"기다려 줄래?" 슈리브가 말했다. "……그가 애써 얻은 아들이 바로 자기 등 뒤 오두막 안에서 자고 있는데, 그는 무엇 때문에 그 할아버지를 조롱하여 자기 자신과 아들이 모두 죽음을 당하게 하지 않으면 안 되었을까?"

"……뭐라고?" 퀜틴이 말했다. "그건 아들이 아니라 계집애였어."

"아." 슈리브가 말했다. "……가자. 이 빌어먹을 냉장고에서 나가 잠이나 자자."

제8장

오늘 밤에는 심호흡을 하지 못할 것이다. 얼어붙고 텅 빈 안뜰위의 창문은 닫혀 있었고, 반대쪽 벽의 창도 두서너 개를 제외하고는 벌써 모두 깜깜해졌다. 이윽고 자정을 알리는 종이 아주 차갑고(이제 눈은 더 이상 내리고 있지 않았다.) 고요한 공기 속에서 잔잔하고 희미하면서도 유리알처럼 맑은 선율로 울릴 것이다. "그래서 그 노인은 검둥이를 보내어 헨리를 불러 오도록 했던 거야." 슈리브가 말했다. "그리고 헨리가 오자 그는 '그들은 결혼할 수 없어. 너와 그 자식은 형제지간이니까.'라고 말했지. 그러나 헨리는 스위치를 누를 때 방 안에 불이 들어오듯 그 사이 아무런 공간이나 간격도 없고 아무것도 없이 대뜸 '그렇게 조급하게 거짓말하지 마세요.'라고 말했지. 하지만 노인은 앉은 채 움직이지도 않았고, 헨리를 때리려고도 하지 않았지. 헨리는 두 번 다시는 '거짓말하지 마세요.'

라는 말을 못했어. 헨리도 그게 사실인 것을 알았기 때문이지. 그래서 그는 '나는 그런 사실을 믿지 않습니다.'라고 말하지 못했고, 다만 '그건 사실이 아닙니다.'라고만 말했지. 헨리가 그렇게 말한 것은 아마 그가 악귀처럼 생각한 아버지의 얼굴에서 비탄과 연민의 기색을 본 때문이겠지. 자신에 대한 것이 아니라 헨리에 대한 비탄과 연민 말이야. 노인의 생각으로는 자신에겐 아직 용기와 영민함이 있었는데 반해 헨리는 아직 미숙하기 때문이겠지."

슈리브는 탁자 옆에 서서, 앉지도 않은 채 다시 한 번 퀜틴을 정면으로 보았다. 잠옷 위에 외투를 걸치고 단추를 아무렇게나 채우고 퀜틴을 빤히 쳐다보고 있는 슈리브의 모습은 마치 털이 헝클어진 곰처럼 덩치가 크고 볼품이 없었다. 퀜틴(남부 사람인 그의 피는 아마 격렬한 감정 변화에 잘 적응할 수 있기 때문에, 혹은 아마 그의 피는 피부 바로 아래 가까이 흐르므로 쉽게 차가워지기 때문에, 그는 열광적인 흥분 상태에 빠져들지 않고 냉정함을 유지하는 합리적인 존재이다.)은 양팔로 자신을 따뜻하게 끌어안으려는 듯 두 손을 호주머니 속에 쑤셔 넣고 등을 구부린 채 의자에 앉아 있었는데, 그의 얼굴이 등불의 빛을 받아 허약하고 파랗게까지 질려 보였다. 장밋빛으로 빛나는 등불에는 아늑하고 따스한 느낌은 전혀 없었다. 둘이서 뿜어내는 입김이 차디찬 방 안을 뿌옇게 채웠다. 거기에는 이제 둘이 아니라 네 명이 있었다. 하얀 입김을 뿜고 있는 두 사람은 이제 각각 별개의 개인이 아니라, 청춘의 심장과 피를 같이 나눈 쌍둥이와 다름없었다. 슈리브는 열아홉 살로 퀜틴보다는 두서너 달 아래였다. 슈리브는 정확히 열아홉 살로 보였다. 그는 자기 나이와 너무나 똑같이 보였기 때문에, 아무래도 겉모습에 흘려서 도저히 그 나이로 보인다고는 믿어지지 않을 그런 사람 중의 하나였다. 그들이 자기는 몇 살이라고 주장해도, 혹은 사람들이 몇 살일 거라고 다그치는 바람에 그렇다고 대답해 버려도, 혹은 누군가 딴 사람이 그들을 몇 살이라고 얘기를 해도, 아무도 마음속으로 정말이라고 생각하지 않을 그런 사람 중의 하나였다. 청춘인 퀜틴의 심장과 피는 두 사람, 천 명, 아니 모든 사람들을 기꺼이 수용할 수 있을 만큼 강렬한 것이었다. 즉, 슈리브는 그들 둘 사이에서 나눈 이야기를 말하고 있지만, 그들은 그들이 묘사하고 있는 많은 사람들을 구체화하고 있는 것 같다. 그들 두 사람은 모두 뉴잉글랜드 지방 대학의 기숙사에 있는 것이 아니라, 그들 중의 하나는 육십 년 전 미시시피 주의 서재에 있었다. 그곳에는 감탕나무 가지와 겨우살이가 벽난로 위에 있는 꽃병에 꽂혀 있기도 하고 벽에 매달려 있기도 했다. 벽에 걸린 여러 가지 그림이 계절의 감각을 보태어 주고, 한두 가지의 작은 나뭇가지가 책상 위의 그룹 사진 — 어머니와 두 아이 — 을 장식해 주고 있었다. 그 책상 뒤에 아버지가 앉아 있을 때, 아들이 들어왔다. 두 사람 — 퀜틴과 슈리브 — 은 그때의 일을 회상하기 시작했다. 아버지는 말을 시작했고, 그 말이 끝나기도 전에 아들은 잠시 충격을 받았으나 곧 상황을 이해하게 되었으며, 아버지의 머리 너머 창 저편으로 정원에 있는 누이동생과 그 애인을 보았고, 둘은 천천히 걸으면서 누이동생은 고개를 숙인 채 애인의 말에 귀를 기울이고 있었고, 그녀의 애인도 그녀 위로 머리를 기울이고는 이야기에 열중하고 있었다. 둘은 눈으로가 아니라 마음으로 리듬이 있는 걸음으로 하얀 꽃들이 별처럼 흩어져 피어 있는 숲 속으로 천천히 사라져 갔다. ― 숲 속에는 재스민과 조팝나무, 인동덩굴 그리고 셀 수도 없고 냄새도 없고 또 꺾을 수도 없는 금앵자(金櫻子) 같은 것들이 피어 있었다. ― 그 꽃들을 가꾸어 온 온화한 바람이 처음으로 슈리브의 머리 위로 스쳐 갔지만, 그는 그 꽃들의 이름은 말할 것도 없고 본 적도 없을 것이다. 그리고 그 정원의 계절 역시 겨울이었다는 것이 여기 캠브리지에서도 문제가 되지 않았다. 그러므로 그 후의 그 정원에서 일어났던 사건을 봐도 밤이었기 때문에, 누군가가 거닐고 있는 모습을 상상했다 하더라도 꽃과 나뭇잎 들은 없었을 것이다. 그러나 그것은 너무나 오래전 일이기 때문에 문제가 되지 않았다. 여하튼 그들 두 사람(퀜틴과 슈리브)에게는 문제가 되지 않았다. 그들 두 사람은 이제 결혼을 반대한 아버지와, 아버지에게 반항하여 집을 뛰쳐나간 자식과, 순순히 운명을 받아들인 연인과, 그를 잃고 비탄에 빠지지 않았던 그의 연인 등과 마찬가지로 육신이 자유로워져, 꼼짝하지 않고도 벽난로 가에서 뜰로 나가 말안장이 있는 곳으로 가는 따위의 지루한 절차를 밟지 않고도 그 12월의 밤과 그 크리스마스의 새벽, 그 평화와 환희의 날, 감탕나무 가지의 크리스마스 트리와 호의로 가득 찬 크리스마스 선물이 있고 벽난로에 통나무를 올려놓고 있던 날에, 얼어붙은 바퀴 자국을 밟으며 상상 속에서 말을 달릴 수 있었다. 그리하여 두 사람이 아니라 네 사람이 그 당시 그곳에 두 필의 말을 타고 칠흑 같은 어둠 속을 달리고 있었다. 그리고 나태한 몰염치보다는 명예를, 부유하고 안일한 수치보다는 사랑을 더 높이 평가하는 그 불멸의, 덧없는, 최근의 현세를 넘어선 피가 흐르고 있는 동안은, 그들 스스로가 서로를 어떤 이름으로 어떤 얼굴로 부르고 불리든 간에 두 사람에게는 문제가 되지 않았다.

"그리고 본은 그런 사실을 몰랐어." 슈리브가 말했다. "그 노인은 꼼짝도 하지 않고 있었고, 이번에는 헨리도 '거짓말하지 마세요.'라고 말하지 않고, '그건 사실이 아닙니다.'라고 말했어. 그러자 노인은 '그러면 그놈에게 물어봐. 찰스에게 물어보란 말이야.'라고 말했지. 그러자 헨리는 그것이 아버지의 변함없는 뜻이라는 것을 알았어. 그리고 그가 아버지에게 거짓말을 한다고 했을 때, 그것이 자기 자신을 뜻하는 것임을 알았어. 왜냐하면 그의 아버지가 '그놈은 네 형이야.'라고 말하지 않고, '그놈은 그동안 자기가 너의 형이고 너의 누이동생의 오빠라는 것을 내내 알고 있었어.'라고 말했기 때문이야. 하지만 본은 알지 못했던 거야. 들어 봐, 네 아버지가 그것을 말한 것을 기억해 보라고. 그 — 그 늙은이, 그 악귀 — 는 전처(前妻)가 어떻게 자기를 찾아내어 뒤쫓아 왔는지를 한 번도 의아하게 생각지 않았던 것 같아. 그녀에게 위자료로 돈을 지불하고 그녀와의 관계를 깨끗이 정리하였으니까, 그녀와의 관계가 깨지고(그는 그렇게 생각했지.) 찢기고 바람에 날려간 것을 자기 눈으로 확인한 날로부터 삼십 년간 그녀가 무엇을 하고 있었는지에 대해서는 한 번도 생각해 본 일이 없었을 거야. 다만 그녀가 그렇게 했던 것인데, 그녀는 어떻게 그를 추적할 수 있

었고 또 추적하기를 원했을까? 하고 생각했어. 어쨌든 본에게
진실을 말해 준 것은 그녀가 아니야. 그녀는 자신이 아들에게
그런 사실을 말해 주었다고 그 악귀가 믿을까 봐 오히려 더욱
말하지 않았지. 아니면 그에게 말하는 것을 피하지 않았는지
도 모르지. 자기 뱃속에서 나온, 끊으려야 끊을 수 없는 단 하
나의 혈육인 외로운 아들처럼 자기가 모욕을 당했다든가 고
생했다든가 하는 것을 이야기할 만큼 가까운 어떤 사람이 있
을 수 있다고는 결코 생각하지 못했을걸. 아니면 그가 크기 전
부터 이미 그 사연을 이야기해 왔는지도 모르지. 그리고 그가
이야기를 알아들을 수 있을 만큼 컸을 때까지 그녀가 그 이야
기를 너무나 많이 그리고 너무나 열심히 했고, 더욱이 그 말들
이 그녀에게 아무런 의미를 갖지 못했기 때문에 그 말들은 그
녀에게 더 이상 큰 의미가 없었어. 그래서 그녀는 자기가 얘기
하고 있다고 생각하면 마음이 가라앉았지만, 마음이 가라앉
았다고 생각하는 순간 다시 증오심과 분노로 떨면서, 잊지 못
할 추억에 고민하면서 잠 못 이루는 밤을 보내야 했기 때문인
지도 몰라. 아니, 아니, 그녀는 정말 자식에게 알리고 싶지 않
았을 거야. 혹은 그녀는 예측할 순 없었지만 언젠가는 반드시
오고야 말(그렇지 않으면 그녀도 로자처럼 살아온 것을 부정하지
않으면 안 될 테니까.) 순간 ── 사실을 안 그(본)가 아버지와 (얼
굴을 마주하지는 않더라도) 어깨를 나란히 하고 서서, 다음 일은
숙명이나 운이나 정의나 그 무엇에게 맡기는 순간(사실 그 결
과는 그녀가 생각했거나 원했거나 꿈꾸기조차 못했던 훌륭한 것이
었어. 네 아버지 말로는, 그녀는 도대체 어떤 여자인지 몰라도 그때

전혀 놀라지 않았다는 거야.) —— 그런 순간에 대비하여 그를 훈
련시켰을지도 모르지. 그녀는 그 악귀가 자기의 도덕적 장부
에 수지(收支) 맞추기를 포기하고 자진해서 그녀에게 건네 준
돈으로 열두 사람 정도를 고용할 수도 백 사람을 살 수도 있었
으니까 조금도 그럴 필요가 없었는데도 자기 손으로 그를 양
육했고, 몸을 씻겨 주고 먹여 주고 잠자리를 만들어 주고, 다
른 애들이 재미있어 하고 즐기고 탐내는 캔디나 장난감 같은
것을 분량을 잰 약처럼 자기 손으로 주면서 그를 훈련시켰을
지도 모르는 일이고. 그것은 수많은 조련사와 마부를 거느릴
수 있는 백만장자가 아직 이겨 본 일도 없는 말 한 마리만으로
마부와 말 그리고 의지를 한순간에 하나로 조화롭게 만들기
위해 (백만장자) 자신이 조련복을 입고 땀과 마구간의 오물 속
에 묻혀 참을성 있게 견디는 것과 같았어. 그녀는 '그가 네 아
버지란다. 그는 너와 나를 버리고 너에게 자기 성을 붙이는 것
조차 허락하지 않았단다. 이제 가거라.' 하고 말할 순간을 기
다리며 자식을 키워 온 것이었어. 그리고 그녀 자신은 뒤에 앉
아서 신으로 하여금 그 일을 끝내게 하고 싶었던 거야. —— 피
스톨로 쏘아 죽이든, 칼로 찔러 죽이든, 심한 고통을 가하든,
파멸시키든, 혹은 슬픔이나 고뇌를 하게 하든, 어쨌든 신에게
그 일을 하게 하거나 혹은 역사의 수레바퀴를 돌리게 하고 싶
었던 거야. 맙소사, 그 어린 소년의 모습이 눈에 선히 보이지
않나? —— 그 어린 소년이 자신의 이름이나 혹은 그가 살고 있
던 마을의 이름 혹은 그러한 이름들을 입 밖에 내어 발음하는
법을 배우기도 전에, 가끔 어머니의 억센(그러나 적어도 애정이

담겼다고 생각되는) 두 손이 놀고 있는 그를 낚아채듯 안아다가 딱딱한 두 무릎 사이에 끼고는, 그가 먹고 마시는 동물적 쾌락보다 먼저 알게 된 따스함과 안락함과 안전함을 지닌 얼굴로, 일종의 움직이지 않는 불꽃으로 그를 덮쳐 왔다는 것을 그는 벌써 알게 되었고, 또 내심 그러기를 기대했어. 그리고 그는 그 방해를 당연한 일, 생활상의 자연 현상의 하나로 받아들였지. (슬픔과 절망이 아니라 격렬한 복수심에 불타고 있어서) 거의 열병과 같은 격렬하고 견딜 수 없는 복수심에 가득 찬 그 얼굴을 그는 모성애의 또 다른 표시라고 생각했어. ― 그런데 그는 그 모든 것이 무엇에 대한 것인지 알지 못했던 거야. 그 분노와 증오 그리고 격한 동작으로부터 관련된 어떤 사실을 알아내기에는 아직 나이가 너무 어렸어. 무엇이 어떻게 된 건지 알 수 없었고 또 관심도 없었어. 다만 호기심으로, (그를 도와줄 사람은 없었으므로) 누구의 도움도 받지 않고 혼자 힘으로, 푸에르토리코나 아이티 또는 어딘가 자기의 출생지라고 막연하게 생각하고 있는 장소에 대해 제멋대로의 개념을 만들어 넣고 있었어. 그것은 마치 정통파 크리스천 가정에 태어난 아이가 자기의 출생지를 천국이나 양배추 밭이나 그 어딘가라고 제멋대로 생각하는 것과 마찬가지였어. 다만 그는 태어난 곳으로 되돌아가지 못하리라고 생각을 했다는 점에서(네 어머니라면 그럴 생각이 없겠지만) 다른 사람들과 달랐지.(그리고 네가 네 어머니 정도의 나이가 되었을 때, 마음속 어딘가에 그곳으로 돌아가고 싶다는 욕망에 가까운 어떤 생각이 숨어 있음을 깨닫는다면 그때마다 너 또한 깜짝 놀랄 거야.) 사람은 언제 어떤 이유로 태어난 곳에서 떠났는지는 알지 못하지만 다만 거기서 도망쳐 나왔고, 어떤 알지 못할 힘의 작용에 의해 그곳을 증오하게 되어 거기를 떠나게 되었고, 그렇기 때문에 언제나 그곳에 대한 증오심이 사라지지 않고 (평화로운 생활이라고까지 말할 수는 없지만) 조용하고 단조로운 생활을 하게 되었어도 용서할 수 없다는 것 그리고 그곳에 대해서는 아무것도 기억하고 있지 않지만, 그래도 그곳을 잊어버린 적은 없고, 또는 아마 잊어버리려고 하지도 않는다는 것에 대해 신에게 감사해야 한다는 것만은 알고 있지. ― 또 그는 무의식중에, 자기처럼 모든 아이들에게도 아버지가 없는 것이 당연하고, 누구에게도 해를 끼치지 않고 얌전히 놀고 있는 중에 거의 매일같이 자기보다 크고 힘이 센 누군가에게 낚아채여, 터진 수도관에서 솟아 나오는 것처럼 까닭 모를 분노와 열렬한 그리움과 복수심 그리고 질투의 노여움에 일 분이나 오 분 동안 사로잡히는 것이 모든 아이들이 유년 시절에 겪는 경험인데, 아이들의 어머니들은 그것들을 그녀들 자신의 어머니들에게서 그리고 그들은 또 푸에르토리코나 아이티 혹은 어디고 조상의 땅이긴 하지만 우리 중에 그 누구도 살아 본 적이 없는 장소에서 그것들을 물려받았다고 생각하고 있었어. 그리하여 그 아이가 커서 어른이 되어 아이를 가지면 그것을 또 다음에 전해 주지 않으면 안 되고(아마 그때는 너무나 수고스럽고 귀찮은 것이라고 생각해서, 아이를 갖지 않거나 적어도 없었으면 하고 생각하게 될 거야.) 따라서 사람들은 너 나 할 것 없이 모두 하나의 아버지, 하나의 개인적인 푸에르토리코나 아이티가 아니라, 현실의 산 육체가 경험한 일은 없고 단지 조상에게서 물려받은 옛날의 막연한 모욕과 분노의 혼돈 속에서 거의 예측할 수 있는 순간에 갑자기 하늘에서 휙 날아 내려온 것과 같은 어머니의 얼굴만을 갖게 되지. 그리고 살아 있는 모든 남자는, 저 막연하고 명확치 않아서 포착할 수 없는 수수께끼와 같은 한 부친에게서 파생되어, 도처에서 영원한 형제로서 하늘 아래 살고 있는 거야."

퀜틴과 슈리브는 서로를 뚫어지게 바라보았다. ── 바라보았다기보다는 노려보았다. ── 조용히 규칙적으로 뿜어내는 흰 입김이 무덤 속 같은 공기 속에서 서서히 희미하게 피어오르고 있었다. 둘이서 쳐다보고 있는 광경에는 좀 이상한 점이 있었다. 호기심에 차서 조용히 그리고 심각하게 서로를 바라보고 있는 그 모습은 아무래도 두 청년이 아니라 동정(童貞)의 젊은 남자와 젊은 처녀가 동정(童貞) 그 자체 때문에 ── 무엇인가를 남몰래 조용히 노골적으로 탐색하고 있는 태도였다. 그래서 서로를 바라보는 그들의 시선은 노인들의 삶을 억누르는 세월의 무게에 질질 끌리지 않고, 젊음 자체의 유동성 ── 열다섯 살이나 열여섯 살 때 잃어버린 모든 순간을 가볍게 쫓아가는 세월의 흐름과 같은 유동성을 가지고 있었다. "그리고 그는 성장하여 어머니의 치맛자락에서 벗어났어. 어머니는 바라지 않았지만(아마 그 자신도 바라지 않았겠지. 아니면 두 사람 다 바라지 않는지도 모르지만) 그는 그렇게 신경을 쓰지 않았어. 어머니가 무엇인가를 꾸미고 있다는 사실을 알았지만 그는 무관심했고, 그것이 무엇인지를 알지 못했지만 신경을 쓰지 않았어. 그는 훨씬 더 큰 후에야 어머니가 강한 집

넘을 가지고 자기 손으로 꾸미고 있는 일에 그를 도구로 이용하려고 그 목적에 알맞게 그를 만들어 훈련시켜 왔다는 것을 알았어. 자기는 어머니에게 속아서 그런 교육과 훈련을 받았다고 믿게(혹은 알게) 되었는지도 몰라. 그렇지만 그는 그것에 대해서도 신경을 쓰지 않았어. 그는 그때까지 세상에는 세 가지, 즉 호흡하는 것과 즐기는 것과 어둠밖에 없다는 것을 배웠기 때문이야. 그리고 돈이 없으면 쾌락이 있을 수 없고, 쾌락이 없으면 그건 살아서 호흡하는 게 아니라 빛이 없는 암흑 속에서 맹목적인 원형질(原形質)이 공기를 머금고 붕괴해 가고 있는 것과 같다고 생각하고 있었어. 그리고 그는 돈에 쪼들리지는 않았어. 어머니가 급박할 때 그를 강요하고 달래어 난관을 뚫고 나갈 수 있게 한 것은 돈뿐이라고 생각한다는 것을 그는 알고 있었기 때문이야. 그래서 그녀는 그를 돈에 궁색하게 만들지는 않았을 것이고, 그도 그것을 알고 있었어. 그래서 그는 어머니를 협박까지 해서 돈을 빼내기 위하여 '어머니는 내가 바라는 만큼의 돈을 주지만, 왜 어머니가 그러시는지 그 이유를 알고 싶진 않아요.'라고 말했는지도 몰라. 하기야 그의 어머니는 그를 훈련시키기에 너무나 바빠서 금전 관계를 생각할 틈이 없었을 거야. 증오와 광기에 신경이 곤두선 나머지 금전을 생각하거나 셈을 하거나 얼마만큼의 돈이 있는지 따위를 생각할 틈이 없었던 거야. 그래서 그가 쓰는 돈에 관한 모든 것을 점검하는 일은 변호사의 몫이 되었어. 그(본)는 일찍이 그것을 눈치 챘어. 백만장자가 그의 말[馬]이 조금만 땀을 흘려도 다음 날에 다른 기수(騎手)로 갈아치우듯이, 언제라도 어머니에게 가서 변호사의 험담을 할 수 있었어. 확실히 그랬어. 어음에 자기의 이름을 서명할 때 거기에 무엇이 적혀 있는지도 보지 않을 만큼 돈에 관심이 없는 광기(狂氣)의 백만장자 여인에게 고용되어 있던 그 변호사 — 본이 기억할 수 없는 옛날부터(그리고 그녀가 그것을 알지 못했다 하더라도 또는 그녀가 그것을 알았든 몰랐든 간에, 또는 그녀가 그것에 신경을 쓰기를 원했든 원하지 않았든 간에) 그가 비옥한 부토(腐土)로 변모할 날에 대비하여 그를 훈련하고 교육시키고 있던 모친 곁에서, 그가 이미 부토가 된 것처럼 갈고 심고 수확하고 있던 그 변호사 — 그는 아마 비밀 금고 속의 비밀 서랍에 비밀 서류, 전쟁에 나간 장군들이 갖고 있을 법한 색깔 있는 핀을 여기저기 꽂아 놓은, 온통 암호로 기재된 도표를 가지고 있었을 거야. 오늘 그가 25,000달러 가격의 처녀지 100평방마일을 술주정뱅이 인디언에게서 탈취하는 데 성공. 오늘 오전 2:31, 늪에서 가옥 건축용의 마지막 판자를 가져옴. 가옥 완성. 가격은 토지와 함께 40,000달러. 오늘 오후 7:52, 결혼. 중혼(重婚)의 위험이 있음. 가격 불변. 곧 살 사람이 없으면. 가망 없음. 같은 날 부부 생활을 시작. 그리하여 일 년 — 그리고 아마 날짜와 시간이 기입되고 — 아들. 실질 가치는 가정에 지나지 않으나 가옥과 토지의 경매 가격과 수확고를 합한 것에서 자식이 차지할 몫으로 4분의 1을 뺌. 정서적인 가치 더하기 100퍼센트 영배(零培) 더하기 수확고. 그 후 십 년, 자녀가 하나 내지 둘 이상. 실질 가치는 가옥과 개량된 토지의 경매 가격에 유동 자산을 합하고 자식이 차지할 몫을 뺌. 정서적인 가치 자녀 각 한 명에 대하여 매년 100퍼센트 더하기 실질 가치 더하기 유동 자산 더하기 신용. 그리고 아마 여기에도 또 날짜가 적히고 딸 — 너는 이 말 뒤엔 의문 부호가 찍혀 있는 것을 보았을 거야. 딸? 딸? 딸? 이라고 잇달아 쓰여 있는 단어가 작아져 가는 것은 그때 생각이 바로 끊겨 사라졌기 때문이 아니라, 오히려 똑똑 떨어지는 물줄기를 막대기로 막았을 때 그곳이 어디든지 주변에 번져서 서서히 물의 수위(水位)가 조금씩 증가하듯, 그때 막힌 생각이 약간 정지되었다가 넓혀져 갔기 때문이야. 변호사는 자물쇠가 달린 방 안에 조용히 앉아, 어머니가 갖고 있는 돈에서 본이 창녀를 사고 술을 마시는 데 쓰는 금액을 제하고 그리고 내일, 내달, 내년, 혹은 언젠가 서트펜에 대한 기회가 무르익는 날에는 얼마만큼의 돈이 남아 있을 것인가를 계산했지. 본이 말과 양복, 술과 도박 그리고 여자에게 탕진하고 있는 그 많은 현금을 생각하면서 말이야.(그는 그것이 비밀이었다고 하더라도 그 혼혈녀와 그 신분에 맞지 않는 의심스러운 결혼에 대해 그 어머니보다 훨씬 먼저 알았을 거야. 그리고 그는 또한 서트펜의 침실과 마찬가지로 혼혈녀의 침실에 스파이를 두었는지도 몰라. 심지어는 그가 그녀를 감추어 두고 조종했는지도 모르지. 변호사는 생각했을 거야. 본은 방황하기 시작하고 있다. 본을 제지할 방책이 필요하다. 묶어 놓은 밧줄은 아니더라도 무언가 간단한 방책, 그를 가두어 둘 울타리가 필요하다.) 그리고 돈의 지출을 억제하려고 한 사람은 그 혼자뿐이었어. 그러나 그가 애쓴다고 해도 거기에는 한계가 있었고 그 이상은 어떻게 할 수 없었지. 왜냐하면 본이 그의 어머니에게 가서 그가 원하기만 하면 경마용 말이 되어 황금 음식물이라도 얻을 수 있었지만, 기수(騎手)에 해당되는 자기는 조심하지 않으면 다른 새 기수와 교체된다는 것을 알았기 때문이야. —— 그는, 지금과 같이 간다면 이삼 년 후에는 어느 정도의 돈이 모일까 계산하는 한편, 서트펜 문제에서는 손을 떼고 남은 돈을 깨끗이 쓸어 모아 텍사스로 도망치는 편이 좋지 않을까 망설였지. 그런데 막상 그렇게 하려고 생각할 때마다 그는 본이 이미 써 버린 돈 생각을 안 할 수가 없었지. 십 년 전, 혹은 오 년 전, 혹은 작년에만 도망쳤더라도 더 많은 돈을 가질 수 있었을 것이라는 생각이 들었어. 그래서 그는 밤에 창문이 어슴푸레하게 변하기 시작하기를 기다리는 동안 매년 200퍼센트씩 증가하는 그 실질 가치만 없었더라면, 로자가 그랬다고 말한 것처럼 그 역시 그가 숨 쉬고 살아온 것을 부정하지 않을 수 없었을 거야.(혹은 숨 쉬고 살아오기가 싫었는지도 모르지.) —— 물이 막대기로부터 거슬러 올라 수면이 증가되고, 빛처럼 조용하고 끊임없이 그의 주변에서 퍼져 나갔을 때, 그는 그 자리에서 천리안과 같은 그 희고 투명한 것을 통해서 인생을 바라보는 거야.(이것은 인간의 불행이나 어리석은 행동 또는 무엇이라 부를 수 없는 그 어떤 것을 예견하는 능력 혹은 믿음일 거야.) 그래서 그는 앞으로 일어날지도 모르는 일뿐만 아니라 실제로 일어나고 있는 일을 알 수 있었지만, 그가 그것을 믿으려 하지 않은 것은 그것이 환상이기 때문이 아니라 거기에 사랑과 명예, 용기와 자존심이 걸려 있었기 때문이고, 믿을 경우에도 그것이 논리적으로 가능하다는 이유 때문이 아니라, 그것이 관계된 모든 사람에게 가장 불행한 일이 일어날 수 있는 가능성을 지니고 있었기 때문이지. 그리고 그에게 악덕이라든가 미덕, 혹은 용기라든가 비겁함을 증명하려면 현재 살아 움직이고 있는 사람들을 보여 주지 않으면 안 되는 것과 마찬가지로 그에게 죽음을 증명하려면 시체를 보여 주어야 한다 할지라도 그는 불행을 믿고 있었어. 그것은 인간의 행복이나 환희를 전부 신에게 맡기면, 신은 인간의 불행과 어리석은 짓 그리고 불운을 모두 코크와 리틀턴*의 이와 벼룩에게 넘겨준다고 가르친 그 엄격하고 어렵고 무미건조한 환관(宦官)의 훈련 때문이었어. 그리고 그 늙은 사빈** 여인은…….”

두 사람은 서로를 응시하고 — 노려보고 — 있었다. 그들의 목소리는 [얘기하고 있는 것은 슈리브였지만, 두 사람이 태어난 나라의 위도의 차이 때문에 나타나는 약간의 차이(악센트나 억양의 차이가 아니라 말투나 말을 구사하는 방법의 차이)를 제외한다면 누가 말해도 같은 내용이었을 것이므로, 어떤 의미에서 두 사람이 얘기하고 있는 것이나 다름없었다. 두 사람은 하나가 되어 서로 같은 생각을 하고 있었고, 때때로 그 생각을 말하는 말소리만이 들릴 뿐이었다. 그 두 사람은 옛날 얘기 다발 끝에서 제멋대로 말을 만들어 아마 과거에 어디에도 전혀 존재하지 않았던 사람들에 관한 얘기를 하고 있었는데, 그 사람들은 실제로 살다 죽어 간 인간의 살과 피의 그림

---

* 코크는 17세기, 리틀턴은 15세기의 영국의 유명한 법률학자로서 코크의 『법률 원론』은 리틀턴의 이론을 발전시킨 것이다.
** 옛날 이탈리아 반도의 중추를 이루는 아페닌 산맥에 살다가 기원전 3세기 경 로마인에게 정복된 민족이 사빈족인데, 여기서는 프랑스계인 본의 어머니를 가리킨다.

자가 아니라 (적어도 둘 중의 한 사람, 슈리브에게는)] 눈으로 볼
수 있는 입김과도 같은 조용한 웅얼거림이 있는 어둠의 그림
자였다. 자정을 알리는 종소리가 눈으로 봉합되어 있는, 닫힌
창문 저편에서 아름다운 소리를 내며 천천히 희미하게 울리
기 시작했다. "……그 늙은 사빈 여인은 자기의 생명을 구하
기 위해 아마 변호사에게도 본에게도 다른 누구에게도 자기
가 원하고 있는 것, 기대하고 있는 것, 희망하고 있는 것을 얘
기하지 못했을 거야. 왜냐하면 그녀는 여자이기 때문에 무엇
을 원한다든가 희망한다든가 기대한다든가 하는 따위는 필요
가 없었고, 그저 원하고 기대하고 희망하고 있으면 되었기 때
문이야.(게다가 네 아버지 말로는, 격렬한 증오심이 가득하면 그것
으로 살아갈 수 있는 양식이 충분히 되니까 희망이 필요 없다는 거
야.) ── 그 늙은 사빈 여인[아직 그렇게 늙지는 않았어. 그녀
가 몸단장에 신경을 쓰지 않는 것을 배에 비하면, 엔진을 언
제나 깨끗이 청소해 놓고 기름도 떨어지지 않게 준비해 놓고
석탄 창고에는 제일 좋은 석탄을 넣어 두고 있으면서도 기계
를 반짝반짝 광택을 낸다든가 갑판을 닦는다든가 하는 따위
의 일을 귀찮게 생각하는 식이었어. 그저 외모의 몸치장은 개
의치 않았던 거야. 또 뚱뚱하지도 않았지. 그녀는 살찌기에는
음식을 너무 빨리 태워 버렸고, 먹어서 위까지 내려가기 전에
식도에서 벌써 망가뜨려 버렸지. 씹는 일에 아무 즐거움을 느
끼지 못하고 의복의 경우처럼 귀찮은 것으로 여겼지. 의복의
경우에도 헌 옷을 그대로 입고, 새 옷을 입는 걸 귀찮아했거
든. 아들의 훌륭한 용모에도 아무런 즐거움을 얻지 못했어. 그

가⋯⋯." 그들 중 누구도 '본'이라고는 말하지 않았다. "⋯⋯
다리에 꼭 맞는 바지를 입고 어깨에 꼭 맞는 윗도리를 입은 멋
진 모습이었지만 말이야. 또 그가 대부분의 다른 사람들보다
(여자 친구는 말할 것도 없고) 시계나 커프스 단추나 근사한 속
옷이나 말이나 황색 바퀴의 마차 등을 많이 갖고 있었다 해도,
그런 것은 모두, 치통을 참고 수두(手痘)나 구루병을 예방함으
로써 비로소 어머니에게 효도가 가능한 것처럼, 그녀에게 효
도하기 위해서 그가 인연을 끊지 않으면 안 될 귀찮은 존재였
지.] ― 그 늙은 사빈 여인은 전방에서 사령부로 오는 보고처
럼 변호사로부터 오는 허위 보고를 받고 있었던 거야. 그 보고
는 변호사 집의 대기실에 특별히 채용된 검둥이가 전달했는
데, 그녀가 보고를 너무 기다린 나머지 잔소리를 하면 이 년에
한 번쯤 할까 말까 한 보고를 이틀에 다섯 번도 하는 것이었
어. ― 그 보고, 코뮈니케는 텍사스나 혹은 미주리나 또는 캘
리포니아(캘리포니아란 말을 잘했어. 꽤나 먼 곳이니까 편리해. 거
리가 모든 것을 증명해 주지, 또 믿고 받아들일 필요성을 보증해 주
지.)에 있을 그(서트펜)와의 거리가 결코 먼 것이 아니고 지금
당장이라도 그를 뒤따를 수 있으니 걱정 말라는 내용이었어.
그래서 그녀는 조금도 걱정하지 않았어. 그녀는 그저 난로 연
통의 한 부분을 자른 듯한 검은 복장에 모자도 안 쓰고 머리
위로 숄만 두르고 있어, 자루가 긴 걸레와 양동이를 들고 있지
않은 것이 이상할 정도의 그런 모습을 하고, 마차를 타고 변호
사에게 가서 '그는 죽었어. 나는 그가 죽었다는 걸 알고 있어.
하지만 어떻게, 어떻게 그 애가 그럴 수 있지?'라고 소리를 지

르는 것이었는데, 그 말은 로자 이모가 말했던 그들은 그를 쏘아 죽일 수 있는 탄환을 어디서 구했을까? 어디서 발견했을까?라는 의미와는 달리, 그가 어떻게 아무 잘못도 없이 죽음을 당하고, 그래서 그런 고통과 비탄을 느끼게 하는지 모르겠다는 의미를 지닌 것이었어. 어쨌든 그는 조금만 늦었더라면 꼬투리를 잡힐 뻔했지.(그는 ― 그 변호사는 ― 그녀가 읽을 수 없는 영어로 쓰인, 방금 전에 온 편지를 그녀에게 보내기 위해 검둥이를 불렀는데, 그때 그녀가 들어왔던 거야. 일에 능숙한 그는 그 편지를 내보이기 위해 서류철에서 그것을 꺼내려고 그녀에게서 등을 돌린 이삼 초 동안에 필요한 날짜를 재빨리 써 넣을 수 있었어.) ― 그(서트펜)를 붙잡아야 되는 그녀는 그가 살아 있다는 충분한 확신을 가지고 그에게 접근해 갔지만, 너무 가까이 간 것을 깨닫고는 무서워져서 자리에 앉지도 않고 허둥지둥 사무실에서 나와 다시 마차를 타고 집으로 돌아왔어. 집 안에서 그녀는, 플로렌스제 거울과 파리제 휘장과 레이스 장식의 속옷들 사이에서, 오륙 년 전 새것이던 때도 요리사조차 거들떠보지도 않았을 까만 복장을 하고 있어서 마룻바닥이나 문질러 대는 여자 정도의 모습이었는데, 읽을 줄도 모르는(그녀가 읽을 수 있는 말은 서트펜이란 이름뿐이었어.) 편지를 한 손에 움켜쥐고 다른 한 손으로는 한 타래의 연한 쇠 빛깔의 머리카락을 치켜 올리면서, 만약 읽을 줄 알았다고 해도 읽는 태도로 편지를 들여다보는 것이 아니라, 마치 그것을 읽을 시간은 일 초밖에 없어서 눈이 닿고 일 초만 지나면 그것은 불붙기 시작하여 다 읽기도 전에 불에 태워지고 그녀는 그저 넋을 잃고 그곳에 앉아 까맣게 가루가 되는 공허한 재나 손에 쥐게 될 것을 충분히 알고 있는 듯이, 갑자기 덮치는 불꽃같이 타는 눈으로 그 편지를 바라보고 있었어. 그리고 그는…….”(그들 중 누구도 ‘본’이라고는 말하지 않았다.)

“……그런 그녀를 가만히 지켜보고 있었지. 그는 자기가 유년 시절이라고 생각했던 것이 유년 시절이 아니라는 것을 알았어. 그가 다시 기억하기 시작했을 때, 그는 다른 애들이 어머니와 아버지에 의해 만들어졌던 것과는 달리 아주 어렸을 때도 그는 이미 어린애가 아니었고, 어린애에서 소년 그리고 소년에서 어른이 되었을 각 단계마다 그는 새롭게 다시 만들어졌는데, 그는 변호사와 한 여인 사이에서 창조된 것이었다는 것을 알게 되었어. 그녀가 그를 먹여 주고 그의 몸을 씻겨 주고 잠을 재워 주고 특별히 맛있는 것이라든가 장난거리를 마련해 주었던 것은 그저 있는 그대로의 그가 귀여워서 그랬다기보다, 그는 그렇다고 생각해 왔는데, 이제 커서 보니 어머니가 아직 몰랐지만 그가 성인이 되어 무엇인가 할 수 있는 존재가 될 것이기 때문이었지. 바람 따라 목표물 없이 가볍게 떠다니는 구식 종이 화약, 혹은 구식 장난감 가루 화약과는 달리, 혹은 십 도나 되는 안경을 낀 장난기 많은 녀석이 와서 파헤쳐 잡아당겨 비틀고 만지기 전까지는 땅 속에 조용히 잠자고 있을 구식 화약과는 달리, 그는 가정과 사회와 심지어는 사회 전체까지를 파괴해 버릴 다이너마이트와 같은 존재란 말이야. ― 그는 그 여인과 그녀에게 고용된 변호사 사이에서 만들어진 거지. 그때에 그가 비로소 알게 된 것이지만, 그 여인은 그가 기억할 수 없는 어릴 때부터, 반드시 오고야 말 미래의 어떤 순간을 위해 계획을 세우고 그를 훈련시켜 왔어. 그것에 따르면 그는 결국 그녀의 비옥한 부토(腐土)가 되는 것이었던 거야. 그리고 그 변호사 역시, 그가 기억할 수 없는 어린 시절부터 마치 그가 이미 비옥한 부토인 것같이 갈고 심고 물을 주고 비료를 뿌려 수확하려고 했던 거야. 그래서 그는 좋은 양복을 입고 벽난로 벽에 기댄 채, 안락한 청정(淸淨)이라고 불릴 향내가 나는 거처 속에서 그녀가 편지를 보고 있는 모습을 가만히 지켜보면서, 나는 벌거벗은 어머니를 보고 있다고는 생각하지 않았어. 왜냐하면 그녀의 증오는 알몸이나 다름없었지만, 이미 오랫동안 그 증오가 그녀의 몸에 배어 의복의 역할을 얌전히 하고 있었기 때문이지.

그리고 그는 집을 떠났지. 스물여덟 살이 되던 해에 학교에 들어갔어. 두 사람 — 모친과 변호사 — 중에서 누가 그를 학교에 보내자고 했는지, 또 왜 그랬는지, 그는 알고 싶어 하지도 않았고 신경도 쓰지 않았어. 그는 모친도 변호사도 제 나름대로 무엇인가를 꾸미고 있다는 것은 알고 있었지만, 그것이 무엇인지 구태여 알려고 하진 않았지. 변호사는 어머니가 무엇을 꾸미는지 알고 있지만, 어머니는 변호사가 무엇을 꾸미는지 모르고 있다는 것 그리고 어머니가 원하는 것을 손에 넣었을 때, 변호사가 조금 먼저, 아니면 적어도 동시에 그가 원하는 것을 손에 넣기만 하면 그것으로 만족하리라는 것을 그는 잘 알고 있었지. 그는 학교로 갔어. 그는 '이제 됐다.' 하고 말했어. 그리고 혼혈녀에게 작별 인사를 한 다음 학교로 떠났어. 그는 그때까지 이십팔 년간 그의 어머니로부터 '다른 애들이 하는 대로 해라. 내일, 또는 금요일, 또는 월요일의 오전 9시까지는 이 일을 끝내라.'라는 말을 들은 적이 없었지. 그들이(혹은 변호사 혼자서) 오히려 그 혼혈녀를 이용했을 수도 있어. —— 변호사는 그에게 (쇠사슬이 아니라) 가벼운 장애물을 달아, 훗날 울타리가 쳐져 있는 것이 발견될지도 모르는 어떤 세계로 들어가지 못하게 했는지도 몰라. 어머니는 아마 그 혼혈녀와 그 어린애 그리고 결혼식에 관하여 (바보는 아니지만 본을 우둔하다고 생각하고 있던) 변호사보다 많은 것을 알게 되어 그를 불러들였겠지. 그는 들어와서 다시 벽난로의 벽에 몸을 기대고, 그녀가 말을 하기도 전에 무슨 일이 생긴 것을 알고는, 알 수도 없고 지나칠 수도 없는 미소를 짓고 있었어. 그녀는 길고도 유연한 쇠 빛깔의 머리 다발을 늘어뜨린 채, 지금은 편지를 바라보고 있는 것이 아니니까 일부러 눈을 치켜 올리려고 애쓸 필요도 없이 그를 노려보면서, 놀람과 무서움 때문에 마음이 다급해져서 발끈하는 감정을 나타내는 목소리가 나올 뻔했지만 아직 그에게 아무 말도 하지 않았기 때문에 배반에 관해서 말할 수도 없고, 그때 그 순간에 위험을 무릅쓰고 그것을 감히 얘기할 용기도 없었기 때문에 그러한 감정을 어떻게든 억제하고 있었던 거야. —— 한편 그는 미소 짓는 것도 아니고 무슨 뜻인지도 알 수 없는 미소를 지으며 그녀를 바라보았고, 말을 하고 그것을 깨끗이 받아들였지. '그게 어떻다는 겁니까? 젊은 사람이면 누구나 하는 일입니다. 결혼식도 말입니다. 저는 애를 가질 생각은 없었는데 그만 생기고 말았습니다. 하지만 나쁜 애는 아니에요.' 그녀는 그를 뚫어지게 쳐다보며 눈을 흘기고 있다가 하고 싶은 말을 너무 미루어 끝내 못하고, 간신히 '하지만 애야. 이 문제는 다르다.'라고 했지.(그녀는 그 것을 말할 필요가 없었지. 그가 기억할 수 없는 어린 시절부터, 또 사랑이라고 할 수 있을지 어떤지 모르지만 아무튼 그가 여자를 사귀기 전부터, 그는 어머니가 무엇을 꾸미고 있는지 몰랐고 신경도 쓰지 않았지만, 어머니가 그를 부른 이유는 이미 알고 있었어. 그는 어머니가 말하고 싶은 것을 알고 있었던 거야.) 그는 '그게 어떻다는 겁니까? 남자라면 누구든 이르든지 혹은 늦든지 간에 언젠가는 결혼을 할 텐데요. 더구나 이 여자는 제가 잘 알고 있고, 저에게 귀찮은 존재도 아니에요. 게다가 그 거추장스러운 결혼식도 이미 끝났고, 검둥이의 피가 한 점 섞여 있다는 작은 문제는……' 하고 말했고, 더 이상 말을 많이 할 필요는 없었지. 아버지 없이 이 세상에 태어난 나는 살아 있는 동안 분노하고 부끄러워해야 할 형제가 너무 많고, 나의 작은 몫이지만 죽어서 상처와 해악을 물려 줄 후손이 너무 많은 것입니다 하고 말하는 대신 그저 '검둥이의 피가 한 점 섞인'이라고 했다가, 지푸라기라도 잡을 절박한 심정이었기 때문에 절망적으로 당황하고 무서움에 떠는 어머니의 얼굴을 가만히 쳐다보고 있던 그는 그녀의 손에 아마 입을 맞추었겠지. 그의 손 안에 놓여 있고 그의 입술이 닿기까지 한, 죽은 손 같은 그녀의 손에 말이야. 그리고 그는 나가면서 아마 이렇게 말했을 거야. 어머니는 그(변호사)에게로 갈 거야. 오 분만 기다리면 숄을 뒤집어쓰고 나가는 것이 보이겠지. 어쨌든 내가 알려고 마음만 먹으면 오늘 밤까지는 알 수 있을 거야. 그래서 아마 밤까지는 그가 알았을 거야. 그녀가 변호사에게로 갔으니까. 만약 그들이 그를 찾아내어 그에게 말했다면, 그는 그 이전에 알 수 있었을 거야. 그리고 그것은 바로 변호사의 집 뒷골목에서였지. 아마 그녀는 얘기를 꺼내기도 전에 등불의 심지를 올렸을 때처럼 볼에 그 부드럽고 창백한 불꽃을 띠기 시작했을 거야. 그리고 변호사는 딸? 딸? 딸?이라는 글자가 쓰인 빽빽한 공간에다 글자를 쓰는 자기 손이 거의 눈에 보이는 것 같았겠지. 왜냐하면 아마 그것이 언제나 그 변호사의 걱정거리이고 관심사였기 때문이었을 거야. 그녀가 변호사로부터 본에게 아버지의 이야기는 일절 하지 않겠다는 다짐을 받은 후, 변호사는 항상 신경을 곤두세우고 걱정하고 있었던 거야. 왜냐하면 만약 본에게 얘기하면, 본이 믿을지 안 믿을지는 둘째 치고, 어머니에게 가서 변호사로부터 이야기를 들었다고 말할 것이고, 그렇게 되면 그(변호사)는 신세를 망치게 될 것이기 때문이야. 그렇다고 이것 때문에 상황이 바뀔 수 없기 때문에, 실제로 손해가 될 수는 없었지. 따라서 변호사의 신변에 해가 온다든지 파멸이 오는 것이 아니라, 그저 편집광적인 고객을 노하게 했다는 정도가 되었겠지. 아마 변호사가 사무실에 앉아서 돈을 더하고 빼고 또 서트펜 측에서 들어올 것으로 예측되는 돈을 더하고 있을 동안(그는 본이 알고 나서 어떤 행동을 취할 것인지에 대해서는 결코 걱정하지 않았어. 아무리 본이 우둔하거나 게을러서 자기 아버지의 일을 스스로 알아내지는 못한다 해도, 바보는 아니기 때문에 누군가가 그에게 적절한 움직임을 보여 주면, 그것을 이용하지 못할 만큼 바보는 아니었지. 사랑이니, 명예니, 그 밖에 하늘 아래 무엇이든지 간에, 또는 정의 때문

에 본이 그런 일을 하지 않을까 하는 것을 그 변호사는 조금도 생각
하지 않았어.) 아마 항상 그를 괴롭혔던 것은 다음과 같은 것이
었을 거야. 즉, 본이 그런 것을 알지 않으면 안 될 곳으로, 혹
은 누군가가 — 아버지나 어머니가 — 그에게 그것을 얘기하
지 않으면 안 될 곳으로, 어떻게 본을 끌고 갈 것인가 하는 거
였어. 그래서 아마 그녀가 사무실을 채 나가기도 전에 — 혹
은 적어도 그가 금고를 열어 비밀 서랍을 들여다보고 헨리가
미시시피 대학에 다니고 있는 것을 확인할 만한 시간이 생기
자마자 — 그는 확실한 필치로 딸? 딸? 딸?이란 글자가 빽빽
한 공간에 — 여기에도 날짜를 넣고 — 기입했지. 1859년. 자
녀가 둘. 1860년으로 이십 년. 매년 실질 가치 200퍼센트의 증가에
유동 자산 더하기 신용. 1860년 추정 가격으로 100,000. 질문: 중혼
(重婚) 위험성이 있는가, 없는가? 아마 없지. 근친상간 위험성: 그것
은 가능하다 그리고 마침표를 찍기 전에 손을 멈칫하고 가능하
다. 라는 대목을 지우고 확실하다라고 써 넣고, 그곳에 밑줄을
그었겠지.

　그리고 그는 그것에 대해서도 신경을 쓰지 않았어. 그는 그
저 '좋아요.'라고 했을 뿐이었지. 아마 그는 어머니가 자신이
원하고 있는 것을 알지 못하고 또 앞으로도 알지 못할 것이라
는 사실을 알고 있어서, 어머니에게 이길 수 없다는 것을 알았
기 때문이야.(아마 그는 혼혈녀로부터 어쨌든 여자를 이길 수 없고,
현명하거나 문제를 일으키기를 좋아하지 않는 사람이라면 그런 것
을 시도하지 않는다는 사실을 배웠을 거야.) 그리고 또 그는 변호
사가 원하는 것은 돈뿐이라는 것을 알고 있었어. 그래서 그가

그 모든 것을 해결할 수 있다고 믿는 실수를 하지 않는다면, 또 침착하고 빈틈없이 처리할 것을 잊고 있지만 않으면, 어느 정도 잘 해결할 수가 있었지. ── 그래서 그는 '좋아요.'라고만 말하고 어머니에게 좋은 양복이나 좋은 리넨 속옷 같은 것을 가방이나 트렁크에 챙겨 넣게 했어. 그러고는 어슬렁어슬렁 변호사 사무실로 가서 미소 짓는 표정으로, 그의 말을 증기선에 실으라든가, 신변의 잡일을 도와 줄 특별한 시종을 구하게 한다든가, 돈에 관한 일이라든가 등등 여러 가지 일을 팔을 휘두르며 지휘하는 변호사를 가만히 지켜보고 있었지. 또 변호사가 점잔 빼는 아버지 역까지 도맡아 설교하는 것을, 그 역시 미소를 지으면서 가만히 지켜보고 있었지. 변호사는 그에게 라틴어나 그리스어 같은 고전에 관한 학식이나 교양에 관한 이야기를 늘어놓으며, 학식은 장차 사회에 나가 어떤 자리를 잡았을 때 신사로서 반드시 갖추어야 할 것으로 뜻만 있으면 서재에 있든 어디에 있든 터득할 수 있는 것이지만, 교양은 수도원이나 수도원처럼 단조로운, 뭐라 할까, (물론 고급이기는 하지만) 별로 알려져 있지 않은 작은 대학 같은 데가 아니면 도저히 몸에 지닐 수 없는 그 무엇이라고 말했어. 그리고 그는……."(그들 중 누구도 '본'이라고 말하지는 않았다. 슈리브가 '그'라고 말했을 때 두 사람 중 어느 누구도 혼동하는 일이 없었던 것 같았다.) "……스쳐가는 것이 무엇인지 알 수 없는 표정으로 예의 바르게 조용히 귀를 기울이고 있더니, 마침내 예의 바르게 부드럽게 말을 가로 막고 ── 비꼰다든지 빗대어 말한다든지 하는 의미는 전혀 없이 ── '그 대학이 무슨 대학이라고 했지요?'라고 물었지. 변호사는 한참 팔을 움직여 부스럭거리며 서류를 넘겨 종이 한 장을 찾아냈어. 거기에는 본의 학교에 대해서 어머니에게 처음으로 말한 이래, 기억해 두려고 열심히 신경을 쓴 대학의 이름이 적혀 있었어. '미시시피 대학…….' 그 대학이 어디에 있다고 했지?"

"옥스퍼드. 거기에서 40마일 정도 떨어져 있는 곳이야." 퀜틴이 말했다.

"'옥스퍼드에 있지.' 그리고 그는 대학에 대해서 말을 하려고 했기 때문에 다시 서류는 내려놓았어. 그 대학은 세워진 지 십 년밖에 되지 않은 작은 대학이고, 거기서는 정신을 빼앗기지 않고 학문에 전념할 수가 있고(어떤 의미에서 그곳에서는 지혜 그 자체가 처녀처럼 새로운 것이고, 적어도 재탕한 것은 아니라는 것이지.) 거기서는 그의 고귀한 운명이 깊이 뿌리 내리고 있는 국토의 다른 지방이 어떤 상태인가를 상세히 관찰할 기회가 있을 거라고 말이야. (의심할 것 없이 절박해지고 있는 이 전쟁의 결과가 성공적으로 끝맺을 것을 우리는 모두 희망하고 또 의심하지 않는데, 그렇게 된다고 하면) 어머니에게서 많은 재산을 물려받게 될 테니까 그가 경제력을 지닌 대단한 사람이 될 것이라고 변호사는 말했어. 그는 예의 있는 표정으로 듣고 있다가 '그러면 당신은 나에게 직업으로 법률가를 권하지는 않는군요.' 하고 말했다. 그러자 변호사는 잠깐 말을 멈추었으나, 오래가지 않고, 숨 돌리기라고 말할 수도 없고 또 지각할 수도 없는 극히 짧은 사이를 두고 본을 바라보며 '자네가 법률에 흥미를 가지리라고는 꿈에도 생각하지 못했는걸.' 하고 말했어.

그러자 본이 '검술 연습을 할 때도 그것에 흥미를 갖지는 않았지요.'라고 말했어. 그랬더니 변호사는 부드럽게 그리고 쉽게 '그렇다면 꼭 법률을 공부하게. 어머니께서도 찬성, 아니 기뻐하실 거야.'라고 말했어. 그는 '잘 있어요.'라고 하는 대신 '좋아요.'라고 말했어. 그는 개의치 않았어. 아마 그는 혼혈녀에게도, 그녀가 눈물을 흘리고 슬퍼하며 절망에 떠는 부드러운 목련꽃 색의 팔로 그의 무릎에 매달렸어도, 잘 있으라고는 말하지 않고, 그 뼈대 없는 강철의 족쇄로부터 3.5피트 가량 위에서 미소라고도 할 수 없는 그 알 수 없는 표정을 짓고 있었던 거야. 왜냐하면 여자란 패배시킬 수 있는 것이 아니고 도망칠 수밖에 없는 존재이거든.(남녀가 짝을 이뤄 나인핀*같이 줄지어 선, 지구상에 널려 있는 5피트 두께의 구더기 같고 치즈 같은 결합으로부터 다행히도 남자는 도망칠 수 있는 거야. 탄약고를 가진 여자의 궁둥이가 꽉 붙들고 있어도 거기서 빠져나오기 위해 움직이기에 가벼운, 끝이 뾰족하고 대가리 없는 나무못을 남자가 갖고 있다는 것을 신에게 감사해야 할 거야.) ─ 작별 인사가 아니라 좋아요라고만 말하고, 어느 날 밤 그는 횃불이 늘어서 있는 사이를 통해 건널판을 건너 배에 올랐어. 그곳에는 아마 변호사 혼자 그를 배웅하러 왔는데, 그것은 작별 인사를 하기 위해서가 아니라, 그가 실제로 배에 오르는지를 확인하기 위해서였어. 특등실에서는 임시로 새로 고용한 검둥이가 가방을 열고 그의 고급 양복을 꺼내고 있었고, 살롱에서는 숙녀들이 이

---

* 볼링의 일종. 공을 굴려서 아홉 개의 기둥을 넘어뜨리는 게임.

미 저녁 식사를 하기 위해 모여 있었으며, 남자들은 바에서 식사 전의 술을 마시고 있었지만, 그는 혼자 갑판 난간에 기대고 서서 아마 시가를 입에 물고, 배가 점점 멀어져 감에 따라 도시가 표류하며 깜박거리고 번쩍이다가 멀리서 침몰해 버리는 것을 보고 있었어. 배는 굴뚝에서 피어오르는 불꽃으로 가득 찬 두 줄기 연기 때문에 별로 그 자체로부터 조금도 전진을 하지 못하고 정지된 상태에 있는 것처럼 보였어. 마음속 깊이 무엇을 생각하고 있었을까? 이것도 아니고 저것도 아니라고 생각하고 있었을까? 그는 벌써 몇 해 전부터 어머니도 변호사도 무언가를 꾸미고 있다는 것을 알고 있었고, 변호사는 돈이 목적이라는 것까지 알고 있었지만, 그(변호사)는 자신의 남성적인 한계 내에서 거의 어머니만큼이나 위험한 수작을 꾸미고 있었는데, 그것이 무엇인지 알 수 없었어. 그리고 지금 거기 — 학교, 대학 — 에 가게 된 거야. 그것도 스물여덟 살의 나이에 말이야. 그것뿐만 아니라, 어째서 들어 보지도 못하고, 십 년 전에는 존재하지도 않았던 이 특별한 학교를 선택했는지 몰랐어. 그를 위해 변호사가 그 대학을 선택했다는 것은 알고 있었지. — 조용히, 거의 얼굴을 찡그리기까지 하면서, 그는 생각했어. 왜? 왜? 왜? 이 대학일까? 다른 많은 대학 중에 하필이면 이 대학을 선택했을까? — 그는 외로이 난간에 기대어 연기가 뿜어 나오고 쿵쿵거리는 엔진 소리가 들려오는 가운데 직소 퍼즐*의 전체 정수(整數)를 알고 답을 찾고 있는 기

---

* 조각 그림 맞추기 장난감.

분이었어. 손에 잡힐 듯하면서도 잡히지 않고, 뒤섞여 있어 풀 수 없고 무엇인가 알 수 없었지만, 당장에 그 조각 그림이 완성되어 — 아이티, 어린 시절, 변호사, 어머니였던 그 여인 등등 — 과거 그의 전 생애의 의미가 섬광처럼 갑자기 나타날 수 있을 것 같으면서도 도무지 풀리지 않아 해명할 수가 없었어. 그리고 그가 서 있는 발밑 갑판 아래 어딘가 어두운 곳에 틀림없이 편지 — 서트펜 농원의 토머스 서트펜에게가 아니라, 미시시피 주 옥스퍼드 교외 미시시피 대학 기숙사에 있는 헨리 서트펜에게 보내는 편지가 있었지. 어느 날 헨리가 그에게 그것을 보여 주었는데, 거기에는 부드럽게 번지는 빛은 없었고 번쩍거리는 빛만 있었어.(그 편지는 그에게 그의 아버지가 누구인지를 보여 주지 못했을 뿐만 아니라, 그 자신이 유아기에서도 그의 아버지가 없다든가 그의 어머니가 림보인 지옥과 천당 사이에서 벗어나, 즉 약한 감각을 연약한 인간의 몸으로서 도저히 지탱할 수도 없고 구원의 손길도 없는 암흑으로부터 피난할 수 있는 그 축복받은 기억 상실의 세계에서 깨어나 보니, 이미 임신이 되어 있어 고함을 지르기도 하고 몸부림치기도 했지만, 그것은 무자비한 분만의 고통이 싫어서가 아니라 배가 불러 창피해서 그랬던 것이고, 그는 자연스러운 과정을 통해 어머니가 씨를 받아 태어난 것이 아니라 어머니의 몸을 더럽힌 씨가 더럽게 태어난 것이며, 그 더러움은 옛날 악귀 같은 온갖 격심한 공포와 암흑이 충만한 남성의 본질 작용에 의해서였다는 것을 그에게 가르쳐서 심어 주려고 활동하고 있는 음모단에 항상 둘러싸여 있었다는 것을 보여 주었어.) 그리고 그는 서서 그 편지가 던지는 번쩍거리는 빛 속에서 거의 십 년이나 아래인 젊은이의 청순한 얼굴을 바라보면서 생각했지. 그와 나는 아마도 머리의 모양도 턱도 손도 같은 것 같다. 그러나 다른 한편으로 또 이렇게도 생각했어. 가만 있자. 기다려라. 아직 모르는걸. 과연 내 눈이 정확한지 어떤지, 내 눈을 믿어도 좋을지 어떨지 아직 알 수 없잖아. 기다리자, 기다려. 그는 그 편지를……." 슈리브가 지금 '그'라고 말한 것은 본에 대한 이야기가 아니었고, 퀜틴도 슈리브가 누구에 대해 말하고 있는지 별다른 어려움이나 노력 없이 이해할 수 있는 것 같았다. "……아마 그 딸? 딸? 딸?이라고 써 놓은 서류철의 기록을 마치자마자, 무슨 일이 있어도 지금 그에게 알려져서는 안 되며, 그가 거기에 도착할 때까지는 알려져선 안 되었지. 그리고 그와 딸이……라고 생각한 것 같았어. ── 그는 자기의 젊었을 때의 사랑 같은 것은 아무것도 기억하지 않고 있어서, 비록 그가 기억하고 있다 하더라도 믿으려 하지 않았지만, 그래도 용기라든가 자부심 등과 마찬가지로 사랑도 이용하겠다는 생각은 갖고 있었지. 그러나 물론 잠자고 있으나 열이 올라 성가신 혈기나, 만져 보고 싶어 안절부절 못하는 손 같은 것은 조금도 생각지 않고, 그저 이 옥스퍼드에서 서트펜 농원까지는 말을 타고 하루밖에 걸리지 않는다는 것과 헨리는 벌써 그 학교에 안착해 있다는 것밖에 생각지 않았지. 변호사도 한 번은 신을 믿었을 거야. ── 친애하는 서트펜 씨. 아래 서명한 이름을 귀하는 모를 것이고, 또 이 글을 쓴 사람의 신분이나 지위도 모를 것으로 생각합니다. 귀하를 만나 뵙는 영광을 얻는다는 것은 감히 생각지도 못할 일입니다만, 저는 가문도 신분도 비천하지 않은 두 분의 보살핌 밑에서 살고 있는 몸입니다. 그중 한 분은 미망인으로 한 아들의 어머니인데, 지금 이 편지를 쓰고 있는 도시에서 신분에 맞게 은둔해서 살고 있습니다. 또 한 분은 그 여자 분의 아드님인 청년 신사로서 그분은 귀하가 이 편지를 읽을 즈음, 혹은 조금 후, 귀하 자신과 같은 지식과 지혜의 법정에 출두할 청원자가 될 것입니다. 이 편지는 그분을 대신하여 쓰는 것입니다. 아니, 그분을 대신하려는 것은 아닙니다. 제가 비록 귀하처럼 명문의 자제분에게 바치는 편지를 쓴다고 하더라도, 그 어머니나 아드님에게 제가 그런 언사를 썼다는 것을 알리고 싶지 않습니다. 이런 편지는 쓰지 않는 것이 좋을지 모르겠습니다만 이미 편지를 쓰고 있습니다. 그래서 그것은 돌이킬 수 없는 것입니다. 만약 귀하께서 이 편지에 무엇인가 비하(卑下)하는 점이 있다는 것을 알아내더라도, 그것은 결코 그 어머니나 더구나 아드님에게서 나온 것이 아니라, 그분들의 법률 고문이고 실무 담당자인 천한 신분의 저의 펜에서 나온 것으로 알아주기 바랍니다. 아무리 배은망덕한 사람이라 할지라도 그 은혜와 의리를 잊을 수 없을 만큼 긴 세월 동안 의식주 전반에 걸쳐 신세를 져 온(이것은 고백이 아니고 공언하는 것입니다.) 사람에 대한 의리와 감사의 마음으로 저도 모르게 이처럼 펜을 든 것이지만, 불행하게도 워낙 미련하여 뜻을 다하지 못함이 매우 유감스러운 바입니다. 그러므로 제가 소통을 위해 부탁도 받지 않은 편지를 귀하에게 보낸 몹시 무례한 자라고 생각한다든가, 알지도 못하는 인물을 대신해서 관용을 청원하려 한다 생각지 말고, 이 편지가 읽히는 장소에서 모르는 사람이 없는 명문의 지체 높은 한 젊은 신사에게, 이 편지가 쓰인 장소에서 역시 신분을 자세히 설명하거나 되풀이해서 말할 필요가 없는 지체 높은 신분의 또 한 분의 청년 신사를 소개(투박한 표현입니다만)해 드린다는 것으로 생각해 주기 바랍니다. — 작별 인사는 하지 않고 좋아요라고만 말하며 떠나간 그는, 아버지 없는 자식으로 누구와 애정이나 자부심을 주고받은 일도 없을뿐더러 명예나 부끄러움을 함께한다든가 물려준다든가 한 일도 없었어. 어디를 가나 그에게는 한 장소가 다른 장소와 같았어. — 국제 도시 뉴올리언스에서도, 미시시피 주의 시골에서도 — 고양이의 처지와 같았어. 그가 물려받은 것이라고는 피렌체 램프와 금을 입힌 변기 그리고 술 장식이 달린 거울 또는 역사가 십 년도 채 못 되는 전혀 알려지지 않은 대학이었지. 그런 그가 혼혈녀의 방에 있던 샴페인이든가 아니면 수도승의 독방의 조잡한 새 탁자 위에 놓여 있던 위스키와 함께, 대학에 올 때까지는(숲 속에서 불을 피우고 개의 발자국 소리에 귀를 기울이며 옷을 입은 채로 옆으로 누운 일은 없었겠지만) 아마 양친의 집 밖에서 외박한 일은 거의 없었을 것같이 보이는 농장의 후계자 청년이 전혀 의식하지 못한 채, 그의 의복이나 태도나 말씨를 흉내 내려고 하는 것을 가만히 보고 있었어. 어느 날 밤 그 청년이 술을 마시고 그만 실수로 입을 열었어. — 아니, 실수로 입을 연 것이 아니라, 더듬거리며 간신히 말을 끄집어 낸 거야. 그리고 그는(그 청년보다 거의 십 년 연상으로, 청년이 이제까지 본 적도 없고 여자만이 입는 줄 알았던, 소매가 긴 비단옷을 입고 어슬렁거리는 국제 신사인 그는) 그 청년이 얼굴을 심하게 붉혔으나 조용히 그와 얼굴을 마주하고 똑바로 쳐다보며, 머뭇거리며 망설이다가 불쑥 입을 여는 것을 똑바로 지켜보고 있었어. '내게 만약 형제가 있다면 동생이 아니었으면 좋겠어.'라고 청년이 말하자, 그는 '뭐?' 하고 되물었어. 거기에 답하여 청년이 '형이 더 좋단 말이야.'라고 했지. '지주의 아들이 형을 바란다는 것은 좀 이상한데.' 그는 말했어. 그러자 청년은 '어떻든 나는 형을 원해.'라고 말하면서 그 신비롭고 사치한 쾌락주의자인 상대방을 똑바로 바라보았어. 청년은 그때 똑바로 서 있었는데 (젊었으니까) 날씬했어. 얼굴은 붉었지만 머리를 꼿꼿이 세우고 있었고, 시선은 흔들리지 않았어. 그리고 '그래. 나는 자네 같은 형이 필요해.'라고 말하자, 그는 '아, 그래? 그건 그렇고, 들고 있는 위스키를 마시지 않으려면 내게 건네주게.' 하고 말했지."

"이제 우리 그의 사랑에 대해 좀 얘기하자." 슈리브가 말했다. 두 사람은 다른 어떤 것에 대해서 생각하지 않고 있었기 때문에, 그가 누구를 뜻하는지는 말할 필요가 없었다. 모닥불을 피우려면 우선 낙엽부터 긁어모아야 하듯이, 지금까지 그렇게 많이 이야기를 나눈 것은 전부 다음 이야기로 넘어가기 위한 징검다리였다. 그리고 그 징검다리를 밟고 있는 것은 그들 두 사람뿐이었다. 그렇기 때문에 두 사람 중 어느 한 사람만이 얘기한다고 해도 결국 마찬가지였다. 여기까지 얘기를 끌고 온 것은 말하는 사람만이 아니었다. 말하는 사람과 듣는 사람의 즐거운 공동 작업이었다. 그리고 두 사람이 서로 상대의 수없이 틀린 점을 용서하고 잊어버린 것은 ── 두 사람은 곧잘 그들이 논하고 있던(차라리 홀려 있다고 말하는 편이 옳을지 모르겠지만) 이 망령을 만들어 내는 것에, 또 듣고 있으면서 틀린 점을 체에 거르거나 버리고, 진실성이 있는 부분을 보존하거나 혹은 예견된 것을 맞춰 넣거나 했지만, 그것을 용서하고 잊어버린 것은 —— 사랑 이야기로 넘어가기 위해서였다. 그리고 두 사람은 사랑 얘기에는 모순이나 앞뒤가 맞지 않는 점은 있어도 잘못 생각하거나 틀린 점은 없을 것이라고 생각하고 있었다. "그런데 사랑 얘기지만, 그는 그녀를 만나기 전부터 그녀의 일은 무엇이든지 모두 알고 있었음이 틀림없어. —— 그녀의 용모라든가, 한 가족의 남자들조차도 많이 알지 못하는 시골 여자의 세계에서 그녀가 어떻게 시간을 보내고 있었는가 하는 것을 틀림없이 알고 있었어. 그는 이런 것들을 질문 하나 하지 않고 알았던 거야. 정말이지, 그는 그것을 온몸으로 감지했음에 틀림없어. 밤이면 밤마다 그는 헨리에게 침실에서 시간을 보내는 방법을 가르쳤겠지. —— 여자들이 입는 가운을 입고, 슬리퍼를 신고, 약하게나마 빠뜨리지 않고 여자용 악취가 나는 향수 냄새를 풍기고, 여자 같은 태도로 시가를 피우고, 더욱이 아무도 흉내 낼 수 없는 느긋하면서도 자신 있는 태도로 거동할 것을 헨리에게 가르쳤음이 틀림없지.(그리고 그의 편에서는 가르친다든가 훈련시킨다든가 멘토의 역할을 할 생각은 조금도 없었어. —— 하지만 생각해 보면 그럴 생각이 있었는지도 몰라. 언젠지 모르지만 그는 헨리의 얼굴을 바라보았을 때 이런 생각을 했겠지. 우리 두 사람이 함께 나누지 않은 피라고 하는 방해하는 효소를 제외한다면, 그는 머리도 이마도 눈도 턱의 모양이나 각도도 그리고 머릿속에서 생각하고 있는 것마저 모두 나와 같아. 그리고 그도 나처럼 사람을 볼 줄 안다면, 내 얼굴이 자기와 같은 것을 인정할 수 있을 텐데라고가 아니라, 존재하기 위해선 혼합이 꼭 필요했던 그 이질의 피 때문에 조금 흐려지긴 했지. 그러나 저기 조금 뒤쪽에, 미래라고 불리는 저 맹목적이고 불안정한 암흑 속에 우리 두 사람을 만들어 낸 사나이의 얼굴이 보이지 않는가? 거기 ─ 거기 ─ 어떤 순간에도 잠시 굳건한 의지와 참으려야 참을 수 없는 욕망으로 뚫고 들어가서, 거기에서 그 이질적인 요소를 제거하여, 내게 동생이 있다는 것은 알지 못했기 때문에 그립다거나 어떻다거나 생각한 일이 없는 동생의 얼굴이 아니라, 내가 태어났을 때 세상을 떠난 아버지의 그림자로부터 도망 갈 수 없었던, 아버지의 얼굴을 볼 것이다라고 말이야. 조금도 비굴함이 없는 상대방의 열의에 찬 얼굴, 자부심을 포기하지 않은 겸손한 표정 ─ 정신을 아주 내맡긴 것 같은 태도(의복과 말투 그리고 매너리즘을 무의식중에 닮고 있는 것은 그것의 사소한 구체적인 예에 지나지 않지.)를 가만히 바라보며, 그는 생각했는지도 몰라. 나는 이 열의에 찬 몸을 가진 사람을 내 마음대로 요리할 수 있어. 육체도 정신도 나와 같은 원천에서 나온 그가 조용한 평화 속에서 태어나 단조롭긴 해도 착실한 밝은 생활을 해 온 반면, 그가 나에게 물려주었던 것 때문에 나는 증오와 분노 그리고 용서하지 못하는 원망 속에서 생겨나 그늘에서 살아왔지. ─ 아버지 자신은 할 수 없었지만 나는 유순하고 열의에 찬 이 사나이를 다른 어떤 인물로 만들 수가 없을까. ─ 아무도 나에게서 그렇게 좋은 부분을 취해서 오랜 시간이 걸려도 그와 같은 좋은 모양을 만들 수 없으나, 저 피 속에는 어떤 좋은 모양이 있을 것이 틀림없으니, 그것에 따라 어떤 모습으로든 완전히 달리 만들 수 있는 거야. 혹은 그것은 허튼소리이고, 진실일 수 없고, 그런 우연의 일치는 책 속에나 있을 뿐이라고 자신에게 타이르고 ─ 피곤함, 운명론 그리고 체념 속에서 고독을 찾는 버릇을 고칠 수 없는 들고양이를 생각하고 있었을지도 모르지. ─ 저 시골뜨기 같은 못난 자식. 어떻게 저놈을 없애 버릴 수 없을까? 하니까 다른 목소리가 정말 그렇게 하려고 한 것은 아니겠지? 그러자 그는 그건 그래. 하지만 나는 그가 시골뜨기 못난 자식인 것만은 확실하다고 생각해.) 그리고 그 시절 오후가 되면 두 사람은 함께 승마를 했지.(그리고 여기서도 헨리는 그를 흉내 냈어. 헨리가 본보다 말을 잘 탔는데도 말이야. 헨리는 본이 말한 대로 스타일은 없었지만, 그것이 문제되지 않을 정도로 말을 잘 타서 걸어가는 것과 같이 자연스러웠고, 어떤 말이든 어디서든 어떤 방법으로든 상관없이 말을 탔어.) 그리고 그는 자신이 헨리의 비현실적인 화려한 말[言]의 홍수 속으로 빠져들어 그들(세 사람 즉, 그 자신과 헨리와, 그가 만난 적도 없고 만나고 싶은 생각도 없는 여동생) 외에는 아무도 없는 동화 속의 세계로 옮겨졌어. 헨리와 나란히 말을 몰면서, 자기와 자기 옆의 사나이가 형제 사이라고는 꿈에도 생각하지 못한 채 귀를 기울일 뿐, 청년 헨리에게 질문할 필요도, 이야기를 재촉할 필요도 없었지. 헨리는 숨이 성대(聲帶)를 가로지를 때마다, 이제부터 나와 내 여동생의 집은 자네 집이고 나와 내 동생의 생활은 자네의 생활이야라고 말했지만 본은, 만약 입장이 바뀌어 헨리가 버려진 낯선 자식이고 자기가 후계자이며 그가 지금 자기가 짐작하고 있는 것 같은 것을 안다면 어떨까. 그는 역시 같은 말을 하게 될까 생각하고 있었지. 아니면 아마 그런 것은 아무것도 생각하지 않고 있었는지도 모르지만, 어쨌든 본은 결국 동의하고, 말했지. '좋아. 크리스마스에는 자네와 함께 자네 집에 가겠네.' 하지만 그것은 헨리의 동화에 나오는 세 번째 거주자, 즉 헨리의 여동생을 만나기 위해서는 아니었어. 그는 그녀에 대해 한 번도 생각해 본 적이 없었어. 그는 그저 그녀에 관한 이야기를 가만히 듣고만 있었던 거지. 그리고 마음속으로, 드디어 나는 그를 만날 수 있게 됐다. 만나리라고는 꿈에도 생각하지 못했는데. 그리고 그가 없어도 살아가는 데 어려움은 없었어 하고 생각하고 있었지. 그리고 그 집으로 걸어 들어가서 자기를 낳은 사람을 만나 그가 자기를 알아보는 순간을 상상하고 있었지. 그로서는 영원히 기억에 남을, 두 사람이 서로를 두 말 할 것 없이 즉각 알아볼 섬광 같은 그 순간을 말이야. ── 내가 원하는 것은 그것뿐이야. 그가 나를 인정할 필요는 없지. 그는 그렇게 할 필요가 없고, 나는 그것을 기대하고 있지도 않아. 그리고 그것 때문에 내가 마음의 상처를 입지 않는다는 것을 그에게 이해시킬 수도 있을 거야. 내가 자기 자식이라는 것을 그가 곧 나에게 알게 해 줄 것과 같이 말이야 하고 생각했는지도 모르지. 또다시 미소 같으면서도 미소가 아닌, 시골뜨기로서는 알아볼 생각도 할 수 없는 어떤 표정을 하고 나는 적어도 내 어머니의 자식이다. 나는 내가 무엇을 원하고 있는지를 모르는 것 같아라고도 생각했겠지. 그러나 그는 자기가 무엇을 원하고 있는지 정확히 알고 있었기 때문에, 그것은 그냥 생각해 본 것에 불과했지. ── 은밀하게 숨겨진 것이긴 해도 핏줄의 연결을 피부로 느껴 보고 싶었던 것 말이야. ── 지금 그의 몸을 따뜻하게 하고 있고 그가 죽은 후엔 자손의 혈관이나 사지에 전해져서 뜨겁게 외치며 흐르게 될 그 피가 그가 태어나기 전부터 덥히고 있던 몸에 직접 접촉해 보고 싶었던 거지. 그래서 크리스마스가 찾아와서 그와 헨리는 말을 타고 서트펜 농원까지 40마일을 달렸어. 헨리는 여전히 쉴 새 없이 지껄이고 있었어. 그들 세 사람이 육체 없는 유령처럼 살고 생활하고 움직이며 돌아가는 저 동화의 진공 풍선 속에 쉴 새 없이 바람을 불어 넣어, 계속 확대시키고 가볍게 해서 무지개 빛깔을 나타나게 하고 있었지. ── 그것은 그 자신과 친구와 여동생의 이야기였지만 본으로서는 그 여동생을 그때까지 한 번도 본 적이 없었고, 게다가 (헨리는 알지 못했지만) 달리 보다 절박하게 생각해야 할 일이 있었기 때문에, 그녀에 대해서는 아무것도 생각하지 않고 그저 가만히 듣고만 있었던 거야. 그리고 역시 헨리는 미처 모르고 있었겠지만, 집에 가까워지면 가까워질수록 본이 더욱더 말수가 적어지는 것을 알아차리지도 못하고 헨리는(헨리는 알지 못했을 것이 확실하지만) 그의 말에 점점 귀를 기울이지 않으며 아무 얘기나 계속해야만 했어. 그리고 그는 그 집에 들어갔지. 그때 그를 본 사람은 그의 얼굴에서, 그가 헨리의 얼굴에서 항상 보곤 하던 그 표정 ── 긍지만은 견지하면서도 상대에게 아주 겸손하고 굴종하는 표정 ── 과 크게 닮은 표정을 보게 되었어. 그는 아마 나는 내가 원하는 것이 무엇인지 분명히 알지 못하고 있을 뿐만 아니라 내가 생각하고 있는 것보다 훨씬 젊은 듯하다라고 마음속으로 생각하면서 자기의 부친일지도 모를 사람과 얼굴을 마주하였지만, 아무 일도 ── 아무런 충격도, 말하는 것이 너무 느려 막지도 못하는 육체적 교감도 ── 일어나진 않았지. 그는 열흘 동안 거기에서 지냈어. 그는 대학에서 만난 이래로 헨리가 본받기 시작했던 신비롭고 사치스러우며 체크무늬가 있는 비단 칼집에 든 강철로 될 칼이었을 뿐만 아니라, (너의 아버지 말에 의하면) 서트펜 부인에게는 하나의 예술품으로서 몸가

짐과 패션의 원형이었고 거울이었지.(네 아버지 말로 기억하는데, 네 사람 중에서 다른 입찰자가 없었다면, 그녀는 주디스라는 대가를 지불하고서라도 그를 샀을 거야.) 그리고 그는 열흘 후에 헨리와 함께 자취를 감추어 버릴 때까지 그녀에게 그러한 모습으로 남아 있었어. 그 후 그녀는 다시는 그를 만나지 못했어. 그러던 중에 전쟁과 고난과 슬픔과 식량난이 쉴 새 없이 계속되어, 그를 잊어버렸다는 생각도 없이 그만 잊고 지냈던 거야. (그리고 그 딸, 여동생, 그 처녀는 그날 오후 두 사람이 말을 몰고 오는 것을 보았을 때, 헨리의 편지로 진작부터 상상하고 있던, 자기보다 열 살이나 많아 서른 살에 가깝고, 산전수전을 다 겪고 환락마저 싫증날 정도로 맛본 무쇠 같은 사람이 아니라 우아하고 비극적인 우수를 담은 랜슬럿* 같은 전설의 사나이를 눈앞에 보고 얼마나 처녀다운 명상적인 꿈과 기도로 가슴이 설레었는지 몰라.) 그리고 돌아갈 날이 되었을 때도 어떤 징후도 없었어. 그와 헨리가 말을 타고 출발할 때도 역시 처음 왔을 때와 마찬가지로 아무런 징후가 없었던 거야. 턱수염만 없었더라면 그 스스로 진실을 발견할 수 있었을 테고, 따라서 징후조차 필요 없었을지도 모르는(적어도 그가 믿기에는) 그 얼굴에는, 여전히 아무런 징후도 나타나지 않았지. 또 진실을 감출 수 있는 수염이 없고, 그의 얼굴을 보고 만약 거기에 진실이 있다면 똑똑히 확인하였을 그 눈에도 아무런 징후도 없고 껌벅거림만 있었기 때문이야. 그래서

---

* 6세기 무렵 영국의 아서 왕과 관련된 전설에 등장하는 원탁의 기사 중 한 사람.

그는 상대가 아무 표정도 내색하지 않는 것은 자기 얼굴에 진실이 있고 그것을 상대가 보았기 때문이라는 것을 안 거야. 그것은 그다음 해 크리스마스이브에 아버지가 서재에서 아무 말도, 아무 행동도 하지 않았지만, 헨리는 그가 거짓말을 하고 있지 않다는 것을 알게 된 것과 정확히 같은 것이었지. 아마 그것 때문에 상대가 수염을 기르고 있었던 것이 아닐까? 이날을 대비하여 진실을 은폐하기 위하여 수염을 기른 것이 아닐까? 그러나 왜? 왜?라고 생각했겠지. 왜냐하면 그는 너무나 적은 것을 원했고, 도리어 상대가 그 낌새를 비밀로 해 두기를 원했다면 그가 그 기분을 잘 알았을 것이고, 그 이유는 이해하지 못하더라도 기꺼이 그리고 재빨리 그것을 비밀로 해 두려고 생각할 수 있었기 때문이지. 그러면서 아무렴, 난 아직 젊어, 젊단 말이야. 하지만 난 내가 젊다는 것을 알지도 못했고, 누구도 그 사실을 말해 주지 않았어라고 생각하기도 했고, 아버지가 실의에 빠져 있는 것을 볼 때처럼 절망과 부끄러움을 느끼며, 나는 그로 인해 태어났고 우리에게는 같은 피가 흐르고 있지만, 나의 피는 그에겐 참기 어려운 어머니의 피로 더럽혀져 있는 거야. 그렇기 때문에 그가 아니라, 내가 실의에 빠져 있었더라면 좋았을 것을 하고 생각하고 있었던 거야."——"잠깐만 기다려." 슈리브가 외쳤다. 퀜틴은 잠자코 있었다. 여전히 등을 구부린 채 축 늘어진 그의 모습이 다만 무언가 할 말이 있는 것 같았기 때문에, 슈리브는 그가 입을 열기 전에 잠깐만 기다리라고 말했던 것이다. "그는 그녀를 쳐다보지도 않았기 때문이야. 응, 물론 만나기도 했고, 그렇게 할 기회도 충분히 있었지. 서트펜 부인이 그렇게 되도록 배려했으니까, 그것을 피할 수는 없었어. ── 십 일 동안, 교과서에 나오는 옛날 장군들의 작전 계획처럼, 오후의 산책이 마차 속에서 이루어지도록 하거나 서재나 응접실 같은 곳에 그들 두 사람이 만나도록 계획이 세밀하게 짜여 있어서, 꼼짝없이 서로 만나게 되었던 거지. ── 모든 것은 석 달 전 서트펜 부인이 헨리의 편지에서 처음으로 본의 이름을 발견한 순간부터 이미 계획되어 있었어. 그래서 주디스까지도 역시 자기가 금붕어 한 쌍의 한쪽이 된 것 같은 느낌을 갖기 시작했던 거야. 그리고 그는 그녀와 얘기도 했지. 하지만 어쨌든 젊은이든 늙은이든 거름 냄새를 풍기지 않는 남자는 한 사람도 만나 보지 못한 이 시골 처녀에게 그가 무슨 할 말이 있었는지 모르지만, 아마 응접실의 황금빛 의자에 앉아 서트펜 부인에게 하듯 그녀와 이야기를 나누었음이 틀림없어. 다만 어떤 경우에는 그 혼자 대화를 하지 않으면 안 되었고, 또 다른 경우에는 도망칠 수가 없어서 헨리가 데리러 오는 것을 기다릴 수밖에 없었어. 그런데 아마 그때쯤 그는 그녀에 대해 생각했던 거야. 아마 때때로, 그는 다음과 같이 중얼거렸겠지. 이럴 수가 없다. 만약 내가 생각한 대로라면 그가 매일 이렇게 내 얼굴을 보면서 아무런 표정도 나타내지 않을 수가 없다 하고 의아해할 때 그녀 생각도 했겠고, 그녀라면 쉽게 차지할 수 있겠다 하고 마음속으로 혼자 중얼거리고 있었을 거야. 그것은 마치 저녁 식사에 샴페인을 남겨 두고 찬장의 위스키를 가지러 가다가 우연히 쟁반 위에 레몬 셔벗* 한 컵

---

* 과즙에 우유, 달걀흰자 따위를 섞어 냉동한 것.

이 놓여 있는 것을 보고, 저것도 원하기만 하면 쉽게 마실 수 있다고 생각하는 것과 마찬가지였어. 이것이 적합한 비유인지 모르겠네?"

"하지만, 그것은 사랑이 아니지 않나?" 퀜틴이 말했다.

"왜 아니야? 좀 들어 봐. 늙은 마나님 말이야, 로자 이모가 네게 얘기하지 않았나? 세상에는 존재하는 것과 존재하지 않는 것을 분간할 필요가 있고, 존재하는 것과 존재할지도 모르는 것 사이엔 현격한 차이가 있는 거지. 바로 그거야. 그에게는 시간이 없었어. 그는 그걸 미리 알고 있었을 거야. 그 변호사가 생각했던 것처럼 그는 결코 바보가 아니었어. 그러나 문제는 그는 변호사가 생각한 것과 다른 면에서는 바보가 아니었다는 거지. 그는 그 일이 일어날 것을 틀림없이 알았어. 그것은 마치 셔벗 앞을 지날 때 자기는 찬장까지 가서 위스키를 꺼내겠지만 내일 아침엔 저 셔벗을 원하게 되리라는 것을 아는 것과 같은 것이지. 목적했던 위스키 병을 손에 쥐고 나서야 지금 당장 셔벗을 먹고 싶다고 생각하고, 그렇다고 그쪽으로 가는 것이 아니라 식탁 위의 더럽혀진 식기나 구겨진 다마스크 식탁보 등과 함께 있는 샴페인을 돌아보며 그것을 먹고 싶은 생각이 없는 것을 깨닫는 거와 같은 경우지. 샴페인과 위스키와 셔벗 중 어느 것을 선택하느냐의 문제가 아니라, 갑자기 자기는 그 셔벗밖에 아무것도 생각이 없고 아까부터 그 셔벗만을 몹시 원하고 있었다는 것을 알게 되는 거야. 더구나 그 셔벗은 손을 뻗기만 하면 됐어.(그때 그곳은 봄이었지. 그는 그곳에서 봄을 보냈던 적은 없었어. 북부 미시시피의 기후는 루이지애나보다 더 추워. 도그우드와 오랑캐꽃 그리고 이른 봄의 향기 없는 여러 가지 꽃들이 피어 있었지. 아직 땅도 풀리지 않았고 밤에는 더 추워서, 오리나무와 박태기나무 그리고 너도밤나무와 단풍나무 등의 싹은 젊은 여자의 젖꼭지처럼 딱딱한 듯 끈적끈적했고, 삼나무에도 무엇인가 어린 가지들이 움터 나왔어.) 그리고 그 셔벗은 다른 누구를 위해서가 아니라 그를 위해서 거기에 있는 것이며, 꽃에 비유한다면 다른 사람이 꺾으면 가시에 찔릴 것이지만 자기 손만은 예외라고 말하는 것과 마찬가지였어. 그런데 그가 지금까지 쉽게 손에 들었던 컵들은 셔벗 같은 것이 들어 있지 않았고 샴페인이라든가 요리용의 포도주가 틀림없었기 때문에 익숙하지 않았던 거지. 그리고 그것뿐이 아니었어. 그가 그렇지나 않을까 의심했던 것이 정말 그럴 가능성이 있다고 생각된 거야. 혹은 그럴까 아닐까를 정확히 알 수 없어서, 근친상간의 가능성이 없었다고 누가 말할 수 있겠어? (나는 누이가 없기 때문에 잘 모르지만) 서로 사랑을 하고 육체적인 교접을 하는 것의 덧없음을 모르는 자가 어디 있겠어? 순식간에 모든 것이 끝나면, 사랑과 쾌락으로부터 물러나 자기의 너절한 소유물들 — 모자와 바지 그리고 구두 등 이 세상에서 자기가 끌고 다니는 것들 — 을 긁어모아 돌아가야 한다는 것을 모르는 자가 어디 있겠어? 신(神)들은 사람에게 이런 일을 허락했고, 그들도 그 일을 실제로 하고 있는 거야. 서로 껴안고 학대하는 것을 순간을 초월해서 망각 속에서 흐르듯 꿈꾸는 것처럼 한없이 교접하는, 즉 서로 보지도 알지도 못하던 것이 엉켜서 언제까지나 달라붙어 있는 것은 풍선같이 무게가 없는 코끼리나 고래만의 특권이야. 만약 그런 것이 죄라고 한다면, 도망치는 것도 교제를 끊는 것도 돌아가는 것도 허락되지 않을 거야. ― 그렇지 않아?" 그는 여기서 말을 멈추었다. 그는 지금 쉽게 방해를 받을 수 있었다. 즉 퀜틴은 지금 말할 수 있었지만, 그렇게 하지 않았다. 퀜틴은 그대로 양손을 바지 호주머니 속에 넣고 어깨를 움츠리고 등을 구부려 아래를 내려다보며 움직이지 않고 앉아 있을 뿐이었다. 그리고 그가 실제로 키가 크고 호리호리하게 말라 있었다고 해도 ― 스무 살이었지만 골격이 아직 어딘가 사춘기적인 마지막 여운이 묻어 있고 골격이 가늘어서 실제보다는 이상하게 작아 보였다. ― 그것은 그와 정면으로 마주보고 있는 통통하게 살찐 슈리브와 비교해서 한 말이었다. 슈리브는 훨씬 젊어 보였다. 살쪄 있기 때문에 그렇게 보였다. 열네 살의 뚱뚱하던 소년이 (자기가 원했든 원하지 않았든 관계없이) 살이 빠지면 자기보다 20파운드나 30파운드 더 무거운 열두 살의 뚱뚱한 어린애에 비해 무척이나 나이 들어 보이는 것과 마찬가지였다.

"모르겠는데." 퀜틴이 말했다.

"응, 나도 잘 모르겠어." 슈리브가 말했다. "그런데 결국 언젠가는 너도 사랑을 하게 되겠지. 하지만 그땐 사정이 너를 그러한 방법으로 패배시키지는 않겠지. 마치 신이 예수를 낳게 하고 목수의 연장들을 갖도록 해 주었지만 아무것도 만들게 하지는 않은 것과 마찬가지야. 그렇게 생각되지 않나?" "모르겠는데." 퀜틴이 말했다. 그는 움직이지 않았다. 슈리브는 그를 쳐다보았다. 두 사람이 얘기하고 있지 않는 사이에도 무덤 속 같은 공기 속에서 부드러운 하얀 입김이 조용히 떠올랐다. 아마 자정을 알리는 종소리가 들린 후 시간이 꽤 지났을 것이다.

"그것은 너에게 문제가 되지 않는다는 말이지?" 퀜틴은 대답하지 않았다. "그럼 좋아. 말하지 마. 네가 거짓말을 하고 있다는 것을 알고 있으니까. ─ 좋아, 그럼 들어 봐. 그는 사랑 같은 것에 신경 쓸 필요는 없었던 거야. 그것은 저절로 될 대로 되는 것이기 때문이지. 그는 자신에 대한 운명이라든가 숙명이라는 것이 있다는 것을 알고 있었어. 대차(貸借) 계산이 맞아떨어져 낡은 페이지에 지불 완료라고 써 두면 누구든 장부를 맡은 사람이 원장(原帳)에서 그것을 빼내어 태워 버릴 수 있도록 되어 있는지 분명히 해 둘 필요가 있다고, 늙은 로자 이모가 너에게 얘기한 것과 같은 것이야. 그런데 아마 그는 아버지가 악의로든 선의로든 무슨 일을 했다는 것을 알았을 거야. 어음을 지불해야 할 사람이 아버지가 아니라는 것도 말이지. 왜냐하면 아버지는 너무 나이가 많아 무력해졌기 때문에 아들이나 자손이 그것을 지불하는 수밖에 도리가 없었어. 옛날에도 그렇게 하지 않았어? 천수를 누린 늙은 아브라함*은 쇠약해져서 더 이상 악한 일은 할 수 없게 되고 끝내 잡히고 말았는데, 그때 두목들과 수금원들이 말했지. '영감, 우린 당신을 잡아 가두고 싶지는 않소.' 그러자 아브라함이 대답했어. '주를 찬양하시오. 나는 내가 범한 부정과 박해의 죗값을 대신 걸머지고 내 양과 소를 강탈당한 자의 손에 다시 돌려주려고 많

---

* 『구약』 성경 「창세기」 속의 인물로 이삭의 아버지, 유대인의 조상.

은 자식을 낳았소. 그래서 내가 죽어서도 대를 이어 몇 백 배로 불어날 내 재산과 자손들을 조용히 바라볼 수 있도록 말이오.' 그는, 사랑은 사랑을 낳는다는 것을 알고 있었지. 그렇기 때문에 헨리가 그에게 누이동생의 삶도 내 삶도 모두 자네의 삶을 기초로 해서 존재하게 될 거야라는 말을 자주 입에 담으면서 누이동생의 이야기를 했던 9월에서 크리스마스까지 석 달 동안, 그는 그녀에 대해 생각할 필요가 없었지. 그가 사랑을 하게 된 후 그것이 그에게 의도하지 않았던 반대 결과를 초래하게 되자, 사랑에 대한 일로 어떤 시간도 낭비할 필요는 없었어. 그렇기 때문에 그는 그녀가 받아서 간직해 두고 싶어 할 것이 틀림없는 편지도 쓰지 않았고(그 마지막 편지 이외에는) 그녀에게 구혼하지도 않았고, 서트펜 부인이 남들에게 자랑삼아 보여 줄 반지를 그녀에게 주지도 않았어. 그녀에게도 자기와 같은 운명이 걸려 있었기 때문에, 그녀도 나이를 먹어 쇠약해져, 아무도 그에게 육체적인 죗값을 치르기를 원치 않았던 늙은 아브라함과 같이 될 것이란 것을 그는 알고 있었던 거야. 그는 이것을 알기 위해서 그녀를 만날 크리스마스를 기다릴 필요조차 없었지. 아마 그것은 석 달 동안 귀를 기울이지 않고 들었던 헨리의 얘기에서 나온 것이었어. 나는 젊은 처녀, 아가씨의 얘기를 듣고 있는 게 아니야. 나는 이미 땅을 일구어 이랑을 만들고 파종할 준비가 끝난, 울타리로 둘러싸여 누구도 손대지 못한 좁고 부드러운 밭의 이야기를 듣고 있는 거야. 나는 거기에 씨를 뿌리고 묻은 다음 그 위에 살짝 흙을 덮으면 되는 거야. 그리고 그는 크리스마스에 그녀를 만나 그것을 확인했지만, 그 후엔 그것을 잊어

버리고 말았어. 학교에 돌아온 후 시간이 없어서 그것을 잊어버린 것조차 기억하지 못했어. 그리고 네가 말한 것처럼, 어느 봄날 느닷없이 그가 찾아와 아주 조용히 그래, 난 누이동생일지도 모르는 그녀와 같이 자고 싶다. 그래 하고 말했지만 그것도 역시 잊어버리고 말았지. 시간이 없었던 거야. 즉, 그는 시간밖에 가진 것이 없기 때문에 기다려야만 했지. 그러나 그녀를 생각할 시간은 없었어. 그녀에 관한 것은 전부 정리되어 있었지. 그 밖에 다른 것이 있었어. 그는 서트펜 농원에서 검둥이가 말을 타고 우편낭을 가지고 올 때마다 혹시 서트펜의 편지가 그 안에 있지 않을까 생각했지만, 그것을 본 헨리는 그가 그녀에게서 오는 편지를 기다리고 있는 것이라고 생각했지. 그러나 그때 그는 이렇게 생각했어. 어쩌면 그는 내게 편지를 보낼지도 모르지. 그는 그저 '나는 너의 아버지다. 이 편지는 태워 버려라.' 이렇게 한마디만 쓰면 되는 거야. 그러면 나는 정말 그의 말대로 해야지. 그렇지 않으면, 그냥 종잇조각에 그의 손으로 쓴 '찰스'라는 한마디만 쓰여 있으면 되는 거야. 그것으로 충분히 그의 의도를 알 수 있을 테니까. 그가 그 종잇조각을 태워 버리라고 부탁할 필요도 없지. 혹은 머리카락이라든가 손톱을 잘라서 보내도 좋아. 그의 머리카락이나 손톱이 어떤 모양을 하고 있는지 나는 이미 일생동안 잊어버리지 못하도록 잘 알고 있어. 아무리 많은 것 중에서도 그것들을 정확히 가려 낼 수가 있으니까. 그런데 아무것도 보내 오지 않았어. 그 당시 그는 두 주일에 한 번씩 그녀와 소식이 오가고 있었는데, 그때 아마, 만약 내가 그녀에게 쓴 편지가 한 통이라도 뜯지 않은 채로 되돌아온다면 그것이 신호다 하고 생각하기도 했겠지. 하지만 그런 일도 일어나지 않았어. 그러던 중 헨리가 그에게 귀향길에 하루나 이틀 서트펜 농원에 들르라는 말을 꺼냈고, 그는 승낙했어. 헨리가 그로부터 받게 될 편지에는, 내가 그때 그에게 오면 불편하다고 쓰여 있었는지도 몰라. 그것은 내가 그의 자식임을 인정할 생각이 없다는 뜻이겠지만, 그렇게 되면 적어도 나는 그에게 내가 그의 자식임을 억지로라도 받아들이게 한 셈이 되지 하는 생각에서였겠지. 그런데 그런 편지조차 오지 않았고, 도착 일자를 정해서 서트펜 농원의 가족에게 그것을 통지해 주었지만, 그래도 그런 편지는 오지 않았어. 그래서 그는 이렇게 생각했어. 이건 그때 일 때문이다. 나는 그를 잘못 생각하고 있었다. 그는 이번 기회를 기다리고 있는 거다. 그때 아마 그의 가슴은 뛰었겠지. 그리고 말했을 거야. 그렇다. 그래. 나는 그녀를 버리리라. 그녀와의 사랑을 포기하리라. 그건 아주 쉬운 일이지. 그가 '두 번 다시 내 얼굴을 쳐다보지 마라. 비밀리에 내 애정과 인지를 받아라. 그리고 가라.' 하고 말하더라도 나는 그의 말을 따르고 결코 거역하지 않을 테다. 그가 어머니와 나를 버렸는지를 따지지도 않으리라. 그리고 그날이 되어 그와 헨리는 다시 마차로 40마일을 달려 저택까지 갔지. 그는 거기에 무엇이 있는지 알고 있었어. ── 한 번 만나 보자마자 마음을 꿰뚫어볼 수 있었던 그 여인, 한 번 만나 보기도 전에 이미 역시 그 마음을 알고 있었던 처녀, 매일 만나면서 억제할 수 없는 절실한 욕구 때문에 가만히 지켜보아 왔지만, 그 마음을 간파할 수 없는 사람 ── 지난번 크리스마스에 그들이 찾아왔을 때, 온 지 여섯 시간도 못 되었고 본이 아직 그녀의 딸의 얼굴과 이름을 연결시킬 시간도 갖기 전에, 헨리의 어머니는 헨리를 불러내어 약혼 얘기를 끄집어냈던 거야. 그래서 아마 두 사람이 아직 학교에 돌아가기도 전에, 또 헨리는 자신도 모르게 자기 어머니의 생각을(자기의 생각은 이미 얘기했지.) 본에게 얘기해 버리고 만 거야. 그래서 아마 두 사람이 이번 방문을 위해 출발하기 전에 — (그때는 6월이었겠는데, 북부 미시시피의 6월이 어떠할 것이냐고? 목련이 피고, 앵무새들이 울고, 전쟁에 나가 싸우고 패전하여 돌아와서 오십여 년이 지난 현충일이 있고, 퇴역 군인들은 깨끗이 솔질을 하고 손으로 잘 다린 회색 군복을 입고 처음부터 아무 의미도 없는 겉치레 장식인 동메달을 달고, 선택받은 젊은 처녀들은 흰 드레스를 입고 허리에는 진홍색 띠를 두르고, 군악대는 딕시*를 연주하고, 어쩌면 비틀거리며 걷는 노인들이 엄청난 환성을 지르면서 거리를 누비며 걸어서 연단 위에까지 올라가 앉겠지.) — 때는 6월이어서 달빛 아래 목련이 향기를 뿜고, 앵무새가 울고, 졸업 분위기에 젖어 있는 6월의 바람이 커튼을 펄럭이고, 페티코트를 받쳐 입은 처녀들의 둥근 스커트가 빙빙 돌다가 너울너울 아래위로 움직이는 가운데, 바이올린과 트라이앵글 등의 악기 소리가 울리고 있었지. — 헨리는 조금 긴장하여 '난 누이동생에 대한 자네의 마음을 알고 싶어.'라고 말하고 싶었지만 그렇게는 하지 못하고, 그 대신 달빛에도 알아볼 수 있을 정도로 얼굴을 붉히고 있었지. 그러나 내심 긍지를 충분히 가진 자의 겸손한 수줍음으로 당당하게

---

* 1859년에 대니엘 에멧이 작곡한 미국 남부를 찬양한 노래로, 남북전쟁 때는 남부 연방의 애창곡이었다.

똑바로 서서 그저 얼굴만 붉힌 채(그의 성대에 숨결이 닿을 때마다 그는 우리는 자네를 우리 가족이나 다름없이 생각하니까 자네 마음대로 해도 좋아 하고 말했지.) 다음과 같이 말했겠지. '본, 나는 내가 내 여동생과 성관계를 가졌던 사람을 증오할 것이라고 생각하곤 했어. 그런데 지금 내가 그 사람을 증오할 것으로 알고 있는데, 그가 바로 자네이기를 원해. '이봐, 넌 네 누이동생의 몸을 보지도 만지지도 못했지. 그런데 난 그걸 보고 만지고 했어.' 라고 말하는 자 말이야. 그런 놈을 지켜봐야 한다면 나는 그놈을 아주 미워할 거야. 그래서 간혹 자네가 차라리 그런 놈이라면 좋을 텐데 하고 생각해 보지.' 헨리는 본이 자기의 의도를, 자기가 정말 하고 싶은 말이 무엇인가를 알아차릴 수 있다는 것을 알고 있었어. 그래서 그는 다음과 같이 혼자 마음속으로 자신(헨리)에게 말하고, 생각하고, 중얼거렸을 거야. 단지 그가 나보다도 나이가 위라든가 내가 도저히 따라갈 수 없을 정도로 많은 것을 알고 있다든가, 기억력이 아주 좋다든가 해서 그를 좋아하는 건 아냐. 내 자유 의사에 의해서 그런 거지, 그때 내가 그 문제를 알고 있었는지 몰랐는지는 상관이 없어. 어쨌든 나는 내 삶과 주디스의 삶, 그 양쪽을 모두 그에게 준 거야⋯⋯."

"그것은 사랑은 아니야." 퀜틴이 말했다.

"좋아." 슈리브가 말했다. "그저 듣기만 해. ── 두 사람은 40마일의 길을 마차를 타고 가서 대문으로 들어가 그 저택에 멈추었지. 그런데 이번엔 서트펜은 집에 없었어. 엘런도 그가 어디에 갔는지는 몰랐고, 그저 사업차 멤피스나 세인트 루이스에 갔을 것이라고 무관심한 태도로 수다스럽게 말했어. 헨리와 주디스는 그 문제에 대해 별로 신경을 쓰지도 않았어. 하지만 본만은 서트펜의 행방을 알고 혼잣말을 했지. 물론, 그는 확신을 못했으니까, 확인하기 위해 거기에 가지 않으면 안 되었던 거야. 그런 다음 속으로 크게 외쳤어. 그래서 이제 그 생각이 점점 크게 그리고 빨리 확대되어, 그는 그 생각을 듣기를 원치도 않고, 들을 수도 없었지. 그러나 만약 그런 의심이 갔다면 그는 어째서 직접 내게 말을 해 주지 않았을까? 나라면 우선 그에게로 갔을 거야. 그리고 내 피는 그게 무엇이든 어머니 것으로 더럽혀져 있지만 그도 나와 같은 피를 갖고 있지. 그리고 또 큰 소리로 빠르게 자기 자신에게 외쳤어. 그렇지. 그는 나보다 먼저 내 고향에 가서 나를 기다리고 있는 거야. 여기에 아무 말도 남기지 않고 간 것은 딴 사람이 알게 되면 안 되기 때문이고, 여기에 그가 없는 것을 보고 내가 그의 행선지를 곧 알게 될 것으로 그는 알고 있는 거야. 그리고 본은 두 사람에 대해 생각했지. 그 한 사람은 지독한 앙심을 품은 여인으로 그의 어머니였고, 또 한 사람은 그의 얼굴을 열흘 동안 매일같이 보면서도 전혀 아무런 표정의 변화도 나타내지 않았던 그 냉엄하고 바위 같은 사나이였지. 모든 사람들이 집을 가져야만 하는 것 같았기 때문에 그가 집이라고 부르니까 집일 수 있는 그 화려한 바로크식 응접실에서 거의 삼십 년 만에 냉랭한 휴전 상태로 얼굴을 맞대고 있던 그리고 이제 그가 자기의 아버지라고 확신하고 있는 그 사람은 별로 머리를 숙이는 것도 아니고(본은 그것을 오히려 자랑으로 생각하고 있었지.) 내가 잘못했지만, 그렇기로서니 하고 말하지도 않았어. ── 정말이지, 그때의 그의 기분을 생각해 보라고. 그 이

틀 동안, 그 나이 든 여자는 쉬지 않고 주디스를 그에게 억지로 떠맡기려 하고 있었어. 그녀는 그 크리스마스 이후로 약혼 소식을 은밀하게 마을 전체에 퍼뜨려 왔기 때문이지. 네 아버지는 봄에 그녀가 주디스를 데리고 멤피스까지 혼숫감을 사러 갔다고 말하지 않았던가? ── 그리고 주디스는 자기 어머니가 자기를 내맡기려는 태도에 별로 찬성도 반대도 하지 않고, 모든 일을 되어 가는 대로 맡기고 있었지. 헨리도 마찬가지였지만. 그는 아마 그해 봄, 어느 날 아침 깨어나서 침대에 가만히 누워 재고품을 정리하면서 차감 잔액 숫자를 보태기도 하고 빼기도 하면서 이렇게 혼잣말을 했어. 좋아. 난 그가 희망하는 대로의 인간이 되도록 노력하지. 그가 내게 무엇을 요구해도 좋아. 그는 나와 함께 그가 원하는 것은 무엇이든 할 수 있을 거야. 그가 내게 무엇을 할 것인지 말만 하면 나는 그것을 할 거야. 그가 요구하는 것이 내게는 불명예스럽다고 생각되어도 나는 복종해야지. 다만 주디스는 여자이고 더 영리하니까 그것을 불명예로 생각지도 않을 거야. 그녀는 그저 이렇게 말하겠지. 좋아. 나는 그가 요구하는 건 무엇이든 할 거야. 왜냐하면 그는 내게 수치스럽다고 생각되는 것은 무엇이든 요구하지 않을 테니까.(아마도 그는 그때 그녀에게 키스를 했을 거야. 그녀로 말하면, 그것은 첫 번째 키스로서, 아직 너무도 어렸기 때문에 수줍음도 겸손함도 아닌 애매한 태도를 취했고 그것이 일시적인 방편이라는 것도 몰랐어. 그리고 나중에 가서야 애인의 첫 키스가 오빠의 키스와 같은 것이었다는 사실에 그저 멍하니 놀라면서 그의 얼굴을 물끄러미 쳐다보았겠지. ── 물론 오빠가 여동생의 입술에 키스하고 싶은 생각이 나고 그것을 실천하는 경우의 이야기지만 말이야.) ── 그리고 이틀이 지나 그가 가 버리고, 엘런이 신경질적으로 딸에게 '뭐라고? 약혼도 약속하지 않고, 반지도 받지 않았다고?' 하고 크게 소리쳤을 때, 주디스는 너무 놀라서 거짓말도 못 했어. 왜냐하면 그때야 비로소 그녀는 청혼도 없었다는 것을 깨달았기 때문이지. ── 그때의 그의 심정을 생각해 보라고. 그는 마차를 타고 달렸고, 미시시피 강에서 기선에 올라 그 갑판 위를 오락가락하면서, 아래로부터 울려오는 엔진 소리가 자기를 밤낮없이 그 순간 ── 자기가 철이 든 이후 내내 기다리고 있었음을 이제야 깨닫게 된 그 순간 ── 을 향해 데려가고 있는 것을 느끼고 있었지. 물론 그는 이따금씩 그것을 대단히 빨리 그리고 큰 소리로 말해야만 했겠지. 그것뿐이야. 그는 옛것을 지우기 위해 우선 확인하고 싶었던 것뿐이지. 어째서 이렇게 해야 하나? 어째서 그 저택으로 돌아가는 것은 안 된다는 것일까? 나는 그가 갖고 있는 것 가운데 어떤 부분(그로부터 직접 들은 것은 아니지만 소문에 의하면), 즉 그만이 알고 있는 큰 희생과 인내와 조소의 대가로 그가 손에 넣어 소유한 것을 그 어느 한 부분이라도 요구할 생각이 없다는 것을 그도 잘 알고 있을 텐데. 그러니까 설마 그것 때문에 그가 모습을 감추었다고는 나도 그 자신도 꿈에도 생각지 않을 거야. 냉혹하지만 관대하지. 그는 어머니를 버리는 대가로 어머니와 나에게 그가 소유하고 있던 재산 모두를 넘겨주었던 거야 하는 생각도 하면서 가슴을 진정시키고 있었겠지. 그런 방법이 그의 마음을 상하게 한다든가 그를 조롱한다든가 불필요하게 그를 오랫동안 불안하게 만든다든가 하는 것이 문제가 아니라 서트펜이 전혀 상관하지 않는 것이 문제였어. 자기가 괴로움을 당하든 혹은 학대를 당하든 말든 그에게는 문제가 되지 않았던 거야. 그리고 자기 같으면 그 일을 그렇게 하지 않았을 것이지만, 자신의 피는 아버지의 피와 같다고는 해도 어머니의 피로 물들어 더럽혀져 있다는 사실을, 집이 가까워질수록 끊임없이 생각났지. 그래서 불안과 당혹과 초조감 그리고 모든 것이 하나로 합쳐 승화된 상태에서 그는 수동적으로 체념하여 좋아, 좋아, 이런 식이라도 좋아. 그가 이런 방식으로 하고 싶으면 그것도 좋아. 다시는 그녀를 만나지 않겠고, 그도 만나지 않겠다고 맹세하겠어 하고 생각할 뿐이었지. 마침내 그는 집에 도착했어. 하지만 그는 서트펜이 거기에 왔는지 안 왔는지 알 수가 없었어. 도무지 알 수가 없었던 거야. 그는 그가 왔을 것이라고 믿었지만 알 수 없었지. ─ 어머니는 9월에 떠날 때와 똑같이 우울하고 변화가 없는 지독한 편집광으로서, 어머니로부터 간접적으로 들어서는 아무것도 알 수가 없었고, 그렇다고 단도직입적으로 물어볼 용기도 없었어. 하지만 변호사가 기술적으로 질문하는 것을 통해(학교와 그 지방 사람들이 마음에 들었는지 그리고 어쩌면 ─ 혹은 어쩌면은 아니었나? ─ 어떻게 그가 그 지방의 가족들 사이에서 친구를 사귀었는지에 관한) 서트펜이 이곳에 오지 않았거나, 아니면 적어도 변호사는 그가 왔다는 것을 알지 못하고 있다는 증거를 그때 훨씬 많이 얻은 것으로 생각했지. 왜냐하면 그는 처음부터 변호사가 자기를 그 특정한 대학에 보낸 계획을 간파했다고 믿고 있었으므로 그 질문에서 변호사가 어떤 새로운 것을 알고 있다는 것을 나타내어 줄 게 아무것도 없음을 알았기 때문이야.(혹은 그가 변호사를 만나 본 시간은 너무나 짧았기 때문에 그가 잘못 생각했는지도 모르지. 그는 이듬해 여름, 헨리와 함께 그 변호사를 잠깐 만났을 때보다는 물론 조금 더 긴 시간을 그 변호사와 함께 있었을 따름이니까.) 아무튼 그가(본이) 모친에게 단도직입적으로 물어볼 용기가 없었듯이 변호사도 그에게 그런 식으로 물어볼 용기가 없었던 거야. 변호사도 그를 멍청하거나 우둔하기보다는 바보라고 생각하고 있었지만, 본마저도 이제부터 발휘할 종류의 바보짓을 하리라고는 한순간도 생각하지 못했어. 그래서 그는 변호사에게 아무 말도 하지 않았고, 변호사 역시 그에게 아무 말도 하지 않았지. 그리고 여름이 가고 겨울이 와도 변호사는(모친도 역시) 그에게 학교에 돌아가기를 원하느냐고 물어보지도 않았어. 그래서 드디어 그가 스스로 학교에 돌아갈 생각이라고 말하지 않으면 안 되었지. 변호사의 얼굴에는 대리인의 묵인 이외에 그 어떤 것도 드러나지 않았기 때문에, 그는 변호사에게서 무엇을 탐지해 내려는 것은 잘못된 방법이란 것을 알았어. 그는 학교에 돌아왔지. 헨리가 그를 무척 기다리고 있었어.(정말 고대하고 있었어.) 하지만 그는 '넌 내 편지에 답장을 왜 안 했지? 주디스에게도 말이야.'라고는 말하지 않았어. 그는 이미 본에게 내 동생과 나는 이미 자네에게 속한 존재라고 할 수 있어 하고 말했기 때문에, 그런 원망은 못했을 거야. 하지만 그는 돌아와서 주디스에게 편지를 썼어. 이번 여름에는 이렇다 할 아무 일도 없었기 때문에 별로 쓸 것이 없다는 내용과 함께 봉투에 찰스 본이라고 또박또박 지워지지 않게 이름을 쓰고는 그 편지를 서트펜 농원으로 가는 첫 번째 검둥이 편에 보냈지. 그리고 생각했어. 그(서 트펜)는 틀림없이 이것을 보게 될 거야. 그리고 다시 되돌려 보낼 거야. 되돌아오기만 하면 그때부터는 내 마음대로지. 마침내 나는 내가 어떻게 해야 할 것인가를 알게 될 거야. 그러나 편지는 되돌아오지 않았어. 그리고 그 뒤의 다른 편지들도 되돌아오지 않았어. 그리고 가을이 지나가고 크리스마스가 다시 돌아왔어. 두 사람은 다시 서트펜 농원에 갔어. 이번에도 서트펜은 없었어. 밭에 갔다든가, 읍내에 나갔다든가, 사냥하러 갔다든가 ─ 그와 같은 이유로 서트펜은 집에 없었지. 그러나 본은 스스로 그가 집에 있으리라고 기대하지 않았음을 깨달았지. 그리고 생각했지. 때는 지금이다. 지금이야. 지금. 그래, 지금이고말고. 자, 지금이다. 난 젊다. 젊단 말이야. 그러니까 아직 어떻게 해야 하는지 모르고 있지. 그리고 아마 그 해 질 녘에 주디스와 함께 친절하고 우아하게 얘기하면서 아무런 감흥도 없이 자동적으로 정원을 거닐면서(주디스는 지난여름 그 첫 키스를 생각했을 때와 같이 이런 거구나. 사랑이란 겨우 이런 거야 하고 생각하며 다시 한 번 실망으로 심한 타격을 받았지만 아직 포기한 것은 아니었지.) 그는 기다리고 있었던 거야.(그는 서트펜이 돌아와서 지금 집 안에 있다는 것을 알고 있었어. 무언가 어둡고 싸늘한 바람결 같은 것의 입김을 느끼며, 그는 우뚝 멈춰 서서 진지하게 조용히 경계하면서, 뭘까? 무엇일까? 하고 생각했지. 그때 그는 알았어. 서트펜이 집에 들어가는 것을 직감하였던 거야. 그는 숨을 가만히 내쉬며 긴장을 풀었지.) ─ 그는 기다리면서, 그가 나를 부르러 사람을 보낼지 모른다. 그가 더 잘 알고 있었다고 하더라도 그것을 내게 말해 줬으면 좋겠는데 하고 계속 생각하고 있었지만, 또한 그런 일은 없을 것으로 알았던 거야. 그는 지금 서재에 있다. 그는 검둥이에게 헨리를 불러 오라 보냈어. 지금 헨리가 방 안으로 들어가는 참이야. 그래서 그는 거기서 걸음을 멈추고, 이제 얼굴에 정말로 미소 같은 것을 띠고 주디스의 얼굴을 쳐다보았지. 그리고 그녀의 양팔을 잡고는 가볍고 부드럽게 그녀를 집 쪽으로 발걸음을 돌려 세웠어. 그리고 '어서 돌아가. 나는 혼자서 사랑에 대해 생각하고 싶어.'라고 말했어. 그녀는 그날 키스를 받았을 때와 마찬가지로 그의 손이 그녀의 등에 가볍게 와 닿는 것을 느끼면서 순순히 집으로 돌아갔지. 그리고 그는 거기서 집 쪽으로 얼굴을 돌리고 헨리가 나오기를 기다렸어. 헨리가 나오자 두 사람은 잠시 동안 말 한 마디 없이 서로 얼굴만 쳐다보고 있다가, 함께 뜰과 밭을 가로질러 마구간으로 들어갔어. 아마 거기엔 검둥이가 있었겠지만 두 사람은 검둥이의 손을 빌리지 않고 직접 말에 안장을 얹고는, 집안일을 돌보는 검둥이가 안장에 싣기 위해 다시 챙긴 가방 두 개를 갖고 나오기를 기다렸지. 그리고 그때에도 본은 '자네 아버지께서 내게 전하는 말씀이 없었던가?'라고 묻지도 않았어."

슈리브는 이야기를 중단했다. 그러나 처음에 말의 시작도 그가 혼자 끄집어낸 것이 아니고, 퀜틴과 슈리브 어느 쪽이 얘기를 하고 있어도 마찬가지여서(아마 그들 중에 누구도 어느 쪽인가 하는 문제는 의식하지 않았다.) 어느 쪽이 말을 해 왔는가에 대해서는 문제가 되지 않았다. 그래서 그가 얘기를 중지한 것은 두 사람 모두의 합의에 의한 것이라고도 할 수 있었다. 이리하여 두 사람이 아니라 네 사람이 두 필의 말을 타고, 크리스마스이브의 어둠을 뚫고 바퀴 자국이 나 있는 12월의 얼어붙은 길을 달렸다. 네 사람이라고는 하지만, 찰스-슈리브, 퀜틴-헨리이고, 그 두 사람 모두 믿고 있는 것은, 헨리는 그(그의 아버지를 의미한다.)가 우리 모두를 망쳐 버렸어 하고 생각하고 있었지만, 그(본을 의미한다.)가 이미 이런 것을 알고 있거나 혹은 적어도 느끼고 있었음에는 틀림없다. 그러니까 그가 저렇게 행동했던 것이고, 금년 여름 내게도 주디스에게도 편지를 보내지 않았던 거야. 그리고 그가 주디스에게 자기와 결혼할 것인가를 한 번도 묻지 않은 이유도 결국 그가 알고 있었기 때문이야 하는 생각은 잠시라도 하지 못했다는 것이었다. 그 두 사람은 헨리에게 무슨 일이 있었음에 틀림없다고 믿었다. 확실히 집에서 나온 헨리와 본은 잠시 동안 서로를 쳐다본 후, 한마디 말도 없이 마구간으로 걸어가 말에 안장을 얹었다. 그러나 헨리는 그것을 가볍게 받아넘기려 했다. 왜냐하면 그것이 진실이라는 것을 알고는 있어도 아직 믿을 수가 없었기 때문이다. 헨리는 일 년 삼 개월 전에 처음으로 본과 만났을 때 본능적으로 본에게 끌리는 무엇을 느꼈지만, 그때 이래로 본에 대해 가졌던 그의 태도에 담겨 있는 비밀을 비로소 깨닫고는 완전히 절망하지 않을 수 없었다. 그래서 헨리는 알면서도 믿지 않았고, 믿기를 거부해야만 했다. 그래서 네 사람은 그날 밤 두 필의 말을 달려 크리스마스날 서리가 하얗게 내린 북부 미시시피를 횡단해서, 문고리 아래에는 호랑가시나무의 작은 가지가 끼워져 있고 샹들리에에는 겨우살이 장식이 늘어져 있으며 홀의 테이블 위에는 에그

노그*와 토디(야자술) 주발이 놓여 있고, 노예촌의 회칠한 굴뚝들에서는 장작 때는 파란 연기가 바람에 흔들리지 않고 곧장 하늘로 솟아오르고 있는 농원의 집들을 지나가는 방랑자들과 어딘가 크게 닮은 모습으로 미시시피 강에 도달하여 기선을 탔다. 배 위에도 역시 크리스마스 분위기였다. 배에도 역시 호랑가시나무와 겨우살이 장식이 있었고, 에그노그와 토디 술이 있었고, 크리스마스 만찬과 무도회가 있었다. 그러나 그들은 그런 것에 전혀 마음이 가지 않았다. 두 사람은 어둡고 추운 난간에 기대서서 어두운 강물을 내려다보면서 여전히 침묵을 지키고 있었다. 할 말이 없었기 때문이다. 그들 두 사람(네 사람)은, 모든 것을 알게 되었지만 여전히 조금도 믿으려 하지 않는 헨리 때문에, 시험을 받고 정지 상태에 있었다. 슈리브와 퀜틴이 그렇게 믿었던 것처럼 헨리는 그것을 알게 된다는 것은 죽음과도 같을 것임을 신중하게 바라보며 스스로 확인하려고 했다. 그래서 뉴올리언스에 도착해서 배에서 내린 것도 또한 그 네 사람이었다. 헨리는(그는 대학에 잠시 머물렀던 것을 제외하면 아버지와 함께 가축이나 노예를 사러 멤피스에 두세 번 간 것 외에는 광범위하게 여행한 경험이 아마 없었다.) 아직까지 뉴올리언스를 본 적이 없었지만, 조금도 구경할 시간이 없었다. 그래서 이제 진실을 알게 되었지만 여전히 믿지는 않으려는 헨리, 컴프슨 씨가 숙명론자라고 부르기는 했으나 슈리브와 퀜틴이 생각하는 바에 의하면 오히려 훨씬 이전

---

* 달걀에 설탕이나 우유를 넣어 만든 음료.

부터 자기가 무엇을 해야 좋을지 알 수 없어서 헨리가 무엇을 계획하고 있든 간에 자기는 그것을 알지도 못하고 또 개의치도 않는다는 이유로 헨리의 비판적인 주장과 계획에 반대하려고 하지 않았던 본 그리고 퀜틴과 슈리브 — 이렇게 네 사람은 슈리브가 머릿속에서 생각해 냈다고는 해도 아마 충분히 실제와 같은, 바로크식으로 낡고 화려한 응접실에 앉아 있게 되었다. 아이티 태생의 프랑스인 사탕수수 농장 주인의 딸, 서트펜의 첫 번째 장인이 서트펜에게 에스파냐인이라고 말한 여자(가냘픈 몸매에 허름한 차림새를 하고, 흰 머리카락이 드문드문 있는 검은 머리카락은 말총같이 거칠고, 피부는 양피지 색을 띠고 있었고, 검은 눈은 눈꺼풀이 늘어져 집념이 강해 보였지만 그 눈만은 과거의 모든 것을 잊지 못하고 간직하고 있는 듯이 보여 오히려 젊게 보이는 이 여자의 용모 역시 슈리브와 퀜틴의 창작이었지만, 아마 이것도 진실에 가까울 것이다.)는 이미 말을 다 하고 말았기 때문에 더 이상 할 말이 없었다. 그녀는 헨리에게 '내 아들이 당신의 누이동생을 사랑한다고요?'라는 말 대신 '당신의 누이동생이 내 아들을 사랑한다고요?'라고 말하면서 금속성 소리로 웃으며 자리에 앉아 그를 가만히 바라보았다. 헨리는 그녀에게 거짓말을 하고 싶어도 도저히 할 수가 없었을 것이고, 맞았다든가 혹은 틀렸다든가 하는 대답을 아예 할 필요도 없었을 것이다. — 어떤 의미에서 1860년의 그날 밤 뉴올리언스의 그 방 안에 있는 네 사람은 마치 지금 1910년의 이곳 매사추세츠의 무덤 같은 방에 있는 것과 마찬가지였다. 컴프슨 씨가 말했듯이, 슈리브나 퀜틴도 그 방문이 헨리에게 대단한 영향을 주었다고는 생각하지 않았으나, 아마 본은 헨리를 데리고 그 혼혈녀와 아이가 있던 곳을 찾아갔을지도 몰랐다. 사실, 퀜틴은 아버지가 그 방문에 대해서 이야기한 것을 슈리브에게 말하지도 않았다. 어쩌면 퀜틴 자신은 그날 저녁 컴프슨 씨가 집에서 그 얘기를 하고 있을 때 귀를 기울여 듣지 않았는지도 모른다. 그 무더운 9월, 땅거미가 지는 황혼에 베란다에서 퀜틴도 슈리브가 그러했던 것처럼 그 말을 듣지도 않고 지냈을 것이다. 헨리에게 있어 그 혼혈녀와 어린애는 될 수만 있으면, 그럴 시간과 평화가 — 같은 민족이나 국민에 속하는 사람들 사이의 평화가 아니라, 두 사람의 살기등등한 젊은 정신과 그 두 사람을 그렇게 만든 논란의 여지가 없는 사실과의 사이의 평화 — 있다면, 부러워하기보다는 흉내 내고 싶은 또 하나의 존재였을 것이라고 퀜틴도 슈리브도 생각하고 있었고, 또 아마 실제로 그랬을 것이다. 헨리도 본도, 퀜틴과 슈리브와 마찬가지로, 전쟁은 때때로 젊은이들의 개인적인 어려움과 불만을 해결하는 목적만으로 이루어지는 수가 있다는 것을 믿는 (적어도 그 가정(假定)에 의해서 분명히 행동하는) 그런 젊은이들은 결코 아니었다.

"거기서 그 노부인은 헨리에게 한 가지 질문만 하고는 그 자리에 앉아서 그를 보고 웃었어. 그래서 그는 그때 알았어. 두 사람 모두 다 그때 알았어. 그래서 본은 이번에는 변호사를 잠시 만났어. 가장 짧은 면담이었지. 변호사는 계속 본을 감시하고 있었기 때문에 오래 만날 필요가 없었겠지. 아마도 그 변호사는, 그의 사무실에서 어떤 일이 일어나기를 기다렸지만 아무 일도 일어나지 않은 듯 보였던 그 두 번째 가을에 썼던 편지 한 통이 있었어.(그리고 본이 그 여름에 헨리나 주디스의 편지에 답장을 하지 않은 것은 변호사 때문이었는지도 몰라. 그가 그 편지들을 전달하지 않고 가로챘는지도 모르지.) ― 그 편지는 두 서너 페이지에 걸쳐 매우 정중하고 겸손한 말투로 자질구레하게 쓰였겠지만 나는 네가 어리석을 줄은 알고 있지만, 그렇다 할지라도 너는 어떤 종류의 바보가 되려고 하는가? 하는 내용으로 요약되었고, 본은 그 숨은 의미를 모를 정도의 바보는 아니었어. ― 그래, 이렇게 변호사는 본을 감시하고 있었어. 하지만 전혀 걱정을 한 것은 아니었어. 그는 본 역시 자기 계획에 끌어들이기 위해 많은 시간, 일주일을 주면서 그가 자기에게 올 것이라고 생각하면서 상당히 조바심을 내었지.(그동안 그 ― 변호사 ― 가 헨리를 붙잡고 본인이 눈치 채지 않게 그가 무엇을 생각하고 있는지 많이 알아냈는지도 모르지.) 그리고 마침내 그는 본을 끌어들였고, 아주 교묘하게 일을 꾸몄기 때문에 본도 처음에는 무슨 일이 닥치고 있는지 모르고 있었어. 짧은 면담이었어. 그것은 그들 두 사람 사이에는 비밀도 아무것도 아니었어. 말을 하지 않았을 뿐이었어. 변호사는 책상 뒤에 앉아 있었어.(아마도 그는 비밀 서랍 장부에, 본래의 재산과 사랑과 자존심 사이에 20퍼센트의 복리 계산을 해낸 작년도의 이자를 방금 기입했는지도 모르지.) ― 변호사는 안절부절못하며 애태우고 있었으나 조금도 걱정하고 있지는 않았어. 왜냐하면 그는 자기편이 지금 압박 카드를 지니고 있다는 것을 알고 있었을 뿐만 아니라, 비록 본의 우둔함 또는 적어도 내향적인 것에 대한 그의 생각을 약간 고치려 하고 있었지만, 본이 그런 종류의 어리석은 자라고는 아직 믿고 있지 않았기 때문이지. —— 변호사는 그를 똑바로 쳐다보다가, 부드럽고 기름을 바른 듯한 능변으로 말을 했지. 왜냐하면 이제 그 사실은 비밀도 아니었고, 일격을 가하기 위해서 알 필요가 있거나 알아야 하는 모든 것을 본이 알고 있음을 그가 눈치 챘기 때문이야. '자넨, 자네가 대단히 행복한 젊은이라는 것을 알고 있는가? 대부분의 경우, 운이 좋아 복수를 할 수는 있어도, 이쪽에서도 그 대가를 지불해야 하고 때로는 돈이 들기도 하지. 하지만 자네는 복수를 하고 어머니의 이름을 깨끗이 할 수 있는 입장에 있을 뿐만 아니라, 어머니의 상처를 가볍게 할 수 있는 그 향유(香油)에는 부차적인 가치까지 있지. 다른 말로 표현하면, 그것은 젊은 사람에게 필요하고, 당연한 권리로서 받을 수 있는 것이지. 좋든 싫든, 그것은 현금을 내놓아야 얻을 수 있는 거야……' 그러나 본은 그게 무슨 말입니까? 하고 묻지도 않았고, 몸을 움직이지도 않았지. 몸을 움직이지도 않았다는 것은 변호사가 본이 움직이기 시작한 것을 알지 못했다는 뜻이지. 그는 여전히 매끄럽게 말을 이어 갔어. '이것 이상이지, 복수하는 것 이상이야. 사실은 복수에 덤으로, 오후의 이 작은 꽃다발, 평원의 향기 없는 꽃송이 이런 것들이 반드시 자네 앞에 기다리고 있을 걸세. 놓치지 말게. 그것은 다른 사람의 옷깃에서만큼 자네 옷깃에서도 아름답게 꽃을 피울 거야. 젊은이들이 그것을 뭐라고 표현하더라? 작고 귀여운 것……' 그때 그는 본을, 아마 그의 눈을 보았겠지. 아마 그의 발이 움직이는 소리를 들었을지도 모르지. 그리고 본은 그에게 권총(호주머니용 권총, 대형 권총, 연발 권총, 그 어느 것이었든지 간에)을 들이댄 것이지. 그러자 그는 뒤집혀진 의자 뒤의 벽에 기대어 웅크리며 '오오, 가까이 오지 마! 거기에 서!'라고 고함을 치고는, '사람 살려! 사람 살려! 사람 살……!' 하고 비명을 지르며 본의 권총을 빼앗으려다 그에게 손목이 잡혀 비틀렸지. 변호사는 뼈가 으스러질 것 같아 비명을 지르며 권총을 놓아 버렸는데, 본은 목뼈가 부러질 만큼 손바닥으로 그의 한쪽 볼을 때리고, 손등으로 다른 한쪽 볼을 후려갈겼지. 그리고 변호사가 다시 비명을 지르니까 본이 '그만둬. 조용히 해. 이제 너 같은 건 때리지도 않겠어.'라고 말했지. 조용히 하라는 말은 어쩌면 그에게 붙잡힌 변호사가 한 말인지도 몰라. 그 말에 따라 그는 바로 세운 의자에 변호사를 다시 앉히고, 책상 위에 엎드리게 했을 거야. 변호사는 어디 두고 보자 하는 말을 다시는 입 밖에 내지 못하고 거기에 엎드린 채 삔 손에 손수건을 감았겠지. 그는 변호사를 내려다보면서 거기에 서서 권총의 총신을 잡고 그것을 다리에 대면서 '결투가 하고 싶거든 얼마든지……'라고 했어. 그러자 변호사는 의자에 고쳐 앉으며 손수건을 볼에 대고는, '내가 잘못했네. 이 일에 관해서 나는 자네의 기분을 이해하지 못했어. 용서하게.'라고 했지. 그러자 본이 말했어. '좋아, 당신이 원하는 대로 해. 사과를 하든지 총을 쏘든지 어느 쪽도 좋아. 내가 받아 주지. 당신이 원하는 대로 하지.' 그러자 변호사는 말했어.(뺨이 약간 붉었으나, 그것이 전부였어. 음성이나 눈은 아무렇지도 않았어.) '불행히도 내가 오해한 것에 대해 자

네가 모든 수단을 강구하고 비웃기까지 하고 있다는 것은 아
네. 하지만 내가 정당했더라도(결코 그런 것은 아니지만) 역시
자네의 요청을 거절할 수밖에 없네. 권총으로는 도저히 자네
에게 당할 수가 없으니까.' 그리고 본이 '나이프나 단검이라
면 되겠어?'라고 하니까, 변호사는 '나이프나 단검도 안 되겠
네.'라고 대답했어. 그때 변호사는 두고 보자는 말을 할 마음
이 완전히 사라졌어. 그 말은 오히려 본이 해야 할 말이었어.
본은 권총을 늘어뜨린 채 생각했지. 나이프나 권총이나 혹은 단
검 어느 것으로라도 결투를 해야 한다. 그렇지 않으면 나는 놈을 완
전히 때려눕히지 못한다. 이놈을 해치우기는 쉽다. 뱀이나, 내 아내
와 동침한 놈을 해치우듯 아무런 양심의 거리낌이 없이 쏴 버릴 수
도 있어. 하지만 그렇게 해서는 이놈은 다시 나를 괴롭힐 거야. 그
래, 이놈은 정말 나를 괴롭혀 왔어. 그동안 그는, 그는……."

"잘 들어." 슈리브는 큰 소리로 말했다. "피츠버그 랜딩 전
투가 있은 후, 그는 코린스*의 민가에서 어깨에 입은 상처를
치료하며 누워 있었어. 어깨의 상처가 다 낫고 이 년이 지난
후 그는 그 혼혈녀로부터 편지 한 통을 받았지.(아마 그 편지
속에는 그 혼혈녀와 어린애의 사진이 들어 있었겠지.) 편지에는
돈을 기다린다는 얘기와 함께 변호사가 텍사스나 멕시코 어
디로 가 버렸으며, 본의 모친도 행방불명이 되었다고 쓰여 있
었어. 틀림없이 변호사가 모친을 죽이고 돈을 훔쳐 달아난 것

---

* 미국 미시시피 주 북동부 테네시 주와의 경계에 있는 도시로, 남북전쟁 때
전략적 거점의 하나였다.

같은데, 하여튼 자기에게 한 푼도 주지 않은 것은 두 사람이 모두 도망쳤든가 살해를 당했든가 했기 때문일 거라는 내용이었지. 알았어?"

"그래, 헨리와 본 두 사람은 그 모든 걸 알게 되었어. 이런, 본을 생각해 봐. 그는 이전부터 이 모든 걸 알고 싶어 했고, 또 그것을 알 충분한 이유가 있었어. 그는, 자기가 아는 한 자기에게 부친이란 없고, 다른 아이들과 노는 것조차 허락하지 않았던 어머니와, 어머니가 사 가지고 오는 고기 한 조각이나 빵 한 덩어리에도 일일이 잔소리를 하는 변호사와의 사이에서 만들어진 인간이었던 거야. 그 두 사람은 그를 어떤 목적을 위한 인간으로 만들어 가는 데 즐거움이나 정열을 발견한 것도 아니었겠지만, 그것을 또한 아픔으로 느끼지도 않았어. ── 그 두 사람 중 어느 쪽이든 하나가 만약 본에게 진실을 말해 주었더라면 이러한 일이 일어나지 않았을 거야. 반면 헨리는 아버지가 있었고 생활도 안정되어 있어서 아무것도 불편한 건 없었어. 그리고 또한 그의 아버지로부터 직접 사실 얘기를 들었어. 하지만 본은 누구한테서도 사실 얘기를 듣지 못했어. 헨리를 생각해 봐. 그도 처음에는 그것은 거짓말이라고 했지만, 거짓말이 아니라는 사실을 알았을 때에도 '나는 그것을 믿지 않아요.'라고 말했어. '나는 그것을 믿지 않아요.'라는 그의 말은, 집과 혈연을 부인하면서까지 자신의 저항을 뒷받침하기 위한 것이었지만, 이것이 오히려 자기의 주장이 거짓임을 증명한 결과가 되어 집으로 돌아갈 수 없는 금지 명령이 되었어. 딱한 일이지. 이때부터 그는 무거운 짐을 지게 된 거야. 두 사람의 감리교도 사이에서(혹은 오래된 불굴의 감리교 전통에서) 태어나 편협한 북부 미시시피에서 자라난 헨리는, 아무리 운명적으로 예정된 것이라 해도 하필이면 그의 태생도 교육도 원칙적으로 인정하지 못할 근친상간의 문제에 직면하게 되고, 더욱이 그것을 해결할 도리가 없는 상황에 놓이게 된 것이지. 그래서 두 사람이 그날 밤 그곳을 떠나 거리를 걸으면서, 본이 드디어 '자, 지금 무엇을 어떡하지?'라고 했을 때 헨리는 '기다려, 기다리란 말이야. 내가 그 일에 대해 생각할 시간이 필요해. 기다려 줘.'라고 대답한 거야. 그리고 아마 이삼 일 후 헨리가 '안 되겠어. 틀렸어.'라고 했고, 본은 '기다려, 난 네 형이야. 형더러 안 된다고 하기야?'라고 했겠지. 그리고 아마 일주일가량 지났겠고, 본이 그의 여자인 혼혈녀에게로 헨리를 데리고 갔겠지. 헨리가 그녀를 보더니 '이 여자면 훌륭하지 않아?'라고 하니까, 본이 '나보고 이것으로 만족하란 말이야?'라고 했겠지. 그러자 헨리는 '좀 기다려. 아직도 나는 그 일에 대해 생각할 시간이 더 필요해. 그러니까 시간을 좀 줘.'라고 대답했지. 그래, 헨리가 그해 겨울과 다음 해 봄에 무슨 말을 했을지 생각 좀 해 봐. 그런데 마침 그때 링컨이 대통령이 되고, 앨라배마 주에서 남부가 궐기 대회를 열어 합중국에서 이탈하기로 결정하고, 미국에 두 사람의 대통령이 나오고, 전보가 찰스턴 사건* 소식을 전하고, 링컨이 군대를 소집하여 이

---

* 1860년 12월에 남 캐롤라이나 주는 찰스턴에서 합중국에서 이탈하기로 결의하고, 그 후 그 항구에 있는 섬터 요새를 포격하여 남북전쟁이 일어났다.

미 주사위는 던져져서 돌이킬 수 없게 되고 말았지. 헨리와 본은 서로 상의도 하지 않고 전쟁터에 가기로 결정했어. 서로 만나지 않았더라도 어쨌든 분명히 두 사람은 전쟁터로 갔을 거야. 왜냐하면 결국 그 전쟁은 헛되이 할 수 없는 기회였기 때문이지. ── 그들 두 사람이 서로 주고받았음에 틀림이 없을 말을 상상해 봐. 헨리가 말했겠지. '자네는 꼭 내 누이동생과 결혼하지 않으면 안 되겠어? 정말이야?' 그러니까 본이 대답했겠지. '그가 내게 말을 해 줬더라면 좋았을 거야. 그가 내게 직접 말해 줬으면 좋았을 거란 말이야. 난 그에게 정중했고 예의를 지켰어. 난 기다렸어. 자네도 내가 왜 그의 말을 직접 듣고 싶어 했는지 그 이유를 이해하겠지. 난 그가 직접 내게 말해 주기를 바란 거야. 그래서 나는 온갖 기회를 만들어 주었지. 하지만 그는 말하려 하지 않았어. 만약에 그가 말해 주었더라면 나는 두 번 다시 그녀도 자네도 그도 보지 않을 생각이었어. 하지만 그는 끝내 말을 해 주지 않았어. 처음엔 나는 그가 알지 못하기 때문일 거라고 생각했어. 그러던 중 그가 알고 있다는 것을 알았지. 그래도 나는 기다렸어. 하지만 그는 말을 해 주지 않았어. 그는 자네에게만 말하고, 내게 그것을 메시지로 전달하도록 했지. 마치 자네가 검둥이 노예에게 명령을 해서 거지나 부랑자를 쫓아 버리는 것처럼 말이야. 안 그래?' 그러니까 헨리는 말했겠지. '하지만 주디스 ── 우리의 누이동생은 어떻게 하지? 그녀도 생각해야 하잖아?' 그랬더니 본이 '좋아, 생각해 보자고. 그런데 무엇을?' 했겠지. 여자는 대체로 사랑 이외에는 거의 모든 것에 대해 자존심과 명예를 생각하기 때문에, 주디스가 그것을 알면 어떻게 할 것인지 두 사람은 알고 있었기 때문이야. 그래서 헨리는 말했어. '응, 알았어, 나는 이해해. 하지만 충분히 생각할 수 있도록 시간을 좀 줘. 자네는 내 형이니까 그만한 여유는 줄 수 있을 거야.' 그 두 사람에 대해 생각해 봐. 본은 자기가 뭘 하려고 하는지 무슨 말을 해야 할지 알지 못했지만 아는 척하지 않으면 안 되었지. 헨리는 자기가 하려고 하는 것은 알고 있었지만 알지 못한다고 말하지 않으면 안 되었어. 그리고 다시 크리스마스가 되었어. 1861년의 일이었지. 주디스로부터는 아무런 소식도 없었어. 헨리가 본에게 편지를 쓰지 못하게 했기 때문에, 주디스는 그들의 주소조차 확실히 몰랐던 거야. 이윽고 그들은 옥스퍼드에서 편성중인 학도병 중대에 대한 소식을 들었어. 아마 그들은 그것을 기다리고 있었을 거야. 그들은 북으로 가는 기선을 탔지. 배 안은 크리스마스 때보다도 더 들떠 있고 흥분된 상태에 있었어. 전쟁 초기에 늘 그러하듯 형편없는 식량과 부상병들과 미망인들과 고아들로 걷잡을 수 없는 소란이 일어나기 전의 풍경이었어. 이번에도 두 사람은 그 북새통에 끼어들지 않고 다시금 난간에 기대어 일렁이고 있는 강물을 가만히 내려다보고만 있었지. 그리고 아마 이삼 일 뒤에 헨리가 갑자기 큰 소리를 치며 말했겠지. '하지만 왕들도 그러지 않았던가 말이야! 공작들도 그랬고! 존 아무개라는 로레인의 공작은 누이동생과 결혼했다고 하지 않았던가. 로마 교황이 그를 파문했지만, 그것이 큰 손상을 입히지는 못했어. 손상을 입히지 못했단 말이야! 두 사람은 파경에 이르지 않고 잘 살아갔고 서로 사랑하고 있었어!' 그리고 또 크고 빠른 말로 얘기했겠지. '하지만 자네는 기다리지 않으면 안 돼! 내게 시간 여유를 주지 않으면 안 돼! 아마 우리가 해결할 필요도 없이 전쟁이 해결해 줄지도 몰라.' 이 점에서는 네 아버지 말이 옳았어. 거기서 두 사람은 서트펜 농원에도 들르지 않고 옥스퍼드로 직행하여 학도병에 입대 수속을 했지. 그리고 출전을 기다리는 동안 부대를 빠져나와 며칠을 숨어서 보냈어. 이때 헨리는 본에게 주디스 앞으로 편지를 한 통 쓰게 하고 그것을 검둥이에게 주어 밤에 서트펜 농원의 노예 오막살이로 가져가게 했어. 그리고 그것을 주디스의 몸종에게 주게 했어. 그랬더니 주디스는 사진을 금속 장식의 케이스에 넣어서 보내왔던 거야. 그들은 학도병 중대가 여러 가지 깃발을 만들어 주(州) 내부를 말을 타고 돌아다니면서 아가씨들에게 작별 인사를 할 때까지 앞서 달려가서 기다렸다가 전선으로 출발했어.

정말이지, 그들을 생각해 봐. 본은 그들이 서로 만난 그 첫날부터, 헨리가 무엇을 생각하고 있는지 알고 있었던 것과 마찬가지로 무엇을 하고 있는지도 알고 있었지. 아마 그는 자기가 무엇을 하려고 하는지 알지 못했기 때문에 더욱더 헨리가 하고 있는 일을 잘 알았을 거야. 그러다가 어느 날 갑자기 자기가 하려고 하는 일을 깨닫게 되더라도, 그것은 처음부터 그가 알고 있었던 것에 지나지 않으리라는 것을 알고 있었기 때문에, 자기 일에 신경 쓸 필요는 없었지. 그래서 그는 다만 헨리가 그 자신이 하려고 하는 것과 안 돼, 안 돼, 그럴 순 없어, 그러면 안 돼, 그렇게 못해 하고 말리는 그 자신의 태생적일 뿐만 아니라 교육받은 목소리를 어떻게 타협시키는가를 지켜보기만 하면 되었던 거야. 이제 두 사람은 포화 밑에 있었고, 포탄이 머리 위를 휙휙 날아와 소리를 내며 터지는 가운데 엎드려 돌격할 때를 기다리고 있었지. 그때 또 헨리가 소리쳤겠지. '하지만 로레인의 공작도 누이동생과 결혼하지 않았던가! 이 세상에는 다른 사람들이 모르는 가운데 그런 일을 하고, 그 때문에 죽어 지금 지옥에 가 있는 사람들도 많을 거야. 그렇지만 그들은 하고 싶은 대로 했어. 그리고 지금에 와서 보면 그건 아무것도 아니야. 우리가 아는 사람들 중에도 그런 결혼을 한 사람이 있어. 그들도 이제 아무런 문제가 없지.' 본은 그를 쳐다보며 그가 말하는 것을 들으면서 생각했겠지. 헨리가 저런 식으로 불확실하게 말하는 것은, 내가 어떻게 해야 할지 몰라서 우물쭈물하고 있다는 것을 그가 무의식중에 알고 있기 때문이야. 만약 내가 지금이라도 그에게 그녀와 결혼할 거라고 잘라 말한다면, 그 역시 자신의 마음을 확실히 알게 되고 그건 절대로 안 된다고 말하겠지. 그리고 너의 아버지의 말이 옳았어. 그들은 전쟁이 모든 것을 해결해 줄 테니까 자기들은 아무것도 할 일이 없다고 생각하고 있었겠지. 적어도 헨리는 그렇게 생각하고 있었을 거야. 역시 네 아버지가 생각했던 것처럼, 본은 신경을 쓰지 않았지. 그에게 부친을 갖게 해 줄 수도 있었던 두 사람 모두가 그것을 거부했으니 이제 그는 아무래도 좋았던 거야. 복수를 한다 해도 그에게 보상이 되지 못하고, 사랑을 한다 해도 마음이 가라앉지 못할 것을 알고 있었기 때문에, 복수도 사랑도 모든 것이 그에겐 중요하지 않았어. 주디스에게 편지를 쓰지 않았던 것은 아마 헨리가 허락하지 않았기 때문이 아니라, 본 자신이 그럴 마음이 없었고 될 대로 되라는 심정이었기 때문일 거야. 그이듬해 본은 장교가 되었어. 그들은 자기들도 모르는 사이에 샤일로*로 이동하고 있었지. 그들은 종대(縱隊)로 전진하고 있었는데, 장교(본)는 자기 위치를 떠나 뒤로 처져 병졸(헨리)이 걷고 있는 대열로 와서 그와 얘기했지. 헨리가 절망적이고 긴박한 음성을 억누르며 낮은 목소리로 '아직 어떻게 해야 할지 모르겠어?' 하고 물었지. 그러자 본은 미소를 짓는 듯한 표정으로 그를 쳐다보다가 말했지. '만약 내가 그녀에게로 돌아갈 생각이 없다고 말한다면?' 헨리는 배낭과 8피트나 되는 장총을 들고 계속 헐떡거리며 그의 옆을 걸었어. 본은 그것을 가만히 지켜보며 말했지. '난 지금 자네보다 훨씬 앞에서 가고 있어. 전투할 때도 돌격할 때도 자네보다 훨씬 앞에서…….' 그러자 헨리는 헐떡거리며 '그만둬! 그만!' 하고 외쳤고, 본은 입과 눈에 그 희미하고 엷은 미소를 띤 채 그를 바라보면서 계속했지. '……아무도 알 수 없어. 자네도 확인해 볼 필요조차 없지. 자네가 방아쇠를 당긴 바로 그 순간에 내가 북군의 총알에 맞아 죽었다고 하더라도 말이야…….' 헨리는 이를 드러내고 얼굴은 땀으로 범벅이 된 채 손가락 마디가 하얗게 되도록 총의 개머리판을 움켜쥐고, 헐떡거리며 번쩍이는 눈으로 하늘을 쳐다보며 '그만둬! 그만둬! 그만둬! 그만둬!' 하고 고함

---

* 미국 테네시 주 남서부의 피츠버그 랜딩 근처에 있는 격전지. 이 근처의 전투를 총칭하여 샤일로 전투라고 한다.

질렀지. 어쨌든 그들은 샤일로에 왔어. 그리고 이틀 만에 패전했어. 그 여단은 피츠버그 랜딩에서 후퇴했지." 여기까지 말한 슈리브는 갑자기 "내 말 잘 들어 둬." 하고 큰 소리로 말했다. "기다려. 조금 기다려 줘!"(그는 퀜틴을 흘겨보며 자신도 헐떡거리고 있었다. 마치 망령을 불러들이기 위해서 신호하는 것만으로는 부족해서 호흡을 가다듬을 필요가 있는 것 같았다.) "네 아버지의 말 중에 이 부분은 틀렸어! 그는 본이 부상당했다고 했지만, 사실은 그렇지 않았어. 누구한테서 그런 얘기를 들었을까? 또 서트펜이나 네 할아버지는 총탄에 맞은 것이 어느 쪽이라고 누구한테서 들었을까? 서트펜은 거기에 있지 않았으니까 몰랐어. 마찬가지로 네 할아버지도 거기에 있지 않았으니까 모르는 거야. 총탄에 맞아 팔을 잃은 그 장소에는 아무도 없었어. 그렇다면 그들은 누구한테서 들은 걸까? 헨리로부터는 아니지. 그때 헨리는 서트펜과는 한 번 만났을 뿐인데, 부상자 얘기 같은 것을 할 여유는 없었어. 더구나 광부가 매연 같은 것은 개의치 않듯이 1865년에 남군의 부상자 얘기 같은 것은 얘깃거리도 되지 않았던 거야. 본한테서 들은 것도 아니지. 본은 이미 죽었으니까. 서트펜이 그를 만났을 리도 없지. 부상당한 것은 본이 아니라 헨리였던 거야. 본이 간신히 헨리를 찾아내어 몸을 굽혀 그를 일으키려 하자, 헨리가 그에게 거역하면서 고통스러운 몸짓으로 말했지. '이대로 내버려 둬! 죽게 해 줘! 죽으면 그것을 알아야 할 필요도 없어질 테니까.' 그러자 본이 말했지. '그럼 자네는 내가 그녀에게로 돌아가기를 원하는군.' 헨리는 얼굴에 구슬땀을 흘리며 입술을 깨물어이는 피투성이가 된 채 거기에 누워 고통으로 몸을 뒹굴면서 숨을 헐떡이고 있었지. '자네는 내가 그녀에게로 돌아가면 좋겠지? 하지만 난 그렇게는 안 해. 그렇게 말하고 싶거든 똑똑히 말해 보라고.' 하고 본이 말해도, 헨리는 셔츠를 선혈로 물들이면서 이를 드러내놓고 얼굴에 땀을 뻘뻘 흘리면서 거기에 뒹굴며 몸을 뒤틀고 있을 따름이었고, 본이 헨리의 팔을 잡고 그를 등에 업었지……."

처음엔 두 사람이었던 것이 네 사람이 되었다가, 다시 두 사람이 되었다. 방 안은 실로 무덤과도 같았다. 차가움만이 겨우 현실의 생생한 면모를 유지하고 있을 뿐, 곰팡내와 적막이 방 안에 가득 차서 죽음이 감도는 분위기였다. 30피트도 떨어지지 않은 곳에 침대가 놓여 있어 따뜻함을 취할 수 있는데도, 그들은 그대로 거기에 남아 있었다. 퀜틴은 외투조차 입고 있지 않았다. 슈리브가 의자에 걸쳐 두었던 그 외투는 방바닥에 떨어져 있었다. 그들은 그런 추위로부터 물러나지 않았다. 그들 두 사람이 추위를 참고 있는 것은 마치 두 청년이 수도자처럼 고의적으로 육체에 채찍을 가함으로써 정신적 고뇌의 고양된 흥분을 맛보고자 하는 것 같았다. 그것은 지금부터 오십 년 전, 아니 사십칠 년 전, 더 정확하게 말하면 사십칠 년과 사십육 년 전, 1864년과 1865년의 일이었다. 앨라배마와 조지아를 거쳐 캐롤라이나로 후퇴했던, 거의 굶어 죽을 지경인 패전 부대의 잔류병들은 승리하는 북군들의 추격을 받아 쫓겨난 것이 아니라 오히려 치커모가와 프랭클린, 빅스버그, 코린스 및 애틀랜타와 같은 패전지의 지명(地名)들이 밀물처럼 그들을 휩쓴 것이었다. 어느 전투에서나 수적으로 우세한 병력에도 불구하고 남부가 패한 것은, 무기나 탄약, 식량의 부족 때문만이 아니라, 장군이 되지 말아야만 했던 장군들 때문이었다. 그들은 현대적인 방법으로 전술 훈련을 쌓거나 전술을 배울 만한 적성이 있어서가 아니라, 절대적인 계급 제도에 의하여 그들에게 부여된 '돌격!' 명령을 내릴 신성한 권리에 의해서 장군이 되었거나, 아니면 너무 늙어서 세심하게 작전을 짜서 수행해야 하는 현대적인 집단 전술을 배울 수 없었기 때문에 진 것이다. 그들은 리처드나 롤랑이나 뒤 게클랭* 등처럼 이미 시대에 뒤떨어져 있었는데, 그들은 스물여덟 살과 서른 살, 서른두 살의 나이에 모자에 깃털 장식을 달고 빨간 테두리를 두른 외투를 입고, 빵도 고기도 총탄도 없이 기병대식 돌격을 하여 전함을 포획하기도 했다. 한 부대를 사흘 동안에 셋으로 나누어 적은 수로 공격하기도 했고, 또한 아군의 훈제소(燻製所)에서 훔쳐 온 고기를 요리하기 위해서 자기들 막사의 판자를 뜯기도 했다. 어느 날 밤에는 병사들을 데리고 용감하게 싸워 수백만 달러나 되는 적의 군수 물자 수비대의 주둔지를 파괴했던 그들이, 그 이튿날 밤에는 이웃집 아내와 동침하여 그 남편에게 들켜서 총에 맞아 죽는 일도 있었다. ― 퀜틴과 슈리브의 얘기 내용에 따라 두 사람이었던 그들이 네 사람이 되었다가 다시 두 사람이 되었지만, 그 두 사람인가 네 사람인가 분간 못할 두 사람은 얘기를 계속해 나갔

---

* 뒤 게클랭(1320~1380)은 백년전쟁 때의 프랑스 장군.

다. ── 한 사람은 아직 자기가 어떻게 해야 할지 모르고 있었고, 나머지 한 사람은 어떻게 해야 할지 알고는 있어도 그렇게 하는 것에 마음을 정할 수가 없었다. ── 헨리가 근친상간의 선례(先例)로서 자기 자신을 인용하고 로레인의 존 공작에 대해 말을 한 것은, 옛날이나 지금이나 사람들이 본능이 시키는 대로 한 행동을 정당화하기 위한 전후 사정에 으레 신이나 악마의 망령을 끌어들이려고 하는 것과 같이, 그 저주받고 파문당해 지옥에 빠진 공작의 망령을 불러들여 그것이 괜찮다는 것을 직접적으로 말하도록 하기 위한 것이었다. ── 그 두 사람인지 네 사람인지 분간 못할 두 사람은 무덤 속 같은 방 안에서 얼굴을 마주하고 있었다. 눈보라와 추위 속에 자랐던 캐나다 사람 슈리브는 잠옷 위에 외투를 걸치고 깃을 세워 귀 밑까지 덮고 있었다. 한편 남부 사람으로 비와 무더위 속에서 자란, 침울하고 섬세한 퀜틴은 미시시피에서 가져온 얇은 양복을 입고 있었는데, 꽤 잘 어울렸다. 그의 외투(이것은 여기에선 너무 얇아서 양복만큼 쓸모가 없었다.)는 방바닥에 떨어져 있었지만 그는 귀찮아서 그것을 집으려고도 하지 않았다.

[── 1864년의 겨울이었다. 군대는 앨라배마를 가로질러 조지아로 후퇴하고 있었다. 이제 캐롤라이나는 바로 그들 뒤에 있었다. 장교인 본은 '우리는 잡혀서 전멸하든가, 그렇지 않으면 조* 장군이 우

---

* 조셉 E. 존스턴(1807~1891)은 미국 남북전쟁에서 남군의 장군 중의 한 사람. 셔먼 장군 지휘하의 북군을 맞아 '애틀랜타 작전'에 의해 작전상 후퇴를 하였는데, 후에 리 장군의 항복에 호응하여 그도 셔먼 장군에 항복하였다. '올드 조'로 불리기도 했다.

리를 탈출시켜 우리가 리치먼드 전선의 리 장군과 합세하게 된다면 적어도 항복할 권리는 가질 수 있을 텐데.'라고 생각하고 있었다. 그리고 어느 날 그는 갑자기 지금 대령인 그의 부친 서트펜이 연대장으로 있는 제퍼슨 연대가 롱스트리트*의 군단에 소속되어 있다는 사실을 생각했다. 그리고 그 순간부터 그는 그들이 후퇴하는 목적은 오로지 그의 아버지가 있는 곳에 가서 그에게 한 번 더 기회를 주는 것이라는 생각밖에 하지 않게 되었다. 그래서 그때 그는 자기가 원하는 일을 결정하지 못하고 있었던 이유를 드디어 알아낸 것처럼 생각했을지도 모른다. 그는 잠깐 동안 '아, 난 아직 젊다. 전쟁터 나온 지 사 년이 지났어도 난 아직 젊다.'라고 생각했다. 그러나 숨을 한 번 더 쉬기도 전인 그 짧은 시간에 그는 아마 이렇게 말했을 것이다. "확실히 나는 젊어. 하지만 난 믿고 있다. 아마 내가 믿고 있는 것은, 전쟁이 고통스러운 것이라 할지라도, 그의 부하를 살리고 그들의 피와 살과 맞바꿀 수 있는 최대한의 넓은 땅을 헐값으로 손에 넣을 수 있도록 하기 위한 사 년 동안의 전쟁이 그를 변하게 만들어(그렇게 되지 않으리라는 것을 나는 알고 있지만) 나에게 '나를 용서하지 마라.'라고 말하지는 않는다 하더라도 '너는 나의 장남이다. 너의 누이동생을 잘 돌봐 주어라. 그리고 다시는 내 앞에 얼굴을 보이지 마라.'라고 말할 시점에 이르렀다." 그리고 1865년이 되었다. 남군의 서부군 잔당은 느리긴 하지만 지속적으로 후퇴하면서 적의 포화를 참고 견뎌 나가는 도리밖에 없었다. 그들의 머릿속에는 이미 없어진 군화와 외투 그리

---

* 제임스 롱스트리트(1821~1904)는 미국 남북전쟁에서 뛰어났던 남군 장군이었다.

고 식량 따위는 더 이상 생각할 여유조차 없었다. 본이 드디어 자기가 해야 할 일을 발견했을 때, 주디스 앞으로 보낸 편지에서 포획한 난로 닦는 광택제에 대한 것 등등의 얘기를 쓸 수 있었던 것은 이러한 이유 때문이었다. 그때 본이 그것을 헨리에게 말하자, 헨리는 "고마워. 정말 고마워." 하고 말했다. 물론 그것은 근친상간에 대한 고마움이 아니라, 마침내 그들이 뭔가 할 수 있게 되었다는 사실, 비록 그것이 자신의 혈통과 가정교육을 돌이킬 수 없이 부정하고 영원한 저주를 받게 되는 한이 있더라도, 자기가 무엇인가 할 수 있는 인간이 되었다는 사실에 대한 고마움이었다. 아마 그때 그는 로레인 공작에 대해 말하는 것까지 그만둘 수 있었을 것이다. 왜냐하면 그는 이제 이렇게 말할 수 있었을 테니까. "우리가 가는 곳은 자네의 지옥도, 그의 지옥도, 교황의 지옥도 아니야. 그곳은 내 어머니의 지옥이고, 어머니의 어머니의 지옥이며, 또 어머니의 아버지의 지옥이고, 그들의 어머니와 아버지의 지옥이지. 그리고 거기에 가는 것은 자네만이 아니라 우리 세 사람, 네 사람이 아니라 세 사람이야. 아니야, 우리 네 사람이야. 그렇게 함으로써 우리는 최소한 우리가 속한 장소에 함께 있게 되는 거야. 그리고 만약 그 혼자만이 거기에 간다고 할지라도 우리 또한 여전히 그곳에 함께 있는 거야. 왜냐하면 그가 원인이 되어 초래한 그 환상은 이미 우리 세 사람의 것이 되어 있기 때문이지. 그리고 자네의 환상 역시 이제 자네의 뼈나 육체나 기억과 마찬가지로 자네의 일부가 되어 있어. 그래서 우리는 이제 모두 함께 고통을 겪게 되어, 우리 모두는 사랑이나 간음 같은 것은 기억할 필요도 없어질 거야. 그리고 그 고통 속에서는 거기에 온 이유조차 기억할 수가 없게 될 테지. 우리가 이 모든 것을 잊어버리고 있을 수만 있다면, 그것은 별로 큰 고

생이 아닐 거야." 그 후 1865년의 1월과 2월에 그들은 캐롤라이나에 와 있었다. 살아남은 패잔병인 그들은 거의 일 년 가까이 패주를 계속하고 있었고, 리치먼드까지의 거리는 그들이 걸어온 거리보다도 더 짧았다. 종말까지의 거리는 그것보다도 더욱 짧은 것이었다. 그러나 본에게는 패배까지의 공간 문제가 아니라 서트펜 대령이 있는 다른 연대에까지 이르는 그 시간, 그 순간까지의 거리가 문제였던 것이다. ──'그는 나에게 물어볼 필요도 없어. 나는 다만 그와 몸으로 스치며 보기만 하면 되는 거야.' 그리고 나는 내 입으로 그에게 '걱정할 것 없습니다. 다시는 그녀를 만나지 않겠습니다.'라고 말할 거야. 그리고 캐롤라이나에서 3월을 맞았지만, 그들은 여전히 느리게 그러나 계속해서 후퇴를 하고 있었다. 그리고 북쪽으로부터의 소리에 귀를 기울이고 있었다. 모든 다른 방향은 벌써 끝이 나서 아무것도 들려오는 것이 없었다. 그리고 그들이 그 북쪽으로부터 들으려고 하는 것은 패전이란 것이었다. 그리하여 어느 날(그는 장교였기 때문에 리 장군이 그들을 지원하기 위해 약간의 군대를 파견해서 내려 보내 주었다는 것을 알았고 또 들었을 것이다. 그리고 그들이 도착하기 전에 이미 그 연대의 이름이나 번호까지도 알고 있었을 것이다.) 그는 서트펜을 만났다. 처음엔 서트펜이 정말 그를 알아보지 못했기 때문에, 본은 '정말 그렇구나. 나를 알아보지 못하는구나.' 하고 생각할 수가 있었다. 그래서 그는 스스로 서트펜를 가로 막고 서서 자기를 알아보게끔 기회와 국면을 만들지 않으면 안 되었다. 그러나 두 번째 그를 대했을 때, 그는 서트펜의 무표정하고 바위 같은 얼굴과 빛을 잃은 지친 창백한 눈을 보았다. 그 얼굴에서는 자기 것과 같은 이목구비의 특징이 확인되었다. 그것뿐이었고 그 이상 아무것도 없었다. 아마 그는, 얼핏 보면 얼굴에 미소를 짓는 듯한 표정으로, 한 번 조용히 심호흡을 하고 생각했을 것이다. '이쪽에서 몰아붙일 수도 있지. 그에게 다가가서 강요할 수 있을 거야.' 그러나 이젠 모두 끝장이 났기 때문에 자기는 그렇게 하지는 않을 것임을 그는 잘 알고 있었다. 그날 밤이었던가 일주일 후의 밤이었던가(셔먼 장군도 밤엔 때로는 멈춰야 할 필요가 있었으니까.) 그들은 후퇴를 멈추고 몸을 녹이기 위해 불을 피우고 있었다. 불을 쬐는 일은 매우 인색하여 오래 계속되지는 않았다. 그때 본이 헨리에게 말했다. "헨리, 이젠 틀렸어. 오래가지 못해. 그리고 아무것도 남지 않을 거야. 이제 아무 할 일도 남지 않을 거야. 어떤 이유 때문에, 명예와 자부심 때문에 천천히 걸어 후퇴할 권리조차 없을 거야. 신(神)도 없어질 거야. 우리는 분명히 사 년간 신 없이 전쟁을 해 왔어. 신은 우리에게 그 사실을 알리려고 하지 않았을 뿐이지. 군화와 옷뿐만 아니라 그것들에 대한 필요성도 없어질 거고, 음식조차 없이도 살아갈 수 있는 방법을 알았기 때문에 이제 땅뿐만 아니라 음식을 만들 방법의 필요성도 없어질 거야. 그리고 신을 버리고 식량과 의복과 집이 필요하지 않게 되면 명예나 자부심이 깃발을 날릴 근거도 없어지는 거야. 그리고 명예와 자부심이 없으면 아무것도 문제가 안 돼. 오로지 살기 위해 일 년간이나 후퇴를 시킨 것, 그것밖에는 없어. 그리고 모든 것이 끝나고 심지어 패배까지 사라져 버려도 사람들은 태양 아래 가만히 앉아서 죽기를 거부하고, 숲 속에라도 들어가서 의지와 인내력만으로는 어쩔 수 없는 행동을 하면서 나무뿌리를 캐 먹으면서 연명해 가는 거야. 그것은 절망과 승리의 구별도 모르는, 낡고 천박한 감각만 살아 움직이는, 꿈꿀 줄도 모르는 육체인 거야, 헨리." 그러자 헨리는 숨을 헐떡이면서 대답했다. "고마워. 정말 고마워. 설명 안 해도 돼. 그 정도면 되지." 그러자 본이 다시 말했다. "자네, 나를 인정해 주나? 그녀의 오빠로서 나를 허락해 주나?" 헨리가 말했다. "오빠, 오빠라고? 자네가 말이 아닌가? 어째 내게 그걸 묻는 거지?" 그러자 본이 대답했다. "아냐, 그는 나를 인정하지 않았어. 그는 나에게 경고했을 따름이지. 자네가 그녀의 오빠이고, 그의 아들인 거야. 자네는 허락을 해 주는 거지, 헨리?" 그러자 헨리가 말했다. "편지를 써, 쓰라고." 그래서 본은 사 년 만에 편지를 썼다. 그리고 헨리가 그것을 읽고 나서 부쳤다. 그러나 두 사람은 거기서 탈출하여 편지의 뒤를 쫓는 일 같은 것은 하지 않았다. 그들은 여전히 북쪽에 귀를 기울이고 전쟁이 끝나기를 고대하면서 느릿느릿 고집스럽게 후퇴를 계속하였다. 싸움에 지고 있을 때는 어떤 경우이고 이탈한다는 것도 쉬운 일이 아니기 때문이다. 그들은 벌써 일 년 동안이나 후퇴를 계속하고 있어서 그들에게 남아 있는 것은 견디어 내려는 의지가 아니라 단지 인내의 능력이요, 고착된 습관이었다. 어느 날 밤 그들은 또 후퇴를 멈췄다. 서먼 장군이 명령했기 때문이다. 그때 전령이 야영지로 헨리를 찾아와 말했다. '서트펜 대령님이 천막에서 기다리고 계신다.']

"그래서 너는 그날 밤 노부인 로자 이모와 함께 거기에 갔고, 늙은 검둥이 클라이티가 자네와 그녀를 못 들어가게 잡으려고 했지. 클라이티는 너의 팔을 잡고 '도련님, 저분을 거기로 올라가게 해선 안 됩니다.' 하고 말했지만, 너도 그녀를 말리지는 못했지. 그녀는 사십오 년간의 증오로 마치 사십오 년 묵은 고깃덩이같이 완강했고, 그에 비해 클라이티가 갖고 있었던 사십오 년인가 오십 년간은 절망과 기대뿐이었기 때문이지. 그리고 너는 처음부터 그곳에 가고 싶지 않았던 거야.

어쨌든 너도 그녀를 말리진 못했지. 그리고 너는 클라이티의 문제는 분노가 아니었고 또 불신도 아니었다는 것을 알게 되었지. 그것은 공포였고 두려움이었어. 그리고 클라이티가 그것에 대해 너에게 많은 말을 하지 않았던 것은 이미 이 세상에는 없는 자기 가족과 부친인 남자를 위해 그 비밀을 그대로 숨겨 두고 싶었기 때문이지. 그녀는 아직껏 더럽혀지지 않은 황폐한 가족의 분묘(墳墓)를 지켜 오고 있었어. ── 그녀는 옛날 본의 시체가 떠메어 들려오고 주디스가 본의 호주머니에서 전에 그에게 자기 사진을 넣어 주었던 금속 장식의 케이스를 꺼내었을 때의 모습에 대해서 아무에게도 말하지 않았던 것처럼, 이번에도 아무 말도 하지 않았어. 그것은 공포 때문이었지. 그녀는 너의 팔을 놓고는 로자 이모의 팔을 잡았어. 로자 이모는 뒤를 돌아보며 그녀의 손을 쳐서 떼어내 버리고는 계단을 걸어 올라가려고 했지. 거기서 클라이티가 또 몸을 붙잡으려고 하니까, 이번에는 로자 이모가 두 번째 계단 위에서 발을 멈추고 홱 돌아서서는 남자가 하듯이 클라이티를 주먹으로 때려 넘어뜨리고 다시 돌아서서 계단을 걸어 올라갔어. 클라이티는 땅바닥에 나뒹굴어 있었지. 여든 살이 넘었고 키가 5피트 남짓밖에 안 되는 클라이티는 그때 마치 깨끗하고 자그마한 누더기 뭉치처럼 보였어. 그래서 네가 가서 팔을 붙잡아 일으켰지만, 그 팔은 막대기같이 가볍고 깡말라서 금방 부러질 것 같았어. 그녀는 너를 가만히 보고 있었지. 너는 그녀가 성난 것이 아니라 무서워하고 있다는 것을 알았어. 하지만 그것은 검둥이의 공포는 아니었어. 왜냐하면 그녀가 무서워 겁을 먹고 있는 것은 자기 자신의 일 때문이 아니라 그녀가 거의 사 년간이나 숨기고 있었던 2층에 있는 그 무엇 때문이었으니까. 그녀는 무서워도 비밀만은 지키려 했기 때문에 아무 말도 입 밖에 내지 않았던 거야. 그럼에도 불구하고 그녀가 너에게 말을 했거나 아니면 적어도 네가 문득 그 사실을 알게 되었어……."

슈리브는 다시 말을 멈추었다. 그것은 그의 말을 듣고 있는 사람이 없었기 때문이기도 했다. 아마 그도 그것을 알고 있었을 것이다. 그러다가 갑자기 말하는 사람도 없어졌다. 말하는 사람조차도 아마 이것을 알지 못했을 것이다. 두 사람 모두 거기에 없게 된 것이었다. 두 사람 모두 사십육 년 전의 캐롤라이나로 돌아가 있었다. 그리고 지금은 이미 네 사람 정도가 아니라 더 복합된 관계가 되어 있었다. 두 사람은 함께 헨리 서트펜이 되기도 하고 본이 되기도 했다. 그리고 또한 그것은 어디까지나 완전히 하나가 된 상태였다. 그래서 그들은 함께 사십육 년 전에 피어올랐다가 사라져 간 연기 냄새를 맡고 있었다. 그 연기는 소나무 숲 속의 야영지로부터 피어오르고 있다. 야위고 누더기를 입은 병사들은 여기저기 불을 둘러싸고 앉거나 누워 있는데, 그들은 전쟁 이야기는 하고 있지 않다. 그러나 이상하게도(혹은 전혀 이상하지 않았는지 모르지만) 모두 남쪽을 향하고 있다. 멀리 어둠 속에서는 보초들이 서 있다. ──보초들은 남쪽을 향해 똑바로 응시한 채, 북군의 야영지에서 희미한 불들이 지평선을 반쯤 둘러싼 듯 무수히 빛나고 있는 것을 보고 있다. 그 불빛의 수는 남군의 열 배는 될 것 같고, 그와 그것(남군의 보초와 북군의 불)과의 사이에서는 북군의 초소 역시 어둠 속을 감시하고 있다. 양 진영의 경계병들의 경계선은 대단히 가까이 접근해 있기 때문에 서로가 상대방 순찰 장교들이 초소를 돌고 사라지면서 수하(誰何)하는 소리까지 가까이 들을 수 있다. 그리고 그들이 가 버리고 난 뒤에는, 목소리가, 사람의 형체는 보이지 않으면서, 조심스럽게, 크지 않게 들려온다.

─여보게, 남군.

─뭔가?

─자네들은 어디로 가는 건가?

─리치먼드.

─우리도 그래. 어째서 우리를 기다리지 않지?

─우린 대기하고 있어.

불을 둘러싸고 있던 병사들은 이런 대화를 듣지는 못하겠지만, 그들은 전령병이 야영의 불을 밝힌 곳마다 돌아다니며 서트펜을 찾는 말을 들을 것이다. 마침내 그 전령병은 헨리가 있는 곳에 다가와서는 단조로운 말투로 "서트펜, 서트펜 없나?" 하고 묻는다. 헨리가 몸을 일으키며 "여기 있습니다."라고 말한다. 그는 매우 수척했고, 턱수염을 기르고 있었으며, 초라해 보였다. 사 년 동안의 전쟁 때문에, 또 전쟁이 시작되었을 때에는 아직 충분히 자라지 않고 있었기 때문에, 그는 이전에 생각했던 키보다 2인치나 부족했다. 그리고 체중도, 전쟁이 끝나고 이삼 년 후에─만약 그가 전쟁에서 살아남는다면─예상되는 체중보다 30파운드 가량이나 부족했다.

─여기요.(그가 대답한다.) 무슨 일입니까?

─대령님이 부르신다.

헨리는 전령병과 같이 가지 않고 혼자 어둠 속을 걸어간다. 길은 그날 오후 대포가 지나가서 깊이 파인 바퀴 자국으로 형편없이 되어 있다. 이윽고 그는 양초 불빛으로 인해 캔버스 천의 벽이 희미하게 밝은 한 천막에 도착한다. 그 앞에 서 있던 보초의 검은 그림자가 그를 불러 세운다.

──서트펜입니다.(헨리는 대답한다.) 대령님이 부르셨습니다.

보초가 안으로 들어가라는 손짓을 한다. 그가 몸을 수그리고 천막 입구로 들어가고 그 뒤에 천막이 내려졌을 때, 천막에 혼자 있던 누군가가 양초불이 켜져 있는 책상 뒤의 접은 의자에서 일어선다. 그 사람의 그림자가 높고 크게 천막 벽을 스치며 다가온다. 그(헨리)는 대령의 장식 끈이 달린 회색 군복의 소매를 보면서 경례를 한다. 수염이 자란 볼, 뾰족한 코, 구불구불 늘어지고 헝클어진 머리카락──헨리는 아버지의 얼굴을 잘 알아보지 못한다. 그것은 그가 사년이나 아버지와 만나지 않았고 지금 여기서 만날 줄은 전혀 기대하지 못했기 때문이 아니라, 그것보다 그가 그의 얼굴을 쳐다보지 않고 있기 때문이다. 그는 장식이 달린 소맷자락을 향해 경례를 할 뿐, 상대가 말을 걸어올 때까지 그 자리에 그렇게 서 있다.

──헨리!

그래도 헨리는 움직이지 않고 그대로 서 있다. 두 사람 모두 서로의 얼굴을 바라볼 뿐 그냥 서 있다. 먼저 움직인 것은 나이 많은 쪽인데, 두 사람은 천막 한가운데서 포옹을 하고 키스를 한다. 헨리는 상대가 움직이려 한다는 것을 그리고 움직였다는 것을 의식할 여유도 없었고, 아직 그를 용서해서도 안 되었지만(그리고 아마 영원히 용서할 수 없겠지만) 혈육의 정에 의해 반사적인 순간에 자기도 모르게 체념하고 타협해 움직인 것이다. 헨리는 아버지가 그의 얼굴을 양손으로 감싸고 뚫어지게 바라보는 동안 그대로 서 있다.

─ 헨리(서트펜이 말한다.), 내 아들.

그리고 두 사람은 책상 양쪽의 장교용 의자에 앉는다. 그들 사이에는 책상(그 위에는 펼쳐진 지도가 놓여 있다.)과 촛불이 있다.

─ 샤일로에서 총에 맞았다고? 월로 대령한테서 들었다.(서트펜이 말한다.)

─ 네, 그렇습니다.(헨리가 말한다.)

아버지가 어떻게 나올지 알고 있었기 때문에, 그는 찰스가 자기를 후방에 옮겨 주었다고 말하려다가 그만둔다. 그는 확실히 주디스가 본의 편지 얘기를 서트펜에게 알리지 않았다든가, 찰스가 주디스에게 편지를 했다는 말을 클라이티가 서트펜에게 전했다든가 하는 문제에 대해서는 생각하지 않는다. 그는 이 문제에 대해 그 어느 쪽으로도 생각지 않는다. 자기와 본이 결심한 것을 서트펜이 안다는 것이 그에게는 당연하고 자연스러운 것이다. 비록 사 년 동안을 만나지 않았다 하더라도, 같은 핏줄인 이상, 동일한 순간에 본은 편지를 쓰기로 결정하고, 그 자신은 그것에 동의하고, 아버지가 그것을 알았어야 하는 것 말이다. 그런데 지금 그가 올 것이라고 생각했던 것이 거의 온 것이다.

─ 헨리, 난 찰스 본을 만났다.

헨리는 아무 말도 하지 않는다. 헨리는, 지금 그 문제가 다가오고 있다고 생각한다. 그래서 그는 아무 말도 하지 않고 가만히 아버지를 쳐다보기만 한다. ─ 아버지와 아들은 시든 나뭇잎처럼 빛이 바랜 회색 군복을 입고 한 개의 촛불 속에서 얼굴을 마주하고 있다. 거친 천막의 바깥 어둠 속에서는 보초들이 주의 깊게 망을 보고 있고, 피로에 지친 병사들은 천막도 없이 노숙하면서, 날이 밝아 총성을 들으며 다시 지친 후퇴를 시작할 때만을 기다리고 있다. 그런데 눈 깜짝할 사이에 이 천막의 양초와 회색 군복 그리고 모든 것이 사라지고, 사 년 전 크리스마스 감탕나무 가지로 장식된 서트펜 농장의 서재가 나타난다. 책상도 야전 지도를 펼치기에 적당한 야영용 책상이 아니라 조각이 새겨져 있는 묵직한 단향목의 책상이고, 어머니와 누이동생과 그 자신이 함께 찍은 가족사진이 그 위에 놓여 있다. 그 책상 뒤에는 부친이 앉아 있고, 부친 뒤에는 창밖으로 내려다보이는 정원이 있다. 그리고 거기에서는 주디스와 본이 서로 시선을 주고받으며 마음 가는 대로 발길을 움직여 완만한 리듬으로 거닐며 산책을 하고 있다.

— 헨리, 너는 본과 주디스를 결혼시키려 하는 거지?

그러나 헨리는 대답을 하지 않는다. 그 문제에 대해서 할 말은 전에 다 해 버렸고, 사 년 동안 심한 고뇌를 겪어 온 결과로 얻어진 것이 승리이건 패배이건 간에 적어도 그는 그것을 얻었으니까 이제 그의 마음은 평온했다. 비록 그 평온이 절망에 가까운 것이긴 하지만.

— 헨리, 본은 주디스와 결혼할 수 없어.

그제야 헨리는 입을 연다.

— 아버지는 전에도 그렇게 말씀하셨습니다. 그리고 지금은 이미 패전도 눈앞에 있습니다. 그렇게 되면 우리에게는 아무것도 남지 않을 것입니다. 모든 것이 없어지는 것입니다. 명예도 긍지도 없고, 사 년 전 신으로부터 버림받은 후로는 신도 없습니다. 신은 그것을 우리에게 알려 줄 필요가 없다고 생각했을 따름입니다. 신발도 의복도 없고, 그것들을 가질 필요도 없고, 곡식을 거둘 땅도 없거니와 식량도 필요 없어집니다. 그리고 신도 명예도 긍지도 없을 뿐만 아니라 아무

것도 문제 될 것이 없어지고, 있는 것은 다만, 승리이건 패배이건 아랑곳없이 생존만을 위해서 숲 속이나 들판에서 나무뿌리와 풀을 파헤치는 옛날의 지각 없는 육체뿐입니다. ──네, 저는 결심했습니다. 형이건 아니건 상관없어요. 저는 결심했어요, 하고 말고요.

──헨리, 그는 주디스와 결혼해서는 안 돼.

──안 될 것 없어요. 처음에는 저도 그렇게 말씀드렸지만 그때는 아직 결심을 하지 못한 상태였습니다. 저는 본을 말리기까지 했어요. 그러나 그것을 결심하는 데 사 년이 걸렸습니다. 합니다. 기필코 합니다.

──헨리, 그는 주디스와 결혼해서는 안 된다니까. 그의 어머니의 부친이 나에게 그녀의 어머니는 에스파냐계의 여자라고 말했다. 나는 그대로 믿었지. 본이 태어난 후에야 나는 그녀에게 흑인의 피가 섞여 있다는 것을 안 거야.

헨리는 자기가 천막을 나온 것을 기억하지 못한다고는 말하지 않았다. 그는 모든 것을 기억하고 있다. 그는 자기가 몸을 숙여 천막에서 나온 것과, 보초 앞을 통과한 것까지 기억하고 있다. 바퀴 자국이 깊숙이 나 있는 길을, 어둠 속에서 허둥대며 되돌아온 것이다. 도중의 길 양쪽에 있던 모닥불은 거의 다 타 버렸고, 그것을 둘러싸고 땅바닥에 누워 있던 병사들의 모습이 거의 보이지 않았던 것도 기억하고 있다. 이미 11시가 훨씬 지났을 것이라고 그는 생각한다. 내일 또 8마일이나 가야 한다. 그 지긋지긋한 대포들만 없어도 좋겠는데. 어째서 조 장군은 셔먼에게 대포를 주어 버리지 않는가? 그러면 하루에 20마일은 갈 수 있을 텐데. 그러면 또 리 장군과도 합세할 수 있을 텐데. 적어도 리 장군은 얼마동안 머물며 싸울 것이다. 그는 이런 생각을 한 것도 기억하고 있다. 그는 그의 모닥불로 돌아가지 않고 지금 아무도 없는 쓸쓸한 장소에 발을 멈추고, 조용히 한가로이 소나무에 기대어 얼굴을 쳐들고, 그 소나무의 초라하게 헝클어진 나뭇가지들이 연철(鍊鐵)로 만들어진 것같이 꼼짝도 않고, 이른 봄의 차가운 별이 빛나는 밤하늘을 등지고 퍼져 있는 것을 쳐다본 것도 그는 기억하고 있다. 그리고 그는, 윌로 대령에게 천막을 빌려 준 고마움에 대해 보답할 것을 생각하고 있다. 앞으로 할 일에 대해서가 아니라, 하지 않으면 안 될 일에 대해서 생각하고 있다. 왜냐하면 그는 무엇을 할 것인가를 알고 있었기 때문이다. 그것은 본이 무엇을 할 것인가에 달려 있다. 본은 그에게 무엇을 하도록 할 것인가, 그것만이 문제다. 자기는 그가 시키는 대로 한다는 것을 알고 있었기 때문이다. 그렇기 때문에 본이 있는 곳으로 가지 않으면 안 되겠다고 그는 생각했고, 지금도 생각하고 있다. 벌써 2시가 지났다. 얼마 안 가서 동이 틀 것이다.

　이윽고 거의 새벽이 되었고, 날씨는 추웠다. 오래 입어 닳고 누더기처럼 기운 얇은 옷을 뚫고, 지치고 영양실조가 된 몸에 차가움이 스며든다. 견디어 내려고 하는 자발적인 의지가 아니라 피동적인 인내력이 있을 뿐이다. 주위는 희미하게 밝아서, 다른 사람들 가운데서 본의 잠자는 얼굴을 구별할 수 있다. 그는 외투를 펼쳐 밑에 깔고 담요에 싸여 누워 있다. 그는 본을 깨운다. 날이 밝아 깨어난 본도 헨리의 얼굴을(혹은 헨리가 손으로 무언가 신호한 것을) 알 수 있다. 본은 입을 열지 않는다. 누구냐고 물어보지도 않는다. 그는 일어나더니 어깨에 망토를 걸치고는 타고 있는 불 가까이 가서 그것을 발로 걷어찬

다. 불이 활짝 피어오른다. 그때 헨리가 말한다.

—기다려.

본은 멈추고 헨리 쪽을 향한다. 이제 헨리의 얼굴이 똑똑히 보인다. 본이 말한다.

—자네, 추울걸세. 지금 춥지? 잠을 자지 못했나? 여기.

그는 어깨에서 망토를 벗어 그것을 내민다.

—괜찮아.(헨리가 말한다.)

—아무 말 말고 입어 둬. 난 담요가 있으니까 걱정 없어.

본은 망토를 헨리에게 입혀 주고 구겨진 담요를 가지고 와서는 자기 어깨에 두른다. 그리고 그들은 옆으로 가서 통나무 위에 걸터앉는다. 이제 새벽이다. 동녘 하늘은 회색이다. 이윽고 그것은 곧 엷은 녹황색으로 변하고 포화로 붉어지게 되고, 전멸을 면하기 위해 물러나서 패전으로 퇴각하게 되면서 그 진저리 나는 후퇴가 아직은 아니지만 시작될 것이다. 한 사람은 망토를 입고 또 한 사람은 담요를 둘러쓴 채 통나무 위에 나란히 앉아서 이야기할 수 있는 시간이 약간 있다. 두 사람의 말소리는 새벽의 정적을 깨뜨릴 정도로 크지는 않다.

—그럼, 근친 결혼이 아니라 흑인 피와의 혼혈, 자네는 그것을 참을 수가 없단 말이지.

헨리는 대답하지 않는다.

—그리고 그는 내게 아무 말도 전하지 않던가? 그는 자네에게 나를 자기에게 보내라고 하지 않던가? 내게 아무 말도, 전혀 아무 말도 없던가? 오늘에 와서야 그가 내게 한다는 것이, 나에게는 한마디의 말도 하지 않는다는 것뿐이군. 사 년 전이나 혹은 이 사 년간 언제나 그랬듯이 말이야. 그게 전부였어. 그는 내게 그것을 청한다든지 요구

한다든지 할 필요가 없었던 거야. 오히려 내 편에서 청해야 하는 것이었지. 그가 내게 타이르기 전에, 다시는 그녀를 만나지 않겠다고 그에게 다짐했어야 하는 거지. 헨리, 그는 그렇게까지 할 필요는 없었던 거야. 나를 멈추게 하기 위해서 자네에게 내가 검둥이라고까지 할 필요는 없었던 거야. 그렇게 안 하더라도 그는 나를 저지시킬 수 있었을 거야, 헨리.

──아니야!(헨리가 소리 지른다.) 아니야! 아니야! 나는 할 거야. 나는 할 거야.

그는 벌떡 일어선다. 얼굴이 일그러져 있다. 푹 파인 볼을 덮고 있는 부드러운 수염 속으로 이가 드러난다. 헐떡이는 호흡이 폐 속에서 꿈틀거리고, 눈알이 눈구멍에서 뒤틀리고 있는 듯 흰자위가 드러나 있다. 그러다가 헐떡임이 멈춰 호흡이 가라앉자, 그는 통나무에 걸터앉아 있는 본을 바라보며 내쉬는 숨소리 같은 목소리로 말한다.

──스스로 저지시킬 수 있었을 거라고 말했지? 그건 무슨 뜻이지?

이번에는 본이 대답하지 않고 통나무 위에 앉은 채, 내려다보는 헨리의 얼굴을 마주 본다. 헨리는 다시 호흡과 같은 정도의 낮은 목소리로 말한다.

──하지만 이제 어쩌지? 설마 자네는…….

──그렇지. 그 밖에 내가 도대체 무엇을 할 수 있겠나? 난 그의 선택에 맡겼지. 난 사 년간 그의 선택에 맡기고 있었어.

──누이동생 생각을 해 보게. 나는 아무래도 좋아.

──생각했지. 사 년간, 자네와 그녀에 대해서 말이야. 나는 지금 나 자신에 대해서 생각하고 있어.

──안 돼.(헨리가 말한다.) 안 돼. 안 되지.

──결혼할 수 없다고?

──해서는 안 돼.

──헨리, 그 누구도 나를 말릴 수는 없어.

──안 돼.(헨리가 말한다.) 안 돼, 안 돼, 그건 안 돼.

이번에는 본이 헨리를 물끄러미 쳐다본다. 다시 헨리의 눈에 흰자위가 보인다. 본은 예의로 그 미소를 짓는 듯한 표정으로 그를 지켜보며 앉아 있다. 그의 손이 담요 아래로 들어가더니 권총의 총신을 잡고 나온다. 개머리판이 헨리 쪽으로 향해 있다.

──자, 지금 해 버리지.(그가 말한다.)

헨리는 권총을 쳐다본다. 이제 그는 숨을 헐떡일 뿐만 아니라, 부들부들 떨고 있다. 그리고 그가 하는 말은 토해 내는 숨이 아니라, 꽉 차서 질식할 것 같은, 들이마시는 숨 바로 그것이다.

──자네는 내 형이야.

──아니지. 틀려. 나는 자네 누이동생과 함께 자려고 하는 검둥이야. 헨리, 자네가 그걸 저지하지 않는다면 말이야.

갑자기 헨리는 그 권총을 본의 손에서 빼앗아 들고 계속 숨을 헐떡이며 그 자리에 서 있다. 본은 통나무 위에 앉아, 눈과 입가에 그 미소 같은 표정을 지으며 헨리를 지켜보고 있다. 다시 헨리의 눈에서 뒤집힌 흰자위가 보인다.

──헨리, 지금 해 버려.(그가 말한다.)

헨리는 눈앞이 팽 돌았지만 그대로 권총을 내던지고는 다시 허리를 굽혀 본의 양 어깨에 손을 얹고 헐떡인다.

──결혼은 안 돼!(그가 말한다.) 그건 안 돼! 알았어?

본은 양 어깨를 잡힌 채 움직이지 않는다. 그는 약간 굳은 채 찡그린 얼굴을 하고 가만히 앉아 있다. 그의 말소리는 소나무 가지를 살짝 흔들며 스치고 지나가는 아침 바람보다도 더 조용하다.

──헨리, 자네는 나를 말리지 않으면 안 돼.

"그리고 그는 도망가지 않았어." 슈리브가 말했다. "도망칠 생각이 있었다면 도망갈 수도 있었는데, 그렇게 하려 하지 않았지. 더구나 헨리 앞에 서서 '헨리, 난 간다.' 하고 말했는지도 모르지. 그리고 두 사람은 함께 출발하여 말을 나란히 달렸고, 북군의 경계의 눈을 피하며, 저 멀리 미시시피까지 돌아가서 그 문 앞에 다다랐겠지. 그들은 말을 나란히 하여 달려와서는 다만 처음으로 그들 중에 한 사람이 앞서 가고 다른 사람이 뒤로 처졌어. 헨리가 말에 박차를 가하여 앞으로 나간 다음, 말을 돌려 본을 바라보고 본을 향해 권총을 꺼냈던 거야. 다음 순간 주디스와 클라이티가 권총 소리를 들었어. 뒤뜰 부근을 어슬렁대던 워시 존스가 달려와서 주디스와 클라이티를 도와 그를 집 안으로 옮겨서는 침대에 눕혔어. 그리고 워시는 읍내로 가서 로자 이모에게 보고했고, 그날 오후 로자 이모가 흥분해서 달려왔지. 그리고 그녀는 주디스가 잠겨 있는 문 앞에 서 있는 것을 보았어. 그녀는 자기 사진을 넣어 본에게 보냈던 금속 장식의 케이스를 손에 들고 눈물 한 방울 흘리지 않고 서 있었어. 그 케이스에는 그녀의 사진이 아니라 혼혈녀와 그의 자식의 사진이 들어 있었던 거야. 그리고 네 아버지는 그 검둥이 녀석이 주디스의 사진 대신 혼혈녀의 사진을 넣고 있었던 까닭을 알지 못했기 때문에 자기 나름대로의 이유를 붙였지.

510

하지만 나는 알 수 있고 자네도 알 수 있을 거야. 알 수 있지? 그렇지?" 슈리브는 잔뜩 껴입고 꼴사납고 곰같이 덩치 큰 몸을 탁자 위로 내밀면서 퀜틴을 노려보았다. "알지 못하겠어? 그것은 본이 이렇게 생각했기 때문이야. '헨리가 말한 것이 농담이었다고 하면, 그것은 좋아. 나는 이 사진을 끄집어내어 찢어 버릴 수 있는 거야. 그렇지만 만약 헨리의 말이 진정이었다면 나는 좋지 못한 인간이었어. 나 때문에 슬퍼하지 말아 줘 하고 그녀에게 말하기 위해 나는 이렇게 할 도리밖에 없지.'라고 말이야. 그렇지 않나? 그렇지? 그렇지 않느냐 말이야?"

"그렇지." 퀜틴이 말했다.

"자, 이제." 슈리브가 말했다. "이런 냉장고 속 같은 추위를 벗어나 잠자리에 들자고."

제9장

어둠 속에서 침대에 들어가자, 처음에는 이전보다 더 추웠다. 슈리브가 미미한 열기를 희미하게 제공하던 유일한 전구를 끄자, 차가운 쇠붙이처럼 굳은 칠흑 같은 어둠이 얇은 잠옷을 입고 누워 있는 몸을 덮고 있던 얼음장 같은 담요와 하나가 되어 버린 것 같았다. 그러다가 어둠이 숨을 쉬는 것처럼 뒤로 물러났다. 슈리브가 열어 놓았던 창문이 바깥에 쌓인 눈의 희미하고 신비스러운 빛을 받아 눈에 보이게 되었다. 그리고 어둠에 눌렸던 피가 굽이쳐 흐르자 몸이 조금씩 따뜻해졌다. "미시시피 대학이라면." 슈리브의 목소리가 어둠 속에서 퀜틴의 오른쪽을 향해 들려왔다. "베이야드*가 40마일의 거리를 단축시켰지.(40마일, 그렇지 않은가?) 그래서 학기마다 들판에

---

* 중세 전설에 나오는 말의 이름. 여기서는 말을 멋 부려 표현한 것.

서 자랑스러운 영광이 되살아났지."

"그래, 그들은 대학이 설립된 후 열 번째 졸업반이었어." 퀜틴이 말했다.

"나는 미시시피 대학에 졸업반이 열 번이나 있었다는 걸 몰랐었는데." 슈리브가 말했다. 퀜틴은 대답하지 않았다. 그는 혈관에 따뜻하게 된 피가 팔과 다리를 흐르고 있다는 것을 느끼면서, 잠자코 누워 네모진 창문을 바라보고 있었다. 그리고 그는 이젠 몸이 제법 따뜻해졌다고 하지만, 추운 방에 앉아 있을 동안 줄곧 가볍게 떨고 있었을 뿐이었는데, 지금은 갑자기 온몸을 가눌 수 없을 정도로 심하게 떨렸다. 퀜틴 자신은 아무렇지도 않게 느꼈지만, 침대가 흔들거리는 소리에 슈리브까지도(소리로 알 수 있었다.) 몸을 돌려 팔꿈치로 받치고 몸을 반쯤 일으켜 세우고 퀜틴 쪽을 쳐다보았다. 그는 오히려 아늑한 기분으로 가만히 누워서 뒤이어 예고 없이 다시 닥쳐올 경련을 호기심을 갖고 기다리고 있었다. "원 세상에, 그렇게도 추워?" 슈리브가 말했다. "외투라도 덮어 줄까?"

"아니, 괜찮아." 퀜틴이 말했다. "춥지 않아. 괜찮다니까. 아무렇지도 않아."

"그럼 왜 그렇게 떨고 있지?"

"모르겠어. 난 어떻게 할 수 없을 뿐이야. 기분은 괜찮아."

"그렇다면 됐어. 하지만 외투가 필요하면 알려 줘. 이거 원, 이런 기후에서 아홉 달을 보내야 한다는 걸 알았더라면, 남부에서 올 생각을 하지 않았을 텐데. 내가 남부에 머물러 살 수 있었다면, 남부에서 오지 않았을 거야. 아니, 기다려, 내 말 좀 들어 봐. 이건 농담도 아니고 건방진 얘기도 아니야. 나는 할 수만 있다면 이해하고 싶어. 달리 더 잘 표현할 방법도 없지만 말이야. 우리 가문 사람들과는 인연이 없는 얘기니까. 인연이 있다고 하더라도 그건 모두 먼 옛날 바다 저편에서 있었던 일이라서, 이제 와서 그런 것을 되새겨 볼 만한 그 어떤 것도 주변에서 찾아볼 수도 없지. 우리 주변에는 패배한 할아버지들과 해방된 노예들(아니, 내가 얘기를 뒤집어 했나? 해방된 쪽이 너희들이고 패배한 쪽이 검둥이들이었나?) 그리고 식당 테이블의 탄흔(彈痕) 같은, 끝까지 잊지 않도록 항상 기억하게 하는 것이 아무것도 없다는 거지. 자네들이 공기처럼 들이마시며 그 속에 묻혀서 살고 있던 것이 뭐였지? 오십 년 전에 일어났다가 이미 자취도 없이 사라져 버린 갖가지 사건에 대한 망령과도 같은 억누를 수 없는 노여움과 긍지와 영광 따위로 가득한 일종의 진공과도 같은 것인가? 셔먼 장군에 대한 원한을 끝내 버릴 줄 모르는, 아버지에서 아들로 또 아버지에서 아들로 대대로 이어지는 일종의 타고난 권리라고나 할까? 그래서 너희들은 자자손손에 이르기까지 언제까지나 매너사스에서 있었던 피켓의 돌격*에서 전사한 수많은 대령들의 후예일 수밖에 없다는 건가?"

"그것은 게티즈버그에서의 일이야. 너는 이해할 수가 없어.

---

* 매너사스는 버지니아 주 북부 도시로서 남북전쟁의 격전지였다. 남군의 장군 조지 피켓이 1863년 11월 3일 유명한 '피켓의 돌격'을 하다가 패배한 것은 펜실베이니아 주 남부의 게티즈버그에서였다. 이때 피켓 장군이 이끈 사단은 거의 사멸했다.

남부에서 태어나야만 알 수 있는 일이야." 퀜틴이 말했다.

"그랬다면 내가 알 수 있을까?" 퀜틴은 대답을 하지 않았다. "너는 이해하고 있다는 거야?"

"나도 몰라." 퀜틴이 말했다. "아냐, 나야 물론 이해하지." 그들은 어둠 속에서 숨을 내쉬었다. 잠시 후 퀜틴이 또 말했다. "나도 몰라."

"그래. 너도 모르고 있는 거야. 너는 노부인 로자 이모에 대해서 아무것도 모르고 있잖아."

"미스 로자라니까." 퀜틴이 말했다.

"그래. 너는 그녀에 대해서도 모르고 있어. 네가 알고 있는 것은 그녀가 마지막에 가서 망령이 되기를 거부했다는 것뿐이야. 그녀는 거의 오십 년이 지난 뒤에도 그를 평화롭게 잠들어 있도록 스스로 체념할 수 없었지. 그래서 그녀가 오십 년이나 지났는데도 일부러 그곳까지 가서 자기가 완전히 끝맺지 못한 것을 해치우려 했을 뿐만 아니라 그녀가 육감이나 혹은 뭐 그런 것으로 아직까지 끝나지 않았다는 것을 알았기 때문에 다른 사람을 데리고 가서 잠겨 있는 집을 부수고 들어갔다는 것을 너는 알지, 그렇지?"

"아니야." 퀜틴이 조용히 말했다. 그는 그 먼지 냄새를 맛볼 수 있었다. 눈 쌓인 뉴잉글랜드의 차갑고 깨끗한 무거운 공기가 얼굴에 와 닿았기 때문에 그는 지금도 숨 막힐 듯한(그보다도 차라리 용광로에서 숨 쉬는 듯하던) 미시시피의 9월 밤의 먼지 냄새를 맛보고 느낄 수 있었다. 심지어 그는 자기 옆에 마차를 함께 타고 있던 그 노파의 체취, 곰팡내가 섞인 방충제 냄새를 풍기는 숄과 그 속에 도끼와 회중전등을 감추어 놓았던(이건 물론 그 집에 도착해서야 알게 된 것이지만) 바람이 통하지 않은 검은 무명 우산의 냄새까지도 맡을 수 있었다. 말 냄새도 맡을 수 있었고, 무게 없이 스며드는 흙먼지 속에서 가벼운 마차 바퀴의 메마른 슬픈 마찰음도 들렸다. 멀리 허공에 떠 있는 헤아릴 수 없이 많은 별들을 향해 피어오르는 바싹 마른 대지의 고뇌에 찬 외마디 깊은 탄식 소리를 듣고 있는 것과 똑같이, 건조한 흙먼지가 땀에 젖은 몸을 천천히 스쳐 지나가는 것도 느낄 수 있었다. 그가 부축하기도 전에, 그녀는 서툴고 더듬거리며 떨리는 몸으로 열심히(그는 그녀의 그러한 태도가 공포와 경악에서 연유하는 거라고 생각했지만, 알고 보니 그건 잘못된 생각이었다.) 마차에 올랐고, 곰팡내 나는 숄을 몸에 두르고 우산을 꽉 쥔 채, 쪼그린 자세로 몸을 앞쪽으로 바짝 내밀고, 말 한마디 없이 좌석 끝에 걸터앉아 있었다. 그렇게 몸을 바짝 앞으로 내밀고 앉아 있으면 조금이라도 더 빨리, 옆에 앉은 퀜틴보다도 먼저 그리고 말과 거의 때를 같이 해서, 또 그녀가 원하는 것보다 더 빨리 도착할 수 있는 것 같은 태도였다. 그들이 제퍼슨 읍을 떠난 뒤 처음으로 그녀가 말문을 열었다. "이제 그의 영역에 도착했어." 그녀는 말을 이었다. "그의 땅 말이야. 그와 엘런과 엘런의 후손들의 땅이지. 사람들은 이제 그들의 땅이 아니라고 말하지만 그래도 역시 그와 엘런과 그녀의 후손들 땅이기는 마찬가지지." 그러나 퀜틴은 이미 그것을 알고 있었다. 그녀가 말을 꺼내기도 전에 그는 '이제 다 왔어. 여기야.' 하고 마음속으로 생각했고, 또한(길고 무덥던 여름날 오후 그 어둠침침하고 답답하던 작은 집에서 그랬던 것처럼) 마차를 멈추고 귀를 기울이기만 하면 질주하는 말발굽 소리가 들리는 듯했고, 당장에라도 검은 말을 탄 사나이가 길을 가로질러서 달려가는 것을 볼 수 있을 것 같았다. — 말 위의 사나이, 그는 한때 그 고장 어딜 가나 어떤 주어진 지점에서 눈에 들어오는 모든 것을 자기 소유로 만들던 사나이였고, 또한 그곳에 존재하던 모든 것이 그가 남들이 보기에나 자기 자신이 보기에 가장 큰 인물임을 일깨워 주는(물론 그가 그러한 사실을 망각하게 되었을 경우의 이야기지만) 것들이었다. 그래서 그는 그 모든 것을 지키려고 전쟁에 나갔지만 전쟁에 졌고, 다시 돌아와서는 전쟁도 전쟁이었지만 그 이상의 것들 — 물론 남김없이 송두리째라고는 할 수 없었지만 — 을 잃어버렸음을 알게 되었다. 그는 목숨만이라도 살아남은 게 다행이다 하고 말했다. 그러나 그에게 남은 것은 목숨이라기보다는 고령과 호흡과 공포와 냉소와 두려움과 분노뿐이었다. 그에게 변함없는 눈길을 보내 주는 사람은 그가 마지막 보았을 때 어린아이에 불과했던 한 소녀가 전부였다. 그녀는 창문이나 문틈으로, 자기가 서 있는 것도 모르고 지나가는 그를 마치 신이라도 대하는 기분으로 늘 지켜보았을 것임에 틀림없다. 그녀의 눈에 비친 모든 것이 그의 소유였기 때문이다. 그가 만일 그녀의 집 앞에 멈춰서서 물을 좀 달라고 했다면 그녀는 신에게 감히 없다는 말을 입에 올리지 못하는 것처럼, 없다는 말은 할 생각도 못하고 왕복 1마일이나 되는 우물까지 선뜻 물통을 들고 가서 맑고 시원한 샘물을 길어다 주었을 것이었다. 그리고 이것만이 그가 아직 살아서 숨을 쉬고 있기 때문에 누릴 수 있는 특권이었던 것이다.

　따뜻해진 침대 안에서 한동안 가만히 누워 있던 퀜틴은 바깥세상의 흰 눈에 반사된 어둠을 심하게 들이키면서, 다시 숨을 거칠게 호흡하기 시작했다. 그녀(미스 콜드필드)는 그를 대문 안에 들어서지 못하게 했다. 그녀는 갑자기 "멈춰 서." 하고 말했다. 그는 자기 팔을 잡은 그녀의 손이 떨리고 있음을 느끼고 '이런, 두려워하는군.' 하고 생각했다. 그는 그녀의 가쁜 숨소리를 들을 수 있었다. 그녀의 목소리는 겁에 질려 거의 울음에 가까웠으나 거기에는 단호한 결의가 있었다. "어떻게 해야 되지? 어떻게 해야 되지?"('그야, 읍으로 돌아가서 잠이나 자야지.' 하고 그는 생각했다.) 그러나 그는 그 말을 하지는 않았다. 별빛 아래에서 썩어 가는 커다란 문기둥 두 개가 보였다. 그 사이 문짝들은 떨어져 나가고 없었다. 그는 그것을 바라보면서, 본과 헨리가 그날 어느 방향에서 말을 타고 달려왔을까, 본이 살아서 통과하지 못했던 그 대문에는 무엇이 그림자를 던지고 있었을까 하고 생각했다. 아직도 살아서 해마다 잎을 피우고 지게 하는 어느 나무였을까? 아니면 여러 해 전에, 어쩌면 불과 얼마 전이었을지도 모르지만, 땔감으로 타 없어져 버린 어느 나무였을까? 그렇지 않으면 저기 보이는 문기둥 가운데 하나였을까? 그는 그런 생각을 하면서, 한편으로는 헨리가 당장 거기 나타나 미스 콜드필드를 말려서 그들 두 사람을 돌아서게 해 주기를 바라기도 하고, 또 다른 한편으로는 헨리가 지금 여기 있다면 어느 누구도 총소리를 듣지 못하게 할 거라고 혼잣말을 하기도 했다. "그녀가 나를 막으려 들 거야." 미스 콜드필드는 우는 소리로 말했다. "나는 그걸 알고 있어. 이렇게 읍에서 멀리 떨어진 곳에, 그것도 한밤중에 혼자 와 있으니, 그녀는 어쩌면 그 흑인 사나이를 시켜서……. 게다가 자네는 권총도 가지고 오지 않았지?"

"안 갖고 왔어요." 퀜틴이 말했다. "도대체 그녀가 여기에 무엇을 감추어 두었죠? 그것이 대체 무엇인가요? 그것이 있다 해서 무슨 차이가 있습니까? 읍내로 돌아가시죠, 미스 로자."

그녀는 그 말에는 대답을 않고 "그걸 꼭 찾아내야 해."라고만 말할 뿐이었다. 그녀는 자리에서 몸을 앞으로 바짝 내밀고 몸을 떨면서 허물어져 가는 폐가로 통하는, 나무들이 아치를 이룬 차도 저편을 뚫어지게 바라보았다. "당장 그걸 찾아야겠어." 그녀는 놀란 것 같은 자기 연민에 휩싸여 울음 섞인 목소리로 말했다. 그녀는 갑자기 몸을 움직이더니 "자, 따라와." 하고 속삭이면서 마차에서 내리려고 했다.

"잠깐." 퀜틴이 말했다. "집까지 타고 가시지요. 반 마일이나 되는데."

"안 돼. 그럴 수 없어." 그녀는 속삭이듯이 말했다. 그것은 바로 이상하게 겁먹은 것이었지만 단호하고 결의에 차 있고, 격심한 노여움을 나타내는 말이었다. 마치 그녀 자신이 그 집에 가서 뭔가를 알아내야 하는 것이 아니라, 다만 어쩔 수 없이 그 누군가의, 아니면 그 무엇인가의 대리인이 되어 있는 것 같은 느낌이었다. "말은 여기에 매어 두고. 빨리." 그녀는 그의 부축도 없이 우산을 꽉 쥐고 더듬더듬 마차에서 기어 내렸다. 그는 잡초가 무성한 길 옆 도랑에 있는 어린 나무에 말고 삐를 잡아매고 있는 동안에도 문기둥에 바싹 붙어 서서 기다리고 있는 그녀의 훌쩍이는 가쁜 숨소리가 들리는 것 같았다. 그에게는 그녀의 모습이 전혀 보이지 않았다. 문기둥에 아주 바싹 다가서 있었기 때문이다. 그가 문을 막 들어서자 그녀는 얼른 그의 옆으로 다가왔고, 여전히 훌쩍이듯 가쁜 숨을 몰아쉬며, 바퀴 자국이 나 있고 나무들이 아치를 이룬 차도를 그와 나란히 걸어갔다. 칠흑 같은 어둠이었다. 그는 비틀거리는 그녀를 부축해 주었다. 그녀는 손가락과 손이 온통 조그마한 철사 덩이인 양 그의 팔을 단단히 움켜잡고 매달렸다. "팔을 잡고 가야겠어." 그녀는 울먹이듯 나지막한 소리로 말했다. "권총도 안 갖고 왔단 말이지? — 잠깐 기다려." 그녀는 걸음을 멈췄다. 그는 돌아다보았지만 그녀의 모습은 보이지 않고 가쁜 숨소리와 옷자락 스치는 소리만 들릴 뿐이었다. 그러다 그녀가 무언가를 그에게 내밀었다. "여기." 그녀가 속삭이듯 말했다. "이걸 받아." 그것은 도끼였다. 눈으로 볼 수는 없었지만 만져만 봐도 도끼임을 알 수 있었다. 그것은 매끈하고 묵직한 손잡이에 녹슬고 이가 빠져 날이 무딘 묵직한 도끼였다.

"이건 뭐예요?" 그가 말했다.

"그걸 들고 가." 그녀는 힘을 주어 낮게 말했다. "권총을 안 가져왔으니, 그거라도 쓸모가 있을 거야."

"이것 보세요. 잠깐만 계세요." 그가 말했다.

"자, 가. 부축을 좀 해 줘야겠어. 몸이 몹시 떨려." 그녀가 속삭였다. 그는 한 손에 도끼를 들고 다른 한 손으로 그녀를 부축하며, 그들은 다시 계속해서 걷기 시작했다. "아무튼 집 안에 들어가려면 도끼가 필요할 거야." 그녀가 말했다. "난 그 여자가 어디선가 우리를 지켜보고 있다는 것을 알아." 그녀는 우는 소리로 말했다. "나는 그걸 피부로 느낄 수 있어. 하지만 어떻게 해서든지 그 집까지 가서 집 안으로 들어갈 수만 있다면……." 길은 끝이 없는 것 같았다. 그는 이곳 지리에 밝았고, 소년 시절에 몇 차례나 그 대문에서 집 앞까지 걸어갔던 적이 있었다. 어릴 때야 웬만한 길도 누구에게나 퍽 먼 길로 여겨지는 법(그 후 어른이 되고 보면 온갖 것들이 빽빽이 늘어서 있어 그렇게도 멀던 길이 지척에 불과해 보이게 마련인데도)이지만, 지금도 그의 기분으로는 아무리 걸어가도 그 집은 나타나지 않을 것만 같았다. 그래서 그도 어느 사이엔가 그녀와 마찬가지로 '그 집까지 가서 집 안으로 들어갈 수만 있다면.' 하고 되뇌었고, 그러면서 또 '나는 두렵지 않아. 단지 이곳에 오기 싫었을 뿐이야. 그녀가 이곳에 감추고 있는 것이 무엇이든지 그것은 알고 싶지도 않아.' 하고 마음속으로 자신을 달래는 것이었다. 그러나 결국 두 사람은 그 집에 당도했다. 톱니같이 들쭉날쭉한 거의 쓰러져 가는 굴뚝과 약간 내려앉은 것 같은 지붕의 윤곽과 함께, 그 집은 장방형의 거대한 모습으로 드러났다. 두 사람이 서둘러 그 집으로 다가서고 있을 때, 퀜틴은 한순간 집 구석에서 너덜너덜 조각난 하늘을 보았다. 거기엔 별 세 개가 강렬한 빛을 발하고 있었다. 그 집은 마치 한 군데가 찢어진 캔버스 위에 그려 놓은 일차원의 선으로 된 것 같았다. 그리고 그들이 건물 바로 앞에 당도하자, 꺼진 난로에서 나오는 것만 같은 탁한 공기가 그들을 둘러쌌고, 그 집을 지은 재목이 마치 사람의 살이나 되는 듯 썩어 절망과 부패의 냄새를 느릿느릿 끈질기게 풍기고 있었다. 그녀는 여전히 떨리는 손으로 그의 팔을 단단히 잡고 재빨리 걸음을 옮겼다. 단 한마디도 말은 하지 않았지만 그녀는 계속 흐느낌과도 같은 신음 소리를 냈다. 이제 그녀의 눈에는 아무것도 보이지 않는 것 같았다. 그래서 그는 계단이 있을 것으로 짐작되는 데까지 그녀를 인도해 가서 멈춰 서게 하고는 자기도 모르는 사이에 기절할 것같이 서둘러 대는 그녀의 흉내를 내면서 소리를 낮추어 말했다. "잠깐 기다리세요. 이쪽입니다. 조심하세요. 계단이 썩었습니다." 그는 아이를 들어 올릴 때처럼 뒤에서 두 팔꿈치를 떠받치고 그녀를 안아 올리다시피 하며 계단을 올라갔다. 그는 그녀의 살이 없는 딱딱한 팔에서 솟아나는, 강렬하고도 억누를 수 없는 힘찬 뭔가가 그의 손바닥을 통해 두 팔로 전달되어 오는 것을 느꼈다. 지금 여기 매사추세츠의 침대에 누워서, 그는 자기가 어떻게 생각했고, 알았는가를 기억하고 갑자기 혼잣말로 중얼거렸다. "뭐야, 이 여자는 조금도 두려워하지 않는군. 대단한 일이야. 두려움이 없어." 그녀가 그의 손을 빠져나가 베란다를 가로지르는 발걸음 소리가 들렸다. 그는 그녀를 뒤쫓아 갔다. 그녀는 어두워서 보이지 않는 현관문 옆에 숨을 헐떡이며 서 있었다. "자, 이제 어떻게 하지요?" 그는 속삭이듯 말했다.

"문을 부숴 버려야지. 자물쇠를 채우고 못을 박아 놓았을 거야. 도끼가 있잖아. 부숴 버려." 그녀가 말했다.

"하지만……." 그가 말을 시작했다.

"부숴 버려!" 그녀는 힘을 주어서 말했다.

"이 집은 엘런의 집이었어. 난 그녀의 동생이고. 살아남은 단 한 사람의 상속인이지. 빨리 부숴 버리라고." 그는 문을 밀어 보았다. 그러나 문은 꼼짝도 하지 않았다. 그녀의 가쁜 숨소리가 들렸다.

"빨리 부숴 버리라니까." 그녀가 말했다.

"들어 보세요, 미스 로자. 제 말 좀 들어 보세요." 그가 말했다.

"도끼 이리 줘."

"잠깐 기다리세요. 정말 집 안으로 들어가고 싶으세요?" 그는 말했다.

"난 들어갈 거야. 도끼 이리 줘." 그녀는 흐느끼듯 말했다.

"잠깐만요." 그가 말했다. 그는 마룻바닥에 판자가 썩었거나 떨어져 나간 데가 있을지도 몰랐기 때문에 베란다 위를 벽을 따라 조심스럽게 걸음을 옮겨 창문이 있는 데까지 다가갔다. 덧문은 닫혀 있었고 잠겨 있는 것이 분명했지만, 쇠약한 노인네가(어쩌면 여자였는지도 모르지만) — 혹은 주변머리 없는 사람이 그저 부실하게 적당히 잠가 놓았던 탓인지, 도끼날에 별 소리도 나지 않고 단번에 열렸다. 그는 도끼날을 창틀 아래로 밀어 넣은 다음에야 유리가 없다는 것을 알게 되었다. 이젠 빈 창틀을 통해 걸어 들어가기만 하면 그만이었다. 그는 잠시 그 자리에 서서 들어가려고 하는 자신에게, 무서워하는 것이 아니라 다만 집 안에 무엇이 있는지 알고 싶지 않을 뿐이라고 중얼거렸다. "어떻게 됐어?" 미스 콜드필드가 현관문 쪽에서 낮은 소리로 물었다.

"열었어?"

"네." 그가 말했다. 그는 지나치게 큰 소리로 말한 것은 아니지만, 그렇다고 그녀처럼 속삭이듯 말한 것도 아니었다. 그리하여 그 소리는 가구가 없는 방에서 흔히 그렇듯 그가 들어가려고 하는 어두운 방 안 깊숙이까지 공허하게 메아리쳤다. "거기서 좀 기다리세요. 현관문을 열도록 해 보겠습니다." — '이쯤 되었으니 이제 들어가지 않을 도리가 없지.' 그는 창문 문턱 위로 기어 올라가며 이렇게 생각했다. 그는 방 안이 비어 있다는 것을 알았다. 그의 목소리가 되울리는 소리를 통해 알 수 있었다. 그러나 그는 조금 전에 베란다에서 그랬던 것처럼, 손으로 벽을 더듬으며 천천히 조심스럽게 걸음을 옮겨 벽이 꺾어진 곳까지 그대로 나아갔다. 그리고 문을 찾아내어 거기로 빠져나갔다. 그는 그곳이 현관홀일 거라고 생각했다. 옆에 있는 벽 저편에서 미스 콜드필드의 숨소리가 들려오는 것 같았다. 깜깜한 어둠 속이었다. 아무것도 보이지 않았고, 아무것도 볼 수 없다는 것을 그 자신이 잘 알고 있으면서도, 눈꺼풀과 눈의 근육이 아플 정도로 뚫어지게 어둠 속을 살펴보느라 붉은 반점들이 모였다 흩어졌다 하며 망막 위를 빙글빙글 맴돌았다. 조금 더 나아갔더니 마침내 현관문이 손에 닿았다. 자물쇠를 찾느라고 어둠 속을 더듬고 있을 때 문 저편에서 흐느끼는 것 같은 미스 콜드필드의 숨소리가 또렷이 들려왔다. 그 순간 그의 등 뒤에서 성냥을 긋는 소리가 났다. 그의 귀에는 그것이 어떤 폭발음이나 피스톨 총성처럼 들렸다. 뒤이어 희미하게 불빛이 밝아지기 시작했을 때는 이미 신체의 모든 기관이 불쾌하게 일어서고 말았다. 머릿속에 무엇인가 제정신이 들어 침묵으로 '염려할 것 없어. 해치려면 성냥을 켰을 리가 없어.'라고 소리를 쳤지만, 한동안 몸을 꿈쩍도 할 수 없었다. 잠시 후 몸을 움직일 수 있게 되자, 그는 고개를 돌렸다. 머리에 수건을 쓰고 풍성한 스커트를 입은 난쟁이 요정 같은 여자가 커피색 손에 성냥불을 머리 위로 치켜들고 커피색의 야윈 얼굴로 그를 쳐다보고 있었다. 그는 그녀의 모습이 아니라 그녀의 손끝에서 타들어가고 있는 성냥불을 가만히 지켜보고 있었다. 이윽고 그녀는 몸을 움직여 두 번째 성냥불을 긋고는 옆으로 돌아섰다. 벽 앞에는 네모난 나무토막이 있었고 그 위에 램프가 놓여 있었다. 그녀는 램프 갓을 들어 올리고는 심지에 불을 붙였다. 그는 여기 매사추세츠의 침대에 누워 또다시 마음의 평온을 잃고 가쁜 숨을 몰아쉬며 그 일을 기억했다. 그녀는 그가 누구이며 무엇을 하러 왔는지 한마디도 물어보지 않았고, 이런 때가 당연히 닥쳐올 거고, 또한 자기로서는 그것을 거역할 수 없다는 것을 내내 알고 있었다는 듯이 묵묵히 커다란 구식 열쇠 꾸러미를 갖고 와서 현관문을 연 다음, 뒤로 약간 물러서서 미스 콜드필드를 들어오게 했다. 그녀(클라이티)와 미스 콜드필드는 서로 한마디도 주고받지 않았다. 클라이티는 미스 콜드필드의 얼굴을 한 번 보고는 말을 하지 않는 것이 좋겠다는 생각이 든 것 같았다. 클라이티는 퀜틴 쪽으로 돌아서서 그의 팔에 손을 얹고 말했다. "도련님, 저분을 저쪽으로 가지 못하게 하세요." 그리고 그의 얼굴을 보자 그것도 좋지 않다는 것을 알게 되었는지, 뒤로 돌아서

서 미스콜드필드를 쫓아가 그녀의 팔을 잡고 말했다. "로자, 그쪽으로 가면 안 돼요." 그러나 미스 콜드필드는 그녀의 손을 뿌리치고 계단 쪽으로 걸어갔다.(그때 그녀가 회중전등을 손에 든 것을 보고 그는 '도끼와 함께 우산 속에 넣어 온 거군.' 하고 생각했다.) 클라이티가 "로자." 하면서 또 뒤쫓아 가자, 미스 콜드필드는 계단에 올라선 채 돌아서더니 남자들처럼 팔을 번쩍 들고 클라이티를 마룻바닥에 내팽개치고는 다시 몸을 돌려 계단을 올라갔다. 클라이티는 벽의 칠이 벗겨진 텅 빈 홀 맨바닥에 아무렇게나 뭉쳐 놓은 깨끗한 누더기 옷처럼 쓰러져 움직이지 않고 있었다. 가까이 다가가 보았더니 그녀는 실신한 것이 아니라 눈을 크게 뜨고 가만히 있었다. 그는 그녀 옆에 우뚝 서서 '맞아. 이 여자가 바로 그 공포의 장본인이었구나.' 하고 생각했다. 그녀를 일으켜 세울 때 그녀의 몸은 마치 누더기 옷 뭉치 속에 감추어 둔 한 줌의 막대기를 집어 드는 것만큼이나 가벼웠다. 그녀가 몸을 지탱하지 못하는 것을 보고 그가 붙잡아 주자, 그녀의 손발이 약간 움직였다. 그는 그녀가 계단 맨 아래 칸에 앉으려고 하는 것을 눈치 채고 그렇게 하도록 도와주었다. "당신은 누구세요?" 그녀가 물었다.

"퀜틴 컴프슨입니다." 그가 대답했다.

"네. 나는 당신의 할아버님을 기억하고 있어요. 어서 올라가서 미스 로자를 내려오게 하세요. 그리고 함께 돌아가세요. 그가 한 일에 대해서는 저와 주디스와 그가 이미 완전히 보상을 했어요. 자, 가서 그녀를 데려와서 이 집에서 나가 주세요." 그래서 그는 계단을 올라갔다. 계단에는 아무것도 깔려 있지 않았고, 닳아서 길이 나 있었다. 한쪽 옆 벽은 칠이 벗겨지고 금이 가 있었으며, 반대편 난간은 여기저기 손잡이가 떨어져 나가고 없었다. 뒤를 돌아다보니 그녀는 여전히 그 자리에 그대로 앉아 있었다. 그러나 현관 홀에는 낡고 색이 바랜 깨끗한 작업복에다 셔츠를 걸친, 살결이 그렇게 검지 않은 몸집이 큰 흑인 청년이(그는 그 청년이 들어오는 소리를 듣지 못했다.) 두 팔을 축 늘어뜨리고 서 있었다. 말안장(鞍裝)색 피부에 입술이 힘없이 처진 백치 같은 그의 얼굴에는 놀라움 따위의 그 어떤 표정도 찾아볼 수 없었다. '(분명치는 않지만) 이 집을 상속받은 후예 같군.' 하고 생각했다. 그때 2층 복도를 걸어오는 미스 콜드필드의 발소리가 들려왔고, 뒤이어 회중전등의 불빛이 다가왔다. 그녀는 그의 곁을 지나가다가 약간 비틀거리더니 곧 몸을 일으켜 세우고, 마치 처음 보는 사람처럼 그의 얼굴을 똑바로 쳐다보았다. 그녀의 눈은 몽유병자처럼 크게 뜨고는 있었지만 아무것도 보지 못하는 것 같았고, 얼굴은 항상 병적으로 창백했지만 이제 볼 수가 없을 정도로 훨씬 더 핏기를 잃고 있었다. '아니, 이건 또 무엇 때문이지? 충격을 받았을 리는 없어. 두려움 따위는 더더욱 없었고, 그렇다면 승리감 때문일까?' 하고 그는 생각했다. 그녀는 그의 옆을 지나 계속 걸어갔다. "이분을 마차가 있는 대문까지 모셔다 드려요." 하는 클라이티의 말이 들려왔다. 그는 그 자리에 서서 '나도 함께 가야 하는데.' 하고 생각하다가 '아니야, 나도 가서 봐야만 해. 꼭 그래야 해. 내일이 되면 후회하게 될지도 모르지만 아무튼 보아야만 하겠어.' 하고 다시 생각하며 거기에 섰다. 그리고 한참 후 그가 계단을 내려왔을 때('나도 아까 그녀와 같은 표정을 하고 있을 테지만 그건 승리감 때문이 아니야.' 하고 생각했다.) 현관 홀에는 아직까지 클라이티만 그대로 계단 맨 아래 칸에 앉아 있었다. 그가 옆을 지나가는데도 그녀는 고개도 돌리지 않았다. 그는 미스 콜드필드와 그 흑인 청년을 따라잡을 수 없었다. 곧 그의 앞쪽에서 그들의 발소리가 들려왔지만 너무 어두워서 그는 걸음을 재촉할 수 없었다. 그녀는 이젠 회중전등을 켜지 않은 채 걷고 있었다. '이젠 불빛을 봐도 두려울 것이 없는데.' 하고 그는 생각했다. 그러나 아무튼 그녀는 불을 켜지 않았고, 어쩌면 그 흑인 청년의 팔에 매달려서 걸어가고 있을 거라고 짐작됐다. 그런 생각을 하면서 걷고 있는데, 저편에서 "이쪽이 걷기가 좋아요." 하고 힘없이 내뱉는 그 흑인의 내키지 않는 것 같은 김빠진 목소리가 들려왔다. 그는 그녀의 흐느끼는 것 같은 가쁜 숨소리도 들릴(들리는 것 같기도 한) 정도로 가까이 다가가 있었지만 그녀가 대답하는 소리는 들리지 않았다. 그러다 잠시 후 다른 소리가 들려왔다. 그 소리로 미루어 그는 그녀가 비틀거리다 쓰러졌다는 것을 알 수 있었다. 어딘지 모르게 나사가 풀린 것 같은 표정을 한 그 몸집 큰 흑인 청년이 걸음을 멈추고 서서 관심이나 궁금증도 없이 그녀가 넘어지는 소리가 났던 쪽을 멍하니 바라보고 있는 모습이 훤히 보이는 것 같아서 재빨리 말소리가 들리는 쪽으로 달려갔다.

"너 이 검둥이 녀석아! 네 이름이 도대체 뭐냐?"

"짐 본드라고 해요."

"날 좀 일으켜 줘야지. 넌 서트펜가의 사람이 아니냐! 날 이렇게 땅바닥에 누워 있게 내버려 둘 테냐?"

그가 그녀의 집 문 앞에다 마차를 세웠을 때, 그녀는 이제 혼자서 내리려고 하지 않았다. 그가 마차에서 내려 그녀 쪽으로 돌아와도 그대로 자리에 앉아 있었다. 한 손에는 우산을, 다른 한 손에는 도끼를 꽉 쥐고 계속 앉아 있다가 그가 이름을 부르고 나서야 몸을 움직였다. 그는 그녀를 안다시피 하여 내려 주었다. 그녀는 클라이티만큼이나 몸이 가벼웠다. 그녀의 발걸음이 마치 태엽으로 움직이는 인형처럼 불안스러워서 그는 그녀를 부축하고 대문을 들어섰다. 좁은 뜰을 지나 인형의 집 같은 아담한 집 안으로 들어가 불을 켰다. 그녀는 검은 눈을 크게 뜨고 여전히 우산과 도끼를 꽉 쥔 채 몽유병자같이 굳은 얼굴을 하고 있었다. 숄과 검은 드레스에는 아까 넘어졌을 때 묻은 흙 자국이 그대로 있었고, 검은 보닛이 그때의 충격으로 일그러져 있었다. "이제 괜찮으십니까?" 그가 물었다.

"그래. 괜찮아. 잘 가." 그녀가 말했다. 그는 밖으로 나오다 '고맙다는 인사도 없이 그저 잘 가라고 할 뿐이란 말인가.' 하고 생각했다. 마차로 돌아오면서 그는 잇달아 숨을 깊이 몰아쉬며 마구 달려가고 싶은 충동을 느꼈다. 그는 마음속으로 '맙소사, 이럴 수가, 이럴 수가, 이럴 수가.' 하고 되뇌면서 별들이 하늘 높이 저 멀리 걸려 있는 어두운 밤, 화덕에서 풍겨 나온 것 같은 후텁지근하고 탁한 공기를 가쁜 숨결로 세차게 들이마셨다. 그의 집은 어두웠다. 마차가 집 앞 골목길에 들어선 다음에도 그는 여전히 채찍질하면서 마구간 앞까지 계속

달렸다. 그는 마차에서 훌쩍 뛰어내려 말을 풀어 주고는, 땀에 젖어 숨을 헐떡이며 마구(馬具)를 벗겨 벽걸이가 있는데도 헛간 바닥에 그대로 내동댕이쳤다. 집 쪽으로 옮겨 가는 그의 발걸음은 문자 그대로 달음박질이었다. 그것은 어쩔 수 없는 일이었다. 그는 스무 살이었다. 게다가 그곳에서 목격한 것이 그와는 아무 상관도 없는 일이라 두렵지도 않았다. 하지만 그는 달렸다. 어두운 낯익은 집 안에 들어선 다음에도 그는 신발을 벗어 든 채 땀을 흘리고 숨을 헐떡이면서 계단을 뛰어올라 방안에 들어가 옷을 벗기 시작했다. '목욕을 해야겠군.' 하는 생각도 했지만 그냥 알몸으로 침대에 누워, 벗어 던진 셔츠로 연신 몸을 닦았다. 그러나 땀은 여전히 흘렀고 숨도 여전히 헉헉댔다. 그러다가 이젠 거의 마른 셔츠를 꽉 움켜쥐고 눈의 근육이 쑤시는 것을 느끼며 어둠 속을 노려보던 그는 '난 잠을 자고 있었어.' 하고 중얼거렸지만, 이제 그런 것은 문제가 아니었다. 잠을 자고 있었든지 깨어 있었든지, 아무튼 그는 천장은 금이 가고 양쪽 벽은 칠이 벗겨진 2층 복도를 따라 희미한 불빛이 새어 나오는 맨 끝 쪽에 있는 문을 향해 걸음을 옮기다가 멈추어 서서 '아니야, 그만둬.' 하다가 또 '그래도 가 봐야지. 그래야만 돼.' 하고 중얼거리면서 아무런 장식도 없고 곰팡내 나는 그 방 안으로 들어갔다. 그 방은 덧문이 닫혀 있었고, 엉성한 탁자에 그 집 안의 두 번째 램프가 희미한 빛을 발하고 있었다. 잠을 자고 있었든지 깨어 있었든지 아무튼 거기에는 침대가 있었고, 노란 색깔의 홑이불과 베개가 있었고, 그 베개를 베고 있는 누렇게 야윈 얼굴, 감고 있는 눈자위는 속이 들여다보일 것만 같고 가슴 위에 뼈만 앙상한 두 손이 마치 시체의 손처럼 포개져 있었다. 깨어 있든 잠들어 있든 사정은 마찬가지였고, 그가 살아 있는 한은 달라질 수 없는 것이었다.

당신은 ─?

헨리 서트펜이오.

이곳으로 돌아온 지는 ─?

사 년 전이오.

그럼 집에 돌아온 까닭은 ─?

죽기 위해서죠.

죽기 위해서라니?

그렇소. 죽기 위해서요.

이곳에 돌아온 지는 ─?

사 년 전이오.

그럼 당신은 ─?

헨리 서트펜이오.

이제 방 안이 아주 추웠다. 언제고 곧 1시를 알리는 종소리가 들릴 것이다. 동트기 전 죽음의 순간을 기다리기라도 하듯 추위가 점점 심해졌다. 슈리브가 말했다. "그녀는 석 달을 기다렸다가 그를 데리러 되돌아갔다는 거군. 왜 그랬을까?" 퀜틴은 대답하지 않았다. 그는 꼼짝도 않고 가만히 누워 있었다. 차가운 뉴잉글랜드의 밤공기가 그의 얼굴에 와 닿았고, 굳어진 몸과 팔다리에 따뜻한 피가 흐르고 있었다. 숨을 가쁘게 그러나 느리게 쉬었다. 그는 눈을 크게 뜨고 창문을 바라보며 '이제는 마음의 평화는 없을 거야. 이젠 영영 없을 거야.' 하고 생각했다. "자네는 그녀가 그 이야기를 하고 어떤 조치를 취한 것이 장차 어떤 일이 일어나게 될지 알고 있었기 때문이라고 생각하나? 그렇게 하면 모든 게 완전히 끝장나 버릴 거라는 것을 말이야. 증오란 술이나 마약 비슷한 것 아니겠어? 그래서 그녀는 마약을 너무나 오랫동안 사용해 왔기 때문에 그것의 근원인 양귀비의 뿌리와 씨를 없애도 그 공급을 차단하지 못한다고 생각하는 것은 아닌가?" 퀜틴은 아무런 대답도 하지 않았다. "하지만 그녀는 결국 그를 위해 그렇게 하기로 하고, 그를 구하기 위해 읍내로 데려와서 의사의 치료를 받게 하자는 생각으로 그 이야기를 하고, 구급 마차와 사람들을 불러서 그곳으로 갔던 거지. 그런데 클라이티는 바로 그것 때문에 석 달 내내 2층 창에서 밖을 지켜보고 있었을 테지. 그 점은 너의 아버지 말이 옳을 거야. 구급 마차가 대문으로 들어오자 그녀는 그것이 바로 그 흑인 청년에게 석 달 동안 계속 잘 살펴보도록 일러 왔던 그 검은 마차이고, 틀림없이 찰스 본을 쏘아 죽인 일로 백인들이 헨리를 읍내로 데려가 교수형에 처할 거라고 믿었던 거지. 그래서 그녀가 시킨 것처럼 짐 본드가 석 달 동안 줄곧 계단 밑 붙박이장에 불쏘시개와 쓰레기를 가득 채워 놓았을 것이라고 추측했어. 아마 그때 그가 그것을 가져온 것이 아니었고 그녀가 그렇게 하도록 시킨 대로 석유와 모든 것을 석 달 동안 거기에 채워 놓았던 거야. 그리고 마침내 때가 와서 짐이 소리를 치게 되자……." 그때 1시를 알리는 종소리가 울렸다. 슈리브는 마치 그 소리가 그치기를 기다리고 있거나, 그 소리에 귀를 기울이기까지 하고 있는 것처럼 입을 다물고 있었다. 퀜틴은 실제로 그 소리에 귀를 기울이지 않았지만, 그 역시 그 소리에 귀를 기울이고 있는 것처럼 가만히 누워 있었다. 종소리가 그치고 유리를 두드리는 것처럼 가늘고도 연약한 음악적인 여운이 차가운 공기 속으로 사라져 버릴 때까지, 그는 슈리브의 말에 귀를 기울이지도 않고 대답도 하지 않았지만 종소리에도 귀를 기울이지 않고 그냥 듣기만 했다. 그리고 퀜틴은 그곳에 가지는 않았지만 당시의 일을 마음속으로 그려 볼 수 있었다. ── 틀림없이 숄을 걸치고 어쩌면 우산까지 손에 든(이번에는 도끼와 회중전등은 가지고 가지 않았을 테지만) 미스 콜드필드가 마부와 또 한 사나이 ── 아마 보안관보였을 것이다. ── 사이에 끼여 앉아 있는 구급 마차가 대문을 들어서서 바퀴 자국이 나 있는 얼어붙은 차도(군데군데 녹은 데도 있긴 했지만)를 조심스럽게 나아갔다. 그때 맨 먼저 "불이야!" 하고 소리친 것이 짐이었는지, 보안관보였는지, 마부였는지, 아니면 그녀 자신이었는지는 알 수 없다. 그녀가 그렇게 소리치지는 않았을 것이다. 어쨌든 그녀는 이번에도 자리에서 몸을 앞으로 내밀고 "더 빨리, 더 빨리." 하고 재촉했을 것이다. ── 그녀는 아이들같이 몸집은 작으면서도 무섭고 서슬이 퍼런 무자비한 여인이었다. 그러나 구급 마차는 그 찻길에서는 빨리 달릴 수가 없었다. 물론 클라이티는 그걸 알고 있었고, 또한 그 점을 계산에 넣고 있었다. 집까지 도착하려면 족히 삼 분은 걸리게 되어 있었다. 그사이에 불쏘시개처럼 바싹 마르고 썩어 빠진 괴물과도 같은 건물 뼈대가 마치 가는 철사로 엮은 철망으로 만들어진 것처럼 물막이 판자의 뒤틀린 틈새로 연기가 스며 나오고 있었다. 그리고 소리 내며 타오르는 불길 저편 어딘가에 무엇인가, 아니 누군가가 숨어서 울부짖고 있었다. 도무지 그럴 이유가 없지만 그 울부짖음 속에는 사람의 말소리가 있었다. 집 앞에 당도하자 보안관보와 마부가 뛰어내리고 미스 콜드필드도 비틀거리며 내려서서는 그들을 뒤따라 베란다 위로 달려갔다. 그러자 울부짖는 소리를 내고 있던 자가 유령처럼 형체도 없이 연기 사이로 그들을 지켜보며 뒤따라 왔다. 보완관보가 몸을 휙 돌려 그에게로 달려갔다. 울부짖는 소리는 줄지도 멀어지지도 않았지만, 그는 뒤로 물러나서 도망쳤다. 그들은 새로 나오는 연기를 헤치고 베란다 뒤를 달려갔다. 미스 콜드필드가 현관문 앞에 서 있는 보안관보에게 "창문으로, 창문으로!"하며 쉰 목소리로 소리쳤다. 그러나 문은 잠겨 있지 않았고 안쪽으로 흔들리며 열렸다. 뜨거운 불길이 밀려 나왔다. 계단은 전부 불타고 있었다. 그래도 그들은 그녀를 붙잡아야만 했다. 퀜틴은 그 광경이 눈에 훤히 보이는 것 같았다. 가볍고 야윈, 노기등등한 그녀는 들끓는 노여움으로 소리도 내지 못하고 몸부림을 치면서 자기를 붙잡고 계단에서 끌어내리는 두 사나이를 손톱으로 긁고 할퀴며 물어뜯으려 했다. 그때 현관문으로 불어 들어온 바깥 공기가 불길에 던진 화약처럼 폭발하는 듯하더니 계단 아래쪽 홀이 완전히 사라져 버렸다. 퀜틴은 마부가 구급 마차를 안전한 곳으로 몰아 놓고 돌아올 때까지 보완관보가 혼자서 그녀를 붙잡고 있는 것이 눈에 보이는 것 같았다. 세 사람의 얼굴 모두 약간 미친 것 같아 보였다. 그들 두 사나이는 그때까지 그녀의 말을 믿고 있었음에 틀림없기 때문이다. 세 사람은 그 집의 비참한 종말을 명백히 지켜보고 있었다. 그 순간 머리에 깨끗한 수건을 쓴 클라이티가, 그녀가 틀림없이 석 달 동안 밤낮없이 대문을 지켜보고 있었을 그 창문에서, 깨끗한 헝겊 조각을 머리에 두르고 있는 비극적인 난쟁이 요정의 얼굴 같은 표정으로 타오르는 불길을 등지고, 두 줄기로 맴도는 연기 사이로 그들을 내려다보고 있는 것이 얼핏 보였다. 소용돌이치는 연기가 곧 그것을 다시 가로막기 전에 그녀의 얼굴에는 예전과 마찬가지로 승리감이나 절망감을 찾아볼 수 없었고, 녹아내리는 물막이 판자 위로 평온하기까지 한 빛마저 엿보였다. 그리고 그 가문의 마지막 후예인 짐 본드도 그것을 보고는 자기가 울부짖게 된 이유를 알게 되었으므로 인간적인 바탕에서 우러나는 소리를 지르고 있었다. 하지만 그들은 짐을 잡을 수 없었다. 그들은 그가 울부짖는 소리를 들을 수 있었고 또한 더 멀리 달아나지도 않는 것 같았지만, 곧 그 울부짖는 소리가 어느 방향에서 들려오는지조차도 알 수 없게 되었다. 마부와 보안관보는 몸부림치는 미스 콜드필드를 붙잡고 있었다. 퀜틴에게는 그들과 그녀의 모습이 눈에 선했다. 비록 그 자리에는 없었지만, 악몽 속의 인형처럼 소리도 못 지르고, 입에는 거품을 물고, 햇빛 속에서도 집이 와르르 무너지며 마지막 광란적인 진홍빛 불길을 받아 달아오른 얼굴로 발버둥 치며 싸우고 있는 그녀의 모습이 보이는 것 같았다. 뒤에 남은 것은 백치인 그 흑인의 목소리뿐이었다.

"그래서 구급 마차에 실려 읍으로 돌아온 사람은 로자 이모였군." 슈리브가 말했다. 그러나 퀜틴은 대답하지 않았다. 그는 미스 로자라고 고쳐 주지도 않았다. 그는 가만히 누운 채 눈도 깜빡하지 않고 창문을 응시하며 가슴이 설렐 정도로 맑은 흰 눈이 희미한 빛을 내는 어둠 속에서 차가운 냉기를 호흡하고 있었다. "그제야 모든 것이 끝나 버려서 그녀는 잠을 청했어. 거기에는 아무것도 남아 있는 것이 없었지. 그곳에는 송두리째 파괴된 네 개의 굴뚝만 남아 있는 잿더미 부근 어딘가에 숨어서 계속 울부짖고 있을 그 백치 청년을 제외하고는 아무것도 없었어. 누군가 와서 그를 쫓아낼 때까지 말이야. 그들은 그를 잡을 수도 없었고, 아무도 그를 아주 멀리 쫓아 버릴 수도 없었어. 그는 다만 잠시 동안 울부짖음을 멈추었다가, 사람들이 없으면 다시 신음하는 소리를 냈지. 그리고 그녀는 죽어 버렸어." 퀜틴은 아무 말도 없이 창문만 바라보고 있었다. 그러다가 그는 그것이 과연 실제 창문인지 아니면 그의 눈자위에 걸쳐 있는 어슴푸레한 장방형인지 구분이 되지 않는 듯했지만, 잠시 후 그것의 모습이 뚜렷하게 나타나기 시작했다. 그것은 앞서 그랬듯이 이상하게 가볍고 중량감이 없는 형태를 띠기 시작했다. 그것은 등나무 꽃이 만발하고 시가 담배 향기가 풍기고 반딧불이가 난무하는 여름날 미시시피에서 날아온 한 번 접은 종잇장이었다. 슈리브가 말했다. "남부란 말이지, 남부. 나 참. 너희 남부인들은 모두 죽은 후에도 수많은 세월 동안 오래오래 생명을 유지하는 게 조금도 이상한 일이 아니군." 그것은 거의 알아볼 수 있을 정도로 뚜렷해져 가고 있었다. 곧, 얼마 안 가서, 아니 지금 당장이라도 그는 거기에 적혀 있는 말들을 판독할 수 있을 것 같았다.

"나는 스무 살이지만, 이미 죽어 버린 수없이 많은 사람들보다 나이가 더 많다고." 퀜틴이 말했다.

"그리고 훨씬 더 많은 사람들이 스물한 살이 되기 전에 죽어 갔지." 슈리브가 말했다. 그제야 그(퀜틴)는 그것을 읽을 수 있었고, 그래서 끝까지 읽어 낼 수가 있었다. ── 미시시피에서 온 묘하게 비스듬히 쓰인 아이러니한 필적이 얼어붙은 눈 속으로 희미해져 갔다.

── 아니면 그런 게 혹 있을지도 모른다. 그녀는 화를 내고 놀라고 남을 용서하지 않는 특권을 피한 것이 아니라, 그와는 반대로 분노와 동정의 대상 역시 더 이상 망령이 아니라 증오와 연민을 실제로 받는 실제 사람들이 되는 장소나 영역을 그녀 스스로 획득했다고 믿는 것은 어느 누구에게도 해가 되지 않는다. 희망하는 것은 나쁘지 않을 것이다. ── 너도 보다시피 난 생각이 아니라 희망이라고 썼다. 희망을 갖게 내버려 두자. ── 그는 마땅히 받아야 할 비난을 피할 수 없게 되고, 반면에 그녀는 그들이 원하건 원하지 않건 당장 받게 마련이라는 그 이유에서만이라도, 정말이지 두 사람이 다 같이 갈망해 왔던 동정을 부족함이 없이 받을 수 있게 되기를 바란다고 해서 조금도 잘못된 게 없을 것이다. 날씨는 좀 추웠지만 아주 좋았다. 그리고 무덤을 팔 때 처음에는 곡괭이를 사용해야 했지만 깊숙한 데서 파낸 흙덩이에서는 분명히 살아 있는 지렁이 한 마리를 볼 수 있었다. 하긴 오후에는 다시 얼어붙어 버렸다.

"이리하여 찰스 본과 그의 어머니가 토머스 서트펜을 죽게 했고, 찰스 본과 혼혈의 여인이 주디스를 죽게 했으며, 찰스 본과 클라이티는 헨리를 죽게 했고, 찰스 본의 어머니와 할머니는 찰스 본을 죽게 했단 말이군. 한 사람의 서트펜을 없애는 데 검둥이 둘이 덤볐다는 이야긴가?" 퀜틴은 대답하지 않았다. 분명히 슈리브도 이제 대답을 기다리지 않았다. 그는 거의 숨도 돌리지 않고 말을 계속했다. "그걸로 됐어. 잘된 거야. 그것이 원부(原簿)의 모든 것을 깨끗하게 정리한 셈이니까 이젠 모조리 찢어서 태워 버려도 괜찮아. 한 가지만 빼놓고 말이야. 그게 뭔지 알겠나?" 이번엔 그는 대답을 원했을 것이다. 어쩌면 대답이 없기 때문에 강조하기 위해 사이를 띄웠을 것이다. "이제 남은 건 검둥이 한 명뿐이야. 검둥이 서트펜 한 명만 남은 거야. 물론 그를 잡을 수도 없고, 볼 수도 없지. 그래서 그를 이용할 수도 없을 거야. 그래도 여전히 그는 거기에 있는 거야. 이따금 밤이면 그의 목소리를 듣지. 그렇지 않은가?"

"들을 수 있겠지." 퀜틴이 말했다.

"그렇다면 내가 어떻게 생각하고 있는지 알아?" 이번에 그는 분명히 대답을 기다리고 있었고, 이번에는 그 대답을 들었다.

"모르겠는데." 퀜틴이 말했다.

"내가 어떤 생각을 하고 있는지 알고 싶나?"

"아니." 퀜틴이 말했다.

"그럼 말을 해 줘야겠군. 내가 생각하기에는 말이야, 머지 않아서 짐 본드 같은 인간들이 서반구를 정복하려고 할 거야. 물론 우리 시대에는 그럴 리 없겠지. 그리고 물론 그들도 남북양극으로 퍼져 나감에 따라 토끼와 새 들이 그러하듯 다시 표백(漂白)이 될 테니까 눈 속에서도 그렇게 뚜렷이 나타나 보이지 않을 거야. 하지만 그래도 역시 짐 본드는 짐 본드지. 그래서 앞으로 몇 천 년만 지나면 너를 쳐다보고 있는 나 역시 아프리카의 왕의 자식으로 태어나 있을 거야. 그런데 말이야, 나는 너한테 한 가지만 더 말하고 싶은 게 있어. 너는 왜 남부를 증오하지?"

"나는 남부를 증오하는 것이 아니야." 퀜틴은 신속하게 즉시 말했다. "나는 남부를 증오하지 않아." 그는 말했다. 나는 증오하지 않는다. 그는 찬 공기 속에서, 얼어붙은 뉴잉글랜드의 어둠 속 찬 공기 속에서 거칠게 숨을 쉬며 생각했다. 아니야. 아니야. 난 남부를 증오하지 않아! 난 남부를 증오하지 않아!

서트펜가(家) 연보

1807년   토머스 서트펜, 웨스트버지니아 산간에서 스코틀
              랜드-영국계의 대가족을 거느린 가난한 백인의
              아들로 출생.

1817년   서트펜 가족, 버지니아 주 해안 지방으로 이주. 엘
              런 콜드필드, 테네시 주에서 출생.

1820년   서트펜, 열네 살의 나이로 집을 나감.

1827년   서트펜, 아이티에서 첫 아내와 결혼.

1828년   굳휴 콜드필드, 모친과 누이와 아내 그리고 딸(엘
              런)과 함께 미시시피 주 요크나파토파 군 제퍼슨
              읍으로 이주.

1831년   찰스 본, 아이티에서 출생. 서트펜은 아내에게 흑인
              피가 섞여 있음을 알고 그녀(아들과 함께)와 절연.

1833년   서트펜이 미시시피 주 요크나파토파 군에 나타나

토지를 수탈하여 저택을 지음.

1834년 서트펜이 관계한 노예 여자와의 사이에 딸, 클라이템네스트라(클라이티) 출생.

1838년 서트펜, 엘런 콜드필드와 재혼.

1839년 아들 헨리 서트펜, 서트펜 농원에서 출생.

1841년 딸 주디스 서트펜 출생.

1845년 군휴 콜드필드의 딸, 로자 콜드필드 출생.

1850년 워시 존스가 서트펜 농원의 낚시터에 있는 폐옥으로 딸과 함께 입주.

1853년 워시의 외손녀 밀리 존스 출생.

1859년 헨리 서트펜과 찰스 본이 미시시피 대학에서 만남. 그해 크리스마스, 주디스와 찰스가 만남. 샤를 에티엔 생 발레리 봉(男)이 뉴올리언스에서 출생.

1860년 크리스마스에 서트펜이 주디스의 결혼을 반대. 헨리, 장자 상속권을 포기하고 본과 함께 집을 나감.

1861년 남북전쟁이 일어나자 서트펜, 헨리, 본 모두 출정.

1863년 엘런 콜드필드 사망.

1864년 군휴 콜드필드 사망.

1865년 헨리가 본을 서트펜 저택 문 앞에서 살해. 로자 콜드필드가 서트펜 농원으로 입주.

1866년 전쟁이 끝나 돌아온 서트펜이 로자 콜드필드와 약혼했으나 그녀를 모욕함. 로자는 제퍼슨 읍으로 돌아감.

1867년 서트펜이 밀리 존스를 취함.

1869년	밀리, 아기를 낳음. 워시 존스가 서트펜을 살해.
1870년	샤를 에티엔 생 발레리 봉이 서트펜 농원에 나타남.
1871년	클라이티가 샤를 에티엔 생 발레리 봉을 서트펜 농원에 데려다 살게 함.
1881년	샤를 에티엔 생 발레리 봉이 흑인 처와 함께 돌아옴.
1882년	짐 본드 출생.
1884년	주디스와 샤를 에티엔 생 발레리 봉, 황열병으로 사망.
1909년	9월, 로자 콜드필드와 퀜틴이 헨리 서트펜이 서트펜 농원 저택에 숨어 있는 것을 발견.
	12월, 로자 콜드필드가 헨리를 마을로 데려가기 위해 서트펜 농원의 저택으로 감. 클라이티가 그 저택에 불을 지름.

계보

토머스 서트펜

1807년에 웨스트버지니아 산간에서 스코틀랜드-영국계의 가난한 백인 가족의 아들로 출생. 1833년에 미시시피 주 요크나파토파 군에 서트펜 농원을 설립함. 1827년에 아이티에서 율레리아 봉과 결혼. 1838년에 미시시피 주 제퍼슨 읍에서 엘런 콜드필드와 재혼. 남군 미시시피 제○보병 연대 소령에서 훗날 대령(연대장)으로 승진. 1869년에 서트펜 농원에서 사망.

율레리아 봉

아이티에서 출생. 프랑스계 아이티 사탕수수 재배업자의 외딸. 1827년에 토머스 서트펜과 결혼. 1831년 이혼. 뉴올리언스에서 사망. 사망일 불명.

찰스 본

토머스 서트펜과 율레리아 봉 사이에 난 외아들. 미시시피 대학에 입학. 여기서 헨리 서트펜을 만나, 주디스와 약혼. 남군 미시시피 제○보병 연대 제○중대(학도병) 일등병, 후에 소위로 임관. 1865년에 서트펜 농원에서 사망.

굿휴 콜드필드

테네시 주에서 출생. 1828년에 미시시피 주 제퍼슨 읍에 와서 상업에 종사. 1864년에 제퍼슨 읍에서 사망.

엘런 콜드필드

굿휴 콜드필드의 딸. 1817년에 테네시 주에서 출생. 1838년에 미시시피 주 제퍼슨 읍에서 토머스 서트펜과 결혼. 1863년 서트펜 농원에서 사망.

로자 콜드필드

굿휴 콜드필드의 딸. 1845년에 제퍼슨 읍에서 출생. 1910년에 제퍼슨 읍에서 사망.

헨리 서트펜

1839년에 토머스 서트펜과 엘런 콜드필드의 아들로 서트펜 농원에서 출생. 미시시피 대학 입학. 남군의 미시시피 제○보병 연대 제○중대(학도병) 일등병. 1909년 서트펜 농원에서 사망.

주디스 서트펜

토머스 서트펜과 엘런 콜드필드의 딸. 1841년에 서트펜 농원에서 출생. 1860년 찰스 본과 약혼. 1884년에 서트펜 농원에서 사망.

클라이템네스트라 서트펜(클라이티)

토머스 서트펜과 흑인 노예 사이에 태어난 딸. 1834년에 서트펜 농원에서 출생. 1909년에 서트펜 농원에서 사망.

워시 존스

출생 일자 및 출생지 불명. 토머스 서트펜 소유의 낚시터 폐옥에서 거주한 서트펜의 부하. 1861년~1865년에 서트펜이 군대에 가 있을 동안 서트펜가의 집안일을 보살핌. 1869년에 서트펜 농원에서 사망.

메리센트 존스

워시 존스의 딸. 출생 불명. 멤피스의 매음굴에서 죽었다고 전해짐.

밀리 존스

메리센트 존스의 딸. 1853년에 출생. 1869년에 서트펜 농원에서 사망.

이름 없는 아기

토머스 서트펜과 밀리 존스의 딸. 1869년에 서트펜 농원에서 출생하여 같은 날 사망.

샤를 에티엔 생 발레리 봉

찰스 본과 흑백 혼혈의 이름이 알려지지 않은 정부 사이에 난 외아들. 1859년에 뉴올리언스에서 출생. 1879년에 순혈종 흑인 여자와 결혼. 1884년 서트펜 농원에서 사망.

짐 본드(봉)

샤를 에티엔 생 발레리 봉의 아들. 1882년에 서트펜 농원에서 출생. 1910년에 서트펜 농원에서 실종.

퀜틴 컴프슨

요크나파토파 군에서 토머스 서트펜이 처음으로 사귄 친구의 손자. 1891년에 제퍼슨에서 출생. 1909년~1910년에 하버드 대학교 수학. 매사추세츠 주 케임브리지에서 1910년에 사망.

슈리브린 맥캐논

1890년에 캐나다 앨버타 주의 에드먼턴에서 출생. 1909년~1914년에 하버드 대학교 수학. 1914~1918년에 프랑스 캐나다 원정군에 의무(醫務) 중대 대위로 종군. 현재는 앨버타 주 에드먼턴에서 외과 의사 개업 중.

작품 해설

1

프랑스의 철학자이자 극작가인 가브리엘 마르셀은 오늘날 우리는 대중의 시대에 살고 있다고 말하면서 "현대 사회에서 대중으로 태어나지 않은 것이 비극의 시작이다."라고 말했다. 그러나 근대 사회에서도 전위적으로 높은 수준의 예술가들은 당대의 대중들로부터 외면을 당하거나 소외되는 경우가 적지 않았다. 20세기 미국의 위대한 작가 윌리엄 포크너 역시 아일랜드의 제임스 조이스처럼 쉽게 이해할 수 없는 실험적인 고급스러운 예술 작품을 썼기 때문에 오랜 시간이 지날 때까지 대중들로부터 인정을 받지 못했다. 더욱이 스웨덴 한림원까지도 난해하고 복잡한 구조를 가진 그의 작품 세계에 대해 충분히 이해하지 못하여, 1949년 노벨 문학상을 결정해 놓고서도 일 년 늦은 1950년에 수여하는 결과를 가져왔다.

포크너의 작품은 이렇게 당대의 대중으로부터 큰 호응을 받지 못했지만, 시간의 흐름과 더불어 인간 의식이 발전함에 따라 지금은 미국 문학사에서뿐만 아니라 세계 문학사에서 최고의 작가들 가운데 한 사람으로 자리매김을 하고 있다. 특히 그는 현실적인 문제를 일상적인 실제 삶에서 보다 더욱 정확히 접근할 수 있도록 하는 상상력의 세계를 구축하는 데 있어서 천재적인 작가의 능력을 보였다는 평가를 받고 있다.

그의 작품의 주제는 유년 시절과 성, 인종 문제와 토착적인 미국 '남부'의 과거와 현재 그리고 표현할 수 없는 심리학적인 현상 및 '인간과 시간 그리고 영원'의 내면 구조 등에 관한 것이었기 때문에 하비 브레이트가 『압살롬, 압살롬!』(1936)의 모던 라이브러리 판 해설에서 썼던 것처럼, 도스토옙스키의 주제보다 더욱 도착적이다. 그의 문장 역시 너무 어렵고 모호하며 서로 뒤얽힌 집합체로 나타난 경우가 많고, 그의 높은 예술적 가치는 작품 전체의 퍼스펙티브(perspective)를 통해서만 가능하기 때문에 많은 그의 작품이 널리 읽히지 못했다.

그런데 그의 작품에서 다루고 있는 주제가 도착적인 것은 그가 고딕 성격으로 표현되는 인간의 어두운 면을 탐색하고 있기 때문이 아니라, 그가 노벨상 수상 연설문에서 "예술가가 고뇌하고 땀 흘릴 가치가 있는 유일한 것"이라고 말한 '스스로 갈등하는 인간의 마음'을 표현하는 문제와 깊은 관계가 있다. 그의 읽기 어려운 산문시에 가까운 복잡한 문체 역시 난해함 그 자체에 목적이 있는 것이 아니라, 독자의 참여를 요구하고 그의 주제 의식을 상징적으로 반영하는 기능을 하고 있다. 그래서 그의 작품이 나타내고 있는 독특한 실험적 소설 미학은 비록 일반 독자들에게는 일종의 넘기 어려운 장애물이 되고 있지만, 비평가들과 통찰력이 있는 지적인 독자들에게는 언어가 창조하는 새로운 아름다움을 경험하는 기회를 제공하고 있다.

월리엄 포크너의 작가적인 재능은 그의 가문의 역사와 그가 개인적으로 겪은 외상적인 경험 및 시대적인 상황과 무관하지 않은 것 같다. 그는 미시시피 주, 옥스퍼드 부근에서 태어났다. 그의 양친은 그가 다섯 살 때 그곳 옥스퍼드로 이주해 왔다. 그의 증조부는 그 지방에서 전설적인 인물이었다. 그는 남북전쟁 때에는 대령이었고, 변호사였으며, 철도 건설업자였고, 금융인이었으며, 정치인이었고, 작가인 공인이었는데 1889년 정적의 총에 맞아 살해되었다. 그 후 그의 할아버지가 가업의 일부분을 이끌어 갔다. 그래서 그의 아버지는 처음 철도 회사에서 일을 했고, 말년에는 미시시피 대학의 사무국장이 되었다. 그는 사냥을 하고 술을 마시며 사냥 친구들과 이야기 나누기를 좋아하는 은둔자였다. 반면 그의 어머니는 야망이 있는 여인이었고 민감했으며, 문학적인 성격의 소유자였기 때문에 그녀가 네 아들 가운데 가장 총애했던 포크너에게 깊은 영향을 끼쳤다. 포크너는 유년 시절을 대담하고 독립심이 강한 외할머니와 함께 보냈는데, 1907년 상상력이 풍부한 외할머니의 죽음은 그에게 깊은 충격을 주었다.

포크너는 작가적인 기질 때문에 1915년 고등학교를 중퇴하고 미시시피 대학의 특수 학생으로 일 년(1919~1920)을 보낸 것 이외에는 정규 교육을 받지 않았다. 그는 가족의 주선으로 여러 종류의 일을 했으나 그 어느 것에도 만족하지 못했다. 1918년에 그는 고교 시절의 애인이었던 에스텔 올드햄이 다른 남자와 결혼하는 것을 보고, 옥스퍼드를 떠나 그의 절친한 친구이자 개인적인 가정교사였던 필 스톤이 법학을 공부하고 있던 예일 대학이 있는 뉴헤이븐으로 갔다. 그리고 그곳에서 잠시 머물다가 영국 왕립 비행대에 입대해서 훈련을 받기 위해 캐나다로 갔다. 그가 현역으로 복무하기 전에 제1차 세계 대전이 끝났다. 그럼에도 불구하고 그가 고향인 옥스퍼드로 돌아왔을 때, 스스로 말한 전상(戰傷)으로 다리를 절고 있었다.

고향에 돌아온 포크너는 이 일 저 일을 하다가 시를 써서 『대리석 목양신』(1924)을 발표하고, 이듬해 뉴올리언스로 가서 처음으로 당대의 미국 문인들과 어울리게 되었다. 이때 포크너는 셔우드 앤더슨을 만났는데, 그로부터 많은 격려와 함께 산문에 집중해서 문체를 발전시키고 남부를 소재로 사용하는 것이 좋겠다는 충고를 받았다. 그는 뉴올리언스에서 첫 소설 『병사의 보수』를 써서 앤더슨의 추천을 받아 1926년에 출판했다. 그리고 제임스 조이스의 실험적인 글쓰기와 지그문트 프로이트 사상에 대해서도 공부했다. 그는 같은 해에 뉴욕으로 가서 서점에서 몇 달 동안 불행한 서기 생활을 하며 그곳에 정착하려고 했으나 실패하고, 그해 말 유럽으로 여행을 떠났다가 고향인 옥스퍼드로 돌아왔다. 그리고 1929년 이혼을 한 옛 애인 올드햄과 결혼을 하고 할리우드를 잠시 방문한 것 이외에는 그의 출생지에서 40마일도 채 떨어지지 않은, 자기가 자란 곳인 옥스퍼드에서 나머지 생을 글을 쓰면서 보냈다.

포크너는 타고난 예술가적인 성향 때문에 언어에 매력을 느껴 시를 쓰면서 문학을 시작하였지만, 군에서 제대를 하고 귀향한 후 자기가 처해 있는 상황과 남부의 몰락을 현실적으로 체험하면서 작가가 되겠다는 꿈을 키웠다. 그래서 그는 유년 시절부터 옥스퍼드에서 보고 기억했던 것과 가족사(家族史)에 얽힌 이야기, 흑인 요리사 부부가 나누는 대화, 토요일 법원 광장에서 들었던 잡담, 노동자들이 작업복을 입고 쪼그리고 앉아 옥수수 위스키 술잔을 돌리며 나누는 이야기 그리고 작은 읍에 살고 있던 미시시피 소년들이 모두 다 친숙히 알고 있던 이야기 등을 바탕으로 해서 엮은 이야기를 자기의 감정을 통해 여과하고 변형해서 자기 나름대로의 독특한 상상력의 세계를 구축했다. 그는 이 상상력의 세계를 요크나파토파(Yoknapatawpha) 군이라고 이름을 붙이고, 후기에 가서 그곳을 바탕으로 연작 형식의 소설 내지 대하소설 양식의 연작소설을 썼다. 그래서 포크너는 그의 중심적인 소설들을 미시시피 주 북쪽에 있는 라파예티에 대한 소설적 이름인 요크나파토파의 삶을 재구성하는 '계보 소설(saga)'이라고 했다. 그러나 그가 치열한 상상력의 힘으로 창조한 이 소설 세계는 '하나의 신화적인 왕국'이 될 뿐만 아니라, 모든 '남부의 벽지(The Deep South)'에 대한 우화(寓話) 혹은 전설이 되고 있다.

2

『압살롬, 압살롬!』은 요크나파토파의 삶을 재구성하는 일련의 소설 가운데 가장 중심적인 소설 중의 하나이다. 그래서 이 작품은 대부분의 그의 소설에 나타난 삶의 패턴과 같은 양상과 무늬를 갖고 있다. 물론 이 작품은 독립된 작품이지만, 여기에 나타난 주인공 내지 작중 인물들의 이름과 계보가『음향과 분노』(1929)에 나오는 그것들과 연관성을 가지고 있는 것에 주목할 필요가 있는 것은, 앞에서 언급한 요크나파토파의 계보 소설이라는 구조적인 퍼스펙티브 때문이다.

우리나라 독자들은 포크너의 작품이라면 제일 먼저『음향과 분노』를 그의 대표작으로 기억한다. 물론『음향과 분노』는 포크너가 자신이 가장 좋아하는 작품이라고 말했을 뿐만 아니라, 대부분의 평론가들이 의견의 일치를 보았듯이 의식의 흐름과 플롯을 네 부분으로 나누어 각각 다른 화자를 통해서 표현하기 어려운 개인적인 심리 상태를 뚜렷하게 표현하기 위한 실험적인 노력을 현란하게 보여 주고 있는 탁월한 모더니즘 작품이다.

『압살롬, 압살롬!』은『음향과 분노』와는 달리 복잡한 구성과 언어의 난해성 때문에 우리 독자들에게 별로 알려져 있지 않은 작품이지만, 현지인 미국에서는 포크너의 최대 걸작으로 평가받고 있다. 이를테면 클리앤스 브룩스는 이 작품을 두고 포크너 작품들 가운데 가장 적게 이해된 가장 위대한 작품이라고 말했다. 그는 이어서 많은 독자들이 이 작품의 가치를 충분히 이해하지 못해도 이렇게 높이 평가받는 것은 T. S. 엘리엇의 말처럼 "위대한 작품의 재산은 이해되기 전에 전달되기" 때문이라고까지 격찬했다.

이 작품은 앞에서 언급한 작품처럼 남부의 몰락을 역사적인 배경으로 하고 있는 비극적인 우화이지만, 그 비극의 원인을 탐색하는 과정에서 사회적이고 문화적인 측면은 물론 인간의 양심과 의지 문제를 감동적으로 부각시키는 서사시(敍事詩)적인 면모를 보여 주고 있다. 실제로 포크너는 패배의 땅 남부를 지배하고 살아온 작중 인물들을 통해 권력에 대한 욕정, 정신적인 빈곤, 편협한 마음, 우스꽝스러운 고집, 고뇌, 공포, 타락적인 탈선과 같은 저주받은 인간 심리의 비극적인 오점에 깊이 천착하면서도 동시에 인간의 위대함과 자기 희생 능력을 감동적으로 그리고 있다. 또 그는 이 작품에서 의식의 흐름과 같은 실험적인 기법을 사용하지 않았으나 삶의 진실을 탐구하기 위해 탐정 소설과 같은 기법을 사용해서 독자의 참여를 유도함은 물론 작품에 서사적인 위엄을 부여하고 있다.

이 작품은 화자이자 포크너의 대변인 성격을 다소 지니고 있는 퀜틴 컴프슨이 남부의 벽촌에 위치한 고향인 요크나파토파 군에 있는 몰락한 토머스 서트펜가(家)의 비극적인 역사를 듣고 말하는 형식으로 구성되어 있다. 그런데 이 작품의 플롯은 그가 하버드 대학교 기숙사에서 방을 함께 나누어 쓰는 캐나다에서 온 슈리브의 남부에 대한 물음에 답하는 이야기로 요약해서 말할 수 있다.

퀜틴이 남부 벽지에 대해 알고 싶어 하는 룸메이트인 국외

자 슈리브에게 이야기한 것은, 토머스 서트펜이라는 이름을 가진, 산에서 자란 한 소년의 일생에 관한 것이었다. 토머스가 어렸을 때 그의 가족은 산에서 내려와 버지니아 저지대를 전전해야만 했는데, 그의 아버지가 겨우 농원에서 특이한 일자리를 구했다. 어느 날 그는 아버지의 심부름으로 어느 큰 저택으로 갔다. 그러나 그는 제복을 입은 흑인에 의해 문간에서 쫓겨나고 말았다. 그는 당혹하고 모멸감을 느낀 나머지 나중에 큰 '계획'이라고 말하는 일생 동안에 걸친 야망을 품게 되었다. 그 역시 노예와 제복을 입은 집사를 둔 자기 소유의 농원뿐만 아니라, 해안에 있는 어느 저택보다 큰 저택을 가지고 싶어 했다. 그리고 그의 재산을 물려줄 아들을 갖기를 원했다.

십이 년이 지난 후 그는 제퍼슨이라는 프론티어 마을에 나타나 인디언 부족으로부터 100평방마일이나 되는 땅을 구입했다. 그리고 그가 정글에서 데리고 나온 스무 명의 야만적인 흑인들과 납치를 한 듯한 프랑스 건축가의 도움으로 현장에서 만들어 구운 벽돌과 숲에서 벌목한 목재를 사용해서 미시시피 북쪽에서 가장 큰 집을 짓기 시작했다. 그래서 서트펜의 농원인 그의 저택은 글자 그대로 마치 흙에서 떼어낸 것 같기도 했다. 제퍼슨 마을에서 퀜틴의 할아버지인 컴프슨 장군만이 그가 어디에서 흑인을 데리고 왔는지를 알고 있었다. 토머스 서트펜은 버지니아에서 배를 타고 아이티로 가서 사탕수수 농장에서 감독으로 일을 하며 부유한 농장주의 딸과 결혼을 하고 아들을 하나 낳았다. 그러나 그의 아내가 흑인의 피가 섞여 있다는 것을 알게 된 그는 그녀와 아들과 재산을 간단히 버리고 스무 명의 노예만을 일종의 보상으로 데리고 그곳을 떠나 왔던 것이다.

그는 제퍼슨 마을에서 다시 결혼을 했다. 이번에 결혼한 여자는 부근에서 종교적으로 아주 경건한 가문의 규수였다. 그는 그녀에게서 헨리와 주디스, 두 아이를 낳았다. 그리고 그는 요크나파토파 군에서 가장 큰 목화 재배 농장주가 되었다. 그래서 그의 '계획'은 벌써 실현되는 것 같았다. 그러나 이때 그의 아들 헨리가 그보다 좀 나이가 많고 세속적인 찰스 본이라는 새로 사귄 친구와 함께 미시시피 대학에서 집으로 왔다. 찰스 본은 토머스 서트펜이 첫 번째 결혼을 해서 낳은 아들이었다. 그는 주디스에 마음이 끌려 사랑하게 되었다. 서트펜은 그의 실체를 곧 알게 되었지만 전혀 알은척하지 않고 그를 집에서 떠나 보냈다. 헨리는 찰스가 그의 이복형이란 것을 믿지 않고 그의 생득권 마저 포기하고 그를 따라 뉴올리언스로 갔다. 1861년 서트펜가의 모든 남성들이 남북전쟁에 참가해서 사년 동안 싸우고 살아서 돌아왔다. 1865년 봄, 찰스는 주디스가 그의 이복 여동생이란 것을 알고 있었음에도 불구하고 그녀와 결혼하기로 결심을 했다. 그래서 헨리는 찰스와 동행하여 서트펜 농원까지 왔지만, 마지막으로 만류했음에도 찰스가 그의 계획을 실천하려고 했을 때 그를 총으로 쏘아 죽이고, 주디스에게 자기가 한 일을 말하고 사라졌다.

남부 벽지에 관한 퀜틴의 이야기는 전쟁과 더불어 끝나지 않았다. 서트펜 대령은 전쟁이 끝나 집으로 돌아왔으나 그의 아내는 죽었고, 아들은 도망치고 없었으며, 그의 노예들은 북쪽으로 사라져 버렸다는 것을 알게 되었다. 그의 땅도 대부분 빚에 묶여 있었다. 그럼에도 불구하고 그는 자신의 '계획'을 실천하기로 결심하고 숨 돌릴 사이도 없이 그의 집과 농원을 복구하려고 했다. 그러나 그의 노력이 실패로 끝나고 그는 마침내 길모퉁이의 가게 주인으로 전락했다. 그때 그는 육십 대가 되었지만 다시 아들을 갖고 싶어 했다. 그는 처제인 로자 콜드필드에게 구혼을 했으나 무참히 거절을 당했다. 그래서 그는 일생 동안 그에게 충직했던 가난한 백인 부하인 워시 존스의 손녀 밀리를 유혹해서 관계를 가졌으나 사내아이가 아닌 딸아이를 낳게 되자 절망하고 그녀를 버렸다.

퀜틴이 독자들에게 이야기한 서트펜가의 비극은 남부의 역사를 기록한 것은 아니지만, 일종의 전설로서 몰락한 남부의 역사에 대한 상징과 은유가 되고 있다. 그래서 포크너가 이 작품을 통해서 독자들에게 제시하려고 하는 주제는 노예 해방을 위한 남북전쟁에서 패배한 남부의 역사를 반영하는 서트펜가의 비극의 원인을 밝히는 데 그 목적을 두고 있는 것 같다.

대부분의 비평가들은 물론 통찰력 있는 독자들은 쉽게 짐작할 수 있듯이 서트펜가가 몰락하게 된 원인은 외지에서 온 서트펜이 '순진한 마음'으로 남부에 거대한 저택을 짓고 노예를 두는 부자가 되어 이웃에 군림할 수 있는 왕국을 건설하려는 '계획'이었다. 물론 일부 비평가들은 그가 몰락한 원인이 서트펜의 '순진한' 성격보다 남부의 사회적이고 도덕적 문제는 물론 경제적인 문제와 깊이 연루되어 있는 것으로 보았다. 그러나 클리앤스 브룩스는 그의 비극의 원인은 남부의 사회 환경과 같은 외부적인 요인에서보다는 '순진성'이라고 말한 그의 성격에서 찾았다. 퀜틴도 슈리브에게 서트펜의 비극의 원인을 말하는 과정에서 '순진성' 문제를 스스로 말하지 않고 물음에 답하는 형식으로 언급했지만, 그것의 성격을 규명하는 일을 외면하거나 등한시하면 이 작품이 제시하고자 하는 핵심 주제를 희석시키는 결과를 초래할 것이다.

작가인 포크너는 이 작품에서 비록 직접적으로 말하지 않았으나, 퀜틴의 할아버지의 입을 통해 서트펜의 문제는 '순진성'이라고 말하며, 이 점을 다음과 같이 부연해서 설명했다. "그가 필요한 모든 것은 용기와 영리함이었는데, 전자는 자신이 가지고 있다는 것을 알았고, 후자는 배우면 습득할 수 있는 것으로 믿고 있었어. (중략) 도덕의 구성 요소가 케이크나 파이의 성분과 같아서, 양을 재어 비율을 맞추고 뒤섞어서 화덕에 넣으면 케이크나 파이가 되어 나오는 것이고, 거기서 파이나 케이크 이외의 다른 것이 나올 까닭은 없다고 믿고 있었던 순진성 말이야." 이것뿐만 아니었다. 그는 서트펜 스스로 자신의 순진성의 본질에 대해서 말한 것을 기억하고 다음과 같이 퀜틴에게 말했다.

나는 가슴속에 하나의 계획을 품고 있었지요. 그 계획이 좋은 것이었는지 나쁜 것이었는지는 문제가 안 되었어요. 문제는 내가 그 계획 가운데 어디에서 잘못을 범했는가, 어디까지 잘했고 어디까지 잘못했으며, 그 결과 누구에게, 무엇에, 어느 정도까지 상처를 입혔는가 하는 것이었지요. 나에게는 계획이 있었어요. 그리고 그것을 달성하기 위해서는 돈과 집과 농원과 노예와 가족이 필요했어요. —— 물론 부차적으로 아내는 말할 것도 없고요. 나는 누구에게도 의지하지 않고 이것들을 손에 넣으려고 했지요.

여기서 포크너가 말한 '순진성'은 브룩스가 지적한 것과 같이 '현대인들의 순진성'과 유사한 것으로서 이기적이고 잔인한 맥베스의 깨어지기 쉬운 합리주의에 비유할 수 있다. 토머스 서트펜은 과거의 전통적 배경이나 문화적인 매너 없이 오직 의지의 힘으로 광활한 땅과 농원을 가진 부자가 되어 이웃에 군림하겠다는 계획만을 실천하기 위해 인간적이고 도덕적인 모든 것을 버리고 이기심과 자신감 그리고 속물적인 생각의 노예가 되어 악귀 같은 존재로 살다가 비참한 최후를 맞게 되었다.

아무도 모르는 외지에서 남부 깊숙이 위치한 미시시피의 작은 읍으로 들어온 서트펜은 아이티에서 결혼한 여인이 흑인의 피가 흐르고 있다는 이유로 버리고, 재산을 넘겨주는 것으로 도덕적인 문제를 해결했다고 자신을 정당화하려 했다. 그는 '계획'을 실천하겠다는 이기적인 '순진성'을 가지고 인디언으로부터 쟁취한 땅 위에 야만적인 흑인과 납치한 프랑스 건축가의 도움으로 대저택을 짓고, 가문의 명예를 얻기 위해 그가 부족하다고 생각한 품격을 가진 청교도적인 성격을 지닌 감리교회 관리인 굿휴 콜드필드의 딸 엘런과 애정 없는 결혼을 했다. 또 그는 노예제도를 중심으로 한 남부의 귀족 사회를 지키기 위해 남북전쟁에 대령으로 참전을 했다. 더욱이 그는 그의 '계획'을 실천하기 위한 추상적인 성격이 강한 '순진성' 때문에 헨리와 주디스의 인생을 파괴했음은 물론, 혼혈녀인 첫째 아내 사이에서 낳은 찰스 본을 아들로 인정하지 않고 이복동생인 헨리에 의해 죽음을 당하게 하는 불행을 초래했다.

그가 전쟁에서 패하고 귀향을 했을 때, 그의 아내가 죽고 아들 헨리가 어디론가 도망을 가고 노예들이 모두 북쪽으로 가 버렸을 때도, 그는 다시 그의 '계획'을 실천하기 위해 온갖 노력을 기울였다. 이 일이 실패하자, 노인이 된 그는 길모퉁이에 가게를 내어 생계를 유지해야 하면서도, 절제를 하지 못하는 부도덕한 낡은 코드에서 벗어나지 못하고 충직한 하인이자 친구와 같은 가난한 백인 워시 존스의 손녀와 부적절한 관계를 맺고 그녀를 버린 결과, 비극적 최후를 맞는다. 대부분의 인간은 시간 속에서 시련과 고통을 겪으면 지혜를 얻게 되는데 서트펜은 끝끝내 지혜를 얻지 못해 '순진성'을 버리지 못한 결과 머리가 잿빛으로 변한 워시 존스를 통해 시간의 징벌을 받는다.

그런데 이 작품 『압살롬, 압살롬!』이 토머스 서트펜이라는 인물의 성격이 지닌 비극의 오점인 '순진성'만을 탐색한 결과에 머물렀다면, 시간을 이기고 영원히 살아남을 고전이 될 수 없었을 것이다. 비록 이 작품은 시대적인 변화에 유동적으로 순응하지 못하는 낡고 고착된 비인간적인 사회 질서가 무너지는 과정을 서트펜가의 몰락을 통해서 상징적으로 나타내고 있지만, 우리는 여기서 산속에서 자란 서트펜이 개척자적인 정신으로 서인도 제도로 가서 입지전적인 인물로 변신해서 남부의 벽지인 요크나파토파 군으로 흑인 노예를 데리고 들어와 대저택을 짓고 농원을 갖게 되는 과정에서 보여 준 파우스트적인 강인한 인간 의지의 위대함에서 서사시적인 비장미를 읽을 수 있는 즐거움을 느낄 수 있다. 많은 시달림을 당한 로자도 서트펜을 신사가 아니고 악귀라고 불렀지만, 그를 소심하고 비열하지 않은 큰 사람이라고 말했다.

그러나 이러한 사실보다 더욱 중요한 것은, 서트펜의 피를 받은 다음 세대의 자녀들 가운데서 변화와 발전이 보인다는 것이다. 우리는 서트펜에게보다 찰스 본에게 많은 동정을 보이지만, 그 역시 아버지와 많은 점에서 유사하다. 그는 그의 아버지의 거울이자 뒤집어 놓은 그림자이다. 그는 뉴올리언스에서 결혼을 해서 아이까지 둔 혼혈녀를 그의 아버지처럼 주디스와 결혼하기 위해 버리려고 했다. 비록 헨리가 대학에서 그를 만났지만 그의 아버지처럼 아무도 모르는 곳에서 갑자기 나타난 신비에 쌓인 인물이다. 그러나 그는 수완가라기보다는 비장하고 감상적이며 우수에 잠기는 인물이다. 그는 아버지와는 달리 생명력이 넘치는 추진력을 갖지 못하고 소진되어 지쳐 있었고, 자신감 있는 순진한 상태에 있기보다 세련된 모습을 보인다.

서트펜과 엘런 사이에서 태어난 두 아이들, 즉 주디스와 헨리 역시 아버지의 성격이 지난 장점과 단점을 동시에 발전적인 모습으로 보여 주고 있다. 그들은 물론 서트펜과 콜드필드의 성격을 합친 면모를 보여 주고 있다. 그런데 주디스는 아버지의 자신감과 대담한 성격을 더 많이 갖고 있는 반면, 헨리는 그의 외할아버지의 관습적이고 양심적인 성격을 더 많이 가지고 있었다. 헨리는 아버지가 흑인과 격투하는 광경을 보고 구토를 하는 반면, 주디스는 조용히 그것을 바라보았고, 마부로 하여금 집에서 교회까지 마차를 경주하다시피 달리게 했다.

서트펜의 두 자녀 가운데 헨리가 좀 더 상처받기 쉬운 인물이다. 서트펜이 본과 주디스와의 결혼을 금지한 후, 헨리는 그의 친구인 본과 오랫동안 스스로 유배 생활을 하며 아버지의 알 수 없는 침묵과 그의 친구의 운명적인 수동적 태도에 한계를 느낄 정도로 시험을 받는다. 그러나 그는 아버지에게서 물려받은 약간의 용기와 그의 아버지가 갖지 못한 사랑을 동시에 가지고 있다. 그래서 마지막 순간에 그는 사랑하는 사람을 사랑하기 때문에 죽인다. 그것은 참으로 비극적인 딜레마였다. 헨리가 그 후에 어떻게 행동했는가는 다만 암시적으로 나타나 있다. 그는 죽기 사 년 전부터 외할아버지처럼 스스로 집에 갇힌 폐쇄된 생활을 한다. 그러나 그는 외할아버지와는 달리 추상적인 저항이나 증오하는 행동을 하지 않고 자기의 과거 행동에 대한 책임을 지고 죽기 위해 사십 년 만에 버리고 떠났던 집으로 되돌아온 것이다. 헨리의 일련의 마지막 행동이 자기 부정을 의미하는 것은 물론 자기의 범죄와 아버지가 행한 이종(異種) 혼교(miscegenation)에 대한 죄의 참회를 위한 것이라고 생각할 수 있다.

주디스의 행동 또한 그와 같은 문맥으로 생각하는 데도 충분한 타당성이 있다. 주디스는 그의 아버지의 성격을 많이 지니고 있다. 그러나 그녀 역시 여자로서 사랑하고 있었다. 실제로 컴프슨이 추측한 대로다. "그리고 주디스에 관한 일인데, 그녀의 일은 다음과 같은 방법으로밖에 설명할 수 없다고 생각해. 본이 십이 일 동안에 그녀를 타락시켜 운명론적인 생각을 품게 할 수는 없었던 것이 분명해. (중략) 그녀는 결코 운명론자는 아니었어. (중략) 그녀는 충분히 강한 힘이 있다면 자신이 바라는 것은 무자비하게 쟁취하는 서트펜의 방식을 그대로 물려받은 순수한 서트펜계였지." 그리고 주디스 자신도 이렇게 말한다. "나는 사랑하고 있다. 나는 그 대용품은 아무것도 받아들이지 않는다. 그와 아버지 사이에 무슨 일이 일어났다. 만약 아버지가 옳았다면 나는 두 번 다시 그와 만나는 일은 없을 것이다. 만약 아버지가 잘못했다면 나는 기꺼이 그의 말에 따를 것이다. 만약 행복해질 수 있다면 나는 기꺼이 행복해질 것이고, 괴로워해야 한다면 기꺼이 괴로워할 것이다." 주디스는 본이 처음 결혼했던 혼혈녀를 찾아서, 그녀로 하여금 죽은 남편의 무덤을 찾도록 했다. 또 그 혼혈녀가 죽자 뉴올리언스로 사람을 보내어 그녀의 아들을 제퍼슨 집으로 데려와 키웠다. 그리고 몇 년 후 그녀는 또한 혼혈아인 그가 백인으로서 살기 위해 북쪽으로 가려고 한다면 그의 처와 아이를 돌보아 주기로 약속함으로써 그를 해방시키려고 했다. 그런데 퀜틴이 혼자서 말한 것처럼, 주디스가 황열(黃熱)을 앓고 있는 그의 아이를 집으로 데리고 와서 간호를 하다가 전염병에 감염이 되어 죽게 된다. 그들 사이에는 흑백의 혈연관계가 인정되었고, 서트펜의 '계획'은 받아들여지지 않고 거부되었다. 그 소년은 흑인 피가 섞여 얼룩져 있었지만 문간에서 발걸음을 돌리지 않아도 되었다.

문 앞에서 총탄으로 본을 살해하고 도망을 치는 헨리의 행동과 약혼자인 본에게뿐만 아니라 흑인의 피가 섞인 그의 아들에게 문을 열어 주는 주디스의 행동은 서트펜의 행동과는 달리 인간적인 것이다. 헨리와 주디스 두 사람의 행동이 모든 것을 포기하는 의미를 내포하고 있지만, 그것의 동기는 사랑이었다. 헨리와 주디스의 고통은 결코 의미 없는 것이 아니었다. 그들은 고통을 참고 수용할 수 있었기 때문에 아버지의 과격하고 무력한 결함을 초월할 수 있었다.

헨리와 주디스의 성격 변화와 발전된 모습은 유전적인 진화에서만 온 것이 아니었다. 그들은 남북전쟁에 참여한 후에도 전혀 변화의 모습을 보이지 않는 '순진성'으로 고착된 모습을 보이고 있는 서트펜과는 달리, 고통과 시련을 통해서 변신하는 감동적인 모습을 보이고 있다. 그녀는 헨리의 대학 친구인 매혹적인 낯선 남자와 결혼을 의미하는 사랑에 빠졌던 젊은 시절, 침묵으로 반대하는 아버지의 의지를 조용한 자신의 의지로 버티어 내었다. 또 그녀는 자기의 약혼자가 살해당하는 공포를 견디어 내고 그의 시신을 매장했다. 그러나 그녀는 자살하기를 거부했다. 퀜틴과 슈리브가 재구성한 서트펜의 이야기에서처럼 직접적으로 강조하지는 않았지만, 남북전쟁 후 살아남기 위해 쟁기질을 하는 것을 배우고 녹슨 깡통에다 동전을 모아 본의 무덤에 세운 묘비의 값을 지불하는 모습을 보이는 주디스는 헨리가 그의 친구 본을 처음 소개했을 때의 꿈꾸는 고집 센 처녀와는 전혀 다른 여인이었다.

클리앤스 브룩스도 지적한 바와 같이 『압살롬, 압살롬!』이 포크너의 소설 가운데 독자들의 기억에 가장 오래 남을 수 있는 것은 주디스와 관련된 감동적인 장면 때문일 것이다. 헨리가 전쟁터에 나갔다가 사 년 만에 누덕누덕 기운 회색빛 남군(南軍)의 군복을 입고 귀향을 했을 때, 겉옷을 벗은 몸을 감추며 웨딩드레스를 움켜잡고 있는 주디스를 보고 "넌 결혼할 수 없어. (중략) 그가 죽었단 말이야. (중략) 내가 죽였어."라고 말하는 장면은 물론, 강철 같은 의지를 가진 서트펜이 귀향을 해서, 뼈만 남고 지쳐 있는 말에서 내려 자기의 딸인 주디스를 보고 너무나 반가워 수염이 난 입술로 그녀의 이마에 입을 맞추면서 "헨리는?"하고 물었을 때, 주디스가 "없어요. 헨리가 그를 죽였어요."라고 말하는 장면과 함께 쉽게 잊을 수 없을 것이다. 더욱이 그때 주디스가 보인 눈물에 대해 그녀가 유일하게 죄의식을 느꼈다는 포크너의 말은 긴 여운을 남길 만큼 감동적이다. 또 주디스가 자기의 약혼자였던 본의 미망인인 목련꽃 같은 혼혈녀를 초대해서 그의 무덤을 돌아볼 수 있도록 한 장면이 가져다주는 울림은 결코 적은 것이 아니다.

그리고 소설 끝부분에 퀜틴과 로자가 허물어져 가는 고가(古家)를 갑자기 찾아가서, 죽기 위해 옛집을 다시 찾아온 헨리를 보았을 때, 그의 눈에서 비치는 것은 그의 아버지가 죽을 때까지 가지고 있던 '순진성'이 아니었다. 적어도 그것은 영웅적인 고통과 함께 얻은 무서운 깨달음의 지식이었다. 실제로 헨리는 그동안 비이성적인 상황 때문에 격심한 갈등을 해야만 했을 것이다. 그는 갈등하는 두 개의 선과 악 사이에서 지극히 어려운 선택을 해야만 했다. 그가 만일 본을 위해 그렇게 큰 걱정을 하지 않았거나 또는 주디스를 그렇게 많이 생각하지 않았다면, 그들 가운데 어느 한쪽의 행복을 희생시킨다는 느낌 없이 다른 쪽을 행복하게 하는 행동을 했을 것이다. 또는 그 자신을 너무 생각하거나 혹은 너무 가볍게 생각했을 것 같으면, 아마 냉정하고 초연한 자세를 취하게 되어, 이종 혼교와 근친상간에 대한 반대가 비합리적인 편견처럼 보여 그것을 저지하기 위해서 한 알의 총탄도 낭비할 가치가 없다고 생각했을 것이다. 헨리가 반드시 더 현명해질 필요가 없고 단순히 더 냉소적이 되거나 혹은 보다 거칠거나 이기적이 되었더라면 비극은 없었을 것이다.

미스 로자는 콜드필드가(家)의 사람들이 모두 다 저주받았다고 느꼈던 것처럼, 그녀가 서트펜으로부터 개인적으로 받은 충격은 확실히 죄를 면할 수 없을 정도로 끔찍한 것이었다. 그녀는 사십삼 년 동안 공포와 증오로 정지 상태에서 굳어 있었다. 그러나 저주받은 자는 미스 로자이지 주디스도 헨리도 아니었다. 주디스와 헨리는 결코 이해할 수 없는 정지 상태에 있지 않고, 변화하고 발전하는 과정에 있었다. 그들은 아버지의 죄가 무엇인가를 알고 무서운 대가를 치렀지만 인간적으로 크게 성장해서 극기(克己)와 참회로서 그것을 속죄하려는 도덕적인 행동을 보였다. 그래서 『압살롬, 압살롬!』의 독자들이 저주받는 노예 제도와 그것과 관계된 냉혹하고 이기적인 서트펜과 그의 자식들이 몰락하는 이야기에서 남부의 비극적 딜레마에 속하는 어떤 것을 발견해야 한다면, 그것은 마지막까지 낙천적이고 합리적이며 의지력의 상피병(象皮病)을 앓고 있는 토머스 서트펜의 파멸에 관한 이야기가 아니라, 영웅적인 인간의 치열한 면모를 보이고 있는 그의 자식들에 관한 이야기다.

『압살롬, 압살롬!』은 이렇게 남북전쟁에서 패배한 남부가 무너지는 과정을 악으로 점철된 서트펜가의 비극을 통해서 형상화하고 있다. 그러나 여기에 작중 인물들이 비극적인 운명과 싸우며 인간의 의지와 견인력을 통해서 보이는 역사 의식은 이 작품을 서사시(敍事詩)로 만들 만큼 탁월한 도덕성을 부여하고 있다. 물론 이 작품의 이야기는 강렬하지만 너무나 어둡고 또 사용한 언어가 시적인 효과 때문에 너무나 모호하고 완곡해서 읽기가 어렵다. 그리고 작품의 구조도 복잡하다. 그러나 이 작품은 비교할 수 없을 만큼 뜻 깊은 감동을 줄 뿐만 아니라 독특한 형식과 주제의 탁월한 조화를 보이고 있기 때문에 주의 깊은 독자들은 힘들여 읽은 노력에 대해 충분한 보상을 받은 것이다.

*

이 작품의 번역을 위해 사용한 텍스트는 1993년도 모던 라이브러리 판이고, 작업 과정에 은사인 고 장왕록 교수의 도움을 크게 입었다. 그리고 해설을 쓰는 과정에서는 멜컴 카울리와 앞에서도 인용하며 언급했듯이 클리앤스 브룩스의 비평을 많이 참조했다. 역자가 이 작품을 처음 접한 것은 1960년대 말 미국에서 대학원 공부를 할 때였다. 그때 이 위대한 고전을 읽고 느낀 감동이 너무나 컸다는 기억 때문에 늦었음에도 불구하고 민음사의 도움으로 작품을 번역하기로 결심을 했다. 그러나 막상 실제 작업을 시작했을 때 작품이 너무나 어렵다는 것을 발견하고 불가능할 것 같다고 생각했다. 그러나 천천히 쉴 사이 없이 떨어지는 물방울이 바윗돌을 뚫는다는 말이 있듯이 거의 매일 다섯 시간 이상 십 개월 가까운 시간에 걸쳐 노동이나 다름없는 노력으로 이 작업의 끝을 보게 됐다.

그러나 번역의 목적이 이야기의 정보 전달에 있는 것이 아니라 작품의 본질적인 생명을 살리는 데 있다는 발터 베냐민의 말을 기억하면 부끄럽기 짝이 없다. 번역 과정에서 내가 이 작업을 하기 위해서는 시인이 되어야만 한다고 생각한 것도 이와 같은 이유 때문이었다. 나는 결코 시인이 되지 못했다. 그러나 최선을 다했다. 부족한 점이 많지만 이 작은 노력이 원서를 읽는 독자는 물론 이 작품에 입문하거나 노출되고자 하는 사람들에게 길잡이가 될 수만 있다면 더 없이 고맙겠다.

2012년 10월
이태동

작가 연보

1897년   9월 25일, 미시시피 주 뉴올버니에서 부친 머리
커스버트 포크너와 모친 모드 버틀러 사이의 4형
제 중 장남으로 태어남.

1902년   가족이 옥스퍼드로 이사를 감. 이후 생애의 대부
분을 이곳에서 보냄.

1916년   할아버지가 운영하는 퍼스트 내셔널 뱅크에서 잠
시 근무함. 스윈번과 하우스먼의 영향을 받아 시
를 씀.

1917년   미시시피 대학교의 연감인 『올 미스(Ole Miss)』에
데생을 실음.

1918년   봄, 미군에 입대하려 했지만 거절당함. 4월, 윈체스
터 리피팅 무기 회사에서 회계원으로 근무하기 시
작. 6월, 뉴욕에서 영국 공군 사관생으로 입대. 이

때 성의 철자를 Falkner에서 Faulkner로 바꿈. 7월, 캐나다 토론토에 있는 신병 보충부에 입소. 11월, 아직 훈련을 받고 있는 사이 제1차 세계 대전이 끝남. 12월, 제대해 옥스퍼드로 돌아옴.

1919년	8월, 시 「목신의 오후(L'pres-Midi d'n Faune)」가 《뉴리퍼블릭(The New Republic)》에 실림. 9월, 미시시피 대학교에 특별 청강생으로 입학. 11월, 《미시시피언(The Mississippian)》과 옥스퍼드 《이글(Eagle)》에 시를 발표하기 시작.
1920년	9월, 미시시피 대학교의 드라마 클럽인 마리오네트에 가입. 11월, 미시시피 대학교를 그만둠. 영국 공군 소위로 임명. 시극 『마리오네트(The Marionettes)』를 씀.
1921년	훗날 아내가 될 에스텔 프랭클린에게 타자본 시집인 『봄의 비전(Vision in Spring)』을 선물. 12월, 미시시피 대학교 우체국장이 됨.
1922년	시 「초상화(Portrait)」가 뉴올리언스의 《더블딜러(The Double Dealer)》에 실림.
1924년	우체국 감독관의 문책을 받고 우체국장 사임. 머틀 라메이에게 선물하기 위해 타자본 시집 『미시시피 시선(Mississippi Poems)』을 편집. 『대리석 목신(The Marble Faun)』 출판.
1925년	뉴올리언스의 《타임스피커윤(Times-Picayune)》에 기고하기 시작.

1926년	2월, 『병사의 보수(Soldiers' Pay)』출판. 12월, 『셔우드 앤더슨과 다른 유명한 크리올들(Sherwood Anerson & Other Famous Creoles)』을 스프래틀링과 공동으로 발표.
1927년	『모기떼(Mosquitoes)』출판.
1929년	『사토리스(Sartoris)』출판. 미시시피 주 칼리지힐에서 에스텔과 결혼. 초가을, 대학 발전소에 취직. 『음향과 분노(The Sound and the Fury)』출판.
1930년	「에밀리에게 바치는 장미(A Rose for Emily)」가 《포룸(Forum)》에 실림. 이후 저명한 잡지들에 단편 소설을 발표. 『내가 죽어 누워 있을 때(As I Lay Dying)』출판.
1931년	딸 앨라배마가 태어나지만 9일 만에 죽음. 『성역(Sanctuary)』출판. 『이 13편(These 13)』출판.
1932년	MGM 사의 계약 작가가 됨. 『8월의 빛(Light in August)』출판.
1933년	『녹색 가지(A Green Bough)』출판. 딸 질 태어남.
1934년	『마티노 박사와 다른 단편들(Doctor Martino and Other Stories)』출판.
1935년	『파일론(Pylon)』출판.
1936년	『압살롬, 압살롬!(Absalom, Absalom!)』출판.
1938년	『정복되지 않는 자들(The Unvanquished)』출판. 영화 판권을 MGM 사에 팜.
1939년	국가 기관인 전국문학예술인협회 회원으로 선출

됨. 『야생 종려나무(The Wild Palms)』 출판.

1940년	『촌락(The Hamlet)』 출판.
1942년	『모세여, 내려가라(Go Down, Moses)』 출판.
1946년	말콤 카울리가 편집한 『포터블 포크너(The Portable Faulkner)』가 바이킹 사에서 출판됨.
1947년	미시시피 대학교에서 초청 강연을 함.
1948년	『묘지 침탈자(Intruder in the Dust)』 출판. 미국예술원 회원으로 선출됨.
1949년	『기사의 첫 수(Knight's Gambit)』 출판.
1950년	미국예술원이 수여하는 소설 부문 하웰스 메달 수상. 『윌리엄 포크너 단편집(Collected Stories of William Faulkner)』 출판. 노벨 문학상 수상.
1951년	『말도둑에 관한 노트(Notes on a Horsethief)』 출판. 『단편집』으로 내셔널 북 어워드 소설 부문 수상. 『수녀를 위한 진혼곡(Requiem for a Nun)』 출판. 뉴올리언스에서 프랑스 정부가 수여하는 레지옹 도뇌르 훈장을 받음.
1952년	미시시피 주 클리블랜드의 델타 카운슬에서 강연.
1954년	『우화(A Fable)』 출판.
1955년	『우화』로 내셔널 북 어워드 소설 부문 수상. 『우화』로 퓰리처상 수상. 『큰 숲(Big Woods)』 출판.
1957년	상주 작가로서 버지니아 대학교에 감. 그리스예술원의 은메달을 수상. 『읍내(The Town)』 출판.
1959년	브로드웨이에서 『수녀를 위한 진혼곡』 공연 시작.

유네스코 회담 참석. 『저택(The Mansion)』 출판.

1962년 전국문학예술인협회에서 수여하는 소설 부문 금메달을 받음. 『약탈자(The Reivers)』 출판. 옥스퍼드에서 낙마하여 부상을 입음. 7월 6일, 심장병으로 별세. 옥스퍼드의 세인트피터 묘지에 안장.

세계문학전집 **299**

압살롬, 압살롬!

1판 1쇄 펴냄 2012년 10월 30일
1판 12쇄 펴냄 2022년 5월 24일

지은이 윌리엄 포크너
옮긴이 이태동
발행인 박근섭, 박상준
펴낸곳 (주)민음사

출판등록 1966. 5. 19. (제 16-490호)
서울특별시 강남구 도산대로1길 62(신사동) 강남출판문화센터 5층 (우편번호 06027)
대표전화 02-515-2000 팩시밀리 02-515-2007
www.minumsa.com

ISBN 978-89-374-6299-3 04800
ISBN 978-89-374-6000-5 (세트)

* 잘못 만들어진 책은 구입처에서 교환해 드립니다.

세계문학전집 목록

세계문학전집은 계속 간행됩니다.